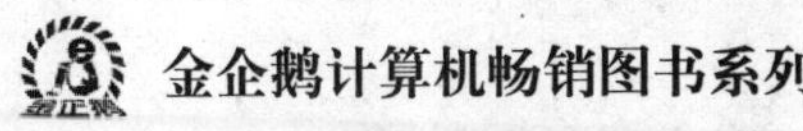

新世纪计算机教育名师课堂

中德著名教育机构精心打造

方正书版 10.0 实例与操作

德国亚琛计算机教育中心
北京金企鹅文化发展中心
联合策划

主编 关方

航空工业出版社

北京

内 容 提 要

方正书版是目前最优秀的书刊排版软件之一，本书结合方正书版的实际用途，按照系统、实用、易学、易用的原则详细介绍了方正书版的各项功能，内容涵盖方正书版基础知识、排版文件基本操作、排版注解应用方法、排版文件输出与转换的方法，以及 NewNW、PSP Pro 和 Apabi Reader 的基本操作等。

本书具有如下特点：(1) 全书内容依据方正书版的功能和实际用途来安排，并且严格控制每章的篇幅，从而方便教师讲解和学生学习；(2) 大部分功能介绍都以“理论+实例+操作”的形式进行，并且所举实例简单、典型、实用，从而便于读者理解所学内容，并能活学活用；(3) 将方正书版的一些使用技巧很好地融入到了书中，从而使本书获得增值；(4) 各章都给出了一些精彩的综合实例，便于读者巩固所学知识，并能在实践中应用。

本书可作为中、高等职业技术院校，以及各类计算机教育培训机构的专用教材，也可供广大初、中级图书排版爱好者自学使用。

图书在版编目（CIP）数据

方正书版 10.0 实例与操作 / 关方主编. -- 北京 ：航空工业出版社，2010.6
ISBN 978-7-80243-501-8

I. ①方… II. ①关… III. ①排版－应用软件，方正书版 10.0 IV. ①TS803.23

中国版本图书馆 CIP 数据核字(2010)第 067076 号

方正书版 10.0 实例与操作
Fangzheng Shuban 10.0 Shili yu Caozuo

航空工业出版社出版发行
（北京市安定门外小关东里 14 号　100029）
发行部电话：010-64815615　010-64978486

北京忠信印刷有限责任公司印刷　全国各地新华书店经售

2010 年 6 月第 1 版　2010 年 6 月第 1 次印刷

开本：787×1092　1/16　印张：25.25　字数：599 千字

印数：1－5000　定价：48.00 元

致亲爱的读者

亲爱的读者朋友，当您拿到这本书的时候，我们首先向您致以最真诚的感谢，您的选择是对我们最大的鞭策与鼓励。同时，请您相信，您选择的是一本物有所值的精品图书。

无论您是从事计算机教学的老师，还是正在学习计算机相关技术的学生，您都可能意识到了，目前国内计算机教育面临两个问题：一是教学方式枯燥，无法激发学生的学习兴趣；二是教学内容和实践脱节，学生无法将所学知识应用到实践中去，导致无法找到满意的工作。

计算机教材的优劣在计算机教育中起着至关重要的作用。虽然我们拥有10多年的计算机图书出版经验，出版了大量被读者认可的畅销计算机图书，但我们依然感受到，要改善国内传统的计算机教育模式，最好的途径是引进国外先进的教学理念和优秀的计算机教材。

众所周知，德国是当今制造业最发达、职业教育模式最先进的国家之一。我们原计划直接将该国最优秀的计算机教材引入中国。但是，由于西方人的思维方式与中国人有很大差异，如果直接引进会带来“水土不服”的问题，因此，我们采用了与全德著名教育机构——亚琛计算机教育中心联合策划这种模式，共同推出了这套丛书。

我们和德国朋友认为，计算机教学的目标应该是：让学生在最短的时间内掌握计算机的相关技术，并能在实践中应用。例如，在学习完Word后，便能从事办公文档处理工作。计算机教学的方式应该是：理论+实例+操作，从而避开枯燥的讲解，让学生能学得轻松，教师也教得愉快。

最后，再一次感谢您选择这本书，希望我们付出的努力能得到您的认可。

北京金企鹅文化发展中心总裁

致亲爱的读者

亲爱的读者朋友，首先感谢您选择本书。我们——亚琛计算机教育中心，是全德知名的计算机教育机构，拥有众多优秀的计算机教育专家和丰富的计算机教育经验。今天，基于共同的服务于读者，做精品图书的理念，我们选择了与中国北京金企鹅文化发展中心合作，将双方的经验共享，联合推出了这套丛书，希望它能得到您的喜爱！

德国亚琛计算机教育中心总裁

本套丛书的特色

一本好书首先应该有用，其次应该让大家愿意看、看得懂、学得会；一本好教材，应该贴心为教师、为学生考虑。因此，我们在规划本套丛书时竭力做到如下几点：

- **精心安排内容。**计算机每种软件的功能都很强大，如果将所有功能都一一讲解，无疑会浪费大家时间，而且无任何用处。例如，Photoshop 这个软件除了可以进行图像处理外，还可以制作动画，但是，又有几个人会用它制作动画呢？因此，我们在各书内容安排上紧紧抓住重点，只讲对大家有用的东西。
- **以软件功能和应用为主线。**本套丛书突出两条主线，一个是软件功能，一个是应用。以软件功能为主线，可使读者系统地学习相关知识；以应用为主线，可使读者学有所用。
- **采用"理论+实例+操作"的教学方式。**我们在编写本套丛书时尽量弱化理论，避开枯燥的讲解，而将其很好地融入到实例与操作之中，让大家能轻松学习。但是，适当的理论学习也是必不可少的，只有这样，大家才能具备举一反三的能力。
- **语言简练，讲解简洁，图示丰富。**一个好教师会将一些深奥难懂的知识用浅显、简洁、生动的语言讲解出来，一本好的计算机图书又何尝不是如此！我们对书中的每一句话，每一个字都进行了"精雕细刻"，让人人都看得懂、愿意看。
- **实例有很强的针对性和实用性。**计算机教育是一门实践性很强的学科，只看书不实践肯定不行。那么，实例的设计就很有讲究了。我们认为，书中实例应该达到两个目的，一个是帮助读者巩固所学知识，加深对所学知识的理解；一个是紧密结合应用，让读者了解如何将这些功能应用到日后的工作中。
- **融入众多典型实用技巧和常见问题解决方法。**本套丛书中都安排了大量的"知识库"、"温馨提示"和"经验之谈"，从而使学生能够掌握一些实际工作中必备的应用技巧，并能独立解决一些常见问题。
- **精心设计的思考与练习。**本套丛书的"思考与练习"都是经过精心设计，从而真正起到检验读者学习成果的作用。
- **提供素材、课件和视频。**完整的素材可方便学生根据书中内容进行上机练习；适应教学要求的课件可减少老师备课的负担；精心录制的视频可方便老师在课堂上演示实例的制作过程。所有这些内容，读者都可从随书附赠的光盘中获取。
- **很好地适应了教学要求。**本套丛书在安排各章内容和实例时严格控制篇幅和实例的难易程度，从而照顾教师教学的需要。基本上，教师都可在一个或两个课时内完成某个软件功能或某个上机实践的教学。

本套丛书读者对象

本套丛书可作为中、高等职业技术院校，以及各类计算机教育培训机构的专用教材，也可供广大初、中级电脑爱好者自学使用。

本书内容安排

- **第 1 篇**：介绍方正书版 10.0 的特点、排版常识、安装要领、界面组成元素和基本操作流程。
- **第 2 篇**：利用方正书版进行排版时，经常接触的文件是小样文件、版式文件和大样文件，本篇共有 3 章内容，分别介绍了这些文件的基本操作方法。
- **第 3 篇**：利用方正书版进行排版时，大部分格式设置都需要通过插入注解来实现。本篇共有 9 章内容，分别介绍了字符类注解（用于设置字符格式）、段落类注解（用于设置段落格式）、分层类注解（用于设置分栏）、插图类注解（用于插入图片与设置图片格式）、修饰类注解（用于设置花边和底纹等）、整篇定义注解（用于设置整个页面版式）、表格类注解（用于创建与编辑表格）、数学公式注解（用于输入数学公式）和化学公式注解（用于输入化学公式）的应用方法。
- **第 4 篇**：介绍排版文件输出、转换与导出的方法。
- **第 5 篇**：介绍 NewNW、PSP Pro 和 Apabi Reader 的基本操作方法。
- **第 6 篇**：本篇共有 5 个附录，列出方正书版 10.0 支持的汉字字体、外文字体、数字字体、花边、底纹样张和动态键盘表。

本书附赠光盘内容

本书附赠了专业、精彩、针对性强的多媒体教学课件光盘，并配有视频，真实演绎书中部分实例的实现过程，非常适合老师上课教学，也可作为学生自学的有力辅助工具。

本书的创作队伍

本书由德国亚琛计算机教育中心和北京金企鹅文化发展中心联合策划，关方主编，并邀请一线职业技术院校的老师参与编写。主要编写人员有：郭玲文、白冰、郭燕、丁永卫、朱丽静、孙志义、常春英、李秀娟、顾升路、贾洪亮、单振华、侯盼盼等。

尽管我们在写作本书时已竭尽全力，但书中仍会存在这样或那样的问题，欢迎读者批评指正。另外，如果读者在学习中有什么疑问，也可登录我们的网站（http://www.bjjqe.com）去寻求帮助，我们将会及时解答。

编　者

2010 年 4 月

目录

第1篇 方正书版10.0基础知识

你知道时下最流行的书刊排版软件是什么吗？嗯，没错，它就是方正书版。它在出版、印刷界有着很好的声誉，排出的版面既规范又美观。通常我们阅读的课本、小说、科技图书都是用它排出的。你想更多地了解它吗？不要着急，让我们先从基础知识入手……

第2篇 方正书版10.0排版文件

小样文件、版式文件和大样文件是方正书版至关重要的排版文件。如何在小样文件中输入文本？如何将指定的文本移动或复制到其他位置？如何在文档中找特定的词，并将它换成另一个词？如何在版式文件中设置版心大小与书眉、页码格式？如何预览大样效果？带着这些问题，让我们一起走进强大的方正书版编辑世界！

第 3 篇 方正书版 10.0 排版注解

如何改变文本的字体、字号？如何为字符添加各种修饰效果？如何调整段落之间的距离？如何在文本中插入精美的图片？如何编排表格、数学公式和化学公式？在方正书版中，这些都需要利用特定的注解来实现。只要掌握了其中的规律，应用起来就会得心应手。还犹豫什么，快来跟我看个究竟吧……

第4篇 输出、转换与导出

文本已经编辑完毕了，该如何将其输出成结果文件？输出过程中又该怎样设置页面、字体和图片，使之符合打印要求？如何将排版结果输出成电子书与他人分享，或者导出成文本文件？让我们一起在本章寻找答案！

第5篇 相关软件介绍

在编辑文本时，难免会出现一些难以输入的生僻字，有没有什么软件帮助我们解决这一难题呢？结果文件怎样才能打印出来？打印之前又要进行哪些设置？阅读电子书时，如果我们要为文档提点建议，又该如何操作？那么，就快来学习本章内容吧。

第 6 篇 附录

方正书版为我们提供了多种中外文字体，还有大量的花边和底纹，它们可以让我们的版面更新颖、美观。

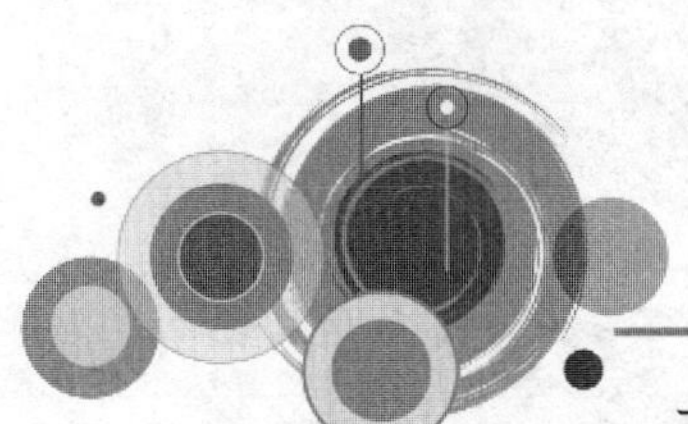

第1篇

方正书版10.0基础知识

本篇内容提要

篇前导读

方正书版10.0是目前国内出版界最常用的排版软件之一，其系统稳定，工作效率高，排出的版面格式规范、美观大方。

在正式学习方正书版之前需要了解一些排版常识，如印刷常识和版面常识等，还要能够正确安装书版主程序与后端字库。

方正书版的工作流程可分为四大步骤，分别为编辑正文、设置版面、预览效果与输出打印，在本篇最后将以一个实例具体说明。

第1章

方正书版10.0入门

本章内容提要

章前导读

方正书版是由北大方正公司开发的排版软件，具有稳定、规范、快捷、专业等特点，被广泛用于编排图书、期刊、公文及报表等。

本章主要介绍了方正书版10.0的特点、排版常识（如开本、印刷色和版心等）、安装方法，以及工作界面中各组成元素的作用。此外，还通过一个简单的实例介绍了方正书版10.0的工作流程，如编辑小样、设置版面、预览大样和生成结果文件等。

1.1 方正书版10.0主要特点

➢ 工作流程系统化

方正书版具有独特的工作流程，具体来讲可分为四大步骤，分别为编辑正文、设置版面、预览效果、输出打印。

在方正书版中，编辑正文的文件叫“小样文件”，用户可在其中对文本进行各种编辑操作，如复制、粘贴、删除等，并可设置文本格式；设置版面格式的文件叫“版式文件”，用户可在其中对版面大小、页码、书眉和标题等进行设置，从而使整本书的格式规范统一；设置好小样与版式文件后，用户可对其进行发排并预览排版效果，此预览文件叫“大样文件”；若对效果满意，可将文件输出成结果文件并打印出来，如图1－1所示。

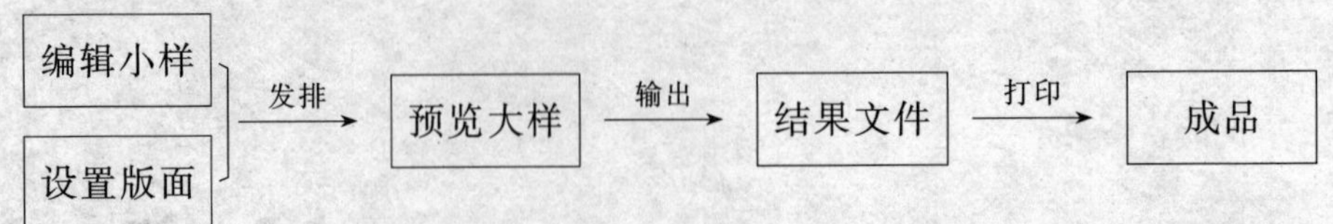

图 1－1　方正书版工作流程示意图

> **版面规范、工作效率高**

方正书版特有的排版方式能使排出的版面格式规范、美观大方；此外，利用其组版功能可快速高效地编排长篇图书。

> **排版语言功能完善**

方正书版用排版语言来设置排版格式，其由 100 多个注解组成，每个注解都有自己的功能。例如，用户在某字符前输入规定字体的注解，即可为该字符设置相应的字体。此外，每个注解都有一个或多个参数可供选择，每个参数对应相应的功能。多个注解联合使用，可以完成比较复杂的版面排版。

> **支持超大字库**

方正书版 10.0 支持 GBK 和 748 字库以及超大字符集。GBK 是汉字的国标扩充字库，字库中每种字体最多包含 21003 个汉字。748 字库是方正特有的字库，它在国标字库的基础上扩充了部分常用汉字。此外，使用方正典码输入法，用户可以录入方正超大字符集中的六万多个汉字。

> **彩色版面功能**

方正书版可设置文字、底纹和花边的颜色，也可插入彩色图片，使书刊更吸引人。

1.2　方正书版 10.0 排版常识

学习方正书版 10.0 需掌握一些排版常识，如印刷常识、书刊组成以及版面常识。

1.2.1　印刷常识

> **开本**：指书刊幅面的大小，一张全开的印刷纸平均裁切成多少份就称为多少开本，如 32 开是将一张全开的印刷纸平均裁切成 32 份的大小，如图 1－2 左图所示。因此，开本数越大，书刊的幅面越小。常见的开本有 32 开（多用于小说等文学类书籍）、16 开（多用于杂志）、64 开（多用于小型字典），如图 1－2 右图所示。此外，根据印刷纸张大小的不同，开本的大小也有一定的区别。

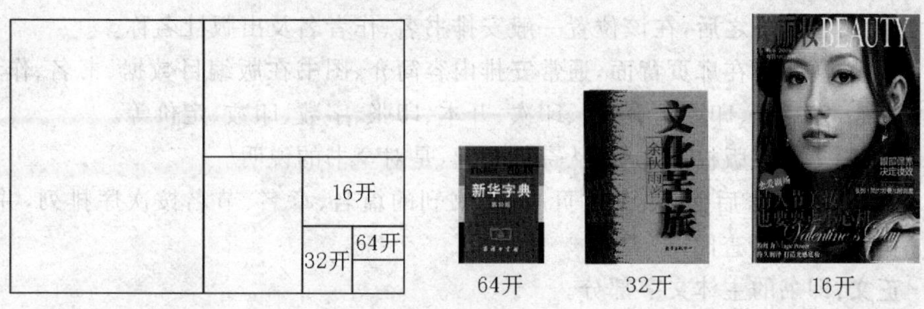

图 1－2 开本示意图

➢ **图像分辨率**：我们通常所见到的图像（如照片）都是由一个个细小的色点组成的，每个色点就是一个像素。图像分辨率是指图像中每平方英寸所包含的像素数，其单位是 ppi。当图像尺寸固定时，分辨率越高表明像素越多，图像也就越清晰、细腻。如果图像用于印刷，通常应将其分辨率设为 300ppi 或更高。

➢ **出血**：在编排出版物时，如果要添加整页底图，需要将底图设置为带出血的尺寸。所谓出血是指底图超出版面尺寸之外的部分，一般 3mm 即可，主要是为装订和裁切提供方便。例如，出版物尺寸为 130mm×185mm，左边装订，则应将底图尺寸设置为 133mm×191mm，即除装订边以外的图像三边各超出版面 3mm 作为出血量。

➢ **印刷色**：指用于印刷的油墨颜色，通常由四种颜色组成，分别为青（C）、品红（M）、黄（Y）、黑（K）。把四种颜色按照不同比例分配可组合出各种颜色。在印刷时，每种颜色都有各自的色版，将四种色版分别印在同一面纸上便可组合出所定义的颜色。此种印刷方法也叫做四色印刷。

1.2.2 书刊组成

书刊由封面与书芯组成，如图 1－3 所示。

封面包括封一、封二、封三和封四。封一即封面的正面，书名、作者名和出版社名称等都安排在此处。封四又称封底，一般将书号、定价、条形码或系列图书介绍等安排在此处。封一的背面称为封二，封四的背面称为封三，有些期刊用它们刊载广告。封一与封二的连接处称为书脊，在该位置一般安排书名、作者名及出版社名称等。

书芯是指除了封面以外的所有内页，包括扉页、版权页、前言和正文等。

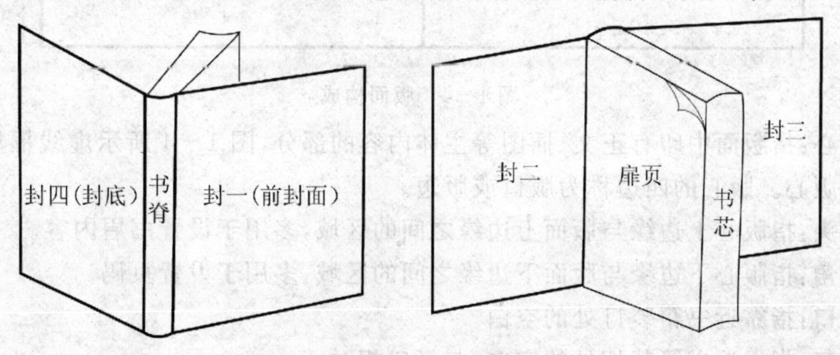

图 1－3 书刊组成

- **扉页**：在封一之后，在该位置一般安排书名、作者名及出版社名称。
- **版权页**：一般在扉页背面，通常安排内容简介、图书在版编目数据、书名、作者名、出版社、发行者、印刷厂、版次、印次、开本、印张、字数、印数、定价等。
- **前言**：一般在版权页之后，从奇数页起，是对全书的说明。
- **目录**：在前言后面，从奇数页起，将书刊的篇名、章名、节名按次序排列，并注明页码，以供读者查阅。
- **正文**：即书的主体文字部分。
- **插页**：指单独印刷，插装在书刊内，印有图或表的页面，如杂志中间的广告页。
- **篇、章首页**：指在正文各篇、章起始前排的，印有篇、章名称的一面单页。
- **附录**：排在正文之后，多为全书的补充性内容。
- **索引**：排在正文之后，多用于列出全书的专有名词及所在页码，以供读者查阅。
- **后记**：排在全书最后，多用于说明写作经过或评价内容等。

1.2.3 版面常识

版面是指印刷成品幅面中图文和空白部分的总和，包括版心、天头、地脚、订口、切口等部分，如图 1－4 所示。

图 1－4　版面构成

- **版心**：指版面中印有正文、插图等主体内容的部分，图 1－4 所示虚线框里的内容即是版心。版心的四边称为版口或版边。
- **天头**：指版心上边缘与版面上边缘之间的区域，多用于设置书眉内容。
- **地角**：指版心下边缘与版面下边缘之间的区域，多用于设置页码。
- **订口**：指靠近书籍装订处的空白。
- **切口**：指靠近书籍裁切处的空白，与订口相对。
- **书眉**：指版心上边的内容，通常用于设置书名、章名等。

➢ **页码**:指每个页面上标明页序的号码。

1.3 安装书版主程序与字库

1.3.1 安装书版主程序

安装方正书版10.0主程序之前最好关闭其他应用程序,下面是具体安装步骤。

Step 01 将方正书版10.0安装光盘放入光驱,光盘将自动运行,并显示安装指南画面,如图1-5所示。若光盘没有自动运行,可双击光盘中的AutoRun.exe文件。

Step 02 单击"安装书版(GBK)10.0"选项,将出现图1-6所示画面,表示正在载入安装向导。

图1-5 方正书版10.0安装指南画面

图1-6 安装方正书版10.0主程序

Step 03 载入完毕后,将弹出图1-7所示的安装向导对话框,单击"下一步"按钮。

Step 04 打开"许可证协议"画面,单击"是"按钮,如图1-8所示。

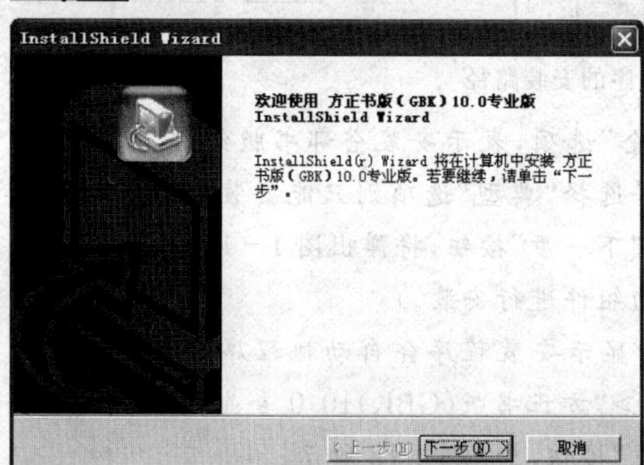

图1-7 安装向导对话框

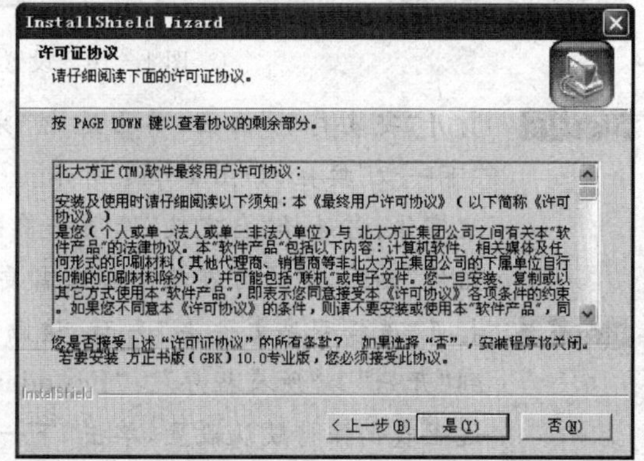

图1-8 "许可证协议"画面

Step 05 打开"客户信息"画面,用户可在相应的编辑框中输入用户名和密码,然后单击"下一步"按钮,如图1-9所示。

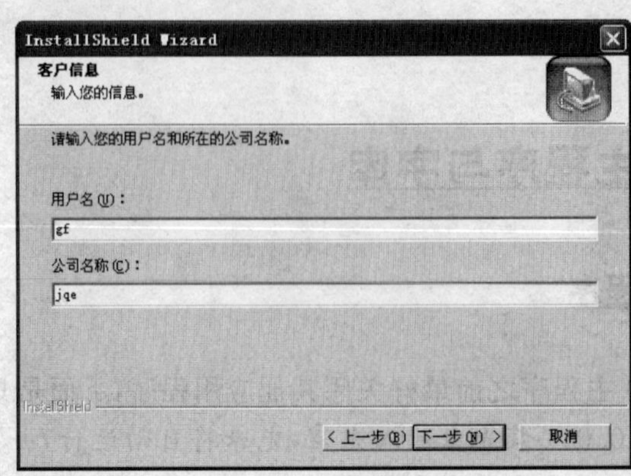

图 1-9 “客户信息”画面

Step 06 打开“选择目的地位置”画面，该画面用来设置程序的安装路径，这里我们保持默认设置，单击“下一步”按钮，如图 1-10 左图所示。（若用户想改变安装路径，可单击“浏览”按钮，然后在弹出的“选择文件夹”对话框中选择相应的文件夹即可，如图 1-10 右图所示。）

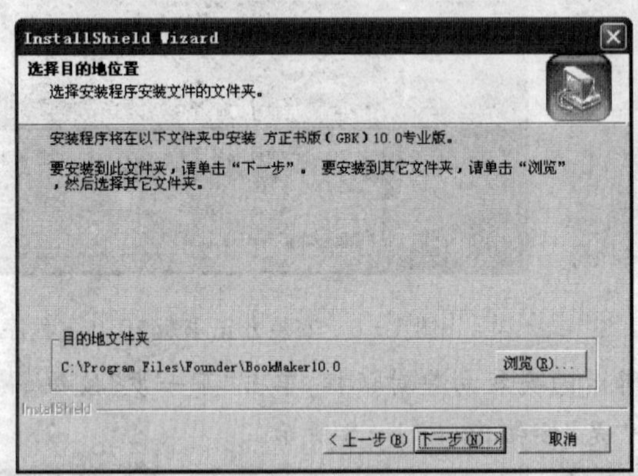

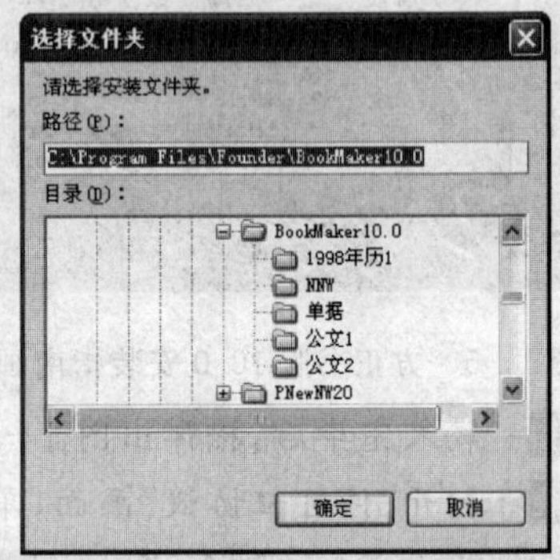

图 1-10 设置程序的安装路径

Step 07 打开“安装类型”画面，单击选中“完全”选项，表示安装全部书版组件，然后单击“下一步”按钮，如图 1-11 所示。（若选择“典型”选项则只能安装最常用的组件及字体；若选择“自定义”选项并单击“下一步”按钮，将弹出图 1-12 所示的“选择组件”画面，用户可在其中勾选需要的组件进行安装。）

Step 08 打开“选择程序文件夹”画面，该画面显示安装程序会自动把程序启动图标添加到“开始”>“所有程序”>“Founder”>“方正书版(GBK)10.0 专业版”菜单项中，这里我们保持默认设置，单击“下一步”按钮，如图 1-13 所示。

Step 09 打开“开始复制文件”画面，用户可在其中查看之前的安装设置，单击“下一步”按钮，如图 1-14 所示。（如果需要更改设置，可单击“上一步”按钮，返回相应对话框。）

Step 10 打开“安装状态”画面，其中的进程条表明安装程序正在将所选组件安装到计算机中，如图 1-15 所示。

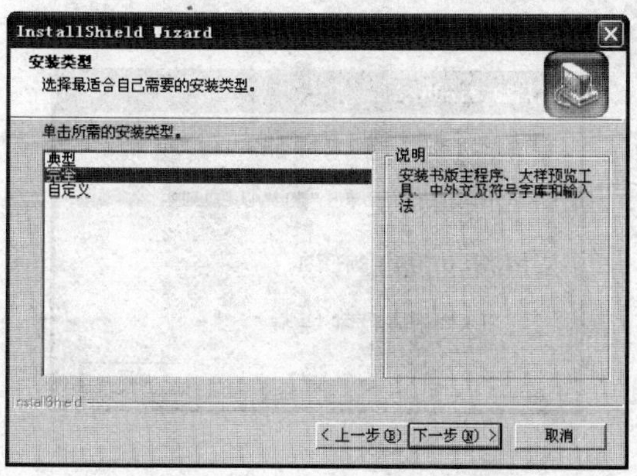

图 1－11 “安装类型”画面

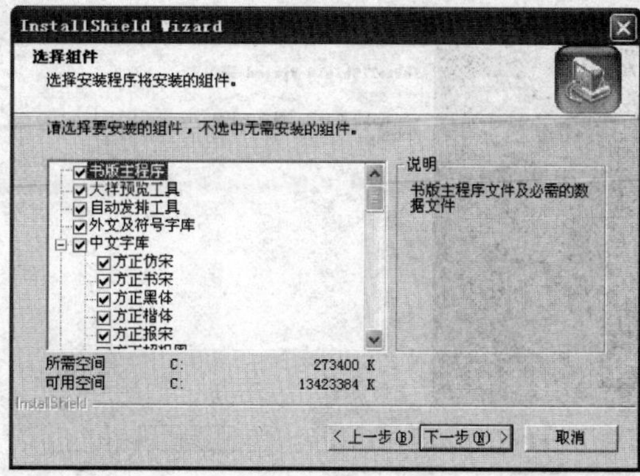

图 1－12 “选择组件”画面

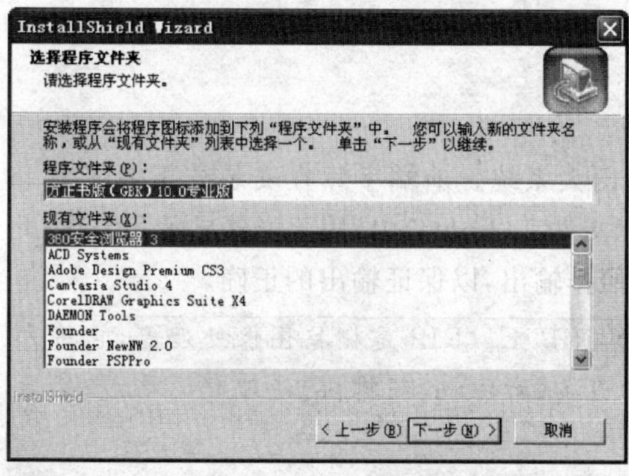

图 1－13　打开“选择程序文件夹”画面

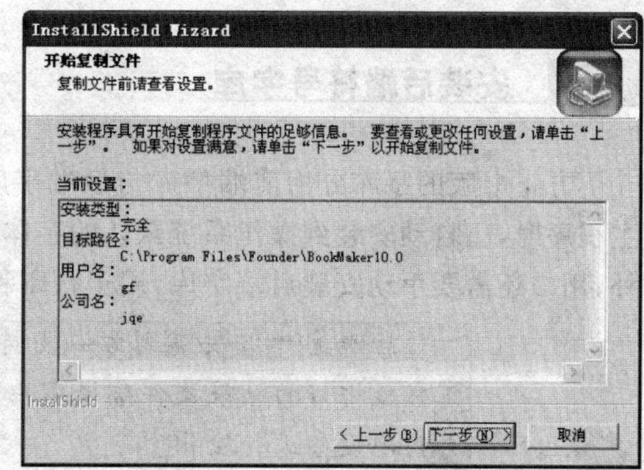

图 1－14　“开始复制文件”画面

Step 11　相关组件安装完毕后，将会弹出图 1－16 所示的“信息”对话框，提醒用户不要忘了安装后端输出字库，避免在输出时会缺字，单击“确定”按钮。

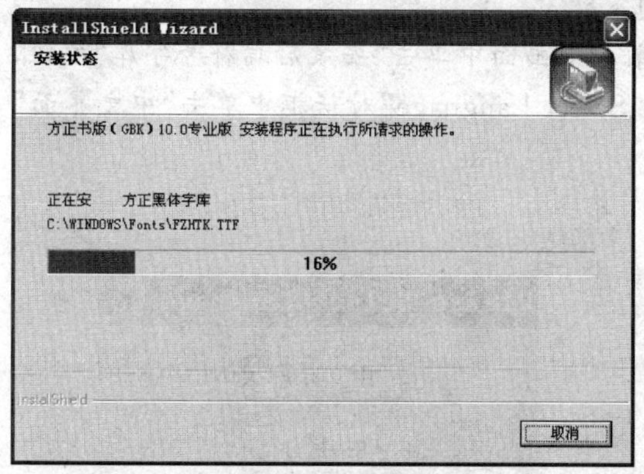

图 1－15　“安装状态”画面

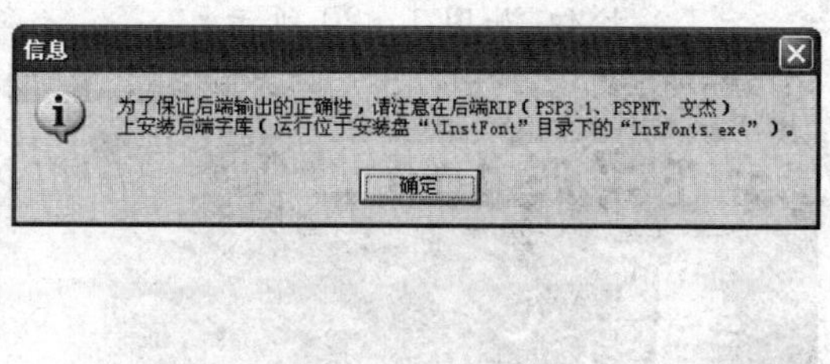

图 1－16　“信息”对话框

Step 12　打开“InstallShield Wizard 完”画面，单击“完成”按钮，如图 1－17 所示。

Step 13　在随后弹出的“重新启动 Windows”对话框中，选择“是，立即重新启动计算机”单选钮，并单击“确定”按钮，重新启动计算机，如图 1－18 所示。至此方正书版 10.0 主程序就安装完成了。

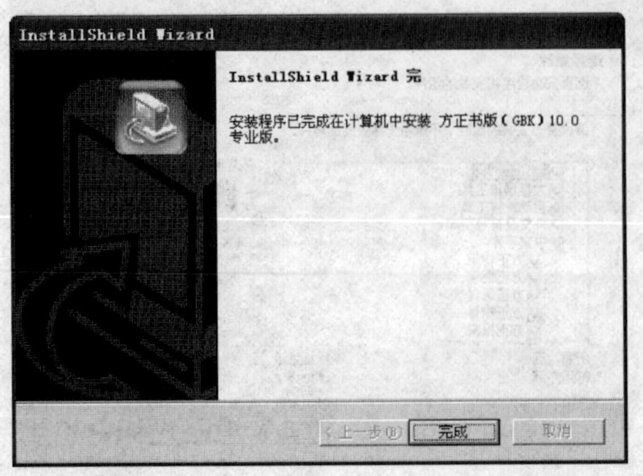

图 1－17 “InstallShield Wizard 完”画面

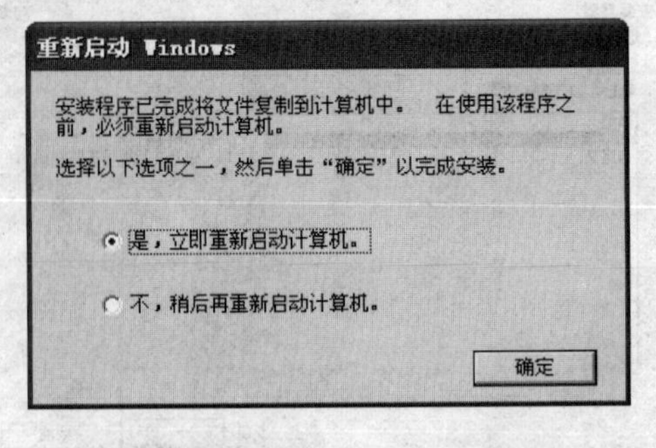

图 1－18 “重新启动 Windows”对话框

1.3.2 安装后端符号字库

方正书版的字库分为前端字库与后端字库两大系统。前端字库在安装方正书版 10.0 主程序时，已自动安装到操作系统默认的字体库文件夹(Fonts)中，用于屏幕显示和编辑；此外，用户还需要手动安装后端字库，用于打印和照排输出，以保证输出的正确。

后端字库需安装到方正支持的 RIP 上。RIP 是栅格图像处理器，它将方正书版排好的结果文件翻译成输出设备(打印机、照排机)能理解的格式，然后再控制设备进行输出。

PSP3.1、NTRIP、PSP Pro E 和 PSP Pro 程序都是方正支持的 RIP。在安装后端字库之前，用户需先确认自己使用的是哪种 RIP，并已经将该 RIP 安装到计算机中。需要说明的是，文杰打印机兼具栅格处理与打印功能，用户可将后端字库直接安装到文杰打印机中。

Step 01 启动方正书版 10.0 安装程序，在安装指南画面中单击“安装后端符号字库”按钮，如图 1－19 所示。在弹出的“Please Select Language”对话框中单击“中文界面”按钮，如图 1－20 所示。

图 1－19 单击“安装后端符号字库”按钮

图 1－20 “Please Select Language”对话框

Step 02 打开"安装字体"对话框，根据自己计算机中安装的 RIP 来选择相应的字库，本例中我们选择"安装 PSP Pro"单选钮(PSP Pro 是使用最为广泛的 RIP)，如图 1－21 所示。

温馨提示 若选择"安装 NTRIP、PSP Pro E"单选钮，"加密狗号"编辑框将变成可输入状态，用户需在其中输入正确的加密狗号方可安装，如图 1－22 所示。文杰字库是给文杰打印机安装的字库。用户可根据实际情况选择相应的字库。

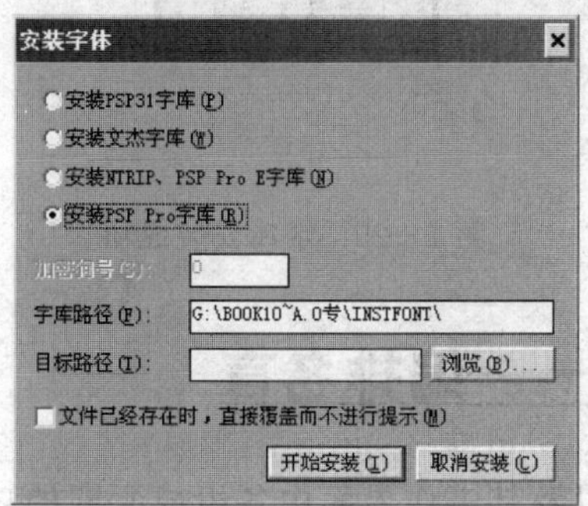

图 1－21 选择"安装 PSP Pro"单选钮

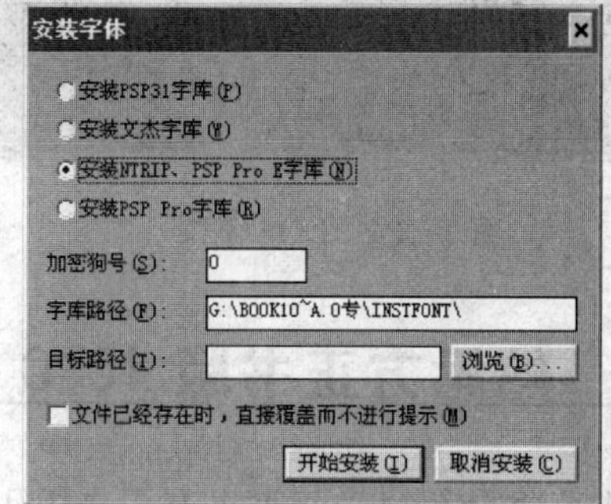

图 1－22 选择"安装 NTRIP、PSP Pro E"单选钮并输入加密狗号

Step 03 单击"浏览"按钮，将弹出"选择安装路径"对话框，单击"驱动器"下拉列表框右侧的▼按钮，展开下拉列表，然后双击"c:"将其选中，如图 1－23 左图所示。

Step 04 在"文件夹"列表框中双击"c:\"。此时，对于使用 PSP Pro 的用户，应按照图 1－23 右图所示的路径进行设置(双击相应的文件夹可将其打开)，设置好后单击"确定"按钮。

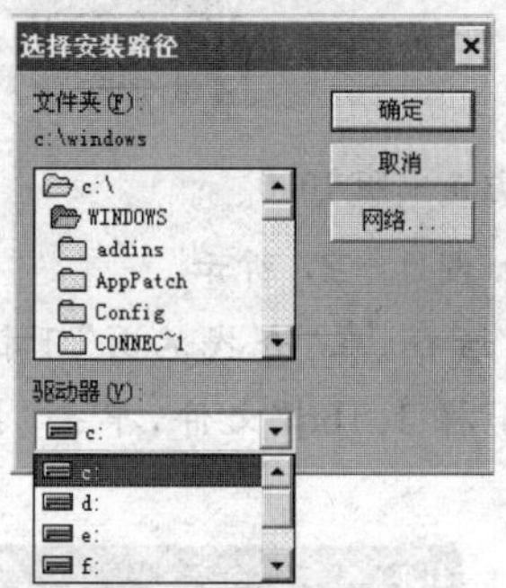

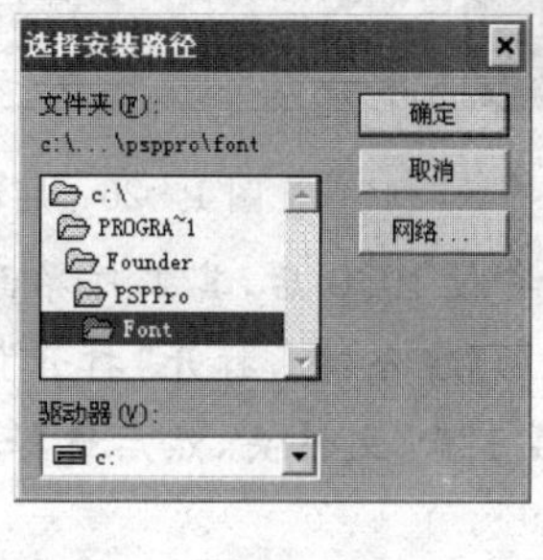

图 1－23 "选择安装路径"对话框

温馨提示 用户应根据 RIP 与操作系统的不同来选择后端字库的正确安装路径，对于 Windows XP 操作系统，通常应将后端字库安装在 RIP 安装路径下的"font"文件夹中。

Step 05 此时将回到"安装字体"对话框，单击"开始安装"按钮，开始安装字体(若用户选择安装的是 NTRIP、PSP Pro E 字库，将会弹出图 1－24 所示的 DOS 窗口)。安装完后，将弹出图 1－25 所示的对话框，单击"确定"按钮。至此，后端字库的安装就顺利完成了。

Step 06 在安装指南画面中单击"退出"按钮，退出方正书版 10.0 安装程序。

图 1－24　DOS 窗口

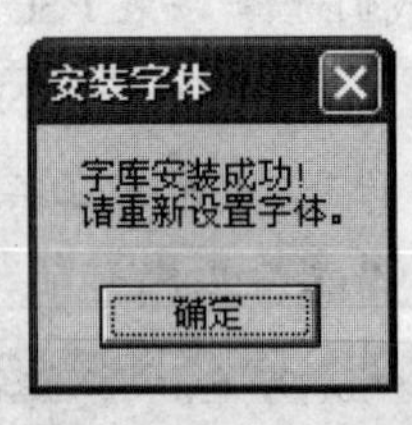

图 1－25　字库安装成功

1.4　熟悉方正书版 10.0 操作界面——编排名言

本节将介绍启动与退出方正书版 10.0 的方法，以及其工作界面中各组成元素的功能。

Step 01　安装好方正书版 10.0 程序后，将加密锁插入电脑 USB 接口，然后可使用下面两种方法启动程序：

- 选择“开始”>“所有程序”>“Founder”>“方正书版(GBK)10.0 专业版”>“方正书版(GBK)10.0 专业版”菜单，如图 1－26 所示。
- 双击桌面上方正书版(GBK)10.0 专业版的启动图标。

图 1－26　启动方正书版 10.0

Step 02　启动方正书版 10.0 后，其工作界面如图 1－27 所示。

Step 03　按【Ctrl＋O】组合键，打开“打开”对话框，在“查找范围”下拉列表中选择本书配套素材“第 1 章”文件夹，然后选择“小样 1.fbd”文件，单击“打开”按钮，如图 1－28 所示。

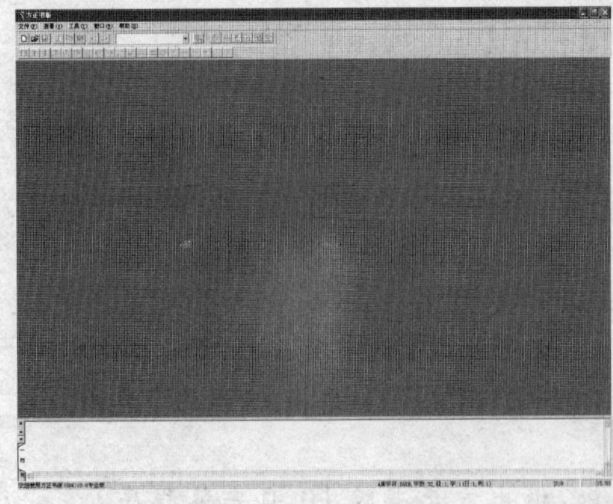

图 1－27　方正书版 10.0 工作界面

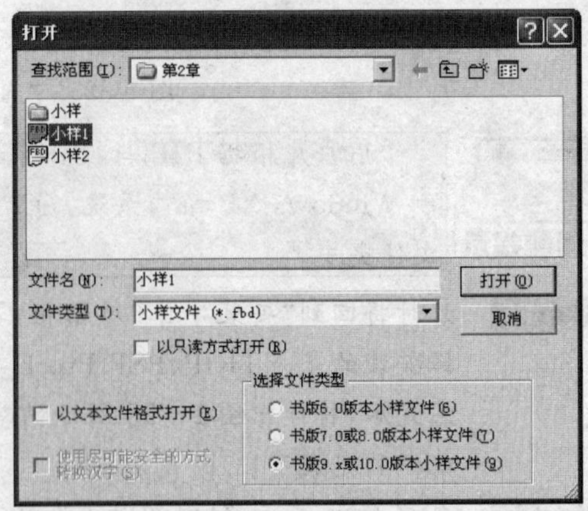

图 1－28　选择要打开的文件

Step 04 图 1-29 显示了打开文件后的方正书版 10.0 工作界面，可以看出其主要由标题栏、菜单栏、标准工具栏、排版工具栏、特殊字符条、文件窗口、消息窗口和状态栏等组成。下面就让我们先来了解一下这些界面元素的功能。

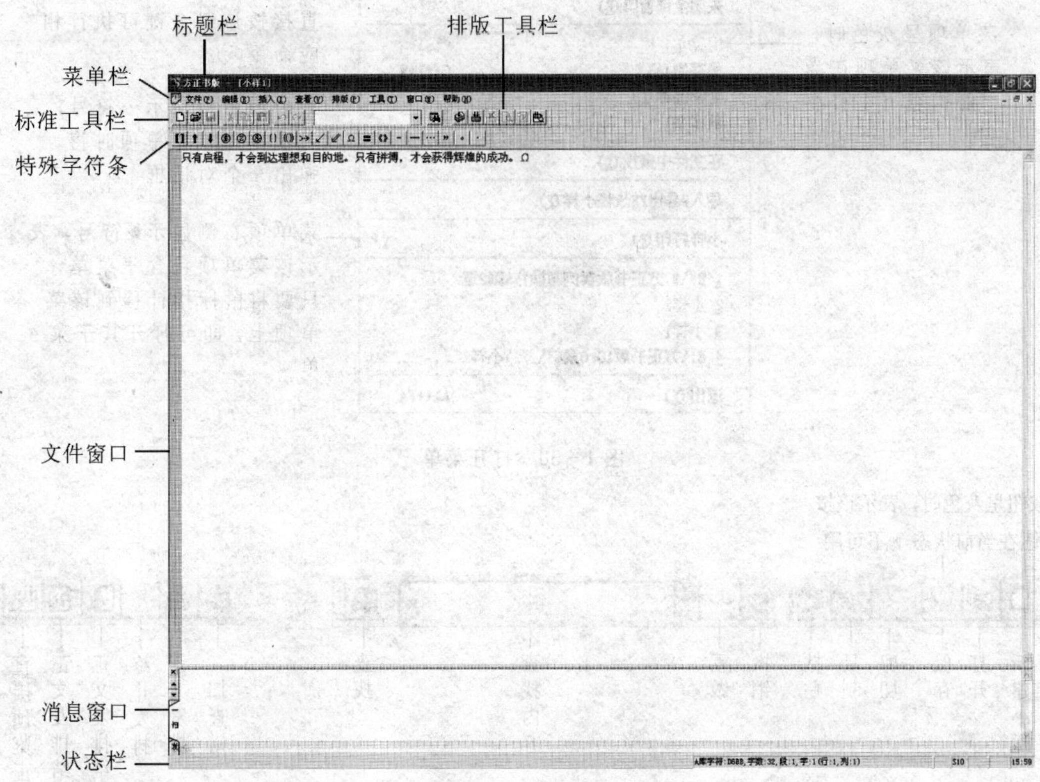

图 1-29　方正书版 10.0 工作界面

- **标题栏**：位于工作界面顶部，其左侧显示了方正书版 10.0 的图标、名称以及当前编辑的文件名称，右侧是 3 个窗口控制按钮，分别单击它们可以将窗口最小化、最大化和关闭。
- **菜单栏**：位于标题栏下方，方正书版 10.0 将其所有命令分门别类地放在了各项菜单中，如“文件”、“查看”、“排版”、“工具”、“窗口”、“帮助”等。要执行某项功能，可首先单击主菜单名打开一个下拉菜单，然后继续单击选择某个菜单项即可，如图 1-30 所示。
- **标准工具栏**：位于菜单栏下方，其包含了一些常用的操作命令，如新建、打开、保存等，要执行某命令，只需单击相应的按钮即可，如图 1-31 所示。
- **排版工具栏**：位于标准工具栏右方，专门用于小样文件的发排、预览与输出，如图 1-32 所示。
- **特殊字符条**：位于标准工具栏与排版工具栏下方，它集中了编辑小样文件时常用的注解符号和一些不方便用键盘输入的标点符号等，如图 1-33 所示。
- **文件窗口**：位于工作界面的中部，是显示、编辑小样与版式文件的场所。
- **消息窗口**：位于文件窗口下方，用来显示排版时的工作进程，以及排版语言使用中出现的差错等信息。

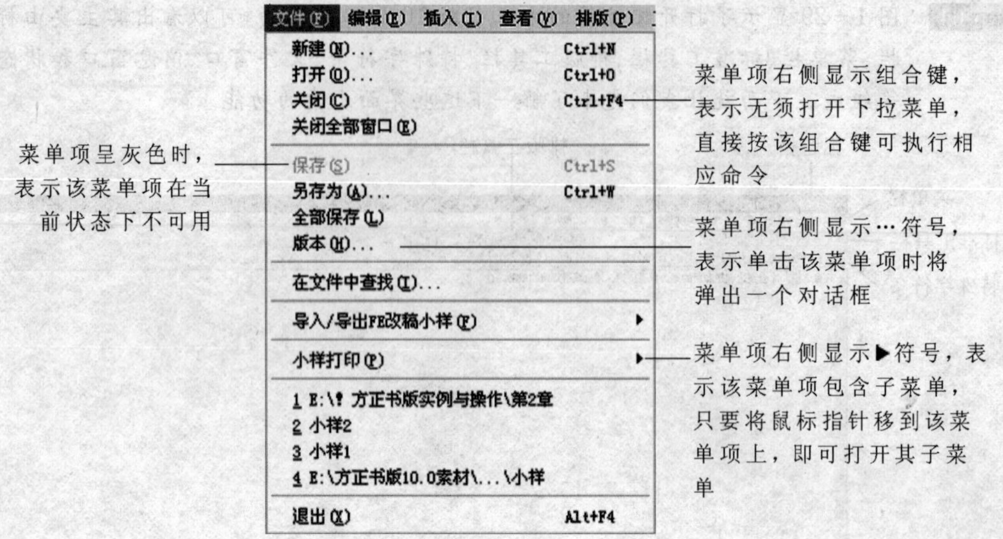

图 1－30 打开菜单

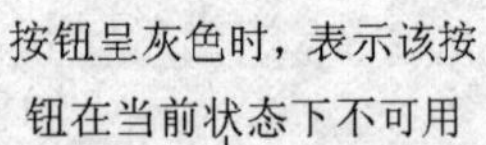

按钮呈灰色时，表示该按钮在当前状态下不可用

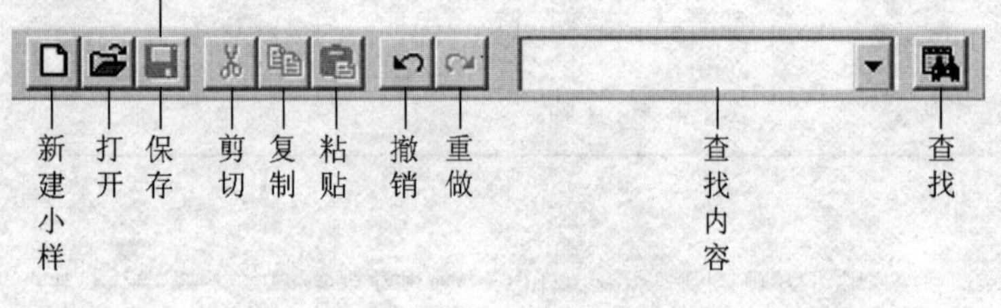

图 1－31 标准工具栏

图 1－32 排版工具栏

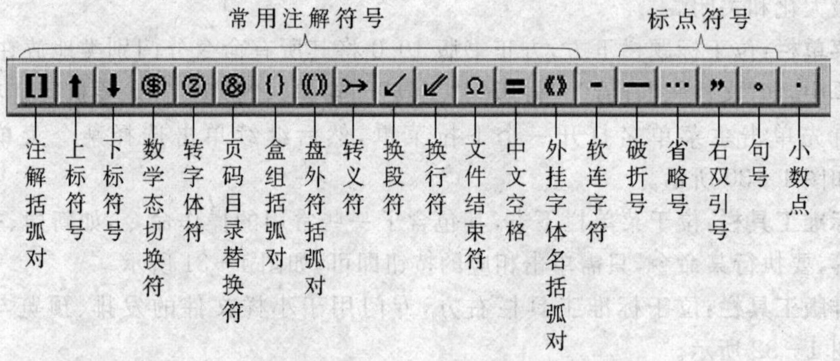

图 1－33 特殊字符条

➢ **状态栏**：位于工作界面底部，主要用来显示所选命令的功能、小样字数、光标位置，以及当前指定的大样格式等。

Step 05　当不需要使用方正书版 10.0 时，可以采用以下几种方法退出程序。

➢ 单击工作界面右上方的“关闭”按钮。
➢ 选择“文件”>“退出”菜单。
➢ 按【Alt + F4】组合键。

1.5　方正书版 10.0 基本操作流程——编排励志短文

本节将通过一个简单的实例，让用户快速掌握方正书版 10.0 的排版流程，并认识一些常用注解。其中 step01 ~ step08 编辑小样，step11 ~ step14 设置版式，并适时预览大样；step17 输出结果文件；step18 认识各文件图标。

Step 01　启动方正书版 10.0，在标准工具栏中单击“新建小样”按钮，即可快速新建一个小样文件。此时，一个闪烁的光标出现在文件窗口的左上角，如图 1 - 34 所示。

Step 02　在小样文件窗口中输入如下文字（按【Enter】键可以将光标移到下一段开头，然后输入内容）。输入完的效果如图 1 - 35 所示。

> 用心去感受生活，你会发现生活五彩缤纷；充满热情去工作，你会发现工作充满乐趣。
> 两个学园艺的大学生在吃饭时闲聊。
> 甲说：“整天挖坑种树的，让人烦透了！”
> 乙说：“你想着咱们是在建设一个美丽的新花园，这样心情就好多了！”
> 多年后，甲依旧在花园里挖坑种树，而乙成了设计师。

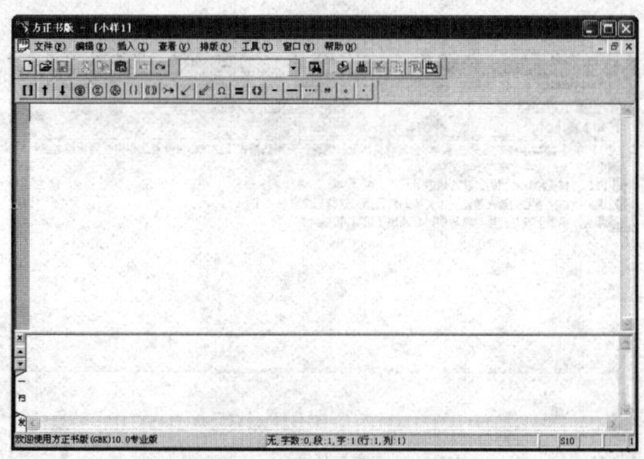

图 1 - 34　新建小样

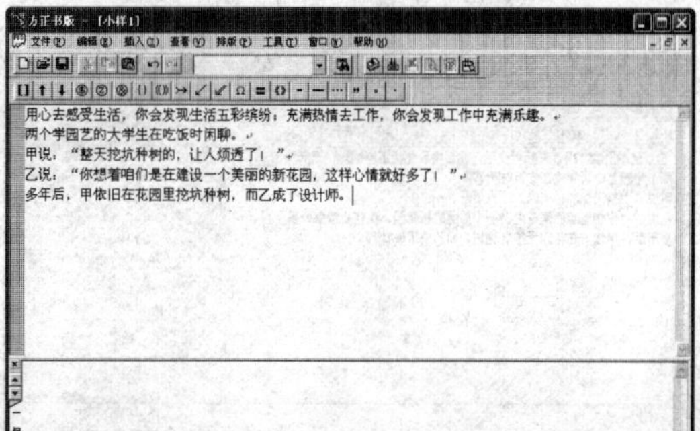

图 1 - 35　输入文本

Step 03　在标准工具栏中单击“保存”按钮，此时将弹出“保存为”对话框，在“保存在”下拉列表中选择保存位置，在“文件名”编辑框中输入“小样”字样，单击“保存”按钮，如图 1 - 36 所示。

Step 04　下面我们为该短文设置字体与字号。在方正书版中，需要用汉体注解来完成这一设置。将鼠标指针移至短文的开始处单击，插入光标，然后在特殊字符条中单击“注解括弧对”按钮，插入一个注解括弧对“〖〗”，如图 1 - 37 所示。

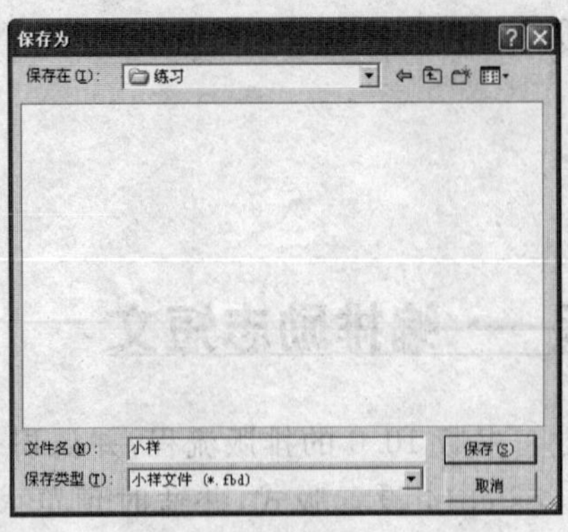

图 1－36　保存小样

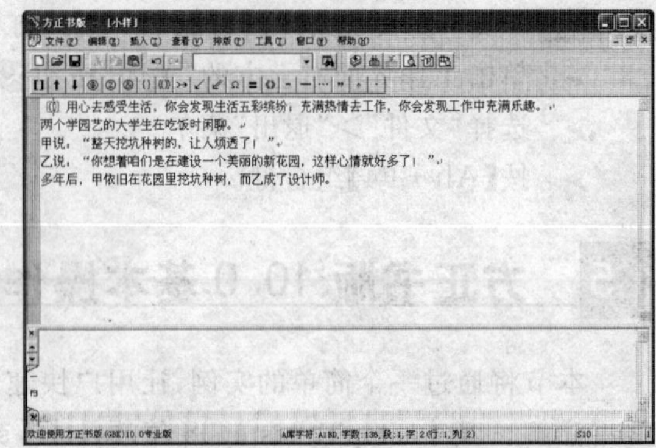

图 1－37　插入注解括弧对

Step 05　在注解括弧对中输入"HT5SS"，其中"HT"表示汉体、"5"表示五号、"SS"表示书宋。此注解的作用是将整篇短文的字体设置成汉字字体中的书宋体，字号为五号。

Step 06　按照中文习惯，一个段落的开始处应空两格，这在方正书版中需插入空格注解来实现。按一下键盘上的右方向键→，使光标移至第一段的"用"字之前，然后单击特殊字符条中的"中文空格"按钮〓。此时，一个空格符"〓"会出现在"〖HT5SS〗"与"用"字之间，表示在该位置空一格。再次单击〓按钮，再插入一个空格，效果如图 1－38 所示。

Step 07　在此篇短文中共有四个自然段，在方正书版中，需在相应的段落后加入换段注解，方可实现换段效果。将光标移至第一段最后，单击特殊字符条中的"换段符"按钮↙，插入一个换段符"↙"。用同样的方法分别在第 2～4 段的末尾处插入换段符，效果如图 1－39 所示。

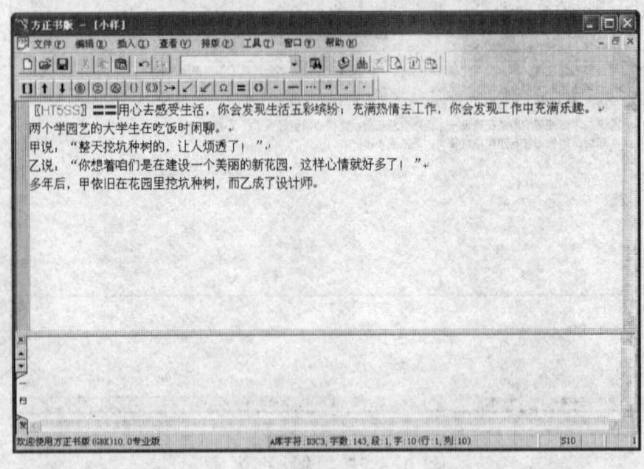

图 1－38　插入空格

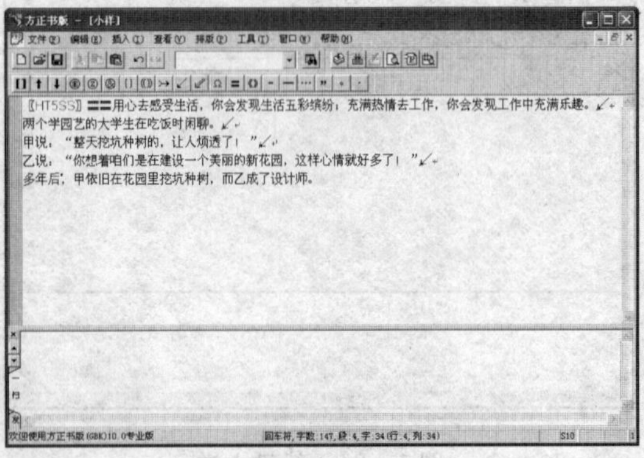

图 1－39　插入换段符

Step 08　将光标移至短文最后，单击特殊字符条中的"文件结束符"按钮Ω，插入结束符"Ω"。此符号告诉系统小样编辑到此结束，如图 1－40 所示。单击"保存"按钮保存小样。（有关小样文件的详细操作请参阅本书第 2 章内容。）

Step 09　在排版工具栏中单击"直接预览正文"按钮，可打开"大样预览窗口"，在该窗口中显示了短文的排版效果，如图 1－41 所示。（有关大样文件的详细操作请参阅本书第 4 章内容。）

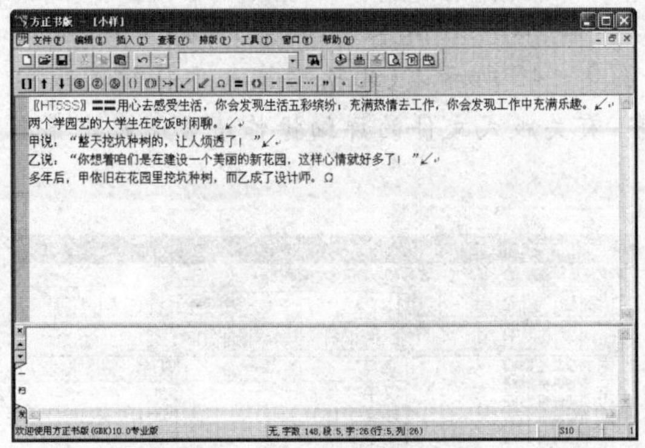

图 1－40 插入结束符

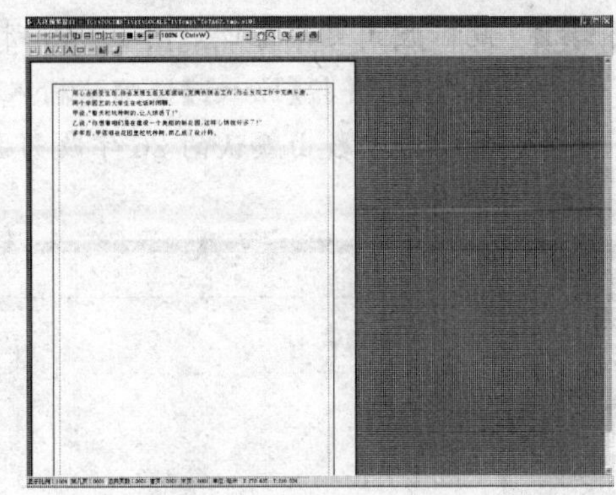

图 1－41 预览大样

Step 10 单击“关闭”按钮☒，关闭“大样预览窗口”，回到小样编辑窗口。

Step 11 选择“排版”>“排版参数”菜单，此时将弹出图 1－42 所示的信息提示对话框，单击“是”按钮，为当前的小样文件创建版式文件，如图 1－43 所示。（在方正书版 10.0 中，版式文件也叫做 Pro 文件或排版参数文件。）

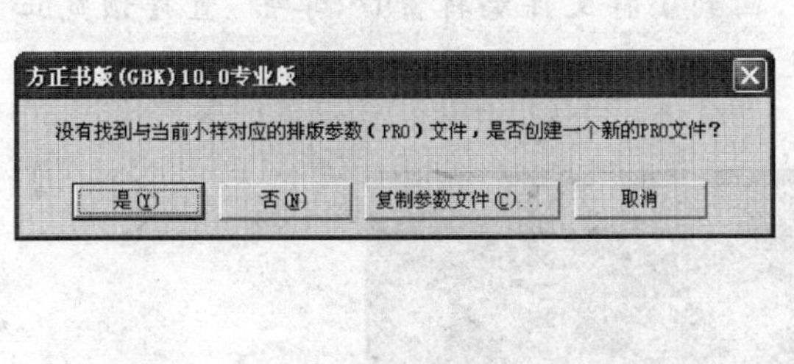

图 1－42 信息提示对话框

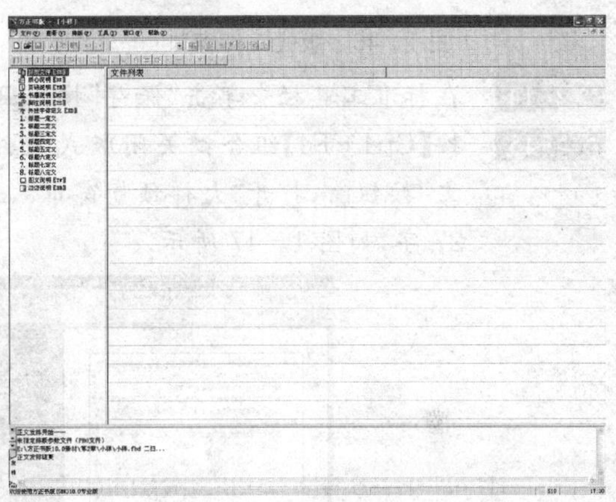

图 1－43 版式文件窗口

Step 12 在窗口左边的列表中双击“版心说明”选项，此时将弹出“添加版心说明注解”对话框，选择“32 开 5 书宋 ＊2”单选钮，将文本设置为 32 开版心，单击“确定”按钮，如图 1－44 所示。

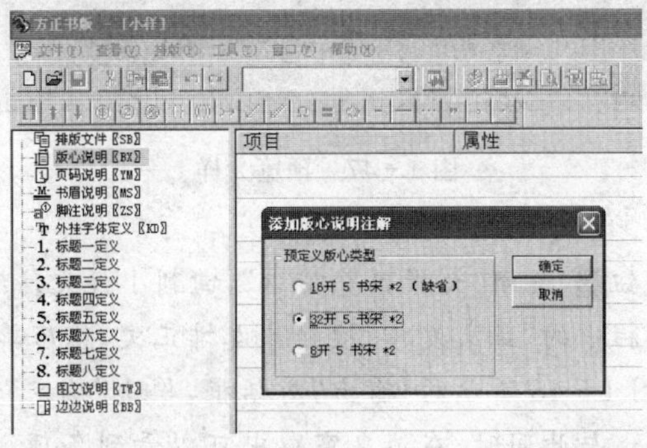

图 1－44 设置版心大小

Step 13 此时版式文件窗口如图 1－45 所示。双击“版心宽”右边的“26”将其选中，然后输入“27”，并按【Enter】键确认输入，如图 1－46 所示。（此项操作表示将短文版心的每行字数由默认的 26 字改为 27 字，有关版式文件的详细操作请参阅本书第 3 章内容。）

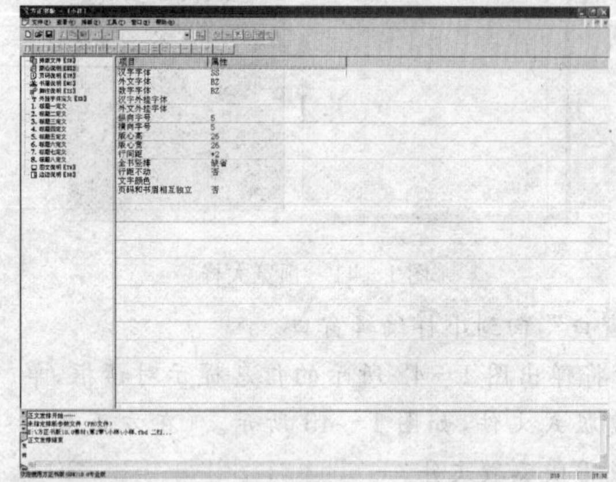

图 1－45　版式文件窗口

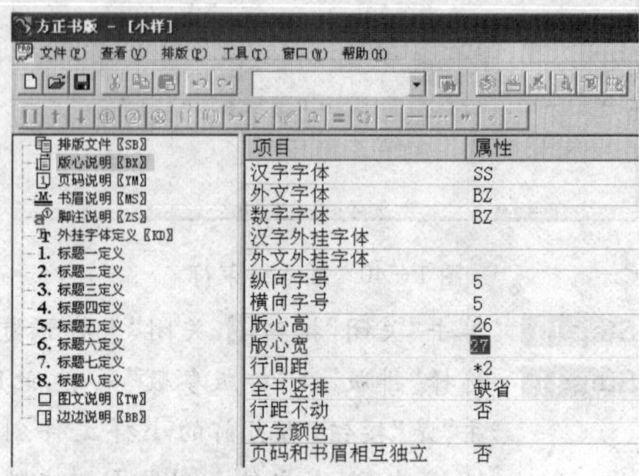

图 1－46　设置版心宽参数

Step 14 在标准工具栏中单击“保存”按钮，将版式文件保存。

Step 15 按【Ctrl＋F4】组合键关闭版式文件，回到小样文件编辑窗口，单击“直接预览正文”按钮，打开“大样预览窗口”，此时可以看到该文件的开本已改为 32 开、每行 27 字，如图 1－47 所示。

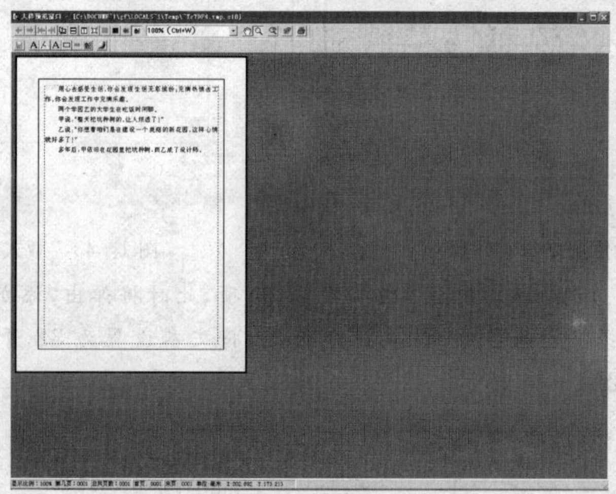

图 1－47　预览大样

Step 16 单击“关闭”按钮，关闭“大样预览窗口”，回到小样文件编辑窗口中。

Step 17 单击排版工具栏中的“正文发排”按钮发排正文，然后单击“正文发排结果输出”按钮，打开图 1－48 所示的“输出”对话框，单击“确定”按钮即可将排版效果输出成结果文件。与此同时，在消息窗口中可以看到各项操作进程，如图 1－49 所示。（在方正书版 10.0 中，结果文件也叫 PS 文件，用户可利用 RIP 将其打印出来，详细操作请参阅本书第 14 与第 15 章内容。)

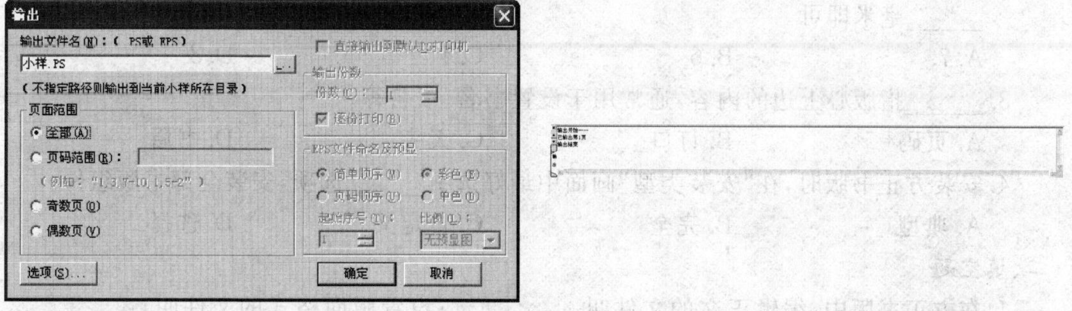

图 1-48 "输出"对话框　　　图 1-49 消息窗口中的输出进程

Step 18 按【Alt+F4】组合键关闭方正书版 10.0 程序，打开存储"小样.fbd"文件的文件夹，可以看到其中有五个文件的图标，分别为小样文件、PRO 文件(版式文件)、大样文件、PS 文件(结果文件)与 BAK 文件(备份文件)，它们的图标和扩展名各有不同，如图 1-50 所示。

图 1-50 各文件图标

本实例涉及的相关文件可参阅本书配套素材"第 1 章"\"小样"文件夹中的内容。

本章小结

本章主要介绍了方正书版 10.0 的特点、排版常识、安装方法，以及工作界面中各组成元素的作用。

- 在主要特点中，用户应对方正书版的工作流程有一定的认识，并知道方正书版是通过添加注解来设置各种排版格式的。
- 在排版常识中，读者应重点掌握版面中各种组成元素的名称及位置，并了解一定的印刷知识。
- 在安装方正书版 10.0 时，要特别注意安装类型及相应字库的选择。
- 在方正书版 10.0 工作界面中，标准工具栏集中了方正书版的常用命令，排版工具栏专门用于发排与预览，特殊字符条用于在小样文件中插入注解符号或标点。

此外，我们还通过一个简单的实例学习了方正书版的操作流程，包括在小样文件中输入并编辑文本，在版式文件中设置版心大小，在大样文件中预览排版效果并输出成用于打印的结果文件，用户需认真操作并体会各文件的作用。

思考与练习

一、选择题

1. 在方正书版中，编辑正文的文件叫______。

A. 版式文件　　B. 小样文件　　C. 大样文件　　D. 结果文件

2. 在编排出版物时，如果要添加整页底图，需要将底图设置为带出血的尺寸，一般______毫米即可。

A. 7　　B. 6　　C. 4　　D. 3

3. ______指版心上边的内容，通常用于设置书名、章名等。

A. 页码　　B. 订口　　C. 天头　　D. 书眉

4. 安装方正书版时，在“安装类型”画面中最好选中______选项，安装全部书版组件。

A. 典型　　B. 完全　　C. 自定义　　D. 选择

二、填空题

1. 在方正书版中，编辑正文的文件叫__________；设置版面格式的文件叫__________，预览排版效果的文件叫__________。

2. 四色印刷中的四种油墨颜色分别为________、________、________、________。

3. 通常用于印刷的图像分辨率需要__________ ppi 或更高。

4. 方正书版 10.0 工作界面主要包括了__________、__________、__________、__________、__________等部分，其中__________是显示、编辑小样与版式文件的场所。

三、操作题

按照本章所讲的方法编排一篇诗歌单页，参数设置与最终效果如下所示。最终效果文件可参阅本书配套素材“第 1 章”文件夹中的“小样 2. fbd”文件。

小样输入：	大样效果：
＝＝温柔的夜风↙ 轻抚着飞舞的萤火虫↙ 看着流星↙ 燃烧着划过夜空↙ 赏着月色↙ 纯洁的美丽而朦胧↙↙ 温柔的夜风↙ 轻抚着飞舞的萤火虫↙ 无尽的思念中↙ 决心为你燃起希望的火种Ω	温柔的夜风 轻抚着飞舞的萤火虫 看着流星 燃烧着划过夜空 赏着月色 纯洁的美丽而朦胧 温柔的夜风 轻抚着飞舞的萤火虫 无尽的思念中 决心为你燃起希望的火种

提示：

(1)单击特殊字符条中的“中文空格”按钮＝输入“＝”符号。

(2)单击“换段符”按钮↙输入“↙”符号。

(3)单击“文件结束符”按钮Ω输入“Ω”符号。

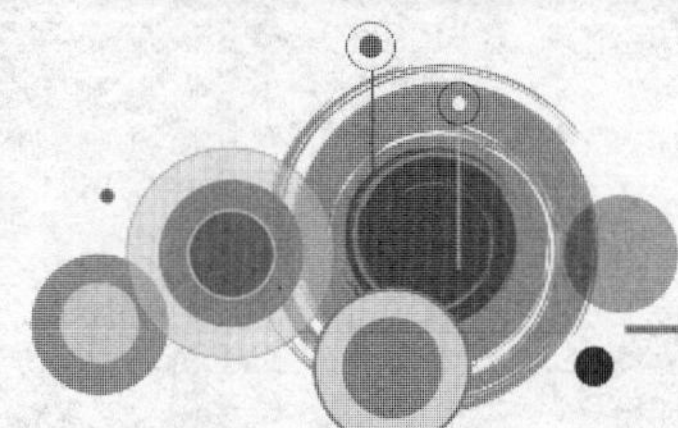

第2篇

方正书版10.0排版文件

本篇内容提要

篇前导读

小样文件、版式文件和大样文件是方正书版最重要的排版文件。

小样文件是输入并编辑正文的文件，插有排版注解，是方正书版的主体文件。

版式文件用于指定版面的大小及格式，内含版心、页码等注解项目。

大样文件用于显示版面的效果，由小样文件和版式文件发排生成。

除此之外，方正书版还有目录文件、索引文件、配置文件、CEB文件和用于打印输出的结果文件，这些文件的创建与操作方法将在后续篇章中陆续讲到。

第2章 小样文件

本章内容提要

章前导读

小样文件是方正书版10.0的主体文件，我们可以在其中输入并编辑出版物的主体内容，并可加入排版注解指定排版格式。在本章中，我们将学习小样文件的基本操作方法，学习文字与符号的输入与编辑方法，以及插入、自定义宏等功能。

2.1 小样文件基本操作——编排诗歌

下面通过一个实例讲解小样文件的基本操作方法，包括新建、打开、保存等，以及小样文件窗口的调整方法。

Step 01 启动方正书版10.0后，选择“文件”>“新建”菜单，打开图2-1所示的“新建”对话框，单击“确定”按钮或者直接双击“小样文件”选项，即可创建一个小样文件，如图2-2所示。

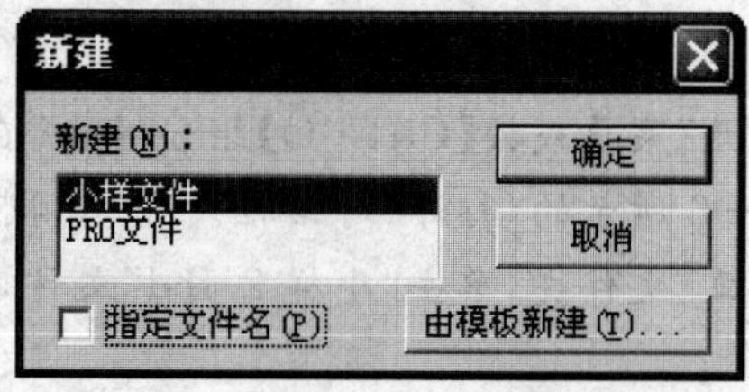

图2-1 “新建”对话框

若想在新建小样文件的同时设置其文件名和保存位置，可在“新建”对话框中勾选“指定文件名”复选框，然后单击“确定”按钮，此时会弹出“新建文件－选择文件名”对话框，在“保存在”下拉列表框中选择小样文件保存位置，在“文件名”编辑框中输入文件名，单击“保存”按钮，如图 2－3 所示。

图 2－2　新建的小样文件

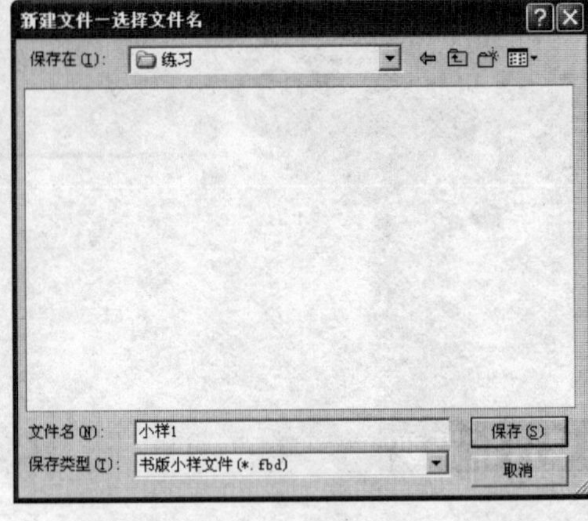

图 2－3　“新建文件－选择文件名”对话框

利用方正书版提供的模板可创建具有特定格式的专业文档。方法是：在“新建”对话框中单击“由模板新建…”按钮，打开“由模板新建文件”对话框，在模板列表中选择所需模板，然后单击“确定”按钮，如图 2－4 所示，结果如图 2－5 所示。利用模板创建好小样文件后，用户可在此基础上进行编辑，制作出符合需要的文档。

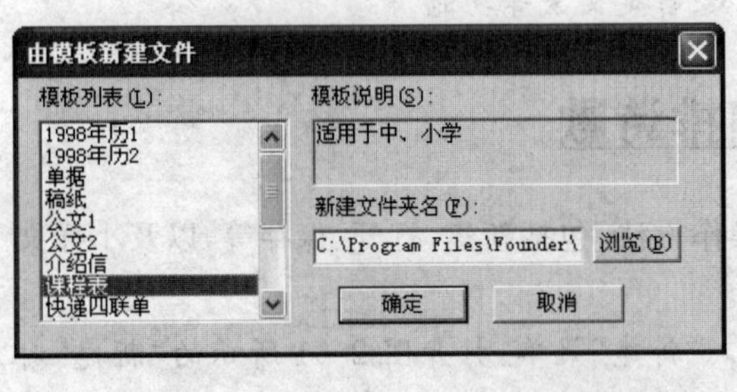

图 2－4　“由模板新建”对话框

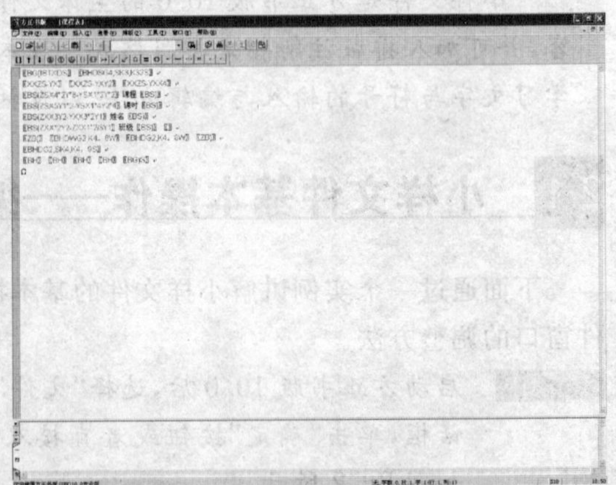

图 2－5　由模板新建的小样文件

Step 02　选择“文件”＞“打开”菜单或按【Ctrl＋O】组合键，或在标准工具栏中单击“打开”按钮，打开图 2－6 所示的“打开”对话框。在“查找范围”下拉列表框中选择本书配套素材“第 2 章”文件夹，单击“小样 2.fbd”文件，然后单击“打开”按钮，将该小样文件打开。

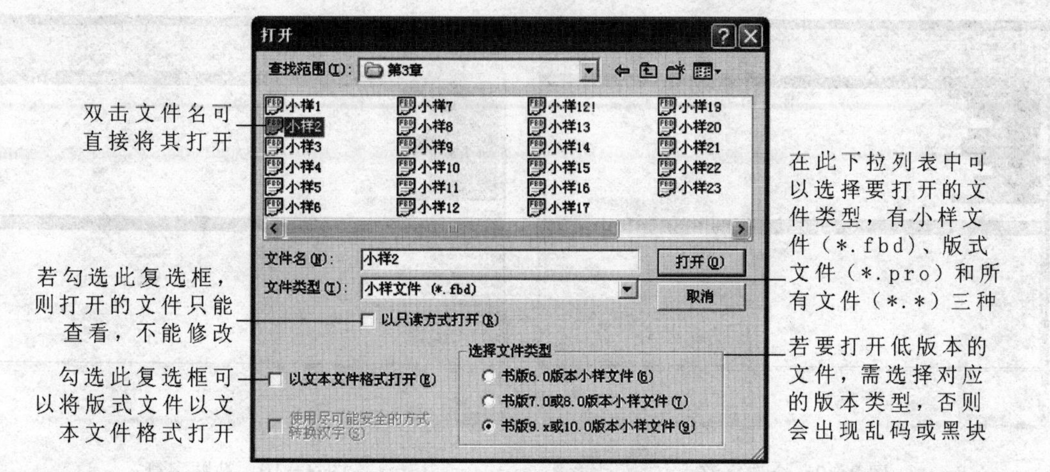

图2-6 “打开”对话框

Step 03 新打开的“小样2.fbd”文件窗口默认为最大化显示状态，并完全覆盖住了“小样1.fbd”，我们可单击菜单栏右边的“向下还原”按钮将其缩小，如图2-7示。此时，将光标置于文件窗口边界，当光标呈↕、↖、↗、↔形状时，按住鼠标左键并拖动可调整文件窗口大小。

单击文件窗口标题栏右侧的“最小化”按钮或“最大化”按钮，可将文件窗口最小化或最大化显示。当文件窗口处于非最大化显示状态时，单击其标题栏并拖动可移动窗口的位置。

Step 04 选择“窗口”>“并列式窗口”菜单，可使同时打开的多个小样文件并列显示，如图2-8所示。

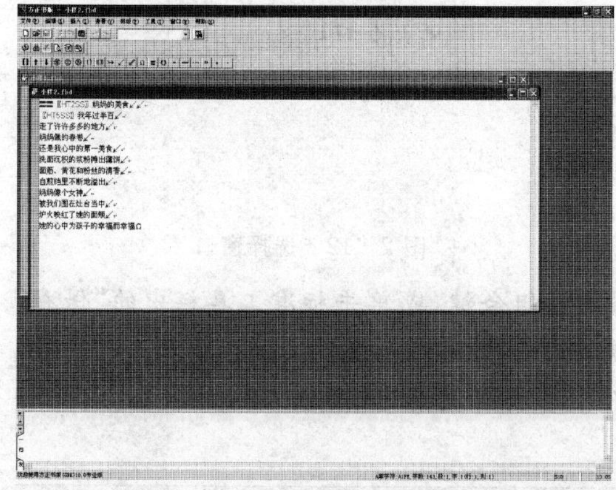

图2-7 向下还原文件窗口

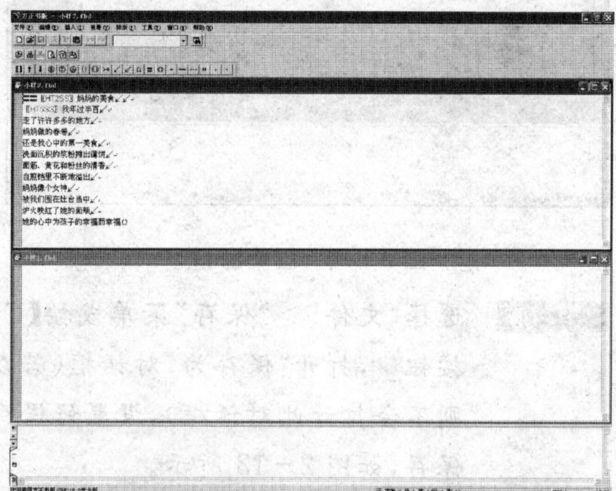

图2-8 并列文件窗口

Step 05 按【Ctrl+A】组合键选择“小样2”文件中的全部字符，按【Ctrl+C】组合键复制，如图2-9所示。单击“小样1.fbd”文件窗口使其成为当前操作窗口，按【Ctrl+V】组合键粘贴刚才复制的文本，如图2-10所示。

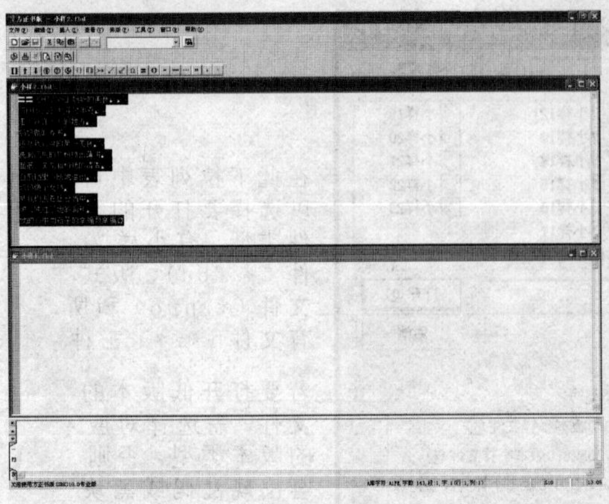

图 2-9　全选字符

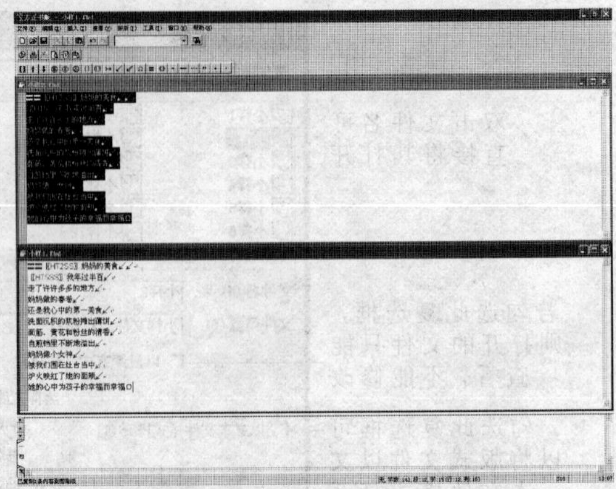

图 2-10　粘贴字符

同时打开多个文件时，除了使用上一步介绍的方法切换文件窗口外，还可选择“窗口”>“层叠式窗口”菜单层叠窗口，然后单击任意一个文件窗口的标题栏，可使其成为当前窗口，如图 2-11 所示。此外，也可单击“窗口”菜单下的文件名称切换窗口，如图 2-12 所示。

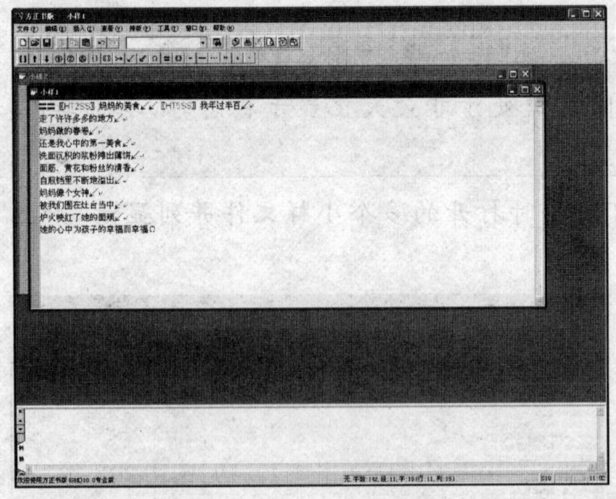

图 2-11　层叠窗口

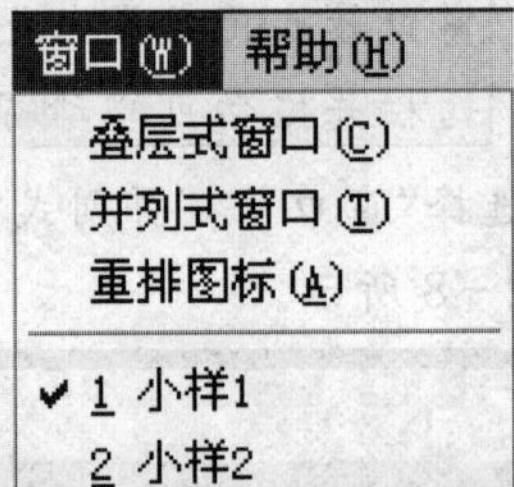

图 2-12　选择窗口

Step 06　选择“文件”>“保存”菜单或按【Ctrl+S】组合键，或单击标准工具栏中的“保存”按钮，打开“保存为”对话框（若在新建小样文件时设置了文件名称和存储位置，则不会打开此对话框），设置好保存位置和文件名称后，单击“保存”按钮，将文件保存，如图 2-13 所示。

在对文件执行第 2 次保存操作时，不会再弹出“保存为”对话框。用户最好在新建文件时便将文件保存，并在编辑过程中及时执行保存操作，避免因意外丢失正在编辑的信息。

Step 07　若想将当前小样文件另存为一个新文件，可选择“文件”>“另存为”菜单或按【Ctrl+W】组合键，打开“另存为”对话框，在文件名编辑框中输入文件名，如“小样 3”，单击“保存”按钮，如图 2-14 所示。

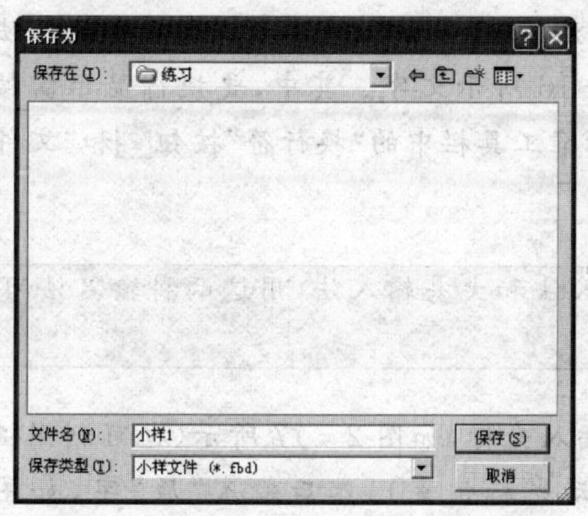

图 2－13　“保存为”对话框

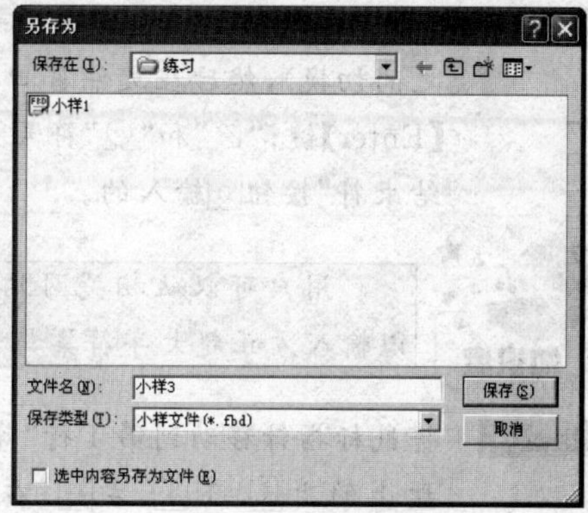

图 2－14　“另存为”对话框

Step 08　单击小样文件窗口标题栏右侧的“关闭”按钮或按【Ctrl＋F4】组合键，将其关闭；若想同时关闭所有文件，可选择“文件”>“关闭全部窗口”菜单。

本实例最终效果可参阅本书配套素材“第 2 章”文件夹中的“小样 3.fbd”文件。

2.2　小样文件基本编辑

本节介绍小样文件的基本编辑方法，包括输入、选择、删除、复制和移动文字，查找和替换文字，输入特殊符号和使用动态键盘等内容。

2.2.1　文字的输入与编辑

本节将通过四个实例讲解文字的输入与编辑方法，如改写、选择、移动和查找等。

1. 输入与删除文字——编排短诗

Step 01　新建一个小样文件，命名为“小样 4”，可以看到，在文件窗口的左上角有一个闪烁的竖线形光标，它用于显示当前文件正在编辑的位置，如图 2－15 所示。

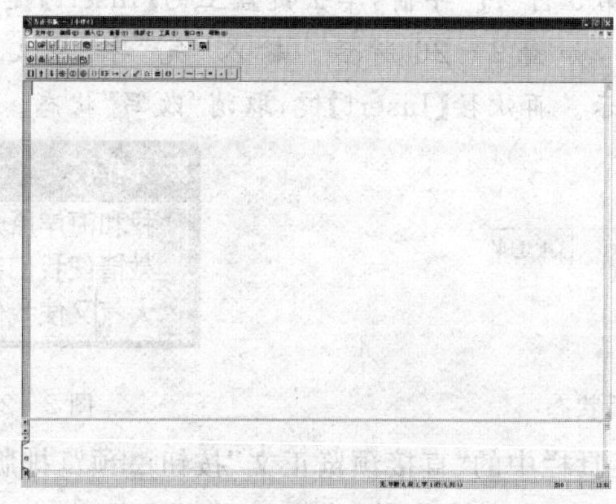

图 2－15　新建小样

Step 02 按【Ctrl + Shift】组合键选择一种汉字输入法（反复按该组合键可以在多种输入法之间切换），然后在文件窗口中输入图 2－16 所示文字。其中，要换行显示需按【Enter】键；“⇙”和“Ω”符号分别是单击标准工具栏中的“换行符”按钮⇙和“文件结束符”按钮Ω输入的。

用户可以从相关网站下载典码输入法和大易输入法，用这两种输入法可以输入方正超大字符集与繁体汉字。

Step 03 将鼠标指针移动到第 1 行“岸”字后单击插入光标，如图 2－17 所示（也可利用键盘上的上↑、下↓、左←、右→方向键移动光标位置），然后输入“原”字，如图 2－18 所示。

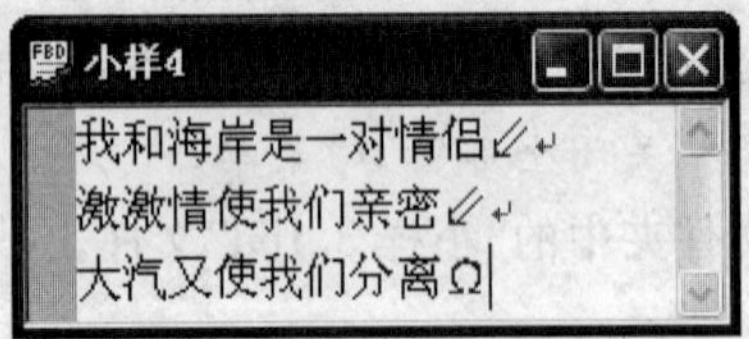

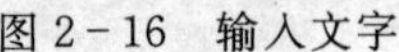
图 2－16　输入文字

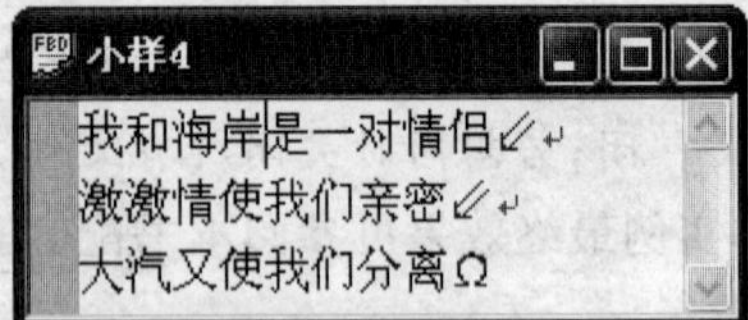

图 2－17　确定插入点

Step 04 将光标移动到第 2 行之前，按【Delete】键可以删除光标后的一个字符，如图 2－19 所示。

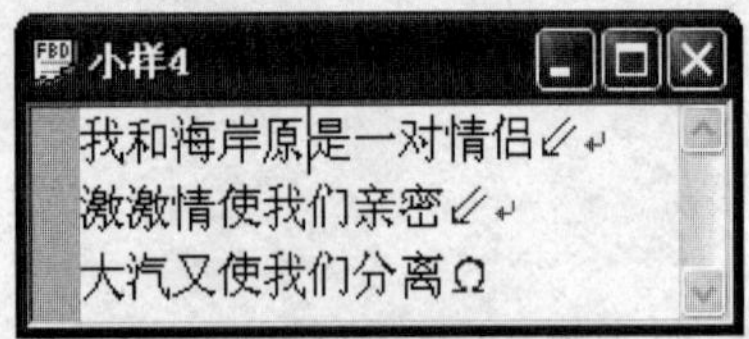

图 2－18　输入文字

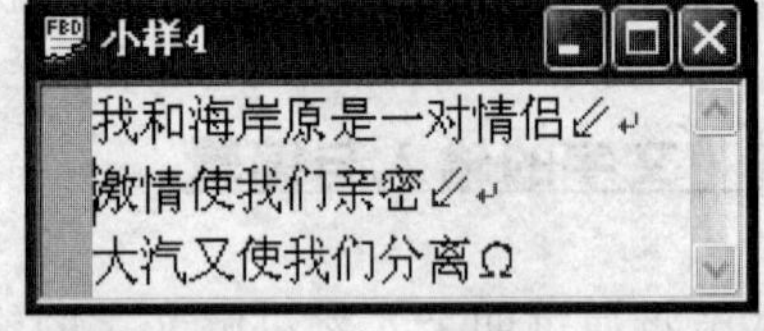

图 2－19　删除字符

按退格键←（有些键盘将其标为“Back Space”）可删除光标前的一个字符；选择“编辑”>“删除行”菜单，或按【Ctrl + L】组合键可以删除光标处的一行字符。

Step 05 将光标移动到第 3 行“汽”字前，单击键盘上的【Insert】键，此时在状态栏右方将显示“改写”字样，如图 2－20 所示。输入“气”字，原文中的“汽”字即被替换，如图 2－21 所示。再次按【Insert】键，取消“改写”状态。

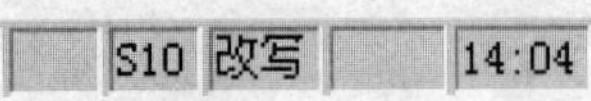

图 2－20　改写状态

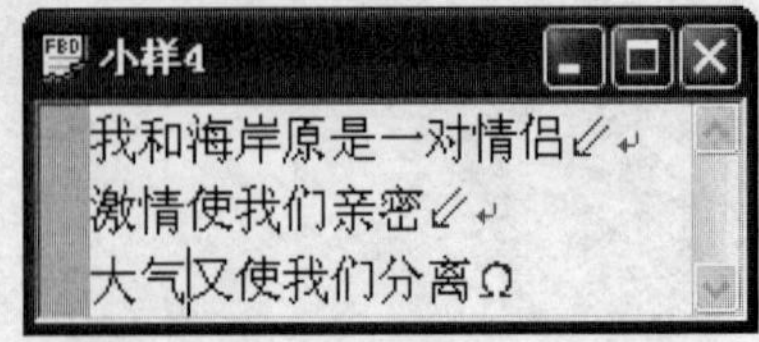

图 2－21　改写文字

用户可以单击排版工具栏中的“直接预览正文”按钮预览排版效果。本实例最终效果可参阅本书配套素材“第 2 章”文件夹中的“小样 5. fbd”文件。

2. 选择、移动、拷贝与剪切文本——编排爱心美文

Step 01 打开本书配套素材"第 2 章"文件夹中的"小样 6. fbd"文件。将光标插入到第 3 行最后"一"字的前面。

文本中的"〖HT3CY〗"和"〖HT5SS〗"是用来指定汉字格式的注解，其中"〖HT3CY〗"注解表示标题文字采用汉字字体中的彩云体，字号为三号，本注解的的作用范围直到下一个汉体注解"〖HT5SS〗"为止，有关字体字号的详细说明请参阅本书第 5 章内容。

Step 02 按住鼠标左键并向右拖动，选中"一"字，选中后的文字将以黑色底纹标示，如图 2－22 所示。

若要选中一行文本（文字、符号和注解），可移动鼠标指针到该行最左侧，当其变为白色箭头时单击；若要选中多行文本，可移动鼠标指针到要选取的第一行左侧，当其变为白色箭头时，按住鼠标左键并向下拖动，此时，鼠标指针经过行的内容都将被选中；若要选中的文本区域跨度较大，可将光标分别放在要选中文本区域的起始处和结束处，并分别按下【F4】键；若要选中文件中所有文本，可选择"编辑">"选中全部文本"菜单或按【Ctrl＋A】组合键。

此外，分别按【Shift＋↑】、【Shift＋↓】、【Shift＋←】或【Shift＋→】可以以光标所在位置为基准向上、向下、向左或向右选中文本。

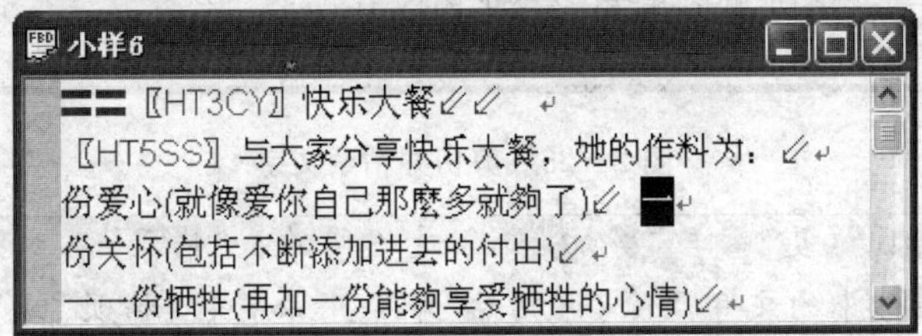

图 2－22 选中文字

Step 03 将鼠标指针移动到选中的"一"字上，按住鼠标左键不放并拖动到第 3 行开始处，释放鼠标即可将"一"字移动到该位置，如图 2－23 所示。

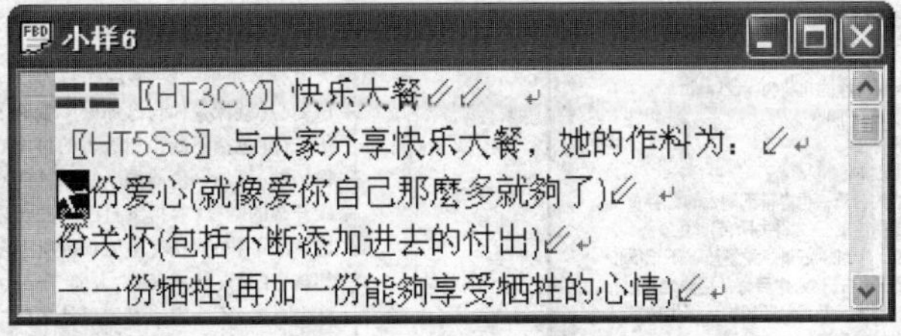

图 2－23 移动文字

Step 04 选择"编辑">"拷贝"菜单（或按【Ctrl＋C】组合键，或单击标准工具栏中的"复制"按钮），拷贝"一"字。

Step 05 将光标移动到第 4 行开始处，选择"编辑">"粘贴"菜单，或按【Ctrl＋V】组合键，

或单击标准工具栏中的“粘贴”按钮，将刚才拷贝的“一”字粘贴到第 4 行开始处，如图 2－24 所示。

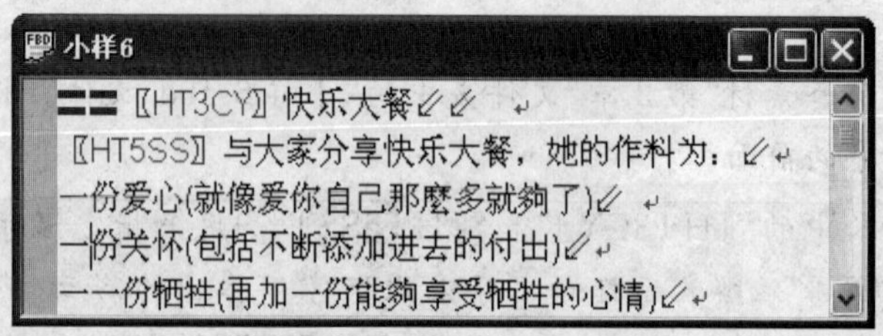

图 2－24 复制并粘贴文字

用户也可在移动文本过程中进行拷贝操作，只需在移动时按住【Ctrl】键，此时鼠标指针变为形状，到目标位置后释放鼠标即可。

Step 06 选中第 5 行的第 1 个字，选择“编辑”>“剪切”菜单，或按【Ctrl + X】组合键，或单击标准工具栏中的“剪切”按钮，剪切所选文字。

Step 07 将光标移动到第 6 行开始处，按【Ctrl + V】组合键粘贴，效果如图 2－25 所示。

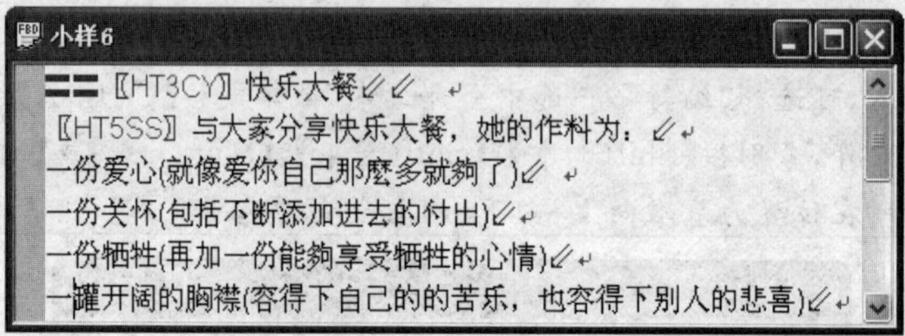

图 2－25 剪切并粘贴文字

“拷贝”(复制)与“剪切”命令是不同的。“拷贝”不改变选中的文字；“剪切”则将选中的文字删除。“粘贴”命令用来将被“拷贝”或“剪切”的文字粘贴到光标所在的位置。

Step 08 在其他各行的开始处粘贴“一”字，效果如图 2－26 所示。

Step 09 单击排版工具栏中的“直接预览正文”按钮预览排版效果，如图 2－27 所示。

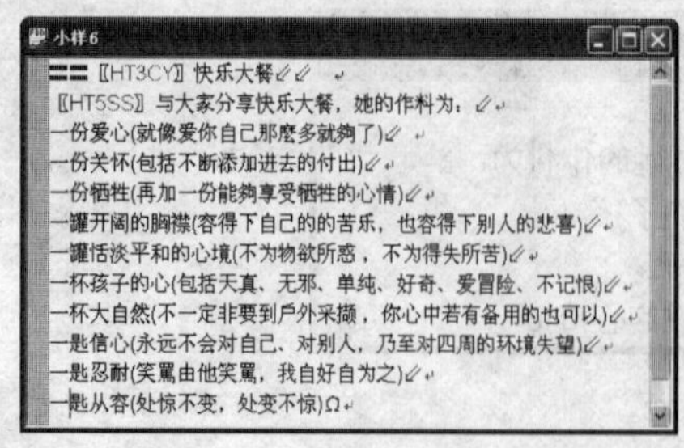

图 2－26 复制文字

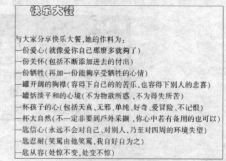

快乐大餐

与大家分享快乐大餐，她的作料为：
一份爱心(就像爱你自己那麼多就夠了)
一份关怀(包括不断添加进去的付出)
一份牺牲(再加一份能夠享受牺牲的心情)
一罐开阔的胸襟(容得下自己的的苦乐，也容得下别人的悲喜)
一罐恬淡平和的心境(不为物欲所惑，不为得失所苦)
一杯孩子的心(包括天真、无邪、单纯、好奇、爱冒险、不记恨)
一杯大自然(不一定非要到戶外采撷，你心中若有备用的也可以)
一匙信心(永远不会对自己、对别人，乃至对四周的环境失望)
一匙忍耐(笑罵由他笑罵，我自好自为之)
一匙从容(处惊不变，处变不惊)

图 2－27 预览效果

本实例最终效果文件可参阅本书配套素材“第 2 章”文件夹中的“小样 7.fbd”文件。

3. 查找与替换文本——编排演讲词

利用方正书版提供的查找和替换功能，不仅可以在当前文件中快速查找到指定的内容，还可以将查找到的内容替换为其他内容。

Step 01 打开本书配套素材“第 2 章”文件夹中的“小样 8.fbd”文件，如图 2－28 所示。（文本中的注解“〖JZ〗”为居中注解，表示其与换段符“↙”之间的文字将排在该行中间，有关居中注解的详细说明请参阅本书第 6 章内容。）

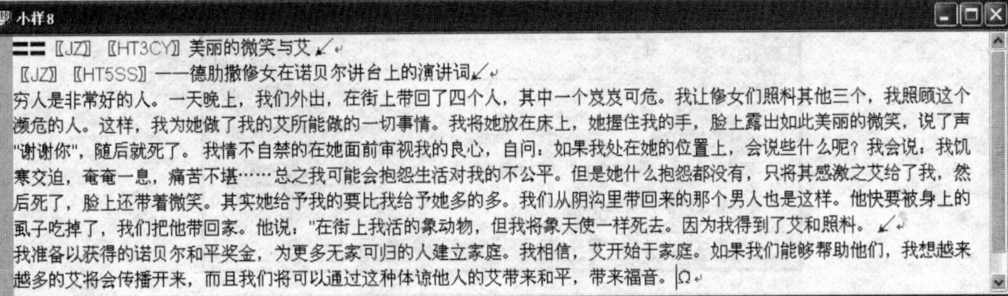

图 2－28　打开素材

Step 02 在标准工具栏中的“查找”编辑框中输入“艾”字，单击“查找”按钮或按【Enter】键，系统将从光标所在的位置开始搜索，然后停在第 1 次出现文字“艾”的位置，查找到的内容将处于选中状态，如图 2－29 所示；继续单击“查找”按钮或按【F3】键，可继续查找文本中的其他“艾”字。

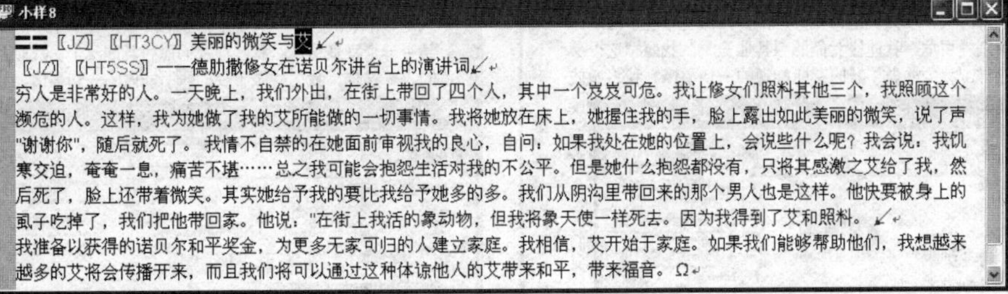

图 2－29　查找文本

查找文本的另一种方法是选择“编辑”>“查找”菜单或按【Ctrl＋F】组合键，打开“查找”对话框，在“查找内容”编辑框中输入需要查找的文本，单击“查找”按钮。此外，在“查找”对话框中还可勾选“区分大小写”、“向前查找”等查找条件，或单击“统计个数”按钮统计查找到的内容数量等，如图 2－30 所示。查找到文件末尾时，状态栏上会显示“已到达文件尾，从文件头开始查找!”字样，此时，系统将重新从文件开始处查找，如图 2－31 所示。

Step 03 将光标放在文件开始处，选择“编辑”>“替换”菜单或按【Ctrl＋H】组合键，打开“替换”对话框。在“查找内容”编辑框中输入“艾”字，在“替换为”编辑框中输入“爱”字，如图 2－32 所示。

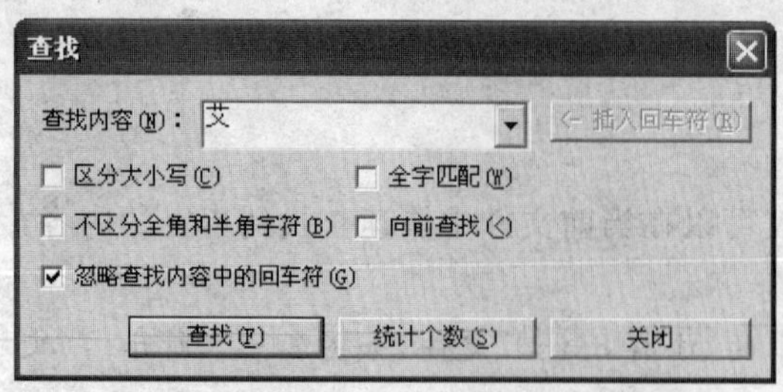

图 2-30 “查找”对话框

已到达文件尾，从文件头开始查找！

图 2-31 状态栏信息

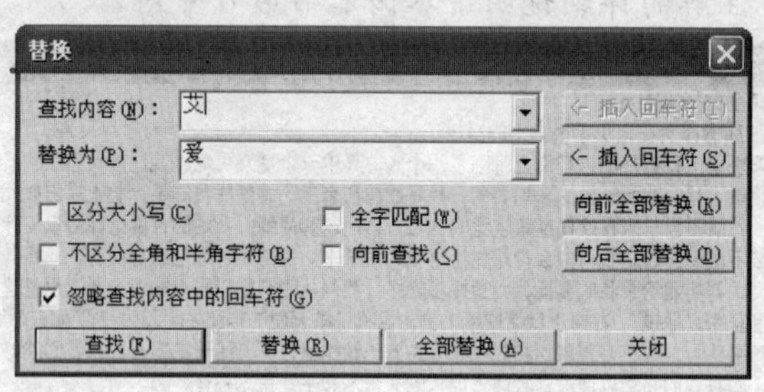

图 2-32 “替换”对话框

Step 04 单击“查找”按钮，即可找到并选中文本中的一个“艾”字，如图 2-33 所示。单击“替换”按钮，可将该字替换为“爱”字，并自动搜索到下一处“艾”字，如图 2-34 所示。

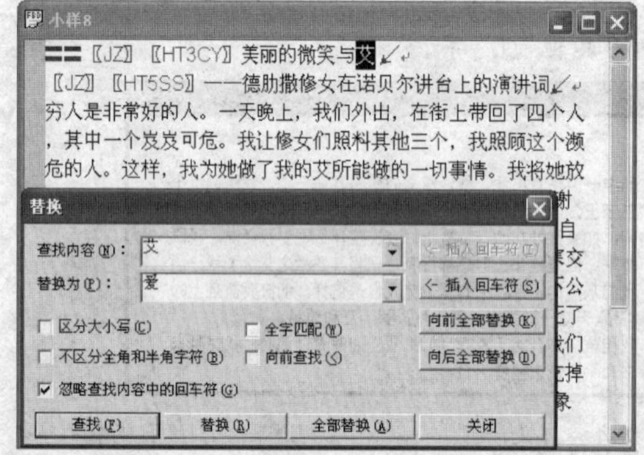

图 2-33 查找内容

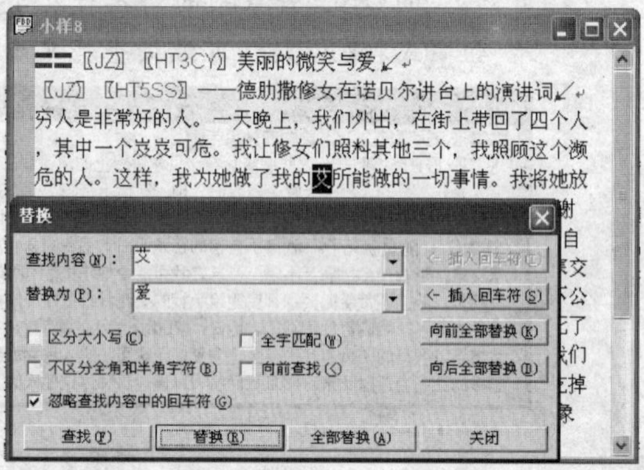

图 2-34 替换内容

Step 05 继续单击“替换”按钮，将文件中全部“艾”字替换为“爱”字，最后单击“关闭”按钮，关闭“替换”对话框，效果如图 2-35 所示。

单击“全部替换”按钮，可快速替换文件中所有符合查找和替换条件的内容。但此功能应慎用，以防出错。一旦失误可关闭“替换”对话框，并按【Ctrl+Z】组合键恢复上步操作。

Step 06 单击排版工具栏中的“直接预览正文”按钮预览排版效果，如图 2-36 所示。

本实例最终效果文件可参阅本书配套素材“第 2 章”文件夹中的“小样 9.fbd”。

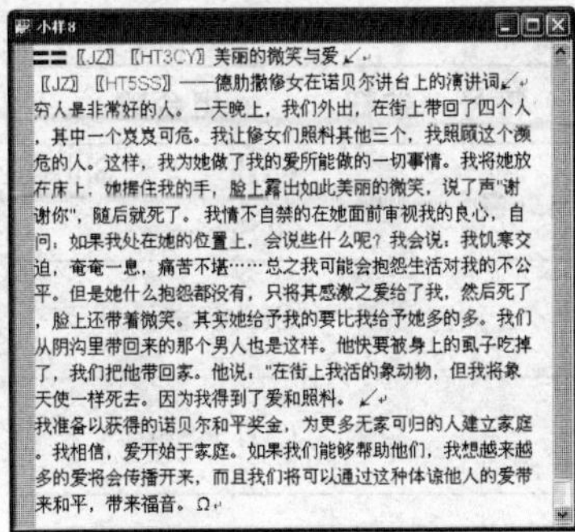

图 2-35 替换全部内容

美丽的微笑与爱

——德肋撒修女在诺贝尔讲台上的演讲词

穷人是非常好的人。一天晚上，我们外出，在街上带回了四个人，其中一个岌岌可危。我让修女们照料其他三个，我照顾这个濒危的人。这样，我为她做了我的爱所能做的一切事情。我将她放在床上，她握住我的手，脸上露出如此美丽的微笑，说了声"谢谢你"，随后就死了。我情不自禁的在她面前审视我的良心，自问：如果我处在她的位置上，会说些什么呢？我会说：我饥寒交迫，奄奄一息，痛苦不堪……总之我可能会抱怨生活对我的不公平。但是她什么抱怨都没有，只将其感激之爱给了我，然后死了，脸上还带着微笑。其实她给予我的要比我给予她多的多。我们从阴沟里带回来的那个男人也是这样。他快要被身上的虱子吃掉了，我们把他带回家。他说："在街上我活的象动物，但我将象天使一样死去。因为我得到了爱和照料。

我准备以获得的诺贝尔和平奖金，为更多无家可归的人建立家庭。我相信，爱开始于家庭。如果我们能够帮助他们，我想越来越多的爱将会传播开来，而且我们将可以通过这种体谅他人的爱带来和平，带来福音。

图 2-36 预览效果

4. 撤销与重做操做——编排名言

在编辑小样文件时，如果执行了错误的操作，可以利用撤销(恢复)功能将其撤销；还可利用重做功能重做已撤销的操作。

Step 01 打开本书配套素材"第 2 章"文件夹中的"小样 10"文件，如图 2-37 所示。删除第 1 个字，然后按【Ctrl+Z】组合键或单击标准工具栏中的"撤销"按钮，撤销上步操作。

Step 02 按【Ctrl+Y】组合键或单击标准工具栏中的"重做"按钮，重做刚才已撤销的操作，效果如图 2-38 所示。

图 2-37 打开素材

小样 10

坚持的昨天叫立足，坚持的今天叫进取，坚持的明天叫成功。Ω

图 2-38 重做操作

本实例最终效果文件可参阅本书配套素材"第 2 章"文件夹中的"小样 11. fbd"。

2.2.2 符号与动态键盘输入

1. 输入常用符号——编排名言

在编辑方正书版小样文件时，空格、换行、换段、文件结束等均需要添加相应的注解符号才能有效。方正书版的"特殊字符条"提供了常用的注解符号和标点符号等，用鼠标单击相应的按钮或按快捷键即可输入，如表 2-1 所示。

表 2-1 常用字符输入法

符号名	符号	按钮	组合键	符号名	符号	按钮	组合键
注解括弧对	〖〗	〖〗	Ctrl+Shift+[	换行符	↙	↙	Ctrl+Shift+L 或 Shift+Enter
上标符号	↑	↑	Ctrl+Shift+I	文件结束符	Ω	Ω	Ctrl+Shift+O

续表

符号名	符号	按钮	组合键	符号名	符号	按钮	组合键
下标符号	⇓	⇓	Ctrl + Shift + M	中文空格	=	=	Ctrl + Shift + Space
数学态切换符	Ⓢ	Ⓢ	Ctrl + Shift + ;	外挂字体名括弧对	《》	《》	Ctrl + Shift + <
转字体符	ⓩ	ⓩ	Ctrl + Shift + '	软连字符	-	-	Ctrl + Shift + -
页码目录替换符	®	®	Ctrl + Shift + ?	破折号	——	—	Ctrl + Shift + J
盒组括弧对	⦃⦄	⦃⦄	Ctrl + Shift +]	省略号	……	…	Ctrl + Shift + K
盘外符括弧对	(())	(())	Ctrl + Shift + (	右双引号	”	”	Ctrl + Shift + N
转义符	↣	↣	Ctrl + Shift + >	句号	。	。	Ctrl + Shift + U
换段符	↙	↙	Ctrl + Shift + P 或 Ctrl + Enter	小数点	.	·	Ctrl + Shift + H

换行符“⇙”与换段符“↙”的作用是不同的，换行符是使注解后的文字另起一行；换段符是使注解后的文字另起一段并自动在开始处空两格。它们分别有两种快捷键输入方法，其中，按【Ctrl + Shift + L】与【Ctrl + Shift + P】可直接输入换行符与换段符；按【Shift + Enter】与【Ctrl + Enter】不但可以输入相应符号，还能使其后的小样文本另起一行。

用户可能对大部分注解符号还不熟悉，其中上标符号“⇑”、下标符号“⇓”、数学态切换符“Ⓢ”、转字体符“ⓩ”和盒组括弧对“⦃⦄”多用于数学公式的排版（详见第12章）；页码目录替换符“®”用于目录排版（详见第10章）；盘外符括弧对“(())”用于输入盘外符（详见第5章）；软连字符“-”用于手动设置英文单词在页末的换行位置；转义符“↣”用于在小样文件中取消注解符号的功能，使其变成普通文本。

Step 01 打开本书配套素材“第2章”文件夹中的“小样12.fbd”文件，将光标分别置于正文每行的结束处，单击“换行符”按钮⇙输入换行符，如图2-39所示。

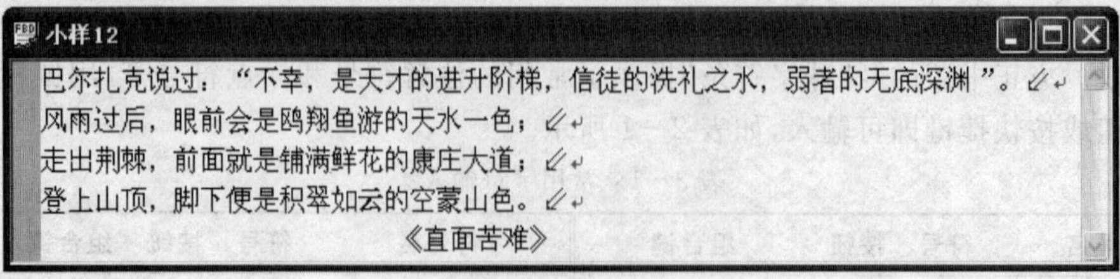
小样12
巴尔扎克说过：“不幸，是天才的进升阶梯，信徒的洗礼之水，弱者的无底深渊”。⇙
风雨过后，眼前会是鸥翔鱼游的天水一色；⇙
走出荆棘，前面就是铺满鲜花的康庄大道；⇙
登上山顶，脚下便是积翠如云的空蒙山色。⇙
《直面苦难》

图2-39　输入换行符

Step 02 将光标放在最后一行的结尾处，按【Ctrl + Shift + O】组合键输入结束符，如图2-40所示。

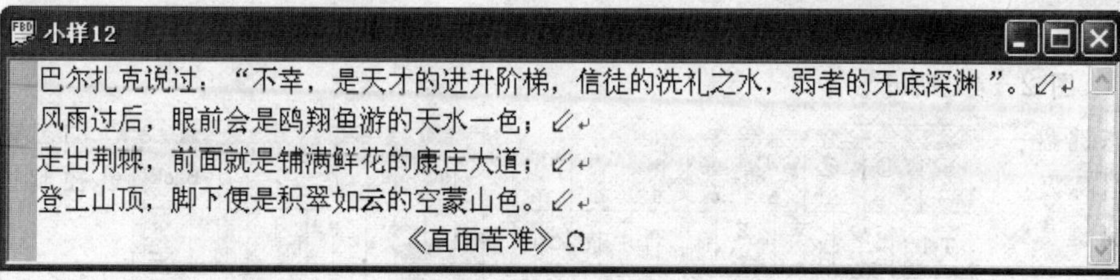
小样12
巴尔扎克说过："不幸，是天才的进升阶梯，信徒的洗礼之水，弱者的无底深渊"。
风雨过后，眼前会是鸥翔鱼游的天水一色；
走出荆棘，前面就是铺满鲜花的康庄大道；
登上山顶，脚下便是积翠如云的空蒙山色。
《直面苦难》Ω

图 2-40　输入结束符

Step 03　在最后一行开头处按【Ctrl + Shift + [】组合键，输入一个注解括弧对"〖〗"，然后在其中输入"JY"，如图 2-41 所示。("〖JY〗"是居右注解，表示将其后的文字置于其所在行的最右端，有关居右注解的详细说明请参阅本书第 6 章内容。)

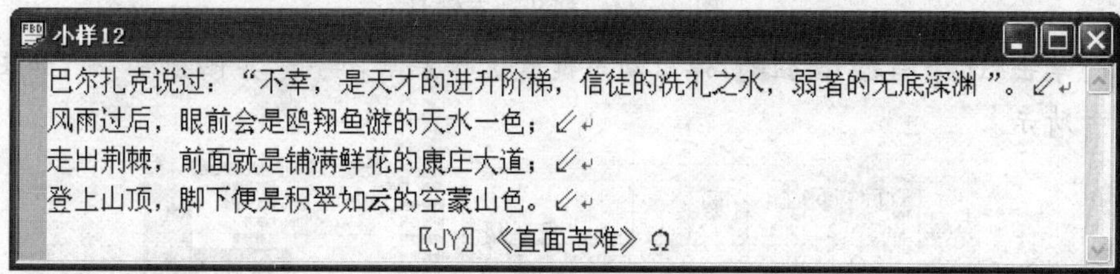
小样12
巴尔扎克说过："不幸，是天才的进升阶梯，信徒的洗礼之水，弱者的无底深渊"。
风雨过后，眼前会是鸥翔鱼游的天水一色；
走出荆棘，前面就是铺满鲜花的康庄大道；
登上山顶，脚下便是积翠如云的空蒙山色。
〖JY〗《直面苦难》Ω

图 2-41　输入注解括弧对

Step 04　将光标移到"《直面苦难》"前，单击"破折号"按钮输入破折号，如图 2-42 所示。

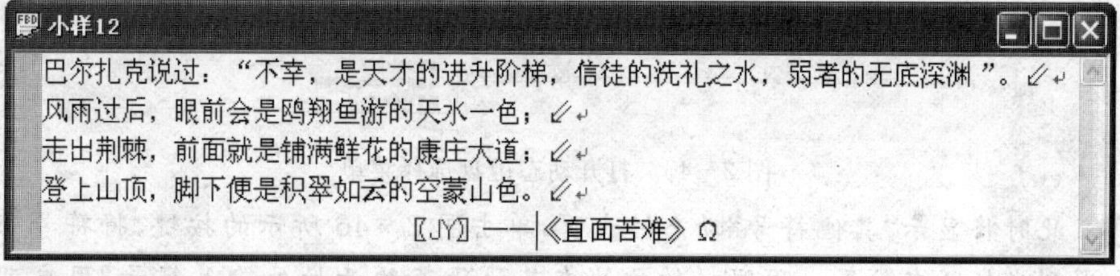
小样12
巴尔扎克说过："不幸，是天才的进升阶梯，信徒的洗礼之水，弱者的无底深渊"。
风雨过后，眼前会是鸥翔鱼游的天水一色；
走出荆棘，前面就是铺满鲜花的康庄大道；
登上山顶，脚下便是积翠如云的空蒙山色。
〖JY〗——《直面苦难》Ω

图 2-42　输入破折号

Step 05　单击排版工具栏中的"直接预览正文"按钮预览排版效果，如图 2-43 所示。

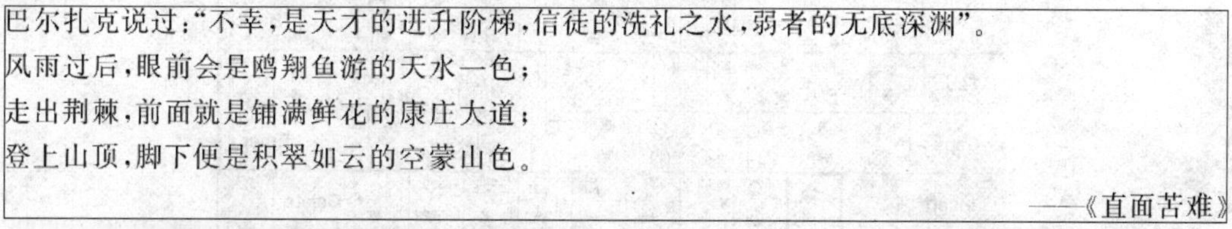

巴尔扎克说过："不幸，是天才的进升阶梯，信徒的洗礼之水，弱者的无底深渊"。
风雨过后，眼前会是鸥翔鱼游的天水一色；
走出荆棘，前面就是铺满鲜花的康庄大道；
登上山顶，脚下便是积翠如云的空蒙山色。

——《直面苦难》

图 2-43　预览效果

本实例最终效果可参阅本书配套素材"第 2 章"文件夹中的"小样 12!. fbd"文件。

2. 使用动态键盘——编排诗集

动态键盘是方正书版提供的可以方便地输入一些特殊字符的辅助工具。

Step 01　打开本书配套素材"第 2 章"文件夹中的"小样 13. fbd"文件，在第 1 段的开始处单击，插入光标。

Step 02 选择“查看”>“动态键盘”菜单或按【Ctrl+K】组合键，即可打开动态键盘，如图 2-44 所示。

动态键盘页名称及快捷键

动态键盘控制按钮

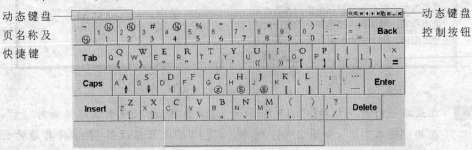

图 2-44 打开动态键盘

Step 03 单击“选择码表”按钮，弹出动态键盘选择菜单，单击“其他符号”项，如图 2-45 所示。

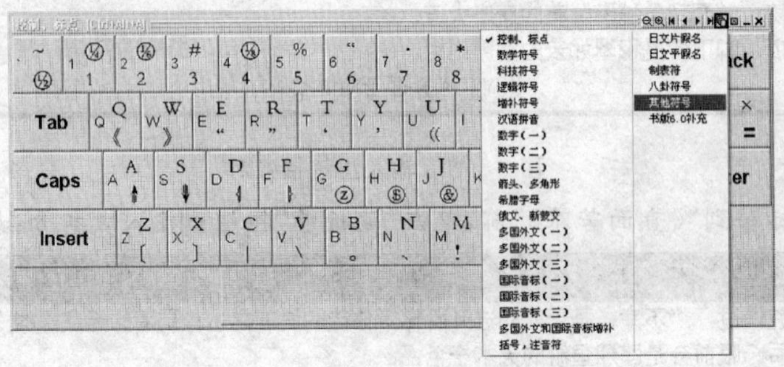

图 2-45 打开动态键盘选择菜单

Step 04 此时将显示“其他符号”动态键盘页，单击图 2-46 所示的按键，将符号“※”输入到光标所在位置。用同样的方法在其他段落的开始处输入符号，用户可选择不同的动态键盘页中的符号。

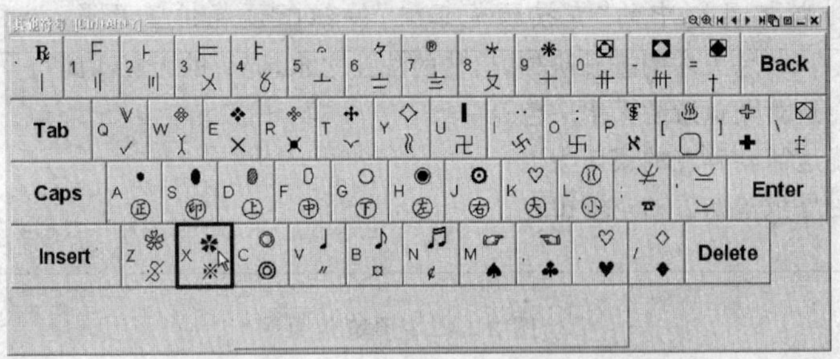

图 2-46 单击按键输入符号

动态键盘与普通键盘上的按键呈一一对应关系，打开动态键盘后，直接按普通键盘上的相应按键也可输入动态键盘上的符号。此外，每个字符按键都可输入两个符号，直接单击按键可输入位于下方的符号，按住【Shift】键单击按键可输入位于上方的符号，如图 2-47 所示。

Step 05 将鼠标指针放在动态键盘上非按钮的位置，当其呈手形形状时，按住鼠标左键并拖动可移动动态键盘的位置，如图 2－48 所示。

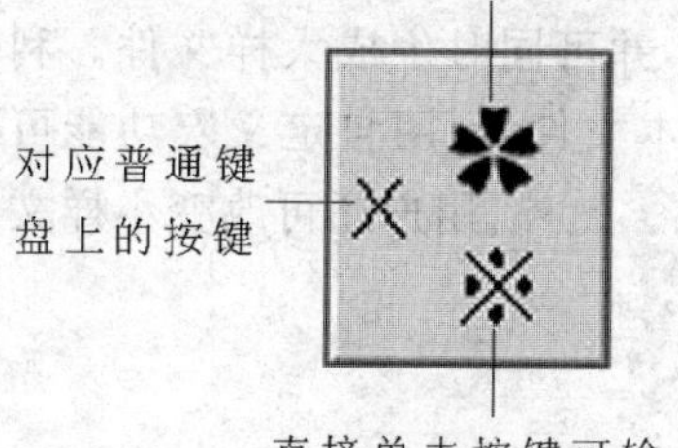

图 2－47 符号输入法

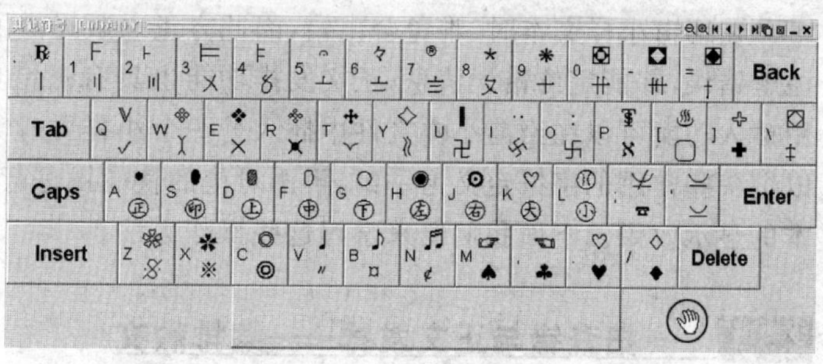

图 2－48 移动动态键盘

Step 06 单击动态键盘右上角的控制按钮可对动态键盘进行缩小、放大、翻页、关闭等操作，如图 2－49 所示。

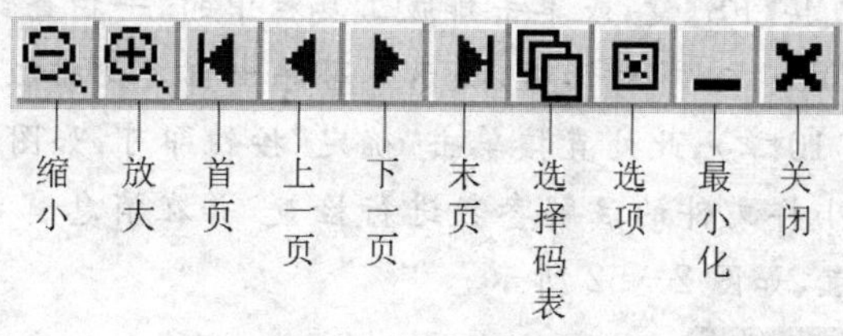

图 2－49 动态键盘控制按钮

Step 07 关闭动态键盘，然后单击排版工具栏中的“直接预览正文”按钮预览排版效果，如图 2－50 所示。

※您的阳光对着我的心头的冬天微笑，
从来不怀疑它的春天的花朵。

❀神希望我们酬答他，在于他送给我们的花朵，
而不在于太阳和土地。

✽小花问道：“我要怎样地对你唱，怎样地崇拜你呢？太阳呀？”
太阳答道：“只要用你的纯洁的素朴的沉默。”

♡我的昼间之花，落下它那被遗忘的花瓣。
在黄昏中，这花成熟为一颗记忆的金果。

图 2－50 预览效果

本实例最终效果可参阅本书配套素材“第 2 章”文件夹中的“小样 14. fbd”文件。

温馨提示 本书附录 E 中列出了所有动态键盘页中的符号，用户可在操作过程中查阅。

2.3 小样文件其他操作

在编辑小样文本时，难免会出错，因此方正书版提供了“一扫查错”功能来查找文本中的注解错误，并能定位错误信息；正文发排功能也具有查错功能，并可同时生成大样文件。利用插入功能可以在当前小样文件中插入另一个小样文件和文本文件；利用自定义宏功能可以把一些常用的字符定义为一组，再用对应的快捷键进行输入。此外，用户还可改变小样文本的显示效果。下面我们便来学习这些操作方法。

2.3.1 一扫查错与正文发排——编排散文

“一扫查错”命令用来检查文本中的注解参数是否有误；“正文发排”命令不但能查找文本中的错误注解，还能同时生成大样文件。

Step 01 打开本书配套素材“第 2 章”文件夹中的“小样 15. fbd”文件，选择“排版”>“一扫查错”菜单，或按【F8】键，或单击排版工具栏中的“一扫查错”按钮。

Step 02 打开“导出 .DEF 文件”对话框，提示是否导出自定义排版、目录排版需要的 DEF 文件(详见第 10 章)，此处直接单击“确定”按钮即可，如图 2-51 所示。

Step 03 系统自动对小样文件的注解参数进行检查，并在消息窗口中列出每个错误的性质及所在位置，如图 2-52 所示。

图 2-51 “导出 .DEF 文件”对话框

图 2-52 消息窗口中的一扫查错信息

Step 04 双击消息窗口中的错误信息，光标即可定位在小样文件中的出错处，用户可根据提示进行修改，如图 2-53 所示。这里我们将文章第 1 行的“〖HT1S〗”改为“〖HT1SS〗”，并在文章结束处输入文件结束符“Ω”。

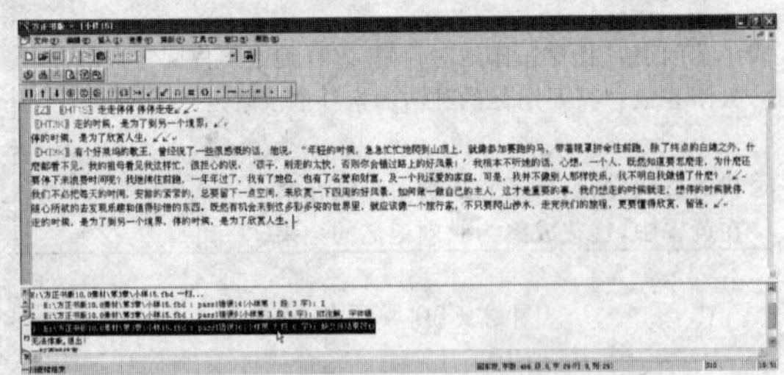

图 2-53 定位错误信息

按【F9】键可根据消息窗口中的错误提示，依次将光标定位在小样文件中的出错处；按【Shift+F9】组合键则反方向定位。有时定位可能不准确、错误性质较含糊，用户应根据实际情况与经验判断调整。

Step 05 选择“排版”>“正文发排”菜单，或按【F8】键，或单击排版工具栏中的“正文发排”按钮，若排版有错误会弹出图2－54所示的错误提示对话框。通常应单击“否”按钮返回，继续在小样文件中修改错误；若单击“是”按钮则带错误发排，一般不应这样做。

Step 06 若正文发排出错，并在出现的提示框中单击“否”按钮后，会在消息窗口中显示错误信息。双击错误信息可将光标定位在小样文件中的出错处。此处需将第1行的注解“〖Z〗”改为“〖JZ〗”。修改好后可再次发排。

知识库

发排过程中偶尔会因排版注解使用错误或操作失误，造成长时间不能完成发排，此时应在排版工具栏中单击“终止发排”按钮，或选择“排版”>“终止发排”菜单，或按【Shift＋F7】组合键终止发排操作。

方正书版(GBK)10.0专业版

一扫发现错误，是否要继续执行正文发排？

是(Y)　否(N)　取消

图2－54　错误提示对话框

走走停停 停停走走

走的时候，是为了到另一个境界；
停的时候，是为了欣赏人生。

我们不必把每天的时间，安排的紧紧的，总要留下一点空间，来欣赏一下四周的好风景。如何做一做自己的主人，这才是重要的事。我们想走的时候就走，想停的时候就停，随心所欲的去发现乐趣和值得珍惜的东西。既然有机会来到这多彩多姿的世界里，就应该像一个旅行家，不只要爬山涉水，走完我们的旅程，更要懂得欣赏、留连。

走的时候，是为了到另一个境界，停的时候，是为了欣赏人生。

图2－55　预览效果

Step 07 单击排版工具栏中的“正文发排结果显示”按钮预览排版效果，如图2－55所示。

本实例最终效果文件可参阅本书配套素材“第2章”文件夹中的“小样16.fbd”。

2.3.2 插入文件和注解——编排数学课本单页

在编辑小样文件时，可以在其中插入另一个小样文件、文本文件或注解范例，从而减轻输入负担。

Step 01 打开本书配套素材“第2章”文件夹中的“小样17.fbd”文件，将光标定位在第2行“〖HT5〗”注解之后，如图2－56所示。

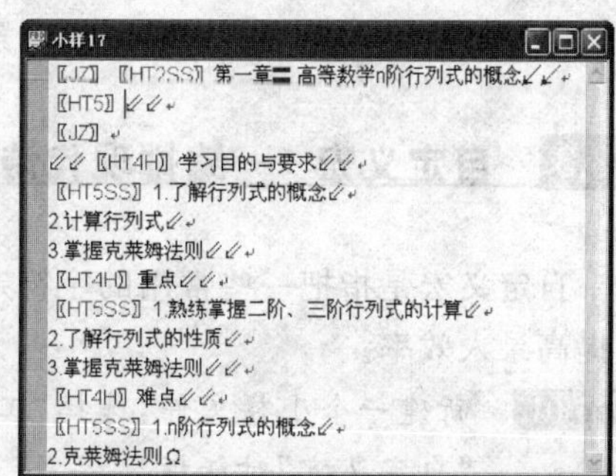

图2－56　打开素材并定位插入点

Step 02 选择“插入”>“插入文件”菜单，打开“插入文件”对话框，在“文件类型”下拉列表中选择“文本文件(＊.txt)”，然后选择本书配套素材“第2章”文件夹中的“18.txt”文本文件，并在“回车符处理”选项组中选择“替换为BD语言换段符”单选钮，如图2－57所示。

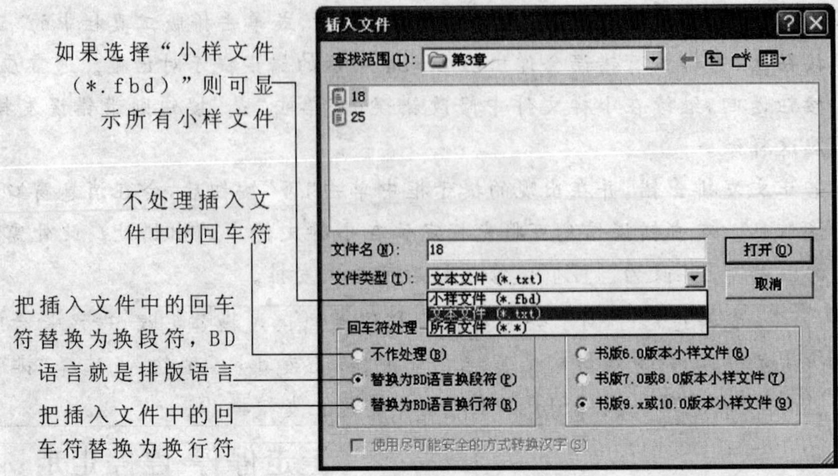

图 2-57 “插入文件”对话框

Step 03 单击“打开”按钮，即可将“18.txt”文件中的文本插入到当前小样文件中，且原文本第 1 段的末尾自动添加了换段符“↙”，如图 2-58 所示。

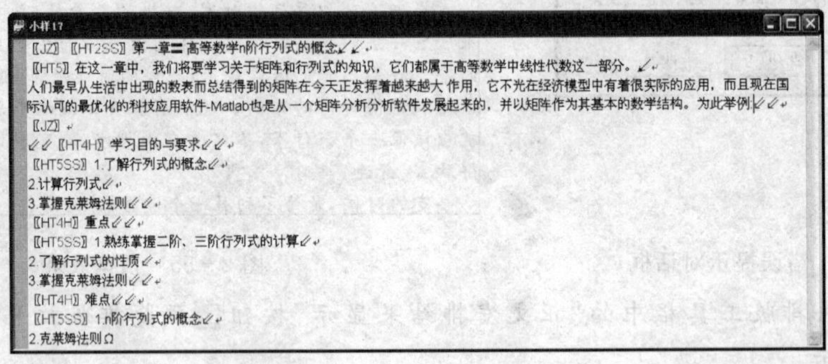

图 2-58 插入效果

Step 04 将光标置于第 2 个“〖JZ〗”注解之后，选择“插入”>“插入注解模板”>“行列”菜单，此时一个行列公式注解即被插入到小样文件中，如图 2-59 所示。（有关行列注解的详细说明请参阅本书第 12 章内容。）

Step 05 单击排版工具栏中的“直接预览正文”按钮预览排版效果，如图 2-60 所示。

本实例最终效果可参阅本书配套素材“第 2 章”文件夹中的“小样 19.fbd”文件。

2.3.3 自定义宏——编排现代诗歌

自定义宏是指把一些常用的字符定义成一组，再通过对应的快捷键输入到文本中去，从而提高录入效率。

Step 01 新建一个小样文件，选择“工具”>“自定义宏”菜单或按【Alt+F9】组合键，打开“自定义宏”对话框。

Step 02 在“宏名”编辑框中输入“宏 1”，在“宏串一（必需）”编辑框中输入“花些时间”，如图 2-61 所示。

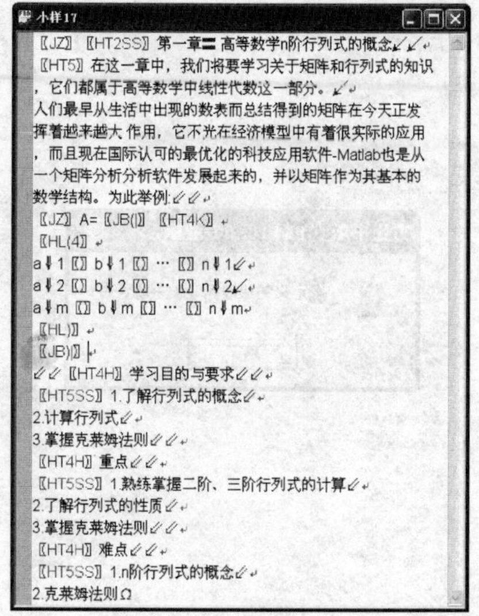

图 2-59 插入注解模板

第一章　高等数学 n 阶行列式的概念

在这一章中，我们将要学习关于矩阵和行列式的知识，它们都属于高等数学中线性代数这一部分。

人们最早从生活中出现的数表而总结得到的矩阵在今天正发挥着越来越大 作用，它不光在经济模型中有着很实际的应用，而且现在国际认可的最优化的科技应用软件－Matlab 也是从一个矩阵分析分析软件发展起来的，并以矩阵作为其基本的数学结构。为此举例：

$$A=\begin{vmatrix} a_1 & b_1 & \cdots & n_1 \\ a_2 & b_2 & \cdots & n_2 \\ \cdots & \cdots & \cdots & \cdots \\ a_m & b_m & \cdots & n_m \end{vmatrix}$$

学习目的与要求

1. 了解行列式的概念
2. 计算行列式
3. 掌握克莱姆法则

重点

1. 熟练掌握二阶、三阶行列式的计算
2. 了解行列式的性质
3. 掌握克莱姆法则

难点

1. n 阶行列式的概念
2. 克莱姆法则

图 2-60 预览效果

若单击“宏串一(必需)”编辑框右侧的‹按钮，将打开图 2-62 所示的下拉菜单，用户可在其中选择一些常用的注解符号。若同时指定了“宏串一”和“宏串二”，则在编辑小样文件时，其内容会分别出现在选定文本的前后。

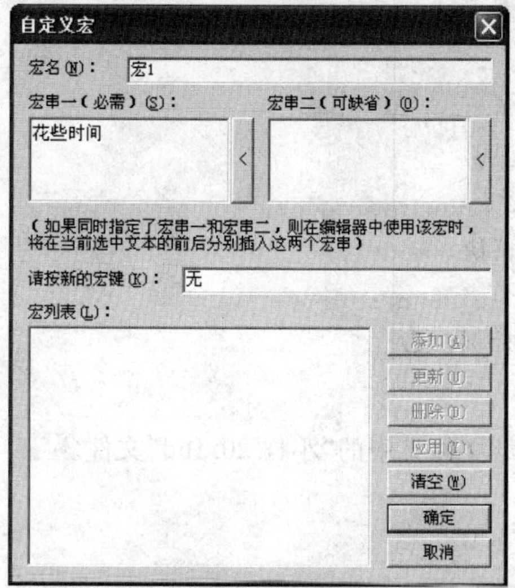

图 2-61 输入宏名和“宏串一”内容

注解括弧对
注解括弧(左)
注解括弧(右)
换行符
换段符
文件结束符
空格
转义符
上标符号
下标符号
盘外符括弧对
盘外符括弧(左)
盘外符括弧(右)
盒组括弧对
盒组括弧(左)
盒组括弧(右)
数学态切换符
页码、目录替换符
转字体符
二分符
四分符
六分符
八分符

图 2-62 “宏串一”下拉菜单

Step 03 将光标置于“请按新的宏键”编辑框中，按【Alt + F1】组合键，最后单击“添加”按钮，在“宏列表”当中添加新设置的宏，如图 2-63 所示。

若指定的快捷键与其他快捷键冲突，将弹出图 2-64 所示的提示对话框，单击“确定”按钮返回，重新指定快捷键即可。

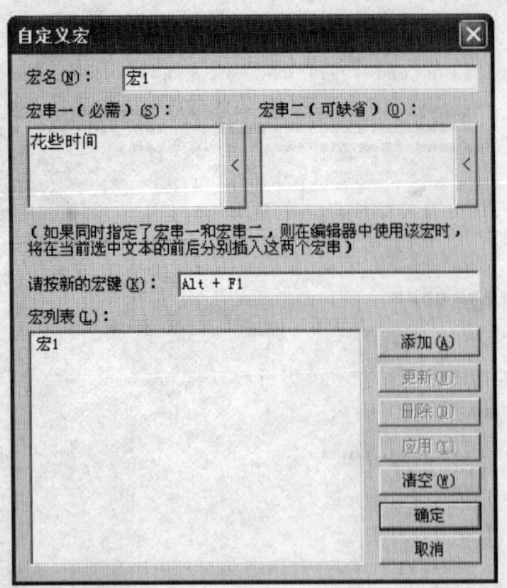

图 2-63 输入宏键并添加

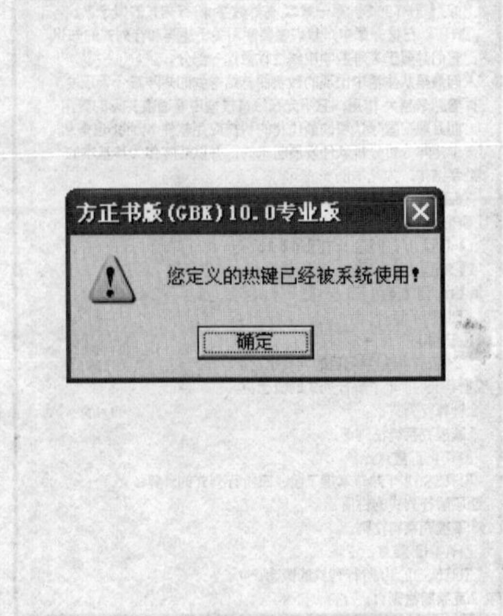

图 2-64 提示对话框

Step 04 在小样文件窗口中输入如下文字和注解符号，当需要输入“花些时间”字样时只需按【Alt+F1】组合键即可，从而大大节约了输入时间。

花些时间阅读，↙
它是智慧的泉源。↙
花些时间思考，↙
那是行动的燃料。↙
花些时间游戏 ，↙
它是青春永驻的秘诀。↙
花些时间安静，↙
那是找寻自我的时刻。Ω

本实例最终效果可参阅本书配套素材“第 2 章”文件夹中的“小样 20. fbd”文件。

2.3.4 自定义编辑窗口属性

用户可以通过自定义编辑窗口属性来改变小样文件中字体、字号及字符颜色的显示效果，以便更好地查看与编辑文本。注意这些设置并不改变小样文件的输出效果。

Step 01 打开本书配套素材“第 2 章”文件夹中的“小样 21. fbd”文件，如图 2-65 所示。选择“工具”>“设置”菜单，打开“设置”对话框，单击“编辑设置”选项卡标签，如图 2-66 所示。

Step 02 在“中文字体”和“英文字体”下拉列表中分别选择“方正黑体”和“Arial Black”字体，在“字体尺寸”下拉列表中选择“18”。

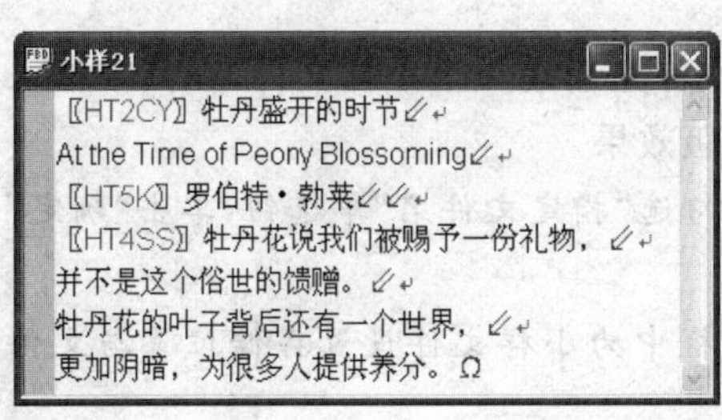

图 2－65　打开素材

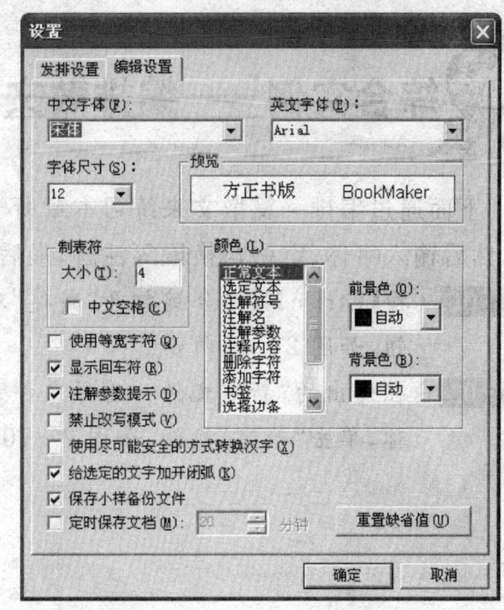

图 2－66　“设置”对话框中的“编辑设置”选项卡

Step 03　在“颜色”列表框中单击选中要设置颜色的文本类型，如“注解符号”，并在“前景色”和“背景色”下拉列表中分别选择要设置的颜色，如“红色”和“黄色”，如图 2－67 所示。前景色是所指定的字符的颜色，背景色是字符后的衬托色。

Step 04　用户可在“预览”框中预览设置效果，满意后单击“确定”按钮，可以看到小样文件中字符的显示效果已经改变，如图 2－68 所示。

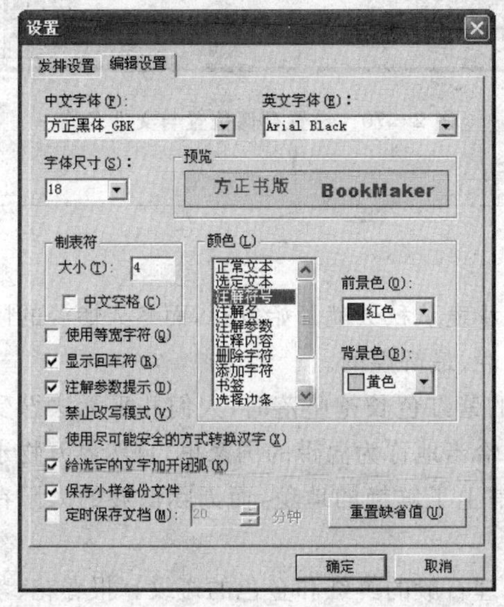

图 2－67　设置颜色参数

小样21
〖HT2CY〗牡丹盛开的时节
At the Time of Peony Blossoming
〖HT5K〗罗伯特·勃莱
〖HT4SS〗牡丹花说我们被赐予一份礼物，
并不是这个俗世的馈赠。
牡丹花的叶子背后还有一个世界，
更加阴暗，为很多人提供养分。Ω

图 2－68　设置后在小样文件窗口中显示的字符效果

温馨提示　若对以上设置不满意，可在图 2－67 所示的对话框中单击“重置缺省值”按钮，并在弹出的提示对话框中单击“是”按钮，恢复默认设置。

综合实例——编排散文

下面通过编排一篇散文来练习本章所学内容。首先新建一个小样文件，在其中输入文字，然后输入字体、空格与换段等注解，最后预览排版效果。

Step 01 按【Ctrl+N】组合键打开“新建”对话框，勾选“指定文件名”单选钮，单击“确定”按钮，如图 2－69 所示。

Step 02 在弹出的“新建文件－选择文件名”对话框中为小样文件设置存储位置与文件名称，单击“确定”按钮，如图 2－70 所示。

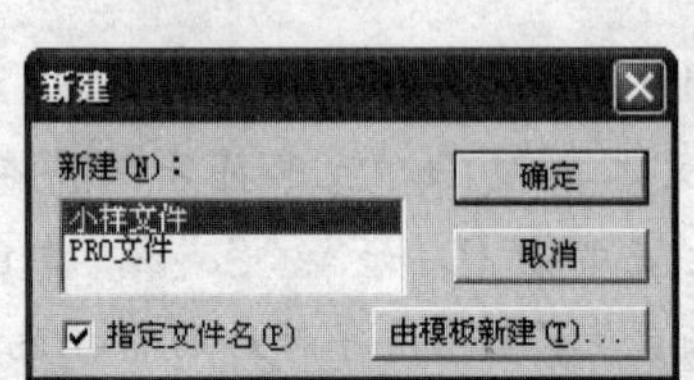

图 2－69 新建小样文件

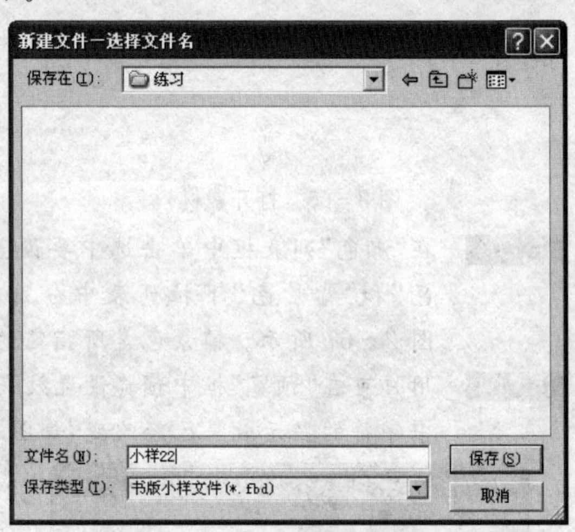

图 2－70 设置存储位置与文件名称

Step 03 在新建的小样文件窗口中输入如下文字：

```
冬天之美
乔治·桑
在巴黎，人们想象大自然有六个月毫无生机，可是小麦从秋天就开始发芽，而冬天惨淡的阳光——大家惯于这样描写它——是一年之中最灿烂、最辉煌的。
当太阳拨开云雾，当它在严冬傍晚披上闪烁发光的紫红色长袍坠落时，人们几乎无法忍受它那令人眩目的光芒。即使在我们严寒却偏偏不恰当地称为温带的国家里，自然界万物永远不会除掉盛装和失去盎然的生机，广阔的麦田铺上了鲜艳的地毯，而天际低矮的太阳在上面投下了绿宝石的光辉。
地面披上了美丽的苔藓。华丽的常春藤涂上了大理石般的鲜红和金色的斑纹。报春花、紫罗兰和孟加拉玫瑰躲在雪层下面微笑。
```

Step 04 在文章开始处插入光标，单击“注解括弧对”按钮〖〗，输入一个注解括弧对“〖〗”，在其中输入“JZ”，从而将第 1 行文字指定为居中对齐。

```
〖JZ〗冬天之美
```

Step 05 将光标移至居中注解“〖JZ〗”之后，再次输入一个注解括弧对，并在其中输入“HT1CY”，从而指定“冬天之美”的字体为彩云体，字号为一号。

〖JZ〗〖HT1CY〗冬天之美

Step 06 按照同样的方法在第2行与第3行的开始输入如下所示的注解。

〖JZ〗〖HT1CY〗冬天之美
〖JZ〗〖HT4K〗乔治·桑
〖HT4SS〗在巴黎，人们想象大自然有六个月毫无生机，……

Step 07 将光标定位到文章开始处，按【Ctrl+Shift+L】组合键输入一个换行符“⇙”。

Step 08 按键盘上的“向右”方向键→将光标移动到第1行末尾，单击两次“换段符”按钮↙，输入两个换段符“↙”。

⇙〖JZ〗〖HT1CY〗冬天之美↙↙

Step 09 按照同样的方法在第2行的末尾处输入三个换段符“↙”，并在第2段与第3段的结束处输入一个换段符。

〖JZ〗〖HT4K〗乔治·桑↙↙↙
〖HT4SS〗在巴黎，人们想象大自然有六个月毫无生机……↙
当太阳拨开云雾，当它在严冬傍晚披上闪烁发光的紫红色长袍坠落时，……↙
地面披上了美丽的苔藓……

Step 10 在第1行文字“冬天之美”的两边分别输入一个中文空格“=”，用户可将光标定位到相应位置，并单击“中文空格”按钮=输入。

⇙〖JZ〗〖HT1CY〗=冬天之美=↙↙

Step 11 将光标定位到第1个中文空格“=”前，按【Ctrl+K】组合键，打开动态键盘，单击“选择码表”按钮，从弹出的菜单中单击“其他符号”项，打开“其他符号”动态键盘页。

Step 12 按住【Shift】键，单击图2-71所示的按键，将符号“＊”输入到光标所在位置。

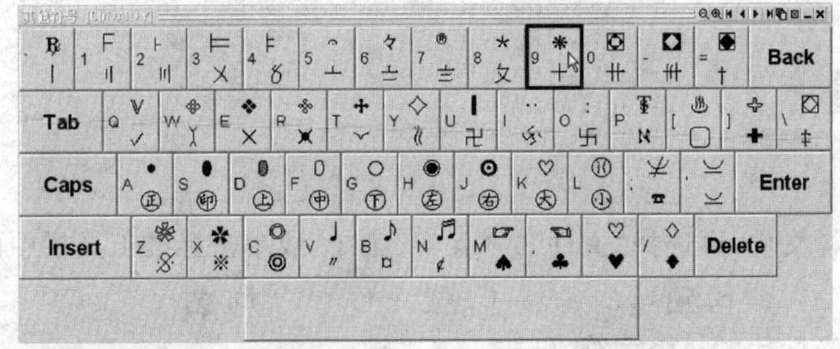

图2-71 输入动态键盘中的符号

Step 13 按照同样的方法在第2个中文空格“=”之后输入“＊”符号。

⇙〖JZ〗〖HT1CY〗＊=冬天之美=＊↙↙

Step 14 将光标移动到文章最后，单击“文件结束符”按钮Ω输入文件结束符“Ω”，完成小样的编辑。

Step 15 单击“正文发排”按钮发排正文，然后单击“正文发排结果显示”按钮，打开“大样预览窗口”预览排版效果，如图 2－72 所示。

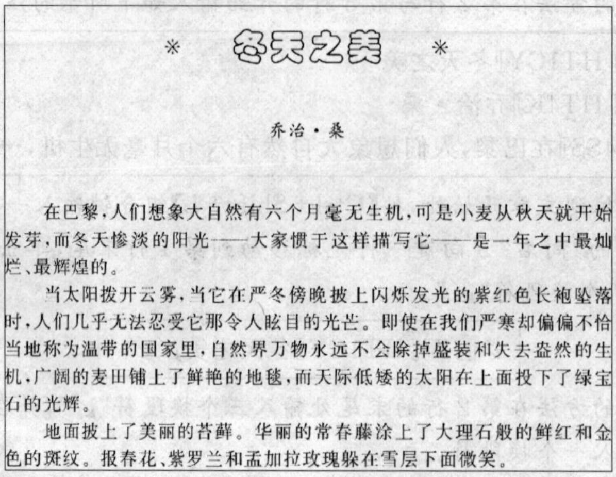

※ 冬天之美 ※

乔治·桑

在巴黎，人们想象大自然有六个月毫无生机，可是小麦从秋天就开始发芽，而冬天惨淡的阳光——大家惯于这样描写它——是一年之中最灿烂、最辉煌的。

当太阳拨开云雾，当它在严冬傍晚披上闪烁发光的紫红色长袍坠落时，人们几乎无法忍受它那令人眩目的光芒。即使在我们严寒却偏偏不恰当地称为温带的国家里，自然界万物永远不会除掉盛装和失去盎然的生机，广阔的麦田铺上了鲜艳的地毯，而天际低矮的太阳在上面投下了绿宝石的光辉。

地面披上了美丽的苔藓。华丽的常春藤涂上了大理石般的鲜红和金色的斑纹。报春花、紫罗兰和孟加拉玫瑰躲在雪层下面微笑。

图 2－72 预览效果

Step 16 单击“关闭”按钮，关闭“大样预览窗口”，按【Ctrl＋F4】组合键关闭小样文件。

本实例最终效果可参阅本书配套素材“第 2 章”文件夹中的“小样 22. fbd”文件。

本章小结

本章主要介绍了方正书版 10.0 中小样文件的基本编辑操作方法。

- 文字与常用符号的输入与编辑是本章的重点，读者应熟练掌握以提高工作效率。
- 正文发排操作不但能查找文本中的错误注解还能同时生成大样文件。
- 利用“插入”与“自定义宏”功能可以简化输入流程，降低劳动强度。
- 自定义编辑窗口中字符的显示效果，可以更好地编辑与审查文本。

思考与练习

一、选择题

1. 要保存小样文件，可选择“文件”＞“保存”菜单，或单击标准工具栏中的______按钮。

A. B. C. D.

2. 若想删除光标后的一个字符，可按______键。

A.【Delete】 B.【Insert】 C.【Tab】 D. ←

3. 按______组合键或单击标准工具栏中的“撤销”按钮，可撤销上步操作。

A.【Ctrl＋V】 B.【Ctrl＋Z】 C.【Ctrl＋O】 D.【Ctrl＋N】

4. 输入"______"符号能使注解后的文字另起一段并自动在开始处空两格。

A. ⇙　　B. ↟　　C. ↙　　D. =

二、填空题

1. 若想在新建小样文件的同时确定文件名，可在"新建"对话框中勾选"__________"复选框。

2. 单击▬或▬按钮可将小样文件窗口__________显示，单击▣按钮，可将小样文件窗口__________显示。

3. 若想插入注解括弧对"〖〗"可单击〖〗按钮，也可按【__________】快捷键。

4. "__________"命令用来检查文本中的注解参数是否有误；"__________"命令不但能查找文本中的错误注解，还能同时生成大样文件。

三、操作题

编排一篇散文单页，参数设置与最终效果如下所示。用户可参阅本书配套素材"第 2 章"文件夹中的"小样 23. fbd"文件。

小样输入：	大样效果：
〖JZ〗〖HT3CY〗♥=我们在开满花儿的季节里相见=♥ ↙↙ 〖HT5SS〗记得，记得我们在开满花儿的季节里相见。↙ 花开得正浓，人在花间中。花无语，人无语，天地无语。静静地呼吸着花儿带来的芬芳，花醉了，人醉了，情醉了，心醉了。↙ 天空蔚蓝，白云飘然，年轻的人在说着年轻人的憧憬，痴心的人谈论着痴心人的希望。默默相对，在开满花的树下相恋。Ω	♥　我们在开满花儿的季节里相见　♥ 　　记得，记得我们在开满花儿的季节里相见。 　　花开得正浓，人在花间中。花无语，人无语，天地无语。静静地呼吸着花儿带来的芬芳，花醉了，人醉了，情醉了，心醉了。 　　天空蔚蓝，白云飘然，年轻的人在说着年轻人的憧憬，痴心的人谈论着痴心人的希望。默默相对，在开满花的树下相恋。

提示：

(1)选择"文件">"新建"菜单，在打开的"新建"对话框中设置文件名称和存储位置。

(2)在文本开始处插入光标，单击"注解括弧对"按钮〖〗输入注解括弧对，然后在其中输入"JZ"，从而指定第 1 行文字居中对齐。

(3)按照同样的方法在"〖JZ〗"注解之后输入"〖HT3CY〗"注解，指定其后的文字为彩云体，字号为三号。在第 2 行开始处输入"〖HT5SS〗"注解指定其后的文字为书宋体，字号为五号。

(4)在特殊字符条中单击"换段符"按钮↙可输入"↙"符号，单击"中文空格"按钮=可输入"="符号，单击"文件结束符"按钮Ω可输入"Ω"符号。

(5)"♥"符号可在"其他符号"动态键盘页中找到。

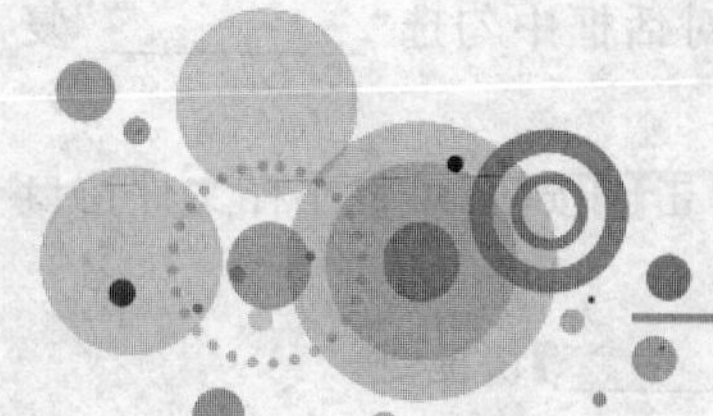

第3章 版式文件

本章内容提要

章前导读

在方正书版中需要用版式文件来指定出版物的版面格式。本章将学习版式文件的基本操作方法,如新建、打开、保存和关闭等;并通过一个完整的实例讲解版式文件中各主要项目的设置方法,如版心、页码、书眉和标题等。

3.1 版式文件基本操作——编排寓言版式

版式文件又叫做PRO文件或排版参数文件。下面通过一个实例讲解版式文件的基本操作方法,包括新建、保存、打开和删除等。

Step 01 打开本书配套素材"第3章"文件夹中的"小样1.fbd"文件。选择"文件">"新建"菜单或按【Ctrl+N】组合键,打开"新建"对话框,单击选择"PRO文件",然后单击"确定"按钮,如图3-1所示。新创建的版式文件如图3-2所示,其分为两大部分,左边为注解子窗口,列出了版式文件各注解项;右边为属性子窗口,用于详细设置各注解项的参数。

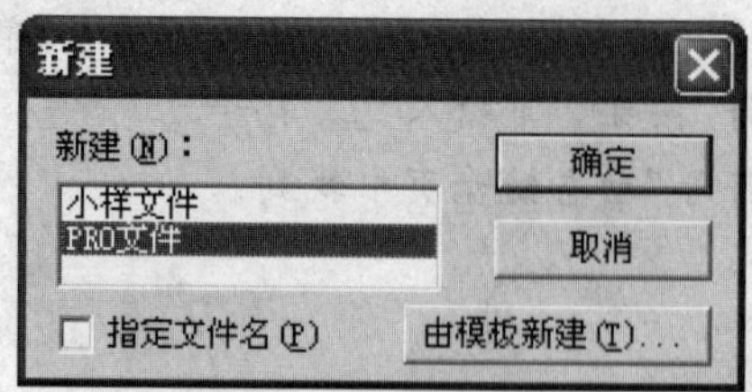

图3-1 "新建"对话框

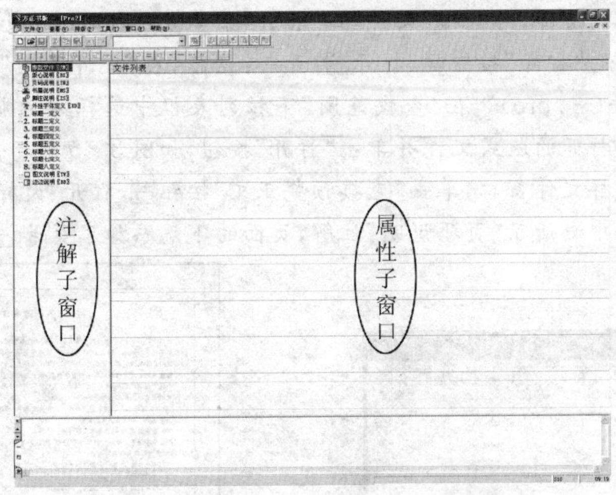

图 3-2 新建的版式文件

Step 02 双击注解子窗口中的注解项,可在属性子窗口中显示其对应的参数项。例如,双击"页码说明"注解项,如图 3-3 所示。

Step 03 要保存版式文件,可选择"文件">"保存"菜单或按【Ctrl+S】组合键,或单击标准工具栏中的"保存"按钮,打开"保存为"对话框,在"保存在"下拉列表中选择与其对应的小样文件保存的位置,在"文件名"编辑框中输入文件名(一般与小样文件同名,系统会将两者自动匹配进行发排),单击"保存"按钮,如图 3-4 所示。

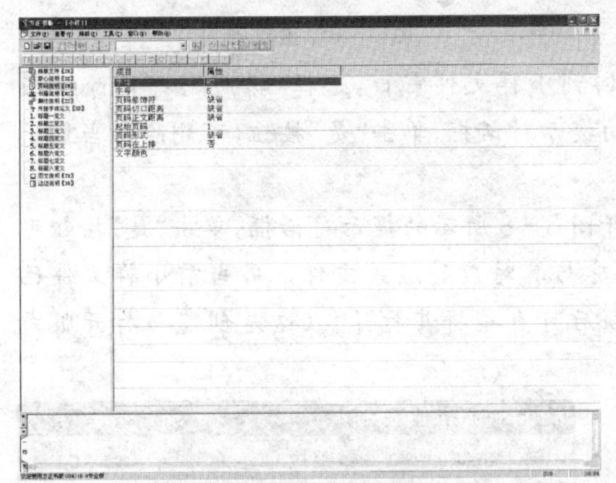

图 3-3 页码说明注解

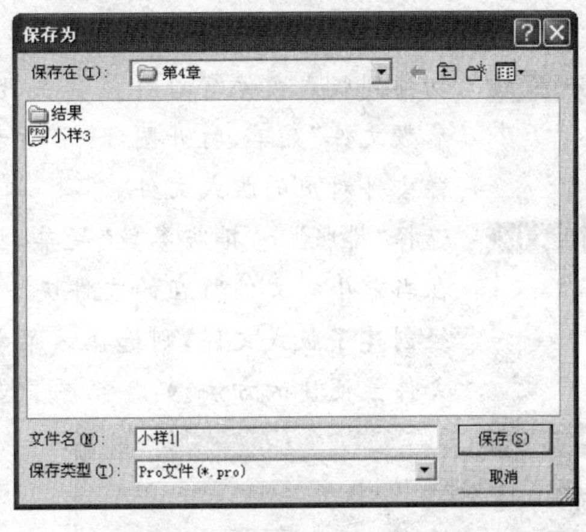

图 3-4 "保存为"对话框

若在新建版式文件时,在"新建"对话框中勾选"指定文件名"复选框,则单击"确定"按钮后,会打开"新建文件-选择文件名"对话框,用户可在此设置文件名和保存位置,将新建的版式文件保存。

若文件已经保存,再次执行保存操作时,不会再打开"保存为"对话框。要将版式文件另存一份,可选择"文件">"另存为"菜单,在打开的"另存为"对话框中进行设置。

Step 04 版式文件与小样文件窗口调整方法相同,这里不再赘述。要关闭版式文件,可单击菜单栏右侧的"关闭"按钮×或按【Ctrl+F4】组合键。

Step 05 要打开版式文件，可选择“文件”>“打开”菜单或按【Ctrl+O】组合键，或单击标准工具栏中的“打开”按钮，打开“打开”对话框，在“文件类型”下拉列表框中选择“Pro 文件(＊.pro)”，在“查找范围”下拉列表框中选择存储版式文件的位置，然后选择要打开的版式文件并单击“打开”按钮，如图 3－5 所示。

Step 06 切换到小样文件窗口，单击“直接预览正文”按钮，打开“大样预览窗口”，由于在版式文件中激活了“页码说明”注解，页面的下端添加了页号，如图 3－6 所示。

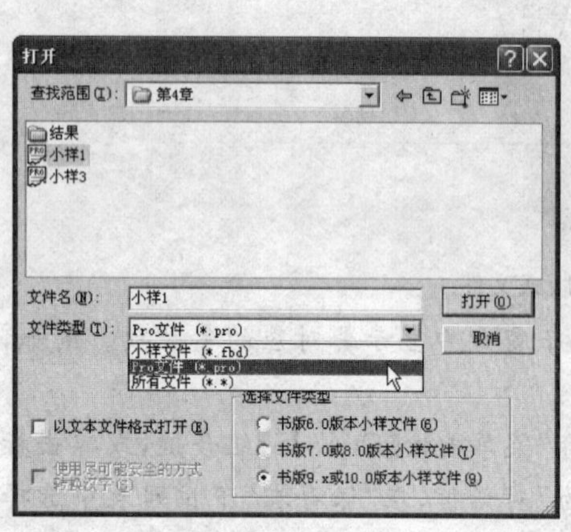

图 3－5 “打开”对话框

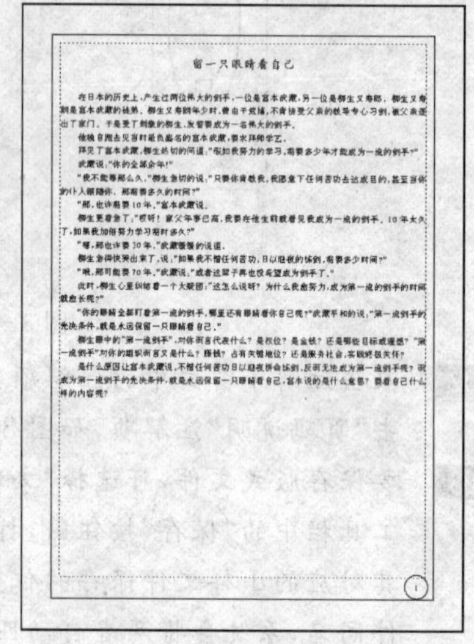

图 3－6 预览效果

Step 07 切换到版式文件窗口并将其关闭，回到小样文件窗口，选择“排版”>“删除排版参数文件”菜单，打开图 3－7 所示的提示对话框，单击“是”按钮，可删除与当前小样文件对应的版式文件。

Step 08 选择“排版”>“排版参数”菜单，打开图 3－8 所示的提示对话框，单击“是”按钮可在当前小样文件所在的文件夹中创建与其对应的版式文件。若当前小样文件已经创建了版式文件，则选择该菜单项后可直接将其打开。(这是创建与打开版式文件最便捷的方法。)

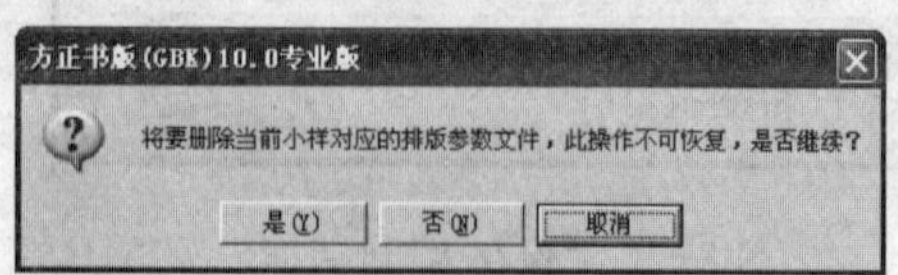

图 3－7 删除排版参数文件

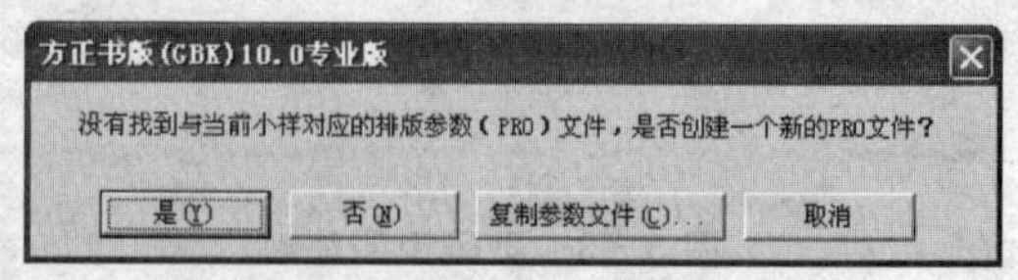

图 3－8 新建排版参数文件

3.2 版式文件参数设置——编排古诗版式

版式文件中包含排版文件、版心说明、页码说明、书眉说明、脚注说明、外挂字体定义、标题定义、图文说明和边栏说明 9 种注解项目。下面通过一个实例讲解其中重要的注解项目。本实例分为 5 个部分，用户需全部做完才可发排。

3.2.1　排版文件注解

排版文件注解可将多个小样文件排在一起，形成全书。

Step 01　依次打开本书配套素材“第 3 章”文件夹中的“小样 2.1.fbd”、“小样 2.2.fbd”和“小样 2.3.fbd”文件，如图 3－9 所示。将“小样 2.1.fbd”文件设置为当前文件。（该小样文件中注解“〖MM(〗”与“〖MM)〗”是将两者之间的文字指定为书眉内容，“〖BT1〗”与“〖BT2〗”是标题注解，相关详细说明请参阅第 10 章。）

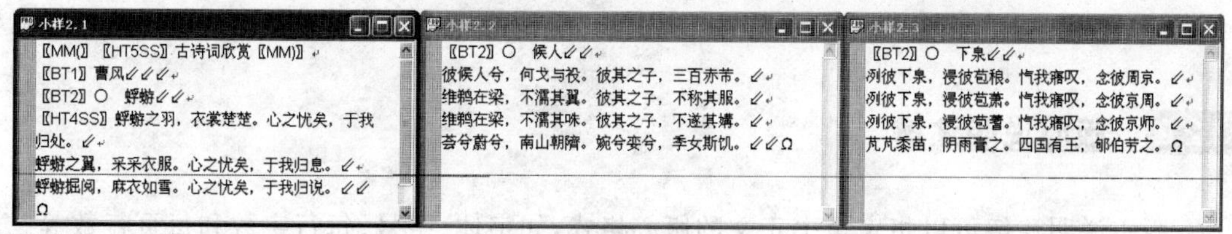

图 3－9　打开小样文件

Step 02　选择“排版”>“排版参数”菜单，在打开的提示对话框中单击“是”按钮，创建与其对应的版式文件并进入其编辑窗口。

Step 03　在注解子窗口中单击选择“排版文件〖SB〗”注解项，然后双击属性子窗口“文件列表”第 1 行，在该行末尾显示...按钮。

Step 04　单击...按钮，打开“打开”对话框，选择本书配套素材“第 3 章”文件夹中的“小样 2.1.fbd”文件，单击“打开”按钮，如图 3－10 所示。该小样文件的路径将显示在“文件列表”第 1 行。

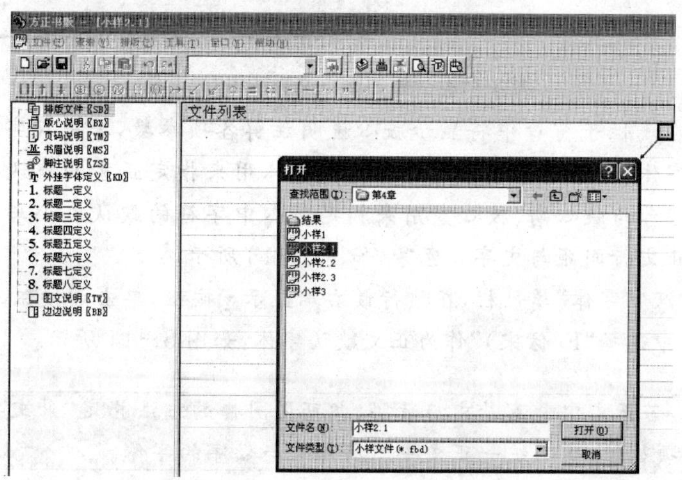

图 3－10　导入“小样 2.1.fdb”文件

Step 05　用同样的方法在“文件列表”的第 2 行与第 3 行分别导入本书配套素材“第 3 章”文件夹中的“小样 2.2.fbd”与“小样 2.3.fbd”文件，效果如图 3－11 所示。

Step 06　单击“保存”按钮，保存版式文件。

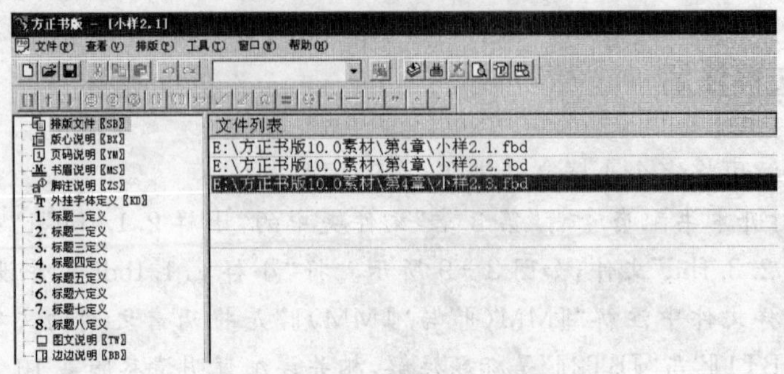

图3-11　导入其他小样文件

3.2.2 版心说明注解

版心说明注解可以指定全书正文的版心格式，如字体、字号、每行字数和每页行数等。

Step 01 在注解子窗口中双击“版心说明〖BX〗”注解项，此时将打开“添加版心说明注解”对话框，在其中可以选择系统提供的3种版心类型。本例选择“32开5书宋 *2”单选钮，然后单击“确定”按钮，设置为32开版心，如图3-12所示。

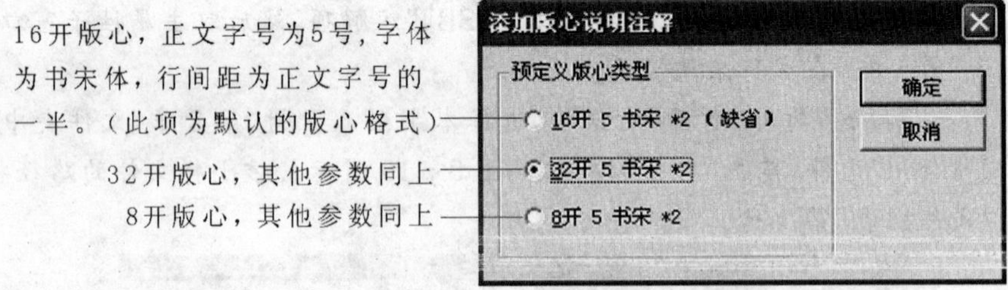

图3-12　“添加版心说明注解”对话框

Step 02 此时在属性子窗口中将显示版心说明注解各项参数，其中汉字字体、外文字体、数字字体、汉字外挂字体与外文外挂字体用来指定正文的默认字体；纵向字号、横向字号与版心高、版心宽用来指定版心中字符的默认大小与数量；此外，还可设置正文行间距与文字颜色等，如图3-13所示。

Step 03 单击“汉字字体”属性栏，在该行最右端显示▼按钮，单击该按钮，展开字体下拉列表，从中选择“F(仿宋)”作为正文默认字体，如图3-14所示。

若正文中含有外文与数字，也可用同样的方法指定“外文字体”与“数字字体”项属性，从而统一正文中所有外文与数字的字体。

Step 04 双击“汉字外挂字体”属性栏，打开“外挂字体名”对话框（外挂字体即非方正字体），用户可在字体名列表中选择一种中文字体，单击“确定”按钮，如图3-15所示。

Step 05 回到版式文件后，刚才选定的外挂字体名会显示在“汉字外挂字体”属性栏中，如图3-16所示。

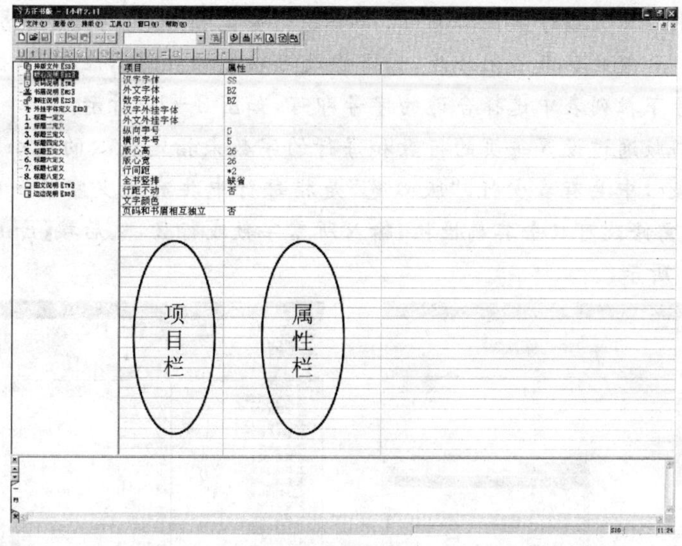

图 3－13　“版心说明”注解各项参数

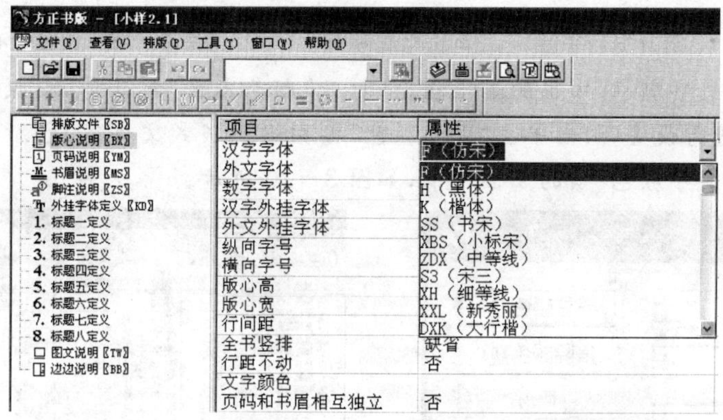

图 3－14　选择汉字字体

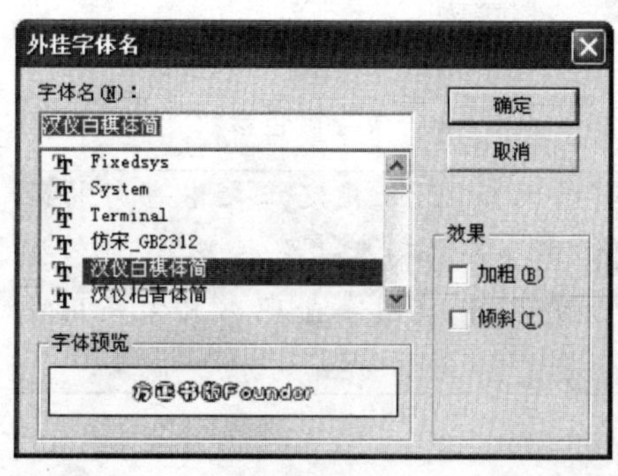

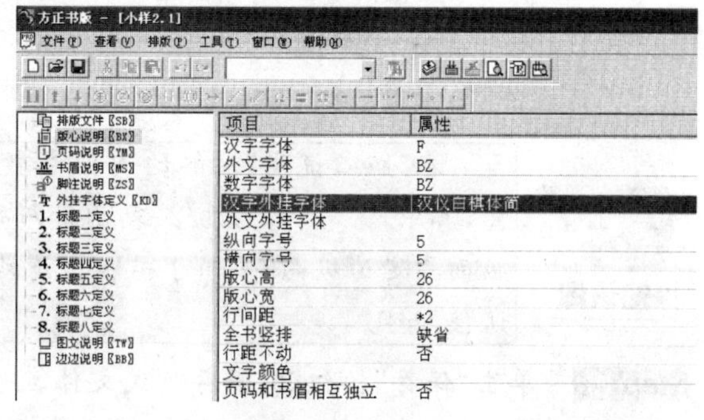

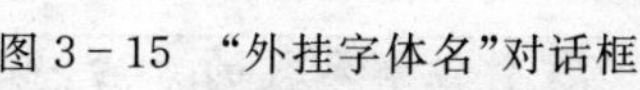
图 3－15　“外挂字体名”对话框　　　　图 3－16　指定汉字外挂字体

用户可用同样的方法指定外文外挂字体。若在版式文件中指定了汉字与外文外挂字体，则汉字与外文字体参数将自动取消，即正文字体将使用外挂字体。

Step 06　单击选择“汉字外挂字体”项目，按【Delete】键可将指定的字体删除。

Step 07 版心中的正文字号默认为五号，每个字的长宽相等，即"纵向字号"与"横向字号"相等。一般此参数不用修改，如需修改可双击相应的属性栏，单击▼按钮，从打开的字号下拉列表中选择合适的字号即可，如图 3－17 所示。

Step 08 方正书版通过设置每页的行数和每行的字数来指定版心的大小，其中，"版心高"是指版心中共有多少行，"版心宽"是指每行中共有多少字。一般此参数不用修改，如需修改可双击其属性栏，输入所需字数或行数，然后按【Enter】键即可，如图 3－18 所示。

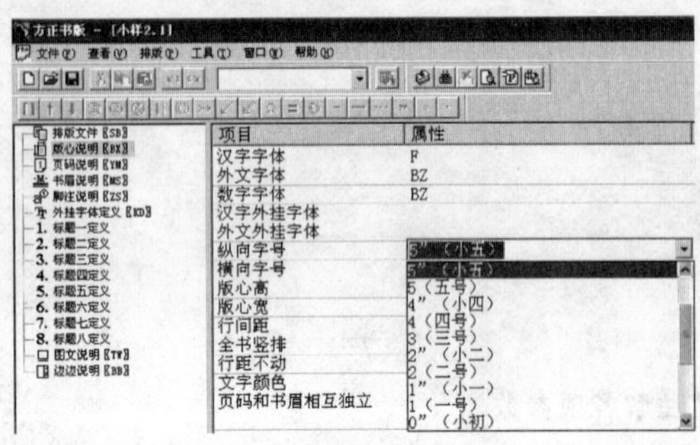

图 3－17　选择纵向字号

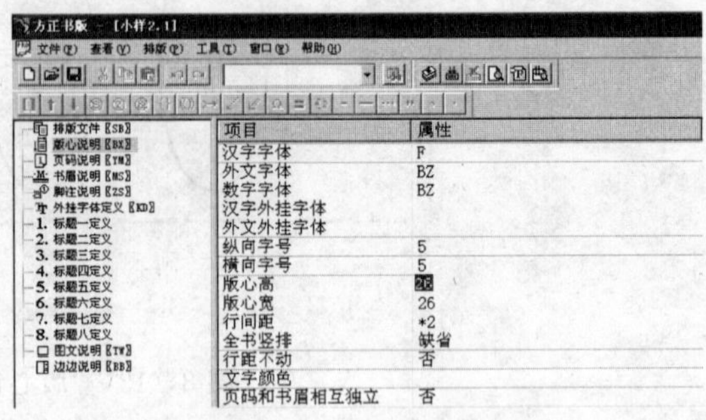

图 3－18　设置版心大小

Step 09 双击"文字颜色"项目的属性栏，将打开"颜色参数"对话框，按照图 3－19 所示的参数进行设置，然后单击"设置颜色"按钮回到版式文件窗口，所设置的参数将显示在"文字颜色"项的属性栏中，如图 3－20 所示。

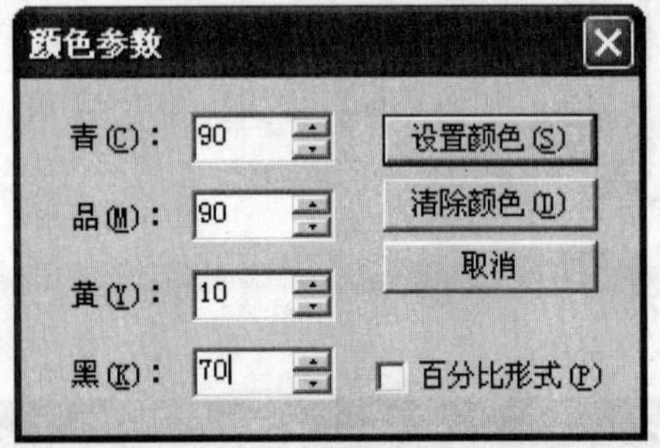

图 3－19　"颜色参数"对话框

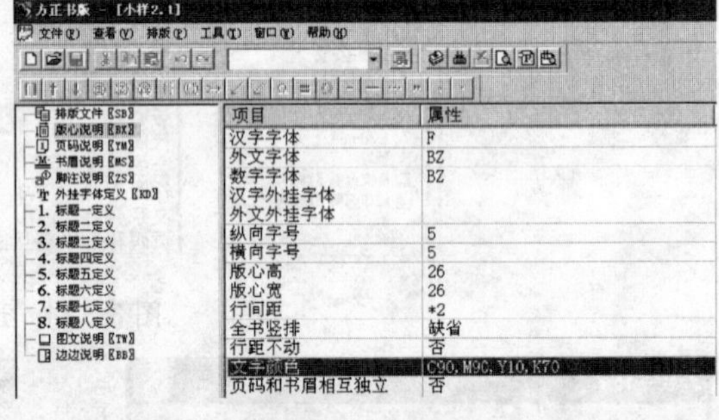

图 3－20　文字颜色参数

知识库

在"版心说明"注解的其他参数项中，"行间距"用来指定正文中每行的距离，其中，"＊2"意为 1/2，表示行与行之间空半个字的高度；"全书竖排"可以将版面指定为纵向，多用于排版台湾地区与古文书籍，编排一般图书只需采用默认值即可。

Step 10 单击"保存"按钮，保存版式文件。

温馨提示

3.2.1 与 3.2.2 节讲解了利用鼠标设置版式文件注解参数的方法，而在实际操作中，利用键盘会更加方便快捷，下面几节将详细说明。

3.2.3 页码说明注解

页码说明注解可以指定全书页码的格式，如页码的字体、字号、位置等。

Step 01 按【Tab】键切换到注解子窗口中，按↓键选择“页码说明〖YM〗”注解项，按【Enter】键确认。此时在属性子窗口中显示出该注解各项参数，并已将第 1 项“字体”选中，如图 3－21 所示。

Step 02 按【Enter】键打开字体下拉列表。按↓键，从字体列表中选择“F1(方黑 1)”字体，再次按【Enter】键确认，从而将页码字体指定为“F1(方黑 1)”，如图 3－22 所示。

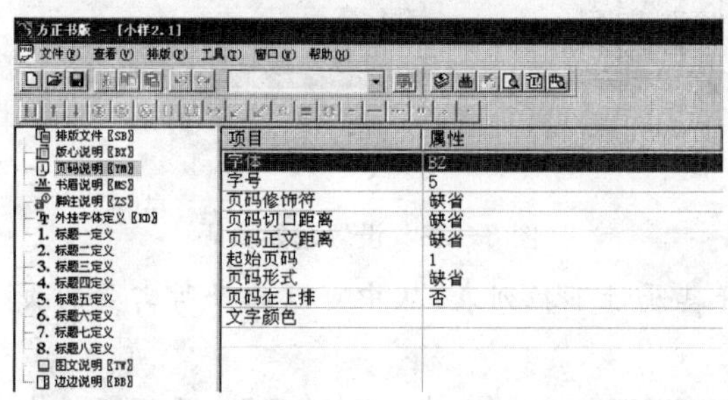

图 3－21 “页码说明”注解各项参数

图 3－22 选择页码字体

Step 03 按↓键选择“字号”项，按【Enter】键打开字号下拉列表。按↑键，选择“5”(小五)”，如图 3－23 所示。按【Enter】键确认，从而将页码字号指定为小五，如图 3－24 所示。

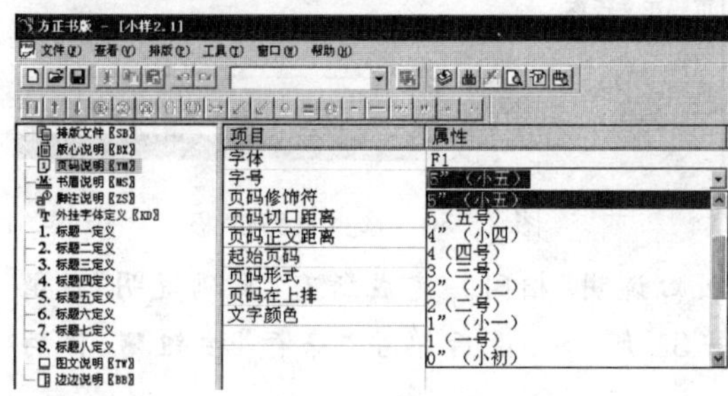

图 3－23 选择页码字号

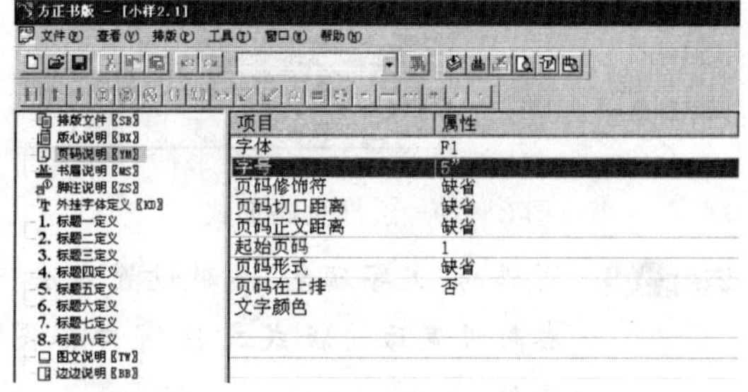

图 3－24 在“字号”属性栏中显示所选字号

Step 04 选中“页码修饰符”项，按【Enter】键打开页码修饰符下拉列表，从中可以选择页码两侧的修饰是圆点还是短线，缺省为不加修饰，如图 3－25 所示。

Step 05 选中“页码切口距离”项，按【Enter】键打开其属性下拉列表，从中选择页码的位置，缺省为排在靠近切口的位置，如图 3－26 所示。

Step 06 选中“页码正文距离”项，按【Enter】键选中“缺省”二字，输入“2”，再次按【Enter】键确认输入，可将页码与版心之间的距离设置为两个字宽，如图 3－27 所示。

Step 07 选中“起始页码”项，按【Enter】键选中“1”字，输入“5”，再次按【Enter】键确认输入，可将正文的起始页码设置为“5”，如图 3－28 所示。

项目	属性
字体	F1
字号	5”
页码修饰符	缺省（无修饰符）
页码切口距离	缺省（无修饰符）
页码正文距离	。（圆点）
起始页码	一（短线）
页码形式	缺省
页码在上排	否
文字颜色	

图 3－25　选择页码修饰符

项目	属性
字体	F1
字号	5”
页码修饰符	。
页码切口距离	缺省
页码正文距离	居中
起始页码	缺省
页码形式	自置
页码在上排	否
文字颜色	

图 3－26　选择页码的位置

项目	属性
字体	F1
字号	5”
页码修饰符	。
页码切口距离	居中
页码正文距离	2
起始页码	1
页码形式	缺省
页码在上排	否
文字颜色	

图 3－27　设置页码与正文距离

项目	属性
字体	F1
字号	5”
页码修饰符	。
页码切口距离	居中
页码正文距离	2
起始页码	5
页码形式	缺省
页码在上排	否
文字颜色	

图 3－28　设置起始页码

Step 08　选中“页码形式”项，按【Enter】键打开其属性下拉列表，从中可以选择所需要的页码形式，如图 3－29 所示。

Step 09　选中“页码在上排”项，按【Enter】键打开其属性下拉列表，选择“是”可将页码排在页面上方，选择“否”可保持默认设置，即排在页面下方，如图 3－30 所示。

项目	属性
字体	F1
字号	5”
页码修饰符	。
页码切口距离	居中
页码正文距离	2
起始页码	5
页码形式	缺省（中文或阿拉伯数字）
页码在上排	缺省（中文或阿拉伯数字）
文字颜色	L（大写罗马数字）
	R（小写罗马数字）

图 3－29　选择页码形式

项目	属性
字体	F1
字号	5”
页码修饰符	。
页码切口距离	居中
页码正文距离	2
起始页码	5
页码形式	缺省
页码在上排	否
文字颜色	是
	否

图 3－30　选择页码位置

Step 10　页码的“文字颜色”参数设置方法与“版心说明”相同。完成所有“页码说明”注解参数设置后的版式文件窗口如图 3－31 所示。最后单击“保存”按钮，保存文件。

排版文件【SB】
版心说明【BX】
页码说明【YM】
书眉说明【MS】
脚注说明【ZS】
外挂字体定义【KD】
1. 标题一定义
2. 标题二定义
3. 标题三定义
4. 标题四定义
5. 标题五定义
6. 标题六定义

项目	属性
字体	F1
字号	5”
页码修饰符	。
页码切口距离	居中
页码正文距离	2
起始页码	5
页码形式	缺省
页码在上排	否
文字颜色	

图 3－31　页码说明注解参数设置最终效果

3.2.4 书眉说明注解

书眉说明注解可以指定全书书眉的格式，如书眉的字体、字号、眉线类型等。

Step 01 在注解子窗口中双击“书眉说明〖MS〗”注解项，此时在属性子窗口中显示出其各项参数，如图3－32所示。

此处设置对应小样文件中“〖MM(〗”与“〖MM)〗”注解中文字的格式，有关该注解的详细说明请参阅第10章。此外，由于“汉字字体”、“外文字体”、“数字字体”、“汉字外挂字体”、“外文外挂字体”和“字号”项的设置方法与“版心说明〖BX〗”注解的设置方法相同，这里不再赘述。

- 排版文件〖SB〗
- 版心说明〖BX〗
- 页码说明〖YM〗
- 书眉说明〖MS〗
- 脚注说明〖ZS〗
- 外挂字体定义〖KD〗
- 1. 标题一定义
- 2. 标题二定义
- 3. 标题三定义
- 4. 标题四定义
- 5. 标题五定义
- 6. 标题六定义
- 7. 标题七定义
- 8. 标题八定义
- 图文说明〖TW〗
- 边边说明〖BB〗

项目	属性
汉字字体	SS
外文字体	BZ
数字字体	BZ
汉字外挂字体	
外文外挂字体	
字号	5
书眉线类型	缺省
词条格式	缺省
书眉位置	缺省
书眉与眉线距离	缺省
正文与眉线距离	缺省
眉线左扩	
眉线右扩	
眉线内扩	
眉线外扩	
眉线宽度	
书眉排下面	否
文字颜色	
书眉线颜色	

图3－32 “书眉说明”注解各项参数

Step 02 选择“书眉线类型”项，按【Enter】键打开其属性下拉列表，从中选择“S(双线)”，如图3－33所示。

Step 03 选中“书眉位置”项，按【Enter】键打开其属性下拉列表，选择“W(外口)”，将书眉文字排在靠近切口的位置；如果选择“L(里口)”，则会将书眉文字排在靠近订口的位置，如图3－34所示。

项目	属性
汉字字体	SS
外文字体	BZ
数字字体	BZ
汉字外挂字体	
外文外挂字体	
字号	5
书眉线类型	缺省（正线）
词条格式	缺省（正线）
书眉位置	S（双线）
书眉与眉线距离	F（反线）
正文与眉线距离	CW（上粗下细文武线）
眉线左扩	XW（上细下粗文武线）
眉线右扩	B（不划线）

图3－33 选择书眉线类型

项目	属性
汉字字体	SS
外文字体	BZ
数字字体	BZ
汉字外挂字体	
外文外挂字体	
字号	5
书眉线类型	S
词条格式	缺省
书眉位置	缺省（居中）
书眉与眉线距离	缺省（居中）
正文与眉线距离	L（里口）
眉线左扩	W（外口）
眉线右扩	L，W（里口外口）

图3－34 选择书眉文字位置

Step 04 其他各项一般采用默认参数即可，现对常用项目加以说明：

- **词条格式**：指定字典书眉的排版格式，详见第10章。
- **书眉与眉线距离**：指定书眉文字与眉线之间的距离，在其属性栏中输入参数即可。
- **正文与眉线距离**：指定版心与眉线之间的距离，在其属性栏中输入参数即可。
- **眉线宽度**：指定眉线的宽度，在其属性栏中输入参数即可。
- **书眉排下面**：指定书眉在版面上的位置。在其属性下拉列表中选择“否”，则书眉排在版心上方，选择“是”则书眉排在版心下方。
- **文字颜色**：指定书眉文字的颜色。

➢ **书眉线颜色**：指定书眉线的颜色。

Step 05 单击“保存”按钮，保存文件。

若在版式文件中激活“页码说明”与“书眉说明”注解项而不进行任何设置，系统会自动采用默认参数在页面中添加页码和书眉。若想删除出版物页码和书眉，可打开对应的版式文件，并在“打开”对话框中勾选“以文本格式打开”复选框，然后在版式文件中删除相关注解即可，详细内容请参阅第 10 章。

3.2.5 标题定义注解

方正书版 10.0 通过定义标题来分别统一长篇图书中每级标题的字体、字号等格式，使全书更为规范。

Step 01 在注解子窗口中双击“标题一定义”项，此时在属性子窗口中显示出其各项参数，如图 3－35 所示。（此处设置对应小样文件中“〖BT1〗”标题注解后文字的格式，有关标题注解的详细说明请参阅第 10 章。）

排版文件【SB】
版心说明【BX】
页码说明【YM】
书眉说明【MS】
脚注说明【ZS】
外挂字体定义【KD】
1. 标题一定义
2. 标题二定义
3. 标题三定义
4. 标题四定义
5. 标题五定义
6. 标题六定义
7. 标题七定义
8. 标题八定义
图文说明【TW】
边边说明【BB】

项目	属性
汉字字体	SS
外文字体	BZ
数字字体	BZ
汉字外挂字体	
外文外挂字体	
纵向字号	5
横向字号	5
标题行数	3
上空距离	缺省
左空距离	缺省
文字颜色	

图 3－35 标题一定义注解各项参数

Step 02 将“汉字字体”设置为“K(楷体)”，将“纵向字号”与“横向字号”设置为“1(一号)”，如图 3－36 所示。其他参数一般采用默认值即可，现对常用项目加以说明：

➢ **标题行数**：指定标题占多少正文行，默认参数为 3 行，标题文字居中，用户可在属性栏中设置其他参数。

➢ **左空距离**：指定标题文字距版心左边缘的距离，默认为居中。

Step 03 按照同样的方法设置标题二各项参数，其中将“汉字字体”设置为“XBS(小标宋)”，将“纵向字号”与“横向字号”设置为“4(四号)”，其他参数保持不变，如图 3－37 所示。（此处设置对应小样文件中“〖BT2〗”注解后文字的格式。）

项目	属性
汉字字体	K
外文字体	BZ
数字字体	BZ
汉字外挂字体	
外文外挂字体	
纵向字号	1
横向字号	1
标题行数	3
上空距离	缺省
左空距离	缺省
文字颜色	

图 3－36 设置标题一的字体与字号

项目	属性
汉字字体	XBS
外文字体	BZ
数字字体	BZ
汉字外挂字体	
外文外挂字体	
纵向字号	4
横向字号	4
标题行数	3
上空距离	缺省
左空距离	缺省
文字颜色	

图 3－37 设置标题二的字体与字号

Step 04 保存版式文件。单击排版工具栏中的“直接预览正文”按钮打开“大样预览窗口”，查看排版效果，如图 3－38 所示。(用户可分别按【Ctrl＋Page Up】和【Ctrl＋Page Down】组合键前后翻页。)本实例最终版式文件可参阅本书配套素材“第 3 章”\“结果”文件夹中的“小样 2.1.pro”文件。

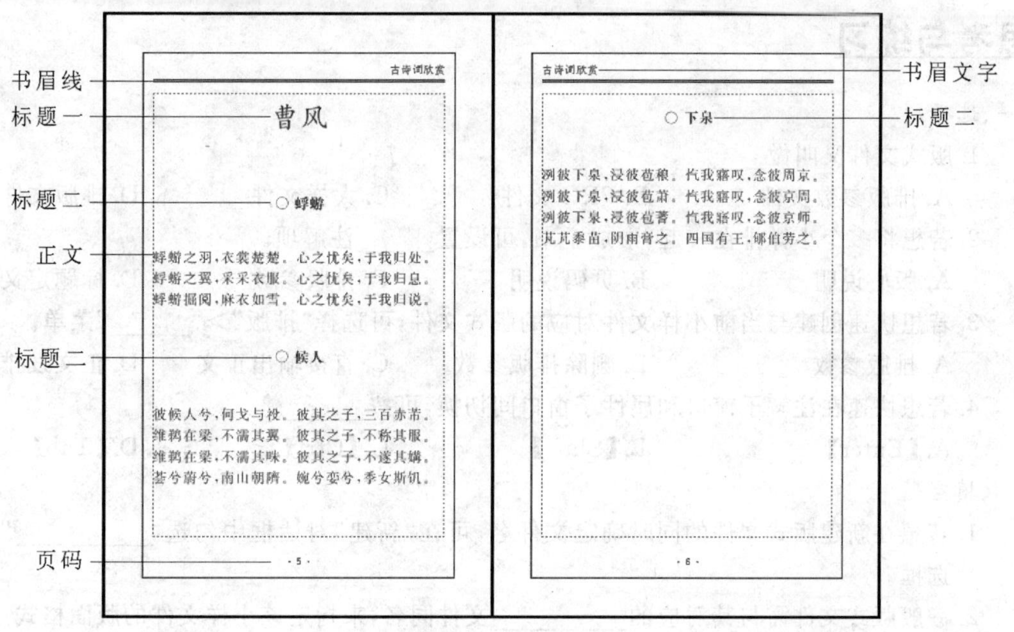

图 3－38　预览效果

版式文件中的外挂字体定义、图文说明和脚注说明注解将分别在第 5 章、第 8 章与第 10 章讲解。

由于小样文件自动采用与其同名的版式文件发排，若多个小样文件的版式参数相同，可为其指定同一个版式文件发排以节省磁盘空间、减轻工作强度。方法是选择“工具”>“设置”菜单，打开“设置”对话框，在“发排设置”选项卡中，单击“始终使用该 PRO 文件发排正文”编辑框右侧的 按钮，在打开的“打开”对话框中选择需要的版式文件，以后系统会将其作为默认的版式文件发排小样，如图 3－39 所示。

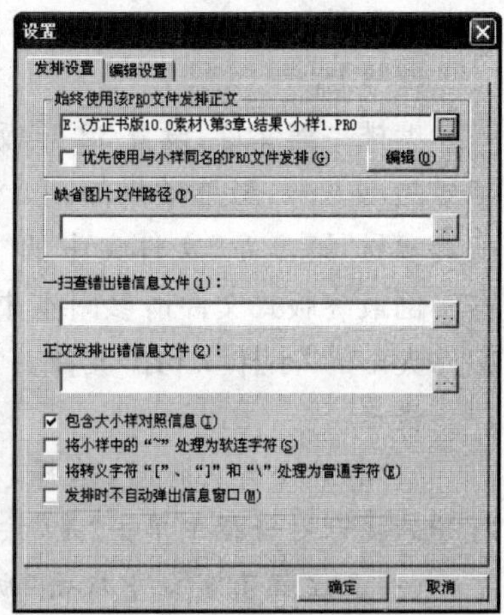

图 3－39　“设置”对话框

本章小结

本章讲解了版式文件的基本操作与编辑方法。在版式文件各注解项目中，排版文件、版心说明、页码说明、书眉说明和标题定义最为常用。

➢ 排版文件注解常用来组合全书各章节，从而使长篇图书的编排工作快速高效。

➢ 版心说明注解可指定正文的字体、字号，并能通过调整“版心高”与“版心宽”参数指定版心的大小。

- 书眉说明和页码说明注解可分别指定书眉和页码的字体、字号和位置等属性。
- 标题定义注解可指定全书各级标题的格式。

思考与练习

一、选择题

1. 版式文件又叫做______。

   A. 排版参数文件　　B. PRO 文件　　C. 大样文件　　D. 排版文件

2. 若想将多个小样排在一起，形成全书，可设置______注解项。

   A. 版心说明　　B. 页码说明　　C. 排版参数　　D. 标题定义

3. 若想快速创建与当前小样文件对应的版式文件，可选择"排版">"______"菜单。

   A. 排版参数　　B. 删除排版参数　　C. 直接输出正文　　D. 正文发排

4. 若想快速在注解子窗口和属性子窗口间切换，可按______键。

   A.【Enter】　　B.【Shift】　　C.【Ctrl】　　D.【Tab】

二、填空题

1. 若想在新建版式文件的同时确定文件名，可在"新建"对话框中勾选"__________"复选框。
2. 一般版式文件需与其对应的__________文件同名，来指定该小样文件的版面格式。
3. 在版式文件各注解项目中，__________、__________、__________、__________和__________最常用。
4. 若在版式文件中指定了__________，则之前所设置的汉字字体与外文字体将自动取消。

三、操作题

编排一篇文章，设置 32 开版心，正文字号为小四号，页码字号为小五号，最终效果如图 3－40 所示。用户可打开本书配套素材"第 3 章"文件夹中的"小样 3. fbd"文件进行练习。本实例最终版式文件请参阅本书配套素材"第 3 章"\"结果"文件夹中的"小样 3. pro"文件。

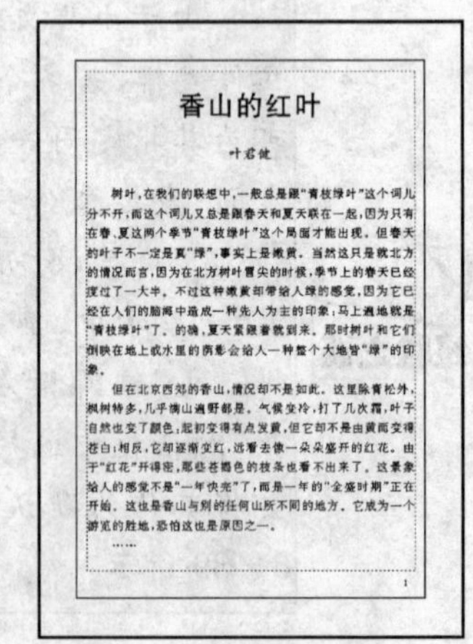

香山的红叶

叶君健

树叶，在我们的联想中，一般总是跟"青枝绿叶"这个词儿分不开，而这个词儿又总是跟春天和夏天联在一起，因为只有在春、夏这两个季节"青枝绿叶"这个局面才能出现。但春天的叶子不一定是真"绿"，事实上是嫩黄。当然这只是就北方的情况而言，因为在北方树叶冒尖的时候，季节上的春天已经度过了一大半。不过这种嫩黄却带给人绿的感觉，因为它已经在人们的脑海中造成一种先入为主的印象；马上遍地就是"青枝绿叶"了。的确，夏天紧跟着就到来。那时树叶和它们倒映在地上或水里的阴影会给人一种整个大地皆"绿"的印象。

但在北京西郊的香山，情况却不是如此。这里除青松外，枫树特多，几乎满山遍野都是。气候变冷，打了几次霜，叶子自然也变了颜色；起初变得有点发黄，但它却不是由黄而变得苍白；相反，它却逐渐变红，远看去像一朵朵盛开的红花。由于"红花"开得密，那些苍褐色的枝条也看不出来了。这景象给人的感觉不是"一年快完"了，而是一年的"全盛时期"正在开始。这也是香山与别的任何山所不同的地方。它成为一个游览的胜地，恐怕这也是原因之一。

……

1

图 3－40　操作题效果

提示：

(1)打开小样文件后，选择"排版">"排版参数菜单"，在打开的提示对话框中单击"是"按钮，创建版式文件。

(2)在注解子窗口中双击"版心说明〖BX〗"注解项，在打开的"添加版心说明注解"对话框中选择"32 开 5 书宋＊2"单选钮。

(3)在"版心说明〖BX〗"注解项的属性栏中，将"纵向字号"与"横向字号"项的参数均设置为小四号(4")。

(4)在"页码说明〖YM〗"注解项的属性栏中将"字号"项的参数设置为小五号(5")。

第4章 大样文件

本章内容提要

章前导读

通过前面的学习我们知道，方正书版通过大样文件来预览排版效果，从而确保输出的正确；还知道大样文件是小样文件通过发排生成的。本章我们来进一步学习大样文件，包括了解大样文件的格式，以及生成和预览大样文件的方法等内容；最后还通过一个综合实例系统讲解了小样文件、版式文件和大样文件在实际排版中的应用。

4.1 大样文件格式

大样文件有两种格式，分别是 S10 和 NPS。

- **S10 格式：**此格式在符号处理上更有优势，适合排有数学、化学等内容的科技图书。
- **NPS 格式：**此格式在外文处理上更有优势，适合排有外文的书籍。

发排小样文件之前，选择“排版”＞“指定大样格式为”菜单，可在其子菜单中选择所需的大样格式，如图 4-1 所示。选择好后，状态栏右侧会显示其名称，如图 4-2 所示。

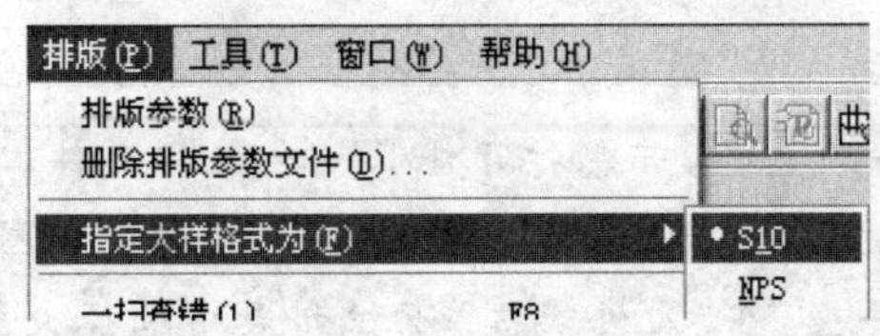

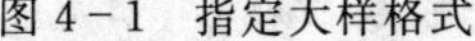

图 4-1　指定大样格式

图 4-2　大样格式在状态栏中的显示

4.2 大样文件生成和预览——预览科幻小说节选

在小样文件中输入注解并对版式文件进行定义后，通过正文发排即可生成大样文件。

通过预览大样可以在打印前检查排版效果，以保证输出的正确。下面我们通过一个实例讲解生成和预览大样文件的方法。

Step 01 打开本书配套素材"第 4 章"文件夹中的"小样 1. fbd"文件，在排版工具栏中单击"正文发排"按钮或按【F7】键，发排正文。发排后，系统将自动在当前小样文件所在的文件夹中生成扩展名为". s10"或". nps"的大样文件。

Step 02 选择"排版">"正文发排结果显示"菜单或在排版工具栏中单击"正文发排结果显示"按钮，或按【F5】键，打开"大样预览窗口"，预览大样文件，如图 4-3 所示。

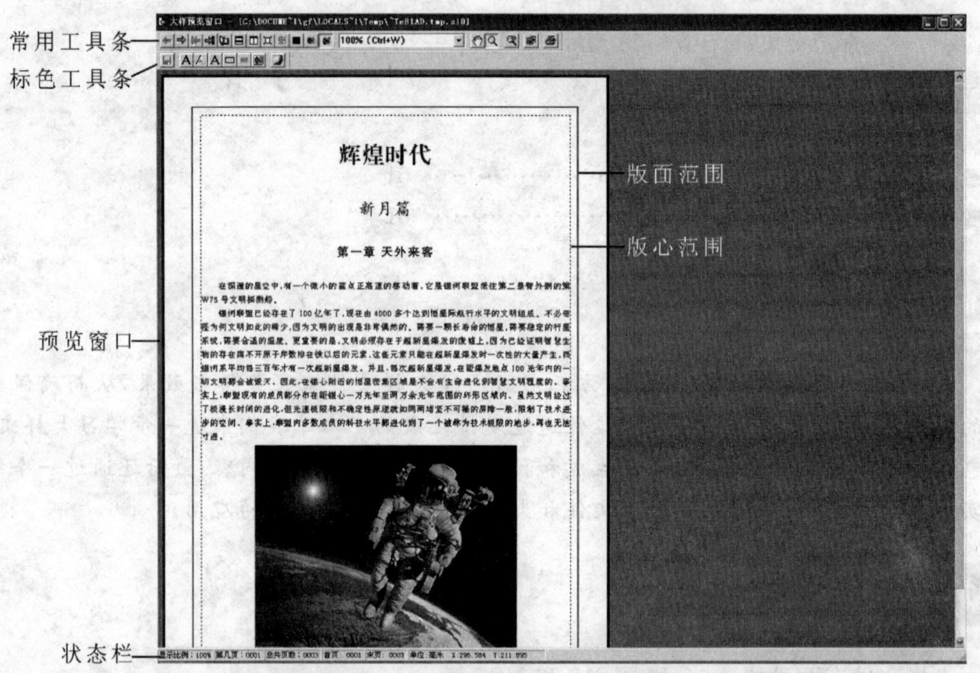

图 4-3 大样预览窗口

选择"排版">"直接预览正文"菜单或按【Shift + F5】组合键，或单击排版工具栏中的"直接预览正文"按钮，可快速实现文件预览，此功能将"一扫查错"、"正文发排"和"大样预览"一并完成，但该操作并不生成大样文件，只可临时预览。

以上方法只能预览当前小样文件的大样，若想打开任意一个大样文件，可选择"工具">"选择大样文件显示"菜单，打开"打开"对话框。在"查找范围"下拉列表中找到存放大样文件的文件夹，在"文件类型"下拉列表中选择大样文件格式，然后选择需要的大样文件，单击"打开"按钮即可，如图 4-4 所示。

Step 03 在大样预览窗口的常用工具条(参见图 4-5)中单击"后一页"按钮或按【Ctrl + Page Down】键，可向后翻一页；单击"前一页"按钮或按【Ctrl + Page Up】键，可向前翻一页；单击"首页"按钮或按【Ctrl + Home】组合键，可翻到大样首页；单击"末页"按钮或按【Ctrl + End】组合键，可翻到大样末页。

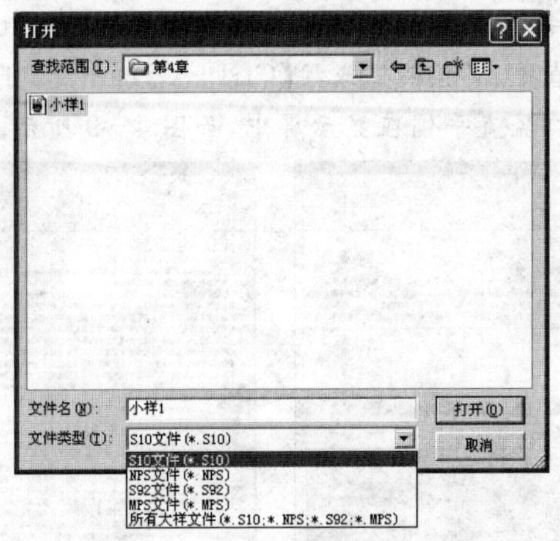

图 4-4 打开任意一个大样文件

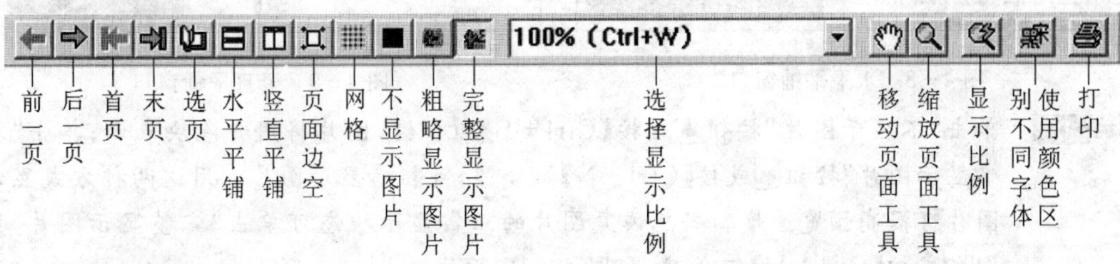

图 4-5 常用工具条

Step 04 单击"选页"按钮或按【Ctrl+G】组合键，将弹出"选定显示页页码"对话框，在"请输入页码号"编辑框中输入页码号，单击"确定"按钮(参见图 4-6)，可快速显示该页。

Step 05 单击"缩放页面工具"按钮，此时鼠标指针变为形状，在页面中单击可放大页面显示比例。若按住【Ctrl】键，此时鼠标指针变为形状，在页面中单击可缩小页面显示比例。

Step 06 单击"显示比例"下拉列表框后的按钮，可从展开的下拉列表中选择合适的页面显示比例，如图 4-7 所示。

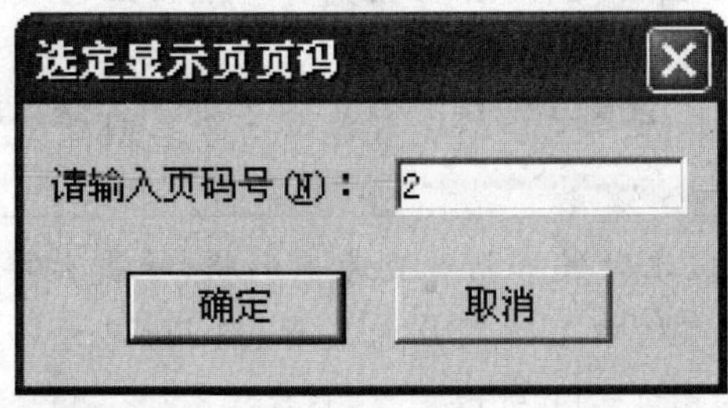

图 4-6 选页

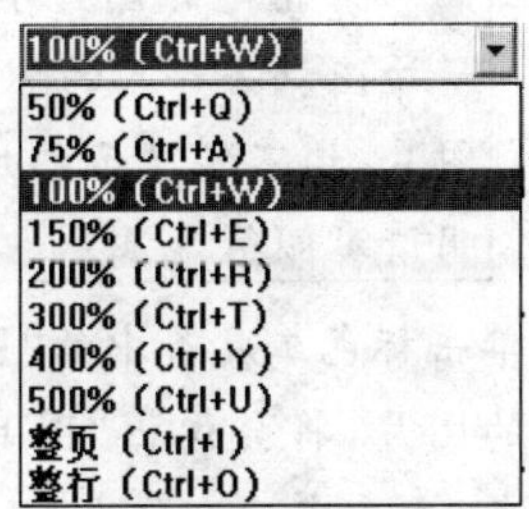

图 4-7 显示比例下拉列表

Step 07 若页面大小超出了"大样预览窗口"的显示范围，可单击"移动页面工具"，此时鼠标指针变为形状，在页面中拖动鼠标可移动页面显示区域。

Step 08 单击"水平平铺"按钮或按【Ctrl+F】组合键，可使大样预览窗口与其对应的小样文件窗口水平平铺在显示屏中。此时在大样文件中单击某字符可使光标自动定位到小样文件相应的字符前，从而方便用户进行修改操作，如图 4－8 所示。此外，若单击“竖直平铺”按钮或按【Ctrl＋V】组合键，可使大样文件窗口与其对应的小样文件窗口竖直平铺在显示屏中，如图 4－9 所示。

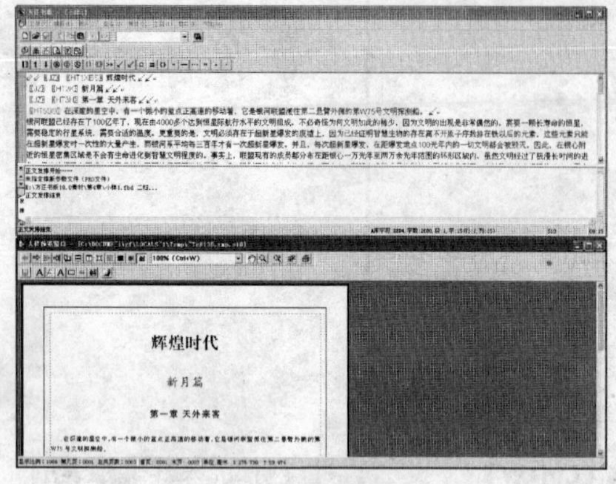

图 4－8　水平平铺窗口

图 4－9　竖直平铺窗口

Step 09 单击“不显示图片”按钮或按【Ctrl＋B】组合键，图片将用青色块表示；单击“粗略显示图片”按钮或按【Ctrl＋N】组合键，可粗略显示图片。用这两种方式显示图片可提高预览速度。若想恢复图片的正常显示状态可单击“完整显示图片”按钮或按【Ctrl＋M】组合键，如图 4－10 所示。

不显示图片

粗略显示图片

完整显示图片

图 4－10　图片的不同显示方式

知识库

若指定的图片不存在或找不到源图片文件，会在预览窗口中用红色块表示缺图。若导入的图片为不带预显数据的 EPS 格式图片或 GRH 、PIC 格式图片，均不能显示图片内容，只能看到图片显示区域。有关图片格式的详细说明请参阅第 8 章。

Step 10 单击标色工具条中的“图片信息”按钮，此时鼠标指针变为＋形状，单击大样上的图片，将会弹出“图片信息”对话框，可从中了解图片的名称、路径、尺寸等信息，查看完后可单击“关闭”按钮退出，如图 4－11 所示。

Step 11 单击常用工具条中的“使用颜色区别不同字体”按钮或按【F3】键，预览窗口中的字体将以不同的颜色表示：书宋－黑色，报宋－橙色，黑体－蓝色，仿宋－绿色，楷体－红色，小标宋－粉色，其他字体－天蓝色，共有 7 种。这种方法可以克服字小看不清字体的问题。再次按按钮，可取消字体颜色。

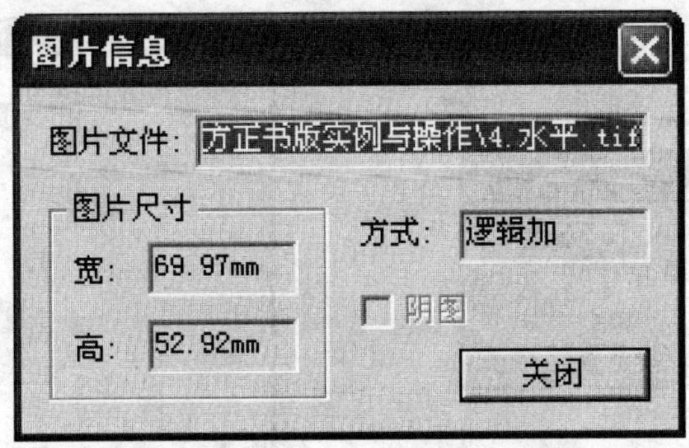

图 4-11 “图片信息”对话框

Step 12 单击常用工具条中的“网格”按钮▦或按【Ctrl+D】组合键，可在大样预览窗口中显示网格，从而帮助用户对照文本与图片在页面中的位置，如图 4-12 所示。

在预览窗口中单击鼠标右键，从弹出的快捷菜单中选择“网格”>“设置网格间距”子菜单，打开“设置网格”对话框，用户可在其中设置合适的网格属性，设置好后单击“确定”按钮即可，如图 4-13 所示。再次单击“网格”按钮▦可取消网格显示。

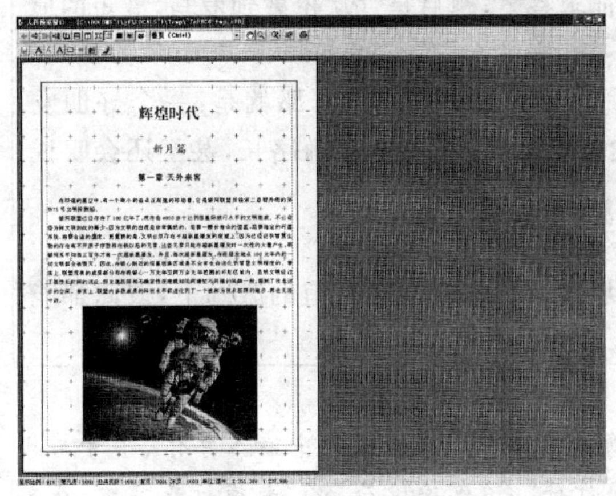

图 4-12 显示网格

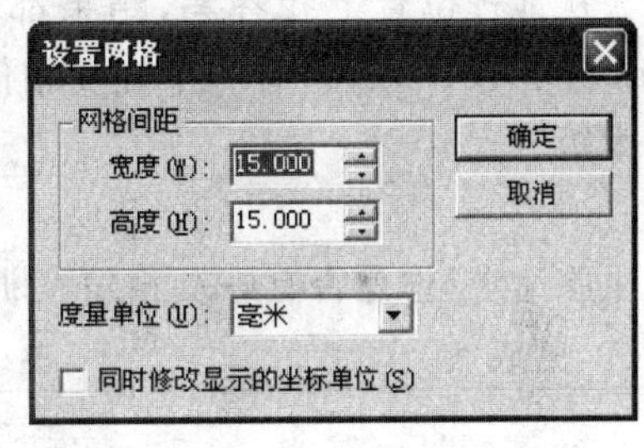

图 4-13 “设置网格”对话框

Step 13 预览完毕后，可按【Esc】键，或单击“大样预览窗口”右上角的“关闭”按钮☒将窗口关闭。

本实例最终效果可参阅本书配套素材“第 4 章”\“结果”文件夹中的“小样 1. s10”文件。

综合实例——编排哲理故事

下面以一个实例来提高大家对小样文件、版式文件和大样文件的综合应用能力。

Step 01 选择“文件”>“新建”菜单或按【Ctrl+N】组合键，打开“新建”对话框，勾选“指定文件名”复选框，单击“确定”按钮，如图 4-14 所示。

Step 02 在弹出的“新建文件-选择文件名”对话框中设置小样文件的存储位置与文件名称，单击“保存”按钮，如图 4-15 所示。

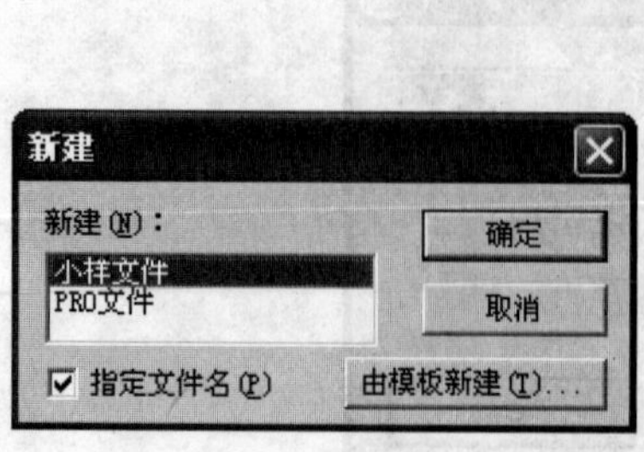

图 4-14 “新建”对话框

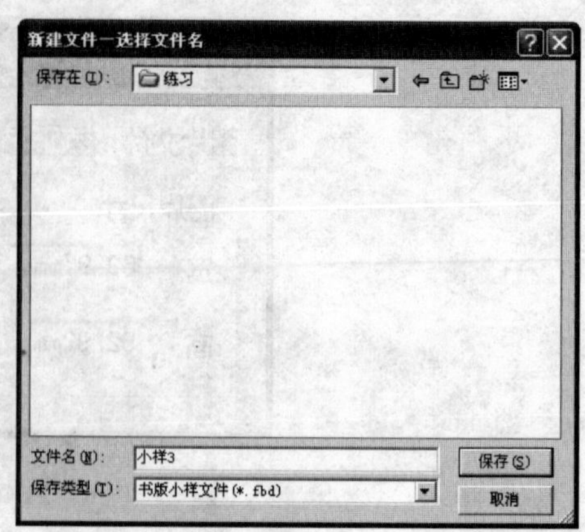

图 4-15 “新建文件－选择文件名”对话框

Step 03 在新建的小样文件中输入如下文字。

> “朋友乃时常亲爱，弟兄为患难而生。”
> ——箴言
> 多年前，英国泰晤士报曾出了一个题目，公开征求答案，题目是：“从伦敦到罗马，最短的道路是什么？”
> 很多人从地理位置上找答案，结果都落选了，只有一个答案获奖，那就是：一个好朋友(Qne，Good，Friend)。有一个好友相伴，沿途说说笑笑，不仅不会嫌路长，甚至还会叹说此路太短。
> 点评
> 在人生旅途上，你是否有好友相随？朋友不但可以相互扶持，在友谊的激励下，彼此都能更长进、更成熟。

Step 04 参照以下所示，在每段开头输入注解括弧对“〖〗”，并在其中输入字体、字号与排版格式注解；在每段的结束处输入换行符“⇙”或换段符“↙”来换行或换段，在文章结尾处输入文件结束符“Ω”。

> 〖HT5H〗“朋友乃时常亲爱，弟兄为患难而生。”⇙
> 〖JY〗——箴言↙↙
> 〖HT4SS〗多年前，英国泰晤士报曾出了一个题目，公开征求答案，题目是：“从伦敦到罗马，最短的道路是什么？”↙
> 很多人从地理位置上找答案，结果都落选了，只有一个答案获奖，那就是：一个好朋友(Qne，Good，Friend)。有一个好友相伴，沿途说说笑笑，不仅不会嫌路长，甚至还会叹说此路太短。↙↙↙
> 〖HT4H〗点评↙
> 〖HT5K〗在人生旅途上，你是否有好友相随？朋友不但可以相互扶持，在友谊的激励下，彼此都能更长进、更成熟。Ω

Step 05 将光标置于文本开始处，然后选择“插入”>“插入文件”菜单，打开“插入文件”对话框，在“查找范围”下拉列表中选择本书配套素材“第 4 章”文件夹，在“文件类型”下拉列表中选择“小样文件（*.fbd)”，然后双击“小样 4.fbd”文件，如图 4－16 所示。

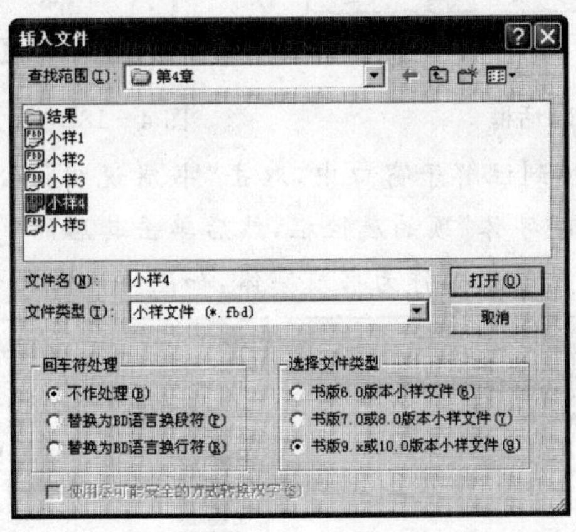

图 4－16 “插入文件”对话框

Step 06 插入文件后的效果如下所示。其中“〖MM(〗”与“〖MM)〗”注解是将其中的文字指定为书眉内容，“〖HT2DBS〗”注解中的“DBS”是大标宋体。

〖JZ〗〖MM(〗朋＝友＝是＝最＝短＝的＝距＝离〖MM)〗↙
〖JZ〗〖HT2DBS〗好＝朋＝友↙↙〖HT5H〗“朋友乃时常亲爱，弟兄为患难而生。”↙
〖JY〗——箴言↙↙
〖HT4SS〗多年前，英国泰晤士报曾出了一个题目，公开征求答案，题目是：“从伦敦到罗马，最短的道路是什么？”↙
很多人从地理位置上找答案，结果都落选了，只有一个答案获奖，那就是：一个好朋友。(Qne,Good,Friend)。有一个好友相伴，沿途说说笑笑，不仅不会嫌路长，甚至还会叹说此路太短。↙↙↙
〖HT4H〗点评↙
〖HT5K〗在人生旅途上，你是否有好友相随？朋友不但可以相互扶持，在友谊的激励下，彼此都能更长进、更成熟。Ω

Step 07 选择“排版”>“排版参数”菜单，在弹出的提示对话框中单击“是”按钮，如图 4－17 所示。

Step 08 在新建的版式文件中，双击“版心说明〖BX〗”注解项，并在弹出的“添加版心说明注解”对话框中选择“32 开 5 书宋 ＊2”单选钮，单击“确定”按钮，如图 4－18 所示。

Step 09 选择“页码说明〖YM〗”注解项，按【Enter】键切换到属性子窗口中。按向下方向键↓，选择“页码修饰符”项，按【Enter】键打开其属性下拉菜单，从中选择“。(圆点)”作为页码修饰符，并按【Enter】键确认，如图 4－19 所示。

图 4－17　提示对话框

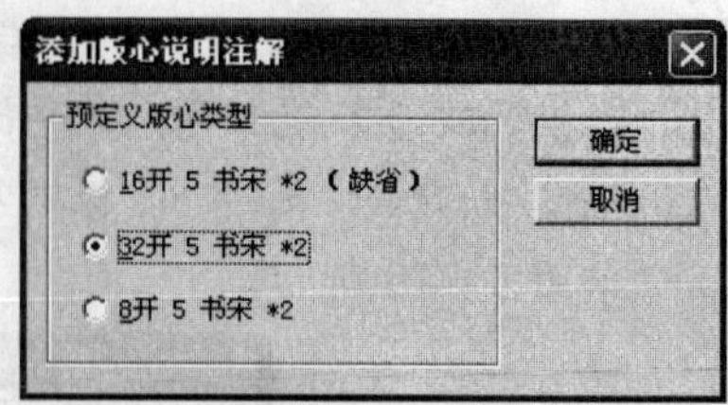

图 4－18　“添加版心说明注解”对话框

Step 10　按【Tab】键，切换到注解子窗口中，双击“书眉说明〖MS〗”注解项，并在其属性子窗口中双击“汉字字体”项的属性栏，然后单击其后的▼按钮，展开字体下拉列表，从中选择“XH(细等线)”作为书眉字体，如图 4－20 所示。

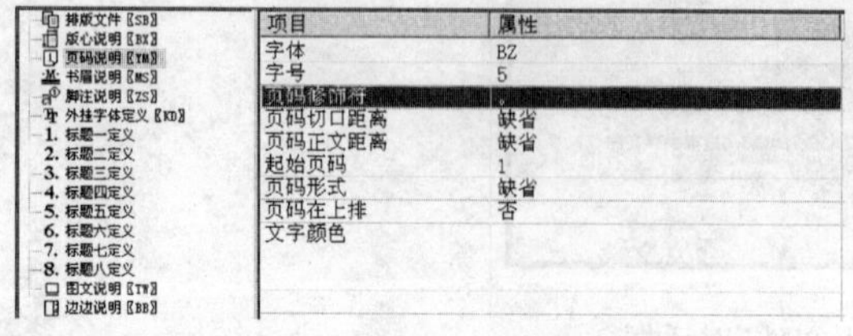

图 4－19　设置页码修饰符

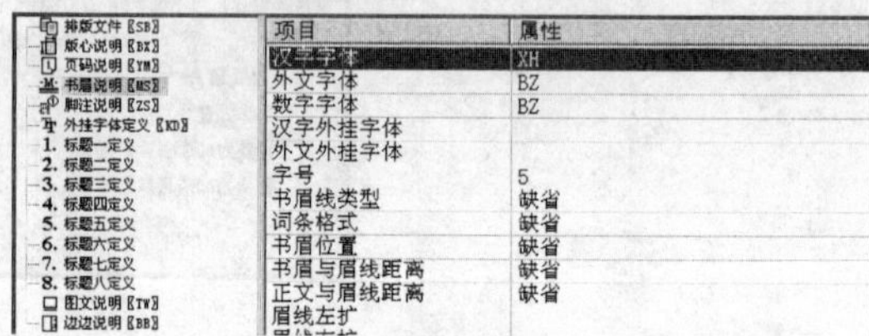

图 4－20　设置书眉字体

Step 11　按【Ctrl＋S】组合键，保存版式文件，然后按【Ctrl＋F4】组合键关闭版式文件窗口。

Step 12　在排版工具栏中单击“正文发排”按钮发排正文，然后单击“正文发排结果显示”按钮，打开“大样预览窗口”，如图 4－21 所示。

Step 13　打开“显示比例”下拉列表，从中选择“整页”项，使页面完整地显示在窗口中，如图 4－22 所示。

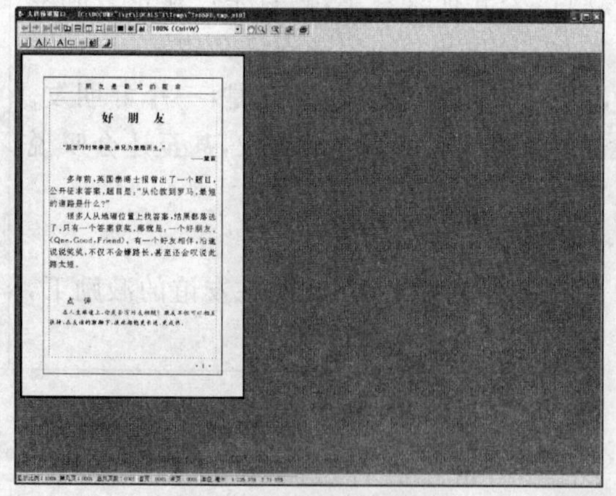

图 4－21　大样预览窗口

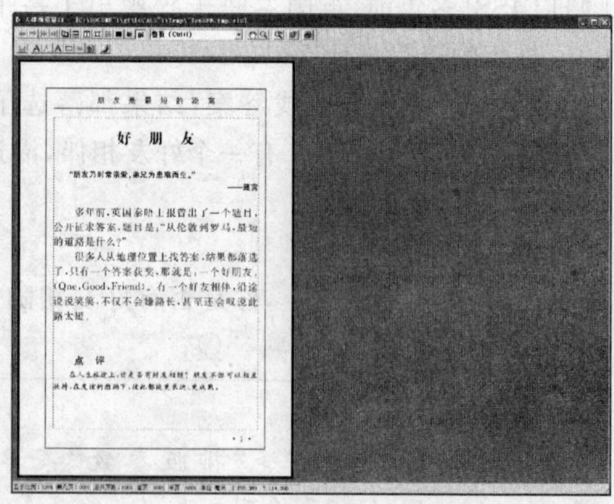

图 4－22　完整显示页面

本实例最终效果请参阅本书配套素材“第 4 章”文件夹中的“小样 5. fbd”、“小样 5. pro”和“小样 5. s10”文件。

本章小结

本章讲解了大样文件的生成与预览方法。小样文件需经过发排处理才能生成大样文件。在大样文件的基本操作中，用户应熟练掌握翻页、选页和缩放功能。

思考与练习

一、选择题

1. 单击______按钮可快速实现文件预览，但不能生成大样文件。

   A. [图标]　B. [图标]　C. [图标]　D. [图标]

2. 下面属于大样文件格式的有______。

   A. PRO　B. S10　C. FBD　D. NPS

3. 预览大样时若想向后翻一页，可单击______按钮。

   A. [图标]　B. [图标]　C. [图标]　D. [图标]

4. 单击标色工具条中的______按钮，然后单击大样上的图片，将会显示图片信息。

   A. [图标]　B. [图标]　C. [图标]　D. [图标]

二、填空题

1. 方正书版通过__________来预览排版效果，从而确保输出的正确。
2. 若在大样文件中发现错误，应______________，可使光标自动定位到小样文件相应的字符前，从而方便用户进行修改操作。
3. 在预览大样时有三种图片显示方式，分别为__________、__________和__________。
4. 若指定的图片不存在或找不到源图片，会在预览窗口中用__________表示缺图。

三、操作题

打开本书配套素材"第4章"文件夹中的"小样2.fbd"文件，用本章所学的方法预览大样效果，体会翻页和缩放等功能的运用。最终效果可参阅本书配套素材"第4章"\"结果"文件夹中的"小样2.s10"文件，如图4-23所示。

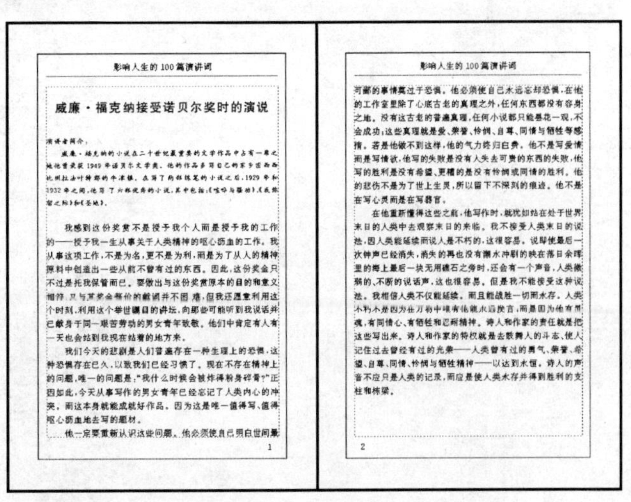

图4-23　预览大样效果

提示：

(1) 打开小样文件后，单击"正文发排"按钮[图标]发排正文。

(2) 单击"正文发排结果显示"按钮[图标]打开"大样预览窗口"。

(3) 利用"缩放页面工具"[图标]调整页面显示比例。

(4) 单击[图标]或[图标]按钮进行翻页。

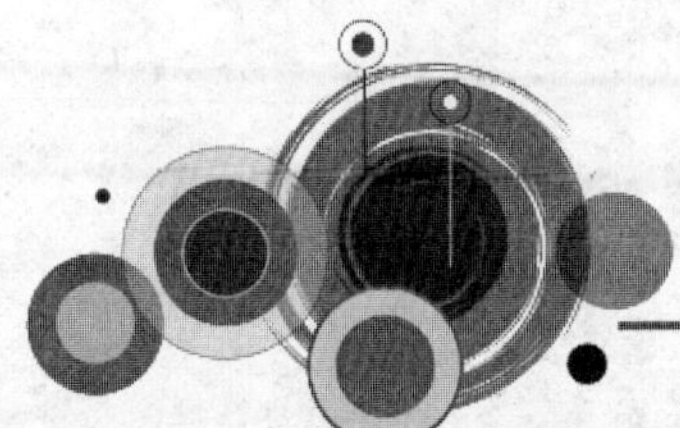

第3篇

方正书版 10.0 排版注解

本篇内容提要

篇前导读

方正书版用排版注解来设置文档格式。这些注解按功能可分为字符类注解、段落类注解、分层类注解、插图类注解、修饰类注解、整篇定义注解等9大类。

字符类注解是排版的基础，用来指定字符的字体、字号和位置，并可为字符添加各种修饰效果。此外，根据内容的需要，还能指定标点符号的排法，并可在文本中插入盘外符以弥补文字与符号的不足。

段落类注解在版式设计中也占有至关重要的地位，其中包括段落位置调整、行距调整、行宽调整和文字对齐等注解。合理地设计段落效果，可使版面更为美观整齐。

分层类注解可划分版面区域，主要包括分栏和分区两种注解。掌握好这些内容对编排复杂版面十分必要。

利用插图类注解可插入多种格式的图片，并可指定图片的确切位置和大小，还能统一设置图片说明文字的格式，为大批量处理图片提供了便利。

修饰类注解可进一步美化版面，其中包括线型注解、方框注解和彩色注解等。

在整篇定义注解中将讲解标题、页码、书眉和目录等的设置方法。

方正书版也可编排数学、化学公式和表格，而且比其他排版软件更为准确、专业。

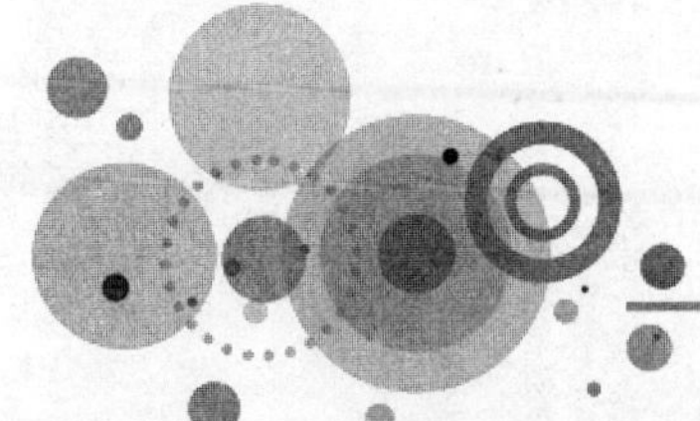

第5章 字符类注解

本章内容提要

章前导读

排版当中接触最多的就是文字，因此指定文字的样式与排法对版式设计来说至关重要。本章将详细介绍字符相关注解，包括指定字体与字号的注解、修饰美化字符的注解、添加注音与割注的注解，并在最后两小节讲解标点符号与盘外符的调整与输入方法。

5.1 字体字号类注解

对于汉字而言，其字体有多种，如宋体、楷体、隶书等。因此，方正书版系统提供了汉体注解(HT)用于为文字指定字体。同样，对于外文字母和数字而言，它们也有花体、斜体之分，系统也同样提供了相应的注解。同时，这些注解还允许用户指定文字的大小(即字号)。

5.1.1 汉体注解（HT）——编排古诗

功能：指定汉字的字体与字号。

格式：〖HT[〈双向字号〉][〈汉字字体〉]〗

"HT"即"汉体"的汉语拼音首字母，读作"汉体"。注解字母必须大写。"[〈双向字号〉][〈汉字字体〉]"为该注解的参数，尖括号"〈 〉"中的内容为参数名称，方括号"[ ]"中的内容表示该参数可以省略。写注解时，不用写出括号。

参数：

〈双向字号〉:〈纵向字号〉[,〈横向字号〉]

〈字号〉:〈常用字号〉|〈磅字号〉

〈磅字号〉:〈磅数〉.[〈磅分数〉](“.”为外文句号)

〈磅分数〉:25|50|75

〈汉字字体〉:[〈方正汉字字体〉][#|《〈汉字外挂字体名〉[〈外挂字体效果〉]》[!]]

〈外挂字体效果〉:#[B][I]

注解参数中的“|”表示左右两边的参数可任选其一，在后面所有的注解中，遇到此类情况时其用法均相同。

解释：

〈双向字号〉:此参数可以分别表示汉字的纵(高)、横(宽)大小，前面为纵向，后面为横向，中间用逗号隔开。汉字为方形字，通常只给出纵向字号即可，横向字号不写，如五号字表示为“〖HT5〗”。分别指定纵向字号与横向字号可制作出长扁字效果，如“〖HT5,3〗”为扁字，“〖HT3,5〗”为长字。

〈字号〉:方正书版通常用字号制与磅数制来规定文字的大小。

〈常用字号〉:将字形大小按号排列，号数越大，字形越小，如三号字大于四号字。

〈磅字号〉:磅数制是国际通行的一种印刷字形计量方法，磅数越大，字形越大。用磅数计量文字可随意改变字形的大小，更为方便灵活。使用时必须在数字后面加英文句号，如“〖HT9.〗”。

〈磅分数〉:磅分数以 0.25 磅为最小单位，如“〖HT8.25〗、〖HT9.50〗”等，后不用再加英文句号。

〈汉字外挂字体名〉:除了使用方正汉字字体外，还可以为正文指定外挂字体(非方正字体)，外挂字体名需用“《 》”括出。

〈外挂字体效果〉:外挂字体可指定两种效果，其中[B]表示粗体，[I]表示斜体。[!]表示汉字外挂字体只对汉字才起作用；[#]表示本注解之后的字符不再使用外挂字体。(由于汉字外挂字体与外文外挂字体的用法相同，将在 5.1.2 节详细讲解其用法)

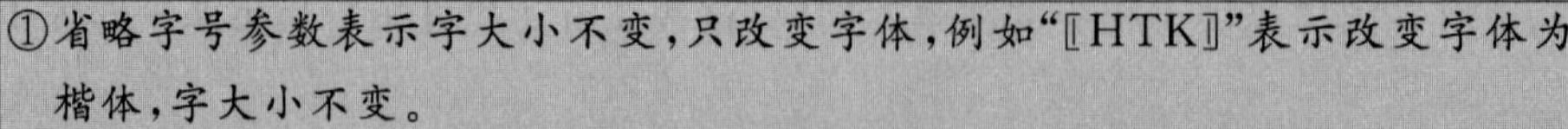

①省略字号参数表示字大小不变，只改变字体，例如“〖HTK〗”表示改变字体为楷体，字大小不变。

②省略字体参数表示字体不变，只改变字号大小，例如“〖HT3〗”表示字号为三号，字体不变。字号的大小可以对所有字符(汉字、外文、数字和符号)起作用，即只要指定字号，后面的字符将全部改变。

③无参数的注解“〖HT〗”表示恢复到版心注解中定义的字体与字号大小，默认为五号书宋体。

常用字号注解：

下表列出了常用的字号及其注解设置方法。

字号	注解写法		字形	字号	注解写法		字形
	字号	磅数			字号	磅数	
小七号	7”	5.25	国	七号	7	6.	国
小六号	6”	7.	国	六号	6	8.	国
小五号	5”	9.	国	五号	5	10.5	国
小四号	4”	12.	国	四号	4	14.	国
三号	3	16.	国	小二号	2”	18.	国
二号	2	21.	国	小一号	1”	24.	国
一号	1	28.	国	小初号	0”	32.	国
初号	0	36.	国	小特号	10”	42.	国
特号	10	48.	国	特大号	11	56.	国
63 磅	63	63	国	72 磅	72	72	国
84 磅	84	84	国	96 磅	96	96	国

对于 63 磅以上字号，设置时无须加英文句号“.”。其中一号与二号字多用于篇标题；三号字多用于章标题；四号字多用于节标题；小四号字多用于条标题；五号与小五号字多用于正文；六号与小六号字多用于注释文字及字典条目。

常用汉字字体注解：

方正书版 10.0 系统提供了 40 余种简体、繁体汉字字体，各种字体形态和注解可参阅本书附录 A，下面列出几种常用的字体及其用法供读者参考。

字体	注解	应用领域
书宋体	SS	多用于书刊正文
黑体	H	多用于各级标题字、封面字以及正文中要突出的部分
仿宋	F	多用于公文正文，中、小标题，以及古典文献和仿古版面
楷体	K	多用于中、小标题，作者署名，以及中、小学课本和幼教读物正文
小标宋	XBS	多用于大、小标题及封面字体
报宋	BS	多用于报纸正文

实例：编排古诗

下面编排一首古诗，练习汉体注解的用法。用户可打开本书配套素材“第 5 章”\“5.1”文件夹中的“小样 1.fbd”文件进行操作。在小样文件中输入的注解(已用曲线标出)与最终效果如下所示。

小样输入：	大样效果：
〖JZ(〗〖HT3H〗附录二↙ 〖HT4XBS〗宋代绝句两首↙ 〖HT4”,5F〗一=画=眉=鸟↙ 〖HT5K〗欧阳修↙ 〖HT〗百啭千声随意移，↙ 山花红紫树高低。↙ 始知锁向金笼听，↙ 不及林间自在啼。〖JZ)〗	附录二 宋代绝句两首 一　画　眉　鸟 欧阳修 百啭千声随意移， 山花红紫树高低。 始知锁向金笼听， 不及林间自在啼。

分析：

“〖JZ(〗”与“〖JZ)〗”是居中注解，指定两注解中的内容居中排列，有关居中注解(JZ)的详细说明清参阅第 6 章内容。

“〖HT3H〗”注解指定其后的文字为黑体(H)，字号为三号(3)，作用范围直到下一个汉体注解(HT)为止。

“〖HT4XBS〗”注解指定其与下一个汉体注解之间的汉字字体为小标宋体(XBS)，字号为四号(4)。

“〖HT4”,5F〗”注解指定其与下一个汉体注解之间的汉字字体为仿宋体(F)，纵向字号为小四号(4”)，横向字号为五号(5)。

“〖HT5K〗”注解指定其与下一个汉体注解之间的汉字字体为楷体(K)，字号为五号(5)。

“〖HT〗”注解指定其后的汉字还原为书版默认的汉字字体字号，即字体为书宋体(SS)，字号为五号(5)。

本实例最终效果可参阅本书配套素材“第 5 章”\“5.1”文件夹中的“小样 2.fbd”文件。

5.1.2 外文类注解（WT、WT+ 、WT- 、WP）

“WT”是外体注解，读作“外体”，用来指定外文的字体与字号；“WT+”与“WT-”是外体自动搭配注解，可指定外文字体是否随汉字字体做相应的变化；“WP”是外文排版注解，读作“外排”，主要用于在竖排版式中使单个外文字母直立排。

1. 外体注解(WT)——编排英文诗

功能：指定外文的字体与字号。

格式：〖WT[〈双向字号〉][〈外文字体〉]〗

参数：

〈双向字号〉：〈纵向字号〉[，〈横向字号〉]

〈外文字体〉：[〈方正外文字体〉][＃|《〈外文外挂字体名〉[〈外挂字体效果〉]》[!]]

〈外挂字体效果〉：＃[B][I]

经验之谈

①外文字体字号参数的用法与汉体注解(HT)相同，用户可参阅汉体注解相关内容。

②出现外文时，若前边从未写过外体注解，系统将选择白正体(BZ)作为当前字体。

③外体注解指定的字体只对外文起作用，但字号却对所有字符起作用，即只要指定字号，后面的汉字、外文、数字及符号的字号全部改变。因此，用户应在适当位置使用“〖WT〗”注解恢复默认字号设置。

④并非任何文种都有多种外文字体，当为某种外文(如俄文)指定了一个不存在的外文字体时，一律按白正体(BZ)处理。

⑤本注解作用到下一个外体注解为止。

常用外文字体注解：

方正书版10.0系统提供了七八十种外文字体，下表列出了其中常用的外文字体及用法，更多外文字体可参阅本书附录B。

字体	注解	字母举例	应用领域
黑正	HZ	**ABC abc**	多用于书刊及报纸大标题及封面文字
方黑1	F1	**ABC abc**	多用于书刊及报纸中、小标题
白6体	B6	ABC abc	多用于报纸大标题
黑歌德体	HD	𝕬𝕭𝕮 𝖆𝖇𝖈	多用于报纸大标题
白正	BZ	ABC abc	多用于书刊正文与大多数数学符号
细体	XT	ABC abc	多用于英文杂志正文

温馨提示：排国际音标时应使用音标体，注解写法为“〖WTYB〗”，否则排出的结果与音标不相配，并可能引起系统报错。音标体注解及样式请参阅本书附录 B。

实例：编排英文诗

打开本书配套素材“第 5 章”\“5.1”文件夹中的“小样 3.fbd”文件进行操作。在小样文件中输入的注解（已用曲线标出）及最终效果如下所示。

小样输入：	大样效果：
〖WT3B6〗Morning ↙ 〖WT4”F1〗Elton John↙ 〖WT5，5”BZ〗I love to wake to each new day，↙ And brush my dreams ↙ Of night away，↙ And look out through my window wide ↙ To see what weather is outside，↙ And wonder what exciting thing ↙ This shining，un—used day↙ Will bring.〖WT〗Ω	Morning **Elton John** I love to wake to each new day， And brush my dreams Of night away， And look out through my window wide To see what weather is outside， And wonder what exciting thing This shining，un—used day Will bring.

分析：

“〖WT3B6〗”注解指定其与下一个外体注解之间的外文字体为白 6 体（B6），字号为三号（3）。

“〖WT4”F1〗”注解指定其与下一个外体注解之间的外文字体为方黑 1 体（F1），字号为小四号（4”）。

“〖WT5，5”BZ〗”注解指定其与下一个外体注解之间的外文字体为白正体（BZ），纵向字号为五号（5）、横向字号为小五号（5”）。

“〖WT〗”注解指定外文字体与字号恢复为默认值，即采用五号（5）白正体（BZ）。

本实例最终效果可参阅本书配套素材“第 5 章”\“5.1”文件夹中的“小样 4.fbd”文件。

2. 外体自动搭配注解（WT＋、WT－）——编排名言

功能：指定外文字体是否随汉字字体变化。

格式：〖WT〈＋〉|〈－〉〗

解释：

〈＋〉：指定外文字体随汉字字体自动变化。

〈－〉：取消外文字体随汉字字体自动变化的功能。

实例：编排中英文对照名言

打开本书配套素材"第 5 章"\"5.1"文件夹中的"小样 5.fbd"文件进行操作。在小样文件中输入的注解(已用曲线标出)与最终效果如下所示。

小样输入：

〖HT5Y4〗最难过的日子也有尽头。⇙
The longest day has an end. —— Howell 贺韦尔 ⇙
胜利是不会向我走来的,我必须自己走向胜利。⇙
〖WT+〗Victory won't come to me unless I go to it. —— M. Moore 穆尔 ⇙
人类所有的智慧可以归结为两个词 — 等待和希望。⇙
〖WT-〗〖WTXT〗All human wisdom is summed up in two words ——wait and hope. —— Alexandre Dumas Pére 大仲马Ω

大样效果：

最难过的日子也有尽头。
The longest day has an end. —— Howell **贺韦尔**
胜利是不会向我走来的,我必须自己走向胜利。
Victory won't come to me unless I go to it. —— M. Moore **穆尔**
人类所有的智慧可以归结为两个词 — 等待和希望。
All human wisdom is summed up in two words ——wait and hope. —— Alexandre Dumas Pére **大仲马**

分析：

"〖HT5Y4〗"注解指定其后的汉字字体为粗圆体(Y4)；

第 2 行中的英文由于没有指定外文字体,因此采用系统默认的白正体(BZ),字号为五号；

第 4 行英文前加入了外体自动搭配注解"〖WT+〗",因此其后的英文与汉字字体自动搭配,即采用粗圆体(Y4)；

最后一行英文由于加入了"〖WT-〗"注解,因此取消了外文字体与汉字字体自动搭配的功能,外体采用"〖WTXT〗"注解中指定的细体(XT),而汉字依然采用粗圆体(Y4)。

本实例最终效果可参阅本书配套素材"第 5 章"\"5.1"文件夹中的"小样 6.fbd"文件。

3. 外挂字体编辑——编排英文短文

用户可为文本指定外挂字体,来弥补方正字体的不足,此外也可为外挂字体设置加粗、倾斜效果,下面以编排英文短文为例进行说明。

Step 01 打开本书配套素材"第 5 章"\"5.1"文件夹中的"小样 7.fbd"文件,将光标定位到第 1 行"〖WT3〗"注解的"3"之后,选择"插入">"插入外挂字体名"菜单,打开"外挂字体名"对话框,在"字体名"列表框中选择"Arial Black"字体,并勾选"插入左右书名号'《》'"、"加粗"和"倾斜"复选框,此时可在"字体预览"区预览设置效果,最后单击"确定"按钮,如图 5—1 所示。

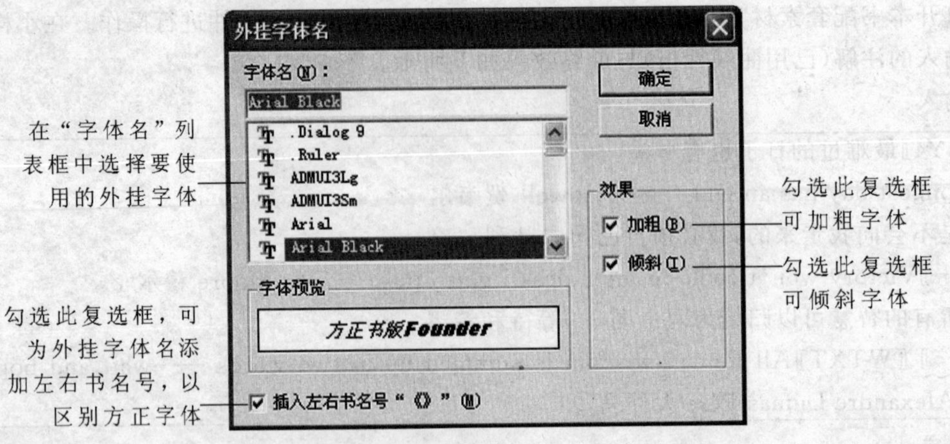

图 5-1 “外挂字体名”对话框

Step 02 插入外挂字体后，文本如下所示。其中书名号“《》”用来扩住外挂字体名和其相关参数（不可省略），参数“＃BI”表示为外挂字体指定了加粗（B）和倾斜（I）效果。

〖WT3《Arial Black＃BI》〗THE＝MEANING＝OF＝THE＝FAMILY↙

Step 03 用同样的方法在第 2 个外体注解中插入一种外挂字体，如“Arial”字体（不加粗和倾斜）。然后在最后一个外体注解“〖WT5〗”的“5”后输入“＃”符号，表示此注解之后的字符不再使用外挂字体，恢复系统默认字体，即白正体（BZ）。在小样文件中输入的注解（已用曲线标出）及最终效果如下所示。

小样输入：

〖WT3《Arial Black＃BI》〗THE＝MEANING＝OF＝THE＝FAMILY↙
〖WT5《Arial》〗Do you know what is family? ↙
Do you really understand what is behind the word family? ↙
……↙Here is the answer... ↙
〖WT5＃〗FAMILY ＝ (F)ather (A)nd (M)other, (I) (L)ove (Y)ouΩ

大样效果：

THE MEANING OF THE FAMILY
Do you know what is family?
Do you really understand what is behind the word family?
……
Here is the answer...
FAMILY ＝ (F)ather (A)nd (M)other, (I) (L)ove (Y)ou

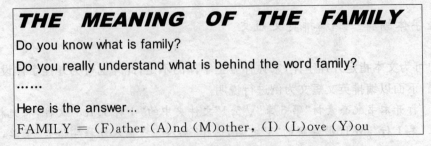

本实例最终效果可参阅本书配套素材“第 5 章”\“5.1”文件夹中的“小样 8.fbd”文件。

由于外挂字体名称一般较长，直接输入时会造成不便，此时可在相应的版式文件中为该字体指定别名。方法是打开与小样文件相对应的版式文件，双击“外挂字体定义”注解项，在其属性子窗口中单击“外挂字体字面名”栏，打开“外挂字体名”对话框，选择字体后单击“确定”按钮，然后在“外挂字体别名”栏中输入该外挂字体的别名，如“A”，如图 5－2 所示。以后只要在字体注解中输入“《A》”，如“〖WT《A》〗”，即可为其后的文字指定该外挂字体。

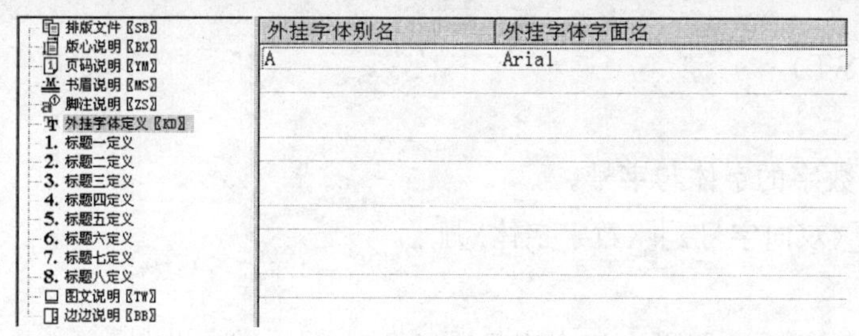

图 5－2　为外挂字体指定别名

以上介绍的外挂字体的指定方法同样适用于汉字字体。

4. 外文排版注解(WP)——编排竖版英文

此注解用于在竖排版面中将其中的外文字母直立排，下面以编排竖版英文为例说明。

打开本书配套素材“第 5 章”\“5.1”文件夹中的“小样 9. fbd”文件，在文本的开始处输入“〖WPD〗”，其中“D”代表外文字母单个直立排，添加该注解前后的大样效果如下所示。(素材中已为该小样设置了版式文件，并在“版心说明”注解中指定全书竖排)

指定前大样效果：	指定后大样效果：
BOOKMAKER是排版软件。	BOOKMAKER是排版软件。

本实例最终效果可参阅本书配套素材“第 5 章”\“5.1”文件夹中的“小样 10. fbd”文件。

5.1.3 数字类注解（ST、ST+ 、ST- 、SZ）

“ST”是数体注解，读作“数体”，可指定文本中数字的字体字号；“ST＋”与“ST－”是数体自动搭配注解，可指定数字字体是否随外文字体做相应的变化；“SZ”是数字注解，读作“数字”，主要用于在竖排版式中使单个数字直立排。

1. 数体注解(ST)

功能：指定数字的字体与字号。

格式：〖ST［〈双向字号〉］［〈数字字体〉］〗

参数：

〈双向字号〉：〈纵向字号〉［，〈横向字号〉］

〈数字字体〉：〈外文字体〉

解释：

〈数字字体〉：数字字体采用外文字体。

①数体注解中不能插入外挂字体，可通过外挂外文字体来指定数字外挂字体。

②数体注解指定的字号对其后所有的汉字、外文及符号起作用。

③默认情况下数字采用白正体。

④本注解作用到下一个数体注解为止。

常用数字字体注解：

下表列出几种常用的数字字体，更多数字字体可参阅本书附录 B。

字体	注解	字母举例	应用领域
黑正	HZ	**0123456789**	多用于书刊及报纸大标题及封面字
方黑 1	F1	**0123456789**	多用于书刊及报纸中、小标题
花体	HT	*0123456789*	多用于小说章节名
方头正	FZ	0123456789	多用于书刊正文中需要着重说明的数字
白正	BZ	0123456789	多用于书刊正文，及大多数数学符号
细体	XT	0123456789	多用于英文杂志正文

2. 数体自动搭配注解(ST＋、ST－)——编排哲理短文

功能：指定数字字体是否随着外文字体变化。

格式：〖ST〈＋〉|〈－〉〗

解释：

〈+〉：指定数字字体随外文字体自动变化。

〈-〉：取消数字字体随外文字体自动变化的功能。

实例： 使用数体与数体自动搭配注解编排哲理短文

打开本书配套素材"第 5 章"\"5.1"文件夹中的"小样 11. fbd"文件进行操作。在小样文件中输入的注解(已用曲线标出)与最终效果如下所示。

小样输入：	大样效果：
〖WT5F1〗Two days ago，a friend asked me if I heard of the " triangle equation 0－1，" I said no. ↙ 〖STXT〗1↙ 1+1=2↙ 1+1+1=3↙ 1+1+1+1=4↙ 1+1+1+1+0=4↙ 〖ST+〗"You're bored，0 +0，of course is equal to 0，you add until dark ，it is equal to 0，1 +1 = 2，the 3－year－old even know!"↙ 〖ST－〗〖WT5BX〗On behalf of the equation on the left of the number of 0－indulgent，1－a representative of hard work，equal to the right of the figure represents the achievements of your possible future or status. 〖ST〗Ω	**Two days ago，a friend asked me if I heard of the "triangle equation 0－1，" I said no. So he sent for a piece of paper，write down such equations which two triangles.** 1 1+1=2 1+1+1=3 1+1+1+1=4 1+1+1+1+0=4 **"You're bored，0 +0，of course is equal to 0，you add until dark ，it is equal to 0，1 +1 = 2，the 3－year－old even know!"** *On behalf of the equation on the left of the number of* **0－** *indulgent，* **1－** *a representative of hard work，equal to the right of the figure represents the achievements of your possible future or status.*

分析：

在第 1 段英文中由于没有指定数字字体，其中的数字采用系统默认的白正体(BZ)。

"〖STXT〗"注解指定其后的数字字体为细体(XT)，作用范围直到下一个数体注解为止。

"〖ST+〗"注解指定其后的数字字体随外文字体的变化而变化，即采用方黑 1 体(F1)。

"〖ST-〗"注解取消数字字体与外文字体自动变化的功能。即数字字体为方黑 1 体，而外文字体则改用"〖WT5BX〗"注解中指定的白斜体(BX)。

"〖ST〗"注解指定数字的字体字号恢复为系统默认值，即使用五号白正体。

本实例最终效果可参阅本书配套素材"第 5 章"\"5.1"文件夹中的"小样 12. fbd"文件。

3. 数字注解(SZ)——编排竖版数字

此注解主要用于在竖排版面中将其中的每个数字直立排，下面以编排竖版数字为例说明。

打开本书配套素材"第 5 章"\"5.1"文件夹中的"小样 13. fbd"文件，在文本的开始处输入"〖SZD〗"，其中"D"代表单个数字直立排，设置前后的排版效果如下所示。(此处已为该小样设置了版式文件，并在"版心说明"注解中指定全书竖排)

指定前大样效果：	指定后大样效果：
1997年香港回归	1997年香港回归

本实例最终效果可参阅本书配套素材"第 5 章"\"5.1"文件夹中的"小样 14. fbd"文件。

5.1.4 繁简注解 (FJ) ——编排诗歌评论

功能：本注解用来指定汉字为简体或繁体。"FJ"读作"繁简"。

格式：〖FJ[〈繁简参数〉]〗

参数：

〈繁简参数〉：[F]|[J]

[F]：转换为繁体

[J]：转换为简体

解释：

〈繁简参数〉：简体汉字转繁体用注解"〖FJF〗"；繁体汉字转简体用注解"〖FJJ〗"。使用注解"〖FJ〗"可做从简到繁或从繁到简体字的相互转换。

实例：编排诗歌评论

打开本书配套素材"第 5 章"\"5.1"文件夹中的"小样 15. fbd"文件进行操作。在小样文件中输入的注解(已用曲线标出)及最终效果如下所示。(省略号表示省略的文本内容)

小样输入：	大样效果：
==〖HT4K〗《乡愁》，有如音乐中柔美而略带哀伤的"回忆曲"，……↙ 〖FJF〗小时候↙ 乡愁是一枚小小的邮票↙ 我在这头↙ 母亲在那头↙ …… 〖FJJ〗该诗情深意切，表现了……Ω	《乡愁》，有如音乐中柔美而略带哀伤的"回忆曲"，…… 小時候 鄉愁是一枚小小的郵票 我在這頭 母親在那頭 …… 该诗情深意切，表现了……

分析：

“〖FJF〗”注解指定其与“〖FJJ〗”注解之间的文字为繁体。

“〖FJJ〗”注解指定其后的文字为简体。

本实例最终效果可参阅本书配套素材“第 5 章”\“5.1”文件夹中的“小样 16. fbd”文件。

方正书版中另一种实现繁简字转换的方法是使用“工具”菜单下的“繁到简转换”和“简到繁转换”命令，如图 5－3 所示。使用之前先选中小样文本中相应的文字，执行该命令之后，即可转换所选文字。

工具(T) 窗口(W) 帮助(H)	
设置(O)...	Alt+F7
自定义热键(H)...	Alt+F8
自定义宏(M)...	Alt+F9
DOC文件转换(V)...	
设置DOC文件字体对应(F)...	
RTF文件转换(R)...	
设置RTF文件字体对应(A)...	
繁到简转换(T)	
简到繁转换(S)...	

图 5－3 繁简转换命令

下面通过编排一首中英文对照歌词来练习 5.1 节学习的重点内容。打开本书配套素材“第 5 章”\“5.1”文件夹中的“小样 17. fbd”文件进行操作。在小样文件中输入的注解（已用曲线标出）及最终效果如下所示。

小样输入：	大样效果：
＝＝〖WT2B8〗〖HTMH〗Right Here Waiting⇙ ＝在此等候⇙ ＝〖WT5H5X〗〖HTY〗Richard Marx ＝理查德·马克思↙ 〖WT4B4〗〖HTF〗oceans apart↙ 世事变迁↙ day after day↙ 日复一日↙ ……Ω	Right Here Waiting 在此等候 *Richard Marx* 理查德·马克思 oceans apart 世事变迁 day after day 日复一日 ……

分析：

“〖WT2B8〗”注解指定其与下一个外体注解之间的外文字体为白 8 体（B8），字号为二号。

“〖HTMH〗”注解指定其与下一个汉体注解之间的汉字字体为美黑体(MH),字号沿用之前外体注解的设置。

“〖WT5H5X〗”与“〖HTY〗”注解将其后的外文字体指定为黑 5 斜体(H5X),汉字字体指定为姚体(Y),字号都为五号,作用范围分别到下一个外体注解和汉体注解为止。

“〖WT4B4〗”与“〖HTF〗”注解将其后的外文字体指定为白 4 体(B4),汉字字体指定为仿宋体(F),字号都为四号。

本实例最终效果可参阅本书配套素材“第 5 章”\“5.1”文件夹中的“小样 18.fbd”文件。

5.2 字符位置调整

本节主要讲解调整字符位置的方法,其中空格注解(KG)、撑满注解(CM)和紧排注解(JP)用于调整字符之间的横向距离;基线注解(JX)用于调整字符之间的纵向距离;而利用竖排注解(SP)可将字符竖向排列。

5.2.1 空格注解(KG)——指定字符空距

功能:指定字符或盒子之间的距离。“KG”读作“空格”。

盒子是排版的基本单位,它可以是单个字符或者一个字符的组合,如一串数字,一个方框、一个表格、一个方程式等。

格式:

①〖KG〈空格参数〉〗

②〖KG(〈字距〉〗〈内容〉〖KG)〗

本注解有两种格式,第 2 种格式是开闭弧形式的注解,注解的作用范围夹在中间。前面的“〖KG(〗”称为开弧,后面的“〖KG)〗”称为闭弧。开闭弧注解必须成对使用。

参数:

〈空格参数〉:[-]〈字距〉|〈字距〉。|〈字距〉。〈字数〉

解释:

[-]:为减号,指定空格方向与排版方向相反,可以产生字符叠加效果。

〈字距〉:表示以当前字号为准所空的距离,若当前字号为五号,空两格表示空出两个五号字的宽度。

。:为中文句号,表示乘或持续加空格,如注解“〖KG2。〗”表示此注解后的每个字符之间都空两格,直到排版结束。

〈字距〉。〈字数〉:此参数中的句号表示乘,即统一设置注解后指定字数的空格。如“〖KG2。3〗”表示将注解后的 3 个字符之前都空两格。

①本注解以盒子为单位安排空距,但阿拉伯数字串(如2010)以单个数字为单位调整空距。

②当指定了"〈字距〉。"参数时,如果想在排版结束前恢复正常字距需加"〖KG-0〗"注解。

实例:空格效果

小样输入	大样效果	解释说明
心底无私〖KG1〗天地宽	心底无私　天地宽	在当前位置空出1个字的距离
心底无私〖KG＊2〗天地宽	心底无私 天地宽	在当前位置空出半个字的距离
心底无私〖KG1。3〗天地宽	心底无私　天　地　宽	在当前位置之后的3个字之前各空出1个字的距离
心底〖KG1＊2。3〗无私天地宽	心底　 无　 私　 天地宽	在当前位置之后的3个字之前各空出1个半字的距离
心底〖KG1。〗无私天地宽	心底　无　私　天　地　宽	在当前位置之后的各字符之前都空出1个字的距离
〖KG(1〗心底无私天〖KG)〗地宽	心　底　无　私　天　地宽	在开、闭弧范围内的字符前都空1个字的距离

在方正书版中还有两种指定空格的方法。其中,中文空格注解"="可以以当前字号的宽度为单位空1格,在动态键盘中的"空格、标点"页中,输入"½"、"¼"、"⅙"和"⅛"注解符号,分别可使字符之间空1/2、1/4、1/6和1/8格。

5.2.2 撑满注解(CM)——均匀排列字符

功能:将字符或盒子在指定的宽度内均匀排列。"CM"读作"撑满"。

格式:本注解有两种格式,第2种格式指定开闭弧注解之中的内容。

①〖CM〈字距〉-〈字数〉〗

②〖CM(〈字距〉〗〈内容〉〖CM)〗

解释:

〈字距〉:表示字符的宽度。

〈字数〉:表示所排字数。

-:为减号,用来隔开〈字距〉与〈字数〉参数。

在第1种注解格式中,必须字距在前字数在后,中间以减号相隔,且字距≥字号。

实例：撑满字效果

小样输入	大样效果	解释说明
〖CM13－6〗北京市劳动局	北　　京　　市　　劳　　动　　局	将 6 个字撑满为 13 个字的宽度
〖CM(13〗北京市劳动局〖CM)〗↙ 〖CM（13〗北京市科技干部局〖CM)〗	北　　京　　市　　劳　　动　　局 北　京　市　科　技　干　部　局	将开闭弧中的文字撑满为 13 个字的宽度

5.2.3 紧排注解（JP）——调整字符疏密

功能：指定字符之间为紧排还是松排。多用于排英文或一些要求字符紧凑的版面中。“JP”读作“紧排”。

格式：〖JP[＋]〈数字〉〗

解释：

[＋]：表示松排，将字间距离拉开。不加此参数表示紧排，将字间距离缩紧。

〈数字〉：1|2|3|4|5|6|7|8|9|…|32。表示紧排或松排的程度。若当前状态为紧排，数值越高表示字符间距越紧凑。

无参数表示不紧排也不松排，按正常字间距离排。

实例：紧排字效果

小样输入	大样效果	解释说明
〖JP5〗Time and tide wait for no man.	Time and tide wait for no man.	收紧字距
〖JP＋12〗时间不等人	时 间 不 等 人	拉大字距

下面通过编排一张宣传页来练习空格、紧排与撑满注解的用法。打开本书配套素材“第 5 章”\“5.2”文件夹中的“小样 1.fbd”文件进行操作。在小样文件中输入的注解(已用曲线标出)及最终效果如下所示。

小样输入：

```
↙↙↙↙↙↙〖JZ(〗〖KG(＊2〗〖WT1KY〗C H L I T I N A〖KG)〗↙
〖CM(9〗〖WT5XT〗INTERNATIONAL BEAUTY CLINIC INSTITUTION〖CM)〗↙
TAIWAN GUANGDONG SHANGHAI BEIJING↙↙
〖JP＋6〗克丽缇娜特许青春密码美容护肤中心↙
凭此卷免费解答皮肤问题〖JZ)〗Ω
```

大样效果：

CHLITINA
INTERNATIONAL BEAUTY CLINIC INSTITUTION
TAIWAN GUANGDONG SHANGHAI BEIJING

克丽缇娜特许青春密码美容护肤中心
凭此卷免费解答皮肤问题

分析：

“〖JZ(〗……〖JZ)〗”是居中注解，指定开闭弧注解中的字符全部居中排(详见第6章)。

“〖KG(*2〗……〖KG)〗”是空格注解，指定开闭弧注解中的每个字符前空半个字(*2)宽。

“〖WT1KY〗”是外体注解，指定其与下一个外体注解之间的外文字体为空圆体(KY)，字号为一号。

“〖CM(9〗……〖CM)〗”是撑满注解，指定开闭弧注解中的字符撑满9个汉字的宽度。

“〖WT5XT〗”注解指定其后的外文字体为细体(XT)，字号为五号；

“〖JP+6〗”是紧排注解，指定其后字符的字距拉大。

本实例最终效果请参阅本书配套素材“第5章”\“5.2”文件夹中的“小样2.fbd”文件。

5.2.4 基线注解(JX)——编排传记扉页

在学习本注解之前，让我们先了解一下方正书版中字模和基线的概念。一个字模由字心与边框组成，边框的底边(横排)或右边(竖排)称为字模的基线。排在同一行中的汉字字模，除了有移动基线的特殊要求外，无论字号大小，方字、长字或扁字，其基线都在一条直线上，如图5-4所示。

图5-4 字模与基线图解

在了解了相关概念之后，我们就来学习基线注解的用法。

功能：指定字符或盒子的基线纵向平移。“JX”读作“基线”。

格式：〖JX[-]〈空行参数〉[。〈字数〉]〗

解释：

[-]：“-”为减号，表示字符向上移动，不加此参数表示字符向下移动。

〈**空行参数**〉：表示基线移动的行数。

〈字数〉:指定移动字符的个数。

①若不指定移动字符的个数,本注解的作用范围为当前行。

②若在同一行中连续指定了两个基线注解,则后一个以前一个基线为移动标准。

实例:编排传记扉页

打开本书配套素材“第5章”\“5.2”文件夹中的“小样3.fbd”文件进行操作。在小样文件中输入的注解(已用曲线标出)及最终效果如下所示。

小样输入:

↙↙↙↙〖JZ〗〖HT10H〗找〖JX-*2〗不〖JX1〗着〖JX-*2〗北↙
=〖HT3〗CCTV〖JX-*2。3〗洋主播的〖JX*2。2〗中国故事↙↙
〖JZ〗〖HT6〗Edwin Maher(新西兰)著=〖JX1〗张黎新 译Ω

大样效果:

找 不 着 北

CCTV 洋主播 的 中国 故事

Edwin Maher(新西兰)著
张黎新 译

分析:

“〖JZ〗”是居中注解,指定“找不着北”四个字居中排列(详见第6章);

“〖HT10H〗”指定其与下一个汉体注解之间的汉字字体为黑体(H),字号为特号(10);

“〖JX-*2〗”指定基线上移半行;

“〖JX1〗”指定在上一个基线的基础上再将基线下移一行;

“〖JX-*2。3〗”指定此注解后的3个字上移半行;

“〖JX*2。2〗”指定此注解后的2个字下移半行;

“〖JX1〗”指定此注解后的所有文字下移一行,作用范围到当前行为止。

本实例最终效果可参阅本书配套素材“第5章”\“5.2”文件夹中的“小样4.fbd”文件。

5.2.5 竖排注解(SP)——竖排字符

功能:指定字符或盒子竖向排列。“SP”读作“竖排”。

格式:〖SP(〔〈字符盒组序号〉〕〔〈G空行参数〉〕)〗〖SP)〗

参数:

〈字符盒组序号〉:〈正整数〉

解释:

〈字符盒组序号〉:此处输入正整数,指定竖排内容的第几个字与原文基线对齐。

〈G空行参数〉:表示竖排字符所占的字符高度,其作用类似于撑满注解。

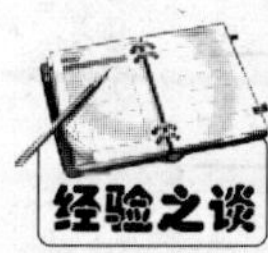

①若竖排的内容为一串英文或数字，则会使单个字母或数字直立排，效果与在竖排版面中加入外排或数字注解相同。

②此注解只可对较少文本进行竖排操作，开闭弧当中不能加入换行符“⇙”和换段符“↙”。

实例：竖排字效果

小样输入	〖SP（〗中国古典园林〖SP）〗	中国〖SP（2〗古典园林〖SP）〗	〖SP（G7〗中国古典园林〖SP）〗
大样效果	中 国 古 典 园 林	中国古 典 园 林	中国古 典 园 林
解释说明	字符竖排	指定竖排字符中的第 2 个字与原文基线对齐	指定竖排文字占 7 个字高

5.3 字形变化修饰

在日常生活中，为了突出某些方面的重要性或美化版面的需要，人们在排版时会将某些文字用着重符号标注出来，或以空心字、立体字等形式排出，这时就会用到文字变化与修饰注解了。

5.3.1 粗细注解（CX）——变化笔画粗细

功能：指定字符笔画的粗细。“CX”读作“粗细”。

格式：〖CX[[-]〈级数〉]〗

参数：

〈级数〉：1|2|3|4

解释：

[-]：“-”为减号，表示笔画变细，省略此参数表示笔画变粗。

〈级数〉：表示变化的粗细程度。加粗为 4 级，减细为 4 级。1 至 4 级逐级加粗，-1 至 -4 级逐级变细，省略此参数表示恢复正常粗细。

①本注解作用到下一个粗细注解为止。

②为字符指定粗细注解之后，在大样预览时无法看到效果，只有在打印输出之后才可看到。

实例:粗细字效果

小样输入	大样效果	小样输入	大样效果
〖CX1〗北京	北京	〖CX－1〗北京	北京
〖CX2〗北京	北京	〖CX－2〗北京	北京
〖CX3〗北京	北京	〖CX－3〗北京	北京
〖CX4〗北京	北京	〖CX－4〗北京	北京

5.3.2 长扁注解(CB)——制作长扁字

功能:排长字、扁字。“CB”读作“长扁”。

格式:〖CB[C[%]〈长扁参数〉|B[%]〈长扁参数〉]〗

参数:

如果没有指定[%]参数:

〈长扁参数〉:1|2|3|4|5|6|7

如果指定了[%]参数:

〈长扁参数〉:1～200

解释:

C:长参数。

B:扁参数。

[%]:指定〈长扁参数〉将以1%～200%的范围变化,如果指定了长参数(C),定义在高不变的情况下,宽是高的百分之几;如果指定了扁参数(B),定义在宽不变的情况下,高是宽的百分之几。

〈长扁参数〉:表示字宽或字高的变化率。

1|2|3|4|5|6|7:表示〈长扁参数〉用分数表示,变化率从1/10至7/10,数字越大变形越大。

①虽然汉体注解、外体注解均有双向字号的功能,可以排出长字或扁字,但使用本注解更方便。

②参数“C”表示长字,字宽减少;参数“B”表示扁字,字高减少。

③本注解作用到下一个长扁注解、汉体注解、外体注解或数体注解为止。

④长扁参数百分比超过100%后,扁字变长字、长字变扁字。

实例：长扁字效果

小样注解	大样效果	小样注解	大样效果
〖CBB1〗	横看成岭侧成峰	〖CBC1〗	远近高低各不同
〖CBB3〗	横看成岭侧成峰	〖CBC3〗	远近高低各不同
〖CBB5〗	横看成岭侧成峰	〖CBC5〗	远近高低各不同
〖CBB7〗	横看成岭侧成峰	〖CBC7〗	远近高低各不同
〖CBB%50〗	横看成岭侧成峰	〖CBC%50〗	远近高低各不同
〖CBB%100〗	横看成岭侧成峰	〖CBC%100〗	远近高低各不同
〖CBB%150〗	横看成岭侧成峰	〖CBC%150〗	远近高低
〖CBB%200〗	横看成岭侧成峰	〖CBC%200〗	远近高低

5.3.3 倾斜注解（QX）——倾斜字符

功能：指定文字向左或向右倾斜。"QX"读作"倾斜"。

格式：〖QX(〈Z|Y〉〈倾斜度〉[#])〗〈内容〉〖QX)〗

参数：

〈倾斜度〉：1|2|3|4|5|6|7|8|9|10|11|12|13|14|15

解释：

〈Z|Y〉：指定〈倾斜内容〉是向左还是向右倾斜（"Z"为左，"Y"为右）。

〈倾斜度〉：表示倾斜的度数，从 1 至 15 度任选其一。

[#]：表示按字符中心线倾斜；不写此参数表示按字符顶线倾斜。

①当指定[#]参数时，字符中心线不动；不写此参数时，字符顶线不动。
②左倾斜字(Z)的顶部以下向右斜，右倾斜字(Y)的顶部以下向左斜。
③倾斜的字符可以是任意的，包括汉字、外文、数字和符号。

实例 1:右倾斜字效果

小样输入	〖QX(Z2〗…〖QX)〗	〖QX(Z4〗…〖QX)〗	〖QX(Z6〗…〖QX)〗	〖QX(Z8〗…〖QX)〗	〖QX(Z10〗…〖QX)〗	〖QX(Z12〗…〖QX)〗	〖QX(Z15〗…〖QX)〗
大样效果	两 liang	岸 an	猿 yuan	声 sheng	啼 ti	不 bu	住 zhu

实例 2:左倾斜字效果

小样输入	〖QX(Y2〗…〖QX)〗	〖QX(Y4〗…〖QX)〗	〖QX(Y6〗…〖QX)〗	〖QX(Y8〗…〖QX)〗	〖QX(Y10〗…〖QX)〗	〖QX(Y12〗…〖QX)〗	〖QX(Y15〗…〖QX)〗
大样效果	轻 qing	舟 zhou	已 yi	过 guo	万 wan	重 chong	山 shan

下面通过编排一组标题字来练习粗细、长扁与倾斜注解的用法。打开本书配套素材"第5章"\"5.3"文件夹中的"小样 1.fbd"文件进行操作。在小样文件中输入的注解(已用曲线标出)及最终效果如下所示。

小样输入:

〖JZ〗〖HT5K〗〖QX(Z15〗青春〖QX)〗=〖CX3〗励志〖CX〗=〖QX(Y15〗读物〖QX)〗↙
〖JZ〗〖HT2PHT〗〖CBC3〗乘着〖HT4〗春〖CBB%70〗天〖HT4〗的〖HT2〗〖CBC3〗翅膀〖CB〗〖HT〗Ω

大样效果:

青春 励志 读物
乘着春天的翅膀

分析:

"〖JZ〗"是居中注解,指定注解所在行的文字居中排。

"〖QX(Z15〗……〖QX)〗"和"〖QX(Y15〗……〖QX)〗"是倾斜注解,前者指定开闭弧注解之中的文字顶部以下向右倾斜 15 度;后者指定开闭弧注解之中的文字顶部以下向左倾斜 15 度。

"〖CX3〗"是粗细注解,指定其后的文字加粗 3 级,作用范围到下一个粗细注解"〖CX〗"为止。

"〖HT2PHT〗"指定其后的文字字体为平和体(PHT),作用范围到"〖HT〗"注解为止。

"〖CBC3〗"是长扁注解,指定其后的文字的宽度缩小 3/10。

"〖CBB%70〗"注解指定其后的文字高度是宽度的 70%。长扁注解的作用范围到下一个汉体注解或长扁注解为止。

本实例最终效果可参阅本书配套素材"第 5 章"\"5.3"文件夹中的"小样 2.fbd"文件。

5.3.4 旋转注解（XZ）——旋转字符

功能：指定字符的旋转角度。"XZ"读作"旋转"。

格式：〖XZ(〈普通旋转设置〉|〈竖排旋转设置〉〗〈内容〉〖XZ)〗

参数：

〈普通旋转设置〉：〈旋转度〉[＃]

〈旋转度〉：{〈数字〉}$_1^3$(旋转度≤360)

"{ }"符号表示参数的使用范围，此处表示旋转度可以取 1～3 位数字，即从 1 度到 360 度的任意值。

〈竖排旋转设置〉：[Z][H][W]

解释：

〈普通旋转设置〉：用于指定任意字符的旋转属性。开闭弧注解内的所有字符均被旋转。

[＃]：表示按中心旋转，省略此参数表示按左上角旋转。

〈竖排旋转设置〉：用于指定竖排时数字、外文、标点符号等的旋转属性。

[Z]：表示将数字、外文、运算符和括弧逆时针旋转 90 度，省略表示顺时针旋转 90 度。

[H]：表示旋转汉字标点。

[W]：表示旋转外文标点。

[Z][H][W]专门用于旋转竖排版面中或竖排注解中的符号，此处的竖排注解指有竖排功能的注解，如竖排注解(SP)和改排(GP)注解等。（改排注解详见第 11 章内容）

实例 1：按字中心旋转(用[＃]参数)

小样输入	〖XZ(30＃〗美〖XZ)〗	〖XZ(60＃〗丽〖XZ)〗	〖XZ(90＃〗的〖XZ)〗	〖XZ(120＃〗流〖XZ)〗	〖XZ(150＃〗星〖XZ)〗	〖XZ(180＃〗划〖XZ)〗	〖XZ(210＃〗过〖XZ)〗	〖XZ(240＃〗夜〖XZ)〗	〖XZ(270＃〗空〖XZ)〗
大样显示	美	丽	的	流	星	划	过	夜	空

实例 2：按字左上角旋转(不用[＃]参数)

小样输入：

〖XZ(30〗美〖XZ)〗〖XZ(60〗丽〖XZ)〗〖XZ(90〗的〖XZ)〗〖XZ(120〗流〖XZ)〗〖XZ(150〗星〖XZ)〗〖XZ(180〗划〖XZ)〗〖XZ(210〗过〖XZ)〗〖XZ(240〗夜〖XZ)〗〖XZ(270〗空〖XZ)〗

大样效果：

实例 3：竖排旋转

小样输入	〖SP（〗09，CHINA（中国）！〖SP）〗	〖SP（〗〖XZ（Z〗09，CHINA（中国）！〖XZ）〗〖SP）〗	〖SP（〗〖XZ（H〗09，CHINA（中国）！〖XZ）〗〖SP）〗	〖SP（〗〖XZ（W〗〖WW〗09，CHINA（中国）！〖XZ）〗〖SP）〗
大样效果	09，CHINA（中国）！	09，CHINA（中国）！	09，CHINA（中国）！	09，CHINA（中国）！
解释	指定字符竖排	逆时针旋转数字、外文和括弧	顺时针旋转数字、外文和中文标点	顺时针旋转数字、外文和外文标点。“〖WW〗”为外文注解，指定其后的标点采用外文标点，详见 5.5 节。

5.3.5 立体注解（LT）——制作立体字

功能：为字符指定立体效果，并可有阴阳、勾边或不勾边的变化。“LT”读作“立体”。

格式：本注解有两种格式，第 2 种格式指定开闭弧注解中的内容。

①〖LT[〈阴影宽度〉][〈阴影颜色〉][W][Y][YS|ZS|ZX][，〈字数〉]〗

②〖LT([〈阴影宽度〉][〈阴影颜色〉][W][Y][YS|ZS|ZX]〗〈内容〉〖LT)〗

参数：

〈阴影宽度〉：0|1|2|3|4|5|6|7

〈阴影颜色〉：〈颜色〉

〈颜色〉：@[%](〈C 值〉，〈M 值〉，〈Y 值〉，〈K 值〉)

解释：

〈字数〉：指定本注解后有几个字符为立体效果，包括中外文字、数字和符号。

〈阴影宽度〉：指定立体字符阴影的宽度，有 0 到 7 八种宽度，省略为 0。数字越大，宽度越大。

〈阴影颜色〉：指定阴影的颜色，默认为白色。

〈颜色〉：用 CMYK 值指定颜色。

[%]：用百分比指定颜色，取值范围为 1 至 100。省略此参数时，取值范围为 0 至 255。

[W]:指定不要边框的立体字,省略为要边框的立体字。

[Y]:指定字是阴字即白字黑影,省略表示黑字白影。

[YS|ZS|ZX]:“YS”指定阴影显示在字的右上方;“ZS”指定阴影显示在字的左上方;“ZX”指定阴影显示在字的左下方;如果此参数省略则表示阴影显示在字的右下方。

①一串立体字符中间不能折行,即不可加入换行符“⇙”与换段符“↙”。

②若阴影为白色,应加底纹衬托。(详见第 9 章内容)

③〈颜色〉参数只指定阴影的颜色,若想对字符本身加颜色应使用彩色注解(CS)。(详见第 9 章内容)

④〈字数〉是指纯粹的字符,不是盒子,外文或数字串也按每个字母或数字计算。

⑤阴影的边框无法在大样文件中预览但可打印出来。

实例 1:阴影宽度(已在表格中加入底纹)

小样注解	〖LT0〗	〖LT2〗	〖LT4〗	〖LT5〗	〖LT6〗	〖LT7〗
大样效果	立	立	立	立	立	立

实例 2:阴影方向(已在表格中加入底纹)

小样注解	〖LT5〗	〖LT5ZS〗	〖LT5ZX〗	〖LT5YS〗
大样效果	立	立	立	立
解释说明	默认阴影方向为右下	阴影方向为左上	阴影方向为左下	阴影方向为右上

实例 3:阴影其他效果(已在表格中加入底纹)

小样注解	〖LT5Y〗	〖LT5W〗	〖LT5@%(40,0,0,0)〗
大样效果	立	立	立
解释说明	阴字,字为白色,阴影为黑色	阴影无边框	阴影颜色为天蓝色

5.3.6 空心注解(KX)——制作空心字

功能:指定字符为空心,并可在其中加入网纹。“KX”读作“空心”。

格式:本注解有两种格式,第 2 种格式指定开闭弧注解中的内容。

① 〖KX[〈网纹编号〉][W][,〈字数〉]〗

② 〖KX([〈网纹编号〉][W]〗〈内容〉〖KX)〗

参数：

〈网纹编号〉:〈数字〉〈数字〉(0-31)

解释：

〈网纹编号〉:指给空心字加上哪一种网纹,用两位数字表示,从01至31,共31种网纹。省略为不加网纹,即空心字。

[W]:指定不要边框的空心字。省略表示有边框的空心字。

〈字数〉:指定空心字符的数量,包括中外文字、数字和符号。

经验之谈

①网纹编号必须写成两位数字,如01、31。

②中文空格符号“=”记字数,空格注解(KG)、撑满注解(CM)等加空注解不记字数。

③〈字数〉是指纯粹的字符,不是盒子,外文或数字串也按每个字母或数字计算。

④有些网纹在用正常比例预览时无法看到效果,此时放大预览页面即可看清。

实例1:空心字效果

小样输入	大样效果	解释
〖KX,7〗池面风来波潋潋	池面风来波潋潋	指定注解后7个字为空心字
〖KX(28〗波间露下叶田田〖KX)〗	波间露下叶田田	指定开闭弧注解中的文字为空心,其中加入28号网纹
〖KX(06W〗罩却红妆唱采莲〖KX)〗	罩却红妆唱采莲	指定开闭弧注解中的文字为空心、不要边框(W),其中加入06号网纹

实例2:空心字网纹效果(01号网纹与不加网纹效果相同)

编号	02	03	04	05	06	07	08	09	10	11
效果	春	花	秋	月	何	时	了	往	事	知
编号	12	13	14	15	16	17	18	19	20	21
效果	多	少	小	楼	昨	夜	又	东	风	故

续表

编号	22	23	24	25	26	27	28	29	30	31
效果	国	不	堪	回	首	月	明	中	雕	阑

下面通过编排儿童书籍扉页来练习旋转、立体与空心注解的用法。打开本书配套素材“第 5 章”\“5.3”文件夹中的“小样 3. fbd”文件进行操作。在小样文件中输入的注解(已用曲线标出)及最终效果如下所示。

小样输入：

⇙⇙⇙〖JZ〗〖HT11HP〗〖LT(7Y〗立体教室〖LT)〗⇙⇙
〖JZ〗〖HT3CY〗〖XZ(30＃〗同〖XZ)〗＝〖XZ(330＃〗步〖XZ)〗＝〖XZ(30＃〗训〖XZ)〗＝〖XZ(330＃〗练〖XZ)〗⇙⇙
〖JZ〗〖HT0SE〗〖KX(03W〗语文〖KX)〗⇙⇙⇙⇙
〖JZ〗〖HT5Y3〗新时代出版社Ω

大样效果：

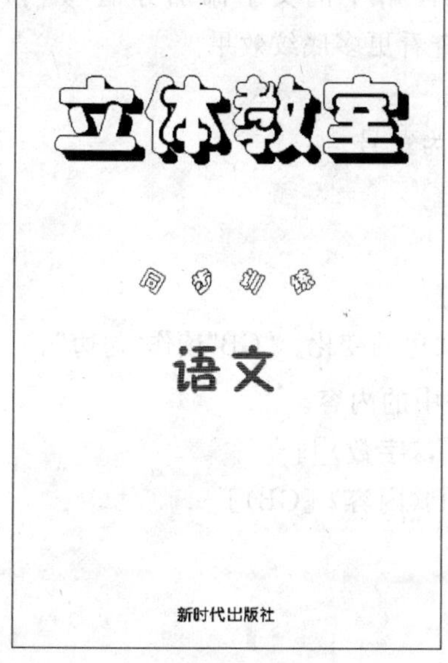

分析：

“〖JZ〗”是居中注解，指定注解所在行的文字居中排。

“〖HT11HP〗”指定其与下一个汉体注解之间的汉字字体为琥珀体(HP)，字号为特大号(11)。

“〖LT(7Y〗……〖LT)〗”是立体注解，指定开闭弧注解中的文字为立体字，字为白色、阴影为黑色(Y)，阴影宽度为 7 级。

“〖HT3CY〗”指定其与下一个汉体注解之间的汉字字体为彩云体(CY)，字号为三号。

“〖XZ(30＃〗……〖XZ)〗”与“〖XZ(330＃〗……〖XZ)〗”是旋转注解，前者指定开闭弧注解中的文字按中心(＃)旋转 30 度；后者指定开闭弧注解中的文字按中心旋转 330 度。

“〖HT0SE〗”指定其与下一个汉体注解之间的汉字字体为少儿体(SE)，字号为初号(0)。

“〖KX(03W〗语文〖KX)〗”是空心注解，指定注解开闭弧中的文字为空心字，没有边框(W)，加入 03 号网纹。

“〖HT5Y3〗”指定其后的汉字字体为准圆体(Y3)。

本实例最终效果可参阅本书配套素材“第 5 章”\“5.3”文件夹中的“小样 4. fbd”文件

5.3.7 阴阳注解（YY）——制作反白字

功能:指定字符为阴字,即反白效果。“YY”读作“阴阳”。

格式:〖YY(〗〈内容〉〖YY)〗

①使用本注解时要在字符后加底纹,否则看不到效果。
②本注解对注解开闭弧中的所有字符(汉字、外文、数字和符号)起作用。

实例:阴阳字效果

小样输入:

〖FK(B6001〗〖YY(〗〖HT3LB〗黑夜给了我一双黑色的眼睛,我却用它寻找光明。〖YY)〗〖FK)〗

大样效果:

黑夜给了我一双黑色的眼睛,我却用它寻找光明。

分析:

“〖FK(B6001〗……〖FK)〗”是方框注解,可为开闭弧注解中的文字添加方框,其中“B6001”表示为方框加入 6001 号底纹,用户可参阅附录 D 查看更多底纹效果。

“〖YY(〗……〖YY)〗”指定开闭弧注解中的文字为阴字。

“〖HT3LB〗”指定其后的文字字体为隶变体(LB),字号为三号。

5.3.8 勾边注解（GB）——给字符勾边

功能:本注解可为字符勾边,并可有彩色、阴阳、加边不加边的变化。“GB”读作“勾边”。

格式:本注解有两种格式,第 2 种格式指定开闭弧注解中的内容。

① 〖GB[〈勾边宽度〉][W][Y][〈边框色〉][〈勾边色〉][,〈字数〉]〗

② 〖GB([〈勾边宽度〉][W][Y][〈边框色〉][〈勾边色〉]〗〈内容〉〖GB)〗

参数:

〈勾边宽度〉:0|1|…|29

〈边框色〉:〈颜色〉B

〈勾边色〉:〈颜色〉G

〈颜色〉:@[%](〈C 值〉,〈M 值〉,〈Y 值〉,〈K 值〉)

解释:

〈勾边宽度〉:指定勾边的宽度。数越大边越宽。共有 30 个级别(0～29)。

[W]:表示勾边字不要边框,省略为要边框。白边无框时应加底纹,否则看不到勾边效果。

[Y]:表示为阴字,即白字黑边,省略表示黑字白边。

〈边框色〉:"B"表示边框颜色,省略为黑色。

〈勾边色〉:"G"表示勾边颜色,省略为白色。

〈字数〉:指定勾边的字数。

[%]:表示按百分比设置颜色值。

〈C 值〉,〈M 值〉,〈Y 值〉,〈K 值〉:0~255 或 1~100(用[%]参数)

①本注解可对文字、数字和符号全部实现勾边。

②勾边注解中的〈颜色〉参数仅可指定字符边框和勾边的颜色,不能为文字本身设置颜色。指定[Y]参数时,勾边为黑色,此时〈边框色〉和〈勾边色〉参数不起作用。

③使用本注解时应注意把握勾边的宽度,必要时可在字间加空,以体现出勾边效果。

实例 1:勾边效果字

小样输入	大样效果	解释
〖GB8,9〗诗如美酒,醇香浓烈	诗如美酒,醇香浓烈	指定为注解后的 9 个字符勾边,宽度为 8 级
〖GB(8W〗诗如清风,飘逸洒脱〖GB)〗	诗如清风,飘逸洒脱	白边无框(已在表格中加入底纹)
〖GB(12Y〗诗如月光,温馨浪漫〖GB)〗	诗如月光,温馨浪漫	白字黑边的阴字,勾边宽度为 12 级
〖GB(8@(255,0,50,80)B@(10,60,5,0)G〗诗如蓝天,空旷高远〖GB)〗	诗如蓝天,空旷高远	边框色(B)为深绿色,勾边色(G)为桃红色

实例 2:各级勾边宽度效果

级号	0	1	2	3	4	5	6	7	8	9
效果	当	我	在	想	你	片	片	的	白	云
级号	10	11	12	13	14	15	16	17	18	19
效果	就	是	信	笺	带	走	我	心	里	的
级号	20	21	22	23	24	25	26	27	28	29
效果	思	念	飘	向	你	那	纯	洁	港	湾

5.3.9 着重注解(ZZ)——着重标示字符

功能:给字符加着重点或着重线。“ZZ”读作“着重”。

格式:本注解有 3 种格式,后 2 种格式指定开闭弧注解中的内容。

①〖ZZ〈字数〉[〈着重符〉][#][,〈附加距离〉]〗

②〖ZZ([〈着重符〉][#][,〈附加距离〉]〗〈内容〉〖ZZ)〗

③〖ZZ([〈底纹说明〉]〗〈内容〉〖ZZ)〗

参数:

〈着重符〉:Z|F|D|S|Q|=|L|。[!]|[!]

〈附加距离〉:[-]〈行距〉

〈底纹说明〉:B〈底纹编号〉[D][H][#]

　〈底纹编号〉:〈深浅度〉〈编号〉

　　〈深浅度〉:0~8

　　〈编号〉:〈数字〉〈数字〉〈数字〉

解释:

〈字数〉:指定加着重文字的个数。

〈着重符〉:Z、F、D、S、Q、=、L、。为着重符,其中“Z”为正线,“F”为反线,“D”为点线,“S”为双线,“Q”为曲线,“=”为双曲线,“L”为三连点,“。”为圆圈,没有上述符号表示加着重点。

[!]:表示在外文和数字下加着重点(或圈),省略则不在外文和数字下加着重点(或圈)。

[#]:改变着重符号的位置,横排时着重符在上,竖排时着重符在左。选参数[#]时,前面着重符不能省略。

〈附加距离〉:设置着重符与正文之间的距离。[-]表示距离为负值。

〈底纹说明〉:为文字加底纹。

〈底纹编号〉:方正书版 10.0 提供了 400 种底纹,每种底纹的深浅度可分为 9 级,即 0~8 级,如 4019 号底纹代表第 19 号底纹的第 4 个深浅级别。附录 D 中列出了全部底纹效果,用户可在使用过程中查阅。

[D]:文字底纹代替外层底纹,即若该底纹下还有底纹则两底纹不会叠加。

[H]:底纹用阴图,即将底纹的花纹与空白的颜色做反向处理。

[#]:底纹不留余白,即取消底纹与边框之间的空白。

①若不加〈着重符〉则只可为汉字加着重点,数字、符号和外文不加点也不计数。

②加着重线和三连点时,着重内容可以是任意内容,包括数字、外文和符号。

③本注解的第 3 种格式可以为任意内容加入底纹,底纹可随文字转行。

④为汉字、外文、数字和符号混排的文本加着重点或圆圈时,在大样文件中会感觉着重点或圆圈参差不齐,此问题在打印输出后即可解决。

实例:着重效果

小样输入(省略号为输入的内容)	大样效果	解释说明
〖ZZ22〗……或〖ZZ(〗……〖ZZ)〗	2010,我的梦。My Dream of 2010.	只可为汉字加着重点
〖ZZ(Z〗……〖ZZ)〗	2010,我的梦。My Dream of 2010.	外文、数字和符号全部加正线
〖ZZ(F〗……〖ZZ)〗	2010,我的梦。My Dream of 2010.	外文、数字和符号全部加反线
〖ZZ(D〗……〖ZZ)〗	2010,我的梦。My Dream of 2010.	外文、数字和符号全部加点线
〖ZZ(S〗……〖ZZ)〗	2010,我的梦。My Dream of 2010.	外文、数字和符号全部加双线
〖ZZ(Q〗……〖ZZ)〗	2010,我的梦。My Dream of 2010.	外文、数字和符号全部加曲线
〖ZZ(L〗……〖ZZ)〗	2010,我的梦。My Dream of 2010.	外文、数字和符号全部加三连点
〖ZZ(=〗……〖ZZ)〗	2010,我的梦。My Dream of 2010.	外文、数字和符号全部加双曲线
〖ZZ(。〗……〖ZZ)〗	2010,我的梦。My Dream of 2010.	汉字下加圆圈
〖ZZ(!〗……〖ZZ)〗	2010,我的梦。My Dream of 2010.	外文、数字全部加着重点
〖ZZ(。!〗……〖ZZ)〗	2010,我的梦。My Dream of 2010.	外文、数字全部加圆圈
〖ZZ(Z#〗……〖ZZ)〗	2010,我的梦。My Dream of 2010.	着重符号位置取反
〖ZZ(Z,*2〗……〖ZZ)〗	2010,我的梦。My Dream of 2010.	着重线与正文距离为文字高的1/3
〖ZZ(B1001〗……〖ZZ)〗	2010,我的梦。My Dream of 2010.	给字符加底纹

下面通过编排小说扉页来练习阴阳、勾边与着重注解的用法。打开本书配套素材“第5章”\“5.3”文件夹中的“小样5.fbd”文件进行操作。在小样文件中输入的注解(已用曲线标出)及最终效果如下所示。

小样输入：

〖HT5Y3〗〖ZZ(〗二十一世纪最美的爱情小说〖ZZ)〗↙↙↙
〖JZ〗〖HT11PHT〗〖GB(23〗爱在路上↙
==开花〖GB)〗↙↙
〖JZ〗〖ZZ(B5024〗〖YY(〗〖HT4HL〗雨情竹著〖YY)〗〖ZZ)〗↙↙
〖JZ〗〖HT5H〗中国青年出版社Ω

大样效果：

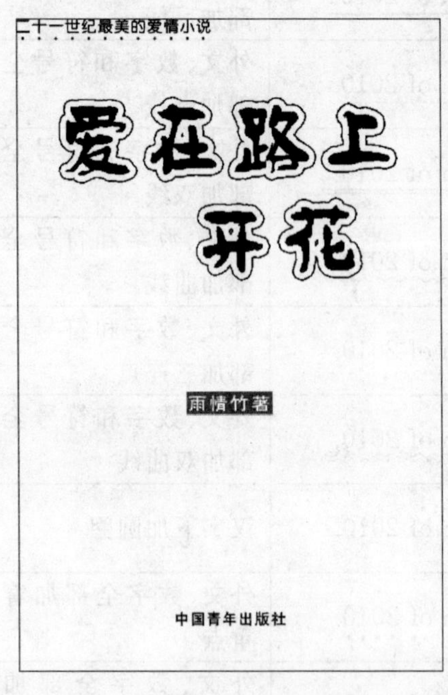

分析：

"〖HT5Y3〗"指定其与下一个汉体注解之间的汉字字体为准圆体(Y3)。

"〖ZZ(〗……〖ZZ)〗"是着重注解，为开闭弧注解中的文字加着重点。

"〖JZ〗"是居中注解，指定注解所在行的文字居中排。

"〖HT11PHT〗"指定其与下一个汉体注解之间的汉字字体为平和体(PHT)，字号为特大号(11)。

"〖GB(23〗……〖GB)〗"是勾边注解，为开闭弧注解中的文字勾边，勾边宽度为23级。

"〖ZZ(B5024〗……〖ZZ)〗"给开闭弧注解中的文字加底纹。

"〖YY(〗……〖YY)〗"是阴阳注解，指定开闭弧注解中的文字为阴字。

"〖HT4HL〗"指定其与下一个汉体注解之间的汉字字体为华隶体(HL)。

本实例最终效果可参阅本书配套素材"第5章"\"5.3"文件夹中的"小样6.fbd"文件。

5.4 标注类注解

在编排语文教材、儿童读物或者古代文献时，经常需要为文字添加拼音、注音或割注。

5.4.1 拼音注解（PY）——添加拼音

功能：为汉字排拼音。"PY"读作"拼音"。

格式：

〖PY([〈横向字号〉[,〈纵向字号〉]][〈颜色〉][K〈字距〉][G〈字距〉][S|L|X][N|M|R][Z]〗〈汉字和拼音〉〖PY)〗

参数：

〈颜色〉:@[%](〈C 值〉,〈M 值〉,〈Y 值〉,〈K 值〉)

解释:

〈横向字号〉[,〈纵向字号〉]:表示拼音字母的字号,选择双向字号时可排长、扁字。省略时字号约为汉字的 1/2 大小。

〈颜色〉:设定拼音字母的颜色。省略则使用当前的正文颜色排拼音字母。

[K〈**字距**〉]:表示拼音与拼音之间的距离,省略时距离为当前汉字字号的 1/8。

[G〈**字距**〉]:表示拼音与汉字之间的距离,缺省时距离为当前汉字的 1/8 字宽。

[S|L|X]:缺省值为 X。

[S]:表示横排时拼音排在汉字之上,竖排时拼音顺时针旋转排在汉字之右。

[X]:表示横排时拼音排在汉字之下,竖排时拼音顺时针旋转排在汉字之左。

[L]:表示拼音直立排在汉字之右。

[N|M|R]:缺省值为 M。

[N]:表示横排时汉字靠左边排,竖排时汉字靠上排。

[M]:表示汉字居中排。

[R]:表示横排时汉字靠右边排,竖排时汉字靠下排。

[Z]:表示在拼音和汉字之间画一正线,省略为不画线。

① 已经排拼音的汉字不能再由着重注解(ZZ)加着重符,也不能由注音注解(ZY)加排注音符。

② 拼音字母字体与当前外文字体相同。

实例:添加拼音效果(用户可利用"汉语拼音"动态键盘页输入拼音)

小样输入	〖PY(S〗幸 xìng〖PY)〗	〖PY(X〗福 fú〖PY)〗	〖PY(L〗美 měi〖PY)〗	〖PY(@(0,220,150,0)〗满 mǎn〖PY)〗
大样效果	xìng 幸	福 fú	美 měi	满 mǎn
解释说明	拼音排在汉字上	拼音排在汉字下	拼音排在汉字右	拼音颜色为红色

5.4.2　注音注解 (ZY) ——添加注音

功能:为汉字排老式注音符。"ZY"读作"注音"。

格式:〖ZY(〗[〈横向字号〉[,〈纵向字号〉]][〈颜色〉][K〈字距〉][〈X|S|L〉]〗〈汉字和注音〉〖ZY)〗

①本注解中各参数的意义与拼音(PY)注解相同。

②注音的汉字不能再加着重符,也不能排拼音。

③ 竖排时,符号"丨"自动换成"一";横排时,符号"一"自动换成"丨"。

实例：添加注音效果(用户可利用“括号、注音符”动态键盘页输入注音符)

小样输入	〖ZY(S〗亲ㄑㄧㄣ〖ZY)〗	〖ZY(X〗和ㄏㄜˊ〖ZY)〗	〖ZY(L〗自ㄗˋ〖ZY)〗	〖ZY(@(0,220,150,0)〗然ㄖㄢˊ〖ZY)〗
大样效果	亲(上注ㄑㄧㄣ)	和(下注ㄏㄜˊ)	自ㄗˋ	然ㄖㄢˊ
解释	注音排在汉字上	注音排在汉字下	注音排在汉字右	注音颜色为红色

除了使用注解添加拼音和注音以外，还可选择“工具”菜单下的“添加拼音”或“添加注音”命令为文本添加拼音或注音。方法是选中文本后，选择“工具”>“添加拼音”菜单，打开“添加拼音”对话框，从中设置拼音的位置、大小与格式等，单击“确定”按钮，如图5-5所示。若所选文字中含有多音字，此时会打开“选择多音字”对话框，用户可从左边的拼音列表中选择正确的拼音，单击“确定”按钮，如图5-6所示。“添加注音”命令的使用方法与“添加拼音”命令相似，这里不再说明。

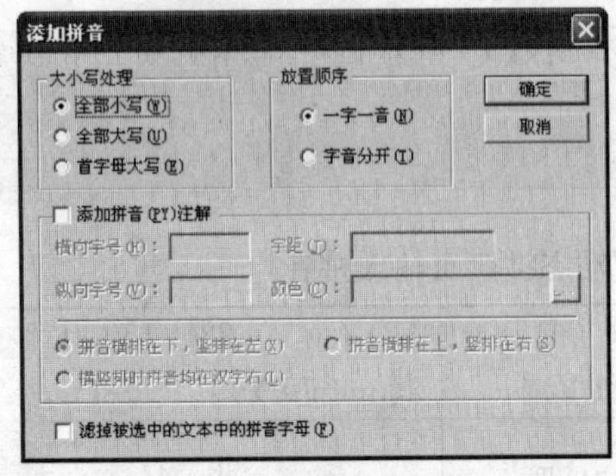

图5-5 “添加拼音”对话框

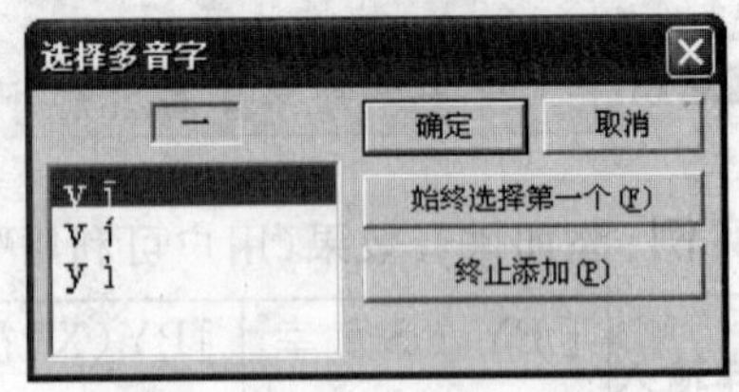

图5-6 “选择多音字”对话框

5.4.3 割注注解(GZ)——编排古文

功能：为汉字添加随文注解，即割注。“GZ”读作“割注”。

格式：

〖GZ([〈双向字号〉][〈方正汉字字体〉][〈汉字外挂字体〉][;〈行距〉]〗〈割注内容〉〖GZ)〗

参数：

〈双向字号〉:[〈纵向字号〉][,〈横向字号〉]

解释：

〈纵向字号〉:定义割注字高，省略为正文字高的1/2。

〈横向字号〉:定义割注字宽，省略为正文字宽的1/2。

〈行距〉:定义割注文行距，省略为0。

实例:编排古文割注

打开本书配套素材“第5章”\“5.4”文件夹中的“小样1.fbd”文件进行操作。在小样文件中输入的文字、注解(已用曲线标出)及最终效果如下所示。

小样输入:

```
= =黄帝者,少典〖GZ(〗远古部族名〖GZ)〗之子〖GZ(〗后代〖GZ)〗,姓公孙〖GZ(〗黄帝姓
姬。公孙者,公之孙也,不是黄帝的姓。〖GZ)〗,名曰轩辕。生而神灵,弱而能言,幼而徇
〖GZ(〗迅速,敏捷〖GZ)〗齐,长而敦敏,成而聪明。Ω
```

大样效果:

黄帝者,少典远古部族名之子后代,姓公孙黄帝姓姬。公孙者,公之孙也,不是黄帝的姓。,名曰轩辕。
生而神灵,弱而能言,幼而徇迅速,敏捷齐,长而敦敏,成而聪明。

本实例最终效果可参阅本书配套素材“第5章”\“5.4”文件夹中的“小样2.fbd”文件。

下面通过编排语文课本扉页来练习5.1～5.4节学习的重点内容。打开本书配套素材“第5章”\“5.4”文件夹中的“小样3.fbd”文件进行操作。在小样文件中输入的字符、注解(已用曲线标出)及最终效果如下所示。

小样输入:

```
↙↙〖JZ〗〖HT3XBS〗九年义务教育六年制小学
教科书↙↙↙↙
〖JZ〗〖HT3H〗〖KG*2。3〗第二册↙↙↙
〖JZ〗〖HT96DH〗〖KX(03W〗〖PY(2S〗语yǔ=
文wén〖PY)〗〖KX)〗↙↙↙
〖JZ〗〖HT3XBS〗〖CBB1〗北京师范大学附属实
验中学↙
〖JZ〗〖CM12-9〗北京市教育局研究部↙↙
〖JZ〗〖FK(〗〖ZZ(B4001〗〖YY(〗〖HT3H〗北京
出版社〖YY)〗〖ZZ)〗↙
开明出版社〖FK)〗Ω
```

大样效果:

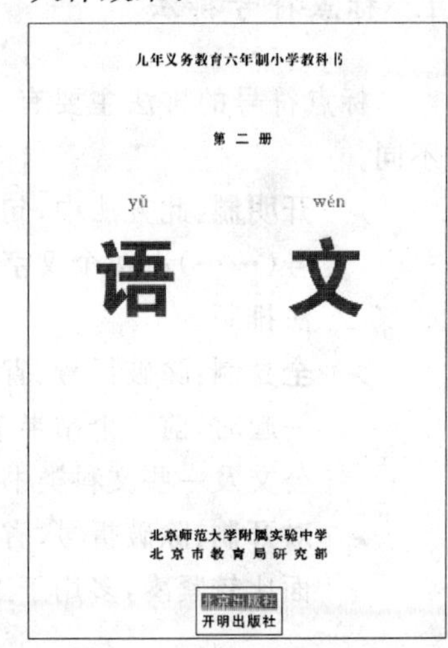
九年义务教育六年制小学教科书

第二册

yǔ wén
语 文

北京师范大学附属实验中学
北京市教育局研究部

北京出版社
开明出版社

分析:

“〖HT3XBS〗”指定其与下一个汉体注解之间的汉字字体为小标宋体(XBS),字号为三号。

“〖HT3H〗”指定其与下一个汉体注解之间的汉字字体为黑体(H),字号为三号。

“〖KG*2。3〗”是空格注解,指定注解后的3个字的字前空半个字宽。

“〖HT96DH〗”指定其与下一个汉体注解之间的汉字字体为大黑体(DH),大小为96磅。

“〖KX(03W〗……〖KX)〗”是空心注解,指定开闭弧注解中的文字为空心字,不加边框

(W),字中加入 03 号网纹。

“〖PY(2S〗……〖PY)〗”是拼音注解,表示为开闭弧注解中的文字加排拼音,拼音位于文字上(S),距文字 2 行高。

“〖CBB1〗”是长扁注解,指定其后的文字缩短了原大小的 1/10。

“〖CM12-9〗”是撑满注解,指定其后的 9 个字在 12 个字的宽度内均匀排列。

“〖FK(〗……〖FK)〗”是方框注解,可为开闭弧注解中的文字画框,详见第 9 章内容。

“〖ZZ(B4001〗……〖ZZ)〗”是着重注解,可为注解开闭弧中的文字添加底纹。

“〖YY(〗……〖YY)〗”是阴阳注解,指定注解中的文字为阴字。

本实例最终效果可参阅本书配套素材“第 5 章”\“5.4”文件夹中的“小样 4. fbd”文件。

5.5 标点符号类注解

标点符号是书面语中不可缺少的部分,用来表示停顿、语气等。方正书版提供了几种标点样式,包括开明制、全身制等,而且每种汉字字体均配有相应的标点、括弧,用户还可以指定标点、括弧是否随字体变化。

5.5.1 标点符号排列规则

1. 标点符号排法

标点符号的排法主要有 3 种,分别是开明制、全身制和对开制。它们的应用领域各有不同。

- **开明制**:此方法中,句号(。)、问号(?)和叹号(!)占一个汉字宽,破折号(——)、省略号(……)占两个汉字宽,其他标点符号全部占半个汉字宽,大多数图书都采用此方法排版。
- **全身制**:除破折号、省略号外,其他标点符号全部占一个汉字宽,但当两个标点排在一起时,前一个站半个字宽,以免过于稀疏。全身制排出的版面比较整齐,多用于公文及一些文科类书籍。
- **对开制**:除破折号、省略号外,所有标点符号全部占半个汉字宽。对开制排出的版面比较紧凑,多用于工具书。

2. 禁排规则

标点符号要按规则排列,主要有以下几点:

- 句号(。)、问号(?)、叹号(!)、逗号(,)、顿号(、)、分号(;)和冒号(:)不得出现在一行之首。
- 引号(“”)、括号()和书名号(《》)的前一半不得出现在一行之末,后一半不得出现在一行之首。
- 破折号和省略号允许出现在行首或行末,连接号(—)和间隔号(·)占一个字宽,这

4 种符号上下居中排。书版中标点符号的禁排规则由系统自动实现。

5.5.2 标符注解（BF）——指定标符排法

功能:指定标点符号的排法。“BF”读作“标符”。

格式:〖BF[Q|Z|Y][B][#]〗

解释:

〈Q〉:表示使用全身制标点符号。

〈Z〉:表示使用居中标点,且标点、括号不禁排。加[#]参数表示实行禁排。

[Y]:表示竖排时标点排在行右。这是一种特殊要求,竖排时标点通常排在字的下方。

[B]:表示汉字标点、括号不随字体变化,采用宋体标点。省略[B]时标点符号将随字体变化。

[#]:表示使用全身或开明制标点时不禁排;居中标点禁排。

①无参数注解“〖BF〗”表示恢复开明制标点符号。

②方正书版默认状态下使用开明制,排公文通常将“〖BFQ〗”注解加在文件的开头,使用全身制。

③本注解对外文标点符号无效。

实例:横排标点符号排法

打开本书配套素材“第 5 章”\“5.5”文件夹中的“小样 1. fbd”文件,在每段开头(除第 1 段以外)输入不同的标符注解(已用曲线标出),最终效果如下所示。

小样输入	大样效果	解释说明
佛说,前世的五百次回眸,……	佛说,前世的五百次回眸,才换得今生的擦肩而过,缘份的约定是不是总在前生就注定?当我们拄着拐杖凝神静思的时候,眼前出现的画面,就是您我今生最美作品——那里,天空是一片蔚蓝;我,就是您心底最宝贵的一腔真情;您,就是我心中最浪漫的温馨……	开明制标点
〖BFQ〗佛说,前世的五百次回眸,……	佛说，前世的五百次回眸，才换得今生的擦肩而过，缘份的约定是不是总在前生就注定？当我们拄着拐杖凝神静思的时候，眼前出现的画面，就是您我今生最美作品——那里，天空是一片蔚蓝；我，就是您心底最宝贵的一腔真情；您，就是我心中最浪漫的温馨……	全身制标点
〖BFZ〗佛说,前世的五百次回眸,……	佛说，前世的五百次回眸，才换得今生的擦肩而过，缘份的约定是不是总在前生就注定？当我们拄着拐杖凝神静思的时候，眼前出现的画面，就是您我今生最美作品——那里，天空是一片蔚蓝；我，就是您心底最宝贵的一腔真情；您，就是我心中最浪漫的温馨……	标点居中

本实例最终效果可参阅本书配套素材“第 5 章”\“5.5”文件夹中的“小样 2.fbd”文件。

5.5.3 对开注解（DK）——编排字典词条

功能：指定标点、数字和符号按对开排。“DK”读作“对开”。

格式：本注解有两种格式，第 2 种指定开闭弧注解中的内容。

①〖DK［〈字数〉］〗

②〖DK（〗〈内容〉〖DK）〗

解释：

〈字数〉：表示注解后按对开排标点、数字和符号的个数。省略为 1，即只对注解后面 1 个字符起作用。

①采用开明制标点时，除句号、问号、叹号外，其余标点与括弧即使没有对开注解也都排成对开的。使用对开注解则全部排成对开的。

②自动排对开的符号，有对开注解时也计字数。

③阿拉伯数字通常都排对开（除全身白正、全身黑正体），数字与汉字之间均留 1/4 空。

实例：编排字典词条

打开本书配套素材“第 5 章”\“5.5”文件夹中的“小样 3.fbd”文件进行操作。在小样文件中输入的注解（已用曲线标出）及最终效果如下所示。

小样输入：	大样效果：
〖DK（〗庄 ⇙ （庄）⇙ zhuāng ⇙ 笔画数：6；部首：广；笔顺编号：413121 ⇙ 村落，田舍：村庄。庄户。庄稼。⇙ 封建社会君主、贵族等所占有的成片土地：皇庄。庄主。庄客。⇙ 商店的一种名称：茶庄。饭庄。钱庄。⇙ 严肃，端重：庄严。⇙ 庄，草芽之壮也。——《六书正伪》 〖DK）〗Ω	庄 （庄） zhuāng 笔画数：6；部首：广；笔顺编号：413121 村落，田舍：村庄。庄户。庄稼。 封建社会君主、贵族等所占有的成片土地：皇庄。庄主。庄客。 商店的一种名称：茶庄。饭庄。钱庄。 严肃，端重：庄严。 庄，草芽之壮也。——《六书正伪》

本实例最终效果可参阅本书配套素材“第 5 章”\“5.5”文件夹中的“小样 4.fbd”文件。

5.5.4 全身注解（QS）——编排公文内文

功能：指定标点、符号和数字按全身排。“QS”读作“全身”。

格式：本注解有两种格式，第2种格式指定开闭弧注解中的内容。

①〖QS[〈字数〉]〗

②〖QS(〗〈内容〉〖QS)〗

解释：

〈**字数**〉：表示注解后按全身排标点、数字和符号的个数。省略为1，即只对注解后面1个符号起作用。

①全身排时，当有两个或两个以上标点符号相遇时，自动将前一个符号改为对开排，以免过于稀疏。

②全身排时，允许在中间使用对开注解(DK)改排，但"【】"符号除外。

实例：编排公文内文

打开本书配套素材"第5章"\"5.5"文件夹中的"小样5.fbd"文件进行操作。在小样文件中输入的注解(已用曲线标出)及最终效果如下所示。

小样输入：

〖QS(〗〖HT5F〗各位代表：↙
现在，我代表县人民政府向大会作政府工作报告，请予审议，并请县政协各位委员和其他列席人员提出意见。↙
一、2009年政府工作回顾↙
2009年全年实现生产总值86.47亿元，同比增长10%，其中第一产业增加值16.8亿元，同比增长5.2%；完成财政总收入3.8315亿元，同比增长27.34%。〖QS)〗Ω

大样效果：

各位代表：

现在，我代表县人民政府向大会作政府工作报告，请予审议，并请县政协各位委员和其他列席人员提出意见。

一、２００９年政府工作回顾

２００９年全年实现生产总值８６．４７亿元，同比增长１０％，其中第一产业增加值１６．８亿元，同比增长５．２％；完成财政总收入３．８３１５亿元，同比增长２７．３４％。

本实例最终效果可参阅本书配套素材"第5章"\"5.5"文件夹中的"小样6.fbd"文件。

5.5.5 外文注解（WW）——编排中英文对照诗

功能：本注解可根据内容判断使用汉字还是外文的标点、括号。"WW"读作"外文"。

格式：本注解有两种格式，第2种格式指定开闭弧注解中的内容。

①〖WW[Z|H]〗

②〖WW([Z|H]〗＜内容＞〖WW)〗

解释：

[Z]：表示自动按内容判断使用汉字标点、括号还是外文标点、括号。

[H]：表示使用汉字标点、括号。省略表示使用外文标点、括号。

不加本注解时，表示当前排版使用汉字标点、括号。

实例：编排中英文对照诗

打开本书配套素材“第 5 章”\“5.5”文件夹中的“小样 7.fbd”文件进行操作。在小样文件中输入的注解（已用曲线标出）及最终效果如下所示。

小样输入：	大样效果：
〖WW(Z〗Bell ↙	Bell
门玲 ↙	门玲
little bell，↙	little bell,
小门玲，↙	小门玲，
very warm，↙	very warm,
真热情，↙	真热情，
guests come，↙	guests come,
客人来了，↙	客人来了，
Dingling Dingling，↙	Dingling Dingling,
叮铃，叮铃，↙	叮铃，叮铃，
Smile to them and say ：↙	Smile to them and say :
笑对客人说：↙	笑对客人说：
"Welcome ,Welcome!" ↙	"Welcome ,Welcome!"
“欢迎，欢迎！”〖WW)〗Ω	“欢迎，欢迎！”

本实例最终效果可参阅本书配套素材“第 5 章”\“5.5”文件夹中的“小样 8.fbd”文件。

5.6 盘外符类注解

方正书版系统提供了大量的符号，除大部分符号可以由动态键盘录入外，还有一部分属于盘外符（不能由键盘直接输入），要用特殊的方法输入。灵活使用盘外符输入法，可以创造出更多的新型字符。

要输入盘外符，可使用盘外符注解括弧对“⑾ ⑿”。利用该注解，用户既可将多个字符组合为一个新字符，还可输入排版控制符，此时这些符号不再被作为注解。

5.6.1 内码盘外符注解

功能：用于输入 748 字库中的符号。

格式：((N〈内码〉))

解释：

〈内码〉：748 字库中的字符编码。输入时必须使用大写的英文字母或数字。

实例：输入 748 字库中的符号

小样输入：((NAAA6)) 大样效果：Ω

5.6.2 GBK 码盘外符注解

功能：用于输入 GBK 字库中的字符。

格式：((G〈内码〉))

解释：

〈内码〉：GBK 字库中的字符编码。输入时必须使用大写的英文字母或数字。

实例：输入 GBK 字库中的符号

小样输入：((GA15F))我的二((GA996))((GA996))九((GA161))Ω

大样效果：㊐我的二〇〇九㊊

知识库

方正书版也可利用插入功能插入字符。方法是选择"插入"＞"插入符号"菜单，打开"插入符号"对话框。在"字符编码"编辑框中输入字符编码，输入好后在"字符"编辑框中会显示相应字符。单击"确定"按钮，该字符会插入到小样文件中，如图 5－7 所示。用户可在北京金企鹅文化发展中心官方网站（http://www.bjjqe.com/）上下载书版 10.0 符号表，查找更多符号。

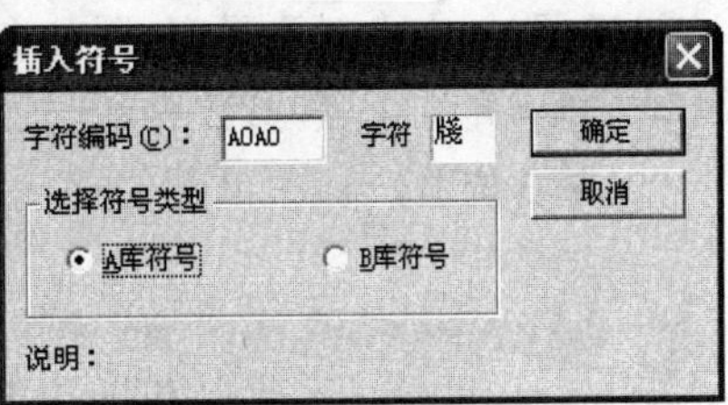

图 5－7 "插入符号"对话框

5.6.3 组合式盘外符注解

利用组合式盘外符注解可以将几个字符组合成一个字符。

1. 叠加单字符

功能：由多个字符组合成一字宽左右的特殊字符。

格式：((D〈字符 1〉〈字符 2〉[〈字符 3〉][〈字符 4〉][〈字符 5〉]))

字符个数最少 2 个,最多 5 个,均叠加在一个汉字大小的位置上。〈字符 1〉〈字符 2〉……〈字符 5〉为允许录入的任何字符。

实例:

小样输入:((D❈◎))((D❖ *))((D♡←))((D◇ *))((D⧈ ✣))Ω 大样效果:◎❖♡◇⧈

2. 上下附加单字符

功能:在一个主字符的上面或下面加入一个字符构成一个新字符。

格式:((A〈字符 1〉〈字符 2〉[X][〈高低位置〉][〈左右位置〉]))

解释:

〈字符 1〉:主字符;

〈字符 2〉:排在〈字符 1〉之上或下的附加字符;

[X]:表示附加的字符"〈字符 2〉"排在〈字符 1〉的下面,省略此参数时表示附加在上。

〈高低位置〉:G|D|U。

G:高

D:低

U:附加在上时为最高,附加在下时为最低。

省略〈高低位置〉参数表示附加在介于 G、D 之间的位置。

〈左右位置〉:1~9,1 最左,9 最右,5 居中,缺省为居中。

①〈字符 2〉不随〈字符 1〉宽度变化。

②若〈字符 2〉的宽度不小于〈字符 1〉的宽度,〈左右位置〉不起作用。

实例:

小样输入:

((AO3)) ((AO3G)) ((AO3D)) ((AO3U)) ((AO3X)) ((AO3XG)) ((AO3XD)) ((AO3XU))
((AO3G1)) ((AO3G2)) ((AO3G3)) ((AO3G4)) ((AO3D5)) ((AO3D6)) ((AO3D7)) ((AO3D8))

大样效果:

5.6.4 复合式盘外符注解

利用复合式盘外符注解，可以为字符附加单字符或多字符，不同于组合式盘外符注解的是，复合的字符相互独立，不叠加在一起。

1. *左右附加单字符*

功能：在一个字符的左或右附加字符。

格式：〖Y〈字符1〉〈字符2〉[Z][〈高低位置〉]〗

解释：

〈字符1〉：主字符。

〈字符2〉：附加在〈字符1〉左或右的字符。

〈字符1〉与〈字符2〉为允许录入的任何字符。

[Z]：表示附加字符排在主字符的左面，省略此参数时排在右面。

〈高低位置〉：G|D|U。

G：高。

D：低。

U：附加在最高。

省略〈高低位置〉参数表示介于G、D之间。

实例：

小样输入：

〖YC+G〗 〖YC+D〗 〖YC+Z〗 〖YC+ZG〗 〖YC+ZD〗 〖YC+U〗 〖YC+ZU〗Ω

大样效果：

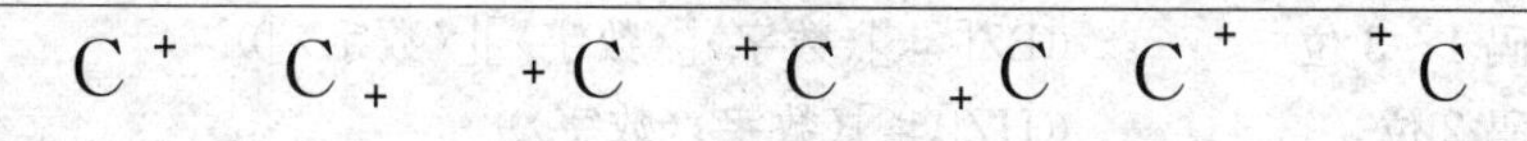

2. *左右附加多字符*

功能：在一个字符的左上角、左下角或右上角、右下角附加两行字符。

格式：

〖J〈字符1〉[〈字符2〉[〈字符3〉][〈字符4〉][，〈高低位置〉]][；〈字符5〉[〈字符6〉][〈字符7〉][，〈高低位置〉]][，〈附加符号字体号〉][，Z]〗

参数：

〈高低位置〉：G|D|U。

〈附加符号字体号〉：WT〈字号〉〈字体〉|HT〈字号〉〈字体〉

解释：

〈字符 1〉：主字符。

〈字符 2〉〈字符 3〉〈字符 4〉：附加在〈字符 1〉左或右上角的字符，附加字符的字号自动比主字小两级。

〈字符 5〉〈字符 6〉〈字符 7〉：附加在〈字符 1〉左或右下角的字符。

〈高低位置〉：用来调整附加字符的上下位置。对于附加在上角的字符来说，"G"表示比缺省值高；"D"表示比缺省值低；"U"表示比 G 的位置更高，对于附加在下角的字符来说意义相反。

〈附加字符字体号〉：指定〈字符 2〉……〈字符 7〉的字体号。

[Z]：指定附加字符排在主字符的左上角，省略为排在右上角。

实例：

小样输入：((J∑x－1；y－1))Ω　　大样显示：$\sum_{y-1}^{x-1}$

5.6.5 特定盘外符

在方正系统中，还有一类符号(其中主要是数字序号)，可使用专门的注解来得到。不过，这些符号在竖排时都不自动旋转，无旋转度的旋转注解对其不起作用。

名称	格式
① 阳圈码 2～3 位	((B〈数字〉〈数字〉[〈数字〉]))
② 阴圈码 2～3 位	((H〈数字〉〈数字〉[〈数字〉]))
③ 括号码 2～3 位	(((〈数字〉〈数字〉[〈数字〉]))
④ 阳方框码 2～3 位	((F〈数字〉〈数字〉[〈数字〉]))
⑤ 阴方框码 2 位	((FH〈数字〉〈数字〉))
⑥ 点码 2 位	((.〈数字〉〈数字〉[〈数字〉])) ("."为小数点或外文句号)
⑦ 排成一字宽的 2～3 位数	((〈数字〉〈数字〉[〈数字〉]))
⑧ 中文阳圈码 1～3 位	((BZ[＃]〈数字〉[〈数字〉][〈数字〉]))
⑨ 中文阴圈码 2 位	((HZ[＃]〈数字〉〈数字〉))
⑩ 中文横括号码 1～3 位	(((Z[＃]〈数字〉[〈数字〉][〈数字〉]))
⑪ 中文竖括号码 1～3 位	(((SZ[＃]〈数字〉[〈数字〉][〈数字〉]))
⑫ 中文阳方框码 1～3 位	((FZ[＃]〈数字〉[〈数字〉][〈数字〉]))
⑬ 中文阴方框码 2 位	((FHZ[＃]〈数字〉〈数字〉))
⑭ 中文点码 1～3 位	((.Z[＃]〈数字〉[〈数字〉][〈数字〉]))
⑮ 斜分数 0/0～9/20	((〈数字〉/〈数字〉[〈数字〉]))
⑯ 正分数 $\frac{0}{0}$—$\frac{9}{9}$	((〈数字〉－〈数字〉)) ("－"为减号)
⑰ 立体方框码 1～3 位	((FL〈数字〉[〈数字〉][〈数字〉]))
⑱ 立体中文方框码 1～3 位	((FLZ[＃]〈数字〉[〈数字〉][〈数字〉]))

中文码有＃者，排二位数时，用十、廿、卅。

实例：

名称	大样显示	小样输入
阳圈码	⑩⑪㉒(99)(100)(110)(111)(345)(999)	((B10))((B11))((B22))((B99))…
阴圈码	❿⓫(22)(99)(100)(110)(111)(345)(999)	((H10))((H11))((H22))((H99))…
括号码	(10)(11)(22)(99)(100)(110)(111)(345)(999)	(((10))(((11))(((22))(((99))…
阳方框码	10 11 22 99 100 110 111 345 999	((F10))((F11))((F22))((F99))…
阴方框码	10 11 22 23 24 35 36 37 99	((FH10))((FH11))((FH22))((FH99))…
点码	10. 11. 22. 23. 24. 35. 36. 37. 99.	((. 10))((. 11))((. 22))((. 23))…
一字宽	10112299100110111345999	((10))((11))((22))((99))…
中文阳圈码	一〇 一一 二二 九九 一〇〇 一一〇 一一一 三四五 九九九 十 十一 廿二 九九 一〇〇 一一〇 一一一 三四五 九九九	((BZ10))((BZ11))((BZ22))((BZ99))… ((BZ＃10))((BZ＃11))((BZ＃22))…
中文阴圈码	一〇 一一 二二 二三 二四 二五 二六 二七 九九 十 十一 廿二 廿三 廿四 廿五 廿六 廿七 九九	((HZ10))((HZ11))((HZ22))((HZ23))… ((HZ＃10))((HZ＃11))((HZ＃22))…
中文横括号码	(一)(二)(九)(一〇)(一一)(九九)(一〇〇)(三四五)(九九九) (一)(二)(九)(十)(十一)(九九)(一〇〇)(三四五)(九九九)	(((Z1))(((Z2))(((Z9))(((Z10))… (((Z＃1))(((Z＃2□(((Z＃9))…
中文竖括号码	二 三 九 二二 二三 二六 五六 一〇〇 三四五 二 三 九 廿二 廿三 卅六 五六 一〇〇 三四五	(((SZ1))(((SZ2))(((SZ9))(((SZ22))… (((SZ＃1))(((SZ＃2))(((SZ＃9))…
中文阳方框码	一 二 九 一〇 三四 七八 一〇〇 三四五 九九九 一 二 九 十 卅四 七八 一〇〇 三四五 九九九	((FZ1))((FZ2))((FZ9))((FZ10))… ((FZ＃1))((FZ＃2))((FZ＃9))…
中文阴方框码	一〇 一一 二二 二三 二四 二五 二六 二七 九九 十 十一 廿二 廿三 廿四 廿五 廿六 廿七 九九	((FHZ10))((FHZ11))((FHZ12))… ((FHZ＃10))((FHZ＃11))((FHZ＃12))…
中文点码	一. 一. 一〇. 三. 二四. 二九. 一〇〇. 三四五. 九九九. 一. 一. 十. 十三. 廿四. 廿九. 一〇〇. 三四五. 九九九.	((. Z1))((. Z1))((. Z10))((. Z12))… ((. Z＃1))((. Z＃1))((. Z＃10))…
斜分数	0/0 1/2 2/4 5/7 1/10 1/15 4/19 6/20	((0/0))((1/2))((2/4))((5/7))…
正分数	$\frac{0}{0}$ $\frac{1}{2}$ $\frac{2}{3}$ $\frac{4}{5}$ $\frac{3}{5}$ $\frac{6}{7}$ $\frac{7}{8}$ $\frac{8}{9}$	((0－0))((1－2))((2－4))((4－5))…
立体方框码	1 2 9 10 34 18 100 456 999	((FL1))((FL2))((FL9))((FL10))…
立体中文方框码	一 二 九 一〇 三四 一八 一〇〇 四五六 九九九 一 二 九 十 卅四 十八 一〇〇 四五六 九九九	((FLZ1))((FLZ2))((FLZ9))… ((FLZ＃1))((FLZ＃2))((FLZ＃9))…

综合实例——编排小说单页

下面以一个实例练习本章学习的内容。打开本书配套素材“第 5 章”\“综合实例”文件夹中的“小样 1. fbd”文件进行操作。在小样文件中输入的注解(已用曲线标出)及最终效果如下所示。

小样输入：

⇙⇙〖JZ〗〖QX(Y15〗〖HT3DBS〗我人生的〖JX＊2〗〖ST0〗⑧(H100)⑨〖HT3DBS〗年
〖JX＊2〗〖WT4H5X〗⑧(YM❖ZG)⑨y Year⑧(Ys❖G)⑨〖QX)〗↙↙
〖HT4F〗〖WT〗〖WW(Z〗刚刚来到这个缤纷世界的我，胖乎乎……↙
后来，爸爸妈妈工作好忙，我在姥姥家里长大。……↙
读书的时候，每年会看两次《死亡诗社》看到那些半大的孩子，穿着皮鞋踩在课桌上，大声的说："Captain，My Captain！"……↙
过了这么多年，以现在的我去面对那时的我，……↙
励志，励的什么志？……〖WW)〗Ω

大样效果：

我人生的 100 年 ❖My Years❖

刚刚来到这个缤纷世界的我，胖乎乎，除了吃睡和没完没了的哭，什么都不知道，又不像其他新婴那样可爱，即使这样，我仍然是爸妈手心里的宝。是最温柔的妈妈时刻关心着我，是给我最多保护的爸爸每天照顾着我，是大我五岁的哥哥疼爱着我。虽然我不记得当时的一切，但是我知道，我好幸福！

后来，爸爸妈妈工作好忙，我在姥姥家里长大。我喜欢姥姥教我的“白日依山尽”，喜欢姥爷下班后做的可口饭菜。对姥姥姥爷的感情，言语无法表达。我爱我他们。姥爷已经离开了我，所以我的爱，要飞去另外一个世界，爱他。

读书的时候，每年会看两次《死亡诗社》看到那些半大的孩子，穿着皮鞋踩在课桌上，大声的说："Captain, My Captain!"就觉得，这个世界是可以变得纯粹的。

过了这么多年，以现在的我去面对那时的我，我会走到那个因为一部励志片就激动得不能自已的我面前，轻轻拍拍对方的额头，低声说：“哪里会有这么简单的纯粹啊……”

励志，励的什么志？是激励得人热血沸腾，还是磨砺得人棱角全无？所以，当越来越多的片商直接把“励志”当卖点大呼小叫地吆喝着，我就开始把某些励志片当喜剧片来看了。

分析：

“〖QX(Y15〗……〖QX)〗”是倾斜注解，指定开闭弧注解中的文字顶部以下向左倾斜 15 度。

“〖HT3DBS〗”是汉体注解，指定其与下一个汉体注解之间的汉字字体为大标宋体(DBS)，字号为三号。

“〖JX＊2〗”是基线注解，指定其后的文字基线向下移半行。

“〖ST0〗”是数体注解，指定其后的数字字号为初号(0)。

“⑧(H100)⑨”是特定盘外符注解，指定其中的数字为阴圈码。

“〖WT4H5X〗”是外体注解，指定其与下一个外体注解之间的外文字体为黑 5 斜体(H5X)，字号为四号。

“⑧(YM❖ZG)⑨”是复合式盘外符注解，将“❖”符号附加到“M”的左(Z)上角(G)。

“⑧(Ys❖G)⑨”是复合式盘外符注解，将“❖”符号附加到“s”的右上角。

“〖HT4F〗”是汉体注解，指定其后的文字字体为仿宋体(F)，字号为四号。

“〖WT〗”是外体注解，指定其后的外文字体和字号恢复为系统默认设置，及五号白正体。

“〖WW(Z〗……〖WW)〗”为外文注解，指定开闭弧注解中的文字根据内容自动搭配中外标点。

本实例最终效果可参阅本书配套素材“第 5 章”\“综合实例”文件夹中的“小样 2. fbd”文件。

本章小结

本章主要介绍了字符注解的用法，其中字体字号注解、字符位置调整注解和字形变化修饰注解是本章的重点。

- 在字体字号注解中，汉体注解与外体注解可以分别指定汉字与外文的字体与字号，并可在其中插入外挂字体。数体注解采用外文字体指定数字字体。繁简注解可以使文本在发排后转换成繁体或简体。
- 在字符位置调整注解中，空格与紧排注解最为常用。其中空格注解用于指定字符的间距，紧排注解可以调整字符的疏密。
- 字形变化修饰注解主要用于设计各种标题字或突出文本中部分内容。
- 为字符添加拼音、注音与割注多用于儿童读物与语文教材。
- 标点符号各排法中，全身制多用于排公文，对开制多用于科技读物，一般采用开明制即可。
- 在盘外符注解中，组合式盘外符与特定盘外符最为常用，前者可用于制作各种单字符花纹，后者多用于制作数字序号。

思考与练习

一、选择题

1. 在汉体注解中，可以分别指定纵向字号与横向字号，两参数之间需用______隔开。

A.，　　B.：　　C.、　　D.。

2. 文章的正文一般用______字。

A. 一号　　B. 三号　　C. 五号　　D. 七号

3. 若未指定字体，系统将采用______作为汉字字体，______作为外文和数字字体。

A. 书宋体　　B. 仿宋体　　C. 白正体　　D. 黑体

4. 数体自动搭配注解可以指定数字字体是否随着______变化。

A. 汉字字体　　B. 外文字体　　C. 外文外挂字体　　D. 汉字外挂字体

5. 使用勾边注解可以为字符勾边，也可指定______色与______色。

A. 字符　　B. 勾边　　C. 阴影　　D. 边框

6. 若想用双线作为选定文字的着重线，应在着重注解中指定______参数。

A. =　　B. 。　　C. S　　D. Z

二、填空题

1. __________注解是将字符或盒子在指定的宽度内均匀排列。

2. 一个字模由字心与边框组成，边框的底边称为字模的__________。

3. 在粗细注解中若加入__________参数，表示笔画变细，省略该参数表示笔画变粗。

4. 若想排出长扁汉字可使用__________注解中的双向字号功能，也可使用__________注解。

5. 若在旋转注解中指定了__________参数，可使字符按中心旋转。

6. 标点符号的排法主要有 3 种，分别是__________、__________和__________。

三、操作题

打开本书配套素材“第 5 章”\“综合实例”文件夹中的“小样 3. fbd”文件进行操作。在小样文件中输入的注解（已用曲线标出）及最终效果如下所示。

小样输入：

〖JZ〗〖HT0SE〗〖PY(@(0,150,120,0)S〗盼 pàn 春 chūn〖PY)〗↙
〖HT4K〗春天，一位妈妈牵着一个跛脚的小女孩，走在一片白杨树林里。↙
“妈妈，你看，树的眼睛！”……↙
“它们长出眼睛，是为了流泪的吗？”……“孩子，是的。〖ZZ(〗再深的伤痛，……就会拥有一个明媚的春天。”〖ZZ)〗Ω

大样效果：

pàn chūn
盼春

春天，一位妈妈牵着一个跛脚的小女孩，走在一片白杨树林里。

“妈妈，你看，树的眼睛！”女孩所指的眼睛，是这些白杨树树干的结疤。妈妈想了想，说：“在冬天，一些人砍下了它们的树枝。于是，在每一个伤口处，便长出了一只眼睛。”

“它们长出眼睛，是为了流泪的吗？”女孩天真地问。“不是，它们是在盼春。”“盼春？春天就是它们盼来的吗？”“孩子，是的。再深的伤痛，再大的苦难，只要长着一双盼春的眼睛，就会拥有一个明媚的春天。”

提示：

(1)“〖JZ〗”是居中注解，指定“盼春”居中排。

(2)“〖HT0SE〗”是汉体注解，指定其与下一个汉体注解之间的汉字字体为少儿体(SE)，字号为初号(0)。

(3)“〖PY(@(0,150,120,0)S〗……〖PY)〗”为拼音注解，为汉字加排拼音，拼音排在汉字上(S)，颜色为粉红色。

(4)“〖HT4K〗”是汉体注解，指定其后的文字字体为楷体(K)，字号为四号。

(5)“〖ZZ(〗……〖ZZ)〗”是着重注解，为开闭弧注解中的文字加着重点。

本题最终效果可参阅本书配套素材“第 5 章”\“综合实例”夹中的“小样 4 . fbd”文件。

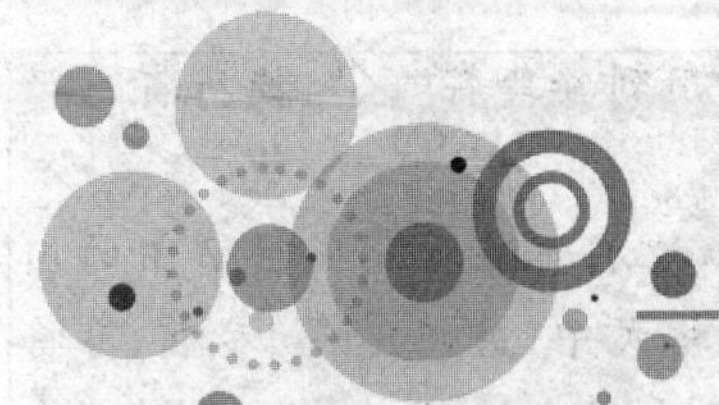

第6章 段落类注解

本章内容提要

章前导读

在上一章中，我们学习了各种字符注解的用法，字符是版面的基础，将字符组合在一起就构成了段落，合理地设计段落效果，可使版面更为美观整齐。本章主要学习各种段落注解的用法，包括调整段落位置，调整每行间距，改变各行宽度和对齐段中文字等注解。

6.1 位置调整

用户在排标题、表头、图示时，通常会将这些文字居中放置，此时可使用居中注解(JZ)。在一篇文章或一本书的前言中署名时，这些文字大多都要求靠近版面的右边，此时可使用居右注解(JY)。同时，居右注解还用于目录排版。此外，自控注解可使文本在换行后自动按指定的位置对齐排，多用于编排项目文字，使各项结构更清晰、整齐。

6.1.1 居中注解（JZ）——编排标题字

功能：将内容排在当前行的中央，多用于排标题。“JZ”读作“居中”。

格式：本注解有两种格式，第2种格式指定开闭弧注解之中的内容。

① 〖JZ[〈字距〉]〗

② 〖JZ(［[〈字距〉]|Z］〗〈内容〉〖JZ)〗

解释：

〈**字距**〉:指定居中内容中各盒子间的空距,省略按正常排。

[**Z**]:表示多行内容整体居中,各行左对齐。

①本注解的第 1 种格式用于单行内容的居中,作用到换段符“↙”、换行符“⇙”或空行注解“〖KH〗”等换行注解为止。

②本注解的第 2 种格式主要用于多行内容居中,它将括在开闭弧注解中的内容组成一个盒子,排在当前行宽的中间。在本格式中,若指定[Z]参数,可将各行左边对齐。若省略[Z]参数,则表示各行各自居中排版。

③若在本注解的第 2 种格式中指定了[Z]参数,则不能再使用〈字距〉参数。

④“〖JZ〗”注解通常置于一行文字的开头,若放在一行文字中间,居中内容可能会与前面的字符重叠。此外,居中的内容也不能过多,每行的字数不能超出当前行宽。

⑤本注解有如下三个出口(注解作用范围之后的内容):

- 单行居中:出口在换行注解之后;
- 多行居中不带[Z]的情况:出口在最后一行居中内容之后;
- 多行居中带[Z]参数:出口的基线在整个居中内容的后端中线处(在横排时,字的中线指字高中点的水平位置,盒子的中线指盒子纵向尺寸的 1/2 处,如图 6-1 所示)。

中　　中　　第三篇 第6章 段落效果　　段落效果 第6章 第三篇

横排文字的中线　竖排文字的中线　横排盒子的中线　竖排盒子的中线

图 6-1　中线示意图

实例:编排标题字

小样输入	大样效果	解释说明
〖JZ〗第三篇⇙	第三篇	单行居中
〖JZ*2〗第三篇⇙	第 三 篇	单行居中,字间距离为半个汉字宽(以当前字号为准)
〖JZ(〗第三篇⇙第 6 章⇙段落注解〖JZ)〗	第三篇 第 6 章 段落效果	多行居中
〖JZ(1〗第三篇⇙第 6 章⇙段落注解〖JZ)〗	第　三　篇 第　6　章 段　落　效　果	多行居中,字间距离为 1 个汉字宽(以当前字号为准)
〖JZ(Z〗第三篇⇙第 6 章⇙段落注解〖JZ)〗	第三篇 第 6 章 段落效果	多行整体居中,每行左对齐

6.1.2 居右注解（JY）——编排署名

功能：将内容排在当前行最右，多用于排文章后的署名和日期。“JY”读作“居右”。

格式：本注解有两种格式，第 2 种格式指定开闭弧注解之中的内容。

① 〖JY[。[〈前空字距〉]][,〈后空字距〉]〗

② 〖JY(［Z］〗〈内容〉〖JY)〗

解释：

[。]：为句号，多用于排目录，表示居右内容与左边文字之间用三连点(…)充满。如果居右内容与本行内容的间隔小于 2 个字宽，三连点及居右内容自动换到下一行。

〈前空字距〉：表示三连点自动换行时，前边空出的距离默认为 2 字宽。

〈后空字距〉：表示居中内容与右端空出的距离。

[Z]：表示整体居右，即各行左边对齐，整体一起居右。若省略该参数，则内容中各行各自居右。

①本注解的第 1 种格式用于单行内容居右，作用到换段符“↙”、换行符“⇙”或空行注解“〖KH〗”等换行注解为止。

②本注解的第 2 种格式适用于多行内容整体居右。

实例：居右排列字符

小样输入	大样效果	解释说明
〖JY〗金企鹅中心⇙	金企鹅中心	单行居右
〖JY,2〗金企鹅中心⇙	金企鹅中心	单行居右，且距版心右边缘 2 个字的宽度（以当前字号为准）
〖JY(〗金企鹅中心⇙ 2010 年 4 月 5 日〖JY)〗	金企鹅中心 2010 年 4 月 5 日	多行居右
〖JY(Z〗金企鹅中心⇙ 2010 年 4 月 5 日〖JY)〗	金企鹅中心 2010 年 4 月 5 日	多行整体居右，每行左边对齐
小溪〖JY。〗张美(3)⇙ 春树〖JY。〗(8)	小溪 ……………… 张美(3) 春树 ……………………… (8)	用居右注解排目录，其中“。”表示三连点

6.1.3 自控注解（ZK）——编排项目文字

功能：指定文本换行后左边自动空出一段距离。“ZK”读作“自控”。

格式：

〖ZK(［〈字距〉］［#］〗〈内容〉〖ZK)〗

解释：

〈**字距**〉：指定文本左端空出的距离，省略表示以开弧注解“〖ZK(〗”后的位置为准，换行后每行左边自动对齐。

［#］：表示只在自动换行时缩进排，而遇到强迫换行注解“⇙”和换段注解“↙”时，自控注解不起作用。省略此参数表示无论是自动换行还是强迫换行，本注解都起作用。

①本注解出现在行首时，从本行开始起作用，否则从下行起作用。
②本注解可以嵌套使用，即在自控注解之中还可指定自控注解。

实例：编排项目文字

打开本书配套素材“第 6 章”\“1”文件夹中的“小样 0. fbd”文件进行操作。在小样文件中输入的注解（已用曲线标出）及最终效果如下所示。

小样输入	大样效果	解释说明
❖〖ZK(〗版心：指版面中印有正文、插图等主体内容的部分。〖ZK)〗	❖版心：指版面中印有正文、插图等主体内容的部分。	自动换行时与“版”字对齐排
①〖ZK(#〗敲击体鸣乐器：叮咚、木棍琴、……⇙ ②互击体鸣乐器：棒棒、铜镜、竹梆、……〖ZK)〗	①敲击体鸣乐器：叮咚、木棍琴、韵板、基诺竹筒、竹筒琴等。 ②互击体鸣乐器：棒棒、铜镜、竹梆、竹杠、钹、布哉、乳钹等。	自动换行时与“敲”字对齐排，而遇到换行注解“⇙”时，自控注解不起作用
一、敲击体鸣乐器⇙ 〖ZK(2〗(1)叮咚：是黎族特有的敲击体鸣乐器，以乐器的发声命名。〖ZK)〗	一、敲击体鸣乐器 (1)叮咚：是黎族特有的敲击体鸣乐器，以乐器的发声命名。	指定每行左边空 2 个字宽

本实例最终效果请参阅本书配套素材“第 6 章”\“1”文件夹中的“小样 01. fbd”文件。

下面通过编排一个目录来练习居中、居右与自控注解。打开本书配套素材“第 6 章”\“1”文件夹中的“小样 1. fbd”文件进行操作。在小样文件中输入的注解（已用曲线标出）及最终效果如下所示。

小样输入：

```
↙〖HT0XK〗〖JZ1〗译林↙
〖WT4H7〗〖JZ(〗Y i l i n↙
〖WT3H2〗The World of Translation↙
〖HT4Y〗周==刊〖JZ)〗↙
〖HT5XBS〗〖JY(Z〗第 26 卷 ↙总第 235 期〖JY)〗↙↙↙
〖HT4W〗文苑〖ZK(2〗〖JY。〗(1)↙↙
〖HT5H〗祝福孩子〖JY。〗(1)↙↙
为了乔舒亚〖JY。〗(10)↙↙
时间的价值〖JY。〗(20)〖ZK)〗↙↙
〖HT4W〗多棱镜〖ZK(2〗〖JY。〗(30)↙↙
〖HT5H〗快乐婴儿〖JY。〗(30)↙↙
一个缅甸人谈英国人〖JY。〗(35)〖ZK)〗↙↙Ω
```

大样效果：

译　林

Y i l i n

The World of Translation

周　　刊

第 26 卷
总第 235 期

文苑 …………………………………… (1)

祝福孩子 …………………………… (1)

为了乔舒亚 ………………………… (10)

时间的价值 ………………………… (20)

多棱镜 ………………………………… (30)

快乐婴儿 …………………………… (30)

一个缅甸人谈英国人 ……………… (35)

分析：

“〖HT0XK〗”指定其与下一个汉体注解之间的汉字字体为行楷体(XK)，字号为初号(0)。

“〖JZ1〗”是居中注解，指定其与换行符“↙”之间的文字居中排，字符之间空 1 个字。

“〖WT4H7〗”指定其后的外文字体为黑 7 体(H7)，字号为四号。

“〖JZ(〗……〖JZ)〗”是居中注解，指定开闭弧注解之中的文字全部居中排。

“〖HT4Y〗”指定其与下一个汉体注解之间的汉字字体为姚体(Y)，字号为四号。

“〖HT5XBS〗”指定其与下一个汉体注解之间的汉字字体为小标宋体(XBS)，字号为五号。

“〖JY(Z〗……〖JY)〗”是居右注解，指定开闭弧注解之中的文字整体居右排且每行左对齐。

“〖HT4W〗”指定其与下一个汉体注解之间的汉字字体为魏碑体(W)，字号为四号。

“〖ZK(2〗……〖ZK)〗”是自控注解，指定开闭弧注解之中的文字换行后左对齐，距版心左边缘 2 个字宽。

“〖HT5H〗”指定其后的汉字字体为黑体(H)，字号为五号。

本实例最终效果可参阅本书配套素材“第 6 章”\“1”文件夹中的“小样 2. fbd”文件。

6.2 行距调整

在方正书版中用户可调整每行之间的距离，从而使整个版面更疏朗或更紧凑。

6.2.1 行距注解（HJ）——编排诗歌

正文的行距由版心参数决定，也可用行距注解改变。

行距是两行文字之间的空距。行距通常用字高的倍数来表示，如当前字高的 1 倍、1/2 倍等；也可用“磅”指定，如 6p，14p 等。字高加行距即为行高，如图 6－2 所示。

图 6－2　行距与行高示意图

功能：指定行与行之间的空距。“HJ”读作“行距”。

格式：〖HJ[〈行距〉]〗

参数：

〈行距〉：[〈字号〉：]〈倍数〉[＊〈分数〉]|{〈数字〉}[.{〈数字〉}]mm|{〈数字〉}x|{〈数字〉}[.{〈数字〉}]p

解释：

〈行距〉：行距参数可以使用 4 种单位：字号、毫米（mm）、线（x）和磅（p）。

〈字号〉：指定以几号字的高度为单位，省略则以当前字号的字高为准。

〈倍数〉：表示字高的几倍，可以以分数为单位。

[＊〈分数〉]：表示字高的几分之几，分子为 1 则直接使用“＊〈数字〉”，如“＊4”代表 1/4；分子不为 1，如写成“＊3/4”，代表 3/4。省略此参数表示整数倍。

{〈数字〉}[.{〈数字〉}]mm：行距使用毫米做单位，可以使用多位小数。“{　}”代表多位数。

{〈数字〉}x：行距使用线做单位。

{〈数字〉}[.{〈数字〉}]p：行距使用磅做单位。磅单位用英文小写字母“p”表示，与字形大小磅的单位用“.”表示不同。

①本注解一律从下一行开始起作用，即本行与下一行的距离是改变后的距离。

②本注解适用于局部改变行距，当需要改变正文的全部行距时，最好通过改变版式文件的版心行距参数来实现。

③本注解将持续改变正文行距，直至遇到下一个行距注解。省略〈行距〉参数，即注解形式为“〖HJ〗”时，表示恢复版心指定的行距。

实例 1：调整诗歌行距

打开本书配套素材“第 6 章”\“1”文件夹中的“小样 3. fbd”文件进行操作。在小样文件中输入的注解（已用曲线标出）及最终效果如下所示。

小样输入：	大样效果：
〖HT4CY〗我是一片云〖HJ2〗↙ 〖HT5K〗作者：晓静幽兰〖HJ1〗↙ 〖HT5SS〗我是一片云〖HJ〗↙ 天空是我家↙ 很想把脚停下↙ 看看世间繁华Ω	我是一片云 作者：晓静幽兰 我是一片云 天空是我家 很想把脚停下 看看世间繁华

分析：

"〖HJ2〗"指定当前行与下一行之间空两行，每行的高度为当前字号的高度，即"〖HT4CY〗"注解中指定的四号字的高度。

"〖HJ1〗"指定当前行与下一行之间空一行，行距为五号字的高度。

"〖HJ〗"指定注解后各行的行距恢复为版心指定的行距。

本实例最终效果可参阅本书配套素材"第 6 章"\"1"文件夹中的"小样 4. fbd"文件。

实例 2：各种行距参数

〖HJ4：1＊2〗：行距为四号字高的 $1\frac{1}{2}$倍

〖HJ5p〗：行距为 5 磅

〖HJ5：＊2/3〗：行距为五号字高的$\frac{2}{3}$倍

〖HJ5.75p〗：行距为 5.75 磅

〖HJ3〗：行距为当前字号的 3 倍高

〖HJ3mm〗：行距为 3 毫米

〖HJ2＊2〗：行距为当前字号的 $2\frac{1}{2}$倍高

〖HJ20x〗：行距为 20 线

6.2.2 空行注解（KH）——调整行高

功能：结束当前行，并与下一行之间空出指定的距离。此处的行指行高，即字高加行距，如图 6－3 所示。"KH"读作"空行"。

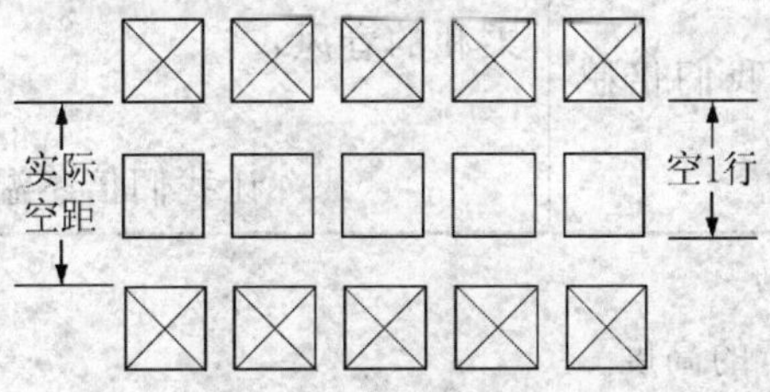

图 6－3 空行示意图

格式：〖KH［－］〈空行参数〉［X|D］〗

参数：

〈空行参数〉:〈行数〉|[〈行数〉]+〈行距〉|[〈行数〉]*〈分数〉

解释：

[—]:为减号,表示向排版的反方向移动,省略则是向正方向移动。

〈空行参数〉:指定空行的距离。

〈行数〉:以行高为单位计数。

〈行距〉:与行距注解中的对应参数用法相同。

*〈**分数**〉:与行距注解中的对应参数用法相同。

[X|D]:表示空行以后的出口,即指出空行后字符的位置。

[X]:表示空行后字符位置是空行前字符位置的继续,而不是从行首开始排。

[D]:表示顶格,即空行后,下一行字符从行首开始排起。

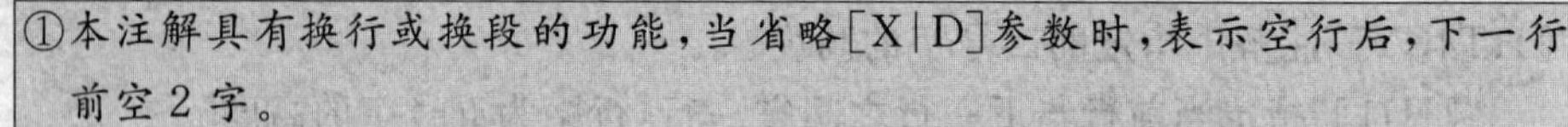

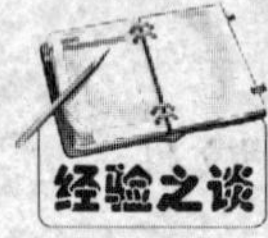

①本注解具有换行或换段的功能,当省略[X|D]参数时,表示空行后,下一行前空2字。

②如果本注解前后有“↙”或“↙”(如“〖KH2〗↙”或“↙〖KH2〗”,则会在空行注解与“↙”或“↙”之间产生一个空行,即实际空距比〈空行参数〉指定的多一行(实际空3行)。

③如果指定的空行高度大于本页的剩余空间,会自动转到下一页,并从页首开始排。

④本注解所空的行数随注解之前的字号与行距变化,例如,若注解前的字号是三号,则“〖KH3〗”空出的是三号字的三行高。

实例:空行效果

小样输入	大样效果	解释说明
我把我的心捧出来,〖KH1〗我的祖国!	我把我的心捧出来, 　　我的祖国!	注解后自动换行,下一行前空2字
我把我的歌唱出来,〖KH1D〗我的朋友!	我把我的歌唱出来, 我的朋友!	注解后自动换行,下一行顶格排
柔和的春风,〖KH1X〗让我们倍感温暖多情!	柔和的春风, 　　　　　　让我们倍感温暖多情!	注解后自动换行,换行后接着上一行最后的位置继续排

实例2:各种空行参数

〖KH3〗:表示空出3行的高度

〖KH2+1〗:表示空出2行,再加1个当前字的高度

〖KH10*2〗:表示空10行,再加半个当前字的高度

〖KH2*2/3〗:表示空2行,再加$\frac{2}{3}$个当前字的高度

〖KH+3mm〗:表示空 1 行再加 3 毫米的高度

〖KH+11p〗:表示空 1 行再加 11 磅的高度

〖KH-*4〗:表示反方向空 $\frac{1}{4}$ 行

〖KH-+5mm〗:表示向反方向空 5 毫米的高度

空行注解与行距注解虽然都能调整行距,但有很大差别。空行注解可以在注解所在位置结束当前行,并与下一行之间空出一定距离;行距注解不结束当前行,可以指定当前行到下一个行距注解之间的所有行都空出指定的高度。两行之间一次空出较大距离时,建议使用空行注解。

6.2.3　行移注解（HY）——编排诗歌导读

功能:指定相邻两行基线之间的距离,主要适用于分栏时各行对齐或在固定版心内排规定行数的情况。

格式:〖HY[〈行移参数〉]〗

参数:

〈行移参数〉:D|〈行距〉

解释:

D:行移距离为行高,即字高+行距。

〈行距〉:指定具体的行移距离。

本注解作用到下一个行移注解为止,若不加〈行移参数〉,则表示恢复版心默认行距。

实例:编排诗歌导读

打开本书配套素材“第 6 章”\“1”文件夹中的“小样 6.fbd”文件进行操作。在小样文件中输入的注解(已用曲线标出)及最终效果如下所示。

小样输入:

〖DZ(!〗〖HY2〗
〖JZ(〗渭城朝雨浥轻尘,↙客舍青青柳色新。↙劝君更尽一杯酒,↙西出阳关无故人。
〖JZ)〗
〖〗〖HY〗〖HT5K〗【导读】这首千古传诵的送别诗,集中表现了送行时朋友间的深情厚意。唐代人将它谱成歌曲,作为送别曲,并把末句反复重叠歌唱,谓之“阳关三叠”。阅读本诗要领会诗人采用写景和抒情相结合的写法。〖DZ)〗Ω

大样效果：

渭城朝雨浥轻尘， 客舍青青柳色新。 劝君更尽一杯酒， 西出阳关无故人。	【导读】这首千古传诵的送别诗，集中表现了送行时朋友间的深情厚意。唐代人将它谱成歌曲，当作送别曲，并把末句反复重叠歌唱，谓之“阳关三叠”。阅读本诗要领会诗人采用写景和抒情相结合的写法。

分析：

“〖DZ(!〗……〖DZ)〗”是对照注解，表示将两栏或两栏以上的内容以对照的形式排版，其中“!”表示两栏之间以竖线分隔，并用“〖〗”隔开两栏内容，详见第 7 章内容。

“〖HY2〗”左栏内容相邻两行基线的距离为 2 个当前字高。

“〖JZ(〗……〖JZ)〗”表示开闭弧注解中的内容居中排版。

“〖HY〗”表示右栏内容恢复到版心行距。

本实例最终效果可参阅本书配套素材“第 6 章”\“1”文件夹中的“小样 7. fbd”文件。

6.3 行宽调整

除了调整每行之间的距离，方正书版还能指定各行之间的宽度，该功能多用于编排篇首序言或作者简介。

6.3.1 行宽注解（HK）——编排序言

功能：指定每行的宽度。“HK”读作“行宽”。

格式：〖HK[〈字距〉[,〈位置调整〉]]〗

参数：

〈位置调整〉：[!]〈边空〉

　〈边空〉：〈字距〉

解释：

〈字距〉：指定改变后的行宽，以字数为单位。

〈位置调整〉：无此参数时，当前行自动居中，排在版心的中间位置。

〈边空〉：用字距表示，其中[!]参数表示边空在左边；无[!]参数表示边空靠近订口。

①本注解出现在行首时，从本行开始起作用，否则从下一行起作用。
②指定的行宽不能超过版心的宽度。
③本注解作用到下一个行宽或改宽(GK)注解，若不加任何参数表示恢复默认的版心宽度。
④若在本注解之前指定字号，则行宽以该字号为准；若在本注解之后指定字号，注解依然以版心默认字号为准改变行宽。

实例1:编排序言

打开本书配套素材“第6章”\“1”文件夹中的“小样8.fbd”文件进行操作。在小样文件中输入的注解(已用曲线标出)及最终效果如下所示。

小样输入:

〖JZ〗〖HT1XK〗美↙
〖HT5K〗〖HK13〗序:伟人一生经受的巨大痛苦,在我们眼里也是美好的,高尚的。〖HK〗↙
〖HT5"F〗夕阳坠入地平线,西天燃烧着鲜红的霞光,一片宁静轻轻落在……Ω

大样效果:

序:伟人一生经受的巨大痛苦,在
我们眼里也是美好的,高尚的。

夕阳坠入地平线,西天燃烧着鲜红的霞光,一片宁静轻轻落在梵学书院娑罗的树梢上,……

分析:

“〖HK13〗”指定本注解后每行宽13个字。

“〖HK〗”指定恢复版心默认行宽。

本实例最终效果可参阅本书配套素材“第6章”\“1”文件夹中的“小样9.fbd”文件。

实例2:各种行宽效果

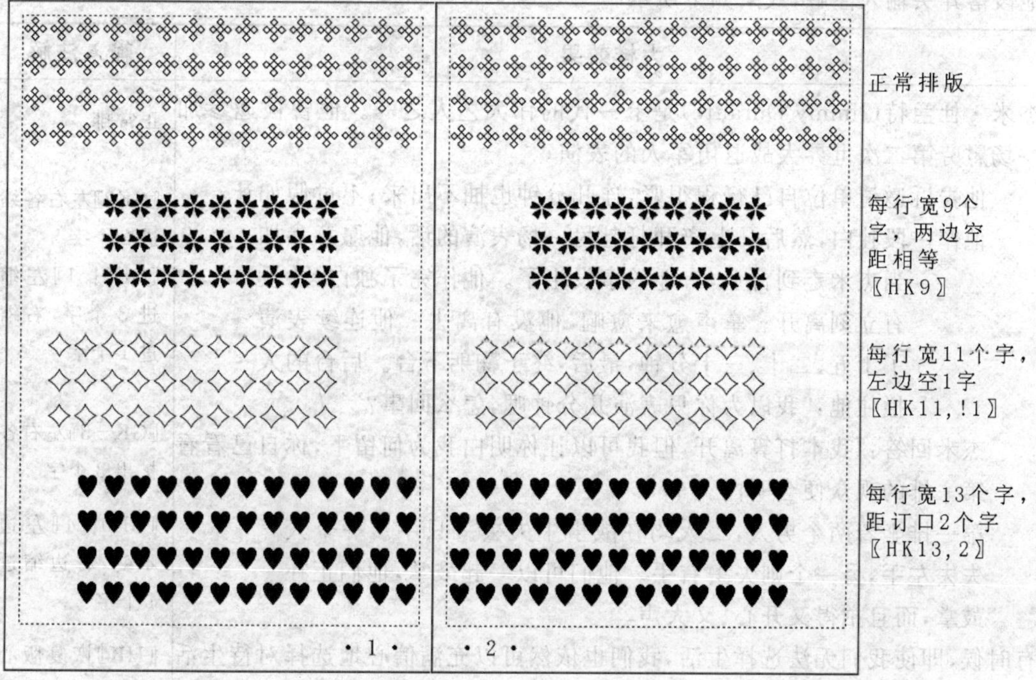

6.3.2 改宽注解（GK）——编排励志故事

功能：改变行宽。"GK"读作"改宽"。

格式：〖GK〈改宽参数〉〗

参数：〈改宽参数〉：[—]〈字距〉[！]|[[—]〈字距〉]！ [—]〈字距〉

解释：

[—]：为减号，表示扩大行宽，省略表示缩小行宽。

〈字距〉：为缩进或扩充的字数。

[！]：为左右分界符号，"！"左边的字距参数指定的是每行左边改变的字数；"！"右边的字距参数指定的是每行右边改变的字数。省略[！]表示两边扩缩的距离相等。

①本注解与行宽注解功能相似，区别在于本注解指定每行两边缩进、扩出的字数来改变行宽，而行宽注解（HK）则直接指定每行字数。
②扩充后的行宽，或两端缩进的行宽不得超过当前行宽。
③本注解出现在一行之首，则从本行起作用；出现在一行之中，则从下一行起作用。
④本注解作用到下一个改宽注解（GK）或行宽注解（HK）为止。
⑤若连续使用改宽注解，则下一个注解的参数以上一个改变后的行宽为准。

实例：各种改宽效果

打开本书配套素材"第 6 章"\"1"文件夹中的"小样 10.fbd"文件。在除第 1 段以外的其他段落开头输入注解，效果如下所示。

大样效果	输入注解
杰米·杜兰特(Jimmy Durante)是上一代的伟大艺人之一。他曾被邀参加一场慰劳第二次世界大战退伍军人的表演。	正常排
他告诉邀请单位自己行程很紧，连几分钟也抽不出来；不过假如让他作一段独白，然后马上离开赶赴另一场表演的话，他愿意参加。	〖GK2〗左右各缩进 2 个字
当杰米走到台上，有趣的事发生了。他作完了独白，并没有立刻离开。掌声愈来愈响，他没有离去。他连续表演了十五、二十、三十分钟，最后，终于鞠躬下台。后台的人拦住他："我以为你只表演几分钟哩，怎么回事？"	〖GK3！1〗左缩进 3 个字，右缩进 1 个字
杰米回答："我本打算离开，但我可以让你明白我为何留下，你自己看看第一排的观众便会明白。"	〖GK－3〗左右各扩出 3 个字
第一排坐着两个男人，二人均在战事中失去一只手。一个人失去左手，另一个则失去右手。他们可以一起鼓掌，他们正在鼓掌，而且拍得又开心、又大声。	〖GK0！4〗左边不变，右边缩进 4 个字
有时候，即使我们无法选择生活，我们也依然可以充满信心地选择对待生活的态度。	〖HK〗恢复版心默认行宽

本实例最终效果可参阅本书配套素材“第6章”\“1”文件夹中的“小样11.fbd”文件。

下面通过编排一篇散文来练习6.1～6.3节学习的重点内容。打开本书配套素材“第6章”\“1”文件夹中的“小样12.fbd”文件进行操作。在小样文件中输入的注解(已用曲线标出)及最终效果如下所示。

<table>
<tr><th>小样输入：</th><th>大样效果：</th></tr>
<tr><td>〖KH1〗〖JZ〗〖HT1NBS〗江南，蓝印花布的女孩↙
〖JY,4〗〖HT4K〗——燕华君↙
〖HK15,10〗〖KH1〗〖HT5”F〗燕华君，苏州籍当代女作家，擅长小说……〖HK〗↙↙
〖HT5SS〗〖GK3〗四月是一个草长莺飞的季节，……↙
乌镇人将染好的蓝印花布挂在太阳底下晒的情景确实叫外地人感到惊奇……↙↙
〖JZ(Z〗〖HJ1〗〖HT5Y1〗春天，遂想起江南↙
唐诗里的江南↙
九岁时采桑叶于其中↙
捉蝴蝶于其中的江南↙
春天，遂想起↙
遍地垂柳的江南↙〖HJ〗〖JZ)〗↙
〖HT5SS〗蓝印花布，江南最普通的布料……Ω</td><td>江南，蓝印花布的女孩
——燕华君

燕华君，苏州籍当代女作家，擅长小说、散文写作，文字清新优美，情感丰富细腻。作品发表于《上海文学》、《雨花》、《小说》、《美文》、《散文》等杂志。

四月是一个草长莺飞的季节，诗人的表妹身穿窈窕的蓝印花布衣裳，上身是短短的小袄，衣襟上别着一枝梅花，下身是宽大的裤脚———表妹要踮起脚尖采摘桑叶，要到清清的河边去挑水，要伏在棚子上绣百子图，要帮母亲烧饭择菜，不穿宽大的裤脚怎么能放得开手脚呢？连鞋子也是蓝印花布做的。
一个清明景和的日子，我站在乌镇蓝印花布的作坊前，心里的震撼还是不能言说。
乌镇人将染好的蓝印花布挂在太阳底下晒的情景确实叫外地人感到惊奇，一幅幅蓝印花布从高高的云天直挂而下。太阳照着的时候，蓝印花布发出耀眼的光芒，一朵朵别致的花儿仿佛呼之欲出；而当风吹过的时候，那些悬挂着的布匹们则跳着优美的舞蹈，一眨眼工夫就能飞到天上去的感觉。

春天，遂想起江南
唐诗里的江南
九岁时采桑叶于其中
捉蝴蝶于其中的江南
春天，遂想起
遍地垂柳的江南

蓝印花布，江南最普通的布料，真的贯穿了江南女孩子的一生呢，它们是江南女孩子一生中最美丽的情结。
晨光初照，一户人家的女人生下一个女孩子，睁开小眼，咦呀，刚刚出生的小女孩子第一眼就看见了帐幔，妈妈亲手做的帐幔，蓝印花布的帐幔，开满浆漏头草茨菰花的帐幔。那些蓝草染成的青青蓝色呀，把小女孩子的眼睛都染蓝了。
诗人终于在一个月白风清的夜里梦回了江南。他对于江南迎亲的一些习俗早已烂熟于心：迎亲的花船停在河边，花船里堆着花生、松子，煮熟的红蛋，红枣，糖果，还有一捆紫皮甘蔗；新娘要舅舅亲自背上花船；新娘的弟弟要向新姐夫讨喜钱；整个小镇都被一种大众化的世俗的喜气所包围。湿漉漉的江南蓝印花布的江南才</td></tr>
</table>

分析：

“〖KH1〗”是空行注解，表示空1行。

“〖JZ〗”是居中注解，表示居中排列该行字符。

“〖HT1NBS〗”指定其与下一个汉体注解之间的汉字字体为新报宋体(NBS)，字号为一号。

“〖JY,4〗”是居右注解，指定注解所在行的文字居右，并距右版心4个字的距离。

“〖HK15,10〗”是行宽注解，指定其后的文本每行宽15个字，与订口的距离为10个字。

“〖HK〗”将每行宽度恢复为版心默认设置。

“〖GK3〗”是改宽注解，指定其后的文本每行两边各空出3个字的距离。

“〖JZ(Z〗……〖JZ)〗”是居中注解，指定开闭弧注解之中的内容整体居中，且左边对齐。

“〖HJ1〗”是行距注解，指定注解后的每行距离为1个当前字高。

“〖HJ〗”恢复到版心默认行距。

本实例最终效果可参阅本书配套素材“第6章”\“1”文件夹中的“小样13.fbd”文件。

6.4 文字对齐

利用对齐注解可以使不在同一行中的各项文字上下对齐，该功能多用来编排试题与对齐多行标题文字。

6.4.1 位标注解（WB）

功能：在当前位置上设立一个对位标记（即位标），以便后面各行对位使用。“WB”读作“位标”。

格式：〖WB[Y]〗

解释：

[Y]：表示右对位。

①指定[Y]参数时，需要对位的内容与位标右对齐。

②若未指定[Y]参数，则需要对位的内容与位标左对齐。

③每行的位标个数不得超过20个（包括20个），换行后如果再设位标则上行的位标无效。

6.4.2 对位注解（DW）——编排试题

功能：指定对齐位标的字符。本注解必须与位标注解配合使用。“DW”读作“对位”。

格式：本注解有两种格式，第2种格式专门用于使对位内容与位标右对齐。

①〖DW[〈位标数〉]〗

②〖DW([〈位标数〉]〗〈内容〉〖DW)〗

参数：

〈位标数〉：〈数字〉[〈数字〉]

解释：

〈位标数〉：指定对位的内容与哪一个位标对位，本参数用数字表示，数字不能大于20（包括20），缺省表示按顺序对位。

①使用对位注解（DW）时，在它之前必须添加位标注解（WB）。

②如果在位标注解中指定了[Y]参数，则表示对位内容与位标右对齐，此时必须使用“〖DW([〈位标数〉]〗……〖DW)〗”注解指定对位内容。

实例：使用位标与对位注解编排试题

打开本书配套素材“第6章”\“2”文件夹中的“小样1.fbd”文件进行操作。在小样文件中输入的注解（已用曲线标出）及最终效果如下所示。

小样输入：

小样输入	大样效果
1. I get up (=)about seven fifty －five . ↙ 〖WB〗A. in ==〖WB〗B. on ==〖WB〗C. at↙ 2. Why are you looking at (=)like that? ↙ 〖DW〗A. I〖DW〗B. mine〖DW〗C. me Ω	1. I get up (　)about seven fifty －five . A. in　B. on　C. at 2. Why are you looking at (　)like that? A. I　B. mine　C. me

本实例最终效果请参阅本书配套素材“第 6 章”\“2”文件夹中的“小样 2. fbd”文件。

6.4.3 对齐注解（DQ）——编排标题字

功能：使各行左右都对齐，每行中的文字均匀拉开。“DQ”读作“对齐”。

格式：〖DQ([〈字距〉]〗〈内容〉〖DQ)〗

解释：

〈字距〉：指定每行内容在多少字的宽度均匀分布。

①未指定〈字距〉参数时，若第 1 行的宽度小于其他行，则以下各行与第 1 行左对齐。

②当对齐的内容小于〈字距〉所指定的宽度或第 1 行宽度时，那么各行会在〈字距〉宽度或第 1 行宽度内均匀分布。

③本注解与撑满注解(CM)不同，撑满注解只能使单行文字在指定的宽度内均匀排列，而对齐注解可以同时指定多行内容。

实例：编排标题字

打开本书配套素材“第 6 章”\“2”文件夹中的“小样 3. fbd”文进行操作。在小样文件中输入的注解(已用曲线标出)及最终效果如下所示。

小样输入	大样效果
〖HT3SE〗第一编=〖DQ(7〗少儿外语教学的↙启蒙与开发〖DQ)〗Ω	**第一编　少儿外语教学的 启 蒙 与 开 发**

分析：

“〖HT3SE〗”指定其后的文字为少儿体(SE)，字号为三号。

“〖DQ(7〗……〖DQ)〗”指定开闭弧注解中的内容在 7 个当前字的宽度内均匀排列。

本实例最终效果请参阅本书配套素材“第 6 章”\“2”文件夹中的“小样 4. fbd”文件。

6.4.4 行中注解（HZ）——编排合著名

功能：将多行内容作为一个整体，使其中线与所在行的中线一致。

格式：〖HZ(〗〈内容〉〖HZ)〗

本注解生成的内容是一个盒子，出口是盒子的最右端，后面的文字的中线与盒子的中线一致。

实例：编排合著名

打开本书配套素材"第 6 章"\"2"文件夹中的"小样 5. fbd"进行操作。在小样文件中输入的注解(已用曲线标出)及最终效果如下所示。

小样输入：

〖HT4Y3〗联合编委＝〖HZ(〗〖DQ(10〗北京大学教育学院↙北京教育科学研究院↙基础教育教学研究中心〖DQ)〗〖HZ)〗Ω

大样效果：

联合编委	北京大学教育学院 北京教育科学研究院 基础教育教学研究中心

分析：

"〖HT4Y3〗"指定其后的文字为准圆体(Y3)，字号为四号。

"〖HZ(〗……〖HZ)〗"将开闭弧注解中的内容组成为一个盒子，中线与"联合编委"的中线一致。

"〖DQ(10〗……〖DQ)〗"是对齐注解，将注解开闭弧中的文字在 10 个当前字的宽度内均匀分布。

本实例最终效果请参阅本书配套素材"第 6 章"\"2"文件夹中的"小样 6. fbd"文件。

6.5 其他调整

通常一篇文章的标题需要上下留有一段距离以区别于正文，此时可利用行数注解(HS)指定标题所占行数。在编排报刊杂志时，有时会将段首字放大，并设置各种效果以引起读者注意，此时可利用段首注解(DS)。此外，若想在版面的中央编排一篇短文，可利用始点注解(SD)直接确定起始点的位置。

6.5.1 行数注解（HS）——编排标题字

功能：指定文本所占行数。"HS"读作"行数"。

格式：本注解有两种格式，第 2 种格式指定开闭弧注解中的内容。

① 〖HS〈空行参数〉[＃]〗

② 〖HS(〈空行参数〉[＃]〗〈内容〉〖HS)〗

解释：

〈空行参数〉：指定标题占多少行的高度，如图6－4所示。

第六章　段落注解

本章主要学习各种段落注解的用法，包括段落位置调整和段中文字调整注解。合理设计段落效果，可使文本更美观。

图6－4　标题占两行高

[＃]：表示标题在排到页末时，不自动带一行正文。

经验之谈

①本注解的第1种格式适用于单行标题，作用范围到换行符、换段符或空行注解(KH)为止。

②本注解的第2种格式可指定多行内容，即内容可以换行或换段，一般用于排多级标题。该格式具有自动换行功能，即注解后不用加换行符也可换行。

③用本注解指定的标题后面会自动带一行正文，以保证标题排到页末时不会出现“孤题”现象。若页末放不下一行正文，会连同标题一起移到下一页。

④有时在标题后自动带一行正文，会出现文字与图片位置不正确的情况，此时可加[＃]参数调整。

⑤本注解排出的标题以当前的行高为单位，使用之前最好将当前字号与行距恢复为版心默认设置，否则系统将以当前字号和行距计数。标题结束后需要加“〖HT〗”注解恢复版心默认的字体字号。

实例：编排标题字

打开本书配套素材“第6章”\“2”文件夹中的“小样7.fbd”文件进行操作。在小样文件中输入的注解(已用曲线标出)及最终效果如下所示。

小样输入：

〖HS2〗〖JZ〗〖HT3XBS〗中华人民共和国公司法↙
〖HS(3〗〖JZ(〗〖HT5F〗(2009年3月5日第十一届↙全国人民代表大会第二次会议通过)
〖JZ)〗〖HS)〗Ω

大样效果：

中华人民共和国公司法

(2009年3月5日第十一届
全国人民代表大会第二次会议通过)

分析：

“〖HS2〗”注解指定第1行文字占两行高。

“〖HS(3〗……〖HS)〗”指定开闭弧注解中的两行文字共占3行高。

本实例最终效果请参阅本书配套素材“第6章”\“2”文件夹中的“小样8.fbd”文件。

6.5.2 段首注解（DS）——设计段首字

功能：指定段首内容。“DS”读作“段首”。

格式：本注解有两种格式，第 2 种格式指定开闭弧注解中的内容。

①〖DS〈尺寸〉[〈边框说明〉][〈底纹说明〉]〗

②〖DS(〈尺寸〉[〈边框说明〉][〈底纹说明〉]〗〈内容〉〖DS)〗

参数：

〈尺寸〉：〈空行参数〉。〈字距〉

〈边框说明〉：F|S|D|W|K|Q|=|CW|XW|H〈花边编号〉

〈花边编号〉：000～117

〈底纹说明〉：B〈底纹编号〉[D][H][#]

〈底纹编号〉：〈深浅度〉〈编号〉

〈深浅度〉：0～8

〈编号〉：〈数字〉〈数字〉〈数字〉

解释：

〈尺寸〉：指定段首区域的大小。

〈空行参数〉：以行高为单位，即字高＋行距。

〈字距〉：以当前字号的宽度为单位。

〈边框说明〉：“F”表示反线——；“S”表示双线═══；“D”表示点线┈┈；“W”表示不要线，且边框不占位置；“K”表示表示空边框，但占一字宽边框位置；“Q”表示曲线～～～；“=”表示双曲线≈≈≈；“CW”表示外粗内细文武线▬▬；“XW”表示外细内粗文武线▬▬；“H”表示花边线；默认为正线。

〈花边编号〉：方正书版 10.0 系统提供了 118 种花边，编号为 000～117，如 001 号花边为▸▸▸▸。用户可在本书附录 C 中查看所有花边。

〈底纹说明〉：为段首区域加底纹。

〈底纹编号〉：编号为 4 位数字，首位表示底纹的深浅程度，用 0～8 表示，深浅度随数字加大而加深；后 3 位为底纹号，用 000～400 表示。如 6035 号底纹代表第 035 号底纹的第 6 个深浅级别，如图 6－5 所示。用户可在附录 D 中查看更多底纹效果。

0035	1035	2035	3035	4035	5035	6035	7035	8035

图 6－5　35 号底纹的深浅度变化

[D]：本方框底纹代替外层底纹，即若该底纹下还有底纹则两底纹不会叠加。

[H]：底纹用阴图，即将底纹的花纹与空白的颜色互换。

[#]：底纹不留余白，即取消底纹与边框之间的白边。

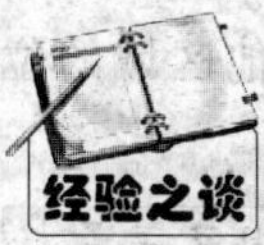

①除无线(W)边框外，其余边框线全占一个字的空间。

②本注解分别指定段首内容和段首区域大小，还可为段首区域添加边框和底纹效果。此外，段首区域一般要大于段首内容，因为要留出边框占位尺寸。

③段首内容可以是多行内容。

实例：设计段首字

打开本书配套素材“第 6 章”\“2”文件夹中的“小样 9. fbd”文件进行操作。在小样文件中输入的注解(已用曲线标出)及最终效果如下所示。

小样输入	大样效果	解释说明
〖DS(3。4W〗〖JZ〗〖HT1CY〗冬〖DS)〗〖HT〗阳映射……	冬 阳映射着尘埃。一番来自泥土的幽然。很久都没有这样安静过了。以往的日子，总是笑着、闹着，不知疲倦。现如今，累了，真的累了。疲惫的情感，如同泼墨的画，很细腻的样子……	段首区域为 3 行高，4 个字宽，不加边框(W)，段首文字位于区域中间(JZ)
〖DS(4。5H074〗〖HT3XQ〗昆明↙的雨〖DS)〗〖HT〗我以前……	昆明的雨 我以前不知道有所谓雨季。“雨季”，是到昆明以后才有了具体感受的。我不记得昆明的雨季有多长，从几月到几月，好像是相当长的。但是并不使人厌烦。因为是下下停停、停停下下，不是连绵不断，下起来没完……	段首区域为 4 行高，5 个字宽，边框采用 074 号花边
〖DS(5＊2。3B1024〗〖JZ(〗〖HT4HC〗阳↙关↙雪〖JZ)〗〖DS)〗〖HT〗我曾有……	阳关雪 我曾有缘，在黄昏的江船上仰望过白帝城，顶着浓冽的秋霜登临过黄鹤楼，还在一个冬夜摸到了寒山寺。我的周围，人头济济，差不多绝大多数人的心头，都回荡着那几首不必引述的诗。人们来寻景，更来寻诗……	段首区域为 5 个半行高，3 个字宽，以正线作为边框线(默认)，加入 1024 号底纹，文字位于段首区域正中(〖JZ(〗……〖JZ)〗)

本实例最终效果请参阅本书配套素材“第 6 章”\“2”文件夹中的“小样 10. fbd”文件。

6.5.3 始点注解(SD)——编排阶梯图

功能：指定排版的起始位置，即从第几行的第几个字开始排版，如图 6－6 所示。“SD”读作“始点”。

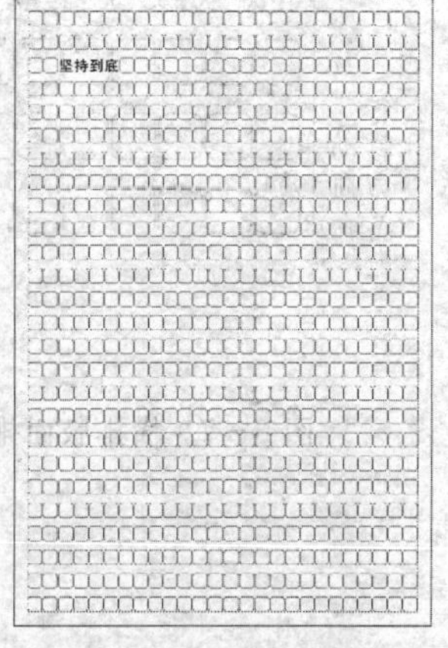

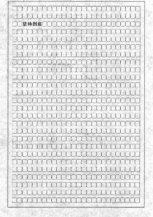

图 6－6　从第 3 行第 2 个字开始排版

格式：〖SD[〈始点位置〉]〗

参数：〈始点位置〉：X|[〈空行参数〉][，〈字距〉][；N]

解释：

X：表示将本注解前所排的内容先写入磁盘文件中，然后从当前位置继续排。

N：表示按新方法计算排版的位置。即指定新的始点位置后，不会影响其他区域的位置（如图片等）。省略此参数则其他区域的位置也随之改变。

①始点注解以当前的字号和行距计数。所以在始点注解以前要先指定字号与行距，否则将以版心默认的字号与行距确定始点位置。

②本注解作用到下一个始点注解为止。

实例：编排阶梯图

打开本书配套素材“第 6 章”\“2”文件夹中的“小样 11. fbd”文件进行操作。在小样文件中输入的注解（已用曲线标出）及最终效果如下所示。

小样输入：　　　　大样效果：

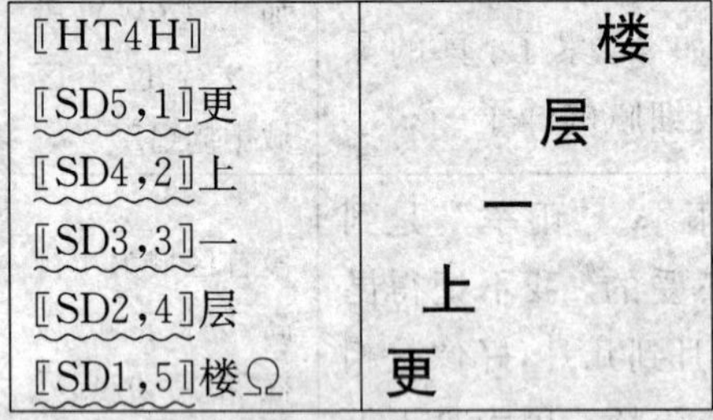

小样输入	大样效果
〖HT4H〗 〖SD5,1〗更 〖SD4,2〗上 〖SD3,3〗一 〖SD2,4〗层 〖SD1,5〗楼Ω	楼 层 一 上 更

分析：

“〖HT4H〗”指定其后的汉字字体为黑体，字号为四号。

“〖SD5,1〗”指定“更”字从第 5 行的第 1 个字开始排（以当前字号和行距为准）。

“〖SD4,2〗”指定“上”字从第 4 行的第 2 个字开始排。以下各注解的意义相同，即逗号前的数字代表第几行，逗号后的数字代表第几个字。

本实例最终效果请参阅本书配套素材“第 6 章”\“2”文件夹中的“小样 12. fbd”文件。

由于横排版面与竖排版面的排版方式不同，坐标系统也不一样。横排版面顺时针旋转 90 度就变为竖排。横排时〈空行参数〉从上向下移动；竖排时是从右向左移动。横排时〈字距〉参数从左到右移动；竖排时从上到下。在指定始点位置时要格外注意，如图 6—7 和图 6—8 所示。

起点（0，0）　字移动方向（X轴）

第1行

第2行

第3行

第4行

第5行

行移动方向（Y轴）

图 6－7　横排版面排法

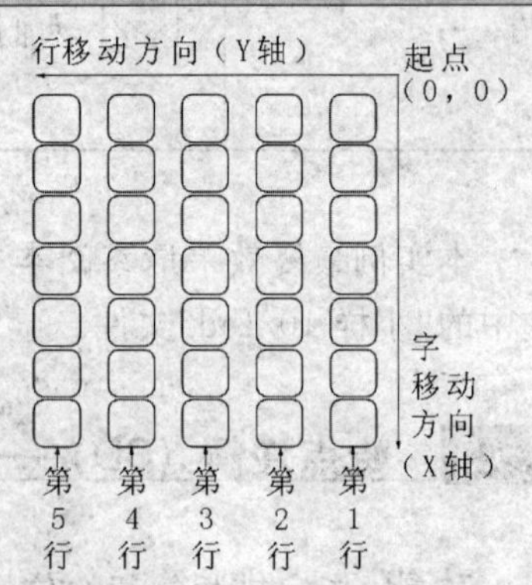

图 6－8　竖排版面排法

综合实例——编排语文试题

下面通过编排一张语文试卷来巩固本章所学的知识，打开本书配套素材“第 6 章”\“2”文件夹中的“小样 13. fbd”文件进行操作。在小样文件中输入的注解(已用曲线标出)及最终效果如下所示。

小样输入：

```
〖JY〗〖HT5K〗姓名(〓〓)班级(〓〓〓)↙
〖HS3〗〖JZ〗〖HT3SS〗九年义务教育小学三年级期末考试试题↙
〖JZ1〗〖HT1H〗语文〖HT〗↙
〖HK25〗〖HT5H〗注意事项：↙
1.〖ZK(#〗本试卷 4 页，共 100 分，其中书写分 3 分；考试时间 60 分钟。↙
2.答案一律用钢笔或圆珠笔(蓝色或黑色)写在答卷纸上，不能写在本试卷上，凡是没有写在答卷纸上的答案不记载考试成绩。〖ZK)〗〖HK〗↙
〖HS2〗〖HT5HB〗一、为下列多音字组词↙
〖HT5SS〗〖KG2〗〖WB〗处〖HZ(〗chǔ(〓〓)↙chù(〓〓)〖HZ)〗
〓〓〖WB〗少〖HZ(〗shǎo(〓〓)↙shào(〓〓)〖HZ)〗↙
〖DW〗为〖HZ(〗wéi(〓〓)↙wèi(〓〓)〖HZ)〗
〖DW〗朝〖HZ(〗zhāo(〓〓)↙cháo(〓〓)〖HZ)〗↙
〖HS2〗〖HT5HB〗二、〖ZK(〗背诵课文↙〖HT〗
〖HJ1〗秋天的雨，是(〖KG7〗)。↙秋天的雨，有(〖KG7〗)。↙秋天的雨，藏着(〖KG7〗)。↙秋天的雨，吹起了(〖KG7〗)。↙秋天的雨，带给大地的是(〖KG7〗)，带给小朋友的是(〖KG7〗)。〖HJ〗〖ZK)〗
```

大样效果：

姓名(　　)班级(　　　)

九年义务教育小学三年级期末考试试题

语　文

注意事项：

1. 本试卷 4 页，共 100 分，其中书写分 3 分；考试时间 60 分钟。
2. 答案一律用钢笔或圆珠笔(蓝色或黑色)写在答卷纸上，不能写在本试卷上，凡是没有写在答卷纸上的答案不记载考试成绩。

一、为下列多音字组词

处 chǔ(　　) chù(　　)　　少 shǎo(　　) shào(　　)

为 wéi(　　) wèi(　　)　　朝 zhāo(　　) cháo(　　)

二、背诵课文

秋天的雨，是(　　　　　)。

秋天的雨，有(　　　　　)。

秋天的雨，藏着(　　　　　)。

秋天的雨，吹起了(　　　　　)。

秋天的雨，带给大地的是(　　　　　)，带给小朋友的是(　　　　　)。

分析：

“〖JY〗”是居右注解，将注解所在行的文字排在该行最右。

“〖HS3〗”是行数注解，指定注解所在行的文字占 3 行高。

“〖JZ〗”是居中注解，指定注解所在行的文字排在该行正中。

“〖JZ1〗”是居中注解，指定注解所在行的文字排在该行正中，文字之间空 1 字的宽度。

“〖HK25〗”是行宽注解，指定注解后的各行行宽为 25 个字，作用范围到“〖HK〗”注解为止。

“〖ZK(#〗……〖ZK)〗”是自控注解，指定开闭弧注解之中的文字自动换行后与开弧注解后的第 1 个字左对齐。

“〖WB〗”是位标注解，在当前位置上设立一个对位标记。

“〖DW〗”是对位注解，将该注解后的文字与位标左对齐。

“〖HZ(〗……〖HZ)〗”是行中注解，将开闭弧注解中的文字指定为一个整体，使其中线与当前行的中线一致。

“〖ZK(〗……〖ZK)〗”是自控注解，指定开闭弧注解之中的文字换行后与开弧注解后的第 1 个字左对齐。

“〖HJ1〗”是行距注解，指定其后的文字每行间距为 1 个字高，作用范围到“〖HJ〗”注解为止。

本实例最终效果请参阅本书配套素材“第 6 章”\“2”文件夹中的“小样 14. fbd”文件。

本章小结

本章主要介绍了段落注解的用法，其中包括调整段落位置，调整行距、行宽，以及对齐段中文字等注解。

- 在调整段落位置的注解中，居中注解可使文本居中，多用于排标题和诗歌正文；居右注解可使文本居右，多用于排文章后的署名和日期；自控注解可使文本换行后左边空出指定的距离，多用于排项目文字。
- 行距注解可调整正文每行的距离，使文本更疏朗或更紧凑；行宽注解可指定每行的宽度，多用来排序言或作者简介。
- 若想使不在同一行中的文字上下对齐，可使用对齐注解。其中，位标与对位注解需配合使用，多用来排试题选项；行齐注解可使各行文字在指定的宽度内均匀排列，多用来对齐多行标题文字。
- 此外，行数注解可以指定文本所占行高，段首注解可以编排段首字，始点注解可指定排版的起始位置。

思考与练习

一、选择题

1. 在自控注解(ZK)中，参数______表示只有在自动换行时缩进排，而强迫换行时自控注解不起作用。

   A. #　　B. N　　C. Z　　D. 。

2. ______注解可以在注解所在位置结束当前行，并与下一行之间空出一定距离。

A. 行移　　B. 行数　　C. 空行　　D. 行距

3. 每行的位标个数不得超过个______。

A. 10　　B. 20　　C. 15　　D. 30

4. ______注解可以指定多行内容在一定的宽度内均匀分布。

A. 对齐　　B. 位标　　C. 撑满　　D. 行齐

二、填空题

1. 行高由__________与__________组成。

2. __________注解可指定每行两边缩进、扩出的字数，__________注解可指定每行字数。

3. 若在段首注解中指定了__________参数，则表示边框不要线也不占位置。

4. 若在始点注解中指定了__________参数，则不会影响其他区域的位置。

三、操作题

打开本书配套素材"第6章"\"2"文件夹中的"小样15.fbd"文件进行操作。在小样文件中输入的注解(已用曲线标出)及最终效果如下所示。

小样输入：	大样效果：
〖HS3〗〖JZ〗〖HT2LB〗文竹与桃树↙ 〖JY,6〗〖HT5K〗——冰心↙ 〖JZ(Z〗〖HJ1〗〖HT5F〗文竹很羡慕院子里的桃树，↙ 桃树花开艳丽如同锦簇。↙ "真美啊！我自愧不如！"↙ 过了些时，桃花谢了，落英满地↙， 桃枝上只有少许叶芽沾着露珠。↙ 文竹见了又发出感叹：↙ "唉，你既有今日又何必当初！"↙ 又过了些时，桃花压弯了桃枝，↙ 文竹见了又羡慕起结果的幸福。↙ 桃树笑道："这幸福可惜你得不到，↙ 因为你何曾有过落花的痛苦！"〖JZ)〗Ω	文竹与桃树 ——冰心 文竹很羡慕院子里的桃树， 桃树花开艳丽如同锦簇。 "真美啊！我自愧不如！" 过了些时，桃花谢了，落英满地， 桃枝上只有少许叶芽沾着露珠。 文竹见了又发出感叹： "唉，你既有今日又何必当初！" 又过了些时，桃花压弯了桃枝， 文竹见了又羡慕起结果的幸福。 桃树笑道："这幸福可惜你得不到， 因为你何曾有过落花的痛苦！"

提示：

(1)"〖HS3〗"是行数注解，指定注解所在行的文字占3行高。

(2)"〖JZ〗"是居中注解，指定注解所在行的文字排在该行正中。

(3)"〖JY,6〗"是居右注解，指定注解所在行的文字排在该行最右，且距版心右边缘6个字的宽度。

(4)“〖JZ(Z〗……〖JZ)〗”是居中注解，指定开闭弧注解中的文字整体居中，每行左对齐。

(5)“〖HJ1〗”是行距注解，指定注解后的每行间距为一个当前字的高度。

本题最终效果请参阅本书配套素材“第 6 章”\“2”文件夹中的“小样 16. fbd”文件。

第7章 分层类注解

本章内容提要

章前导读

在当今的排版工作中，各类期刊的排版占有很大比重。为了使刊物的版面更加新颖、美观，以吸引读者，方正书版提供了多种使用方便、灵活的排版注解，如分栏、分区等，它们可在版面上划出若干个区域。这些被划出的区域构成了新的层，每层都相互独立，可分别指定其中内容的排版位置，从而满足期刊、杂志特有的排版要求。

7.1 分栏类注解

分栏是一种方便阅读，节省空间的排版方法，可将版面划分为两列或多列，多用于排报纸、杂志和词典。分栏使版面富于变化，更加美观新颖。

7.1.1 分栏注解（FL）——编排文学杂志

功能：将版面分成若干栏进行排版。“FL”读作“分栏”。

格式：

〖FL(〔〈栏宽〉|〈分栏数〉〕〔!〕〔H〈线号〉〕〔-〈线型〉〕〔〈颜色〉〕〔K〈字距〉〕〗〈内容〉〖FL)〔X|〈拉平栏数〉〕〗

参数：

〈栏宽〉:〈字距〉{,〈字距〉}$_1^7$(1到7次)

〈线型〉:F|S|Z|D|Q| = |CW|XW|H〈花边编号〉

〈花边编号〉:000-117

〈颜色〉:@[%](〈C 值〉,〈M 值〉,〈Y 值〉,〈K 值〉)

〈拉平栏数〉:[-]〈栏数〉

解释:

〈栏宽〉:在不等栏时指定各栏的宽度。〈栏宽〉用〈字距〉表示,并且各栏宽度之间用逗号“,”相隔。如“〖FL(18,12〗〈内容〉〖FL)〗”是将〈内容〉分成两栏,左栏宽 18 个字,右栏宽 12 个字。

如果是等栏的情况,就没有必要逐栏指定宽度,而只需简单地给出〈分栏数〉即可。如“〖FL(3〗〈内容〉〖FL)〗”是将〈内容〉分成 3 栏,每栏宽度相等。

如果〈栏宽〉与〈分栏数〉都省略的话,表示是等宽 2 栏。如“〖FL(〗〈内容〉〖FL)〗”是将〈内容〉分成等宽的 2 栏。本注解最多可将版面分成 8 栏,可设置 7 次栏宽,最后一栏可由系统自动规定栏宽。

[!]:表示在栏间画一条正线作为分栏线,栏线占当前字号 1 个字的宽度(当前字号是指在分栏注解前指定的字号,否则以版心默认的字号为准),省略表示不画线。

H〈线号〉:用于指定栏线的粗细,线号的指定方法与字号相同,即最细的线为小七号(H7"),最粗的线为特号(H11),如 H7"号正线的粗细为—,H11 号正线的粗细为**━**。

-〈线型〉:指定栏线的线型,“F”表示反线——;“S”表示双线═══;“D”表示点线┈┈;“Q”表示曲线~~~~;“=”表示双曲线≈≈≈;“CW”表示左粗右细文武线▌|;“XW”表示左细右粗文武线|▌;“H”表示花边线;默认为正线。

〈颜色〉:指定栏线的颜色,省略为黑色。

K〈字距〉:表示栏间距离,以当前字号大小为单位,省略表示栏间空当前字号一字宽。

[X]:“X”读作“续”,表示后边的分栏注解中的内容与前边的内容接排。若省略此参数,则表示后面再出现分栏与本次分栏无关。本参数一般用于多个文件一起排版的情况。当前面文件排完时,分栏的内容并没有排完,后面的文件还要继续排,此时就必须以〖FL)X〗或“Ω”结束前一个文件,并以“〖FL(〗”作为后一个文件的开始(“〖FL(〗”中不应有任何参数)。这样系统就可以自动将后一个文件与前一个文件自动接在一起,就像是在一个文件中分栏一样。

〈拉平栏数〉:“拉平”是指各栏内容高度一致。若在分栏内容结束时,最后一栏没有排满,可以指定与前面几栏的内容均匀分布;或者将最后一栏的内容均匀分布在其后的几栏中。〈拉平栏数〉即是指定几栏拉平。没有该参数且分栏中没有分区、图片等注解(详见第 8 章内容)时,分栏内容自动拉平。

-〈栏数〉:表示从有内容的最后一栏向左拉平若干栏,如果省略“-”(减号),则表示向右拉平若干栏。拉平的栏数为〈栏数〉+1,即〈栏数〉指定的是除有内容的最后一栏外需拉平的栏数。例如:共分 5 栏,所有内容排到第四栏,本参数为“-2”时(注解格式为“〖FL(5〗〈内容〉〖FL)-2〗”),表示第四栏的内容与其前面两栏的内容拉平,即本页第一栏不拉平,二、三、四栏拉平。

①分栏注解中的内容排满一栏后，自动换到下一栏。当本页排满时自动换到下页第1栏。

②总栏宽和栏间距之和不得超过行宽。

③分栏注解不能嵌套使用。

实例1：编排文学杂志

打开本书配套素材“第7章”文件夹中的“小样0.fbd”文件进行操作。在小样文件中输入的注解(已用曲线标出)与最终效果如下所示。

小样输入：

〖HS3〗〖JZ〗〖HT1SS〗天上的星星↙〖HS2〗〖JZ〗〖HT5K〗贾平凹↙〖FL(〗==〖HT5SS〗大人们快活了，对我们就亲近，……〖FL)〗

大样效果：

分析：

“〖FL(〗……〖FL)〗”将开闭弧注解中的内容平均分成两栏，栏间距为当前字号的一字宽。

本实例最终效果可参阅本书配套素材“第7章”文件夹中的“小样01.fbd”文件。

实例2：各种分栏效果

下面列出几种常用的分栏方法，供用户参考。

平均分成3栏

〖FL(3〗……〖FL)〗

不等宽分栏

〖FL(15,15,10〗……〖FL)〗

平均分成 4 栏(4),栏间空 2 个字的宽度(K2)

〖FL(4K2〗……〖FL)〗

平均分成 2 栏,分栏线为正线(!)

〖FL(!〗……〖FL)〗

平均分成 2 栏,分栏线号为二号(H2),线型为 061 号花边(H061),栏间空 3 字宽(K3)

〖FL(H2-H061K3〗……〖FL)〗

平均分成 3 栏(3),线号为三号(H3),线型为双曲线(=),线色为绿色,栏间空 2 字宽(K2)

〖FL(3H3-=@%(90,0,0,50)K2〗……〖FL)〗

向左拉平2栏,即把有内容的倒数3栏平均分布,使各栏的高度基本一致

〖FL(5〗……〖FL)-2〗

(原文共分5栏,内容排到第四栏中间)

向右拉平2栏,即把有内容的最后一栏平均分成3栏

〖FL(5〗……〖FL)2〗

(原文共分5栏,内容排到第三栏末尾)

7.1.2 另栏注解(LL)——编排诗歌集

功能:用在分栏注解(FL)注解中,将内容转到下一栏排版。“LL”读作“另栏”。

格式:〖LL〗

①如果当前排版位置是本页末栏,使用另栏注解则可把内容转到下页首栏。

②在本栏使用另栏注解后,表示本栏已被全部占满,不能与其他栏拉平。

实例:编排诗歌集

打开本书配套素材“第7章”文件夹中的“小样1.fbd”文件进行操作。在小样文件中输入的注解(已用曲线标出)及最终效果如下所示。

小样输入:

```
〖FL(3-H036K2〗〖KH3〗〖HS(3〗〖HT4Y〗我的幸福〖HS)〗↙
〖HT5F〗自从我倦于探求以来,……
〖LL〗〖KH3〗〖HS(3〗〖HT4Y〗论价〖HS)〗↙
〖HT5F〗嘿,牧羊人,穷苦的牧羊人!……
〖LL〗〖KH3〗〖HS(3〗〖HT4Y〗树〖HS)〗↙
〖HT5F〗一棵树,一棵树……〖FL)〗Ω
```

大样效果：

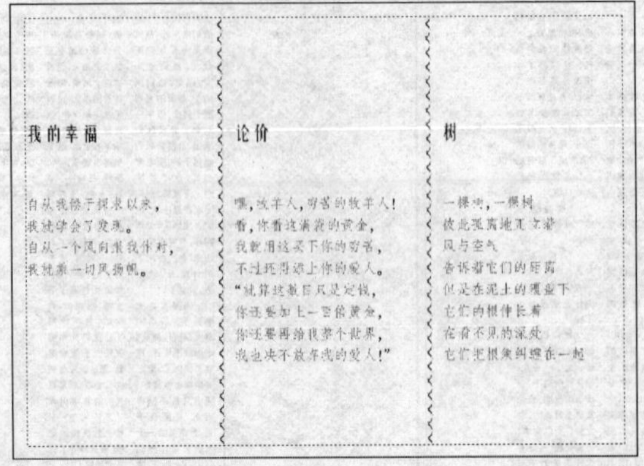

我的幸福

自从我倦于探求以来，
我就学会了发现。
自从一股风向我作对，
我就乘一切风扬帆。

论价

嘿，牧羊人，穷苦的牧羊人！
看，你看这满袋的黄金，
我就用这买下你的穷苦，
不过还得添上你的爱人。
“就算这数目只是定钱，
你还要加上一百倍黄金，
你还要再给我整个世界，
我也决不放弃我的爱人！”

树

一棵树，一棵树
彼此孤离地兀立着
风与空气
告诉着它们的距离
但是在泥土的覆盖下
它们的根伸长着
在看不见的深处
它们把根须纠缠在一起

本实例最终效果可参阅本书配套素材“第 7 章”文件夹中的“小样 2. fbd”文件。

7.1.3 边栏注解（BL）——编排作文书版式 1

功能：将版面划分为主栏和副栏。主栏用来放置主体文字，副栏可以是一栏或两栏，用来编排边注（主栏中文字的说明、注释等）。“BL”读作“边栏”。

格式：

〖BL(〈1〈第一个副栏参数〉〉|〈2〈第二个副栏参数〉〉|〈1〈第一个副栏参数〉;2〈第二个副栏参数〉〉[,X]]〈边栏内容〉〖BL〗〗

参数：

〈第一个副栏参数〉、〈第二个副栏参数〉:〈副栏参数〉

〈副栏参数〉:。〈栏宽〉[！[〈线型号〉][〈颜色〉]][K〈与主栏间距〉]

〈栏宽〉:〈〈版心内栏宽〉,〈版心外栏宽〉〉|〈版心内栏宽〉|〈,〈版心外栏宽〉〉

〈版心内栏宽〉、〈版心外栏宽〉、〈与主栏间距〉:〈字距〉

〈线型号〉:〈线型〉[〈字号〉]

〈线型〉:F|S|Z|D|Q|=|CW|XW|H〈花边编号〉

〈花边编号〉:000～117

〈颜色〉:@[%](〈C 值〉,〈M 值〉,〈Y 值〉,〈K 值〉)

解释：

第一个副栏：表示位于主栏左边的副栏。

第二个副栏：表示位于主栏右边的副栏。

〈副栏参数〉：本参数可指定副栏的宽度以及主栏与副栏分隔线的样式。

。〈栏宽〉：指定副栏的宽度，其中“。”无实际意义，仅表示其后栏宽参数的开始。

[!]：在栏间画线，若不指定〈线型号〉参数，则画一条正线，占一个当前字的宽度；若指定〈线型号〉参数，则以线型为准，此时[!]不能省略，这一点与分栏注解不同。

〈字号〉：表示栏线的粗细，与分栏注解中〈线号〉的意义相同，即用字号参数表示线的粗细，小七号线最细，特大号线最粗。

〈**颜色**〉：指定栏线的颜色，省略为黑色。

K〈**与主栏间距**〉：指定副栏与主栏之间的间距，省略该参数表示间距为当前字号一字宽。

[**X**]：表示每次换页后主栏与副栏的位置互换（如果只指定了一个副栏），或者两个副栏左右位置互换（如果同时指定了两个副栏）。

实例：编排作文书版式1

打开本书配套素材"第7章"文件夹中的"小样3.fbd"文件进行操作。在小样文件中输入的注解（已用曲线标出）与最终效果如下所示。

小样输入：

〖BL(1。5:7,3!　=K2,X〗〖HS(3〗〖HT1W〗〖JZ〗给风的一封信〖HS)〗↙
〖HT4SS〗风：↙
昨天翻看日历，猛然想起你的生日快到了。……↙
〖JY(〗同桌的我 李恒
2000年6月20日〖JY)〗〖BL)〗Ω

大样效果：

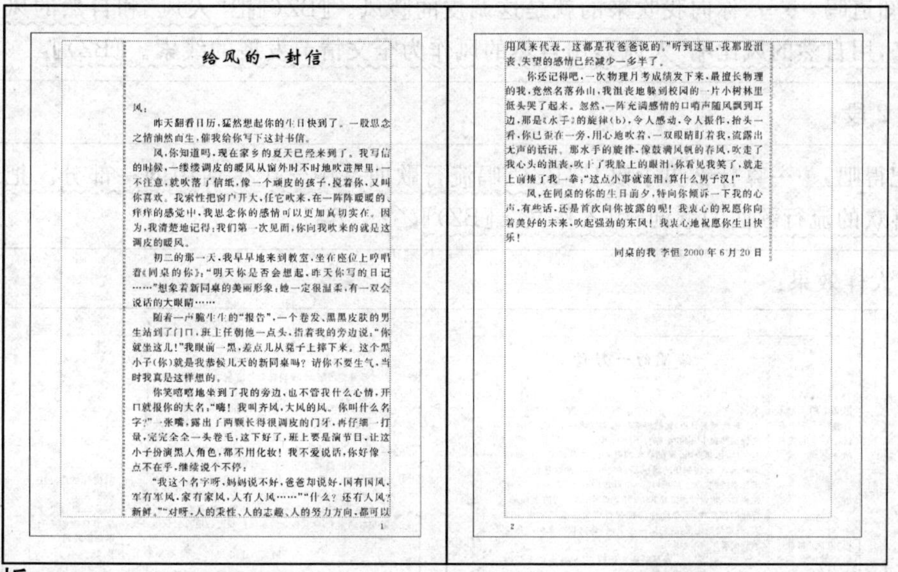
给风的一封信

风：

昨天翻看日历，猛然想起你的生日快到了。一股思念之情油然而生，催我给你写下这封书信。

风，你知道吗，现在家乡的夏天已经来到了。我写信的时候，一缕缕调皮的暖风从窗外时不时地吹进屋里，一不注意，就吹落了信纸，像一个顽皮的孩子，挠着你，又叫你喜欢。我索性把窗户开大，任它吹来，在一阵阵暖暖的、痒痒的感觉中，我思念你的感情可以更加真切实在。因为，我清楚地记得：我们第一次见面，你向我吹来的就是这调皮的暖风。

初二的那一天，我早早地来到教室，坐在座位上哼唱着《同桌的你》："明天你是否会想起，昨天你写的日记……"想象着新同桌的美丽形象：她一定很温柔，有一双会说话的大眼睛……

随着一声脆生生的"报告"，一个卷发、黑黑皮肤的男生站到了门口，班主任朝他一点头，指着我的旁边说："你就坐这儿！"我眼前一黑，差点儿从凳子上摔下来。这个黑小子（你）就是我恭候几天的新同桌吗？请你不要生气，当时我真是这样想的。

你笑嘻嘻地坐到了我的旁边，也不管我什么心情，开口就报你的大名："嗨！我叫齐风，大风的风。你叫什么名字？"一张嘴，露出了两颗长得很调皮的门牙，再仔细一打量，完完全全一头卷毛，这下好了，班上要是演节目，让这小子扮演黑人角色，都不用化妆！我不爱说话，你好像一点不在乎，继续说个不停：

"我这个名字呀，妈妈说不好，爸爸却说好，国有国风，军有军风，家有家风，人有人风……""什么？还有人风？新鲜。""对呀，人的秉性、人的志趣、人的努力方向，都可以

1

用风来代表。这都是我爸爸说的。"听到这里，我那股沮丧、失望的感情已经减少一多半了。

你还记得吧，一次物理月考成绩发下来，最擅长物理的我，竟然名落孙山，我沮丧地躲到校园的一片小树林里低头哭了起来。忽然，一阵充满感情的口哨声随风飘到耳边，那是《水手》的旋律(b)，令人感动，令人振作，抬头一看，你已经在一旁，用心地吹着，一双眼睛盯着我，流露出无声的话语。那水手的旋律，像鼓满风帆的春风，吹走了我心头的沮丧，吹干了我脸上的眼泪，你看见我笑了，就走上前揍了我一拳："这点小事就流泪，算什么男子汉！"

风，在同桌的你的生日前夕，特向你倾诉一下我的心声，有些话，还是首次向你披露的呢！我衷心的祝愿你向着美好的未来，吹起强劲的东风！我衷心地祝愿你生日快乐！

同桌的我 李恒 2000年6月20日

2

分析：

"〖BL(1。5:7,3!　=K2,X〗……〖BL)〗"将版面划分为主栏与副栏，其中"1"表示指定一个副栏，副栏在主栏的左边；"。5:7,3"表示栏宽为五号字(5)的10个字宽(7+3)，其中版心内7个字宽，版心外3个字宽；"!"表示主栏与副栏之间画一条分栏线；"="表示分栏线是双曲线≬；"K2"表示两栏之间的空距为两个当前字的宽度（当前字是在边栏注解之前指定的字号，此处指版心默认的五号字）；"X"表示换页后主栏与副栏的左右位置互换，即主栏在左、副栏在右。

7.1.4 边注注解（BZ）——编排作文书版式 2

功能：指定边注内容。本注解必须放在边栏注解（BL）中使用。"BZ"读作"边注"。

格式：〖BZ(［1|2］]〈内容〉〖BZ)〗

解释：

［1|2］：表示该边注排在第一个副栏（1）还是第二个副栏（2），省略表示排在第一个副栏。

实例：编排作文书版式 2

本实例将用 7.1.3 节中已编辑好的小样文件进行操作（本书配套素材"第 7 章"文件夹中的"小样 3.fbd"文件）。分别在第 1 段、第 3 段和倒数第 2 段的末尾输入如下注解和文字（已用曲线标出）。

第 1 段：

〖HT4SS〗风：〖BZ(〗把文中的人物起名为"风"，靠近题目，有一定的巧劲。〖BZ)〗↙

第 3 段：

风，你知道吗，……，你向我吹来的就是这调皮的暖风。〖BZ(〗把"人风"和自然的风紧密联系起来，用自然的风比喻"人风"，用自然的风作为全文情节发展的线索。〖BZ)〗↙

倒数第 2 段：

你还记得吧，……算什么男子汉！"〖BZ(〗唱流行歌曲是中学生生活中的一部分。把自己生活中喜欢的流行歌曲的歌词，引入作文。〖BZ)〗↙

大样效果：

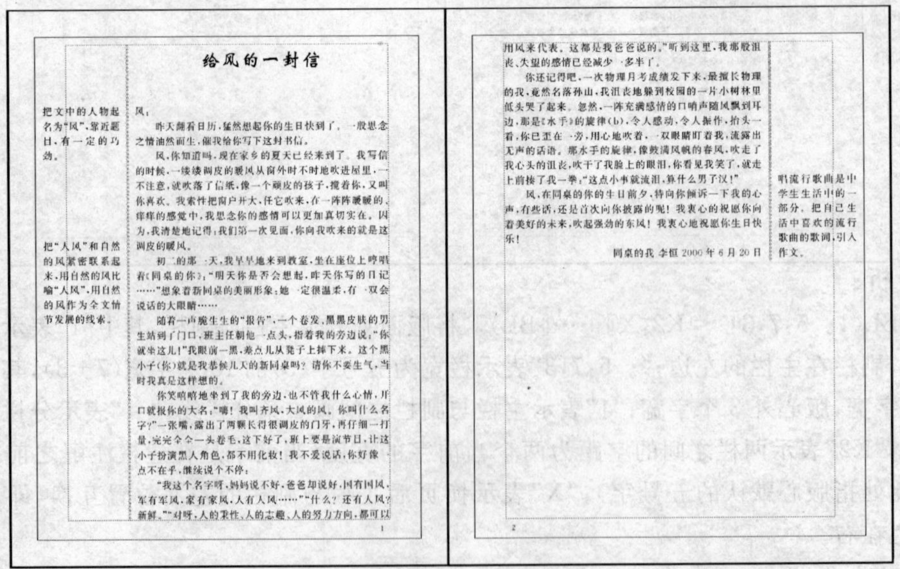

给风的一封信

把文中的人物起名为"风"，靠近题目，有一定的巧劲。

风：

昨天翻看日历，猛然想起你的生日快到了，一股思念之情油然而生，催我给你写下这封书信。

风，你知道吗，现在家乡的夏天已经来到了。我写信的时候，一缕缕调皮的暖风从窗外时不时地吹进屋里，一不注意，就吹落了信纸，像一个顽皮的孩子，搅着你，又叫你喜欢。我索性把窗户开大，任它吹来，在一阵阵暖暖的、痒痒的感觉中，我思念你的感情可以更加真切实在。因为，我清楚地记得：我们第一次见面，你向我吹来的就是这调皮的暖风。

把"人风"和自然的风紧密联系起来，用自然的风比喻"人风"，用自然的风作为全文情节发展的线索。

初二的那一天，我早早地来到教室，坐在座位上哼唱着《同桌的你》："明天你是否会想起，昨天你写的日记……"想象着新同桌的美丽形象：她一定很温柔，有一双会说话的大眼睛……

随着一声脆生生的"报告"，一个卷发，黑黑皮肤的男生站到了门口，班主任朝他一点头，指着我的旁边说："你就坐这儿！"我眼前一黑，差点儿从凳子上摔下来。这个黑小子（你）就是我恭候几天的新同桌吗？请你不要生气，当时我真是这样想的。

你笑嘻嘻地坐到了我的旁边，也不管我什么心情，开口就报你的大名："嗨！我叫齐风，大风的风。你叫什么名字？"一张嘴，露出了两颗长得很调皮的门牙，再仔细一打量，完完全全一头卷毛，这下好了，班上要是演节目，让这小子扮演黑人角色，都不用化妆！我不爱说话，你好像一点不在乎，继续说个不停：

"我这个名字呀，妈妈说不好，爸爸却说好，国有国风，军有军风，家有家风，人有人风……""什么？还有人风？新鲜。""对呀，人的秉性、人的志趣、人的努力方向，都可以

1

用风来代表。这都是我爸爸说的。"听到这里，我那股沮丧、失望的感情已经减少一多半了。

你还记得吧，一次物理月考成绩发下来，最擅长物理的我，竟然名落孙山，我沮丧地躲到校园的一片小树林里低头哭了起来。忽然，一阵充满感情的口哨声随风飘到耳边，那是《水手》的旋律（b），令人感动，令人振作，抬头一看，你已歪在一旁，用心地吹着，一双眼睛盯着我，流露出无声的话语。那水手的旋律，像鼓满风帆的春风，吹走了我心头的沮丧，吹干了我脸上的眼泪，你看见我笑了，就走上前揍了我一拳："这点小事就流泪，算什么男子汉！"

唱流行歌曲是中学生生活中的一部分。把自己生活中喜欢的流行歌曲的歌词，引入作文。

风，在同桌的你的生日前夕，特向你倾诉一下我的心声，有些话，还是首次向你披露的呢！我衷心的祝愿你向着美好的未来，吹起强劲的东风！我衷心地祝愿你生日快乐！

同桌的我 李恒 2000 年 6 月 20 日

2

边注内容与正文内容的位置相互对应，若在每段的最后一行指定边注内容，则边注的第1行与该段的最后一行齐平。用户可将边注内容插接到正文中的任何位置，系统会自动将其放在与主栏位置相对应的副栏中。

本实例最终效果可参阅本书配套素材"第7章"文件夹中的"小样4. fbd"文件。

7.1.5 对照注解（DZ）——编排中英文对照读物

功能：将多栏内容进行对照排版。"DZ"读作"对照"。

格式：

〖DZ(［〈栏宽〉|〈分栏数〉］［!］［H〈线号〉］［-〈线型〉］［〈颜色〉］［K〈字距〉］〗〈对照内容〉〖DZ)〗

参数：

〈栏宽〉:〈字距〉{,〈字距〉}（1到7次）

〈线型〉:F|S|Z|D|Q|=|CW|XW|H〈花边编号〉

〈花边编号〉:000～117

〈颜色〉:@［%］(〈C值〉,〈M值〉,〈Y值〉,〈K值〉)

解释：本注解中的各参数与分栏注解(FL)中对应的参数用法相同。

①对照注解可将内容分成多栏，并使各栏中指定的段落上端对齐。

②对照注解和分栏注解不能嵌套使用。

③每条对照内容不可超过两页，即不允许两次跨页；否则，第2次跨页后的内容有可能被遗漏掉。

④本注解不能在竖排版面中使用。

实例：编排中英文对照读物

打开本书配套素材"第7章"文件夹中的"小样5. fbd"文件进行操作。在小样文件中输入的注解（已用曲线标出）与最终效果如下所示。

小样输入：

```
〖DZ(20,20H4-H074@%(0,30,0,0)K2〗〖HS3〗〖JZ〗〖WT3HX〗Little Flute↙〖WT5B1〗
Thou hast made me endless,such is thy pleasure. ……and fillest it ever with fresh life. ↙
〖〗
〖HS3〗〖HT3XK〗〖JZ〗芦笛↙〖HT5K〗你已使我获得永生，……又不断填以新鲜的生命。
↙〖〗
This little flute of a reed ……though it melodies eternally new. ↙〖〗
这小小的芦笛……，奏出永新的旋律。↙〖〗
At the immortal touch of thy ……birth to utterance. ↙〖〗
我的小巧的心……，产生不可言喻的词句。↙〖〗
Thy infinite gifts come to me only on ……and still there is room to fill. ↙〖〗
你不尽的馈赠，……我的手还在接受你慷慨的赠与。〖DZ)〗Ω
```

大样效果：

Little Flute	芦笛
Thou hast made me endless, such is thy pleasure. This frail vessel thou emptiest again, and fillest it ever with fresh life.	你已使我获得永生，你乐于此道。你一次次地倾空这脆薄的笛管，又不断填以新鲜的生命。
This little flute of a reed thou hast carried over hills and dales, and hast breathed though it melodies eternally new.	这小小的芦笛，你带着它翻山越岭，奏出永新的旋律。
At the immortal touch of thy hands my little heart loses its limits in joy and gives birth to utterance.	我的小巧的心，在你不朽大的抚摸下，欢乐无比，产生不可言喻的词句。
Thy infinite gifts come to me only on these very small hands of mine. Ages pass, and still thou pourest, and still there is room to fill.	你不尽的馈赠，只注入我小小的手中。多少年过去了，我的手还在接受你慷慨的赠与。

分析：

“〖DZ(20,20H4－H074@％(0,30,0,0)K2〗……〖DZ)〗”表示将开闭弧中的内容分成两栏，每栏 20 个字(20,20)；“H4”表示栏线为四号线；“H074”表示栏线的线型为 074 号花边线；“@％(0,30,0,0)”表示线的颜色为粉红色；“K2”表示栏间距为两个当前字宽。

在对照注解中需要用“〖〗”符号隔开各部分对照内容。

本实例最终效果可参阅本书配套素材“第 7 章”文件夹中的“小样 6. fbd”文件。

7.2 分区类注解

除了分栏类注解外，为使版面更活泼新颖，如将标题字放在文章的中央，或者在正文中插接一个小笑话等，就需要将此部分内容独立出来，单独操作。此时就会用到分区类注解了。

7.2.1 分区注解（FQ）——编排杂志内文

功能：在版面上划出一个独立的区域，并在这个区域中进行排版。“FQ”读作“分区”。

格式：

〖FQ(〈分区尺寸〉[〈起点〉][〈排法〉][,DY][〈－边框说明〉][〈底纹说明〉][Z][！|％]〗〈分区内容〉〖FQ)〗

参数：

〈分区尺寸〉:〈空行参数〉[。〈字距〉]

〈起点〉:([[－]〈空行参数〉],[－]〈字距〉)|,Z[S|X]|,Y[S|X]|,S|,X

〈排法〉:,PZ|,PY|,BP

〈边框说明〉:F|S|D|W|K|Q|＝|CW|XW|H〈花边编号〉

〈花边编号〉:000～117

〈底纹说明〉:B〈底纹编号〉[D][H][＃]

〈底纹编号〉:〈深浅度〉〈编号〉

〈深浅度〉:0～8

〈编号〉:〈数字〉〈数字〉〈数字〉

解释:

〈分区尺寸〉:指定分区的大小,分区的高用〈空行参数〉表示,宽用〈字距〉表示,两者之间用句号"。"连接。如"〖FQ(3。4〗……〖FQ)〗"表示此区域为3行高、4行宽。省略〈字距〉参数表示通栏宽。

〈起点〉:指定分区在当前层(或当前页)中的位置。起点是相对于本层(或本页)左上点的,有两种规定方位的方法:

①**([[-]〈空行参数〉],[-]〈字距〉)**:用行数和字数指定分区的起始位置,用法与始点注解(SD)相同。如"〖FQ(3。4(6,5)〗……〖FQ)〗"是将一个3行高4行宽的区域从当前层的第6行、第5个字开始排。

[-]:是减号,表示起点为负值,若指定了此参数,则分区可位于版心之外。

②**Z[S|X]、Y[S|X]、S、X**:指定分区在当前层中的方位。其中"Z"表示左,"ZS"表示左上,"ZX"表示左下;"Y"表示右,"YS"表示右上,"YX"表示右下;"S"表示上;"X"表示下,如图7-1所示。

如果不指定〈起点〉参数,分区会位于当前行中间。

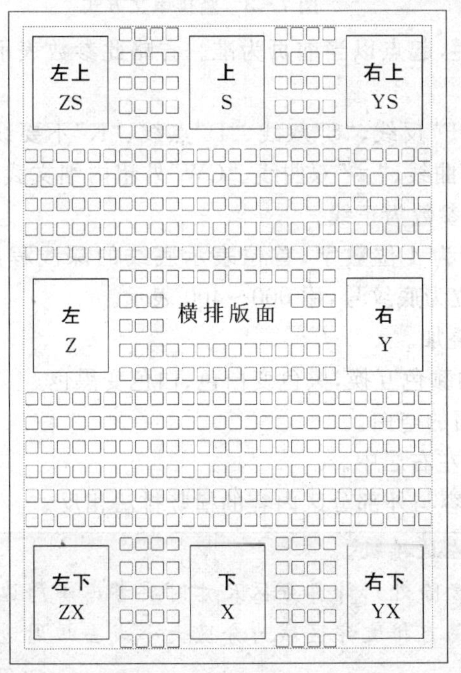

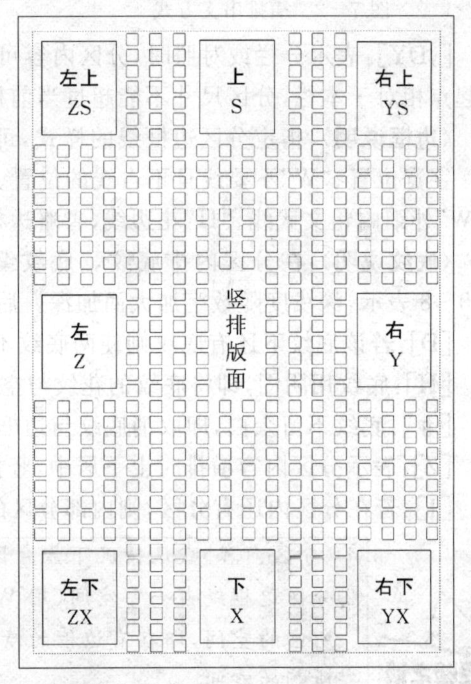

图7-1 版面上的方位

〈排法〉:指定分区以外文字(串文)的排法。默认此参数表示分区块四周都排文字。其中"PZ"读作"排左",横排时表示文字排在分区左边(左串文),竖排时表示文字排在分区上边(上串文);"PY"读作"排右",横排时表示文字排在分区右边(右串文),竖排时表示文字排在分区下边(下串文);"BP"读作"不排",横排时表示分区左右两边不排文字(不串文),竖排时表示分区上下不排文字，如图 7－2 和 7－3 所示。

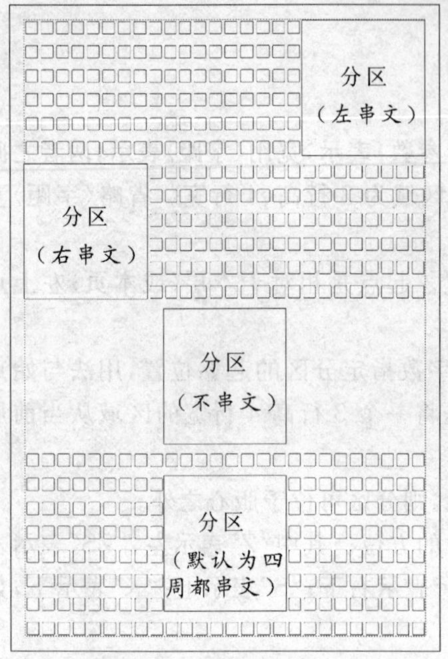

图 7－2　横排串文方式

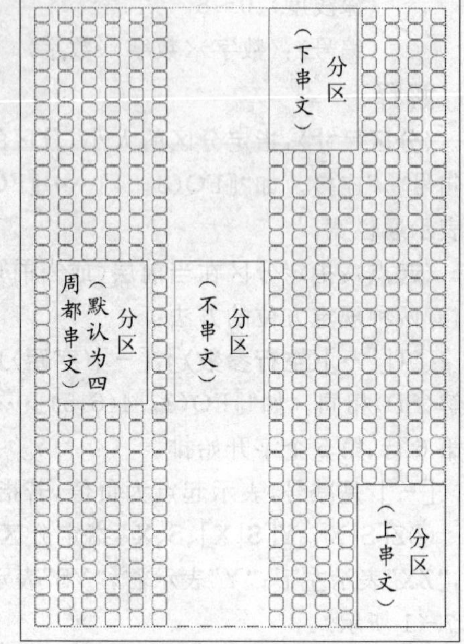

图 7－3　竖排串文方式

[,DY]：表示分栏或对照时，分区内容可跨栏，起点以当前页为准。省略此参数表示分区起点相对于本栏，分区尺寸不能超过当前栏宽。

〈边框说明〉：指定分区边框线的样式，可选"F"反线、"S"双线、"D"点线、"K"不要线但占一字宽位置、"W"不要线且不占线的位置、"Q"曲线、"＝"双曲线、"CW"外粗内细文武线、"XW"外细内粗文武线、"H"花边线，省略边框线参数为正线。

〈底纹说明〉：在分区内排底纹，〈底纹编号〉为 4 位数字，首位表示底纹的深浅程度，用 0～8 表示，深浅度随数字加大而加深。后 3 位为底纹号，用 000～400 表示。

[D]：若该底纹下还有底纹则使两底纹不会叠加。

[H]：底纹用阴图，即将底纹的花纹与空白的颜色互换，黑色变白色、白色变黑色。

[#]：底纹不留余白，即取消底纹与边框之间的空白。

[Z]：表示分区内容横排时上下居中，竖排时左右居中。

[!]：若在分区内还有分区，则内部分区的内容与外部分区内容的横竖排法相反。

①〈分区内容〉默认情况下靠分区内左边排版。

②分区边框线占一字空间（用 W 参数除外），计算分区尺寸时要考虑四周边框所占的空间，即在有边框的情况下，可排文字区域为分区大小减去四周边框所剩的空间。

③分区中不得使用对照和换页注解（详见第 10 章）。

④若在竖排版面中使用分区注解，各参数都要按竖排的意义转换。

实例 1：编排杂志内文

打开本书配套素材"第 7 章"文件夹中的"小样 7.fbd"文件进行操作。在小样文件中输入的注解（已用曲线标出）与最终效果如下所示。

小样输入：

〖FQ(3。7〗〖HT3XK〗浪之歌〖FQ)〗〖HT5F〗当天空露出蔚蓝色的晨曦，我就来……♀

大样效果：

当天空露出蔚蓝色的晨曦，我就来到 **浪之歌** 这里，把自己银白色的浪花和他那金黄色的砂粒搅在一起，我用自己的水分驱散他心头的暑气。黎明时分，我在恋人耳畔悄悄地许下了誓愿，于是我们紧紧拥抱。傍晚，我唱着祝祷爱情的诗篇，他于是吻我的嘴唇。我很任性，心情总是不能平静；可是我的恋人却永远容忍，而且又是那样坚定，令我心驰神往。

分析：

"〖FQ(3。7〗……〗〖FQ)〗"指定分区为3行高，7个字宽(以版心默认字号与行距为准)；分区内容靠分区内左边排(默认)，分区排在当前行(本例为第1行)中央(默认)，边框线为正线(默认)。

本实例最终效果请参阅本书配套素材"第7章"文件夹中的"小样8.fbd"文件。

实例2：各种分区效果

下面列出几种常用的分区方法，供用户参考。

当天空露出蔚蓝色的晨曦，我就 **浪之歌** 来到这里，把自己银白色的浪花和他那金黄色的砂粒搅在一起，我用自己的水分驱散他心头的暑气。黎明时分，我在恋人耳畔悄悄地许下了誓愿，于是我们紧紧拥抱。傍晚，我唱着祝祷爱情的诗篇，他于是吻我的嘴唇。我很任性，心情总是不能平静；可是我的恋人却永远容忍，而且又是那样坚定，令我心……

分区占3行高，7个字宽，
边框线为点线(D)
〖FQ(3。7-D〗浪之歌〖FQ)〗

当天空露出蔚蓝色的晨曦，我就来到这里，把 **浪之歌** 自己银白色的浪花和他那金黄色的砂粒搅在一起，我用自己的水分驱散他心头的暑气。黎明时分，我在恋人耳畔悄悄地许下了誓愿，于是我们紧紧拥抱。傍晚，我唱着祝祷爱情的诗篇，他于是吻我的嘴唇。我很任性，心情总是不能平静；可是我的恋人却永远容忍，而且又是那样坚定，令我心……

分区占4行高，8个字宽，
边框线为正线，分区内容上下居中(Z)
〖FQ(4。8Z〗浪之歌〖FQ)〗

当天空露出蔚蓝色的晨曦，我就来到这里，把自己银白色的浪花 浪之歌 和他那金黄色的砂粒搅在一起，我用自己的水分驱散他心头的暑气。黎明时分，我在恋人耳畔悄悄地许下了誓愿，于是我们紧紧拥抱。傍晚，我唱着祝祷爱情的诗篇，他于是吻我的嘴唇。……

分区占 3 行高，8 个字宽，
从当前页的第 2 行第 6 个字开始排
〖FQ(3。8(2,6)〗浪之歌〖FQ)〗

浪之歌 当天空露出蔚蓝色的晨曦，我就来到这里，把自己银白色的浪花和他那金黄色的砂粒搅在一起，我用自己的水分驱散他心头的暑气。黎明时分，我在恋人耳畔悄悄地许下了誓愿，于是我们紧紧拥抱。傍晚，我唱着祝祷爱情的诗篇，他于是吻我的嘴唇。……

分区占 3 行高，8 个字宽，
排在当前行最左边(Z)
〖FQ(3。8,Z〗浪之歌〖FQ)〗

浪之歌

当天空露出蔚蓝色的晨曦，我就来到这里，把自己银白色的浪花和他那金黄色的砂粒搅在一起，我用自己的水分驱散他心头的暑气。黎明时分，我在恋人耳畔悄悄地许下了誓愿，于是我们紧紧拥抱。傍晚，我唱着祝祷爱情……

分区占 3 行高，8 个字宽，
排在当前页最上(S)，左右不串文(BP)
〖FQ(3。8,S,BP〗浪之歌〖FQ)〗

当天空露出蔚蓝色 浪之歌 的晨曦，我就来到这里，把自己银白色的浪花和他那金黄色的砂粒搅在一起，我用自己的水分驱散他心头的暑气。黎明时分，我在恋人耳畔悄悄地许下了誓愿，于是我们紧紧拥抱。傍晚，我唱着祝祷爱情……

分区占 3 行高，8 个字宽，
分区使用 028 号花边(H028)，0042 号底纹(B0042)
〖FQ(3。8-H028B0042〗浪之歌〖FQ)〗

当天空露出蔚蓝色的晨曦，我就来到这里，把自己银白色的浪花和他那金 浪之歌 黄色的砂粒搅在一起，我用自己的水分驱散他心头的暑气。黎明时分，我在恋人耳畔悄悄地许下了誓愿，于是我们紧紧拥抱。傍晚，我唱着祝祷爱情……

分区占 3 行高，8 个字宽，
排在当前行最右(Y)，左串文(PZ)
边框线为曲线(Q)，内容在分区中上下居中(Z)
〖FQ(3。8,Y,PZ-QZ〗浪之歌〖FQ)〗

当天空露出蔚蓝色的晨曦，我就来到这里，把自己银白色的浪花 浪之歌 和他那金黄色的砂粒搅在一起，我用自己的水分驱散他心头的在恋人耳畔悄悄地许下了誓愿，于是我们紧紧拥抱。傍晚，我唱着祝祷爱情的诗篇，他于是吻我的嘴唇。我很任性，心情总是不能平静；可是我的恋人却永远容

分区占 4 行高，10 个字宽，
从当前页的第 3 行、第 4 个字开始排(3,4)
分区跨栏排(DY)，内容在分区中上下居中(Z)
内容在分区中左右居中(〖JZ〗)
〖FQ(4。10(3,4),DYZ〗〖JZ〗浪之歌〖FQ)〗

7.2.2　整体注解（ZT）——设计题图

功能：指定一些内容为一个整体。“ZT”读作“整体”。

格式：〖ZT（［〈空行参数〉］〗〈内容〉〖ZT）〗

解释：〈空行参数〉：指定开弧注解后几行作为一个整体。

①整体注解将注解开闭弧中的内容整合为一个不可分割的独立的区域，若当前页排不下会自动换到下一页排。

②在整体注解指定的区域内，一切指定起始点的注解，如分区注解（FQ）和始点注解（SD）等都相对这一区域定位。

③本注解具有自动换行功能。

实例：设计题图

打开本书配套素材“第7章”文件夹中的“小样9.fbd”文件进行操作。在小样文件中输入的注解（已用曲线标出）与最终效果如下所示。

小样输入：

〖ZT（〗〖LT4Y，1〗〖WT2HD〗P〖WT5B7〗ractice↙
〖HT4L2〗练=习〖HT〗〖WT〗〖ZT）〗

大样效果：

分析：

“〖ZT（〗……〖ZT）〗”将注解开闭弧中的内容指定为一个整体。

“〖LT4Y，1〗”是立体注解，将注解后的一个字符（1）指定为立体效果；字符为白色，阴影为黑色（Y）；阴影宽度为第4级。

〖WT2HD〗：指定其与下一个外体注解之间的外文字体为黑歌德体（HD），字号为二号。

〖WT5B7〗：指定其与下一个外体注解之间的外文字体为白7体（B7），字号为五号。

〖HT4L2〗：指定其与下一个汉体注解之间的汉字字体为隶二体（L2），字号为四号。

打开本书配套素材“第7章”文件夹中的“小样10.fbd”文件，将刚才制作的整体内容复制到此文件的倒数第5行，大样效果如右图所示。

大样效果：

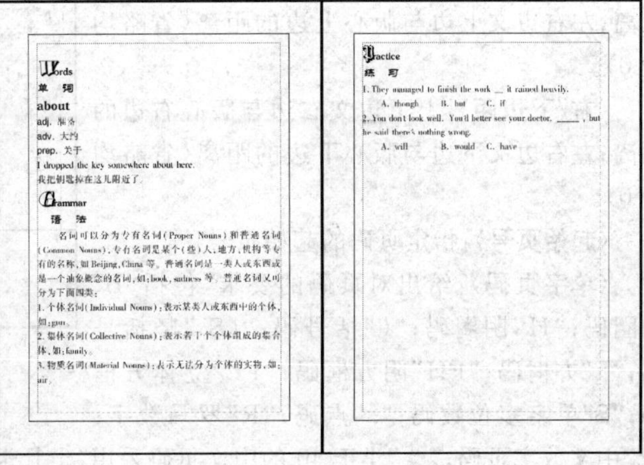

可以看到由于整体内容在第1页排不下了，自动换到第2页继续排。

本实例最终效果请参阅本书配套素材“第7章”文件夹中的“小样11.fbd”文件。

7.2.3 边文注解（BW）——编排版心外文字

功能：用于排版心以外的内容，多用来设计各种形式的书眉和页码。“BW”读作“边文”。

格式：

〖BW(［〈初用参数〉|〈继承参数〉］〗〈边文内容〉〖BW)〗

参数：

〈初用参数〉：［B|D|S］［〈边文位置〉］［〈边文高〉［#］］［〈页码参数〉］

〈边文位置〉：(［S|X|Z|Y］［〈版心距〉］,［〈左/上边距〉］,［〈右/下边距〉］)

〈版心距〉：［-］〈字距〉

〈边文高〉：G〈字距〉

〈页码参数〉：M［〈起始页号〉］〈页码类型〉

〈页码类型〉：〈单字页码〉|〈多字页码〉

〈单字页码〉：{B|H|(|(S|F|FH|FL|S|.|R}［Z［#］］

〈多字页码〉：D［Z］〈页码宽度〉［ZQ|YQ］

〈页码宽度〉：〈字距〉

〈继承参数〉：X［D|S］［(S|X|Z|Y)］

解释：

〈初用参数〉：“B”表示边文只排在本页；“D”表示边文排在后续各单页（如 1、3、5）；“S”表示边文排在后续各双页（如 2、4、6）；省略上述参数表示后续各页均排边文。

〈边文位置〉：“S”表示边文位于版心的上面（默认）；“X”表示边文位于版心的下面；“Z”表示边文位于版心的左面；“Y”表示边文位于版心的右面，如图 7-4 所示。

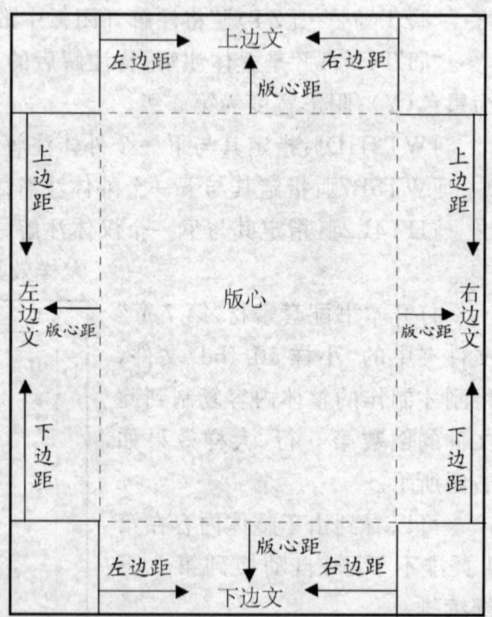

图 7-4　边文位置示意图

〈版心距〉：表示边文与版心之间的距离，负值与版心重叠。缺省为一个五号字的宽度。

〈左/上边距〉：上下边文左边与版心左边的距离；左右边文上边与版心上边的距离（省略均为 0）。

〈右/下边距〉：上下边文右边与版心右边的距离；左右边文下边与版心下边的距离（省略均为 0）。

〈起始页号〉：指定页码的起始页号。

〈单字页码〉：给出对页码的要求，包括“B”阳圈码；“H”阴圈码；“(”括号码；“(S ”竖括号码；“F”方框码；“FH”阴方框码；“FL”立体方框码；“S”单字多位数码；“. ”点码；“R”罗马数字；“Z”中文数字页码；“#”小于 40 的中文页码采用“十廿卅”方式。

〈**多字页码**〉:D[Z]〈页码宽度〉[ZQ|YQ]

[Z]:表示使用中文数字页码,默认使用数字页码。

〈**页码宽度**〉:指定多字页码的总宽度。

[ZQ|YQ]:分别代表页码在页码宽度内左对齐排和右对齐排。省略此参数表示居中排。

X:表示继承前面边文的各项参数;D:继承前面单页边文的各项参数;S:继承前面双页边文的各项参数;缺省为继承各页边文。

S|X|Z|Y:用于说明继承位于页面上下左右哪个位置边文的参数,省略为上。

①边文中可以使用分区注解(FQ)和分栏注解(FL),也可排表格。

②边文内容中不得出现换页注解(详见第10章)。

实例1:编排故事集

打开本书配套素材"第7章"文件夹中的"小样12.fbd"文件进行操作。在小样文件中输入的注解(已用曲线标出)与最终效果如下所示。

小样输入:

〖BW((S,,)〗〖JZ〗〖HT4L〗人生故事 故事人生〖BW)〗
〖BW(D(Z,,)〗〖HT5"K〗如果只看到太阳的黑点,那你的生活将缺少温暖;如果你只看到月亮的阴影,那么你的生命历程将难以找到光明;如果你总是发现朋友的缺点,你么你的人生旅程将难以找到知音。〖BW)〗
〖BW(D(X,,)〗〖JZ〗〖HT5"Y1〗在故事中学习人生的真谛〖BW)〗

〖HS5〗〖JZ〗〖HT3H〗白纸黑点与黑纸白点↙
〖HT5SS〗那是在加纳的一所寄宿制中学里,一位老师走进了教室。他先拿出一张画有一个黑点的白纸,问他的学生:"孩子们,你们看到了什么?"……⇙⇙⇙

〖BW(S(Y,,)〗〖HT5"K〗正确评价自己,不要被一些荣誉光环压得喘不过气来。〖BW)〗
〖BW(S(X,,)〗〖JZ〗〖HT5"Y1〗在故事中体会做人的道理〖BW)〗
〖HS5〗〖JZ〗〖HT3H〗棋逢对手↙
〖HT5SS〗清朝名臣左宗棠喜欢下棋,而且棋艺高超,少有敌手。……Ω

大样效果：

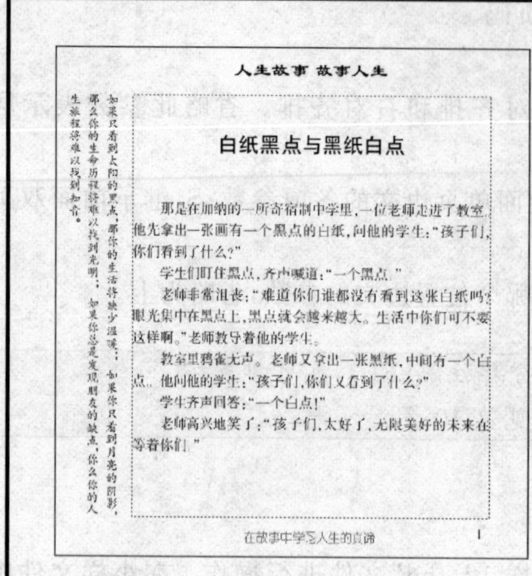

人生故事 故事人生

如果只看到太阳的黑点，那你的生活将缺少温暖；如果你只看到月亮的阴影，那么你的生命历程将难以找到光明；如果你总是发现朋友的缺点，你么你的人生旅程将难以找到知音。

白纸黑点与黑纸白点

那是在加纳的一所寄宿制中学里，一位老师走进了教室，他先拿出一张画有一个黑点的白纸，问他的学生："孩子们，你们看到了什么？"

学生们盯住黑点，齐声喊道："一个黑点。"

老师非常沮丧："难道你们谁都没有看到这张白纸吗？眼光集中在黑点上，黑点就会越来越大。生活中你们可不要这样啊。"老师教导着他的学生。

教室里鸦雀无声。老师又拿出一张黑纸，中间有一个白点。他问他的学生："孩子们，你们又看到了什么？"

学生齐声回答："一个白点！"

老师高兴地笑了："孩子们，太好了，无限美好的未来在等着你们。"

在故事中学习人生的真谛　1

人生故事 故事人生

棋逢对手

清朝名臣左宗棠喜欢下棋，而且棋艺高超，少有敌手。

有一次，他微服出巡，在街上看到一个老人摆棋阵，并且在招牌上写着："天下第一棋手"。左宗棠觉得老人太过于狂妄，立即想去挑战，没有想到老人不堪一击，连连败北。左宗棠洋洋得意，命他把那块招牌拆了，不要再丢人现眼。

当左宗棠从新疆平乱回来，见老人居然还把牌子悬在那里，他很不高兴，又去和老人下棋，但是这次竟然三战三败，被打得落花流水。第二天再去，仍然惨遭败北，他很惊讶老人为什么这么短的时间内，棋艺能进步如此地快？

老人笑着回答："你虽然微服出巡，但我一看就知道你是左公，而且即将出征，所以让你赢，好使你有信心立大功。如今已凯旋而来，我就不再客气了。"左宗棠听了心服口服

正确评价自己，不要被一些荣誉光环压得喘不过气来。

2　在故事中体会做人的道理

分析：

"〖BW((S,,)〗……〖BW)〗"表示开闭弧注解中的内容排在每页版心上方(S)。

"〖BW(D(Z,,)〗……〖BW)〗"表示开闭弧注解中的内容排在版心左方(Z)且仅限于单页(D)。

"〖BW(D(X,,)〗……〖BW)〗"表示开闭弧注解中的内容排在版心下方(X)且仅限于单页(D)。

"〖BW(S(Y,,)〗……〖BW)〗"表示开闭弧注解中的内容排在版心右方(Y)且仅限于双页(S)。

"〖BW(S(X,,)〗……〖BW)〗"表示开闭弧注解中的内容排在版心下方(X)且仅限于双页(S)。

本实例最终效果请参阅本书配套素材"第 7 章"文件夹中的"小样 13. fbd"文件。

实例 2：编排国画教材

打开本书配套素材"第 7 章"文件夹中的"小样 14. fbd"文件进行操作。在小样文件中输入的注解(已用曲线标出)与最终效果如下所示。

小样输入：

〖BW(D(Y2,8,)MDZ2〗〖ZZ(B1001〗✣中国画构图艺术＝＝＝韩立・著＝＝〖BM〗〖ZZ)〗〖BW)〗
〖BW(S(Z2,8,)MDZ2〗〖ZZ(Z〗中国画构图的形式美＝＝＝＝＝＝＝＝＝〖BM〗〖ZZ)〗〖BW)〗
〖HS(3〗〖JZ〗〖HT2SS〗一、幅式变化〖HS)〗↙
〖HT5F〗相对西洋画来说，中国画有着自己明显的特征。……

大样效果：

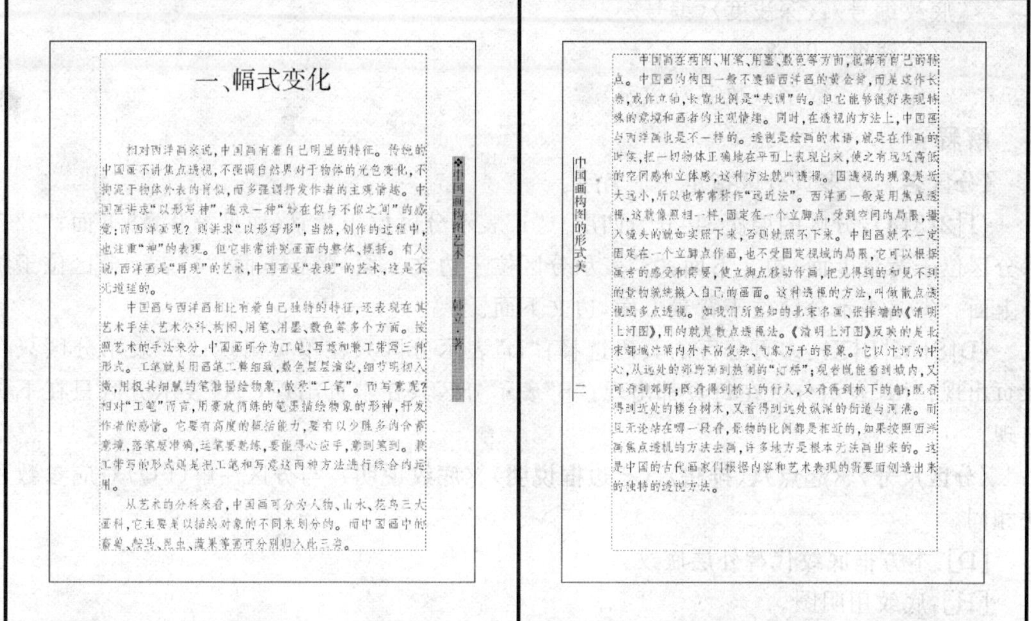

一、幅式变化

相对西洋画来说，中国画有着自己明显的特征。传统的中国画不讲焦点透视，不强调自然界对于物体的光色变化，不拘泥于物体外表的肖似，而多强调抒发作者的主观情趣。中国画讲求"以形写神"，追求一种"妙在似与不似之间"的感觉；而西洋画呢？则讲求"以形写形"，当然，创作的过程中，也注重"神"的表现。但它非常讲究画面的整体、概括。有人说，西洋画是"再现"的艺术，中国画是"表现"的艺术，这是不无道理的。

中国画与西洋画相比有着自己独特的特征，还表现在其艺术手法、艺术分科、构图、用笔、用墨、敷色等多个方面。按照艺术的手法来分，中国画可分为工笔、写意和兼工带写三种形式。工笔就是用画笔工整细致，敷色层层渲染，细节明彻入微，用极其细腻的笔触描绘物象，故称"工笔"。而写意呢？相对"工笔"而言，用豪放简练的笔墨描绘物象的形神，抒发作者的感情。它要有高度的概括能力，要有以少胜多的含蓄意境，落笔要准确，运笔要熟练，要能得心应手，意到笔到。兼工带写的形式则是把工笔和写意这两种方法进行综合的运用。

从艺术的分科来看，中国画可分为人物、山水、花鸟三大画科，它主要是以描绘对象的不同来划分的。而中国画中的畜兽、鱼虫、蔬果等画可分别归入此三类。

❖中国画构图艺术 韩立·著 一

中国画构图的形式美 二

中国画在构图、用笔、用墨、敷色等方面，也都有自己的特点。中国画的构图一般不遵循西洋画的黄金律，而是或作长卷，或作立轴，长宽比例是"失调"的。但它能够很好表现特殊的意境和画者的主观情趣。同时，在透视的方法上，中国画与西洋画也是不一样的。透视是绘画的术语，就是在作画的时候，把一切物体正确地在平面上表现出来，使之有远近高低的空间感和立体感，这种方法就叫透视。因透视的现象是近大远小，所以也常常称作"远近法"。西洋画一般是用焦点透视，这就像照相一样，固定在一个立脚点，受到空间的局限，摄入镜头的就如实照下来，否则就照不下来。中国画就不一定固定在一个立脚点作画，也不受固定视域的局限，它可以根据画者的感受和需要，使立脚点移动作画，把见得到的和见不到的景物统统摄入自己的画面。这种透视的方法，叫做散点透视或多点透视。如我们所熟知的北宋名画、张择端的《清明上河图》，用的就是散点透视法。《清明上河图》反映的是北宋都城汴梁内外丰富复杂、气象万千的景象。它以汴河为中心，从远处的郊野画到热闹的"虹桥"；观者既能看到城内，又可看到郊野；既看得到桥上的行人，又看得到桥下的船；既看得到近处的楼台树木，又看得到远处纵深的街道与河港。而且无论站在哪一段看，景物的比例都是相近的，如果按照西洋画焦点透视的方法去画，许多地方是根本无法画出来的。这是中国的古代画家们根据内容和艺术表现的需要而创造出来的独特的透视方法。

分析：

"〖BW(D(Y2,8,)MDZ2〗……〖BW)〗"表示开闭弧注解中的内容排在版心右方(Y)且仅限于单页(D)；版心距为2个字宽，上边距为8行高，下边距由系统自动匹配(2,8,)；采用中文(Z)多字页码(MD)，页码占2个字宽(2)。

"〖BW(S(Z2,8,)MDZ2〗……〖BW)〗"表示开闭弧注解中的内容排在版心左方(Z)且仅限于双页(S)，其他参数与上同。

本实例最终效果请参阅本书配套素材"第7章"文件夹中的"小样15.fbd"文件。

7.2.4 多页分区注解（MQ）——编排青年读物

功能：在多页上连续排同一个分区，多用于在书刊中排重复出现的装饰内容。

格式：

①〖MQ(《分区名》[〈1|2|3|4〉]〈D|S|M|B|X〉〈分区尺寸〉〈起点〉[〈排法〉][〈-边框说明〉][〈底纹说明〉][Z][!][F][%]〗〈分区内容〉〖MQ)〗

②〖MQ《〈分区名〉》[〈J|H〉][〈1|2|3|4〉][〈S|X〉]〗

参数：

〈分区尺寸〉:〈空行参数〉[。〈字距〉]

〈起点〉:([[-]〈空行参数〉],[-]〈字距〉)|,Z[S|X]|,Y[S|X]|,S|,X

〈排法〉:,PZ|,PY|,BP

〈边框说明〉:F|S|D|W|K|Q|=|CW|XW|H〈花边编号〉

〈花边编号〉:000～117

〈底纹说明〉:B〈底纹编号〉[D][H][#]

〈底纹编号〉:〈深浅度〉〈编号〉

〈深浅度〉:0～8

〈编号〉:〈数字〉〈数字〉〈数字〉

解释:

《分区名》:为多页分区指定一个名字。

〈1|2|3|4〉:分区的层次,共分为四层。"1"表示分区位于背景(详见第 9 章)下面;"2"表示分区位于背景上面,边文下面;"3"表示分区位于边文上面,版心下面;"4"表示分区位于版心上面。省略表示分区位于背景上面,边文下面。

〈D|S|M|B|X〉:多页分区的页码选择;"D"表示分区只在单页出现;"S"表示分区只在双页出现;"M"表示分区在每页都出现;"B"表示分区只在本页出现;"X"表示分区只在下页出现。

〈分区尺寸〉、〈起点〉、〈排法〉、〈-边框说明〉、〈底纹说明〉:与分区注解(FQ)对应参数用法相同。

[D]:本方框底纹代替外层底纹。

[H]:底纹用阴图。

[#]:底纹和边框之间不留余白。

[Z]:表示分区内容横排时上下居中,竖排时左右居中。

[!]:表示与外层横竖排法相反。

[%]:分区不在版心中挖空。

〈J|H〉:控制多页分区的排法。"J"表示禁止多页分区的作用;"H"表示恢复多页分区的作用。

〈S|X〉:多页分区与其他分区的关系。"S"表示将分区移到同层所有分区的上面;"X"表示将分区移到同层所有分区的下面。

①本注解的第 1 种格式用于首次定义分区及排法,第 2 种格式用于控制多页分区的排法,如停止(J)或恢复(H)多页分区的作用,改变层的关系等。如"〖MQ《1》J〗"表示取消注解后名为"1"的分区,作用范围到"〖MQ《1》H〗"注解为止。

②多页分区出现在页面上,会自动排斥正文,正文内容绕开排。

③取消多页分区内容时使用〈J〉参数;使用〈H〉参数可再次激活。

实例:编排青年读物

打开本书配套素材"第 7 章"文件夹中的"小样 16.fbd"文件进行操作。在小样文件中输入的注解(已用曲线标出)与最终效果如下所示。

小样输入：

〖MQ(《女》D9。10＊2,YX〗〖TP〈女.tif〉,BP＃〗〖MQ)〗
〖MQ(《男》S9。10＊2,ZX〗〖TP〈男.tif〉,BP＃〗〖MQ)〗
〖HS2〗〖JZ1〗〖HT3Y1〗向左走向右走↙
〖HS2〗〖JZ＊2〗〖HT5"SS〗几米↙
〖HJ2〗他和她住在同一个城市的同一幢公寓楼里。……Ω

大样效果：

第 1 页

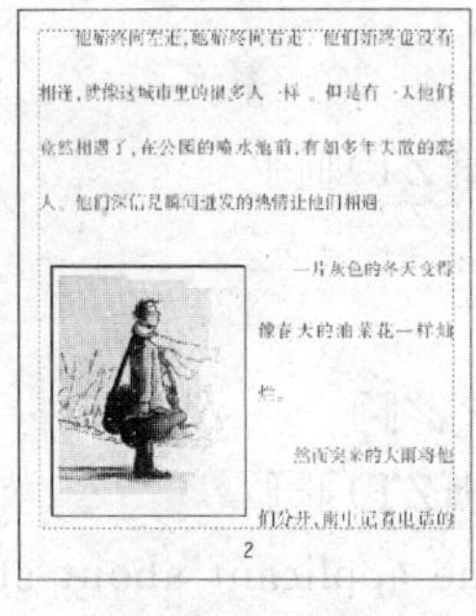
第 2 页

第 3 页

第 4 页

分析：

"〖MQ(《女》D9。10＊2,YX〗〖TP〈女.tif〉〗〖MQ)〗"注解指定分区的名称为"女"(《女》)；分区内容排在单页上(D)；分区占 9 行高，10 个半字宽(9。10＊2)；分区位于版面右下角(YX)；"〖TP〈女.tif〉〗"是图片注解，图片名称为"女"，扩展名为".tif"(详见第 8 章内容)。

"〖MQ(《男》S9。10＊2,ZX〗〖TP〈男.tif〉〗〖MQ)〗"注解指定分区的名称为"男"(《男》)；分区内容排在双页上(S)；分区占 9 行高，10 个半字宽(9。10＊2)；分区位于版面左下角(ZX)；"〖TP〈男.tif〉〗"是图片注解，图片名称为"男"，扩展名为".tif"(详见第 8 章内容)。

本实例最终效果请参阅本书配套素材"第 7 章"文件夹中的"小样 17.fbd"文件。

综合实例——编排英语教材

下面通过编排英语教材来练习本章所学的重点内容。打开本书配套素材"第 7 章"文件夹中的"小样 18.fbd"文件，在小样文件中输入的注解(已用曲线标出)与最终效果如下所示。

小样输入：

```
〖JY〗〖WT4DY〗Unit 〖ST2H6〗〖JX＊5〗15 ↙
〖JY(〗〖WT4"H5〗Strengths and ↙Weaknesses〖JY)〗↙↙
〖DZ(2,31〗
〖ZT(〗〖SP(〗〖HT5Y3〗※经典句型〖HT〗〖SP)〗〖ZT)〗〖〗
〖HJ＊3〗〖WT5B1〗I'm afraid I'm a poor talker. ↙
……↙
I am a trouble shooter. ↙↙〖〗
〖ZT(〗〖SP(〗〖HT5Y3〗※模仿对话〖HT〗〖SP)〗〖ZT)〗〖〗
〖WT5B1〗A:What are your strengths? ↙
……↙
B:Others might say that I am a workaholic. ↙↙〖〗
〖ZT(〗〖SP(〗〖HT5Y3〗※实战应用〖HT〗〖SP)〗〖ZT)〗〖〗
〖WT5B1〗(The Interviewer is talking with the applicant about strengths and weaknesses.)↙
〖DZ)〗↙
〖HT4Y3〗第〖ST2H6〗15 〖HT4Y3〗单元↙〖HT1"CQ〗优缺点〖HT〗↙↙↙
〖DZ(2,31〗
〖ZT(〗〖SP(〗〖HT5Y3〗※经典句型〖HT〗〖SP)〗〖ZT)〗〖〗
〖HT5"Y1〗我这个人恐怕不善言谈。↙
……↙
我是一个解决麻烦的能手。↙↙↙〖〗
〖ZT(〗〖SP(〗〖HT5Y3〗※模仿对话〖HT〗〖SP)〗〖ZT)〗〖〗
〖HT5"Y1〗A:你的优点是什么？↙
……↙
B:其他人可能会说我是个工作狂。↙↙↙↙〖〗
〖ZT(〗〖SP(〗〖HT5Y3〗※实战应用〖HT〗〖SP)〗〖ZT)〗〖〗
〖HT5"Y1〗(主试人正与应试人谈论优缺点。)↙
〖DZ)〗〖MQ(《单词》S28。8(5,23),PZ〗
〖JZ〗〖HT5"CY〗新词释放〖HT〗↙
〖HT6XH1〗〖WT6FZ〗stick to 坚持↙
stubborn 顽固的;执拗的↙
……↙
blend in 融入↙
〖MQ)〗Ω
```

大样效果：

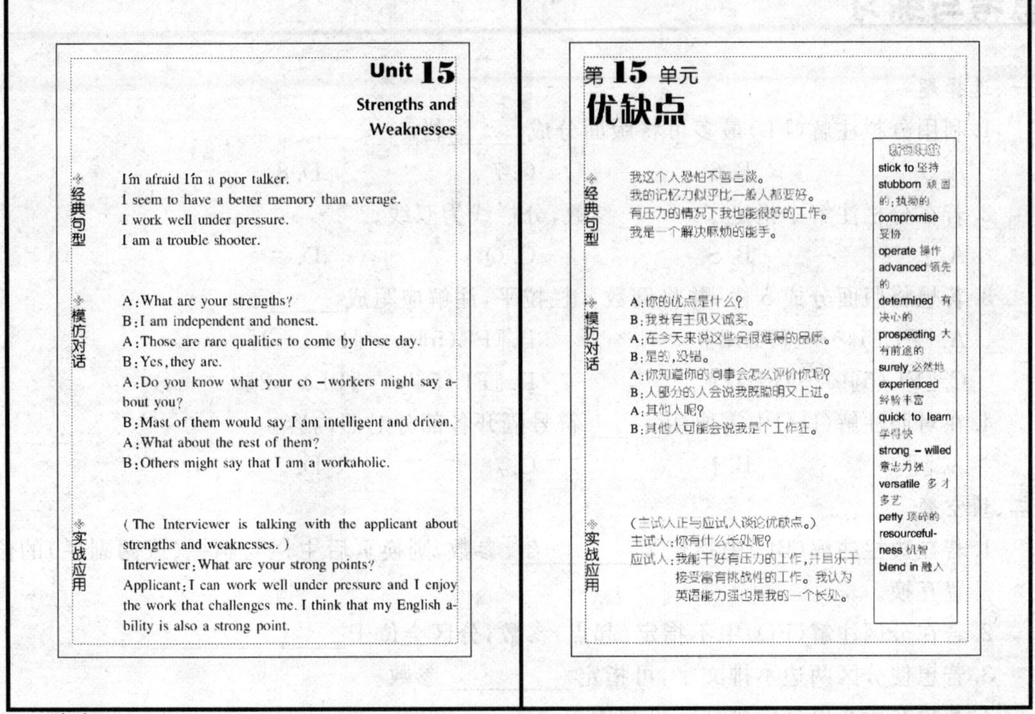

Unit 15

Strengths and Weaknesses

经典句型

I'm afraid I'm a poor talker.
I seem to have a better memory than average.
I work well under pressure.
I am a trouble shooter.

模仿对话

A: What are your strengths?
B: I am independent and honest.
A: Those are rare qualities to come by these day.
B: Yes, they are.
A: Do you know what your co－workers might say about you?
B: Mast of them would say I am intelligent and driven.
A: What about the rest of them?
B: Others might say that I am a workaholic.

实战应用

(The Interviewer is talking with the applicant about strengths and weaknesses.)
Interviewer: What are your strong points?
Applicant: I can work well under pressure and I enjoy the work that challenges me. I think that my English ability is also a strong point.

第 15 单元

优缺点

经典句型

我这个人恐怕不善言谈。
我的记忆力似乎比一般人都要好。
有压力的情况下我也能很好的工作。
我是一个解决麻烦的能手。

模仿对话

A：你的优点是什么？
B：我既有主见又诚实。
A：在今天来说这些是很难得的品质。
B：是的，没错。
A：你知道你的同事会怎么评价你呢？
B：大部分的人会说我既聪明又上进。
A：其他人呢？
B：其他人可能会说我是个工作狂。

实战应用

（主试人正与应试人谈论优缺点。）
主试人：你有什么长处呢？
应试人：我能干好有压力的工作，并且乐于接受富有挑战性的工作。我认为英语能力强也是我的一个长处。

[illegible]
stick to 坚持
stubborn 顽固的；执拗的
compromise 妥协
operate 操作
advanced 领先的
determined 有决心的
prospecting 大有前途的
surely 必然地
experienced 经验丰富
quick to learn 学得快
strong－willed 意志力强
versatile 多才多艺
petty 琐碎的
resourcefulness 机智
blend in 融入

分析：

“〖DZ(2,31〗……〖DZ)〗”是对照注解，指定注解开闭弧中的内容用对照的形式排版，左栏2字宽、右栏31个字宽，对照的内容用“〖〗”符号分开。

“〖ZT(〗……〖ZT)〗”是整体注解，指定注解开闭弧中的内容为一个不可分割的整体。

“〖MQ(《单词》S28。8(5,23),PZ〗……〖MQ)〗”是多页分区注解，指定注解开闭弧中的内容为一个独立的区域，分区名称为“单词”，排在双页上(S)，分区占28行高、8个字宽(28,8)，从版面的第5行、第23个字开始排(5,23)，分区左串文(PZ)。

本实例最终效果请参阅本书配套素材“第7章”文件夹中的“小样19.fbd”文件。

本章小结

本章主要介绍了分层注解的用法，其中主要包括分栏与分区两种注解，多用于编排杂志版面。

- 在分栏类注解中，分栏注解可将指定的内容分成多栏排版；边栏注解可将版面分成主栏与副栏，并通过边注注解在副栏中指定注释文字；对照注解可将版面分栏，并使各栏内容相互对照。
- 在分区类注解中，分区注解可在版面中划分出一个独立的区域，并可随意指定分区的大小与位置，多用于在正文中插接其他内容；整体注解可将任意内容指定为一个不可分割的整体，多用来编排题图；边文注解可在版心以外编排文字，多用来设计各种形式的书眉和页码；若想在每页的固定位置指定相同的内容可利用多页分区注解。

思考与练习

一、选择题

1. 利用分栏注解(FL)最多可将版面分成______栏。

A. 5　　B. 6　　C. 7　　D. 8

2. 若在分栏注解中指定了______参数，分栏线为双线。

A. !　　B. S　　C. Q　　D. =

3. 若想将版面分成 5 栏，并将倒数 3 栏拉平，注解应写成______。

A. 〖FL(5〗……〖FL)3〗　　B. 〖FL(5〗……〖FL) - 3〗

C. 〖FL(5〗……〖FL)2〗　　D. 〖FL(5〗……〖FL) - 2〗

4. 在对照注解(DZ)中需要用______符号隔开各部分对照内容。

A. 〖〗　　B. !　　C. /　　D. 。

二、填空题

1. 若在边栏注解(BL)中指定了__________参数，则换页后主栏与副栏(或两副栏)的位置互换。

2. 若在分区注解(FQ)中不指定〈起点〉参数，分区会位于________________。

3. 若想使分区两边不排文字，可指定__________参数。

4. 若想在版心以外编排文字可利用__________注解。

三、操作题

打开本书配套素材"第 7 章"文件夹中的"小样 20. fbd"文件进行操作。在小样文件中输入的注解(已用曲线标出)及最终效果如下所示。

小样输入：

〖FQ(20。40〗〖FL(3!〗〖FQ(11。20(5,10),DY - H049B0173Z!〗〖JZ(Z〗〖HT3Y1〗《望星空》〖HT〗↙
〖HT4K〗把最后一抹晚霞↙
匆匆往脸上一搽↙
……↙
玲珑掌声吗？〖HT〗〖JZ)〗〖FQ)〗
= =俗语说："台上五分钟，台下十年功。"演员要上台表演前，都会做足准备，但无论那演员有多老道，临上台前总还是会忐忑不安的，还是会放心不下的，还是会做最后冲刺，"把最后一抹晚霞/匆匆往脸上一搽"生动地把演员重视舞台的神情心态，写得活灵活现。↙
……↙
再细读两三遍才会惊叹，这首诗令人震撼，好就好在最后一节，对璀璨星光的最奇特处理。"听见满空飘动的/玲珑掌声吗？"璀璨的星光一闪一闪地格外明亮，竟被诗人巧妙地提升。〖FL)〗〖FQ)〗Ω

大样效果：

俗语说：“台上五分钟，台下十年功。”演员要上台表演前，都会做足准备，但无论那演员有多老道，临上台前总还是会忐忑不安的，还是会放心不下的，还是会做最后冲刺，“把最后一抹晚霞/匆匆往脸上一搽”生动地把演员重视舞台的神情心态，写得活灵活现。

“地球，你就登场啦”。不得了！这可不是普通的一般演员，这可是我们的地球母亲啊！这舞台可不是普通的舞台，这是飘渺无垠的太空舞台，完全出人意表，令人产生了惊讶的新鲜感。刚重温唐宋诗词，内容不外言志、离情、山水与感叹身世，新时代带给我们新意境以及更辽阔的新眼界，我们必须吸收传统的优点。

“新”与“奇”看似是一对孪生兄弟，但实际上却不尽相同，“奇”往往会带出更高层次的震撼。既然飘渺无垠的外太空是这首诗的舞台，那么观众自然就是宇宙众星。初读这首诗时，会感到纳闷，既然是写外太空，诗人在此诗中为什么完全没谈到星光闪烁？

再细读两三遍才会惊叹，这首诗令人震撼，好就好在最后一节，对璀璨星光的最奇特处理。“听见满空飘动的/玲珑掌声吗？”璀璨的星光一闪一闪地格外明亮，竟被诗人巧妙地提升。

《望星空》

把最后一抹晚霞
匆匆往脸上一搽
地球，你就登场啦
听见满空飘动的
玲珑掌声吗？

提示：

(1)“〖FQ(20。40〗……〖FQ)〗”是分区注解，指定开闭弧注解之中的内容为一个区域，此区域高20行、宽40个字。

(2)“〖FL(3!〗……〖FL)〗”是分栏注解，将开闭弧注解之中的内容平均分成3栏，分栏线为正线。

(3)“〖FQ(11。20(5,10),DY－H049B0173Z!〗……〖FQ)〗”是分区注解，指定开闭弧注解之中的内容为一个区域，分区高11行、20个字(11。20)，从当前页的第5行、第10个字开始排(5,10)，分区可跨栏(DY)，边框线采用第049号花边(H049)并加入0173号底纹(B0173)，分区中的内容上下居中排(Z)并与外层分区(〖FQ(20。40〗……〖FQ)〗)的横竖排法相反(!)。

本题最终效果请参阅本书配套素材“第7章”文件夹中的“小样21.fbd”文件。

第 8 章

插图类注解

本章内容提要

章前导读

在出版物中适当地配上插图能更直观、形象地说明文题，并能美化版面，提高读者阅读兴趣。方正书版 10.0 可以插入多种格式的图片文件，排出“图文合一”的版面，在大样预览时可以观察到插入的图片。本章将学习 6 个与图片相关的注解，包括插入图片和编辑图片说明文字的注解等。

8.1 图片注解（TP）——编排童话插图

功能：将图片排到版面上指定的位置。“TP”读作“图片”。

格式：

〖TP〈文件名〉[，@][〈，图片占位尺寸〉][；〈图片实体尺寸〉][〈上边空〉][〈下边空〉][〈左边空〉][〈右边空〉][〈起点〉][〈排法〉][，〈DY〉][#][%][H][，TX[〈填入底纹号〉]][，HD]〗

参数：

〈图片占位尺寸〉：〈空行参数〉[。〈字距〉]

〈图片实体尺寸〉：〈缩放比例〉|E〈图片尺寸〉

〈放缩比例〉：%〈X 方向比例〉%〈Y 方向比例〉

〈X方向比例〉:{〈数字〉}[.{〈数字〉}]]

〈Y方向比例〉:{〈数字〉}[.{〈数字〉}]]

〈图片尺寸〉:〈空行参数〉[。〈字距〉]

〈上边空〉:;S[[－]〈空行参数〉]

〈下边空〉:;X[[－]〈空行参数〉]

〈左边空〉:;Z[[－]〈字距〉]

〈右边空〉:;Y[[－]〈字距〉]

〈起点〉:([[－]〈空行参数〉],[－]〈字距〉)|,[K]Z[S|X]|,[K]Y[S|X]|,[K]S|,X

〈排法〉:,PZ|,PY|,BP

〈填入底纹号〉:〈深浅度〉〈数字〉〈数字〉

解释:

〈文件名〉:指的是要插入图片的名称,其中包括图片的扩展名如"〖TP〈风景.tif〉〗"。文件名中不能包括","、";"、"("、"#"和"%"字符。

方正书版支持的图片格式有JPG、GIF、EPS、TIF、BMP、GRH和PIC。其中JPG和GIF格式对图像有一定的压缩;TIF与BMP格式不压缩图像;GRH格式由方正交互式图形软件输出而成;PIC格式由方正图像扫描系统输出而成;EPS格式是一种使用PostScript语言(描述页面的编程语言)描述的文件格式,该格式的文件可利用插入EPS注解(PS)和新插注解(XC)插入。印刷多采用TIF与EPS格式图片。

[@]:表示将图片嵌入大样文件中,省略表示不嵌入。图片注解默认情况下是在小样文件中设置了一个图片"链接",发排时系统自动找到图片所在的位置并将图片与文本排在一起。若指定将图片嵌入到大样文件中,实际上是将图片文件与大样文件合为一体,从而更方便了复制与传输。注意:不支持PIC格式文件的嵌入。

〈图片占位尺寸〉:表示在版面上给图片留出多大的空,也叫"图片挖空区域"。其中〈空行参数〉表示图片占多少行,〈字距〉表示图片占多少个字,缺省〈字距〉表示通栏宽。如"〖TP〈文件名〉,4。12〗"表示图片占4行高、12个字宽的位置。

〈图片实体尺寸〉:表示图片在版面中的大小,也叫"图片大小",该参数可以按图片比例与尺寸指定图片大小。

〈放缩比例〉:将图片按比例放大或缩小,可以指定多位数字和小数。省略该参数为100%比例,即原始大小。

〈X方向比例〉:按X轴方向(一行中文字的排列方向)缩小或放大图片。

〈Y方向比例〉:按Y轴方向(行的排列方向)缩小或放大图片。若当前为横排版面,将图片宽缩小到60%,高缩小到90%,表示为"〖TP〈文件名〉;%60%90〗"。

〈图片尺寸〉:按指定的尺寸放缩图片,其中〈空行参数〉表示图片占多少行,〈字距〉表示图片占多少个字,缺省〈字距〉表示通栏宽。若当前为横排版面,注解"〖TP〈文件名〉;E+90mm。70mm〗"表示图片的实体尺寸为90毫米高、70毫米宽。

〈上边空〉、**〈下边空〉**、**〈左边空〉**、**〈右边空〉**:表示图片四周的边空,省略表示不留边空。使用〈图片占位尺寸〉时,边空参数只有〈上边空〉和〈左边空〉有效,此时〈下边空〉和〈右边空〉

参数不起作用。其中[-]为减号,表示边空为负值,产生图文重叠效果。

〈上边空〉参数可以决定其他 3 个边空,如“〖TP〈文件名〉;S1;X;Z;Y〗”表示其他 3 个边空均空出与上边空相同的距离,即 1 行高。此外,“〖TP〈文件名〉;S1;X;Z2;Y〗”表示上下边空都为 1 行高,左右边空都为 2 个字宽;“〖TP〈文件名〉;Z2〗”表示只有左边空 2 个字宽;“〖TP〈文件名〉;Z2;Y〗”表示左边和右边都空 2 个字宽。

竖排时图片的边空参数与横排的意义不同,位置相当于横排顺时针旋转 90 度,如图 8-1 所示。

横　排

竖　排

图 8-1　图片边空位置示意图

〈起点〉:指的是插图左上角的具体位置。有两种方式:一种是给出版面中的具体行和字距(行参数可以缺省,表示在当前行指定的位置上排);另一种是指明排在当前版面中的方位,有左上“ZS”、左下“ZX”、右上“YS”、右下“YX”、上“S”、下“X”、左“Z”、右“Y”8 个方位。省略此参数表示图片在当前行居中位置排,左右串文(横排)或上下串文(竖排)。其中[-]为减号,表示起点为负值,图片可超出版心排放;[K]表示图片要跨过本栏(页),排到下一栏(页)的指定位置。

〈排法〉:指定图片的串文方式,即图片与正文排列的方式。其中“PZ”表示左边串文(竖排时为上边串文),“PY”表示右边串文(竖排时为下边串文),“BP”表示左右(横排)或上下(竖排)不串文,省略为四周都串文。横排时,图片靠左排时右边串文,靠右排时左边串文。

〈,DY〉:表示在分栏或对照排时,图片可以跨栏排,起点相对于本页的左上角;如果省略此参数,则表示起点是相对于本栏的左上点而定,并且只能排在本栏内,不能超宽。

〈#〉:表示如果本页所剩空间小于图片的尺寸,图片可以后移排到下一页。图片后面的文字自动上移,将本页的空间填满。若省略此参数,当图片在本页排不下时,会出现图片被挤出页面或者和文字重叠的现象,用户需手工调整图片位置或图片尺寸。

[%]:表示图片不挖空,即文字与图片重叠。省略表示图片挖空,在图片周围排文字。

[H]:表示图片为阴图(即图片中黑白颜色互换),省略为原始效果。

TX〈填入底纹号〉:表示在向量图形中,封闭部分所要填入的底纹编号。底纹编号用 3 位数字表示,第 1 位数表示深浅度,取值范围为 0~8,逐级加深;后两位为底纹编号,取值范围为 00~63。省略该参数表示不填底纹。注意该参数只对向量图形起作用。

向量(又名矢量)图形由向量绘图软件绘制而成,它与分辨率无关。向量图放大后,其图形质量不会发生任何改变。

实例 1:编排童话插图

打开本书配套素材“第 8 章”文件夹中的“小样 1. fbd”文件进行操作。在小样文件中输入的注解(已用曲线标出)及最终效果如下所示。

小样输入:

〖HS2〗〖JZ〗〖HT2HL〗白雪公主↙↙
〖TP<1. tif>〗〖HT4"K〗在遥远的一个国度里,住着一个国王和王后,……Ω

大样效果:

白雪公主

在遥远的一个国度里,住着一个国王和王后,他们渴望有一个孩子,

于是很诚意的向上苍祈祷。

“上帝啊!我们都是好国王好王后,请您赐给我们一个孩子吧!”

不久以后,王后果然生下了一个可爱的小公主,这个女孩的皮肤白得像雪一般,双颊红得有如苹果,国王和王后就

分析:

“〖TP<1. tif>〗”注解将图片排在当前行的中间位置,图片的四周都排文字(默认)。该图片存储在本书配套素材“第 8 章”文件夹中,即与“小样 1. fbd”文件相同的位置。

本实例最终效果可参阅本书配套素材“第 8 章”文件夹中的“小样 2. fbd”文件。

实例 2:常用插图排版效果

下面列出几种常用的插图排版效果,以供用户参考。

可爱的小矮人可爱的小矮人可爱的小矮人
可爱的小矮人可爱的小矮人可爱的小矮人

可爱的小矮人可爱的小矮人可爱的小矮人
可爱的小矮人可爱的小矮人可爱的小矮人
可爱的小矮人可爱的小矮人可爱的小矮人
可爱的小矮人可爱的小矮人可爱的小矮人
可爱的小矮人可爱的小矮人可爱的小矮人
可爱的小矮人可爱的小矮人可爱的小矮人

图片排在当前行(第 3 行)中间左右不排文字
〖TP<小矮人. tif>,BP〗

可爱的小矮人可爱的小矮
人可爱的小矮人可爱的小
矮人可爱的小矮人可爱的
小矮人可爱的小矮人可爱
的小矮人可爱的小矮人可
爱的小矮人可爱的小矮人
可爱的小矮人可爱的小矮人可爱的小矮人
可爱的小矮人可爱的小矮人可爱的小矮人
可爱的小矮人可爱的小矮人可爱的小矮人
可爱的小矮人可爱的小矮人可爱的小矮人
可爱的小矮人可爱的小矮人可爱的小矮人
可爱的小矮人可爱的小矮人可爱的小矮人
可爱的小矮人可爱的小矮人可爱的小矮人
可爱的小矮人可爱的小矮人可爱的小矮人
可爱的小矮人可爱的小矮人可爱的小矮人

图片排在右上角(YS)
〖TP<小矮人. tif>,YS〗

可爱的小矮人可爱的小矮人可爱的小矮人
可爱的小矮人可爱的小矮人可爱的小矮人
可爱的小矮人可爱的小矮人可爱的小矮人
可爱的小矮人可爱的小矮人可爱的小矮人
可爱的小矮人可爱的小矮人可爱的小矮人
可爱的小矮人可爱的小矮人可爱的小矮人
可爱的小矮人可爱的小矮人可爱的小矮人
可爱的小矮人可爱的小
人可爱的小矮人可爱的小
矮人可爱的小矮人可爱的
小矮人可爱的小矮人可爱
的小矮人可爱的小矮人可
爱的小矮人可爱的小矮人
可爱的小矮人可爱的小矮人可爱的小矮人

图片排在当前行(第 8 行)左边(Z),右串文(PY)
〖TP<小矮人. tif>,Z,PY〗

两图并列排

〖TP＜小矮人.tif＞,Z,PY〗

〖TP＜小矮人.tif＞,Y,BP〗

三图并列排

〖TP＜小矮人.tif＞,Z,PY〗

〖TP＜小矮人.tif＞,PY〗

〖TP＜小矮人.tif＞,Y,BP〗

放大图片 1.3 倍

〖TP＜小矮人.tif＞;%130%130〗

缩小图片 0.5 倍

〖TP＜小矮人.tif＞;%50%50〗

图片高为 70 毫米、宽为 40 毫米

〖TP＜小矮人.tif＞;E+70mm。40mm〗

图片占 7 行 8 个字的位置

〖TP＜小矮人.tif＞,7。8〗

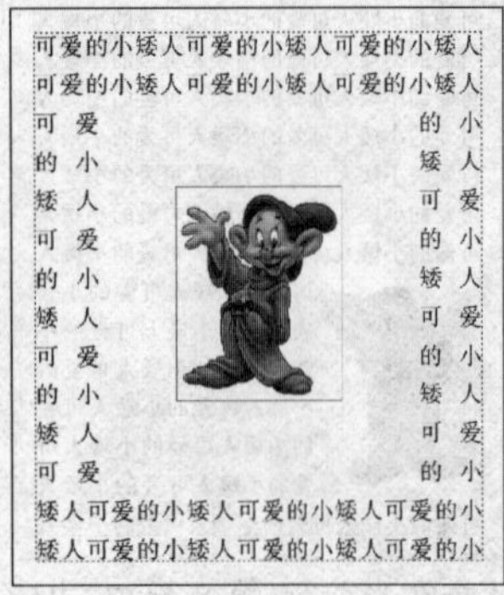

图片各边均空 2 行

〖TP＜小矮人.tif＞;S2;X;Z;Y〗

图片起点位置为

第 3 行、第 5 个字(3,5)

〖TP＜小矮人.tif＞(3,5)〗

图片占 8 行 12 个字的位置

图片缩小 70%

上空 2 行、左空 3 个半字宽

〖TP＜小矮人.tif＞,8。12;

%70%70;S2;Z3*2〗

8.2　图说注解（TS）——编排画册单页 1

功能：排图片的文字说明。“TS”读作“图说”。

格式：

〖TS(［〈高度〉］［Z|Y］［%］［!］〗〈图片说明〉〖TS)〗

解释：

〈高度〉：指图片说明所占的高度。省略该参数表示图片说明文字的高度为实际高度上下或左右各加二分空。图片说明文字有横竖两种排法，可位于图片的左、右和下边。横排时，若图片说明文字位于图片的左边和右边，则不能省略高度参数；竖排时，若图片说明文字位于图片的下边，也不能省略高度参数。

高度参数在不同的情况下含义有所不同，如图 8－2 所示。

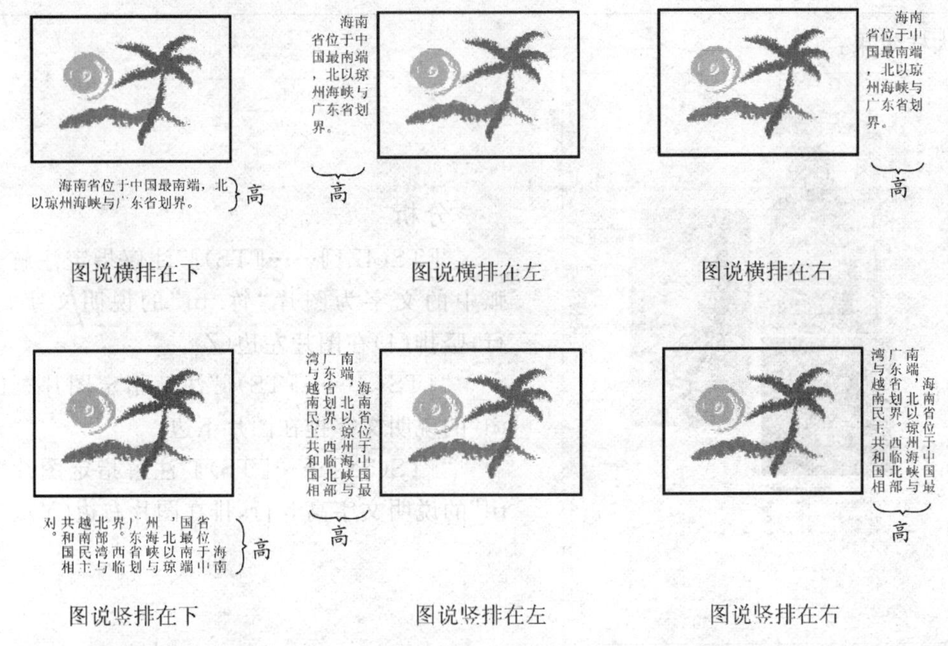

图 8－2　图说高度示意图

〈Z|Y〉：用于选择图片说明文字的排放位置。其中“Z”表示图片说明文字排在图片的左边，“Y”表示图片说明文字排在图片的右边。省略表示图片说明文字排在图片的下边。

［%］：表示图片说明文字的周围不留边空。

［!］：表示图片说明文字竖排，省略为横排。

①本注解只能排在图片注解（TP）之后，与图片注解之间不能插有其他内容。
②本注解具有自动换行功能，即注解后不用加换行注解，其后的内容会自动在下一行继续排版。
③图片注解（TP）中的图片尺寸参数并不包括图片说明的内容。
④本注解的排法与当前正文的排法无关。

实例：编排画册单页 1

打开本书配套素材“第 8 章”文件夹中的“小样 3. fbd”文件进行操作。在小样文件中输入的注解(已用曲线标出)及最终效果如下所示。本例所用图片存储在本书配套素材“第 8 章”文件夹中，即与“小样 3. fbd”文件相同的位置。

小样输入：

〖TP＜竹. tif＞(3,3)〗〖TS(4Z!〗汪士慎(清)“扬州八怪”↙之一，诗、书、画、印都取↙得了很高的成就。〖TS)〗
〖TP＜红叶. tif＞(19＊2,7)〗〖TS(〗齐白石(1864－1957)，湖南湘潭人，二十世纪十大画家之一。他的作品刚柔兼济，工书俱佳。大凡花鸟虫鱼、山水、人物无一不精，无一不新。〖TS)〗
〖TP＜梅. tif＞(10,23)〗〖TS(5Y〗郑燮 ，清代著名画家，工诗、词，善书、画。画擅花卉木石，尤长兰竹。〖TS)〗Ω

大样效果：

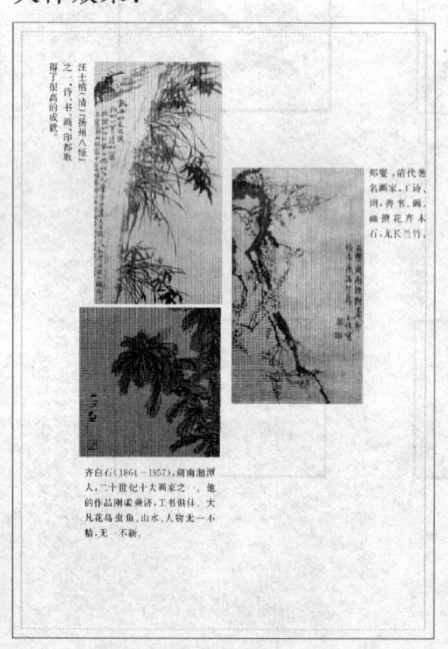

分析

“〖TS(4Z!〗……〖TS)〗”注解指定注解开闭弧中的文字为图片“竹. tif”的说明文字，高 4 行，竖排(!)在图片左边(Z)。

“〖TS(〗……〖TS)〗”注解指定图片“红叶. tif”的说明文字排在图片下边。

“〖TS(5Y〗……〖TS)〗”注解指定图片“梅. tif”的说明文字高 5 行，排在图片右边(Y)。

8.3 图文说明注解（TW）——编排画册单页 2

本注解用于指定全书图片说明文字的属性，如字体、字号等。本注解与图片说明注解(TS)配合使用，只能在 PRO 文件中设置。下面继续操作本书配套素材“第 8 章”文件夹中的“小样 3. fbd”文件(已在上一节中设置好图片说明文字内容)。

Step 01 创建与“小样 3. fbd”文件对应的版式文件，在注解子窗口中双击“图文说明〖TW〗”注解项，将汉字字体设置为楷体(K)，图说高度设置为“5”，如图 8－3 所示。

➢ **汉字字体、外文字体、数字字体、汉字外挂字体、外文外挂字体：**为图片说明文字设置相应的字体。

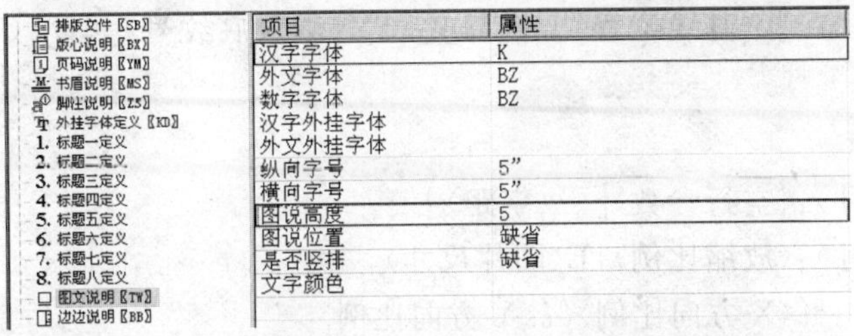

排版文件〖SB〗
版心说明〖BX〗
页码说明〖YM〗
书眉说明〖MS〗
脚注说明〖ZS〗
外挂字体定义〖KD〗
1. 标题一定义
2. 标题二定义
3. 标题三定义
4. 标题四定义
5. 标题五定义
6. 标题六定义
7. 标题七定义
8. 标题八定义
图文说明〖TW〗
边边说明〖BB〗

项目	属性
汉字字体	K
外文字体	BZ
数字字体	BZ
汉字外挂字体	
外文外挂字体	
纵向字号	5”
横向字号	5”
图说高度	5
图说位置	缺省
是否竖排	缺省
文字颜色	

图 8－3　设置图文说明注解参数

- **图说高度**：图片说明文字所占的高度，若图片说明文字的高度超过了此参数指定的高度会与图片重叠，若已在图说注解中指定了高度则本参数不起作用。
- **图说位置**：图片说明文字的位置，缺省为位于图片下边，也可从其属性下拉列表中选择“居左”或“居右”。若已在图说注解中指定左右位置则本参数不起作用。
- **是否竖排**：指定图片说明文字是横排还是竖排。缺省表示横排，也可从其属性下拉列表中选择“！竖排”。若已在图说注解中指定了竖排，则此参数对其不起作用。
- **文字颜色**：指定图片说明文字的颜色。

Step 02 存储版式文件，回到小样文件窗口中。单击“直接预览正文”按钮预览大样效果。

大样效果：

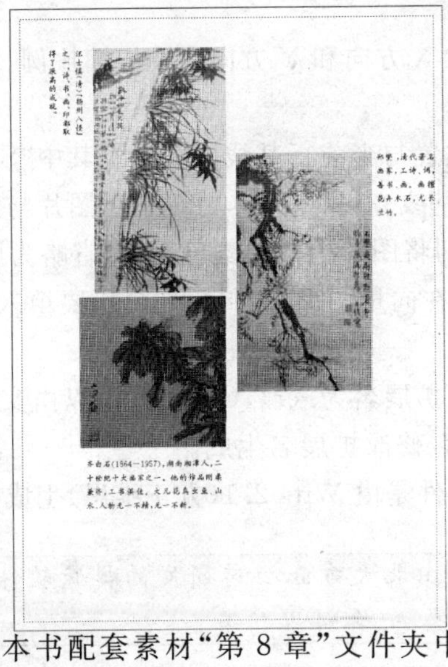

本实例最终效果请参阅本书配套素材“第 8 章”文件夹中的“小样 4. fbd”和“小样 4. pro”文件。

8.4 新插注解（XC）——编排计算机教材片段

功能：在字行中间插入图片。“XC”读作“新插”。

格式：

〖XC〈文件名〉[，@][，〈图片占位尺寸〉][；〈图片实体尺寸〉][〈上边空〉][〈下边空〉]

[〈左边空〉][〈右边空〉][〈基线位置〉]{[[H][,TX〈填入底纹号〉]]|[;C[W]]|[;P[〈旋转度〉]]}[,HD]】

参数：

〈图片占位尺寸〉:〈空行参数〉[。〈字距〉]

〈图片实体尺寸〉:〈放缩比例〉|E〈图片尺寸〉

〈放缩比例〉:%〈X 方向比例〉%〈Y 方向比例〉

〈X 方向比例〉:{〈数字〉}[.{〈数字〉}]

〈Y 方向比例〉:{〈数字〉}[.{〈数字〉}]

〈图片尺寸〉:〈空行参数〉[。〈字距〉]

〈上边空〉:;S[[-]〈空行参数〉]

〈下边空〉:;X[[-]〈空行参数〉]

〈左边空〉:;Z[[-]〈字距〉]

〈右边空〉:;Y[[-]〈字距〉]

〈基线位置〉:,SQ|,XQ|,JZ

解释：

〈文件名〉:指的是要插入图片的名称，其中不能包括“,”、“;”、“(”、“#”和“%”字符。

[@]:表示图片嵌入大样文件中。省略该参数表示不嵌入。注意：不支持 PIC 格式文件的嵌入。

〈放缩比例〉:指定图片在 X 方向和 Y 方向上的放缩比例，可取多位数字和小数，默认为 100%比例，即原始大小。

〈基线位置〉:指定图片位置与当前行基线的关系。其中“SQ”表示图片与当前行上方齐平，“XQ”表示图片与当前行基线齐平(默认)，“JZ”表示图片与当前行中线齐平。

[H]:表示图片为阴图，即将图片中黑白颜色互换，省略为原始效果。

TX〈填入底纹号〉:表示在向量图形中，封闭部分所要填入的底纹编号。编号用三位数字表示。

[C]:表示插入 CR 文件(扩展名为.cr)，CR 文件可以由交互式表格/框图软件生成，也可以由扩展名是.S2 的文件经 修改扩展名生成。

[W]:指定所要插入的文件是由 Wits 2.1(方正维思)生成的。

方正维思是由北大方正公司研发的排版软件，主要用来排版一些较复杂的版面，如报刊、杂志、各种书刊等。

[P]:表示插入 EPS 文件。

〈旋转度〉:表示插入的 EPS 文件按顺时针方向绕中心旋转的度数。取值范围为 0 度～360 度。

[HD]:将图片指定为灰度图片，即在输出时取消图片的颜色。

①本注解不仅可用在正文中，还可用在书眉(详见第 10 章)、边文和背景(详见第 9 章)中。

②本注解之后不能紧跟图说注解(TS)。

实例：编排计算机教材片段

打开本书配套素材"第 8 章"文件夹中的"小样 5. fbd"文件进行操作。在小样文件中输入的注解（已用曲线标出）及最终效果如下所示。本例所用图片存储在本书配套素材"第 8 章"文件夹中，即与"小样 5. fbd"文件相同的位置。

小样输入：

要调整图像窗口的尺寸，用户可以利用图像窗口右上角的"最小化"按钮〖XC<最小化. tif>；%60%60〗和"最大化"〖XC<最大化. tif>；%60%60〗按钮 。Ω

大样效果：

要调整图像窗口的尺寸，用户可以利用图像窗口右上角的"最小化"按钮▬和"最大化"□按钮 。

分析：

"〖XC<最小化. tif>；%60%60〗"注解将"最小化. tif"图片插入到注解所在位置，并将图片缩小 0.6 倍。

"〖XC<最大化. tif>；%60%60〗"注解将"最大化. tif"图片插入到注解所在位置，并将图片缩小 0.6 倍。

本实例最终效果请参阅本书配套素材"第 8 章"文件夹中的"小样 6. fbd"文件。

8.5 插入 EPS 注解（PS）——编排汽车杂志单页

功能：将其他软件生成的 EPS 格式文件插入到当前版面中。

格式：

〖PS〈文件名〉[，@][〈，图片占位尺寸〉][；〈图片实体尺寸〉][〈上边空〉][〈下边空〉][〈左边空〉][〈右边空〉][〈起点〉][〈排法〉][，〈DY〉][#][%][；〈旋转角度〉][，HD]〗

参数：

〈图片占位尺寸〉：〈空行参数〉[。〈字距〉]

〈图片实体尺寸〉：〈缩放比例〉|E〈图片尺寸〉

〈放缩比例〉：%〈X 方向比例〉%〈Y 方向比例〉

〈X 方向比例〉：{〈数字〉}[.{〈数字〉}]

〈Y 方向比例〉：{〈数字〉}[.{〈数字〉}]

〈尺寸〉：〈空行参数〉[。〈字距〉]

〈上边空〉：；S[[－]〈空行参数〉]

〈下边空〉：；X[[－]〈空行参数〉]

〈左边空〉：；Z[[－]〈字距〉]

〈右边空〉：；Y[[－]〈字距〉]

〈起点〉：（[[－]〈空行参数〉]，[－]〈字距〉）|，[K]Z[S|X]|，[K]Y[S|X]|，[K]S|，X

〈排法〉：，PZ|，PY|，BP

解释：

〈文件名〉：EPS 文件的名称，应带扩展名“.eps”。文件名中不能包括“,”、“;”、“(”、“#”和“%”字符。

[@]：表示图片嵌入大样文件中。省略该参数表示不嵌入。

[K]：表示该图片要跨过本栏(页)，排到下一栏(页)的初始位置。

〈排法〉：指定“串文”方式，即 EPS 文件两边文字的排法。其中，“PZ”代表左边(横排)或上边(竖排)串文；“PY”代表右边(横排)或下边(竖排)串文；“BP”代表不串文。

〈DY〉：在分栏或对照时，如果选择此参数，图片可以跨栏，起点相对于页的左上点而定。

[#]：表示图片可后移。

〈旋转角度〉：表示 EPS 文件按顺时针方向绕中心旋转的度数，取值范围为 0 度～360 度。

[%]：表示不挖空(即文字与图片重叠)。

[HD]：将图片指定为灰度图片。

①若插入不带预显数据的 EPS 文件，预览大样时只能看到文件的显示区域，打印后方可查看文件内容。(EPS 文件的输出方法详见第 14 章。)

②本注解后边允许紧跟图说注解(TS)，用法与图片注解(TP)相同。

实例：编排汽车杂志单页

打开本书配套素材“第 8 章”文件夹中的“小样 7.fbd”文件进行操作。在小样文件中输入的注解(已用曲线标出)及最终效果如下所示。本例所用图片存储在本书配套素材“第 8 章”文件夹中，即与“小样 7.fbd”文件相同的位置。

小样输入：

```
〖HS3〗〖HT2ZY〗艺术车演绎“美学变速”↙↙
〖FL(K1〗〖PS＜汽车.eps＞;%68%68,Z,DY〗〖HT5"F〗==一款设计成功的车……
```

大样效果：

艺术车演绎“美学变速”

分析：

“〖PS＜汽车.eps＞;%68%68,Z,DY〗”注解将“汽车.eps”文件插入到当前行的左边(Z)，图片缩小 68%，跨栏排(DY)。

本实例最终效果请参阅本书配套素材“第 8 章”文件夹中的“小样 8.fbd”文件。

8.6 另区注解（LQ）——编排历史读物章节

功能：调整正文与插图之间的关系。

格式：〖LQ〗

解释：本注解有三个用途：

①若在图片注解（TP）或插入 EPS 注解（PS）中指定了图片可后移参数[＃]，当图片在当前页排不下时，后面的文字会自动提到本页来。若想使图片后面的文字不上移，可在图片后指定该参数，这样图片和其后的正文会一起移到下一页。

②本注解还可调整图片的串文，若在图片左边的串文中加入本注解会将注解后的文字移到图片右边排；若在图片右边的串文中加入本注解会将注解后的文字移到图片下边排。

③在普通正文中，本注解可起到立即换页的作用。

实例：编排历史读物章节

打开本书配套素材“第 8 章”文件夹中的“小样 9. fbd”文件进行操作。在小样文件中输入的注解（已用曲线标出）及最终效果如下所示。本例所用图片存储在本书配套素材“第 8 章”文件夹中，即与“小样 9. fbd”文件相同的位置。

小样输入：

```
〖HS3〗〖HT1XK〗古代文明之旅↙↙
〖HT5"F〗〖TP＜一.tif＞〗一、两河文明发源于亚洲底格里斯河（Tigris）……↙
〖TP＜二.tif＞;X1,BP＃〗〖LQ〗＝＝二、尼罗河文明发源于非洲尼罗河（Nile）流域……↙
〖TP＜三.tif＞;X1;Y1,Z〗＝＝三、印度河文明发源于亚洲印度河与恒河……
〖LQ〗＝＝四、爱琴文明发源于希腊爱琴海地区，形成于公元前 3000 年左右。……Ω
```

大样效果：

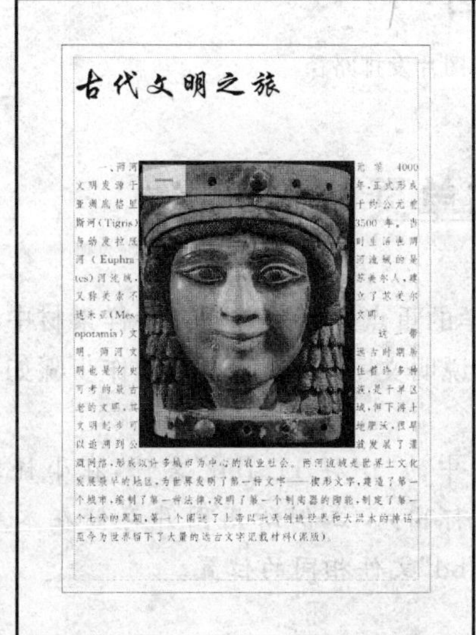

分析：

第 1 个“〖LQ〗”注解将图片“二. tif”与其后的说明文字“= = 二、尼罗河文明发源于非洲尼罗河(Nile)流域……↙”一起移到下一页。

第 2 个“〖LQ〗”注解将文本“= = 四、爱琴文明发源于希腊爱琴海地区，形成于公元前 3000 年左右。……”移到图片“三. tif”下边排。

本实例最终效果请参阅本书配套素材“第 8 章”文件夹中的“小样 10. fbd”文件。

默认情况下图片的存储位置（路径）应与其所在的小样文件相同，若想更改图片路径，可选择“工具”>“设置”菜单，打开“设置”对话框，在“发排设置”选项卡中单击“缺省图片文件路径”后的…按钮，并从打开的“浏览文件夹”对话框中选择图片路径（允许设置多个路径，路径之间自动用符号“|”隔开），如图 8-4 所示。发排大样过程中，将在指定路径下和当前小样文件所在路径下寻找图片文件。

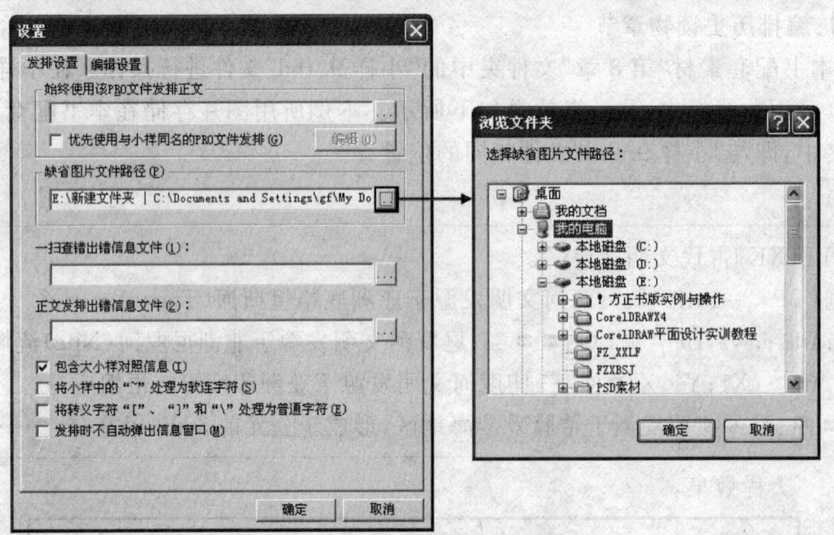

图 8-4 设置图片发排路径

综合实例——编排历史书单页

下面通过编排历史书单页来练习本章所学的重点内容。首先在小样素材中输入指定的注解和文字，然后在版式文件中统一设置图片说明文字的属性，具体操作步骤如下。

Step 01 打开本书配套素材“第 8 章”文件夹中的“小样 11. fbd”文件，在小样文件中输入的注解和文字如下所示（已用曲线标出）。本例所用图片存储在本书配套素材“第 8 章”文件夹中，即与“小样 11. fbd”文件相同的位置。

小样输入：

〖FQ(26。4(1,2)－K〗〖JZ〗〖SD4,1〗〖SP(〗〖HT2DBS〗第三章＝改革和灭亡〖SP)〗〖FQ)〗
〖GK3!〗
〖HT3H〗〖HS2〗〖JZ〗统一〖XC＜瓦当.tif＞;%30%30,JZ〗六国↙
〖FL(2K＊2〗〖HT5"SS〗＝＝〖TP＜兵马俑.tif＞;S＊2,YX,DY〗〖TS(4Z〗〖HT6"F〗〖KH3〗▶一号俑坑，呈长方形，东西长 230 米，南北宽 62 米，深约 5 米，总面积 14260 平方米，四面有斜坡门道。〖TS)〗公元前 260 年，秦在长平大破赵国军队，……
〖TP＜秦始皇.tif＞(1,1)〗〖TS(3〗〖HT6"F〗▲秦始皇(公元前 259 年—公元前 210 年)，嬴姓，赵氏，名政，秦庄襄王之子。〖TS)〗秦朝是中国历史上第一个统一的多民族的封建国家。〖FL)〗Ω

Step 02 选择“排版”＞“排版参数”菜单，打开“小样 11.pro”文件，双击“图文说明〖TW〗”注解项，将“汉字字体”设置为仿宋体(F)，“纵向字号”和“横向字号”都设置为小六号(6")，如图 8－5 所示。

- 排版文件〖SB〗
- 版心说明〖BX〗
- 页码说明〖YM〗
- 书眉说明〖MS〗
- 脚注说明〖ZS〗
- 外挂字体定义〖KD〗
- 1. 标题一定义
- 2. 标题二定义
- 3. 标题三定义
- 4. 标题四定义
- 5. 标题五定义
- 6. 标题六定义
- 7. 标题七定义
- 8. 标题八定义
- 图文说明〖TW〗
- 边边说明〖BB〗

项目	属性
汉字字体	F
外文字体	BZ
数字字体	BZ
汉字外挂字体	
外文外挂字体	
纵向字号	6"
横向字号	6"
图说高度	2
图说位置	缺省
是否竖排	缺省
文字颜色	

图 8－5 设置图文说明注解参数

Step 03 存储版式文件，回到小样文件窗口中。单击“直接预览正文”按钮预览大样效果。

大样效果：

分析：

“〖XC＜瓦当.tif＞;%30%30,JZ〗”是新插注解，作用是将图片“瓦当.tif”插入到注解所在位置，实体尺寸是原图的 30%，图片中线与当前行的中线齐平(JZ)。

“〖TP＜兵马俑.tif＞;S＊2,YX,DY〗”是图片注解，作用是将图片“兵马俑.tif”插入到版面的右下角(YX)，图片上方空半行(S＊2)，图片可跨栏(DY)。

“〖TS(4Z〗……〖TS)〗”是图说注解，作用是将注解开闭弧中的内容指定为图片“兵马俑.tif”的说明文字，文字高 4 行，排在图片的左边(Z)。

“〖TP＜秦始皇.tif＞(1,1)〗”是图片注解，作用是将图片“秦始皇.tif”的起始点设置为当前栏的第 1 行、第 1 个字。

“〖TS(3〗……〖TS)〗”是图说注解，作用是将注解开闭弧中的内容指定为图片“秦始皇.tif”的说明文字，文字高 3 行，排在图片的下边（默认）。

本实例最终效果请参阅本书配套素材“第 8 章”文件夹中的“小样 12.fbd”和“小样 12.pro”文件。

本章小结

本章主要学习了 6 个与图片相关的注解，包括插入图片和编辑图片说明文字的注解等。

- 图片注解能将图片安排到版面指定的位置，并能同时处理好图片与周围文字的关系。
- 图说注解用于指定图片的说明文字，该注解必须紧跟在图片注解或插入 EPS 注解之后。
- 图文说明注解可统一指定全书图片说明文字的属性，如字体、字号和颜色等。
- 新插注解可在字行中间插入图片，多用来插入各种随文图标。
- 插入 EPS 注解可将 EPS 文件插入到版面中，利用该注解可发挥不同软件的优势，为用户提供更大的便利。
- 另区注解可调整图片的串文。

思考与练习

一、选择题

1. 下面不属于方正书版 10.0 支持的图片格式有______。

A. JPG　　B. PIC　　C. GIF　　D. CDR

2. 在图片注解（TP）中，______参数表示图片在版面中的大小。

A.〈图片实体尺寸〉　B.〈图片占位尺寸〉　C.〈图片原始尺寸〉　D.〈尺寸〉

3. 若在图片注解（TP）中指定了______参数，表示在分栏或对照排时，图片可以跨栏排，起点相对于本页的左上角。

A.〈PY〉　　B.〈@〉　　C.〈BP〉　　D.〈DY〉

4. 若在新插注解（XC）中指定了______参数，表示图片与当前行中线齐平。

A. SQ　　B. XQ　　C. JZ　　D. H

二、填空题

1. 若想为全书的图片说明文字统一指定字体、字号等属性，可使用__________注解。

2. 图片说明文字可位于图片的________、________和________边。

3. 若想使图片嵌入大样文件，应在图片、新插或插入 EPS 注解中指定__________参数。

4. 若想使图片右边的串文排到图片下边，可利用__________注解。

三、操作题

打开本书配套素材“第 8 章”文件夹中的“小样 13.fbd”文件进行操作。在小样文件中输入的注解(已用曲线标出)及最终效果如下所示。本例所用图片存储在本书配套素材“第8章”文件夹中,即与“小样13.fbd”文件相同的位置。

小样输入:

〖TP＜雨巷.tif＞,DY％〗〖KH3D〗〖HT0XK〗雨巷〖HT〗↙
=〖HT5Y〗戴=望=舒〖HT〗↙〖KH4D〗
〖FL(3〗〖HT5"K〗撑着油纸伞,独自↙彷徨在悠长、悠长↙又寂寥的雨巷,……结着愁怨的姑娘。〖FL)〗Ω

大样效果:

雨巷

戴 望 舒

撑着油纸伞,独自
彷徨在悠长、悠长
又寂寥的雨巷,
我希望逢着
一个丁香一样地
结着愁怨的姑娘。
她是有
丁香一样的颜色,
丁香一样的芬芳,
丁香一样的忧愁,
在雨中哀怨,
哀怨又彷徨;
她彷徨在这寂寥的雨巷,
撑着油纸伞
像我一样,
像我一样地
默默行着
冷漠、凄清,又惆怅。
她默默地走近,
走近,又投出
太息一般的眼光
她飘过
像梦一般地,
像梦一般地凄婉迷茫。
像梦中飘过
一枝丁香地,
我身旁飘过这个女郎;
她默默地远了,远了,
到了颓圮的篱墙,
走尽这雨巷。
在雨的哀曲里,
消了她的颜色,
散了她的芬芳,
消散了,甚至她的
太息般的眼光
丁香般的惆怅。
撑着油纸伞,独自
彷徨在悠长、悠长
又寂寥的雨巷,
我希望飘过
一个丁香一样地
结着愁怨的姑娘。

提示:

“〖TP＜雨巷.tif＞,DY％〗”注解将图片“雨巷.tif”插入到注解所在位置,图片跨栏排(DY),在图片上可以排文字(％)。

本题最终效果请参阅本书配套素材“第8章”文件夹中的“小样14.fbd”文件。

第 9 章 修饰类注解

本章内容提要

章前导读

一本书中除了编排好文字与插图外，往往还需要添加一些修饰内容，如各种花边、底纹与背景等，从而能够更好地美化版面，使读者赏心悦目。本章就来学习各种修饰注解的用法。

9.1 线型类注解

利用线型类注解可绘制各种线型图形。它包括长度注解（CD）、画线注解（HX）和线号注解（XH），下面分别介绍。

9.1.1 长度注解（CD）——编排填空题

功能：在当前位置画线。“CD”读作“长度”。

格式：〖CD［#］［〈长度符号〉］［-］〈长度〉〗

参数：

〈长度符号〉：［｛|｝|［|］|〔|〕|F|S|D|Q|CW|XW|=|H〈花边编号〉］［!］

〈花边编号〉：〈数字〉〈数字〉〈数字〉（3 位数字）

〈长度〉：〈字距〉|〈空行参数〉

解释：

[#]：表示在当前行的基线上画线，省略时表示在当前行的中线上画线。

〈**长度符号**〉：表示所画线的类型，有括弧和线型两大类。在括弧类中，“{”表示开花括弧，“}”表示闭花括弧；“[”表示开正方括弧，“]”表示闭正方括弧；“〔”表示开斜方括弧，“〕”表示闭斜方括弧。

在线型类中，“F”表示反线，“S”表示双线，“D”表示点线，“Q”表示曲线，“CW”表示上粗下细文武线（竖排为左粗右细），“XW”表示上细下粗文武线（竖排时为左细右粗），“=”表示双曲线，“H”表示花边线（花边线共有 118 种，用 000～117 表示，用户可在附录 C 中查看所有花边）。

〈长度符号〉省略表示画一条正线。

[!]：表示横排时，括弧画成横向（默认纵向），其他线画成纵向（默认横向）；竖排时括弧画成纵向（默认横向），其他线画成横向（默认纵向）。即有“!”表示将线逆时针转 90 度。

[-]：是减号，表示反方向画线，即画线方向从当前位置向左画（横排）或向上画（竖排）。横排时，默认的画线方向是从左往右，竖排是从上到下。

〈**长度**〉：给出画线的长度。横排时，横向画线用字距表示，竖向画线用空行参数表示。对于“{”和“}”，将其画成横向时，其长度应≧4；对于“[”、“]”、“〔”和“〕”，将其画成横向时，其长度应≧3。其他线型的长度没有限制，并可用分数表示，如“〖CDF＊2〗”表示画一条半个字长的反线。

横排长度符号表示：

输入符号	线型	无！	有！	输入符号	线型	无！	有！
缺省	正线			F	反线		
{	开花括弧			S	双线		
}	闭花括弧			D	点线		
[	开正方括弧			Q	曲线		
]	闭正方括弧			CW	上粗下细文武线		
〔	开斜方括弧			XW	上细下粗文武线		
〕	闭斜方括弧			=	双曲线		
				H	花边线		

实例：编排填空题

打开本书配套素材"第 9 章"文件夹中的"小样 1. fbd"文件进行操作。在小样文件中输入的注解(已用曲线标出)及最终效果如下所示。

小样输入：

〖HT3H〗小学一年级语文期中试题↙
〖CDS17〗↙
〖HT5SS〗一、辨别形似字并组词↙
〖CD{3〗〖JX1〗〖HZ(〗池↙驰↙弛〖HZ)〗↙
1、夏天荷花〖CD＃2〗中水波荡漾，几只小鸭子在岸边嬉戏玩耍。↙
2、微笑能化紧张为松〖CD＃2〗，要笑口常开。
3、万里长城〖CD＃2〗名中外。Ω

大样效果：

小学一年级语文期中试题

一、辨别形似字并组词

{池
驰
弛

1、夏天荷花____中水波荡漾，几只小鸭子在岸边嬉戏玩耍。
2、微笑能化紧张为松____，要笑口常开。
3、万里长城____名中外。

分析：

"〖CDS17〗"注解在当前位置画一条长度为 17 个字的双线(S)。

"〖CD{3〗"注解在当前位置画一个 3 行高的开花括弧，括弧与当前行的上端一致；行中注解"〖HZ(〗……〖HZ)〗"将注解开闭弧中的内容指定为一个盒子，盒子的中线与当前行的中线一致；基线注解"〖JX1〗"将盒子的基线下移 1 行，使其与开花括弧的中线一致。

"〖CD＃2〗"注解在当前位置画一条 2 个字长的正线，正线与当前行的基线一致(＃)。

本实例最终效果请参阅本书配套素材"第 9 章"文件夹中的"小样 2. fbd"文件。

长度注解的画线出口分别有两种情况。横排时，由左向右画线出口在线终点的下一个字符处；其他方向的线均在起点的下一个字符处。竖排时，由上向下画线出口在线终点的下一个字符处；其他方向的线均在起点的下一个字符处，如图 9-1 和图 9-2 所示(用"回"表示注解前的字符；用"□"表示出口位置)。

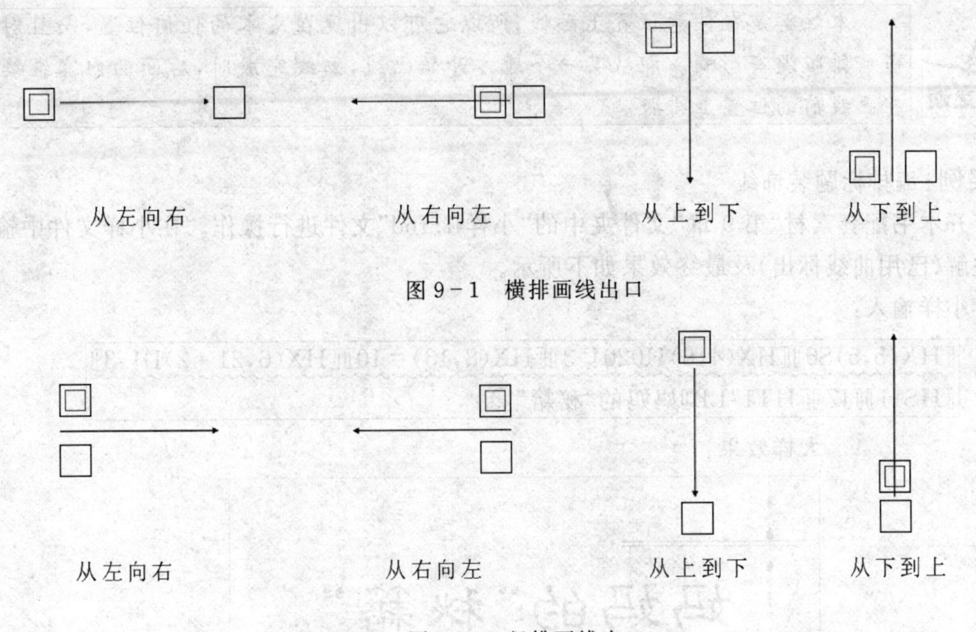

图 9－1　横排画线出口

图 9－2　竖排画线出口

9.1.2　画线注解（HX）——编排标题装饰线

功能:在当前版面内的任意指定位置上画出各种横竖线或括号。“HX”读作“画线”。

格式:

〖HX(〈位置〉)[〈长度符号〉][—]〈长度〉〗

参数:

〈位置〉:〈空行参数〉,〈字距〉

〈长度符号〉:[{|}|[|]|〔|〕|F|S|D|Q|CW|XW|=|H〈花边编号〉][!]

〈花边编号〉:〈数字〉〈数字〉〈数字〉(3 位数字)

〈长度〉:〈字距〉|〈空行参数〉

解释:

〈位置〉:给出线的起点位置,其参照点是本层的左上角(横排)或右上角(竖排)。〈位置〉中的〈空行参数〉与〈字距〉都不能省略。

〈长度符号〉:表示所画线的类型,其意义与长度注解相应的参数相同。省略时采用正线。若参数中包括“!”,表示将线逆时针旋转 90 度。

[—]:是减号,表示画线的方向。如果方向是从左至右或从上至下则可缺省;如果从右向左画,或从下往上画,必须指定该参数。

〈长度〉:指定画线的长度,意义与长度注解相应的参数相同。

本注解是在任意位置上画线，所以它可以出现在文本的任何位置，而且对当前排版没有影响。即从某一个地方开始画线，画线完成时，后面的内容继续在画线前的位置上排版。

实例：编排标题装饰线

打开本书配套素材“第 9 章”文件夹中的“小样 1. fbd”文件进行操作。在小样文件中输入的注解（已用曲线标出）及最终效果如下所示。

小样输入：

〖HX(5,5)S6〗〖HX(4,6)H020！3〗〖HX(8,13)=10〗〖HX(6,21*2)D！3〗
〖HS11〗〖JZ〗〖HT1"LB〗妈妈的“秘籍”Ω

大样效果：

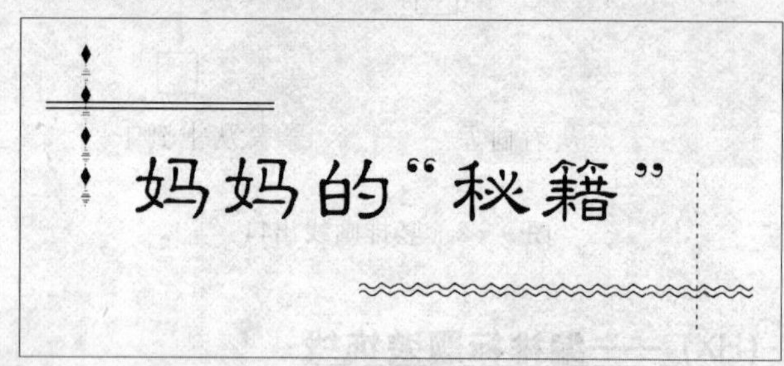

分析：

“〖HX(5,5)S6〗”表示从第 5 行、第 5 个字(5,5)开始画一条长 6 个字(6)的双线(S)。

“〖HX(4,6)H020！3〗”表示从第 4 行、第 6 个字(4,6)开始，由上到下(!)画一条 3 行高(3)的花边线，线号为 020 号(H020)。

“〖HX(8,13)=10〗”表示从第 8 行、第 13 个字开始(8,13)画一条长 10 个字(10)的双曲线(=)。

“〖HX(6,21*2)D！3〗”表示从第 6 行、第 21 个半字开始(6,21*2)，由上到下(!)画一条 3 行高(3)的点线(D)。

本实例最终效果可参阅本书配套素材“第 9 章”文件夹中的“小样 2. fbd”文件。

9.1.3 线号注解（XH）——改变线的粗细

功能：改变线（包括花边）的粗细。“XH”读作“线号”。

格式：〖XH[〈字号〉]〗

解释：

〈字号〉：用于设置本注解后所有线的粗细，此处采用字号参数进行设置，即小七号(7")到特大号(11)逐渐加粗。五号为正常粗细。

①线的粗细与当前字号无关，只是指定粗细的方法与字号参数相同。
②本注解可以改变以下注解的线或花边粗细：长度、画线、斜线（参见第11章），以及方框、分区、段首等产生的所有边框线。不同的线型粗细效果也不同。
③本注解不能改变分栏线、脚注线（参见第10章）、书眉线和表格线的粗细。

实例：各种粗细线效果

小样输入	大样效果	小样输入	大样效果
〖XH7〗〖CDF7〗		〖XH7〗〖CDH0637〗	
〖XH6〗〖CDF7〗		〖XH6〗〖CDH0637〗	
〖XH5〗〖CDF7〗		〖XH5〗〖CDH0637〗	
〖XH4〗〖CDF7〗		〖XH4〗〖CDH0637〗	
〖XH3〗〖CDF7〗		〖XH3〗〖CDH0637〗	
〖XH2〗〖CDF7〗		〖XH2〗〖CDH0637〗	
〖XH1〗〖CDF7〗		〖XH1〗〖CDH0637〗	

9.2 方框注解（FK）——编排散文

功能：排一个方框，在此方框中可以排各种内容。“FK”读作“方框”。

格式：本注解有两种格式，第2种格式指定开闭弧注解中的内容。

①〖FK[〈边框说明〉][〈底纹说明〉][〈附加距离〉]〗

②〖FK[〈边框说明〉][〈底纹说明〉][〈方框尺寸及内容排法说明〉]〗〈方框内容〉〖FK)〗

参数：

〈边框说明〉：F|S|D|W|K|H〈花边编号〉

　〈花边编号〉：000～117

〈底纹说明〉：B〈底纹编号〉[D][H][#]

　〈底纹编号〉：〈深浅度〉〈编号〉

　　〈深浅度〉：0～8

　　〈编号〉：〈数字〉〈数字〉〈数字〉

〈附加距离〉：〈字距〉

〈方框尺寸及内容排法说明〉：[〈空行参数〉][。〈字距〉[〈ZQ|YQ|CM〉[〈字距〉]]]

解释：

〈边框说明〉：给出了方框边线的要求，其中“F”表示反线，“S”表示双线，“D”表示点线，“W”表示不要线也不占位置，“K”表示空边框（无线但占边框位置），“H”表示花边线，〈花边编号〉与长度注解相同。省略为正线。

〈底纹说明〉：表示在方框内加入底纹。

〈底纹编号〉：由 4 位数字组成，其中第 1 位为深浅度，后 3 位是编号。深浅度从 0～8 随数字加大而加深。底纹号为 000～400。

[D]：本方框的底纹代替外层底纹。

[H]：表示底纹用阴图。

[#]：表示底纹不留余白，即消除底纹与边框线之间的白边。

〈附加距离〉：用〈字距〉表示，只用于第 1 种方框注解中，用来调节框内文字（或盒子）与边框线之间的距离，省略为四分空。

〈方框尺寸及内容排法说明〉：指定第 2 种格式的方框大小与其中文字的排法。若无〈空行参数〉，表示框高由〈方框内容〉的高度决定；若省略[。〈字距〉[〈ZQ|YQ|CM〉[〈字距〉]]中第 1 个〈字距〉参数，表示框的宽度由〈方框内容〉的宽度来决定；如果两者都省略，则表示方框的大小根据〈方框内容〉的尺寸来决定。

若指定了方框的宽度，还可以设置〈方框内容〉的排法，其中"ZQ"表示〈方框内容〉靠方框左边；"YQ"表示〈方框内容〉靠方框右边；"CM"表示〈方框内容〉在方框内撑满排。默认表示〈方框内容〉在框内上下左右居中排。

[〈ZQ|YQ|CM〉[〈字距〉]]中的〈字距〉表示距边框多远开始排字，省略〈字距〉表示距离为 0。

在这些排法中，只有内容排法为左齐（ZQ）时可以自动换行，其他均不能自动换行。如果没有"ZQ"参数，而其中任意一行又超出了方框大小，系统将报错（可能的错误信息包括："内容超宽"、"内容重叠"、"无法撑满"和"无法拆行"）。

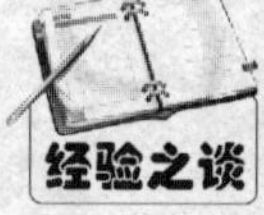

①框中内容自动上下居中，要使其顶头排可在〈方框内容〉的任意位置上加入"上齐（SQ）注解"实现（参见第 11 章）。

②本注解的第 1 种格式无开闭弧，可对注解前面的一个字（或盒子）加方框，方框的大小取决于前面文字或盒子的大小。反复使用此注解可得到层层嵌套的方框。

③本注解的第 2 种格式用开闭弧将方框内容括起来，此时方框的大小有两种给定的方法，一是给出〈方框尺寸〉大小；二是根据方框中的内容，自动在其外边画框线。当方框内有图片注解（TP）时，必须给出〈方框尺寸〉。

④整个方框是一个盒子，框的中线与当前行的中线一致，出口在方框后的第 1 个字上。

⑤本注解边框所占空间为当前字号的 1/4 字，花边线为 1 字，无线（W）为 0。指定方框大小时一定要注意考虑边框大小，即在有边框的情况下，可排字区域为指定大小减去四周边框所剩空间。

⑥方框中不能排对照注解（DZ）。

实例 1:各种方框效果

小样输入	大样效果	解释说明
方〖FK〗	方	为单字加框,边框线为正线(默认)
〖方正〗〖FK〗	方正	为盒子加框(其中"〖〗"为盒组注解,可将括弧对中的内容指定为一个盒子,内容不能换行,用户可单击特殊字符条当中的〖〗按钮输入)
方〖FK*3〗	方	字与框之间空 1/3 字的距离
〖FK(〗没有规矩↙不成方圆〖FK)〗	没有规矩 不成方圆	为多行文字加框,内容可换行
〖FK(3。6〗没有规矩↙不成方圆〖FK)〗	没有规矩 不成方圆	方框的大小为 3 行高、6 个字宽
方〖FK〗〖FKD*3〗〖FKQ*2〗	方	方框层层嵌套,边框线最里层是正线;中间一层是点线(D),框与字之间空 1/3 字的距离;最外层是曲线(Q),框与字之间空 1/2 字的距离
方〖FKB1001〗或〖FK(B1001〗方〖FK)〗	方	为方框加入 1001 号底纹(B1001)
方〖FKB1001#〗或〖FK(B1001#〗方〖FK)〗	方	取消方框与底纹之间的空白(#)
〖FK(H061B0001#3。9ZQ〗没有规矩↙不成方圆〖FK)〗	没有规矩 不成方圆	方框采用 061 号花边(H061),加入 0001 号底纹(B0001),底纹与边框线之间不留空白(#),方框高 3 行、宽 9 个字(3。9),其中的文字靠方框左边(ZQ)

实例 2:编排散文

打开本书配套素材"第 9 章"文件夹中的"小样 5. fbd"文件进行操作。在小样文件中输入的注解(已用曲线标出)及最终效果如下所示。

小样输入:

〖HS3〗〖JZ〗〖HT2XK〗〖苏州园林的〗〖FK〗↙
〖HS3〗〖JZ〗〖HT1DBS〗窗〖FKH069〗↙
〖FK(H072B0001〗〖HT5ZDX〗= = 江南园林之所以美……需要有心人来解读,来玩味。
〖FK)〗Ω

大样效果：

苏州园林的

江南园林之所以美和他的建筑模式是分不开的，走在苏州的大街小巷，随处可见的漏窗，各种形式的花窗比比皆是，走一条街几乎看不到重复的样子，这些花窗漏窗在园林之中得到了集中的体现，每一座园林都集大成，走在园林中只观看这些窗就已经是一种享受了。

不论是拙政园还是留园抑或是规模比较小的网师院，藕园都有着很精美的窗，一个园林是无法在一天观看完毕的，需要沉下心来经常观察，他的植物，建筑，窗子，以及每一块石头，他们都像包藏了岁月的痕迹，静静地在那里，需要有心人来解读，来玩味。

分析：

“〖FK〗”注解为盒子“苏州园林的”加方框，边框线默认为正线。

“〖FKH069〗”注解为“窗”字加方框，边框线采用 069 号花边(H069)。

“〖FK(H072B0001〗……〖FK)〗”注解为注解开闭弧之中的内容加方框，边框线采用 072 号花边(H072)，加入 0001 号底纹(B0001)。

本实例最终效果可参阅本书配套素材“第 9 章”文件夹中的“小样 6.fbd”文件。

9.3 加底注解（JD）——编排章名

功能：加底纹。“JD”读作“加底”。

格式：

〖JD〈底纹编号〉[(〈位置〉)〈尺寸〉][D][H]〗

参数：

〈底纹编号〉:〈深浅度〉〈编号〉

〈深浅度〉:0～8

〈编号〉:〈数字〉〈数字〉〈数字〉

〈位置〉:〈空行参数〉,〈字距〉

〈尺寸〉:〈空行参数〉。〈字距〉

解释：

〈位置〉：指定底纹区域的起始点，横排为左上角，竖排为右上角。

〈尺寸〉：指定底纹区域的大小。

[D]：本层底纹代替外层底纹。

[H]：底纹用阴图。

①若省略〈尺寸〉与〈位置〉参数，则给当前层全部加上底纹。

②若底纹较深，采用阴字或阴立体字效果更好。

③加底注解的出口不影响当前排版位置，文字将与加过底纹的区域重叠。

④两个加底纹的区域重合时，底纹叠加，可以用[D]参数防止叠加。

实例:编排章名

打开本书配套素材“第 9 章”文件夹中的“小样 7.fbd”文件进行操作。在小样文件中输入的注解(已用曲线标出)及最终效果如下所示。

小样输入:

〖JD0166〗〖JD2001(1,1)40。14〗〖JD8268(8,13)7＊2。3＊2D〗
〖SD8,13〗〖SP(〗〖YY(〗〖HT0H〗第一章〖YY)〗〖SP)〗
〖SD4,7＊2〗〖HT63DBS〗责 任Ω

大样效果:

分析:

“〖JD0166〗”注解为当前层加入 0166 号底纹,此处的当前层即为当前页。

“〖JD2001(1,1)40。14〗”注解指定底纹为 40 行高、14 个字宽(40。14),从当前页的第 1 行、第 1 个字开始排(1,1),底纹编号为 2001 号。

“〖JD8268(8,13)7＊2。3＊2D〗”注解指定底纹为 7 个半行高、3 个半字宽(7＊2。3＊2),从当前页的第 8 行、第 13 个字开始排(8,13),底纹编号为 8268 号,与下层底纹不重叠(D)。

本实例最终效果可参阅本书配套素材“第 9 章”文件夹中的“小样 8.fbd”文件。

9.4 彩色注解(CS)——编排彩色版面

功能:指定字符、线框和底纹的颜色。

格式:

〖CS[X|D][%][〈C 值〉,〈M 值〉,〈Y 值〉,〈K 值〉]〗

解释:

[X]:表示设置框线颜色。

[D]:表示设置底纹颜色,省略 X 和 D 则表示设置字符颜色。

〈C 值〉,〈M 值〉,〈Y 值〉,〈K 值〉:用于描述颜色的 CMYK 值,如果缺省,则表示将颜色恢复为默认颜色,即版式文件中定义的颜色。如“〖CS〗”指将字符颜色恢复为版心字符颜色,“〖CSX〗”指将框线颜色恢复为黑色,“〖CSD〗”指将底纹颜色恢复为黑色。

〈C 值〉:缺省%时,表示 C 值的实际值,取值范围为 0～255;有%时,表示 C 值的百分比,取值范围为 0～100。

〈**M 值**〉：缺省%时，表示 M 值的实际值，取值范围为 0～255；有%时，表示 M 值的百分比，取值范围为 0～100。

〈**Y 值**〉：缺省%时，表示 Y 值的实际值，取值范围为 0～255；有%时，表示 Y 值的百分比，取值范围为 0～100。

〈**K 值**〉：缺省%时，表示 K 值的实际值，取值范围为 0～255；有%时，表示 K 值的百分比，取值范围为 0～100。

实例：编排彩色版面

打开本书配套素材"第 9 章"文件夹中的"小样 9.fbd"文件进行操作。在小样文件中输入的注解（已用曲线标出）及最终效果如下所示。

小样输入：

```
〖HS5〗〖JZ〗〖FK(H038〗〖CS%60,20,50,10〗〖HT3W〗丰乐亭游春〖FK)〗↙
〖CSX%60,20,50,10〗〖HS2〗〖JZ〗〖ZZ(Z,＊3〗〖HT5SS〗欧阳修〖ZZ)〗↙↙〖JZ(〗〖CSD%
60,20,50,10〗〖JD0010(9,9)5。10〗〖HT4K〗红树青山日欲斜，↙
长郊草色绿无涯。↙
游人不管春将老，↙
来往亭前踏落花。〖JZ)〗Ω
```

大样效果：

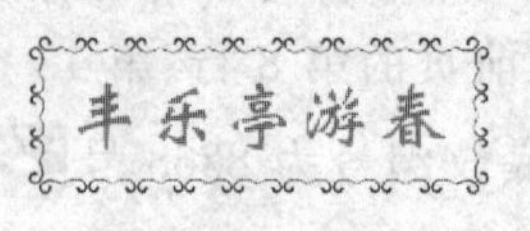

欧阳修

红树青山日欲斜，
长郊草色绿无涯。
游人不管春将老，
来往亭前踏落花。

分析：

"〖CS%60,20,50,10〗"注解为方框内的文字设置颜色，色值为 C:60，M:20，Y:50，K:10，即浅绿色。

"〖CSX%60,20,50,10〗"注解为其后着重注解(ZZ)指定的着重线设置颜色。

"〖CSD%60,20,50,10〗"注解为其后加底注解(JD)指定的底纹设置颜色。

本实例最终效果可参阅本书配套素材"第 9 章"文件夹中的"小样 10.fbd"文件。

9.5 背景注解（BJ）——编排内页背景

功能：为版心排背景内容，对后续页都有效。"BJ"读作"背景"。

格式：

〖BJ(［〈左边距〉］,［〈上边距〉］,［〈右边距〉］,［〈下边距〉］［＃］〗〈背景内容〉〖BJ)〗

参数：

〈左边距〉：［－］〈字距〉

〈上边距〉：［－］〈字距〉

〈右边距〉:[-]〈字距〉

〈下边距〉:[-]〈字距〉

解释:

〈左边距〉:表示背景左边与版心左边之间的距离,其中[-]是减号,表示向版心内缩进。

〈上边距〉:表示背景上边与版心上边之间的距离。

〈右边距〉:表示背景右边与版心右边之间的距离。

〈下边距〉:表示背景下边与版心下边之间的距离。

[#]:表示背景内容的排法与正文排法相反,省略此参数表示背景内容与正文排法一致。

〈背景内容〉:不包括换页注解的任何内容。

①背景内容可以排在版心内,也可以排在版心外,但它的尺寸不能超过页面的大小。

②背景内容中不得出现换页类注解,如另面(LM)、单页(DY)、双页(SY),换页类注解请参阅第10章。

③若想在某页之后取消背景内容,可在当页的文本中加入"〖BJ(,,,〗〖BJ)〗"注解。

实例:编排内页背景

打开本书配套素材"第9章"文件夹中的"小样11.fbd"文件进行操作。在小样文件中输入的注解(已用曲线标出)及最终效果如下所示。本例所用图片存储在本书配套素材"第9章"文件夹中,即与"小样11.fbd"文件相同的位置。

小样输入:

〖BJ(1,1,1,1〗〖TP〈红花.tif〉〗〖BJ)〗
〖HS4〗〖JZ〗〖HT2LB〗春天↙
〖HJ*2〗〖JZ(〗〖HT5Y1〗超越花朵之上的↙
有白云的云朵↙……Ω

大样效果:

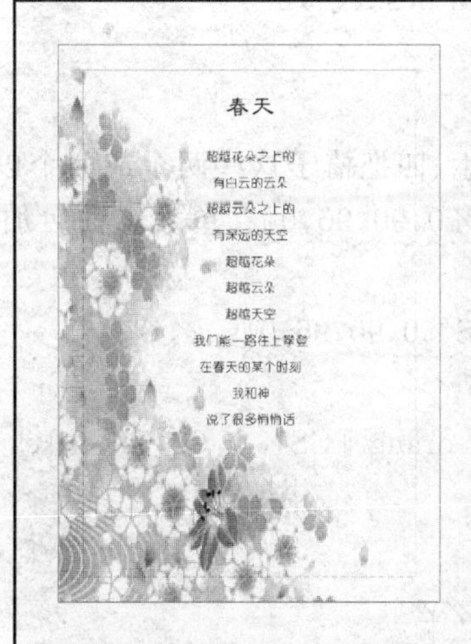

分析：

“〖BJ(1,1,1,1〗〖TP＜红花. tif＞〗〖BJ)〗”注解将图片“红花. tif”指定为背景内容，背景各边与版心之间的间距都为 1 个字宽。

本实例最终效果可参阅本书配套素材“第 9 章”文件夹中的“小样 12. fbd”文件。

综合实例——编排英语教材单页

打开本书配套素材“第 9 章”文件夹中的“小样 13. fbd”文件进行操作。在小样文件中输入的注解(已用曲线标出)及最终效果如下所示。本例所用图片存储在本书配套素材“第 9 章”文件夹中，即与“小样 13. fbd”文件相同的位置。

小样输入：

〖WTB1〗〖HS6〗〖JZ〗〖CSX%10,40,80,0〗〖FK(H019。40〗〖KG(1〗〖HT1DBS〗2 名词的数〖KG)〗〖FK)〗↙
〖FL(28,5〗〖HS2〗〖HT3H〗〖CSD%70,70,0,0〗〖FK(WB2001。1〗1〖FK)〗＝名词的数↙
〖CS%10,90,50,10〗〖HT4〗❶〖CS〗＝单数↙
〖HT5SS〗在英语中假如我们要表示一只鸟、一棵树等概念时，要用名词的单数形式，表示名词的〖CS%0,90,96,0〗单数〖CS〗，要在名词前加冠词〖CS%0,90,96,0〗a 或 an〖CS〗。↙
〖CS%90,10,5,40〗✣〖CS〗This is〖CS%0,90,96,0〗a〖CS〗desk. ↙
〖CS%90,10,5,40〗❈〖CS〗这是一张书桌。↙
〖CS%90,10,5,40〗✣〖CS〗There is〖CS%0,90,96,0〗an〖CS〗orange on the table. ↙
〖CS%90,10,5,40〗❈〖CS〗桌上有一个橘子。↙
〖CS%90,10,5,40〗✣〖CS〗an orange＝一个橘子↙
an new orange(×)→〖CS%0,90,96,0〗a〖CS〗new orange(√)↙
〖CS%90,10,5,40〗✣〖CS〗a desk＝一张书桌↙
a old desk(×)→〖CS%0,90,96,0〗an〖CS〗old desk(√)↙
〖CS%90,10,5,40〗❈〖CS〗一张旧课桌↙↙
〖CS%10,90,50,10〗〖HT4S3〗❷〖CS〗＝复数↙
〖HT5SS〗英语中，如果要表示两本书、三个学生、四把椅子这些两个或两个以上的概念时，要用名词的复数形式，名词的复数形式是〖CS%0,90,96,0〗在单数名词后加上词尾－s 或－es〖CS〗构成的。↙
〖CS%90,10,5,40〗✣〖CS〗These are book〖CS%0,90,96,0〗s. ↙
〖CS%90,10,5,40〗❈〖CS〗这些是书。↙
〖CS%90,10,5,40〗✣〖CS〗There are many orang〖CS%0,90,96,0〗es〖CS〗on the table. ↙

〖CS%90,10,5,40〗❈〖CS〗桌上有一些橘子。↙↙

```
〖CDS15〗
〖HS2〗〖HT3H〗〖FK(WB2001＃1。1〗2 〖FK)〗=名词复数的构成法↙
〖CS%10,90,50,10〗〖HT4S3〗❶〖CS〗=规则变化的复数形式↙
〖CS%90,10,5,40〗〖HT5SS〗a.〖CS〗一般情况下加〖CS%0,90,96,0〗－s〖CS〗↙
〖WB〗girl→girl〖CS%0,90,96,0〗s〖CS〗〖KG3〗〖WB〗book→book〖CS%0,90,96,0〗s
〖CS〗↙
〖DW〗pen→pen〖CS%0,90,96,0〗s〖CS〗〖DW〗sheep→sheep〖CS%0,90,96,0〗s〖CS〗

〖LL〗〖KH3D〗
〖CSD%0,20,70,0〗〖FK(H042B0021〗〖HS(2〗〖JZ〗〖HJ0〗〖CSD%10,100,0,0〗〖FK
(B0021〗〖HT5H〗〖DQ(〗a 和 an 的↙使用区别〖DQ)〗〖FK)〗〖HJ〗〖HS)〗↙
〖HK12〗〖HT5"Y1〗〖CS%0,90,96,0〗a〖CS〗加在以辅音开头的名词前，如 a book，a
pen；↙
〖CS%0,90,96,0〗an〖CS〗加在以元音开头的名词前，如 an egg，an apple。〖FK)〗↙↙

〖CSD%10,40,30,0〗〖FK(H076B0025〗〖HS2〗〖JZ〗〖CSD%10,0,100,0〗〖FK(B0021〗
〖HT5H〗注意〖FK)〗↙
〖HK12〗〖HT5"Y1〗有时 a，an 后面紧接的不是单数名词，而是〖CS%0,90,96,0〗a(an)＋形
容词＋单数名词〖CS〗的形式，这是判断用 a 还是 an 来表示“一个”的概念时，要看形容词
开头字母的发音，而不是看名词。〖FK)〗〖HK〗
〖TP<2.jpg>,YX,PZ,DY〗
〖FL)〗Ω
```

大样效果：

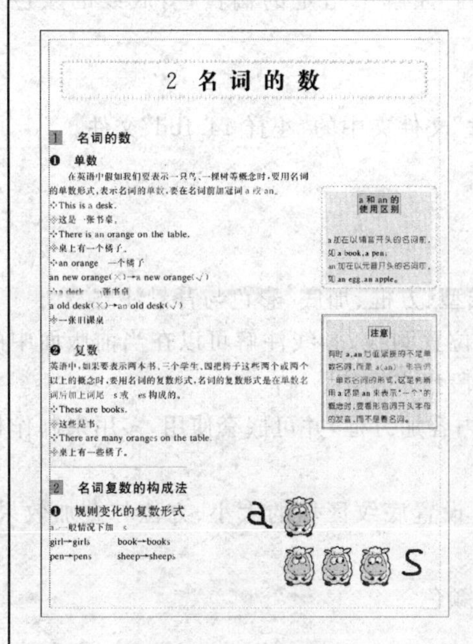

2 名词的数

1 名词的数

❶ 单数

在英语中假如我们要表示一只鸟、一棵树等概念时，要用名词的单数形式，表示名词的单数，要在名词前加冠词 a 或 an。

This is a desk.

这是一张书桌。

There is an orange on the table.

桌上有一个橘子。

an orange 一个橘子

an new orange(×)→a new orange(√)

a desk 一张书桌

a old desk(×)→an old desk(√)

一张旧课桌

❷ 复数

英语中，如果要表示两本书、三个学生、四把椅子这些两个或两个以上的概念时，要用名词的复数形式，名词的复数形式是在单数名词后加上词尾 s 或 es 构成的。

These are books.

这些是书。

There are many oranges on the table.

桌上有一些橘子。

2 名词复数的构成法

❶ 规则变化的复数形式

a. 一般情况下加 s

girl→girls　　book→books

pen→pens　　sheep→sheeps

a 和 an 的使用区别

a 加在以辅音开头的名词前，如 a book，a pen；

an 加在以元音开头的名词前，如 an egg，an apple。

注意

有时 a，an 后面紧接的不是单数名词，而是 a(an)＋形容词＋单数名词的形式，这是判断用 a 还是 an 来表示“一个”的概念时，要看形容词开头字母的发音，而不是看名词。

分析：

“〖CSX%10,40,80,0〗”是彩色注解，为其后所有方框的边框线和线段(X)设置颜色，色值为 C:10，M:40，Y:80，K:0，即橘黄色。

“〖FK(H019。40〗……〖FK)〗”是方框注解，为“2 名词的数”加方框，方框宽 40 个字(。40)，边框采用 019 号花边(H019)。

“〖CSD%70,70,0,0〗”是彩色注解，为其后方框的底纹(D)设置颜色，色值为 C:70，M:70，Y:0，K:0，即紫色。

“〖FK(WB2001。1〗1〖FK)〗”是方框注解，为“1”加方框，没有边框线(W)，加入 2001 号底纹(B2001)，方框宽 1 个字(。1)。

“〖CS%10,90,50,10〗”是彩色注解，指定“❶”的颜色为洋红色，作用范围到“〖CS〗”注解

为止。

“〖CS%0,90,96,0〗”是彩色注解，指定其后的字符为红色，作用范围到“〖CS〗”注解为止。

“〖CS%90,10,5,40〗”是彩色注解，指定其后的字符为绿色，作用范围到“〖CS〗”注解为止。

“〖CDS15〗”是长度注解，表示以注解所在位置为起点，向右画一条长 15 个字的双线(S)，颜色为“〖CSX%10,40,80,0〗”注解中指定的橘黄色。

“〖CSD%0,20,70,0〗”是彩色注解，指定其后方框的底纹(D)为浅橘黄色。

“〖FK(H042B0021〗a 和 an 的……，an apple。〖FK)〗”是方框注解，为开闭弧注解中的内容加方框，边框采用 042 号花边(H042)，0021 号底纹(B0021)，边框的颜色为“〖CSX%10,40,80,0〗”注解中指定的橘黄色，底纹的颜色为“〖CSD%0,20,70,0〗”注解中指定的浅橘黄色。

“〖CSD%10,100,0,0〗”是彩色注解，指定其后方框的底纹(D)为深粉色。

“〖FK(B0021〗a 和 an 的⇙使用区别〖FK)〗”是方框注解，为开闭弧注解中的内容加方框，加入 0021 号底纹(B0021)。边框的颜色为“〖CSX%10,40,80,0〗”注解中指定的橘黄色，底纹的颜色为“〖CSD%10,100,0,0〗”注解中指定的深粉色。

“〖CSD%10,40,30,0〗”是彩色注解，指定其后方框的底纹(D)为浅粉色。

“〖FK(H076B0025〗注意……而不是看名词。〖FK)〗”是方框注解，为开闭弧注解中的内容加方框，边框采用 042 号花边(H042)，0025 号底纹(B0025)。边框的颜色为“〖CSX%10,40,80,0〗”注解中指定的橘黄色，底纹的颜色为“〖CSD%10,40,30,0〗”注解中指定的浅粉色。

“〖CSD%10,0,100,0〗”是彩色注解，指定其后方框的底纹(D)为浅黄色。

“〖FK(B0021〗注意〖FK)〗”是方框注解，为开闭弧注解中的内容加方框，加入 0021 号底纹(B0021)。边框的颜色为“〖CSX%10,40,80,0〗”注解中指定的橘黄色，底纹的颜色为“〖CSD%10,100,0,0〗”注解中指定的浅黄色。

本实例最终效果可参阅本书配套素材“第 9 章”文件夹中的“小样 14.fbd”文件。

本章小结

本章主要学习了一些修饰注解的用法，包括线型、方框、加底、彩色与背景注解。

- 在线型注解中，长度注解可以在注解所在位置画线；画线注解可以在当前版面中的任意位置画线；线号注解可以为其后的线段指定粗细。
- 方框注解可以为 1 个字、1 个盒子或多行内容加方框，并可嵌套使用，多用来制作标题装饰效果。
- 加底注解可以在当前层中加入底纹，也可设置底纹区域的大小、方位与叠加效果，底纹不影响当前排版的位置。
- 彩色注解可以分别为字符、线与底纹设置颜色。

➢ 背景注解可以将任意内容设置为底纹，如图片、文字、线条等，但在背景内容中不能使用换页注解。

思考与练习

一、选择题

1. 若想在当前版面中的任意位置画线，应使用______注解。

A. 画线　B. 长度　C. 线型　D. 线号

2. 横排时，若在长度注解(CD)中指定了______参数，表示将括弧画成横向。

A. [#]　B. [!]　C. [-]　D. H

3. 若在画线注解(HX)中指定了______参数，表示反方向画线。

A. [#]　B. [!]　C. [-]　D. F

4. "〖FK〗"注解可对注解______一个字(或盒子)加方框。

A. 前面的　B. 后面的　C. 上面的　D. 下面的

5. "〖JD(1,2)4。5〗"注解表示底纹______。

A. 高1行、宽2个字　B. 高4行、宽5个字

C. 高2行、宽1个字　D. 高5行、宽4个字

二、填空题

1. 在线号注解(XH)中最细的线为__________号，最粗的线为__________号。

2. 在长度注解(CD)中，若想将"{"和"}"画成横向，其长度应__________。

3. 彩色注解(CS)可以指定__________、__________和__________的颜色。

4. 若在背景注解(BJ)中指定了__________参数，表示背景内容向版心内缩进。

三、操作题

打开本书配套素材"第9章"文件夹中的"小样15.fbd"文件进行操作。在小样文件中输入的注解(已用曲线标出)及最终效果如下所示。本例所用图片存储在本书配套素材"第9章"文件夹中，即与"小样15.fbd"文件相同的位置。

小样输入：

〖BJ(2,2,2,2〗〖TP<李清照.tif>〗〖BJ)〗↙
〖CSX%0,0,0,0〗〖HT3XK〗《李清照词赏》〖FKH0761〗↙
〖CSD%0,50,90,0〗〖SD6,5〗〖FK(WB00015。20〗
〖HT4F〗昨夜雨疏风骤，浓睡不消残酒，试问卷帘人，↙
却道海棠依旧。知否，知否，应是绿肥红瘦。↙
——〖HT3K〗《如梦令》〖FK)〗Ω

大样效果：

提示：

(1)“〖BJ(2,2,2,2〗……〖BJ)〗”是背景注解，将图片“李清照.tif”指定为背景内容，背景各边距版心 2 个字宽。

(2)“〖CSX%0,0,0,0〗”是彩色注解，为其后方框的边框线(X)指定颜色，C、M、Y、K 值均为 0，即白色。

(3)“〖FKH0761〗”是方框注解，为注解前的盒子“〖李清照词赏〗”画方框，边框线采用 076 号花边(H076)，颜色为“〖CSX%0,0,0,0〗”注解中指定的白色，边框线和文字之间的距离为 1 个当前字的宽度，即“〖HT3XK〗”注解中指定的三号字的宽度。

(4)“〖CSD%0,50,90,0〗”是彩色注解，指定其后方框的底纹色(D)为淡黄色。

(5)“〖SD6,5〗”是始点注解，指定其后的方框从第 6 行、第 5 个字开始排。

(6)“〖FK(WB00015。20〗……〖FK)〗”是方框注解，为开闭弧注解之中的内容画方框，无边框线(W)，加入 0001 号底纹(B0001)，底纹的颜色为“〖CSD%0,50,90,0〗”注解中指定的淡黄色，方框宽 5 行、高 20 个字，其中的文字上下左右居中排(默认)。

本题最终效果可参阅本书配套素材“第 9 章”文件夹中的“小样 16.fbd”文件。

第10章

整篇定义注解

本章内容提要

章前导读

在本书的第3章中我们学习了版式文件的基本编辑方法，而在方正书版中若想对版面做更加细致、高效的设置则需要利用注解进行编辑。本章将深入学习版式文件的编辑方法，以及标题、书眉、页码等内容在小样文件中的设置方法。

10.1 排版文件注解（SB）——编排故事集

功能：指定参加排版的多个小样文件。“SB”读作“书版”。

格式：〖SB〈文件名〉{，〈文件名〉}（0到39次）〗

解释：

〈文件名〉：指定参加排版的小样文件名。文件名中不能包含逗号和右方括弧，文件名中需要加扩展名，并可以带本地路径或网络路径。方正书版最多可以一次将39个小样文件按顺序排列在一起，生成全书的版面。

①本注解只能出现在 PRO 文件中。

②小样文件名必须按内容前后顺序排列，小样文件的最后都应当有结束符号“Ω”。

③各文件头尾相接，排版后生成一个完整文件，并能分别修改各个文件。

实例：编排故事集

Step 01 选择“文件”>“打开”菜单，打开“打开”对话框，在“文件类型”下拉列表框中选择“Pro 文件(*. pro)”，在“查找范围”下拉列表框中选择本书配套素材“第 10 章”\“1”文件夹中的“小样 1. pro”文件，勾选“以文本文件格式打开”复选框，单击“打开”按钮，如图 10－1 所示。

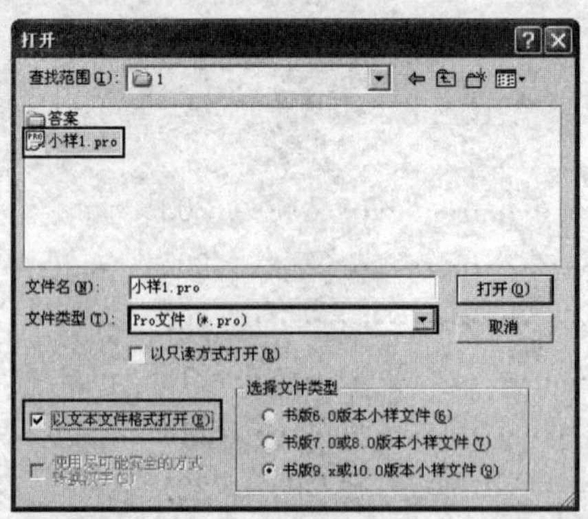

图 10－1 “打开”对话框

Step 02 在文本格式的版式文件中输入注解“〖SB 小样 1. fbd，小样 2. fbd，小样 3. fbd〗”（“小样 1. fbd”，“小样 2. fbd”和“小样 3. fbd”存储在本书配套素材“第 10 章”\“1”文件夹中，即与“小样 1. pro”文件相同的位置）。

若指定了路径，则小样文件不在同一个路径下也可以，如“〖SBE:\方正书版 10.0 素材\第 10 章\1\小样 1. fbd，E:\方正书版 10.0 素材\第 10 章\9\小样 2. fbd〗”

Step 03 打开本书配套素材“第 10 章”文件夹中的“小样 1. fbd”文件，单击“直接预览正文”按钮，预览排版效果。

大样效果：

一、冰与热水

冬天，屋外的冰对开水桶里的热水说：“假若你也变得象我一样多好，整个身体又透明又纯洁。”

“我可不追求外表漂亮，”热水说：“特别是冬天，当人们寒冷的时候，对人，更要有一颗温暖的心才行。”

二、鱼与海贝

鱼对海贝说：“朋友，也许世界上没有比你再穷的了，除了个藏身的外壳以外，什么都没有。”

海贝说：“外表再穷有什么关系，只要心里有珍珠。”

三、不是天气变

从前，有一个由穷变富的人，冬天穿上了暖和的棉衣，便轻快地对旁人说：“哎！现在天气变了，从前冬天很冷，现在冬天暖，真奇怪！”

旁人说：“奇怪什么？天气没有变，变了的是你自己！”

将多个小样文件放在一起排版时，必须以第 1 个小样文件作为当前文件发排全书。

本实例最终效果请参阅本书配套素材“第 10 章”\“1”\“答案”文件夹中的“小样 1. pro”文件。

10.2 版心说明注解（BX）——编排故事书版心

功能：指定全书的版心大小及默认排版格式。“BX”读作“版心”。

格式：

〖BX〈版心字号〉〈版心字体〉[〈颜色〉]，〈版心高〉。〈版心宽〉，〈行距〉[!][B][D]〗

参数：

〈版心字号〉：〈纵向字号〉[，〈横向字号〉]

〈版心字体〉：〈版心汉字字体〉[& 版心外文字体][& 版心数字字体][《H〈汉字外挂字体名〉》][《W〈外文外挂字体名〉》]

〈版心高〉：〈行数〉|{〈数字〉}[.[{〈数字〉}]mm|{〈数字〉}[.[{〈数字〉}]p|{〈数字〉}x]

〈行数〉：{〈数字〉}

〈版心宽〉：〈字数〉|{〈数字〉}[.[{〈数字〉}]mm|{〈数字〉}[.[{〈数字〉}]p|{〈数字〉}x]

〈字数〉：{〈数字〉}

解释：

〈版心字体〉〈版心字号〉：指定全书正文的默认字体、字号。

〈颜色〉：指定全书文字的缺省颜色。默认为黑色。

〈行数〉：表示每页排多少行。

〈字数〉：表示每行排多少字。

mm：版心高（宽）以毫米为单位，可以使用多位小数，整数部分可取 1～3 位数。

p：版心高（宽）以磅为单位，可以使用多位小数，整数部分可取 1～4 位数。

x：版心高（宽）以线为单位，可取 1～5 位数。

〈行距〉：表示每行之间的距离。

[!]：指定全书竖排。

[B]：指定不拉行距，即不对行距作适当拉大调整。省略此参数为拉行距，即当版面排至页末还有不满整行的余空时，系统自动拉大行距，以保证末行在版心下边沿。

[D]：表示排在版心同侧的页码和书眉相互独立。当页码和书眉同在版心上或版心下时，它们共用一个分区且与版心之间的距离相同。若指定[D]参数，页码和书眉的位置无依赖关系，页码可单独设置与正文之间的距离，并且不再占用书眉的分区；此外书眉在下时也可设置眉线属性。省略[D]参数时页码和书眉不独立，位置相互依赖；页码占用书眉的分区并且不可单独设置与正文之间的距离；此外书眉在下时也没有眉线属性。

①版心注解只能出现在版式文件中，不能出现在小样文件里。

②版心的尺寸受开本大小的限制，不同的开本对应不同的版心尺寸。在同一开本中，由于版心四周空白大小不同或装订方法不同，版心尺寸也不同。

实例 1：编排故事书版心

Step 01 以文本文件格式打开本书配套素材"第 10 章"\"2"文件夹中的"小样 1. pro"文件，在其中输入"〖BX5SS,26。27，＊2〗"注解，此注解代表版心的正文为五号字(5)、书宋体(SS)，每页 26 行、每行 27 字(26。27)，行距为正文字高的 1/2 倍(＊2)。

Step 02 打开本书配套素材"第 10 章"\"2"文件夹中的"小样 1. fbd"文件，单击"直接预览正文"按钮，预览排版效果。

大样效果：

苹果树

A long time ago, there was a huge apple tree. A little boy loved to come and lay around it every day. He climbed to the tree top, ate the apples, took a nap under the shadow... He loved the tree and the tree loved to play with him.

很久很久以前，有一棵又高又大的苹果树。一位小男孩，天天到树下来，他爬上去摘苹果吃，在树阴下睡觉。他爱苹果树，苹果树也爱和他一起玩耍。

Time went by... the little boy had grown up and he no longer played around the tree every day. One day, the boy came back to the tree and he looked sad. "Come and play with me," the tree asked the boy. "I am no longer a kid, I don't play around trees anymore," The boy replied, "I want toys, I need money to buy them." "Sorry, but I don't have money... but you can pick all my apples and sell them. So, you will have money." The boy was so excited. He grabbed all the apples on the tree and left happily. The boy never came back after he picked the apples. The tree was sad.

后来，小男孩长大了，不再天天来玩耍。一天他又来到树下，很伤心的样子。苹果树要和他一起玩，男孩说："不行，我不小了，不能再和你玩，我要玩具，可是没钱买。"苹果树说："很遗憾，我也没钱，不过，把我所有的果子摘下来卖掉，你不就有钱

本实例最终效果请参阅本书配套素材"第 10 章"/"2"/"答案"文件夹中的"小样 1. pro"文件。

实例 2：常用版心参数

类型	版心注解	解释说明
16 开	〖BX5SS,40。39，＊2〗	正文为五号字、书宋体，每页 40 行、每行 39 字，行距为正文字高的 1/2 倍
16 开公文	〖BX3F,20。25,4"：1〗	正文为三号字、仿宋体，每页 20 行、每行 25 字，行距为小四号字高的 1 倍
大 16 开期刊	〖BX5"BS,49。60,5：＊2〗	正文为小五号字、报宋体，每页 49 行、每行 60 个字，行距为五号字高的 1/2 倍
64 开字典	〖BX6SS,31。26，＊3〗	正文为六号字、书宋体，每页 31 行、每行 26 个字，行间距为正文字高的 1/3 倍
竖版 32 开	〖BX5SS,102mm。160mm，＊2!〗	正文为五号字、书宋体，版心宽 102 毫米、高 160 毫米，行间距为正文字高的 1/2 倍，"!"表示竖排

用文本文件格式可以更全面、高效地编辑版式文件。若用户想快速删除所有版心注解参数，恢复系统默认设置，则只需在文本格式的版式文件中，删除版心注解(BX)即可。

10.3 页码类注解

对于一本书而言，页码总是少不了的。在方正书版中，排页码的注解有页码说明注解(YM)、暗码注解(AM)、无码注解(WM)以及页号注解(PN)，下面分别介绍。

10.3.1 页码说明注解（YM）——编排寓言章节 1

功能：指定页码的格式。“YM”读作“页码”。

格式：本注解有两种格式，第 2 种格式可在开闭弧注解中指定页码附加内容。

①〖YM〈页码参数〉〗

②〖YM(〈页码参数〉〗〈页码内容〉〖YM)〗

参数：

〈页码参数〉：=[L|R]〈字号〉〈字体〉[〈颜色〉][。|-][！|#[-]〈字距〉][%〈字距〉][=〈起始页号〉][，S]

〈起始页号〉：{〈数字〉}

解释：

[L|R]：表示页码用罗马数字，但要≤16。L 表示用大写(如Ⅱ)、R 表示用小写(如ⅱ)。默认用中文数字或阿拉伯数字。

〈字号〉：页码字号，通常要比正文字小或相同。

〈字体〉：页码字体，可以是数字字体或汉字字体。当字体为汉字字体时(如 SS)，页码用中文数字排(如一、二、三……)；当字体为数字字体时(如 BZ)，页码用阿拉伯数字或罗马数字(由参数“L”或“R”决定)排。

[。|-]：表示页码两边加装饰符。“。”为句号，表示页码两边加一实心中圆点“·”(如·3·)。“-”为减号，表示页码两边加一条短线(如-3-)，默认为不加装饰符。

[!]：表示页码在中间，省略为单页在右，双页在左，竖排时“!”不起作用。

[#[-]〈字距〉]：指定页码与切口间的距离。[-]为减号，指定页码向切口方向移动。省略为向订口方向移动。

[%〈字距〉]：指定页码与正文间的距离。

[S]：表示页码在上，省略时页码在下。竖排时本参数不起作用。

[=〈起始页号〉]：表示首页的页码数，页码的数值应小于等于 5 位数，默认为 1，即从第 1 页开始排起。也可以指定起始页号，如“〖YM5BZ=30〗”表示首页页码为 30。

〈页码内容〉：包括[页码前字符串]〈页码〉[页码后字符串]3 部分，其形式为：[字符串]&[字符串]，其中符号&表示自动填页码的位置，如“〖YM(5BZ〗第&页〖YM)〗”。

①本注解的第 1 种格式适合一般要求的页码，第 2 种格式适用于在页码两边添加特殊字符，其中的〈页码内容〉给出了这些字符。

②第 1 种格式既可以出现在版式文件中，又可以出现在小样文件中，当两者不一致时，以小样文件中的注解为准。第 2 种格式只能出现在小样文件中，且必须在版式文件中指定第 1 种页码格式。

③若版式文件中没有页码注解，则排出的版面无页码，小样文件中的页码注解也不起作用。

④若使用本书第 3 章讲解的方法，只要激活了“页码注解〖YM〗”项，则自动按默认参数指定页码。若想将页码删除，需将版式文件以文本格式打开，并删除其中的页码注解。

实例 1：常用页码注解

版式文件输入	小样文件输入	大样效果	解释说明
〖YM5BZ=1〗		1	页码为五号字（5）、白正体（BZ）、起始页码为 1（=1）
〖YM5"SS=3〗		三	页码为小五号字（5"）、书宋体、起始页码为 3（=3）
〖YM5XT。=101〗		·101·	页码为五号字、细体（XT）、页码两边加实心中圆点（。）、起始页码为 101（=101）
〖YM5BZ=1〗	〖YM（5B5=5〗第＠页〖YM）〗	第 5 页	页码为五号字、白 5 体（B5）、起始页码为第 5 页（=5）

实例 2：编排寓言章节 1

Step 01 以文本文件格式打开本书配套素材“第 10 章”\“3”文件夹中的“小样 1. pro”文件，在其中输入“〖YM6B7。=3〗”注解，此注解代表页码为六号字（6）、白 7 体（B7），页码两边加实心中圆点（。），起始页码为 3（=3）。

Step 02 打开本书配套素材“第 10 章”\“3”文件夹中的“小样 1. fbd”文件，单击“直接预览正文”按钮，预览排版效果。

大样效果：

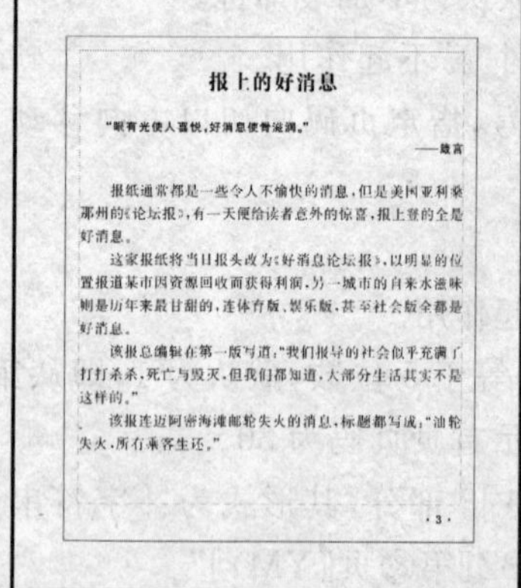

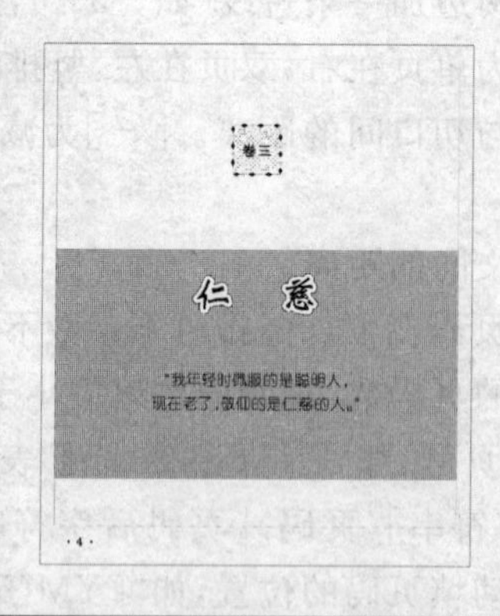

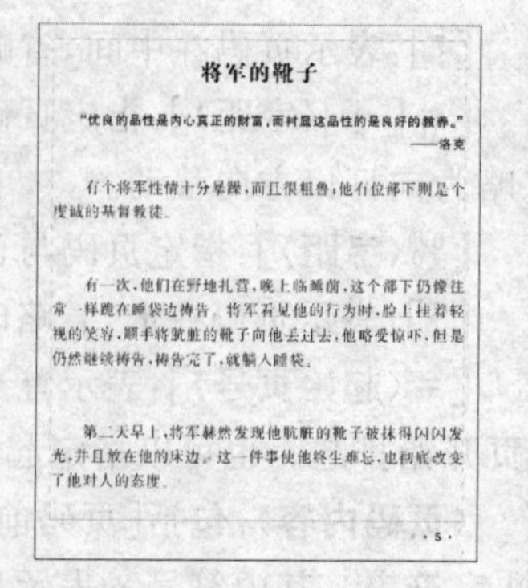

10.3.2 暗码注解（AM）——编排寓言章节 2

功能：指定本页不显示页码，但计页码数。“AM”读作“暗码”。

格式：〖AM〗

①本注解多用于使插图页和篇章页的页码不显示，但计数。

②本注解要写在当页小样文件内容中，如本注解出现在首页内容中，则首页不显示页码，下页页码为第 2 页。

实例：编排寓言章节 2

本实例将继续对 10.3.1 节已设置好页码的小样文件（本书配套素材“第 10 章”/“3”文件夹中的“小样 1.fbd”文件）进行操作。在第 2 页内容中输入注解“〖AM〗”，效果如下所示。

小样输入：

```
……
〖HS8〗〖JZ〗〖FK(H020B0272#3。4〗〖HTH〗卷三〖FK)〗↙↙
〖JD1001(9,1)10。26〗〖JZ〗〖GB(14〗〖KG(3〗〖YY(〗〖HT1W〗仁慈〖YY)〗〖KG)〗〖GB)〗
〖KH1〗
〖JZ(〗〖HT5Y2〗“我年轻时佩服的是聪明人，↙现在老了，敬仰的是仁慈的人。”〖JZ)〗↙
〖AM〗
……
```

大样效果：

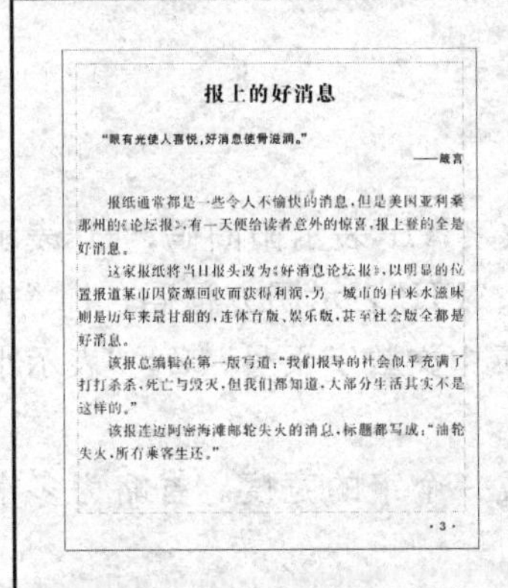

报上的好消息

“眼有光使人喜悦，好消息使骨滋润。”

——箴言

报纸通常都是一些令人不愉快的消息，但是美国亚利桑那州的《论坛报》，有一天便给读者意外的惊喜，报上登的全是好消息。

这家报纸将当日报头改为《好消息论坛报》，以明显的位置报道某市因资源回收而获得利润，另一城市的自来水滋味则是历年来最甘甜的，连体育版、娱乐版，甚至社会版全都是好消息。

该报总编辑在第一版写道：“我们报导的社会似乎充满了打打杀杀、死亡与毁灭，但我们都知道，大部分生活其实不是这样的。”

该报连迈阿密海滩邮轮失火的消息，标题都写成：“油轮失火，所有乘客生还。”

·3·

卷三

仁　慈

“我年轻时佩服的是聪明人，现在老了，敬仰的是仁慈的人。”

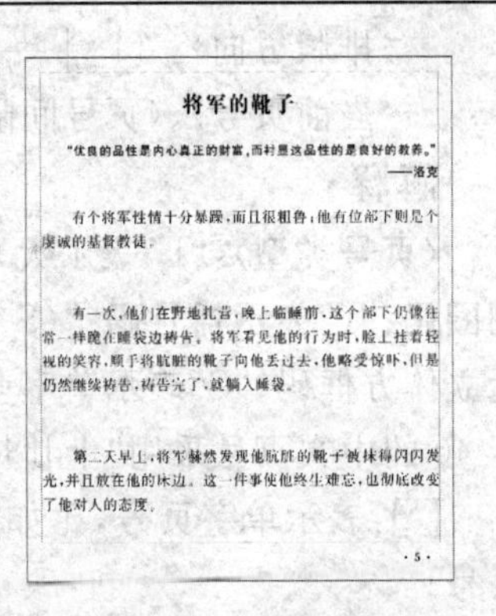

将军的靴子

“优良的品性是内心真正的财富，而衬显这品性的是良好的教养。”

——洛克

有个将军性情十分暴躁，而且很粗鲁；他有位部下则是个虔诚的基督教徒。

有一次，他们在野地扎营，晚上临睡前，这个部下仍像往常一样跪在睡袋边祷告。将军看见他的行为时，脸上挂着轻视的笑容，顺手将肮脏的靴子向他丢过去，他略受惊吓，但是仍然继续祷告，祷告完了，就躺入睡袋。

第二天早上，将军赫然发现他肮脏的靴子被抹得闪闪发光，并且放在他的床边。这一件事使他终生难忘，也彻底改变了他对人的态度。

·5·

本实例最终效果可参阅本书配套素材“第 10 章”/“3”文件夹中的“小样 2.fbd”与“小样 2.pro”文件。

10.3.3 无码注解（WM）——指定不排页码

功能：指定本页不显示页码，也不计数。“WM”读作“无码”。

格式：〖WM〗

①本注解多用于排前言和扉页，使其不显示页码，也不计数。

②本注解要写在当页小样文件内容中，如本注解出现在首页内容中，则首页不显示页码，也不计数，下页页码为第 1 页。

③本注解与暗码注解(AM)对边文中的页码也同样起作用。

10.3.4 页号注解（PN）——编排多样页号

功能：本注解用于排各种形式的页码。“PN”读作“页号”(Page Number 缩写)。

格式：本注解有两种格式，第 2 种格式可在开闭弧注解中指定页号附加内容。

①〖PN[《标识符》]〈页号参数〉〗

②〖PN([《标识符》]〈页号参数〉〗〈页号内容〉〖PN)〗

参数：

〈页号参数〉：[－〈页号类型〉][Y〈页号出现方式〉][〈页号位置〉][V〈排版方向〉][P〈当前页号〉][＋〈页号间隔〉]

〈页号类型〉：{L|R|B|H|(|(S|F|FH|FL|S|.}[Z[＃]][^]

〈页号出现方式〉：{0｜1｜2｜3｜－n}

〈页号位置〉：〈！｜＝〉{〈预设位置〉|〈自定义位置〉}

〈预设位置〉：@〈数字〉

〈数字〉：从 1(或者 01)到 12

〈自定义位置〉：{[－]〈空行参数〉|！}。{[－]〈字距〉|！}

〈排版方向〉：{！｜＝}

〈当前页号〉、〈页号间隔〉：〈数字〉

解释：

〈页号类型〉：“L”表示大写罗马数字；“R”表示小写罗马数字；“B”表示阳圈码；“H”表示阴圈码；“(”表示括号码；“(S ”表示竖括号码；“F”表示方框码；“FH”表示阴方框码；“FL”表示立体方框码；“S”表示单字多位数码；“. ”表示点码。“Z”表示中文数字页号；“Z＃”表示小于 40 的中文页号采用“十廿卅”方式；省略为阿拉伯数字页号。

[^]：表示单字页号，比如和阴圈码结合，可以将页号做成一个字的宽度。省略为多字页号。

〈页号出现方式〉：“0”表示不出现；“1”表示只在单页出现；“2”表示只在双页出现；“3”表示在每页都出现；省略为“3”。

－n：n 指定页号出现的次数(n>0)。例如“－1”表示只在当前页出现一次。

〈页号位置〉：“!”表示页号在单页和双页上的位置是水平镜像对称的，若双页页号在左下角，则单页页号在右下角；“＝”表示双页页号的水平位置和单页的位置是一致的，若双页页号在左下角，则单页页号也在左下角。

〈预设位置〉：表示预设的几种页号位置，数字为 1 到 12，分别代表沿页面四边排列的 12 个位置，如图 10－2 所示。

〈自定义位置〉:其中“!”表示居中。默认为右下角。自定义位置指定的距离相对于版心的左上角,即以版心左上角为起点。

距离可以为正、负、零,如果页号的位置在版心之内,则并不在其中挖出空地,只是简单地叠加在上面。

〈排版方向〉:“!”表示与版心排版方向相反;“=”表示与版心排版方向相同。

〈当前页号〉:指定当前的页号;此参数会影响到页码注解(YM)的效果。

〈页号间隔〉:指定页号的增加步长;默认为1;此参数会影响到页码注解(YM)的效果。

〈页码内容〉:包括[页码前字符串]〈页码〉[页码后字符串]3部分,其形式为:[字符串]®[字符串],其中符号®表示自动填页码的位置,如“〖PN(《1》—L! @1P9〗第®页〖PN)〗”。

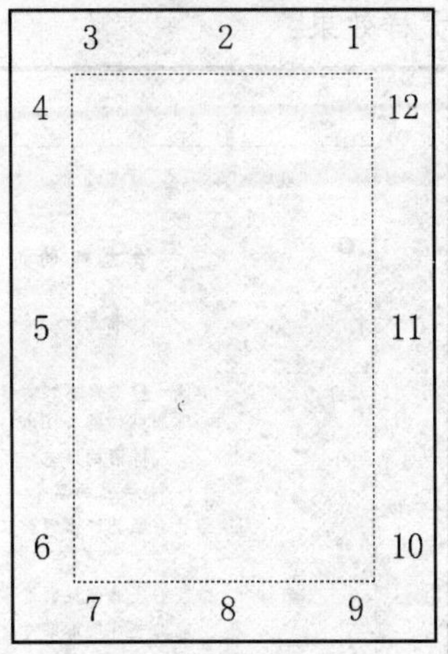

图10-2 页码预设位置

①直接使用本注解不带参数,版面中没有任何效果。

②本注解多用于排大型辞书等页面较大、需要多页码的出版物,也可以用其设计各种样式的页码。

实例:编排多样页号

打开本书配套素材“第10章”\“3”文件夹中的“小样3.fbd”文件进行操作。在小样文件中输入的注解(已用曲线标出)及最终效果如下所示。

小样输入:

```
〖PN《1》—L! @1P8〗
〖PN《2》—R! @2P8〗
〖PN《3》—B! @3P8〗
〖PN《4》—H! @4P8〗
〖PN《5》—(! @5P8〗
〖PN《6》—F! @6P8〗
〖PN《7》—FH! @7P8〗
〖PN《8》—FL! @8P8〗
〖PN《9》—S! @9P8〗
〖PN《10》—B! @10P8〗
〖PN《11》—Z! @11P8〗
〖PN《12》—Z#! @12P8〗
〖HS3〗〖JZ〗〖HT4XK〗乡愁四韵↙……Ω
```

大样效果：

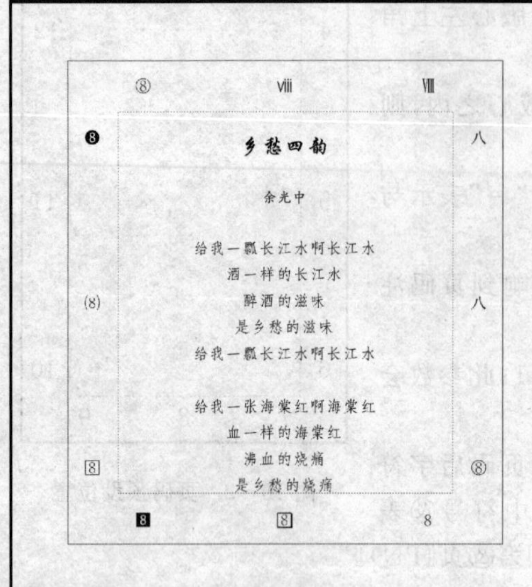

分析：

“〖PN(《1》－L！@1P8〗&〖PN)〗”表示页码标识符为1(《1》)；页号类型为大写罗马数字(L)；单双页的页号水平位置镜像对称(!)；页码位置采用预设的1号位置(@1)；起始页号为8(P8)。

〖PN(《2》－R！@2P8〗&〖PN)〗表示页码标识符为2(《2》)；页号类型为小写罗马数字(R)；单双页的页号水平位置镜像对称(!)；页码位置采用预设的2号位置(@2)；起始页号为8(P8)。

〖PN(《3》－B！@3P8〗&〖PN)〗表示页码标识符为3(《3》)；页号类型为阳圈码(B)；页码位置采用预设的3号位置(@3)，其他参数与上相同。

本实例最终效果可参阅本书配套素材“第10章”\“3”文件夹中的“小样4.fbd”文件。

10.4 换页类注解——编排中英文对照读物

当书分章节时，新的一章要另起一面开始排，此时就需要换页了。在方正书版中，用于换页的注解有3种，其中另面注解(LM)可将注解后的内容转到下页排版，而单页注解(DY)和双页注解(SY)可将注解后的内容排到下一个单页(页码为奇数，如1、3、5)或双页(页码为偶数，如2、4、6)上，下面分别介绍。

10.4.1 另面注解（LM）

功能：将注解后的内容换到下一页继续排版。“LM”读作“另面”。

格式：〖LM〗

10.4.2 单页注解（DY）

功能：将注解后的内容换到下一个单页码面排版。“DY”读作“单页”。

格式：〖DY〗

> ①若当前正在双页上排版，遇到本注解后换到下一页；若当前为单页，则换到下一个单页上，此时会出现一个双页码空白页（没有正文内容）。
>
> ②图书正文和目录首页，以及一些书的篇、章标题通常要求排在单页上。

10.4.3 双页注解（SY）

功能：将注解后的内容换到下一个双页码面排版。“SY”读作“双页”。

格式：〖SY〗

> ①若当前正在单页上排版，遇到本注解后换到下一页；若当前为双页，则换到下一个双页上，并出现一个单页码的空白页（没有正文内容）。
>
> ②图书中一些跨页插图和表格通常需要从双页起排。双面印刷的公文文尾也需要排在双页的下方。

实例：编排中英文对照读物

打开本书配套素材“第 10 章”\“4”文件夹中的“小样 1.fbd”文件进行操作。在小样文件中输入的注解（已用曲线标出）及最终效果如下所示。

小样输入：

```
〖BJ(,,,〗〖TP<花.JPG>〗〖BJ)〗
〖SD12,5〗〖HT5K〗在我的一生中，我一直用歌曲来追寻你。
〖DY〗〖SD10〗〖JY,2〗〖HT3Y〗献给女儿的诗〖WBY〗……
〖SY〗〖SD5〗〖HS(3〗〖JZ(〗〖WT4B2X〗LOVE ALWAYS,……
〖LM〗〖SD5〗〖HS(5〗〖JZ(〗〖HT3Y3〗要爱人=要宽容……Ω
```

大样效果：

本实例最终效果可参阅本书配套素材“第 10 章”\“4”文件夹中的“小样 2.fbd”文件。

10.5 书眉类注解

书眉也叫“页眉”，是一种方便阅读的版面装饰，通常排在版心上方。书眉由眉文和书眉线组成，眉文通常为一本书的书名、篇名或章名。

方正书版中用于排书眉的注解有书眉说明注解（MS）、单页书眉注解（DM）、双页书眉注解（SM）、单双页书眉注解（MM）和空眉注解（KM）。其中书眉说明注解只能放在版式文件中，对全书书眉的排版格式作出总体说明；双页书眉、单页书眉和单双页书眉注解用来在小样文件中指定书眉内容，下面分别介绍。

10.5.1 书眉说明注解（MS）——指定书眉格式

功能：指定全书的书眉格式。“MS”读作“眉说”。

格式：

〖MS[X][C〈格式〉]〈字号〉〈字体〉[，L][，W][，〈书眉线〉][〈字颜色〉][〈线颜色〉][。〈行距〉][，〈行距〉][〈书眉线调整〉]〗

参数：

〈格式〉：SM|S〈间隔符〉M|S|DM，SS|DS，SM|M

〈字体〉：〈汉字字体〉[& 外文字体][& 数字字体][《H〈汉字外挂字体名〉》][《W〈外文外挂字体名〉》]

〈书眉线〉：S|F|CW|XW|B

〈字颜色〉：〈颜色〉Z

〈线颜色〉：〈颜色〉X

〈颜色〉：@[%](〈C 值〉，〈M 值〉，〈Y 值〉，〈K 值〉)

〈书眉线调整〉：[；L[－]〈书眉线内扩〉][；W[－]〈书眉线外扩〉][!]|[；K〈书眉线宽度〉]

〈书眉线内扩〉：〈字距〉

〈书眉线外扩〉：〈字距〉

〈书眉线宽度〉：〈字距〉

解释：

[X]：表示书眉在下，省略书眉在上。

C〈**格式**〉：用于排词条。

SM：表示书眉左边排首词条，右边排末词条。

S〈**间隔符**〉M：表示书眉上排首词条与末词条，中间用〈间隔符〉相连。

S：表示单、双页都排首词条。

DM，SS：表示单页排末词条，双页排首词条。

DS，SM：表示单页排首词条，双页排末词条。

M：表示单、双页都排末词条。

[L]：书眉排在里口(靠近订口)。

[W]：书眉排在外口(靠近切口)。

〈**书眉线**〉：指定书眉线的线型。"S"表示双线；"F"表示反线；"CW"表示上粗下细文武线；"XW"表示上细下粗文武线；"B"表示不画线。

〈**字颜色**〉：用于指定书眉文字的颜色。如果省略，则使用正文的颜色排书眉文字。

〈**线颜色**〉：用于指定书眉线的颜色。如果省略，则采用黑色。

[。〈**行距**〉]：书眉与眉线之间的距离。

[，〈**行距**〉]：眉线与正文之间的距离。

〈**书眉线调整**〉：用于调整书眉线的位置和长度。

〈**书眉线内扩**〉：表示书眉线向订口处加长(单页书眉向左，双页书眉向右)。

〈**书眉线外扩**〉：表示书眉线向切口处加长(单页书眉向右，双页书眉向左)。

[!]：表示〈书眉线内扩〉和〈书眉线外扩〉分别改变为〈书眉线左扩〉和〈书眉线右扩〉，即书眉线向左边加长或向右边加长，此时单页、双页书眉一致。

[－]：是减号，表示书眉线减短。

①本注解只允许写入版式文件中。

②本注解可用于竖排中，但竖排中不能有词条注解。

③本注解只定义书眉格式，书眉内容应由小样文件中的单双眉(MM)、单眉(DM)、双眉(SM)注解给出，否则页面上只有书眉线而无书眉内容。

④若使用本书第 3 章讲解的方法，一旦激活"书眉说明〖MS〗"注解项，则使用默认的参数为文本添加书眉。若想将其删除只能以文本文件格式打开版式文件，并将其中的书眉注解删除。

实例：常用书眉样式注解

版式文件输入	解释说明
〖MS5"Y1，W，CW〗	书眉文字为小五号(5")、细圆体(Y1)、排在外口(W)，书眉线为上粗下细文武线(CW)
〖MS10. K，B〗	书眉文字为 10 磅(10.)、楷体(K)，居中排在版心上面(默认)，不画书眉线(B)
〖MSCSM5SS〗	在书眉上排词条(C)、左边排首词条(S)、右边排末词条(M)，书眉文字为五号(5)、书宋体(SS)
〖MSCS－M6F，L〗	在书眉上排词条(C)、首词条与末词条之间用"－"间隔符相连(S－M)，书眉文字为六号(6)、仿宋体(F)，排在里口(L)

10.5.2　单双眉注解（MM）——编排教材书眉

功能：指定单双页上的书眉内容。"MM"读作"单双眉"或"眉眉"。

格式：〖MM([L|W]]〈眉眉内容〉〖MM)〗

解释：

[L]：书眉排在里口。

[W]：书眉排在外口。

①本注解只允许写入小样文件中。根据版式文件中的眉说注解(MS)所指定的格式自动排书眉。

②图书单双页上的书眉文字相同时，使用本注解。作用范围到下一个单双眉注解为止。

③[L|W]表示书眉排在“里口”或“外口”。若与书眉说明注解(MS)不同时，以本处为准。

实例 1：编排教材书眉

新建一个小样文件和一个与其对应的版式文件，并将版式文件以文本文件格式打开，在其中输入的注解与最终效果如下所示。

版式文件输入：〖MS5SS〗〖YM5BZ=1,S〗

小样文件输入：〖MM(〗方正书版〖MM)〗

大样效果：左为双页书眉、右为单页书眉，“|”表示书缝

2 方正书版 10.0	方正书版 10.0 3

分析：

“〖MS5SS〗”指定书眉说明文字为五号书宋体，书眉线为默认的正线。

“〖YM5BZ=1,S〗”指定页码为五号白正体，排在版心上(S)。

“〖MM(〗方正书版〖MM)〗”将“方正书版”指定为书眉文字，在单双页都出现。

实例 2：编排教材书眉

新建一个小样文件和一个与其对应的版式文件，并将版式文件以文本文件格式打开，在其中输入的注解与最终效果如下所示。

版式文件输入：〖MS5SS〗

小样文件输入：〖MM(L〗方正书版〖MM)〗〖MM(W〗第十章〖MM)〗

大样效果：左为双页书眉、右为单页书眉，“|”表示书缝

第十章 方正书版 10.0	方正书版 10.0 第十章

分析：

“〖MM(L〗方正书版〖MM)〗”指定“方正书版”排在每页书眉的里口(L)。

“〖MM(W〗第十章〖MM)〗”指定“第十章”排在每页书眉的外口(W)。

10.5.3 单眉注解（DM）——指定单页书眉

功能：指定单页码面的书眉内容。“DM”读作“单眉”。

格式:〖DM(〖L|W〗〗〈单眉内容〉〖DM)〗

解释:

[L]:书眉排在里口。

[W]:书眉排在外口。

> ①本注解只允许写入小样文件中。根据版式文件中的眉说注解(MS)所指定的格式自动排书眉。
> ②本注解只用来指定单页码面的书眉,通常和双眉注解配合使用。作用范围到下一个单眉注解为止。
> ③[L|W]表示书眉排在"里口"或"外口"。若与书眉说明注解(MS)相应的参数不同时,以本处为准。

10.5.4 双眉注解(SM)——编排科技书书眉

功能:指定双页码面的书眉内容。"SM"读作"双眉"。

格式:〖SM(〖L|W〗〗〈双眉内容〉〖SM)〗

解释:

[L]:书眉排在里口。

[W]:书眉排在外口。

> ①本注解只允许写入小样文件中。根据版式文件中的眉说注解(MS)所定义的格式自动排书眉。
> ②本注解只用来指定双页码面的书眉,通常和单眉注解配合使用。作用范围到下一个双眉注解为止。
> ③[L|W]表示书眉排在"里口"或"外口"。若与书眉说明注解(MS)相应的参数不同时,以本处为准。

实例 1:编排科技书书眉

新建一个小样文件和一个与其对应的版式文件,并将版式文件以文本文件格式打开,在其中输入的注解与最终效果如下所示。

版式文件输入:〖MS5SS〗

小样文件输入:〖DM(W〗未来科技发展〖DM)〗〖SM(W〗第　章=科技概论〖SM)〗

大样效果:左为双页书眉、右为单页书眉,"|"表示书缝

第一章　科技概论	未来科技发展

分析:

"〖DM(W〗未来科技发展〖DM)〗"指定"未来科技发展"排在单页书眉的外口(W)。

"〖SM(W〗第一章=科技概论〖SM)〗"指定"第一章=科技概论"排在双页书眉的外口(W)。

实例 2:编排科技书书眉

新建一个小样文件和一个与其对应的版式文件,并将版式文件以文本文件格式打开,在其中输入的注解与最终效果如下所示。

版式文件输入:〖MS5SS〗

小样文件输入:〖DM(L〗未来科技发展〖DM)〗〖SM(L〗第一章=科技概论〖SM)〗

大样效果:左为双页书眉、右为单页书眉,"|"表示书缝

第一章　科技概论|未来科技发展

分析:

"〖DM(L〗未来科技发展〖DM)〗"指定"未来科技发展"排在单页书眉的里口(L)。

"〖SM(L〗第一章=科技概论〖SM)〗"指定"第一章=科技概论"排在双页书眉的里口(L)。

10.5.5 空眉注解(KM)——指定不排书眉

功能:指定本页不排书眉。"KM"读作"空眉"。

格式:〖KM[〈书眉线〉]〗

参数:

〈书眉线〉:S|F|CW|XW|B

解释:

〈书眉线〉:用于指定书眉线,其中"S"表示双线;"F"表示反线;"CW"表示上粗下细文武线;"XW"表示上细下粗文武线;"B"表示不画线。省略〈书眉线〉参数时(〖KM〗)表示正线。

①本注解用于取消当前页的书眉内容。

②本注解可以实现不要书眉内容、改变书眉线形式和既不要书眉内容,又不要书眉线 3 种情况。

③本注解不取消页码,取消页码需要使用无码(WM)或暗码(AM)注解。

④本注解对背景和边文均起作用,因为背景、边文与书眉处于同一层中。若背景为图片,可以使用"〖TP<文件名>%〗"注解指定背景内容。

实例:书眉注解形式

小样输入	解释说明
〖KM〗	本页不要书眉文字,书眉线为正线
〖KMS〗	本页不要书眉文字,书眉线为双线
〖KMB〗	本页不要书眉文字和书眉线

下面通过编排艺术教材来练习书眉注解的用法。打开本书配套素材“第 10 章”\“5”文件夹中的“小样 1. fbd”和“小样 1. pro”文件进行操作。在小样文件和版式文件中输入的注解及最终效果如下所示。

版式文件输入:〖MS5SS〗

小样文件输入(输入到文本最前端,即从第 1 页开始起作用):

〖KMB〗
〖SM(W〗〖HT6H〗色彩构成↙〖WT6"F4〗Color Composition〖SM)〗
〖DM(W〗〖ST5HT2〗01 〖HT6"H〗设计与色彩构成〖DM)〗

大样效果:

设计与
色彩构成
01

学习目的与要求:

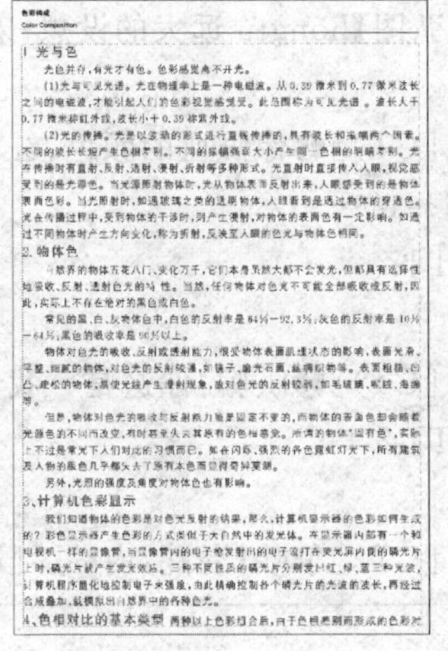
色彩构成
Color Composition

01 设计与色彩构成

本实例最终效果请参阅本书配套素材“第 10 章”/“5”文件夹中的“小样 2. fbd”和“小样 2. pro”文件。

10.5.6　词条注解(CT)——编排字典单页

功能:在正文中提取词条并排在书眉上。“CT”读作“词条”。

格式:本注解有两种格式,第 2 种格式指定开闭弧注解中的内容为词条。

①〖CT[M][#][!]〗

②〖CT([M][#]]〈词条内容〉〖CT)〗

解释:

[M]:表示添加的词条为蒙文词条(用于蒙文书版中)。

[#]:表示词条为隐词条。即指定的内容只作为词条使用,而不出现在正文中。

[!]:表示该词条将被无条件添加到书眉中,无论上一个词条是否与本词条相同。

经验之谈

①本注解只允许写入小样文件中。根据版式文件中的眉说注解(MS)所指定的格式自动排词条。

②本注解的第 1 种格式用于指定注解后的一个字符为词条。

③使用本注解时不要指定书眉文字,否则会发生冲突。

实例:编排字典单页

打开本书配套素材"第 10 章"\"5"文件夹中的"小样 3. fbd"和"小样 3. pro"文件进行操作。在小样文件和版式文件中输入的注解及最终效果如下所示。

版式文件输入:〖BX6SS,30。32,*3〗〖YM5BZ=666,S〗〖MSCS-M5SS〗Ω

小样文件输入:

```
〖FL(!〗〖HS2〗〖JZ〗〖WT4XT〗hóng〖WT〗↙
〖DS2。3W〗〖HT2SS〗〖CT〗弘
〖HT6SS〗〖WTXT〗〖CT(〗hóng〖CT)〗❶大:～图|～愿。❷扩充;光大:恢～↙【弘论】hónglùn 见识广博的言论。↙【弘图】hóngtú 远大的设想;宏伟的计划:～大略|大展～↙
〖DS2。3W〗〖HT2SS〗〖CT〗红
〖HT6SS〗〖WTXT〗〖CT(〗hóng〖CT)〗❶像鲜血的颜色:红布:～枣|～领巾❷象征顺利、成功或受人重视、欢迎:～运|开门～↙……
〖HS2〗〖JZ〗〖WT4XT〗hǒng〖WT〗↙
〖DS2。3W〗〖HT2SS〗〖CT〗哄
〖HT6SS〗〖WTXT〗〖CT(〗hǒng〖CT)〗❶哄骗:你这是～我,我不信。……
〖HS2〗〖JZ〗〖WT4XT〗hòng〖WT〗↙
〖DS2。3W〗〖HT2SS〗〖CT〗讧
〖HT6SS〗〖WTXT〗〖CT(〗hòng〖CT)〗争吵;混乱:内～。〖FL)〗Ω
```

大样效果:

666　弘红哄讧　hóng—hòng

hóng

弘 hóng❶大:～图|～愿。❷扩充;光大:恢～

【弘论】hónglùn 见识广博的言论。

【弘图】hóngtú 远大的设想;宏伟的计划:～大略|大展～

红 hóng❶像鲜血的颜色:红布:～枣|～领巾❷象征顺利、成功或受人重视、欢迎:～运|开门～

【红白喜事】hóngbáixǐshì 男女结婚是喜事,高寿的人病逝的丧事叫喜丧,统称红白喜事。

【红榜】hóngbǎng 指光荣榜,因多用红纸写成,所以叫红榜。

【红火】hónghuo 形容旺盛、兴隆、热闹:小店办得日趋～。

hǒng

哄 hǒng❶哄骗:你这是～我,我不信。❷哄逗,特指看小孩或带小孩:奶奶～着孙子玩。

【哄逗】hǒngdòu 用言语或行动引人高兴:哄孩子

【哄骗】hǒngpiàn 用假话或手段骗人:你这番话～不了人。

hòng

讧 hòng 争吵;混乱:内～。

分析:

"〖BX6SS,30。32,*3〗"是版心注解,指定正文为六号字(6)、书宋体(SS),版心高 30

行、宽 32 个字(30。32),行间距为正文字高的 1/3(＊3)。

"〖YM5BZ＝666,S〗"是页码注解,指定页码为五号字(5)、白正体(BZ),起始页码为 666(＝666),排在版心上方(S)。

"〖MSCS－M5SS〗"是书眉说明注解,在书眉上排词条(C)、首词条与末词条之间用"－"间隔符相连(S－M),书眉文字为五号(5)、书宋体(SS)。

"〖FL(!〗……〖FL)〗"是分栏注解,将注解开闭弧中的内容分成两栏,以正线作为分栏线。

"〖DS2。3W〗"是段首注解,指定注解后的一个字为段首内容,段首区域占 2 行高,3 个字宽(2。3),没有边框(W)。

"〖CT〗"和"〖CT(〗……〖CT)〗"是词条注解,前者将注解后的一个字指定为词条,后者将开闭弧中的内容指定为词条。

本实例最终效果请参阅本书配套素材"第 10 章"\"5"文件夹中的"小样 4. fbd"和"小样 4. pro"文件。

10.6 标题类注解

对于一本书而言,其内容通常包括许多章节,而每个章节下面又会包括多级小标题。因此,为了确保全书标题格式的一致性,方正排版系统为用户提供了两个注解(BD 和 BT)。其中,BD 注解位于版式文件中,用于指定各级标题的格式;BT 注解位于小样文件中,用于指定哪些文字被作为标题,以及作为哪一级标题。

10.6.1 标题定义注解(BD)——编排礼仪教材 1

功能:指定全书各级标题的排版格式。"BD"读作"标定"。

格式:

〖BD〈级号〉,〈双向字号〉〈字体〉[〈颜色〉],〈标题行数〉[〈格式〉]〗

参数:

〈级号〉:1～8

〈字体〉:〈汉字字体〉[&〈外文字体〉][&〈数字字体〉][《H〈汉字外挂字体名〉》][《W〈外文外挂字体名〉》]

〈颜色〉:@[%](〈C 值〉,〈M 值〉,〈Y 值〉,〈K 值〉)

〈标题行数〉:〈空行参数〉

〈格式〉:[S〈空行参数〉][Q〈字距〉]

解释:

〈级号〉:指定标题的级别,最多允许有 8 级,用数字 1～8 表示。

〈双向字号〉〈字体〉:指定标题的字体、字号。此处定义只管标题,不影响正文。

〈颜色〉:指定标题文字所使用的颜色。如果省略,则使用当前正文的颜色,通常为黑色。

〈标题行数〉:指定标题所占行数。均按版心注解中指定的正文字号与行距定义。

[S〈空行参数〉]:指定上空行数,表示标题文字在占行内上空的行数。省略时标题在所占行数内上、下居中排;有此参数标题在所占行数内减去上空行数之后,上、下居中排。例如标题占行数为 5,上空行数为 1,标题在剩下的 4 行内上下居中排,如图 10－3 所示。

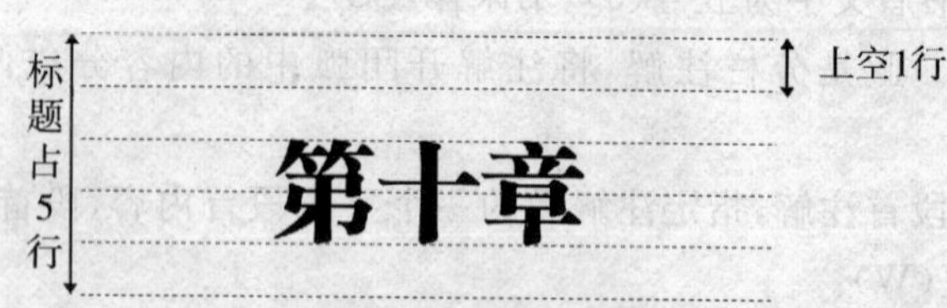

图 10 - 3　空行示意图

[Q〈字距〉]:表示标题左边空出的距离。例如“Q0”、“Q2”分别表示标题顶格或前空 2 字起排。省略则标题左右居中排。

实例:编排礼仪教材 1

以文本文件格式打开本书配套素材“第 10 章”\“6”文件夹中的“小样 1. pro”文件,然后输入如下所示的注解。

〖BD1,1DH,6S2〗〖BD2,2XBS,5S1 * 2〗〖BD3,3H,3〗〖BD4,4Y3,2Q0〗〖BD5,5H,1Q2〗

分析:

“〖BD1,1DH,6S2〗”指定一级标题的格式(BD1),标题字为一号(1)、大黑体(DH),占 6 行(6),上空 2 行(S2)。

“〖BD2,2XBS,5S1 * 2〗”指定二级标题的格式(BD2),标题字为二号(2)、小标宋体(XBS),占 5 行(5),上空 1 行半(S1 * 2)。

“〖BD3,3H,3〗”指定三级标题的格式(BD3),标题字为三号(3)、黑体(H),占 3 行(3),上、下居中排(默认)。

“〖BD4,4Y3,2Q0〗”指定四级标题的格式(BD4),标题字为四号(4)、准圆体(Y3),占 2 行(2),上、下居中排,标题左边顶格排(Q0)。

“〖BD5,5H,1Q2〗”指定五级标题的格式(BD5),标题字为五号(5)、黑体(H),占 1 行(1),标题左边空两格排(Q2)。

10.6.2　标题注解（BT）——编排礼仪教材 2

功能:按照已定义好的格式排标题内容。“BT”读作“标题”。

格式:本注解有两种格式,第 2 种格式指定开闭弧注解之中的内容。

①〖BT〈级号〉[〈增减〉〈空行参数〉][＃]〗

②〖BT(〈级号〉[〈级号〉][〈级号〉][〈增减〉〈空行参数〉][＃]〗〈标题内容〉〖BT)〗

参数:

〈级号〉:1～8

〈增减〉:＋|－

解释:

〈级号〉:用来指定标题的级别,共有 8 级,分别对应版式文件中标题定义注解所指定的标题格式。

〈增减〉〈空行参数〉:使标题在指定行数的基础上增行或减行。其中“＋”表示增行,“－”表示减行。例如三级标题加 1 行的注解写成“〖BT3＋1〗”,减 1 行注解写成“〖BT3－1〗”。加行多用于排长标题,若出现 2 行或 3 行标题,原定义的空行参数不够时,可增加行数;当出现多级标题连用时,标题之间会显得过于稀疏,此时可适当减少空行。

[＃]:表示在标题和行数后不自动带一行文字,默认自动带一行文字。没有[＃]时该标题或行数不会出现孤题的现象,即标题后自动带一行正文;但在某些情况下其后的文字图片位置可能不正确,此时可通过加[＃]解决。

①第 1 种格式一般用于排单级标题,作用范围到换行注解为止。第 2 种格式用于排多行多级标题,该格式有自动换行功能。

②本注解所定义的字体、字号不会影响正文。

③使用本注解一定要在版式文件中指定标题格式。否则系统会出现“级号错”的错误信息。

④当多级标题连用时,可以利用本注解的第 2 种格式统一调整各级标题所占的行数。例如三级标题连用的小样格式为“〖BT(123〗一级〖〗二级〖〗三级〖BT)〗”,此时相当于“〖BT1〗一级〖BT2〗二级〖BT3〗三级”。在“〖〗”中可以写入空行参数,表示在两级标题之间需要减少的行距。

实例 1:编排礼仪教材 2

打开本书配套素材“第 10 章”\“6”文件夹中的“小样 1.fbd”文件进行操作。在小样文件中输入的注解(已用曲线标出)及最终效果如下所示。与“小样 1.fbd”文件对应的版式文件(“小样 1.pro”)已在 10.6.2 节设置完毕。

小样输入:

〖BT1〗第一章 礼仪引论↙
〖BT2〗第一节 礼仪的起源和发展↙
〖BT3〗一、礼仪的起源↙
〖BT4〗1. 源于原始的宗教祭祀↙
〖BT4〗2. 礼仪起源于风俗习惯↙
〖BT5〗(1)数字风俗↙
〖BT5〗(2)食品风俗↙……Ω

大样效果:

第一章 礼仪引论

第一节 礼仪的起源和发展

一、礼仪的起源

1. 源于原始的宗教祭祀

2. 礼仪起源于风俗习惯

(1)数字风俗

(2)食品风俗

本实例最终效果请参阅本书配套素材“第 10 章”\“6”文件夹中的“小样 2.fbd”与“小样 2.pro”文件。

实例 2:标题空行增减实例

1
2 第三篇 标题1
3
4
5
6 第十章 标题2
7
8
9 第一节 标题3

标题一占 4 行,标题二占 3 行,标题三占 2 行,注解写成:

〖BT1〗第三篇↙
〖BT2〗第十章↙
〖BT3〗第一节↙
或:〖BT(123〗第三篇〖〗第十章〖〗第一节〖BT)〗

1
2 第三篇 标题1
3
4
5
6 第十章 标题2
7 第一节 标题3
8

标题一占 4 行,标题二减 1 行(占 2 行),标题三占 2 行,注解写成:

〖BT1〗第三篇↙
〖BT2－1〗第十章↙
〖BT3〗第一节↙
或:〖BT(123〗第三篇〖1〗第十章〖〗第一节〖BT)〗

1
2 第三篇 标题1
3
4
5
6 第十章 标题2
7
8
9 第一节 标题3
10

标题一占 4 行,标题二加 1 行(占 4 行),标题三占 2 行,注解写成:

〖BT1〗第三篇↙
〖BT2＋1〗第十章↙
〖BT3〗第一节↙

1
2 第三篇 标题1
3
4 第十章 标题2
5
6 第一节 标题3
7

标题整体减少 2 行,注解写成:

〖BT(123－2〗第三篇〖〗第十章〖〗第一节〖BT)〗

1 第十章
2
3 方正书版10.0 标题2
4
5 整篇注解

标题二占 2 行,3 个二级标题连排,整体加 3 行(共 5 行),注解写成:

〖BT(2＋3〗第十章↙方正书版 10.0↙整篇注解〖BT)〗

10.7 目录类注解

方正书版具有自动排目录的功能，可以从正文中抽取出标题内容与页码，无论正文如何修改都能自动跟踪标题和页码的变化，保证目录的正确。

排目录的注解有目录定义注解(MD)和目录自动登记注解(MZ)，前者用于指定目录的排版格式，后者用来在文本中提取目录内容，发排目录后即可生成目录文件。

10.7.1 目录定义注解（MD）——编排科普读物目录 1

功能： 指定目录格式。“MD”读作“目定”。

格式：〖MD(〈级号〉〗〈目录内容〉〖MD)〗

解释：

〈级号〉： 目录标题的级号为 1～8，共 8 级。

〈目录内容〉： 用于指定目录中标题排版格式的注解。通常有汉体注解(HT)、数体注解(ST)和居右注解(JY)。〈目录内容〉中通常有两个页码目录替换符“&”，前一个“&”表示将被抽出的标题，后一个“&”表示被抽出的页码。发排目录文件时自动将目录文字和页码填入指定的位置。

①本注解通常放在小样文件的开始，目录自动登记注解(MZ)的前面。
②本注解必须与目录自动登记注解(MZ)配合使用。
③若利用排版文件注解(SB)将多个小样文件组合在一起，只需在第 1 个小样文件中指定 MD 注解即可。

实例： 编排科普读物目录 1

打开本书配套素材“第 10 章”/“7”文件夹中的“小样 1. fbd”文件，在该小样文件的开头输入如下注解。

```
〖MD(1〗〖JZ〗〖HT3H〗&〖HT〗〖MD)〗↙
〖MD(2〗〖HT5SS〗=&〖HT〗〖JY。〗〖ST5XT〗&〖MD)〗↙
〖MD(3〗〖HT5K〗==&〖HT〗〖JY。〗〖ST5XT〗&〖MD)〗↙
〖MD(4〗〖HT5F〗===&〖HT〗〖JY。〗〖ST5XT〗&〖MD)〗
```

分析：

“〖MD(1〗……〖MD)〗”指定一级目录的格式，其中文字为三号黑体(3H)，居中排列(JZ)。

“〖MD(2〗……〖MD)〗”指定二级目录的格式，其中文字为五号书宋体(5SS)，页码为五号细体(5XT)，页码居右排列，页码和文字之间用实心三连点连接(JY.)。

“〖MD(3〗……〖MD)〗”指定三级目录的格式，其中文字为五号楷体(5K)，页码为五号细体(5XT)，页码居右排列，页码和文字之间用实心三连点连接(JY.)。

“〖MD(4〗……〖MD)〗”指定四级目录的格式，其中文字为五号仿宋体(5F)，页码为五号细体(5XT)，页码居右排列，页码和文字之间用实心三连点连接(JY.)。

10.7.2 自动登记目录注解（MZ）——编排科普读物目录 2

功能：指定目录内容。“MZ”读作“目自”。

格式：

①〖MZ([〈级号〉[＋][H]]〗〈目录内容〉〖MZ)〗

②〖MZ〗

解释：

〈级号〉：目录标题的的级号为1～8，共8级。如“〖MZ(1〗……〖MZ)〗”表示使用目录定义注解中指定的一级标题的格式。

[＋]：用于指定页码是否用括号“()”括起来。省略时表示不加括号，重复出现时取反，即前一个“＋”号为增加括号，后一个“＋”表示取消括号。

[H]：表示目录逐条换行排，相当于“↙”符号。省略表示在同一行内连续排。

〈目录内容〉：指定要提取到目录中的文字。

①本注解的第1种格式用于在正文中提取目录内容和所在页码，第2种格式只将注解所在页的页码提取出来。

②使用无参数的开闭弧注解“〖MZ(〗……〖MZ)〗”时，〈目录内容〉只被提取到目录中，正文发排后无法显示。利用这个功能可以指定只在目录区中出现的注解和文字。

③本注解必须和目录定义注解(MD)配合使用。

④本注解中指定的级号必须被前面的目录定义注解(MD)定义过。

实例 1：编排科普读物目录 2

本实例将继续操作10.7.1节已编辑好的小样文件（本书配套素材“第10章”\“7”文件夹中的“小样1.fbd”文件）。

Step 01 在小样文件中输入如下注解（已用曲线标出）。其中“〖MZ(1H〗……〖MZ)〗”注解将开闭弧中的内容指定为一级目录，其后的目录内容在其下一行排(H)；“〖MZ(2＋H〗……〖MZ)〗”注解将开闭弧中的内容指定为二级目录，其后的页码都加括号(＋)；“〖MZ(3H〗……〖MZ)〗”和“〖MZ(4H〗……〖MZ)〗”注解分别将开闭弧中的内容指定为三级目录和四级目录。

```
〖MD(1〗〖JZ〗〖HT3H〗@〖HT〗〖MD)〗↙
〖MD(2〗〖HT5SS〗=@〖HT〗〖JY。〗〖ST5XT〗@〖MD)〗↙
〖MD(3〗〖HT5K〗==@〖HT〗〖JY。〗〖ST5XT〗@〖MD)〗↙
〖MD(4〗〖HT5F〗===@〖HT〗〖JY。〗〖ST5XT〗@〖MD)〗↙
```

```
〖SD9〗〖JZ〗〖SP(〗〖GB(4〗〖HT0H〗〖MZ(1H〗上篇＝自然科学领域〖MZ)〗〖GB)〗〖SP)〗
〖LM〗〖HT〗↙
〖BT1〗〖MZ(2＋H〗第一章＝数学〖MZ)〗↙
〖BT2〗〖MZ(3H〗第一节＝数学概念〖MZ)〗↙
〖BT2〗〖MZ(3H〗第二节＝数学本质〖MZ)〗↙
〖BT2〗〖MZ(3H〗第三节＝数学研究的各领域〖MZ)〗↙〖BT3〗〖MZ(4H〗一、数量〖MZ)〗↙
〖BT3〗〖MZ(4H〗二、结构〖MZ)〗↙
〖BT3〗〖MZ(4H〗三、空间〖MZ)〗↙
〖BT3〗〖MZ(4H〗四、基础与哲学〖MZ)〗↙
〖BT2〗〖MZ(3H〗第四节＝数学的分类〖MZ)〗↙
〖BT3〗〖MZ(4H〗一、离散数学〖MZ)〗↙
〖BT3〗〖MZ(4H〗二、模糊数学〖MZ)〗↙
```

Step 02 在排版工具栏中单击“一扫查错”按钮或按【F7】键，打开“导出.DEF”对话框，勾选“导出由ZD、ML或MZ注解生成的.DEF文件”复选框，单击“确定”按钮，如图10－4所示。

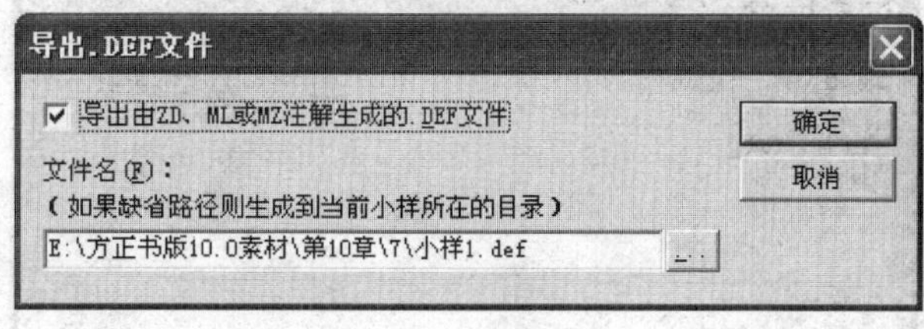

图10－4　“导出.DEF”对话框

Step 03 选择“排版”>“目录排版”>“目录发排”菜单，打开“设置目录发排参数”对话框，选择“与发排正文时使用的PRO文件相同”复选框，然后单击“确定”按钮，发排目录，如图10－5所示。发排目录后会生成一个独立的目录大样文件，该文件名与小样文件相似，只在后面加上“ML”(表示目录)，如“小样2ML.s10”。

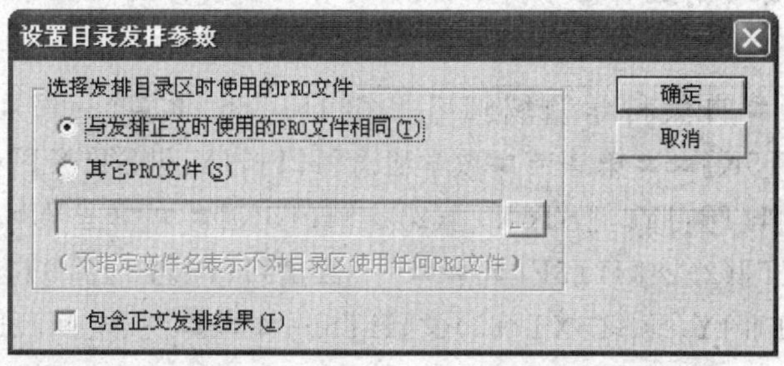

图10－5　“设置目录发排参数”对话框

Step 04 若想看到目录大样文件，可选择“排版”>“目录排版”>“目录发排结果显示”菜单，如图10－6所示。

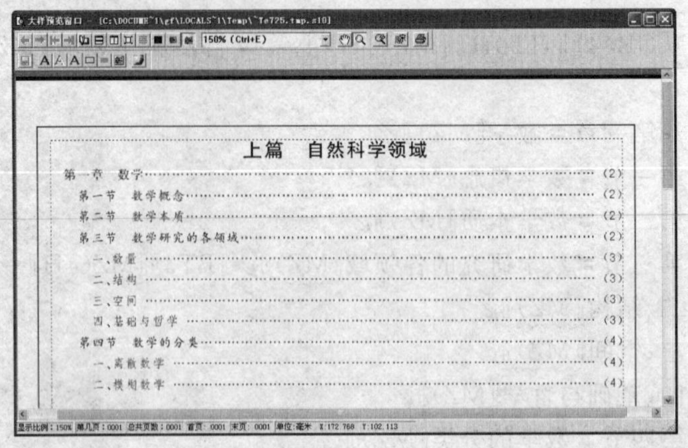

图 10－6　目录大样文件

Step 05　若想导出目录小样，可选择“排版”＞“目录排版”＞“导出目录小样”菜单，打开“另存为”对话框，在“文件名”编辑框中输入目录文件名，如“小样 1 目录”，然后单击“保存”按钮，导出目录小样文件，如图 10－7 所示。

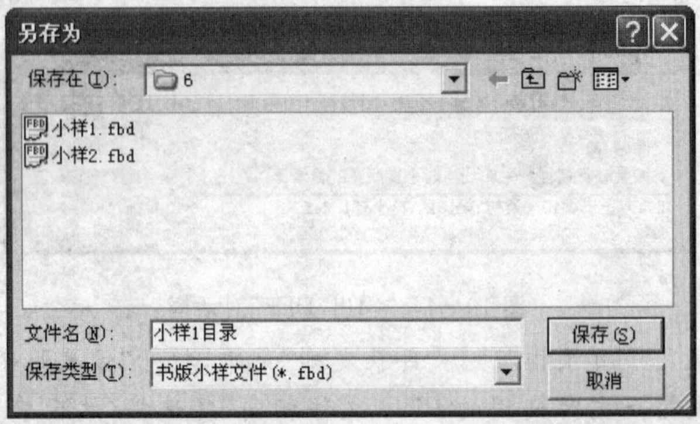

图 10－7　“另存为”对话框

Step 06　导出的目录小样文件如下所示，用户可根据需要修改。

〖JZ〗〖HT3H〗上篇=自然科学领域〖HT〗↙〖HT5SS〗=第一章=数学〖HT〗〖JY。〗〖ST5XT〗(2)↙〖HT5K〗==第一节=数学概念〖HT〗〖JY。〗〖ST5XT〗(2)↙〖HT5K〗==第二节=数学本质〖HT〗〖JY。〗〖ST5XT〗(2)↙〖HT5K〗==第三节=数学研究的各领域〖HT〗〖JY。〗〖ST5XT〗(2)↙〖HT5F〗===一、数量〖HT〗〖JY。〗〖ST5XT〗(3)↙〖HT5F〗===二、结构〖HT〗〖JY。〗〖ST5XT〗(3)↙〖HT5F〗===三、空间〖HT〗〖JY。〗〖ST5XT〗(3)↙〖HT5F〗===四、基础与哲学〖HT〗〖JY。〗〖ST5XT〗(3)↙〖HT5K〗==第四节=数学的分类〖HT〗〖JY。〗〖ST5XT〗(4)↙〖HT5F〗===一、离散数学〖HT〗〖JY。〗〖ST5XT〗(4)↙〖HT5F〗===二、模糊数学〖HT〗〖JY。〗〖ST5XT〗(4)↙Ω

Step 07　选择“排版”＞“目录排版”＞“目录发排结果输出”菜单，打开“输出”对话框，单击“确定”按钮，即可将该目录生成结果文件(小样 1ML.PS)，如图 10－8 所示。

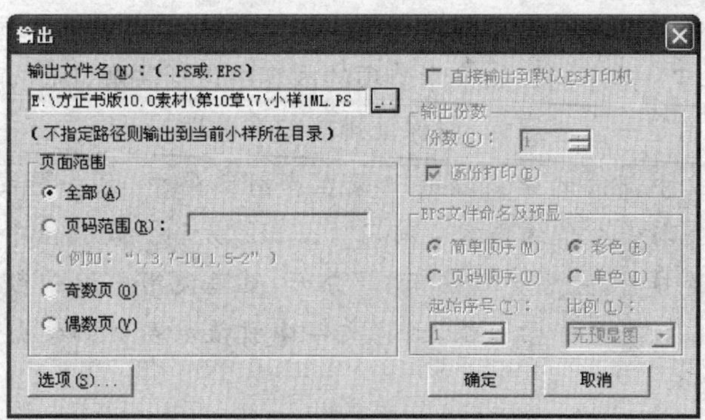

图 10－8　“输出”对话框

本实例最终效果可参阅本书配套素材“第 10 章”\“7”文件夹中的“小样 2. fbd”、“小样 2 目录. fbd”、“小样 2ML. s10”、“小样 2ML. PS”文件。

10.8 索引点注解（XP）——编排历史教材索引

功能：用于指定索引项，即小样文件中需要抽取到索引中的内容。“XP”即“index point”的缩写。

格式：

〖XP([Q|H][X]〗〈索引项〉[〖〗〈索引值〉][〖＊〗〈排序词〉]〖XP)〗

参数：

〈索引项〉:〈父索引项〉[〈连结符〉〈子索引项〉](0 到 n 次)

〈父索引项〉:〈字符串〉

〈连结符〉:〈BD 语言文件结束符〉

〈子索引项〉:〈字符串〉

〈索引值〉:〈字符串〉

〈排序词〉:〈字符串〉

解释：

[Q]：表示该索引项不参与排序，放在同级索引项的第一个。

[H]：表示该索引项不参与排序，放在同级索引项的最后一个。省略[Q]、[H]时表示该索引项参加排序。

[X]：表示要将索引内容排在正文中。如果有二级索引，三级索引等则只将最低级的内容排在正文中。省略“X”时表示索引内容不排在正文中。

〈索引项〉：指定索引项的内容和层次关系。〈父索引项〉是最高层(一级索引)，〈子索引项〉可以指定多层。〈连结符〉表示层次关系。如“〖XP(〗中国〖XP)〗”表示索引项为“中国”，且它是最高层的索引项。“〖XP(〗中国Ω上海〖XP)〗”表示索引项为“上海”，且它是一个二级索引项，其父索引项为“中国”。

〈索引值〉：指定索引值的内容。默认是把索引点所在位置的页码抽到索引中，此外也可以将文字作为索引值，如“〖XP(〗北京〖〗北平〖XP)〗”

〈排序词〉：指定排序词的内容。默认使用索引项的内容作为排序词。“〖*〗”是使其前置，表示它后面的内容为排序词。如果索引项的内容中包括注解，则注解将被当做普通字符参加排序。此时，可指定一个排序词，以保证排序的准确性。

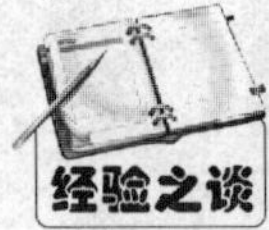

①在正文中抽出的索引项将记录在索引文件中，每一行安排一个索引条目。索引项与索引值的内容中间用“〖KG2〗”分隔。索引值中连续页码使用“—”作为连接符，分隔页码使用“，”分开，页码使用阿拉伯数字。如果既有页码索引值又有文字索引值，则将文字索引值放在页码索引值之后，中间用“，”号分开。

②索引项的层次关系通过缩进来表达，一级索引项顶格排，二级索引项前空 2 格，三级前空 4 格，以此类推。

实例：编排历史教材索引

Step 01 打开本书配套素材“第 10 章”\“8”文件夹中的“小样 1.fbd”文件，在小样文件中输入如下注解（已用曲线标出）。

```
〖BT1〗中华五千年概述↙
〖BT2〗〖XP(X〗传说时代〖XP)〗(约公元前 2696—1766 年)↙
〖BT3〗〖XP(X〗轩辕黄帝〖XP)〗(公元前约 2600 年)↙
〖BT3〗〖XP(X〗尧舜时代〖XP)〗(公元前约 2200 — 2100 年)↙
〖BT3〗〖XP(X〗政教之兴〖XP)〗(公元前约 2100 年)↙
〖BT2〗〖XP(X〗商至先秦〖XP)〗(约公元前 1766—221 年)↙
〖BT3〗〖XP(X〗周武王伐纣〖XP)〗(公元前约 1100 年)↙
〖BT3〗〖XP(X〗齐国之兴〖XP)〗(公元前 648 年)↙
〖BT3〗〖XP(X〗孔子行教〖XP)〗(公元前 540 年)↙
〖BT3〗〖XP(X〗勾践灭吴〖XP)〗(公元前 473 年)↙
〖BT3〗〖XP(X〗张仪连横〖XP)〗(公元前 315 年)↙
```

Step 02 选择“排版”>“生成索引”菜单，打开“生成索引”对话框，单击“索引文件(N)：”编辑框右侧的…按钮，如图 10—9 所示。

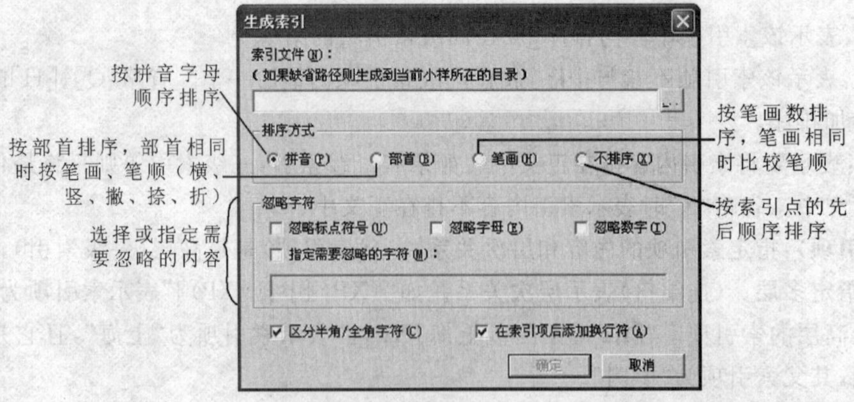

图 10－9 “生成索引”对话框

Step 03 打开“另存为”对话框，在“保存在”下拉列表中选择与其对应的小样文件相同的位置（“第 10 章”/“8”文件夹），在“文件名”编辑框中输入“索引 1.idx”，单击“保存”按钮，如图 10—10 所示。

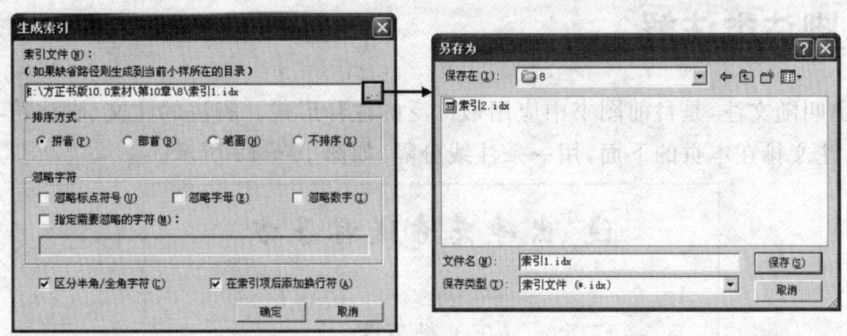

图 10－10　选择索引生成路径

Step 04 在“生成索引”对话框中单击“确定”按钮，即可生成索引文件。

Step 05 选择“文件”>“打开”菜单，打开“打开”对话框，在“查找范围”下拉列表中选择要打开的索引文件，本例选择本书配套素材“第 10 章”/“8”文件夹，单击“索引 1.idx”，然后单击“打开”按钮，如图 10—11 所示。

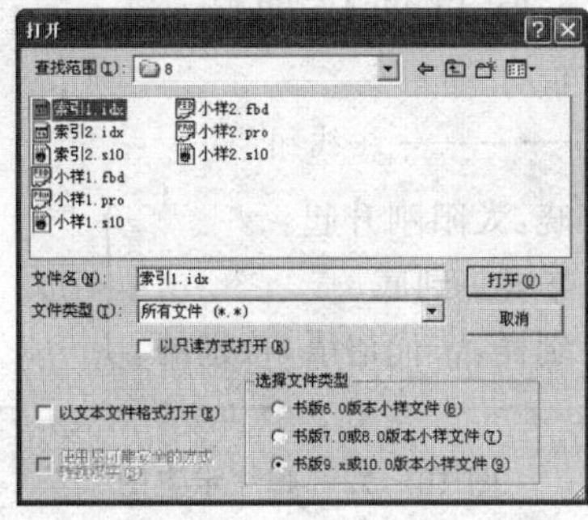

图 10－11

Step 06 索引的小样文件和最终效果如下所示。

索引小样：

传说时代〖KG2〗1↙
勾践灭吴〖KG2〗3↙
孔子行教〖KG2〗3↙
齐国之兴〖KG2〗2↙
商至先秦〖KG2〗2↙
轩辕黄帝〖KG2〗1↙
尧舜时代〖KG2〗1↙
张仪连横〖KG2〗3↙
政教之兴〖KG2〗1↙
周武王伐纣〖KG2〗2↙Ω

索引大样：

索引项	页码
传说时代	1
勾践灭吴	3
孔了行教	3
齐国之兴	2
商至先秦	2
轩辕黄帝	1
尧舜时代	1
张仪连横	3
政教之兴	1
周武王伐纣	2

本实例最终效果可参阅本书配套素材“第 10 章”\“8”文件夹中的“小样 2. fbd”、“索引 2. idx”和“索引 2. s10”文件。

10.9 脚注类注解

脚注也叫随文注，是目前图书中应用最广泛的注释形式。脚注的注文、脚注符与正文在同一页上，注文排在本页的下面，用一条注线分隔，如图 10－12 所示。

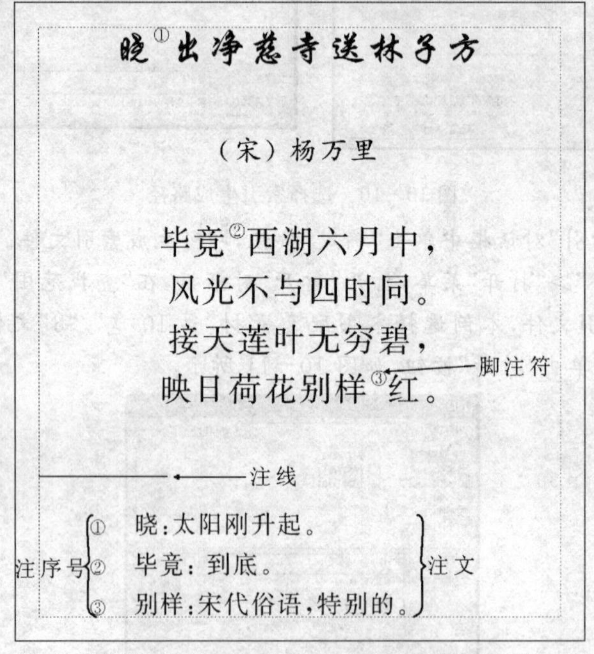

图 10－12 脚注示意图

10.9.1 注文注解（ZW）——编排古诗注文 1

功能：指定脚注内容。“ZW”读作“注文”。

格式：

〖ZW(［DY］［〈脚注符形式〉］［〈序号〉］［B］［P|L［#］［〈字距〉］］［Z］［，〈字号〉］［〈序号换页方式〉］〗〈注文内容〉〖ZW)〗

参数：

〈脚注符形式〉：F|O|Y|K|＊|W

〈序号〉：{〈数字〉}（最多 2 位数字）

〈序号换页方式〉：；X|；C

解释：

［DY］：表示分栏排时注文不是排在末栏而要通栏排，其位置为整页末（分栏内容中不能有图片与分区注解）。省略本参数表示排在末栏最后。

〈脚注符形式〉:“F”表示方括号,如“〔1〕”;“O”表示阳圈码,如“①”;“Y”表示阴圈码,如“❶”;“K”表示圆括号,如“(1)”;“＊”表示“＊”号,不排数字;“W”表示数字码,如“1”。

〈序号〉:为 1～2 位数字,即 1～99。

[B]:表示注序号与注文间不留空,省略时注序号与注文间留注文字号一字宽。

[P]:表示本注文另行开始排。

[L]:表示本注文接上条注文末尾排。

[#]:表示注文回行后与上一行注文序号对齐。

〈字距〉:表示接上一注文末尾排时所空的距离。默认为不留空。

[Z]:表示注序号与注文中线对齐;省略表示基线对齐。

〈字号〉:表示正文中注序号的字号。

〈序号换页形式〉:换页时注序号可以设置两种计算方式:重置方式和递增方式。默认为重置方式,用“X”参数表示,指换页后第一条注文的序号从 1 开始,递增方式用“C”参数表示,指换页后第一条注文的序号在上页的基础上递增。例如,上一页的最后一条注文序号为 5,则在递增方式下,下一页的第一条注文的序号是 6;而在重置方式下为 1(如果注文指定了序号,则按指定的序号)。

实例:编排古诗注文 1

打开本书配套素材“第 10 章”\“9”文件夹中的“小样 1. fbd”文件,在小样文件中输入的注解(已用曲线标出)如下所示。

〖SD3〗〖HS5〗〖JZ〗〖HT2F〗望天门山〖ZW(〗【天门山】在今安徽省当涂县西南,东名博望山,西名梁山,两山夹江对峙,形如门户,故称天门。〖ZW)〗↙
〖HS2〗〖JZ1〗〖HT4F〗李白↙
〖JZ(Z〗〖HT4K〗天门中断楚江〖ZW(〗【楚江】当涂一带战国时属楚国,故称流过这里的长江为楚江。〖ZW)〗开,↙
碧水东流至此回〖ZW(〗【回】转弯。长江在天门山附近由东弯向北流。〖ZW)〗↙
两岸青山〖ZW(〗【两岸青山】指博望山、梁山。〖ZW)〗相对出,↙
孤帆一片日边来。〖JZ)〗Ω

10.9.2 脚注说明注解(ZS)——编排古诗注文 2

功能:指定注文排版格式。“ZS”读作“注说”。

格式:

〖ZS〈字号〉〈字体〉[〈字颜色〉][〈线颜色〉][,〈脚注符形式〉[〈字号〉]|,〈字号〉][,X〈注线长〉][,S〈注线始点〉][,L〈注线线型〉][,〈注文行宽〉][,〈注文行距〉][,〈格式说明〉][#][%][!]〗

参数:

〈字体〉:〈汉字字体〉[& 外文字体][& 数字字体][《H〈汉字外挂字体名〉》][《W〈外文外挂字体名〉》]

〈字颜色〉:〈颜色〉Z

〈线颜色〉:〈颜色〉X

〈颜色〉:@[%](〈C值〉,〈M值〉,〈Y值〉,〈K值〉)

〈脚注符形式〉:F|O|Y|K|*

〈注线长〉:1|〈分数〉

〈注线始点〉:〈字距〉

〈注线线型〉:F|S|D|W|K|Q|=|CW|XW|H〈花边编号〉

〈花边编号〉:000～117

〈注文行宽〉:HK〈行宽参数〉

〈注文行距〉:HJ〈行距参数〉

〈格式说明〉:DG

解释:

第1个〈字号〉:注文文字的字号。

〈字颜色〉:注文的颜色。

〈线颜色〉:注线的颜色。

〈脚注符形式〉:"F"表示方括号;"O"表示阳圈码;"Y"表示阴圈码;"K"表示圆括号;"*"表示"*"号,不排数字;省略为阳圈码。

第2个和第3个〈字号〉:脚注符字号大小,若与正文字号相同可省略。

〈注线长〉:用于指定注线的长度。省略时注线长度为版心宽度的1/4,分栏时为栏宽的1/4,竖排时为版心高度的1/4。注线通栏宽时取1。

〈注线始点〉:指定注线开始的位置,即距版心左边的距离(横排)。

〈注线线型〉:"F"表示反线;"S"表示双线;"D"表示点线;"W"表示不要线也不占位置;"K"表示空边框(无线但占一字宽边框位置);"Q"表示曲线;"="表示双曲线;"CW"表示外粗内细文武线;"XW"表示外细内粗文武线;"H"表示花边线;省略为正线。

〈注文行宽〉:表示注文的宽度,省略时与版心宽度相同。

〈注文行距〉:指定注文的行距,此处以注文字号为单位,如注文字号为六号字,行距*2表示注文的行距为六号字的一半。

[DG]:表示每个注文的注序号顶格排起,省略此参数表示注序号前空两格。

[#]:表示注文竖排时,单、双页上都排注文;无此参数表示只在双页上排注文。

[%]:表示注文连续排,不换行。省略"%"表示注文逐条换行排。

〈字颜色〉:指定脚注文字的颜色。省略则与正文文字颜色相同。

〈线颜色〉:指定注文线的颜色。省略为黑色。

[!]:表示使用多种脚注符形式混排时,保证注文中脚注符右端对齐,同时要保证注文内容的左端对齐。

本注解只能出现在版式文件中,也可通过本书第3章讲解的方式在注解子窗口中激活"脚注说明〖ZS〗"项,然后在属性子窗口中进行各项设置,如图10—13所示。

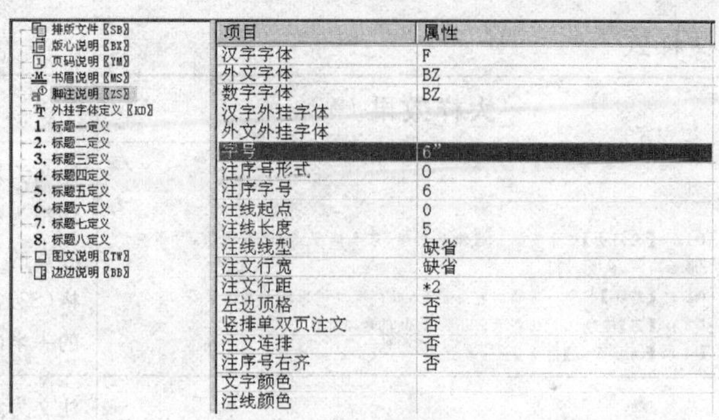

项目	属性
汉字字体	F
外文字体	BZ
数字字体	BZ
汉字外挂字体	
外文外挂字体	
字号	6"
注序号形式	0
注序字号	6
注线起点	0
注线长度	5
注线线型	缺省
注文行宽	缺省
注文行距	*2
左边顶格	否
竖排单双页注文	否
注文连排	否
注序号右齐	否
文字颜色	
注线颜色	

图 10－13　脚注说明注解各参数

实例 1：编排古诗注文 2

Step 01　以文本文件格式打开本书配套素材"第 10 章"\"9"文件夹中的"小样 1. pro"文件，输入如下所示的注解。其中注文为小六号(6")、仿宋体(F)，脚注符为阳圈码(O)、六号字(6)，注线长度为版心宽的 1/5(X5)，注线顶格排(S0)，注文行距为注文字号的一半高(HJ＊2)。

〖ZS6"F,O6,X5,S0,HJ＊2〗

Step 02　打开本书配套素材"第 10 章"\"9"文件夹中的"小样 1. fbd"文件(已在 10.9.1 节指定好注文内容)，单击"直接预览正文"按钮，预览排版效果，如下所示。

望天门山①

李　白

天门中断楚江②开，
碧水东流至此回③。
两岸青山④相对出，
孤帆一片日边来。

① 【天门山】在今安徽省当涂县西南，东名博望山，西名梁山，两山夹江对峙，形如门户，故称天门。
② 【楚江】当涂一带战国时属楚国，故称流过这里的长江为楚江。
③ 【回】转弯。长江在天门山附近由东弯向北流。
④ 【两岸青山】指博望山、梁山。

本实例最终效果可参阅本书配套素材"第 10 章"\"9"文件夹中的"小样 2. fbd"和"小样 2. pro"文件。

实例 2：常见注文样式

版式文件输入	大样效果	解释说明
〖ZS6F，K，X3，S2，HJ＊2〗	（1）【天门山】在今安徽省当涂县西南，东名博望山，西名梁山，两山夹江对峙，形如门户，故称天门。 （2）【楚江】当涂一带战国时属楚国，故称流过这里的长江为楚江。 （3）【回】转弯。长江在天门山附近由东弯向北流 （4）【两岸青山】指博望山、梁山。	注文为六号(6)、仿宋体(F)，脚注符为括号(K)，注线长为版心宽的 1/3(X3)，注线前空两格(S2)，注文行距为注文字号的一半(HJ＊2)
〖ZS6F，F，X2，HJ＊2，DG〗	〔1〕【天门山】在今安徽省当涂县西南，东名博望山，西名梁山，两山夹江对峙，形如门户，故称天门。 〔2〕【楚江】当涂一带战国时属楚国，故称流过这里的长江为楚江。 〔3〕【回】转弯。长江在天门山附近由东弯向北流 〔4〕【两岸青山】指博望山、梁山。	注文为六号(6)、仿宋体(F)，脚注符为六角括号(F)，注线长为版心宽的 1/2(X2)，注文行距为注文字号的一半(HJ＊2)，注文顶格排(DG)
〖ZS6F，Y，X5，HJ＊2％〗	❶【天门山】在今安徽省当涂县西南，东名博望山，西名梁山，两山夹江对峙，形如门户，故称天门。❷【楚江】当涂一带战国时属楚国，故称流过这里的长江为楚江。❸【回】转弯。长江在天门山附近由东弯向北流 ❹【两岸青山】指博望山、梁山。	注文为六号(6)、仿宋体(F)，脚注符为阴圈码(Y)，注线长为版心宽的 1/5(X5)，注文行距为注文字号的一半(HJ＊2)，注文连续接排(％)

10.10 图文说明注解（TW）——编排计算机图书

功能：指定全书图片说明文字的的格式。“TW”读作“图文”。

格式：

〖TW〈字号〉〈汉字字体〉[&外文字体][&数字字体][《H〈汉字外挂字体名〉》][《W〈外文外挂字体名〉》][〈颜色〉》]〈，图说位置〉〈，图说高度〉[！]〗

参数：

〈字号〉：〈双向字号〉

〈双向字号〉：〈纵向字号〉[，〈横向字号〉]]

〈颜色〉：@[％](〈C 值〉，〈M 值〉，〈Y 值〉，〈K 值〉)

〈图说位置〉：B|L|R。缺省为 B。

〈图说高度〉：图片说明所占的高度。

解释：

B：表示图片说明文字在图片在下边。

L：表示图片说明文字在图片的左边。

R：表示图片说明文字在图片的右边。

！：表示图片说明文字竖排，省略为横排。

〈颜色〉：指定图片说明文字的颜色，省略为黑色。

实例：编排计算机图书

Step 01 以文本文件格式打开本书配套素材“第 10 章”\“10”文件夹中的“小样 1.pro”文件，输入如下所示的注解。该注解表示图片说明文字的纵向字号与横向字号都为六号(6,6),汉字字体为楷体(H),外文字体为白正体(BZ),数字字体为白 1 体(B1),文字排在图片下(B),高 2 行。

〖TW6,6K&BZ&B1,B,2〗

Step 02 打开本书配套素材“第 10 章”\“10”文件夹中的“小样 1. fbd”文件(已指定好图片说明文字内容),单击“直接预览正文”按钮,预览排版效果,如下所示。

步骤 11　利用“磁性套索工具”将圣诞帽制作成选区,如图 3—11 所示。然后利用“移动工具”将帽子拖至圣诞卡中,如图 3—12 所示。

图 3-11　将圣诞帽制作成选区

图 3-12　组合图片

本实例最终效果可参阅本书配套素材“第 10 章”\“10”文件夹中的“小样 2. fbd”和“小样 2. pro”文件。

综合实例——编排论文

下面以一个实例练习本章所学的重点内容。打开本书配套素材“第 10 章”\“综合实例”文件夹中的“小样 1. fbd”和“小样 1. pro”文件进行操作。在版式文件与小样文件中输入的注解(已用曲线标出)及最终效果如下所示。

版式文件输入:

```
〖BX5SS&B1&B1,40。42,*2〗
〖YM6BZ=1,S〗
〖MS6SS&BZ&BZ〗
〖ZS5"SS&B1&B1,O6,X4,HJ*2〗
〖BD1,2"H&F5&BZ,3〗
〖BD2,3SS&F5&BZ,3〗
〖BD3,4"XBS&BZ&BZ,2S*2Q0〗
〖BD4,5H&BZ&BZ,1Q0〗
〖BD5,4"K&B1&BZ,1〗
〖BD6,5"F&B1&BZ,1〗
〖TW5"H&BZ&BZ,B,5〗
```

小样文件输入：

〖SM(L〗艺术与科学〖KG22〗第 56 卷〖SM)〗
〖DM(L〗第 3 期〖KG17〗韦军涛：消费文化视野中的眼镜设计〖DM)〗
〖HT5"SS〗文章编号：1000－8152(2009)01－0000－00
〖BT1〗消费文化视野中的眼镜设计
〖BT5〗韦军涛
〖BT6〗(景德镇陶瓷学院，江西 景德镇 333031)↙↙
〖HTXBS〗摘 要〖HT〗：消费价值观念的转变，……↙
〖HTXBS〗关键词〖HT〗：消费文化；眼镜设计；品牌；审美创造↙
〖HTXBS〗中图分类号〖HT〗：TP 13 =〖HTXBS〗文献标识码〖HT〗：A↙
〖BT2〗Eyewear Design in Consumer Culture ↙
〖BT5〗WEI Juntao↙〖BT6〗(Jingdezhen Ceramic Institute，Jingdezhen 333031，Jiangxi，P. R. China)↙↙
〖WTH1〗Abstract〖WT〗：Changes in consumer values，……↙
〖WTH1〗Key words〖WT〗：consumer culture；optical design；brand；unique aesthetic creation↙
〖FL(K2〗〖BT3〗1. 引言↙
作为人们的一种生活方式……↙
〖BT3〗2. 消费文化对眼镜设计的影响↙
如今，消费文化的内涵不再仅仅停留在……↙
〖BT4〗2.1 消费文化新价值观对眼镜设计的影响↙
物质文化生活水平的提高使得人们开始追逐时尚，……它还带着联想，起着"符号"的作用。"〖ZW(〗【法】罗兰·巴尔特. 符号学原理.【M】. 北京：三联书店出版社. 1988.〖ZW)〗所以说，如今的消费文化是"表达某种意义或传承某种价值系统的符号系统，这种符号可以是消费品，也可以是消费品的选择，使用或消费方式，还可以是传统的消费习俗，它已是一种符号体系，表达、体现和隐含了某种意义、价值或规范。〖ZW(〗王宁. 消费社会学.【M】. 北京：社会科学文献出版社. 2001.〖ZW)〗
〖BT4〗2.2 日常生活审美泛化对眼镜设计的要求↙
〖TP<眼镜 1.tif>，BP〗〖TS(〗图 1：暴龙 bolon ↙粉红是成熟的诱惑，暗红是低调的神秘，黑红是封尘的经典，紫红是高雅的悠远。〖TS)〗新的审美观念对眼镜的样式、色彩、功能等方面的设计都有了新的要求……↙
〖BT4〗2.3 "非物质"文化对眼镜设计的影响 ↙
非物质文化(就是人们常说的数字化、信息化……，而是一些不断生发生新的和无法预料的功能和形式的产品。"〖ZW(〗鲍懿喜. 消费文化视野中的设计特性.【M】. 南京艺术学院学报(美术与设计版). 2005. (03). 137〖ZW)〗↙
〖BT3〗3. 消费文化在眼镜设计中的体现↙
〖BT4〗3.1 大众时尚文化在眼镜中的表现↙
当代眼镜设计在消费文化层面的表现中，……↙

〖TP<眼镜 2. tif>,BP〗〖TS(〗图 2 :拉芳特 LAFONT ↙奢华、技艺、高品质,佩戴舒适、款型独特、色彩前卫,是世界最具特色的太阳眼镜。〖TS)〗〖BT4〗3. 2 品牌文化在眼镜设计中的体现↙
品牌是一个复杂的文化系统,品牌文化要借助……↙
〖BT3〗4. 消费文化中眼镜设计的审美创造 ↙
〖BT4〗4. 1 眼镜的形态和功能的审美描述↙
在产品系统中,功能、结构、形式之间的联系为形式自由和审美创造的多样性提供了可能。"产品的形式的审美创造,应坚持以功能为取向的原则,使产品精神功能的发挥有助于整个产品目的性和实用功能的实现。"〖ZW(〗凌继尧、徐恒醇. 艺术设计学.【M】. 上海:上海人民出版社. 2006. 〖ZW)〗眼镜设计的审美取向除了眼镜的实用功能之外,……↙
"本来功能应该与产品质料形影不离,但是在现代社会,许多高技术工业产品或智能产品,其质料的表面形式已经与其功能脱离。"也就是说,这种形式已经不能表现其功能,其功能本身也变成一种'超功能'。"〖ZW(〗【法】马克 · 第亚尼. 非物质社会—后工业世界的设计、文化与技术【M】. 成都:四川人民出版社. 1998. 〖ZW)〗眼镜和别的工业产品一样……
〖BT4〗4. 2 眼镜在使用情境中的审美创造 ↙
眼镜作为消费文化的一种载体,……,设计师和用户才能更准确的将自己的判断能力转向对产品价值的要求。"〖ZW(〗尹定邦. 设计学概论.【M】. 长沙. 湖南科学技术出版社. 2004. 〖ZW)〗也就是说,……
〖BT3〗5. 结语↙
在这多元化的消费文化背景下……〖FL)〗Ω

大样效果:

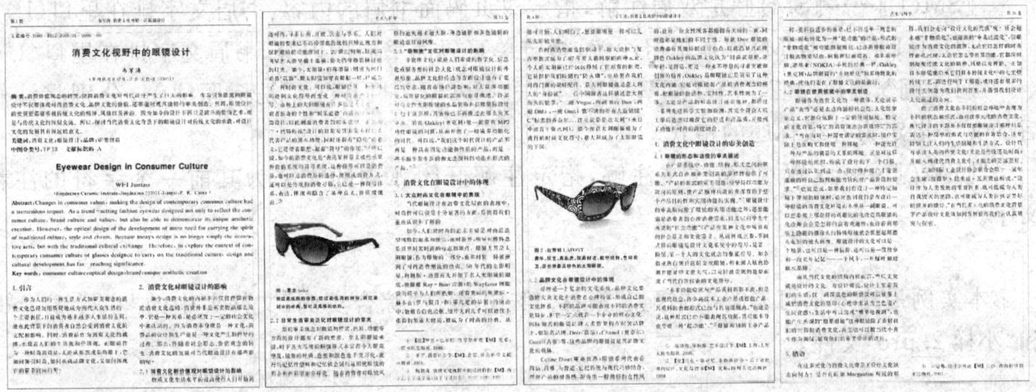

分析:

版式文件中:

"〖BX5SS&B1&B1,40。42,＊2〗"是版心注解,指定正文汉字为五号书宋体(5SS),外文字体为白 1 体(&B1),数字字体为白 1 体(B1),版心高 40 行、宽 42 个字(40。42),行间距为正文字号的一半(＊2)。

"〖YM6BZ=1,S〗"是页码注解,指定页码为六号白正体(6BZ),起始页码为 1(=1),页码排在版心上(S)。

"〖MS6SS&BZ&BZ〗"是书眉说明注解,指定书眉文字为六号书宋体(6SS),外文字体和数字字体都为白正体(&BZ&BZ)。

“〖ZS5”SS&B1&B1,O6,X4,HJ＊2〗”是注文说明注解，指定注文为小五号书宋体(5”SS)，外文字体和数字字体都为白1体(&B1&B1)，脚注符为阳圈码(O)、六号字(6)，注线长为栏宽的1/4(X4)，行距为注文字号的一半(HJ＊2)。

“〖BD1,2”H&F5&BZ,3〗”指定标题一(BD1)的格式，其中字号为小二号(2”)，汉字字体为黑体(H)，外文字体为方黑5体(F5)，数字字体为白正体(BZ)，占3行(3)。

“〖BD2,3SS&F5&BZ,3〗”指定标题二(BD2)的格式，其中字号为三号(3)，汉字字体为书宋体(SS)，外文字体为方黑5体(F5)，数字字体为白正体(BZ)，占3行(3)。

“〖BD3,4”XBS&BZ&BZ,2S＊2Q0〗”指定标题三(BD3)的格式，其中字号为小四号(4”)，汉字字体为小标宋体(XBS)，外文与数字字体都为白正体(&BZ&BZ)，占两行(2)，上空半行(S＊2)，左顶格排(Q0)。

“〖BD4,5H&BZ&BZ,1Q0〗”指定标题四(BD4)的格式，其中字号为五号(5)，汉字字体为黑体(H)，外文与数字字体都为白正体(&BZ&BZ)，占1行(1)，左顶格排(Q0)。

“〖BD5,4”K&B1&BZ,1〗”指定标题五(BD5)的格式，其中字号为小四号(4”)，汉字字体为楷体(K)，外文字体为白1体(&B1)，数字字体为白正体(&BZ)，占1行(1)。

“〖BD6,5”F&B1&BZ,1〗”指定标题六(BD6)的格式，其中字号为小五号(5”)，汉字字体为仿宋体(F)，外文字体为白1体(&B1)，数字字体为白正体(&BZ)，占1行(1)。

“〖TW5”H&BZ&BZ,B,5〗”为图文说明注解，指定图说文字的字号为小五号(5”)，汉字字体为黑体(H)，外文与数字字体都为白正体(&BZ&BZ)，高5行(5)。

小样文件中：

“〖SM(L〗……〖SM)〗”是双眉注解，指定双页码面书眉的内容，书眉文字排在里口(L)。

“〖DM(L〗……〖DM)〗”是单眉注解，指定单页码面书眉的内容，书眉文字排在里口(L)。

“〖BT1〗”、“〖BT2〗”、“〖BT3〗”、“〖BT4〗”、“〖BT5〗”、“〖BT6〗”是标题注解，分别将注解后的文字指定为各级标题的格式。

“〖ZW(〗……〖ZW)〗”是注文注解，指定注解开闭弧中的文字为其前一个字符的注释文字。

本实例最终效果可参阅本书配套素材“第10章”\“综合实例”文件夹中的“小样2.fbd”和“小样2.pro”文件。

本章小结

本章主要学习了利用注解编辑版式文件的方法，以及标题、书眉、页码和脚注等的设置方法。利用注解编辑版式文件适用于高级用户，其功能更全面，熟练使用能提高工作效率。

- 排版文件注解用于将多个小样文件组合成全书，用户可直接在注解中输入小样文件名，并可指定不同路径下的小样文件。
- 版心说明注解用于指定全书正文的版面格式，其中版心的大小不但能够使用行数和字数设置，还能够以毫米、磅和线做单位。若想快速还原版心的默认参数可直接将版心注解删除。

- 利用页码说明注解可在页码前后加入各种修饰符；此外，在小样文件中可使用暗码、无码和页号注解指定页码的排版方式和样式。
- 换页注解有三种，可分别指定注解后的内容排在下一页、下一单页或下一个双页上，多用于编排篇章首页和诗歌正文。
- 书眉说明注解用于指定全书书眉的格式，此外单双眉注解、双眉注解和单眉注解用于在小样文件中指定书眉内容。
- 标题定义注解用来定义标题格式，标题注解用来在小样文件中指定标题内容。
- 目录定义注解和自动登记目录注解可以在小样文件中指定目录格式并提取目录内容，系统可自动记录相应内容的页码，从而提高了工作效率，避免出错。
- 索引点注解和脚注注解可制作正文的索引和脚注。
- 图文说明注解可统一指定全书图片说明文字的格式。

思考与练习

一、选择题

1. 若想在单双页上指定同样的书眉内容，应使用______注解。

A. 眉眉　　B. 双眉　　C. 单眉　　D. 全眉

2. ______注解表示本页不要书眉文字，书眉线为正线。

A. 〖KM〗　　B. 〖KMZ〗　　C. 〖KMS〗　　D. 〖KMB〗

3. ______注解表示其后的内容在下一个双页上排版。

A. 〖SY〗　　B. 〖DY〗　　C. 〖LY〗　　D. 〖LM〗

4. ______注解用于在文本中提取目录内容。

A. 〖MM〗　　B. 〖MD〗　　C. 〖MZ〗　　D. 〖MS〗

二、填空题

1. 版心大小可以以__________、__________、__________、__________为单位。
2. 在页码注解(YM)中，参数__________表示使用大写罗马数字作为页码。
3. __________注解指定本页不排页码，但计页码数；__________注解指定本页不排页码，且不计页码数。
4. __________注解位于版式文件中，用于定义各级标题的格式；__________注解位于小样文件中，用于定义哪些文字被作为标题，以及作为哪一级标题。

三、操作题

打开本书配套素材“第 10 章”\“综合实例”文件夹中的“小样 3. fbd”和“小样 3. pro”文件进行操作。在版式文件和小样文件中输入的注解(已用曲线标出)及最终效果如下所示。

版式文件输入：

〖BX5K，26。26，＊2〗〖YM6XT。＝1〗〖MS5”K〗〖BD1，3Y3，4S2〗〖BD2，4”F，3〗〖BD3，3H，3〗

小样文件输入：

```
〖MD(1〗〖HT4"CH〗&〖HT〗〖MD)〗↙
〖MD(2〗〖HT5H〗=&〖HT〗〖JY。〗〖ST5B7〗&〖MD)〗↙
〖DM(W〗〖MZ(1H〗第一单元=摹形·传神·寄意〖MZ)〗〖DM)〗
〖SM(W〗初中语文第三册〖SM)〗
〖BT(3〗第一单元↙摹形·传神·寄意〖BT)〗
〖BT1〗〖MZ(2H〗一=白　鹭〖MZ)〗
〖BT2〗郭沫若↙
白鹭是一首精巧的诗。……↙
〖BT1〗〖MZ(2H〗二=小麻雀〖MZ)〗
〖BT2〗老舍↙
雨后，院里来了个麻雀，刚长全了羽毛。……↙
〖BT1〗〖MZ(2〗三=一棵小桃树〖MZ)〗
〖BT2〗贾平凹↙
我常常想要给我的小桃树写点文章，……Ω
```

目录小样文件输入：

```
〖HT4"CH〗第一单元=摹形·传神·寄意〖HT〗↙〖HT5H〗=一=白　鹭〖HT〗〖JY。〗〖ST5B7〗郭沫若=1↙〖HT5H〗=二=小麻雀〖HT〗〖JY。〗〖ST5B7〗老舍=2↙〖HT5H〗=三=一棵小桃树〖HT〗〖JY。〗〖ST5B7〗贾平凹=3Ω
```

正文大样效果：

目录大样效果：

提示：

(1)版式文件中：

“〖BX5K,26。26,*2〗”是版心注解，指定正文为五号(5)、楷体(K)，版心高为 26 行、版心宽为 26 个字(26。26)，行间距为正文字号的一半(*2)。

“〖YM6XT。=1〗”是页码注解，指定页码为六号(6)、细体(XT)，两边加实心中圆点(。)，起始页码为1(=1)。

“〖MS5”K〗”是书眉说明注解，指定书眉文字为小五号(5”)、楷体(K)。

“〖BD1,3Y3,4S2〗”指定标题一的格式，汉字为三号(3)、准圆体(Y3)，占4行(4)，上空两行(S2)。

“〖BD2,4”F,3〗”指定标题二的格式，汉字为小四号(4”)、仿宋体(F)，占3行(3)。

“〖BD3,3H,3〗”指定标题三的格式，汉字为三号(3)、黑体(H)，占3行。

(2)小样文件中：

“〖MD(1〗〖HT4"CH〗&〖HT〗〖MD)〗”是目录定义注解，定义一级目录的格式，汉字为小四号(4”)、粗黑体(CH)。

“〖MD(2〗〖HT5H〗=&〖HT〗〖JY。〗〖ST5B7〗&〖MD)〗”是目录定义注解，定义二级目录的格式，汉字为五号(5)、黑体(H)，页码为五号(5)、白7体(B7)，页码与文字之间用三连点相连(〖JY。〗)。

“〖DM(W〗……〖DM)〗”是单眉注解，指定注解开闭弧中的内容为单页码面的书眉，书眉文字排在外口(W)。

“〖MZ(1H〗……〖MZ)〗”是目录自动登记注解，将注解开闭弧中的内容指定为一级目录，其后的目录内容在其下一行排(H)。

“〖SM(W〗……〖SM)〗”是双眉注解，指定注解开闭弧中的内容为双页码面的书眉，书眉文字排在外口(W)。

“〖BT(3〗……〖BT)〗”是标题注解，指定开闭弧中的内容采用标题三的格式。

“〖BT1〗”和“〖BT2〗”表示将注解后的内容指定为标题一和标题二的格式。

“〖MZ(2H〗……〖MZ)〗”是目录自动登记注解，将注解开闭弧中的内容指定为二级目录，其后的目录内容在其下一行排(H)。

(3)利用“排版”>“目录排版”菜单中的“目录发排”命令可以发排目录，利用“目录发排结果显示”命令可以打开目录的大样文件，利用“导出目录小样”命令可以将目录内容生成单独的小样文件，并根据需要在其中做相应的修改。

本题最终效果请参阅本书配套素材“第10章”\“综合实例”文件夹中的“小样4.fbd”、“小样4.pro”文件和“小样4目录.fbd”文件。

第11章 表格类注解

本章内容提要

章前导读

为了使描述更为直观,常常需要在文档中使用表格。利用方正书版提供的表格类注解可以创建多种类型的表格,并可设置表格内文字的格式。

11.1 表框类注解

在实际工作中,人们使用的表格各式各样。按照表框类型可分为有线表、无线表和子表。下面,我们先来了解一下表格的几个基本概念,如图 11-1 所示。

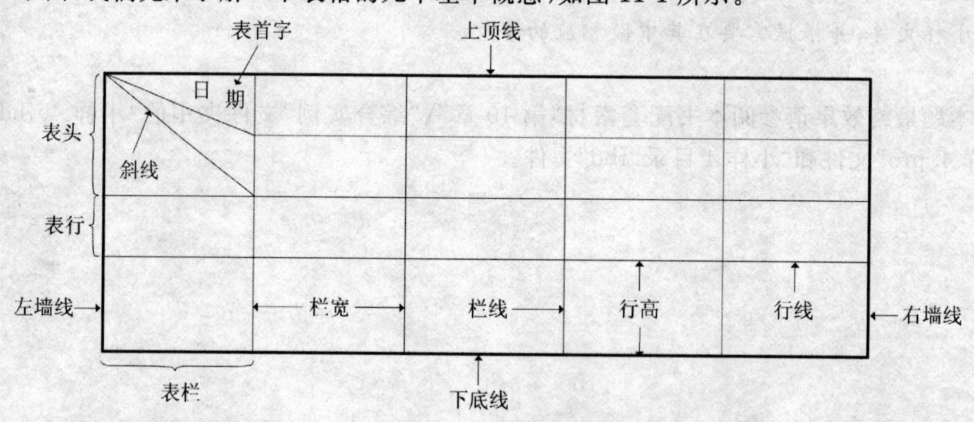

图 11-1 表格的组成

➢ **行与栏**：表格由表格体和表格内容文字组成。表格体就是表线画出的框架，其中横为“行”、纵为“栏”。方正书版是按“行”制作表格的，表行是构成表格的基本单位，无论多复杂的表格，都是由一层层表行组成，一页排不下时自动换到下页继续排。每一个表行又可分为若干栏。

➢ **表线**：表格体由表线画出，分为栏线与行线两种。其中，上顶线与下底线是特殊的行线，左墙线与右墙线是特殊的栏线，可利用注解分别指定它们的线型，默认时采用正线。行线之间的距离称为行高，栏线之间的距离称为栏宽。

➢ **表头**：表框内第 1 行带有说明文字的叫表头，表头最左边的一栏叫项目栏，斜线通常排在该栏中，用来划分表格各区域。若表格一页排不完可在下一页重复排表头。

11.1.1 表格注解（BG）——制作表格

功能：制作表格。“BG”读作“表格”。

格式：

〖BG([〈表格起点〉][BT|SD[〈换页时上顶线线型号〉][〈换页时上顶线颜色〉]][XD[〈换页时下底线线型号〉][〈换页时下底线颜色〉]][;N]〗〈表格体〉〖BG)[〈表格底线线型号〉][〈底线颜色〉]〗

参数：

〈表格起点〉:(〈字距〉)|!

〈换页时上顶线线型号〉、〈换页时下底线线型号〉:〈线型〉[〈字号〉]

〈线型〉:F|S|W|Z|D|Q|=

〈换页时上顶线颜色〉、〈换页时下底线颜色〉:〈颜色〉

〈颜色〉:@[%](〈C 值〉,〈M 值〉,〈Y 值〉,〈K 值〉)

解释：

〈表格起点〉：表示表格从何处开始排，起点位于表格的左上角。省略该参数表示从当前行第 1 个字开始排。

(〈字距〉)：表示从当前行第几个字开始排。如“〖BG((3)〗〈表格体〉〖BG)〗”表示从当前行左端第 3 个字开始排。

!：表示在当前层通栏居中排，即表格排在当前行中间，两边不串文。如“〖BG(!〗〈表格体〉〖BG)〗”。

[BT]：表格换页时重复排表头。

[SD]：表格换页时排上顶线。

[XD]：表格换页时排下底线。

〈线型〉：“F”表示反线；“S”表示双线；“W”表示无线；“Z”表示正线；“D”表示点线；“Q”表示曲线；“=”表示双曲线。省略为正线。

〈字号〉：表示线的粗细，用字号参数表示。

〈换页时上顶线颜色〉、〈换页时下底线颜色〉、〈底线颜色〉：用于指定表线的颜色，省略则使用框线颜色(用户可在表格注解之前利用彩色注解指定表格框线颜色)。通常为黑色。

[N]:表示使用新的方式绘制表格线。新的方式对双线进行特殊处理,解决了原来存在的双线连接的问题。

〈表格体〉:表格框架和表格文字。

〈表格底线线型号〉:指定表格底线的线型。省略则与上层表行线型号相同。

①表格注解必须与表行注解配合使用。

②表格注解有自动换行功能,即表格闭弧注解后不用加换行符,其后的文字会自动在表格下一行继续排版。

11.1.2 表行注解(BH)——制作表行

功能:排表格框架。"BH"读作"表行"。

格式:

〖BH[D[〈顶线线型号〉][〈顶线颜色〉]][G[〈行距〉]][〈各栏参数〉[〈右线线型号〉][〈右线颜色〉]]〗

参数:

〈各栏参数〉:{,[〈左线线型号〉][〈左线颜色〉]〈栏宽〉[。〈栏数〉][DW][〈内容排法〉[〈字距〉]]}(1 到 n 次)

〈栏宽〉:K[〈字距〉]

〈内容排法〉:CM|YQ|ZQ

〈顶线线型号〉、〈右线线型号〉、〈左线线型号〉:〈线型〉[〈字号〉]

〈线型〉:F|S|W|Z|D|Q|=

〈顶线颜色〉、〈右线颜色〉、〈左线颜色〉:〈颜色〉

〈颜色〉:@[%](〈C 值〉,〈M 值〉,〈Y 值〉,〈K 值〉)

解释:

〈各栏参数〉:省略表示栏宽与栏线与上一表行相同。

D[〈顶线线型号〉]:表示本行顶线线型,首行不写表示正线,其他行不写表示与上一行的行线相同。(由于表行层层叠加,因此只需指定顶线型号即可,下一行的顶线即为本行的底线。)

G[〈行距〉]:表示本行高度,通常以字高为单位,如"G5"表示行高为 5 个字。省略本参数表示行高与上一行相同;只有"G"参数,省略〈行距〉参数则表示行高到本页末或子表的末尾。

〈栏宽〉:表示两栏之间的距离,如"K8"表示栏宽 8 个字。栏与栏之间用逗号","分隔。省略〈字距〉参数(如〖BH,K〗)表示栏宽持续到本表格最右端;首栏省略〈字距〉参数则表示栏宽直到版面的右侧。

如果有几个完全相同的栏,用[。〈栏数〉]表示,"。"表示相乘的关系,如"K3。4"表示栏宽为 3 个字,有 4 个相同宽度的栏。

[DW]:表示本栏的数字个位对齐,省略表示不对齐。

[〈内容排法〉[〈字距〉]]:指定栏内文字的排法,其中"CM"表示撑满,"YQ"表示右齐,

“ZQ”表示左齐，省略为居中。〈字距〉表示与栏边线之间的距离，省略表示空出五号字的一半。如“YQ1”表示靠右排，距右栏线空1个字的距离；“ZQ2”表示靠左排，距左栏线空2个字的距离。

〈顶线颜色〉、〈左线颜色〉、〈右线颜色〉：用于指定表线的颜色，省略则使用框线颜色，通常为黑色。

表行注解是表格注解的主体，一个表格注解中至少有一个表行。表行注解最多能排100栏，行数无限制。

实例1：制作表框

大样效果：

小样及分析：

〖BG(〗〖BHG4,K6〗〖BG)〗

表格从当前行的第1个字开始排(默认)，表行高4个字(G4)，宽6个字(K6)。

〖BG(〗〖BHG4,K5,K6〗〖BG)〗

表格从当前行的第1个字开始排(默认)，表行高4个字(G4)，左栏宽5个字(K5)，右栏宽6个字(K6)。

〖BG(〗〖BHG4,K5。3〗〖BG)〗

表格从当前行的第1个字开始排(默认)，表行高4个字(G4)，栏宽5个字，共有3栏，栏宽相同(K5。3)。

〖BG(!〗〖BHG2,K5。3〗〖BH〗〖BG)〗

表格在当前层通栏居中排(!)，第1行高2个字(G2)，栏宽5个字，共有3栏，栏宽相同(K5。3)；第2行与上一行各参数相同(〖BH〗)。

〖BG((2)〗〖BHG2，K5，K6〗〖BHG3，K3，K8〗〖BG)〗

表格从当前行的第2个字开始排(2)，第1行高2个字(G2)，左栏宽5个字(K5)，右栏宽6个字(K6)；第2行高3个字(G3)，左栏宽3个字(K3)，右栏宽8个字(K8)。

本实例最终效果请参阅本书配套素材“第11章”\“1”文件夹中的“小样1.fbd”文件。

实例 2:表框填字

填表内的文字是表格制作的重要内容。方正书版制作表格的顺序是画一行表格线，填入一行文字内容;再画一行表格线，再填入一行内容，由上至下一层层排出表格。表格中的内容以栏为单位，每栏为一项，每项内容之间用“〖〗”作为间隔，在其中可以加入数字，如“〖3〗”表示将其后的内容填入第 3 栏中。

大样效果：

年龄	10	20	30

气温	10	20	30
湿度	5%	30%	50%

夏至	**冬至**	**春分**	**秋分**
6 月 21 日	12 月 22 日	3 月 21 日	9 月 23 日

科目	考试时间(分)	类型	总分配比
语文	1 5 0	3+2	30.5%
数学	1 5 0	3+2	9.7%

小样及分析：

〖BG(!〗〖BHG2,K6,K3。3〗年龄〖〗10〖〗20〖〗30〖BG)〗

表格在当前层通栏居中排(!)，表行高 2 个字(G2)，左栏宽 6 个字(K6)，其后的 3 栏都宽 3 个字(K3。3)，填入每栏中的内容用“〖〗”作为间隔。

〖BG(!〗〖BHG2,K6,K3。3〗气温〖〗10〖〗20〖〗30〖BH〗湿度〖〗5%〖〗30%〖〗50%〖BG)〗

本例与上例各参数相同，“〖BH〗”表示第 2 行与第 1 行各参数相同。

〖BG(!〗〖BHG2,K4＊2。4〗〖HT5H〗夏至〖〗冬至〖〗春分〖〗秋分〖HT〗〖BH〗6 月 21 日〖〗12 月 22 日〖〗3 月 21 日〖〗9 月 23 日〖BG)〗

第 1 行高 2 个字(G2)，共有 4 栏、每栏宽 4 个半字(K4＊2。4)。“〖HT5H〗”指定第 1 行汉字为五号黑体。“〖HT〗”指定其后的文字恢复版心默认字体字号。

〖HT6〗〖BG(!〗〖BHG2,K5,K6,K5,K5〗科目〖〗考试时间(分)〖〗类型〖〗总分配比〖BHG2,K5ZQ,K6CM,K5YQ,K5DW〗语文〖〗150〖〗3+2〖〗30.5%〖BH〗数学〖〗150〖〗3+2〖〗9.7%〖BG)〗〖HT〗

表格内的文字都为六号(〖HT6〗)，各行都为 2 个字高(G2)，每栏宽度分别为 5、6、5、5 个字(K5,K6,K5,K5)。ZQ 表示第 1 栏内容左对齐，CM 表示第 2 栏内容撑满栏宽，YQ 表示第 3 栏内容右对齐，DW 表示每行第 4 栏内容的个位数对齐。

本实例最终效果请参阅本书配套素材“第 11 章”\“1”文件夹中的“小样 2. fbd”文件。

经验之谈

当表格中的文字较多，需要自动回行时，应当指定“ZQ”参数，否则文字会超出栏宽，发排时系统报“内容重叠”错。

实例 3：表线样式

大样效果：

小样及分析：

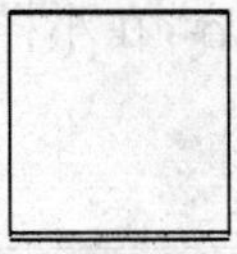

〖BG(！〗〖BHDFG4,K4〗〖BG)S〗

表行顶线(D)为反线(F)，高 4 个字(G4)，栏宽 4 个字(K4)，左墙线与右墙线都为正线(默认)，表格下底线为双线(S)。

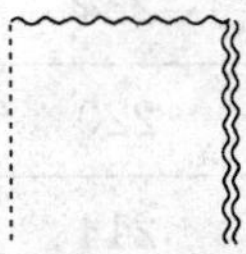

〖BG(！〗〖BHDQG4,DK4＝〗〖BG)W〗

表行顶线(D)为曲线(Q)，高 4 个字(G4)，栏宽 4 个字(K4)，左墙线为点线(D)，右墙线为双曲线(＝)，表格下底不要线(W)。

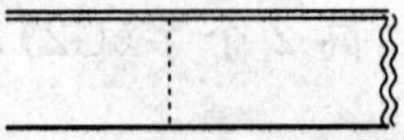

〖BG(！〗〖BHDSG2,WK3,DK4＝〗〖BG)F〗

表行顶线(D)为双线(S)，高 2 个字(G2)；第 1 栏宽 3 个字(K3)左边不画栏线(W)；第 2 栏宽 4 个字(K4)，左栏为点线(D)，右栏为双曲线(＝)，表格下底线为反线(F)。

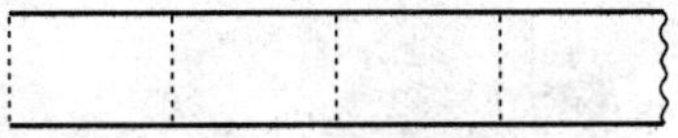

〖BG(！〗〖BHDFG2,DK3。4Q〗〖BG)F〗

表行顶线(D)为反线(F)，高 2 个字(G2)，每栏宽 3 个字，共有 4 栏(K3。4)，前 3 栏的左栏线为点线(D)，表格的右墙线为曲线(Q)，表格下底线为反线(F)。

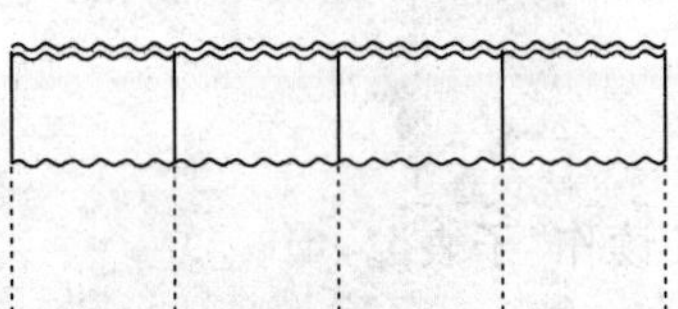

〖BG(！〗〖BHD＝G2,K3。4〗〖BHDQG3,DK3。4D〗〖BG)＝〗

表格第 1 行顶线(D)为双曲线(＝)，高 2 个字(G2)；每栏宽 3 个字，共有 4 栏(K3。4)，栏线都为正线(默认)；第 2 行顶线(D)为曲线(Q)，高 3 个字(G3)，栏线为点线(D)。

本实例最终效果请参阅本书配套素材“第 11 章”\“1”文件夹中的“小样 3. fbd”文件。

画多栏表格时，由于上一栏的右栏线与下一栏的左栏线重合，因此只需指定左栏线即可。最后一栏可指定右栏线，即表行的右墙线。

画多行表格时，由于上一行的下行线与下一行的上行线重合，因此只需指定上行线即可，即表行顶线。最后一行的下行线在表格闭弧注解中指定。

下面通过编排一张名次表来练习以上两小节学习的重点内容，在小样文件中输入的注解及最终效果如下所示。

小样输入：

```
〖BG(!〗〖BHDSG2,WK4。3W〗
〖HT5H〗姓名〖〗总分〖〗名次〖HT〗
〖BHDF〗章丽〖〗234〖〗1
〖BHD〗王华〖〗220〖〗2
〖BH〗李静〖〗214〖〗3
〖BG)S〗Ω
```

大样效果：

姓名	总分	名次
章丽	234	1
王华	220	2
李静	214	3

分析：

“〖BG(!〗”表示表格在当前层通栏居中排(!)。

“〖BHDSG2,WK4。3W〗”表示表行顶线(D)为双线(S)，高 2 个字(G2)，共有 3 栏、每栏宽 4 个字(K4。3)，没有栏线(W)。

“〖HT5H〗”表示将第 1 行文字的字体指定为黑体，字号为五号。

“〖HT〗”表示将注解后文字的字体与字号恢复为版心默认设置。

“〖BHDF〗”表示表行顶线(D)为反线(F)，其他参数与上一个表行注解相同。

“〖BHD〗”表示表行顶线(D)为正线(默认)，其他参数与上一个表行注解相同。

“〖BH〗”表示表行各参数与上一个表行注解相同。

“〖BG)S〗”表示表格的底线为双线。

本实例最终效果请参阅本书配套素材“第 11 章”\“1”文件夹中的“小样 4. fbd”文件。

11.1.3 子表注解（ZB）——编排成绩单

功能：指定表格项中再套一个表格，即子表。“ZB”读作“子表”。

格式：

〖ZB(〗〈表格体〉〖ZB)〈底线线型号〉[〈颜色〉]〗

参数：

〈底线线型号〉:〈线型〉[〈字号〉]

〈线型〉:F|S|W|Z|D|Q|=

〈颜色〉:@[%](〈C 值〉,〈M 值〉,〈Y 值〉,〈K 值〉)

解释：

〈颜色〉：指定子表底线的颜色，省略则使用框线颜色。通常为黑色。

实例：编排成绩单

小样输入：

```
〖BG(!〗〖BHG4,K4,K12〗姓名〖〗
〖ZB(〗〖BHG2,K12CM3〗成绩
〖BHG2,K4。3〗语文〖〗数学〖〗英语〖ZB)〗
〖BHG2,K4。4〗章明〖〗82〖〗91〖〗79〖BH〗李清〖〗90〖〗80〖〗70〖BG)〗Ω
```

大样效果：

子表

	姓名	成	绩		
总表表行1		语文	数学	英语	子表表行1 / 子表表行2
总表表行2	章明	82	91	79	
总表表行3	李清	90	80	70	

分析：

总表共有3个表行，在第1个表行的第2栏排子表；子表分成2行，第1行与总表第1行的第2栏同宽，第2行分成3栏。

本实例最终效果请参阅本书配套素材“第11章”\“1”文件夹中的“小样5.fbd”文件。

11.1.4 无线注解（WX）——编排名单与答案

功能：排无线表。“WX”读作“无线”。

格式：

〖WX([〈总体说明〉]〈栏说明〉{,〈栏说明〉}(0到I次)〗〈项内容〉{〖[〈项数〉]〗〈项内容〉}(0到n次)〖WX)〗

参数：

〈总体说明〉:[(〈字距〉)|!][DW][KL][JZ|CM|YQ]

〈栏说明〉:〈字距〉[KG〈字距〉][。〈项数〉][DW][JZ|CM|YQ]

〈项数〉:〈数字〉[〈数字〉]

解释：

〈总体说明〉：指定全表的排法。

(〈字距〉)：指定表的起点离版心左边的距离，省略为顶格排，如“〖WX((3)〗”。

[!]：表示无线表通栏居中排，如“〖WX(!〗”。

[DW]：表示全表所有相同栏的数字项个位对齐。

[KL]：全表各栏排不下时可以跨到下一栏排，即允许跨栏。此时全表不能对位，即使有DW参数也不起作用。栏内不能自动换行。

〈栏说明〉：指定当前栏的排法。栏与栏之间用“,”号分隔，如“〖WX(2,4〗”表示分成2

栏，第 1 栏宽 2 个字，第 2 栏宽 4 个字。

〈字距〉：指定栏宽。

[KG〈字距〉]：表示本栏与后一栏间的栏间距，省略时栏与栏之间空 1 个字的距离，如“〖WX(2KG3，4〗”表示分成 2 栏，第 1 栏宽 2 个字，第 2 栏宽 4 个字，两栏之间空 3 个字。

[。〈项数〉]：表示排版要求一致的栏数，如“〖WX(2。4〗”表示共有 4 栏，每栏宽 2 个字。

[JZ|CM|YQ]：栏中文字的排法，省略为左齐，可以自动换行(在非 KL 情况)。

[JZ]：表示居中排，此时不能自动换行，要用 ↙强迫换行。

[CM]：表示撑满排，此时不能自动换行，要用 ↙强迫换行。

[YQ]：表示右对齐，此时不能自动换行，要用 ↙强迫换行。

〈项内容〉：每项之间的内容用“〖〗”符号隔开，若在其中加入数字，如“〖3〗”表示该项内容排到第 4 栏。

①无线表中不能出现画线(HX)、斜线(XX)、表首(BS)、加底纹(JD)、图片(TP)、分区(FQ)、整体(ZT)、行数(HS)、对照(DZ)、分栏(FL)、单页(DY)、双页(SY)和另面(LM)注解。
②栏中内容出现自动换行时，只在本栏处回行。
③每行的总栏数不能超过 15 栏，否则报“项数过多”错，不能生成大样结果。
④无线表折页后不能自动排表头。

实例 1：编排名单

小样输入：

```
〖WX(！4。3〗王丰〖〗白林〖〗李为国〖〗李清安〖〗汪清海〖〗张佳慧〖WX)〗
```

大样效果：

王丰	白林	李为国
李清安	汪清海	张佳慧

分析：

无线表通栏居中排(!)，每栏 4 个字宽，共有 3 栏(4。3)，每项之间用“〖〗”符号做间隔。本实例最终效果请参阅本书配套素材“第 11 章”\“1”文件夹中的“小样 6. fbd”文件。

实例 2：编排答案

小样输入：

```
〖WX(！KL3KG1＊2。3〗1. A〖〗2. B〖〗3. B〖〗4. ABCDEF〖〗5. AC〖WX)〗
```

大样效果：

1. A	2. B	3. B
4. ABCDEF		5. AC

分析：

无线表通栏居中排(!)，可以跨栏(KL)，每栏 3 个字宽(3)，共有 3 栏(。3)，栏与栏之间空一个半字的距离(KG1＊2)。

本实例最终效果请参阅本书配套素材“第11章”\“1”文件夹中的“小样7.fbd”文件。

11.2 文字类注解

在表格与无线注解中都有调整字符的参数，如左对齐、右对齐和撑满等。而在实际工作中，这些调整还远远不够。例如，不能将表格内的文字竖排，不能使有线表格内的文字上下对齐等。因此，我们还要学习表格文字类注解的用法。

11.2.1 改排注解（GP）——编排学习情况表

功能：改变表内文字的横竖排法，如将横排改成竖排。“GP”读作“改排”。

格式：〖GP〗

①本注解只对当前表格项起作用，不影响其他项。

②本注解必须紧跟在表行注解或项间隔符“〖〗”之后，中间不能插其他注解，否则不起作用。

实例：编排学习情况表

打开本书配套素材“第11章”\“2”文件夹中的“小样1.fbd”文件进行操作。在小样文件中输入的注解（已用曲线标出）及最终效果如下所示。

小样输入：

〖BG(〗〖BHG8，K2ZQ，K16〗〖GP〗学习经历〖〗
〖ZB(〗〖BHG2，K8。2〗起止日期〖〗学校名称〖BH〗〖BH〗〖BH〗〖ZB)〗〖BG)〗Ω

大样效果：

<table>
<tr><td rowspan="4">学
习
经
历</td><td>起止日期</td><td>学校名称</td></tr>
<tr><td></td><td></td></tr>
<tr><td></td><td></td></tr>
<tr><td></td><td></td></tr>
</table>

分析：

“〖BHG8，K2ZQ，K16〗”注解指定表行高8个字(G8)，分成2栏，左栏宽2个字(K2)，其中的文字左对齐(ZQ)，右栏宽16个字(K16)。

“〖GP〗”将当前栏中的内容改成竖排。

本实例最终效果请参阅本书配套素材“第11章”\“2”文件夹中的“小样2.fbd”文件。

11.2.2 上齐注解(SQ)——编排多行字表

功能：取消表格项内容的上、下居中排法，使内容从第1行排起。“SQ”读作“上齐”。

格式：〖SQ[〈空行参数〉]〗

解释：

〈空行参数〉：指定上空多少距离开始排内容，默认时上空距离为0。

上齐注解还可以用于方框注解(FK)、段首注解(DS)的开闭弧格式中,以及行数注解(HS)和标题注解(BT)中。

实例:编排多行字表

打开本书配套素材"第 11 章"\"2"文件夹中的"小样 3. fbd"文件进行操作。在小样文件中输入的注解(已用曲线标出)及最终效果如下所示。

小样输入:

〖BG(!〗〖BHDG2,K15〗
〖HT4K〗北方〖HT〗
〖BHDG9,K15ZQ〗〖SQ〗中医认为"暑热"会伤"津液",导致人们出现乏力、口干、皮肤干燥等症状。要多补充水分,多食用一些养阴生津、养肺润燥的水果,如西瓜、梨、提子等。
〖BG)〗

大样效果:

北方
中医认为"暑热"会伤"津液",导致人们出现乏力、口干、皮肤干燥等症状。要多补充水分,多食用一些养阴生津、养肺润燥的水果,如西瓜、梨、提子等。

本实例最终效果请参阅本书配套素材"第 11 章"\"2"文件夹中的"小样 4. fbd"文件。

11.2.3 表格跨项位标注解(GW)——设立对位标记

功能:在表行当前位置上设立一个对位标记,作为后面各行表项对齐的记号。"GW"读作"格位"。

格式:〖GW〗

本注解仅用于表格注解中,与表格跨项对位注解(GD)配合使用。

11.2.4 表格跨项对位注解(GD)——编排单词表

功能:将注解后的字符与前面表行中设定的位标对齐,用于表格中字符的对位。

格式:〖GD[〈位标数〉]〗

参数:〈位标数〉:〈数字〉[〈数字〉]

本注解仅用于表格注解中,与表格跨项位标注解(GW)配合使用。

实例：编排单词表

打开本书配套素材"第11章"\"2"文件夹中的"小样5.fbd"文件进行操作。在小样文件中输入的注解(已用曲线标出)及最终效果如下所示。

小样输入：

〖BG(!〗〖BHG2,FK30ZQF〗
〖KG4〗〖GW〗acentric〖KG4〗〖GW〗/eiˈsentrik/〖KG4〗〖GW〗*a*. 无中心的
〖BH〗〖GD〗asocial〖GD〗/eiˈsəuʃəl/〖GD〗*a*. 不好社交的
〖BH〗〖GD〗apolitical〖GD〗/ˌeipəˌlitikəl/〖GD〗*a*. 不关心政治的〖BG)〗

大样效果：

acentric	/eiˈsentrik/	*a*. 无中心的
asocial	/eiˈsəuʃəl/	*a*. 不好社交的
apolitical	/ˌeipəˌlitikəl/	*a*. 不关心政治的

本实例最终效果请参阅本书配套素材"第11章"\"2"文件夹中的"小样6.fbd"文件。

11.3 斜线与表首

在现实生活中，很多表格中的某些表项同时包括了两项或多项内容，此时就必须通过斜线将其分割为几部分，其中的文字也必须按照斜线的方向排列。这种形式多用于编排表首和绘制立体图形。

11.3.1 斜线（XX）——编排常用表头斜线

功能：用于画斜线。"XX"读作"斜线"。

格式：〖XX[〈斜线线型〉]〈起点〉-〈终点〉〗

参数：

〈斜线线型〉：F|S|D|Q|H〈花边编号〉

〈花边编号〉：〈数字〉〈数字〉〈数字〉

〈起点〉：〈相对点〉[X〈字距〉][Y〈行距〉]

〈终点〉：〈相对点〉[X〈字距〉][Y〈行距〉]

〈相对点〉：ZS|ZX|YS|YX

解释：

〈斜线线型〉："F"表示反线；"S"表示双线；"D"表示点线；"Q"表示曲线；"H"表示花边线；省略为正线。

〈花边编号〉：000～117

〈相对点〉：起点与终点的相对位置。其中，"ZS"表示左上角；"ZX"表示左下角；"YS"表示右上角;"YX"表示右下角。图 11－2 中,外框表示画斜线的当前层,以字为单位用点线将当前层划分,四个角表示相对点的位置,X、Y 坐标轴分别表示 X〈字距〉和 Y〈行距〉增大的方向。

在这里,同是一个 A 点,用哪个相对点都可以,但相对点不同,X 和 Y 的参数也不同,A 点的四种表示方法分别是:ZSX2Y2(相对点为左上角 ZS)、YSX5Y2(相对点为右上角 YS)、ZXX2Y4(相对点为左下角 ZX)、YXX5Y4(相对点为右下角 YX)。

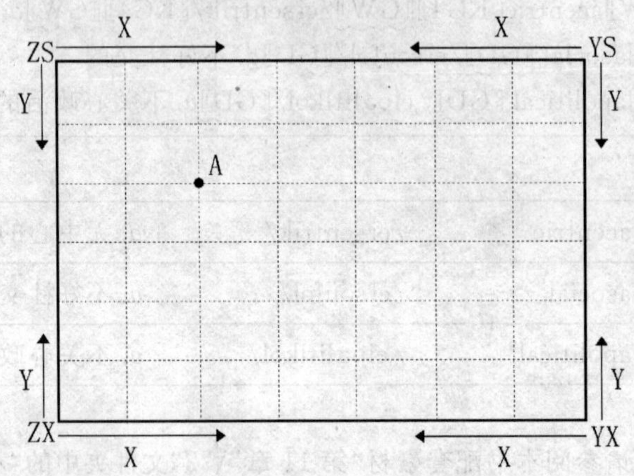

图 11－2　相对点位置示意图

①本注解不但可以用于画表格的斜线,也可以在版面任意位置上画斜线。

②使用本注解画斜线时只需分别给出线段的起点坐标和终点坐标,以点画线,无须定义线段长度。

实例:编排常用表头斜线

大样效果:

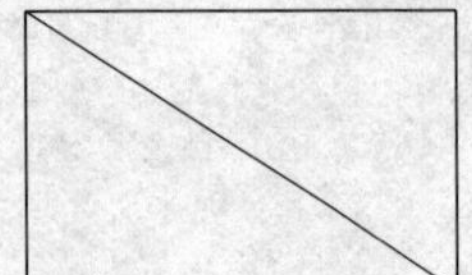

小样及分析:

〖BG(!〗〖BHG5,K8〗〖XXZS－YX〗〖BG)〗

表行高 5 个字(G5),宽 8 个字(K8),从左上角(ZS)到右下角(YX)角画一条斜线。

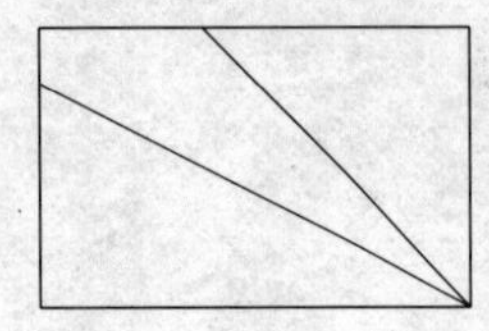

〖BG(!〗〖BHG5,K8〗〖XXZSX3－YX〗〖XXZXY4－YX〗〖BG)〗

"〖XXZSX3－YX〗"注解指定斜线起点以左上角(ZS)为相对点,起点的位置为 X 轴上的第 3 个字(X3),终点为右下角(YX),"〖XXZXY4－YX〗"注解指定斜线起点以左下角(ZX)为相对点,起点的位置为 Y 轴上的第 4 个字(Y4),终点为右下角(YX)。

本实例最终效果请参阅本书配套素材"第 11 章"\"3"文件夹中的"小样 1. fbd"文件。

11.3.2 表首（BS）——编排常用表头文字

功能：排表格斜线处的文字。“BS”读作“表首”。

格式：本注解有两种格式，第2种格式指定注解开闭弧中的内容。

①〖BS〈定点〉〗

②〖BS(〈起点〉-〈终点〉〗〈表首内容〉〖BS)〗

参数：

〈定点〉：〈相对点〉[X〈字距〉][Y〈行距〉]

〈相对点〉：ZS|ZX|YS|YX

〈起点〉：〈相对点〉[X〈字距〉][Y〈行距〉]

〈终点〉：〈相对点〉[X〈字距〉][Y〈行距〉]

解释：

〈相对点〉：就是当前层的4个角。在表格中当前层即本项（本格）。

①本注解的第1种格式用于排单字，指定的是一个点，即文字左上角的位置；第2种格式能排多个字符，指定的起点和终点是首字和末字的左上角位置，中间的文字撑满排，沿着斜线在〈起点〉至〈终点〉之间均匀排放。

②表首的位置不好调，一般反复几次才成功。因此，可在底稿上将放表首的项以字为单位分成格，这样表首字的位置就容易定了。

实例1：单字符定点

小样输入：

```
〖BG(〗〖BHG5,K8〗〖XXZS-YX〗
〖BSZSX5Y1〗外〖BSZSX2Y3〗里〖BG)〗
```

大样效果：

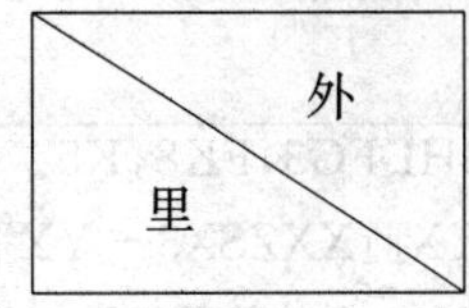

分析：

“〖BSZSX5Y1〗”注解以左上角(ZS)为相对点，起点为X轴的第5个字(X5)、Y轴的第1个字(Y1)。“〖BSZSX2Y3〗”注解以左上角(ZS)为相对点，起点为X轴的第2个字(X2)、Y轴的第3个字(Y3)。

实例2：多字符表首1

小样输入：

```
〖BG(〗〖BHG5,K8〗〖XXZS-YX〗
〖BS(ZSX4Y1-ZSX6Y2〗星期〖BS)〗
〖BS(ZSX1Y2-ZSX3Y3〗课程〖BS)〗〖BG)〗
```

大样效果：

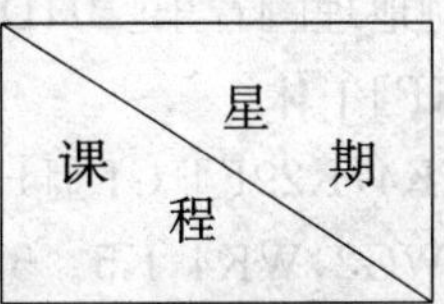

分析：

“〖BS(ZSX4Y1-ZSX6Y2〗……〖BS)〗”注解以左上角(ZS)为相对点，起点为X轴的第4个字(X4)、Y轴的第1个字(Y1)，终点为X轴的第6个字(X6)、Y轴的第2个字(Y2)。

起点与终点分别指定的是两个字符左上角的位置。以下注解解释略。

实例 3：多字符表首 2

小样输入：

```
〖BG(〗〖BHG5,K8〗
〖XXZSX3－YX〗〖XXZSY1－YX〗
〖BS(YSX3Y＊2－YSX1＊2Y2〗分类〖BS)〗
〖BS(ZSX2Y＊2－ZSX3＊2Y1＊2〗数量〖BS)〗
〖BS(ZSX1Y3－ZXX2＊2Y1＊2〗名称〖BS)〗
〖BG)〗
```

大样效果：

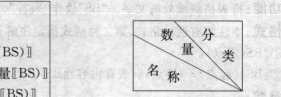

分析：

“〖BS(YSX3Y＊2－YSX1＊2Y2〗……〖BS)〗”注解以右上角(YS)为相对点，起点为 X 轴的第 3 个字(X3)、Y 轴的第$\frac{1}{2}$个字(Y＊2)，终点为 X 轴的第 1 $\frac{1}{2}$个字(X1＊2)、Y 轴的第 2 个字(Y2)。起点与终点分别指定的是两个字符左上角的位置。

实例 1～3 的最终效果请参阅本书配套素材“第 11 章”\“3”文件夹中的“小样 2.fbd”文件。

下面通过编排一张课程表来练习以上三节学习的重点内容。新建一个小样文件，在其中输入的注解及最终效果如下所示。

小样输入：

```
〖BG(!;N〗〖BHDFG3,FK8,K5。5F〗
〖XXZSY1－YX〗〖XXZSX3－YX〗
〖BS(ZSX＊4Y1＊2－ZSX2Y1＊5/6〗时间〖BS)〗〖BS(ZSX1Y＊4－ZSX2＊2/3Y＊2/3〗科
目〖BS)〗〖BS(ZSX5＊4Y＊4－ZSX6＊2/3Y1〗星期〖BS)〗
〖HTH〗〖〗一〖〗二〖〗三〖〗四〖〗五〖HT〗
〖BHDSG10,FK4,K29F〗〖GP〗〖HTL2〗上＝午〖HT〗〖〗
〖ZB(〗〖BHDWG2,WK4,K5。5F〗自习〖〗语文〖〗外语〖〗数学〖〗外语〖〗语文〖BHD〗1〖〗语文
〖〗外语〖〗外语〖〗数学〖〗语文〖BHD〗2〖〗数学〖〗语文〖〗数学〖〗语文〖〗外语〖BHD〗3〖〗美术〖〗
数学〖〗生物〖〗地理〖〗音乐〖BHD〗4〖〗政治〖〗化学〖〗音乐〖〗计算机〖〗化学〖ZB)〗
〖BHDG2,FKF〗午休
〖BHDSG4,FK4,K29F〗〖GP〗〖HTL2〗下＝午〖HT〗〖〗
〖ZB(〗〖BHDWG2,WK4,K5。5F〗5〖〗外语〖〗地理〖〗历史〖〗化学〖〗读书〖BHD〗6〖〗历史〖〗
语文〖〗数学〖〗体育〖〗班会〖ZB)F〗〖BG)F〗Ω
```

大样效果：

<table>
<tr><td colspan="2">星期 科目 时间</td><td>一</td><td>二</td><td>三</td><td>四</td><td>五</td></tr>
<tr><td rowspan="5">上午</td><td>自习</td><td>语文</td><td>外语</td><td>数学</td><td>外语</td><td>语文</td></tr>
<tr><td>1</td><td>语文</td><td>外语</td><td>外语</td><td>数学</td><td>语文</td></tr>
<tr><td>2</td><td>数学</td><td>语文</td><td>数学</td><td>语文</td><td>外语</td></tr>
<tr><td>3</td><td>美术</td><td>数学</td><td>生物</td><td>地理</td><td>音乐</td></tr>
<tr><td>4</td><td>政治</td><td>化学</td><td>音乐</td><td>计算机</td><td>化学</td></tr>
<tr><td colspan="7">午休</td></tr>
<tr><td rowspan="2">下午</td><td>5</td><td>外语</td><td>地理</td><td>历史</td><td>化学</td><td>读书</td></tr>
<tr><td>6</td><td>历史</td><td>语文</td><td>数学</td><td>体育</td><td>班会</td></tr>
</table>

分析(只将具有代表性的注解加以说明)：

“〖BG(!;N〗……〖BG)F〗”是表格注解，表格在当前层通栏居中排(!)，双线采用新式排法(N)。

“〖BHDFG3,FK8,K5。5F〗”是表行注解，顶线(D)为反线(F)，高3个字(G3)，第1栏空8个字(K8)，左墙线为反线(F)，其后的5栏都空5个字(K5。5)，右墙线为反线(F)。

“〖XXZSY1－YX〗”是斜线注解，指定起点以左上角(ZS)为相对点，起点位置为Y轴上第1个字(Y1)，终点为右下角(YX)。

“〖BS(ZSX＊4Y1＊2－ZSX2Y1＊5/6〗……〖BS)〗”是表首注解，指定起点以左上角为相对点(ZS)，起点的位置为X轴上的第$\frac{1}{4}$个字(X＊4)、Y轴上的第1 $\frac{1}{2}$个字(Y1＊2)；终点以左上角(ZS)为相对点，起点的位置为X轴上的第个2字(X2)、Y轴上的第1 $\frac{5}{6}$个字(Y1＊5/6)。

“〖ZB(〗……〖ZB)F〗”是子表注解，在当前栏中排子表，子表的下底线为反线(F)。

“〖BHDWG2,WK4,K5。5F〗”是表行注解，指定子表不画上顶线(DW)，高2个字(G2)，第1栏宽4个字(K4)，不画左墙线(W)，后5栏都宽5个字(K5。5)，右墙线为反线(F)。

“〖BHD〗”是表行注解，指定该行的上顶线为正线，其他参数与上一个表行注解相同。

本实例最终效果请参阅本书配套素材“第11章”\“3”文件夹中的“小样3.fbd”文件。

11.4 表格拆页——编排客户信息表

表格内容较长，一页排不下时，能自动将表格换到下页继续排，实现自动拆页。表格拆页有3个相关参数，分别是重复排表头(BT)、指定上顶线(SD)和指定下底线(XD)，它们都在表格开弧注解中指定。

表格开弧注解中的表头、上顶线和下底线参数：

〖BG(［〈表格起点〉］［BT|SD［〈换页时上顶线线型号〉］［〈换页时上顶线颜色〉］］［XD［〈换页时下底线线型号〉］［〈换页时下底线颜色〉］］［;N］〗

"BT"读作"表头"，用于指定拆页后自动重复排表头；"SD"读作"上顶"，用于指定拆页后的上顶线，"BT"和"SD"不能同时使用；"XD"读作"下底"，即指定拆页处的下底线。

以下 3 个实例将使用同一个小样文件做练习（本书配套素材"第 10 章"\"4"文件夹中的"小样 1. fbd"文件），但输入的注解各不相同（已用曲线标出），用户需分别操作。

实例 1：重复排表头(BT)

小样输入：

〖BG(！BT〗〖BHDFG2,FK4,K5,K11,K4F〗姓名〖〗电话〖〗地址〖〗邮编……〖BG)F〗

大样效果：第 2 页重复排表头(BT)

姓名	电话	地址	邮编

1

姓名	电话	地址	邮编

2

实例 2：排表头和下底线(BT、XD)

小样输入：

〖BG(！BTXDF〗〖BHDFG2,FK4,K5,K11,K4F〗姓名〖〗电话〖〗地址〖〗邮编……〖BG)F〗

大样效果：第 1 页排下底线(XD)，线型为反线(F)；第 2 页排表头(BT)

1

姓名	电话	地址	邮编

2

实例3：排下底线和上顶线（XD、SD）

小样输入：

〖BG(！SDFXDF〗〖BHDFG2,FK4,K5,K11,K4F〗姓名〖〗电话〖〗地址〖〗邮编……〖BG)F〗

大样效果：第1页排下底线（XD），线型为反线（F）；第2页排上顶线（SD），线型为反线（F）

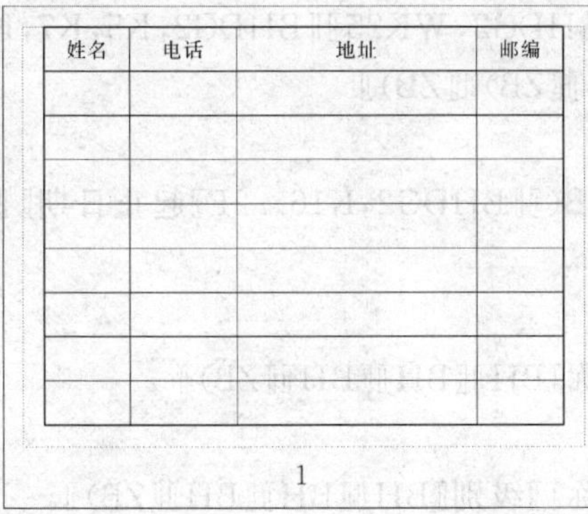

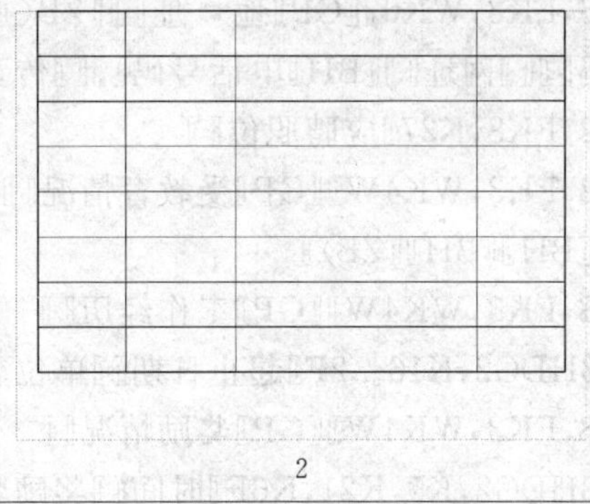

本实例最终效果请参阅本书配套素材"第11章"\"4"文件夹中的"小样2.fbd"文件。

①子表内容局限于本项（栏），如果子表中某一表行的宽度超本项（栏）宽，系统报"内容超宽"错。

②表行注解在使用缺省参数时（〖BH〗），即继承上一表行的顶线、高或各栏栏宽及栏线时，要注意所继承的是本层表格（或子表）的表行参数，而与上一表行的各项子表内容中的表行无关。

③表格若在竖排版面上，整个表格竖排。

④表格项内可分栏但不拉平。

⑤若不要表格折页，可用分区注解或整体注解将其括起来。

⑥如果将表格排在指定位置或想在表格两边串文，须将表格放在分区注解中。

⑦斜线注解和表首注解除了用在表格中外，也可作为一个独立的注解使用，这时的相对点是斜线所在层的四个角。

⑧在表格中，要求某栏个位数对位的若干相邻表行，除第一行外，其余各表行注解中的[〈各栏参数〉][〈右线线型号〉]]都必须缺省。

⑨表格中的总栏数不能超过30（不包括子表栏数）。

综合实例1——编排个人简历

下面以一个实例练习表格、子表、表行和改排注解的用法。

新建一个小样文件，在其中输入的注解及最终效果如下所示。

小样输入：

```
〖HS2〗〖JZ〗〖HT4H〗个人简历〖HT〗
〖BG(!〗〖BHDFG10,K28,K7F〗〖〗〖JD0063〗〖GP〗照片〖〗
〖ZB(〗〖BHDFG2,FK3,K8,K3,K6,K3,K5〗姓名〖〗〖〗性别〖〗〖〗年龄〖〗〖〗〖BH〗籍贯〖〗〖〗专业〖〗〖〗学历〖〗〖〗
〖BHDG6,FK3,WK0〗〖GP〗地=址〖〗〖ZB(〗〖BHDG2,WK25〗〖BHDG2,K5,K7,K4,K9〗邮政编码〖〗〖〗网址〖〗〖BH〗电话号码〖〗〖〗传真〖〗〖ZB)〗〖ZB)〗
〖BHDG2,FK8,K27〗应聘职位〖〗
〖BHDG8,FK3,WK4W〗〖GP〗受教育情况〖〗〖ZB(〗〖BHDG2,K16。2F〗起止日期〖〗学校名称〖BH〗〖BH〗〖BH〗〖ZB)〗
〖BHDG8,FK3,WK4W〗〖GP〗工作经历〖〗
〖ZB(〗〖BHDG2,K16。2F〗起止日期〖〗单位名称〖BH〗〖BH〗〖BH〗〖ZB)〗
〖BHDG8,FK3,WK4W〗〖GP〗奖励情况〖〗
〖ZB(〗〖BHDG2,K5,K21,K6F〗时间〖〗奖励名称〖〗级别〖BH〗〖BH〗〖BH〗〖ZB)〗
〖BHDG8,FK3,WK4W〗〖GP〗爱好与特长〖〗
〖ZB(〗〖BHDG2,K2,K30F〗1〖〗〖BH〗2〖〗〖BH〗3〖〗〖BH〗4〖〗〖ZB)〗
〖BHDG11,FK3,K32F〗〖GP〗个人推介〖〗〖BG)F〗Ω
```

大样效果：

个人简历

姓名		性别		年龄		照片
籍贯		专业		学历		
地址	邮政编码		网址			
	电话号码		传真			
应聘职位						
受教育情况	起止日期		学校名称			
工作经历	起止日期		单位名称			
奖励情况	时间	奖励名称			级别	
爱好与特长	1					
	2					
	3					
	4					
个人推介						

分析(只将具有代表性的注解加以说明):

“〖BG(!〗……〖BG)F〗”是表格注解,指定表格通栏居中排(!),下底线是反线(F)。

“〖BHDFG10,K28,K7F〗”是表行注解,指定表行上顶线(D)为反线(F),行高10个字(G10),左栏宽28个字(K28),右栏宽7个字(K7),右墙线为反线(F)。

“〖JD0063〗”是加底注解,为注解所在栏加入0063号底纹。

“〖ZB(〗……〖ZB)〗”是子表注解,在注解所在栏中排子表。

“〖GP〗”是改排注解,将注解所在栏中的文字竖排。

本实例最终效果请参阅本书配套素材“第11章”\“综合实例”文件夹中的“小样1.fbd”文件。

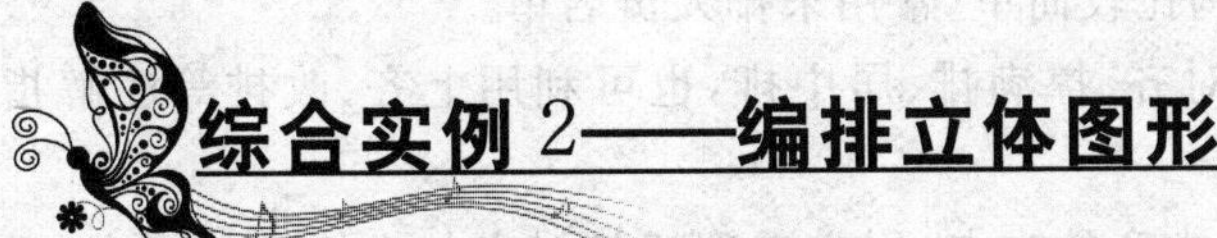

综合实例2——编排立体图形

下面以一个实例深入学习表格与斜线注解的用法。

新建一个小样文件,在其中输入的注解及最终效果如下所示(不用输入标号)。

小样输入:

```
〖BG(!〗〖BHDWG3,WK8,WK8〗
①〖XXZX-YS〗②〖XXZX-YX〗〖〗
③〖XXZX-YS〗④〖XXZS-YS〗
〖BHDWG7,K8,K8W〗
⑤〖XXZX-YX〗〖〗
⑥〖XXYS-YSY3〗⑦〖XXZX-YSY3〗
〖BG)W〗Ω
```

大样效果:

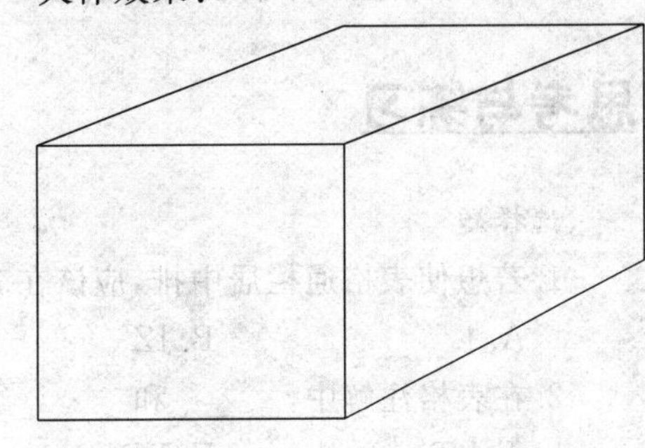

分析:

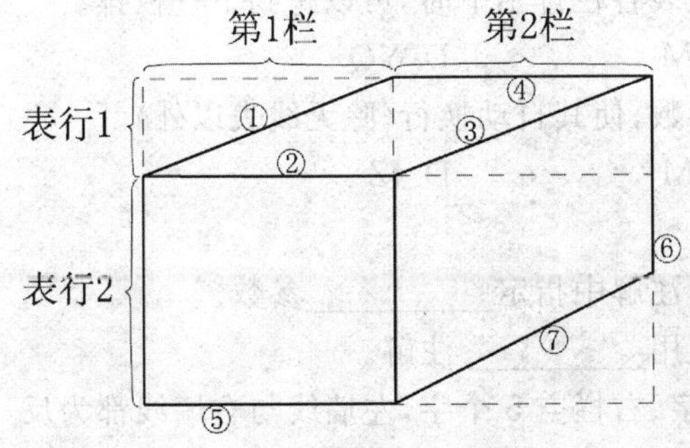

立体图绘制在一个两行的表格中,每行分成两栏。

“〖BHDWG3,WK8,WK8〗”注解指定第1行不画上顶线(DW),高3个字(G3),左栏与右栏都没有左栏线(WK8,WK8)。

第1个“〖XXZX-YS〗”注解指定在第1行的第1栏中,从左下角到右上角画一条斜线(ZX-YS),即图中①号线。其他注解指定的线条已在小样文件中标出。

本实例最终效果请参阅本书配套素材“第11章”\“综合实例”文件夹中的“小样2.fbd”文件。

本章小结

本章主要学习了各种表格注解的用法，其中表格注解、表行注解是本章的重点。

- 表格注解用于制作表格，如指定表格的排版位置，表格下底线的线型等，表格注解必须与表行注解配合使用。
- 表行注解用于制作表行，其中的参数最为复杂，如指定表行的高度、线型和每栏宽度等。不带参数的表行注解表示该表行沿用上一个表行的各项参数。
- 子表注解用于复杂表格的排版，可以在表格的某栏中再嵌入一个表格，多用于排课程表、账单等。
- 无线注解用于排无线表，其结构比较简单，常用来排人员名单。
- 表格中的文字可以左对齐、右对齐、撑满排、居中排，也可利用上齐、改排等注解指定其他排列效果。
- 用斜线和表首注解制作表头是本章的难点，用户需理解相对点与坐标轴的概念，必要时可打草稿、画出坐标格，以便准确定位。
- 若表格较长，一页排不下时，下页将对表格剩余部分继续进行排版，此时用户可利用表格注解中的表头参数指定换页后重排表头。

思考与练习

一、选择题

1. 若想使表格通栏居中排，应该在表格注解中指定______参数。

   A. ！　　B. JZ　　C. ＃　　D. 〖〗

2. 在表格注解中，______和______参数不能同时使用。

   A. BT　　B. XD　　C. SD　　D. BH

3. 若在无线注解中指定了______参数，表示全表各栏排不下时，可以跨到下一栏排。

   A. KL　　B. DW　　C. CM　　D. YQ

4. 若表格中某项的内容过多，应指定______参数，使其自动换行（除无线表以外）。

   A. YQ　　B. ZQ　　C. CM　　D. JZ

二、填空题

1. 若想使换页后的表格重复排表头，应在表格注解中指定__________参数。
2. 若想改变表格中某项内容的横竖排法，应使用__________注解。
3. 表行上顶线为反线、高 2 个字、左栏空 4 个字、右栏空 5 个字，左墙线与右墙线都为反线，注解应写成____________________。
4. 若想取消表格项内容的上、下居中排法，使内容从第 1 行排起，应使用__________注解。

三、操作题

新建一个小样文件，在其中输入的注解及最终效果如下所示。

小样输入：

〖BG(!〗〖BHDWG8,WK3。4W〗100 - 〖〗〖ZB(〗〖BHDFG2,FK3F〗50〖BHD〗〖BHD〗〖BHD〗60〖ZB)F〗〖〗=〖〗〖ZB(〗〖BHDFG2,FK3F〗〖BHD〗80〖BHD〗70〖BHD〗〖ZB)F〗〖BG)W〗Ω

大样效果：

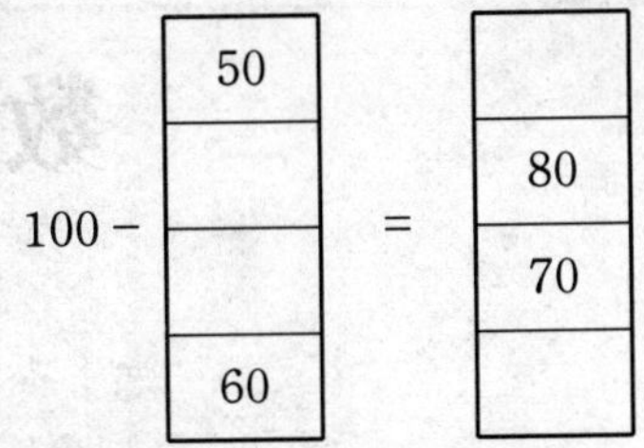

提示：

(1)"〖BG(!〗……〖BG)W〗"是表格注解，指定表格通栏居中排(!)，不画下底线(W)。

(2)"〖BHDWG8,WK3。4W〗"是表行注解，指定表行不画上顶线(DW)，高 8 个字(G8)，共有 4 栏、每栏宽 3 个字(K3。4)，表格左右都不画线(W)。

(3)"〖ZB(〗……〖ZB)F〗"是子表注解，在注解所在栏中画子表，子表的下底线为反线(F)。

(4)"〖BHDFG2,K3F〗"是表行注解，指定子表表行的上顶线(D)为反线(F)，高 2 个字(G2)，表行宽 3 个字(K3)，左右墙线都为反线(F)。

(5)"〖BHD〗"是表行注解，指定表行的上顶线为正线，其他参数与上一个表行注解相同。

本题最终效果请参阅本书配套素材"第 11 章"\"综合实例"文件夹中的"小样 3. fbd"文件。

第12章 数学公式注解

本章内容提要

章前导读

和文艺、电脑等图书相比，大概最难排版的就是数学书籍了。它的特点是符号众多而且复杂，还要遵守一定的排版规则。因此，方正排版系统特别提供了一些针对数学公式排版的注解，本章就来学习它们的应用方法。

12.1 外文符号排版规则

在学习数学公式的排版之前，用户应该掌握一些最常用的外文符号的排版规则。如在科技图书中，哪些外文字母或特殊符号为正体，哪些为斜体，用户必须要了解，以便在以后的工作中确保无误。

12.1.1 用白正体的外文字母和符号

(1) 三角函数符号

sin(正弦)，cos(余弦)，tg 或 tan(正切)，ctg 或 cot(余切)，sec(正割)，csc 或 cosec(余割)。

(2) 反三角函数符号

arcsin(反正弦)，arccos(反余弦)，arctg 或 arctan(反正切)，arcctg 或 arccot(反余切)，

arcsec(反正割),arccsc 或 arccosec(反余割)。

(3) 双曲函数符号

sh(双曲正弦),ch(双曲余弦),th 或 tanh(双曲正切),cth 或 coth(双曲余切),sech(双曲正割),csch 或 cosech(双曲余割)。

(4) 反双曲函数符号

arsh 或 arsinh(反双曲正弦),arch 或 arcosh(反双曲余弦),arth 或 artanh(反双曲正切),arcth 或 arcoth(反双曲余切),arsech(反双曲正割),arcsch 或 arcosech(反双曲余割)。

(5) 对数符号

log(通用对数),lg(常用对数),ln(自然对数)。

(6) 公式中常用缩写字和常数符号

max(最大值),min(最小值),lim(极限),Re(复数实部),Im(复数虚部),arg(复数的幅角),const(常数符号),mod(模数),sgn(符号函数)。

(7) 公式中常算符

$\sum$(连加),Π(连乘),d(微分算子),Δ(差分符)。

(8) 罗马数字

如Ⅰ,Ⅱ,Ⅲ,Ⅳ,Ⅴ等。

(9) 化学元素符号

单字母排大写;双字母前者大写,后者排小写,如 Ag(银)。

(10) 法定计量单位符号

如 kg(公斤),m(米)等。

(11) 温度符号

℃(摄氏温度),℉(华氏温度),°K(绝对温度)。

(12) 硬度符号

HB(布氏硬度),GV(维氏硬度),HS(肖氏硬度),HR(洛氏硬度),HRA(A 标洛氏硬度),HRB(B 标洛氏硬度),HRC(C 标洛氏硬度),HRF(F 标洛氏硬度)。

(13) 代表形状、方位的外文字母

如 T 形、V 形、U 形、N(北极),S(南极)。

(14) 国名及专名缩写

如 P. R. C.(中华人民共和国),U. S. A.(美利坚合众国),IDF(独立函数)等。

(15) 各种计算机程序语言语句。

(16) 参考资料中的外文书刊名。

12.1.2 用白斜体的外文字母和符号

(1) 代数中的已知数,如 a , b , c ,…;未知数 x , y , z ,…。

(2) 几何中代表点(A , B , C ,…),线段(a , b ,…),角度(α , β , γ , θ ,…)符号。

(3) 化学中易与元素符号混淆的外文字母如(L—左型,D—右型,N—当量……)。

(4) 易与数据码混淆的字母,如“l”应用“l”。

(5) 其他未特殊标注的数学式符号。

12.1.3 用黑体的外文符号

（1）近代物理学和代数学中的“张量”用黑斜体，如张量 $\boldsymbol{S}$，张量 $\boldsymbol{T}$ 等。

（2）近代物理学和代数学中的“矢量”用黑斜体，如矢量 $\boldsymbol{A}$，磁场 $\boldsymbol{H}$ 等。

12.1.4 外文字母大小写的用法

（1）科技书中，同一个字母的大、小写所代表的数或量往往不同。所以排版时要特别注意外文字母大小写的使用，一定不要搞错了。例如 pH 值（氢离子的浓度值），其中“p”一定要排小写，如果排成大写其含义就完全不同了。

（2）化学元素符号中，凡由两个字母组成的，第二个字母必须排小写。如：Cu、Fe、Zn 等。

（3）仔细区别难区分的大小写字母：C c，D d，O o，P p，V v，W w，X x，Z z。

12.2 单字符注解

在数学排版注解中有些只有一个字符，使用起来也非常简单。如数学态注解“Ⓢ”、转字体注解“ⓩ”、上下标注解“⇑”“⇓”和盒子注解“⦃⦄”，下面分别介绍。

12.2.1 数学态注解（Ⓢ）——插入数学公式

功能：指定数学态（化学态）的进出。

格式：

①Ⓢ〈数学（或化学）内容〉Ⓢ

②ⓈⓈ〈数学（或化学）内容〉ⓈⓈ

解释：

第 1 种格式为正文格式，表示公式或符号随正文混排，不独立成行，与正文中线对齐。使用时需在〈数学（或化学）内容〉前后各加入一个“Ⓢ”符号。

第 2 种格式为独立格式，可以结束当前行（自动换行），另行后内容居中。使用时需在〈数学（或化学）内容〉前后各加入两个“Ⓢ”符号。

①数学态内的外文字体自动变为白斜体。在数学态内改变外文字体不影响数学态外的外文字体。

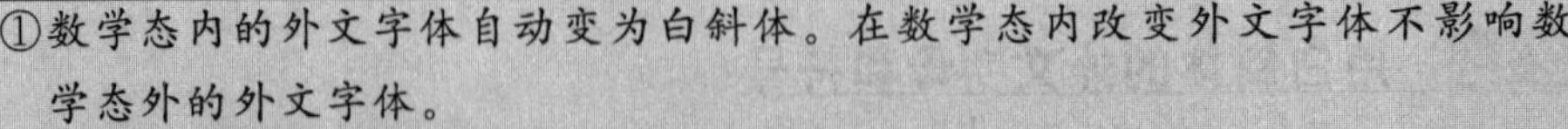

②在数学态中的内容以中线对齐，而数学态外的内容以基线对齐。

③若用本注解的第 2 种格式排公式，公式内容自动左右居中安排，如要左齐排须用左齐（ZQ）注解。

④无论用“Ⓢ”或“ⓈⓈ”，都必须成对出现，否则发排时报“数学态不匹配”错。

⑤不进入数学态也能排数学、化学式，但可能会出现结构上的问题。

实例：插入数学公式

新建一个小样文件，在其中输入如下注解和文字。“Ⓢ”注解可单击特殊字符条中的Ⓢ按钮输入，也可按【Ctrl＋Shift＋；】组合键。

小样输入：

加法交换律：Ⓢa＋b＝b＋aⓈ⇙ 加法交换律：ⓈⓈa＋b＝b＋aⓈⓈΩ

大样效果：

加法交换律：$a+b=b+a$

加法交换律：

$$a+b=b+a$$

分析：

小样第 1 行中，数学公式前后各有一个“Ⓢ”注解，表示公式随正文混排，不独立成行，其中的外文字母自动转换为白斜体。

小样第 2 行中，数学公式前后各有两个“Ⓢ”注解，表示公式在下一行的居中位置排。

本实例最终效果请参阅本书配套素材“第 12 章”\“2”文件夹中的“小样 1. fbd”文件。

12.2.2　转字体注解（ⓩ）——转换数学公式字体

功能：在数学态中转换外文字体。

格式：ⓩ

用法：

每出现一个ⓩ就做一次正、斜字体的转换，这一转换包括白正和白斜体之间的转换，或者黑正和黑斜体之间的转换。

本参数通常只用于数学态下的字体转换，非数学态下使用可能会出现外文正、斜字体混乱。

实例：转换数学公式字体

新建一个小样文件，在其中输入如下注解和文字。“ⓩ”注解可单击特殊字符条中的ⓩ按钮输入，也可按【Ctrl＋Shift＋'】组合键。

小样输入：Ⓢⓩsinⓩα ·ⓩcosⓩβ＝ⓩ1ⓈΩ

大样效果：$\mathrm{sin}\alpha \cdot \mathrm{cos}\beta = 1$

分析：

第 1 个“ⓩ”注解将其与下一个“ⓩ”注解之间的字符转换成白正体，第 2 个“ⓩ”注解将其与下一个“ⓩ”注解之间的字符转换成白斜体，依此类推。

本实例最终效果请参阅本书配套素材“第12章”\“2”文件夹中的“小样2.fbd”文件。

12.2.3 盒子注解（〖〗）——指定盒子

功能：将一组内容定义成一个盒子，对其整体进行处理。

格式：〖〈盒子内容〉〗

用法：

①单击特殊字符条中的〖〗按钮或按【Ctrl＋Shift＋]】组合键可输入一个盒组括弧对“〖〗”。

②盒子注解括起来的内容中间不允许换行，如“〖x＋y〗”。

12.2.4 上下标注解（⇑、⇓）——排上下角标

功能：指定注解后的内容排成上角标或下角标。

格式：⇑〈内容〉；⇓〈内容〉

解释：

“⇑”是上角标注解，将注解后的内容排成上角标。如“x⇑2”，排出为 x^2。

“⇓”是下角标注解，将注解后的内容排成下角标。如“x⇓2”，排出为 x_2。

①当同时出现上下角标时，应当“先上后下”，例如 N_1^n，注解应为“N⇑n⇓1”。

②本注解作用于⇓⇑符号后面的字符（或盒子），如果角标的内容是多个字符时，可以使用盒子注解（〖〗）将内容括起来（定义成一个盒子），使其整体成为上下角标。

实例：排上下角标

新建一个小样文件，在其中输入如下注解和字符。上标注解“⇑”可单击排版工具栏中的⇑按钮或按【Ctrl＋Shift＋I】组合键输入；下标注解“⇓”可单击排版工具栏中的⇓按钮或按【Ctrl＋Shift＋M】组合键输入。

小样输入	大样效果
Ⓢx⇑2Ⓢ	x^2
Ⓢy⇓2Ⓢ	y_2
Ⓢa⇑〖x＋y〗Ⓢ	a^{x+y}
Ⓢb⇓〖n－1〗Ⓢ	b_{n-1}
Ⓢk⇑〖(α＋β＋γ)⇑2〗Ⓢ	$k^{(\alpha+\beta+\gamma)^2}$
ⓈH⇑〖m⇓〖i－1〗〗Ⓢ	$H^{m_{i-1}}$

分析：

“⇑”注解表示其后的字符（或盒子）排在其前字符的右上角。

“⇓”注解表示其后的字符(或盒子)排在其前字符的右下角。

“〖……〗”表示将一组内容作为一个整体进行排版。

本实例最终效果请参阅本书配套素材“第 12 章”\“2”文件夹中的“小样 3. fbd”文件。

角标字符的字号比当前字号小 4 个级别，即如果当前字号为五号字，角标为七号字。若想改变角标的大小可使用角标大小设置注解，注解格式为“〖SS〈数字〉〗”。〈数字〉为上下角标的字号级别，共有 10 级，从 1～10 逐级缩小，如表 12－1 所示。需要注意的是，当前字号必须使用常用字号，否则本注解无效。

表 12－1　角标大小表

小样输入	大样效果	小样输入	大样效果
X⇑〖SS1〗n	X^n	X⇑〖SS2〗n	X^n
X⇑〖SS3〗n	X^n	X⇑〖SS4〗n	X^n
X⇑〖SS5〗n	X^n	X⇑〖SS6〗n	X^n
X⇑〖SS7〗n	X^n	X⇑〖SS8〗n	X^n
X⇑〖SS9〗n	X^n	X⇑〖SS10〗n	X^n

12.3　字符上下添加内容

有些数学公式，需要上下附加字符来限定变量的范围，如求和公式等，此时就会用到下面的注解了。其中阿克生注解可在字符的上面附加一个字符，添线注解可在字符的上、下添加线或括弧，若想在字符上、下添加各种字符可利用顶底注解。

12.3.1　阿克生注解 (AK) ——在字符上添加字符

功能：在字符上面附加一个指定的字符。“AK”读作“阿克生”。

格式：

〖AK〈字母〉〈阿克生符〉[D][〈数字〉]〗

参数：

阿克生符：－|＝|～|→|←|。|＊|·|¨|ˇ|^

数字：1|2|3|4|5|6|7|8|9

解释：

[D]：指定附加字符需降低安排位置。

〈数字〉：调节阿克生符位置的左右。因为外文字母的宽窄、高低各不相同，因此，附加字符的位置也有所不同。本注解能够依照字母的宽度自动选配合适的字模并按照缺省的位置(中心偏右处)附加在字母上。如果对这个位置不满意，可以用〈数字〉来调节。每个字符被从左到右分为 9 级，1 级为最左，9 级为最右，5 级为居中。

实例：在字符上添加字符

新建一个小样文件，在其中输入如下注解。

小样输入：

〖AKW→1〗=〖AKW→2〗=〖AKW→3〗=〖AKW→4〗=〖AKW→5〗=〖AKW→6〗=〖AKW→7〗=〖AKW→8〗=〖AKW→9〗

大样效果：

$\overrightarrow{W}$ $\overrightarrow{W}$ $\overrightarrow{W}$ $\overrightarrow{W}$ $\overrightarrow{W}$ $\overrightarrow{W}$ $\overrightarrow{W}$ $\overrightarrow{W}$ $\overrightarrow{W}$

分析：

在字母“W”上添加阿克生符“→”，从左到右分别为 1～9 级。

本实例最终效果请参阅本书配套素材“第 12 章”\“3”文件夹中的“小样 1.fbd”文件。

12.3.2 添线注解（TX）——在字符上下添线或括弧

功能：在字符（或盒子）上面或下面添加指定的线或括弧。“TX”读作“添线”。

格式：

〖TX[X]〈线类型〉[〈附加距离〉]〗

参数：

〈线类型〉：－|＝|～|（|）|｛|｝|〖|〗|［|］|→|←

〈附加距离〉：[－]〈字距〉

解释：

[X]：在盒子下面添线，省略则在上面添线。

〈线类型〉：此参数不可省略，其中－表示单线；～表示波浪线；＝表示双线；（表示开圆括弧；）表示闭圆括弧；｛表示开花括弧；｝表示闭花括弧；〖表示开正方括弧；〗表示闭正方括弧；［表示开斜方括弧；］表示闭斜方括弧；→表示右箭头；←表示左箭头。

[－]：为减号，表示加大添线与盒子的距离，省略表示缩小距离。

①本注解作用于前面的一个盒子，若想对多个字符添线，可以将这些内容定义为一个盒子，即用盒子注解（〖〗）括起来。

② 用本注解加过线后，加的线与原盒子一起构成一个盒子。

实例：在字符上下添线或括弧

新建一个小样文件，在其中输入的注解及最终效果如下所示。

小样输入	大样效果	解释说明
⑤A〖TX(〗⑤	$\widehat{A}$	“〖TX(〗”注解在其前面的字符上面添加括弧
⑤{AB}〖TX(〗⑤	$\widehat{AB}$	“〖TX(〗”注解在其前面的盒子上面添加括弧
⑤{A〖TX－〗＋B〖TX－〗}〖TX～－＊4〗⑤	$\widetilde{\overline{A}+\overline{B}}$	“〖TX－〗”注解在其前面的字符上面添加横线,“〖TX～－＊4〗”注解在其前面的盒子上面添加～符号,～符号与盒子之间空 1/4 个字的距离
⑤{a·a……a}〖TXX}〗⑤	$\underbrace{a\cdot a\cdots\cdots a}$	“〖TXX}〗”注解在其前面的盒子下面(X)添加闭花括弧

本实例最终效果请参阅本书配套素材“第 12 章”\“3”文件夹中的“小样 2.fbd”文件。

12.3.3 顶底注解（DD）——为数学符号加顶底符

功能:在字符(或盒子)的上、下添加各种字符(或盒组)。“DD”读作“顶底”。

格式:

〖DD([〈顶底参数〉]]〈盒组〉[〖〗〈盒组〉]〖DD)〗

参数:

〈顶底参数〉:〈单项参数〉|〈双项参数〉

〈单项参数〉:[X]〈参数〉

〈双项参数〉:[〈参数〉][;〈参数〉]

〈参数〉:[〈位置〉][〈附加距离〉]

〈位置〉:Z|Y|M

〈附加距离〉:[－]〈字距〉

解释:

〈顶底参数〉:是为对附加内容的位置做附加说明而设置的。在没有〈顶底参数〉的情况下,附加内容按照与基盒(加顶底内容的字符或盒子)左右的中线对齐来安排,上下距离也由系统来规定。

〈单项参数〉:表示只在上边或下边附加内容。

[X]:表示内容加在下面,省略时排在上面。

〈双项参数〉:表示上下都加内容,如果是上下都需要指定位置的话,中间需要则“;”间隔开。

〈位置〉:指定附加内容的左右位置,其中“Z”表示左对齐;“Y”表示右对齐;“M”表示撑满排;省略为居中排。

〈附加距离〉:用来调整附加内容的上下距离,因为顶底内容与基盒距离是系统规定的,所以有时不能满足用户的需要,在这种情况下可用此参数调节上下位置。有[－]参数时表示缩小距离，无[－]参数为加大距离。

①附加的顶底内容比基盒小两号字。

②撑满排时，附加的内容总宽度应小于基盒的宽，否则系统报“无法撑满”错。

③附加的内容与基盒构成一个新的盒子。

实例：为数学符号加顶底符

新建一个小样文件，在其中输入的注解及最终效果如下所示。其中∑、Π和∰符号可在“数学符号”动态键盘中找到。

小样输入	大样效果	解释说明
Ⓢⓩ∑〖DD(〗ⓩn〖〗i＝1〖DD)〗Ⓢ	$\sum_{i=1}^{n}$	为基盒上下附加字符，上下内容之间用“〖〗”间隔开
Ⓢⓩ{lim}〖DD(X〗ⓩn →∞〖DD)〗Ⓢ 或Ⓢⓩ{lim}〖DD(〗〖〗ⓩn →∞〖DD)〗Ⓢ	$\lim_{n\to\infty}$	为基盒下附加字符
Ⓢⓩ∰〖DD(X＊2〗ⓩΩ〖DD)〗Ⓢ	$\oiiint_{\Omega}$	为基盒下(X)附加字符，基盒与附加字符之间距离半个字(＊2)
Ⓢⓩ∑〖DD(；M〗∞〖〗ⓩn ＝1〖DD)〗Ⓢ	$\sum_{n\quad=\quad1}^{\infty}$	下边的附加字符撑满排(；M)，即“n ＝1”与“∑”同宽
Ⓢⓩ∑ⓩ〖DD(X〗i＝0〖DD)〗〖DD(X〗j＝1〖DD)〗〖DD(X〗n＝k〖DD)〗Ⓢ	$\sum_{\substack{i=0\\j=1\\n=k}}$	基盒下附加多项内容
Ⓢ{a · a…… a}〖TXX}〗〖DD(X1〗n 个〖DD)〗Ⓢ	$\underbrace{a\cdot a\cdots\cdots a}_{n个}$	为盒子附加顶底内容，本例附加的内容位于基盒下(X)并距基盒1个字(1)的距离

本实例最终效果请参阅本书配套素材“第 12 章”\“3”文件夹中的“小样 3. fbd”文件。

12.4 分式与根式注解

在方正书版中，若想将分数排成上分子、下分母的形式，需要用到上下注解；若想排根式需要使用开方注解，该注解可以根据开方内容自动给出根号大小，使用简单方便，下面分别介绍。

12.4.1 上下注解（SX）——排分式及上下结构字

功能：用于排分式及任何两部分需一上一下安排的内容。“SX”读作“上下”。

格式：

〖SX([〈上下参数〉]〗〈上盒组〉〖〗〈下盒组〉〖SX)〗

参数：

〈上下参数〉：[C][B][Z|Y][〈附加距离〉]

〈附加距离〉:[－]〈字距〉

解释:

[C]:表示加长分数线。省略时分数线长度等于分式中较长式子或盒子的宽度。

[B]:表示不要分数线,用此方法可以排出上下叠加的内容。

[Z|Y]:"Z"表示上下盒子左对齐。"Y"表示上下盒子右对齐。省略[Z|Y]表示上下盒子居中排。

〈附加距离〉:用于调整上、下盒子间的距离。[－]为减号,代表缩小距离,没有[－]表示加大距离。

①本注解排出的分式构成一个新的盒子。

②本注解与顶底注解不同之处在于:用顶底注解排出的内容自动比正文字号小两号,而用上下注解排出的内容字号不变。

实例:排分式及上下结构字

新建一个小样文件,在其中输入的注解及最终效果如下所示。

小样输入	大样效果	解释说明
Ⓢ〖SX(〗1〖〗3〖SX)〗Ⓢ	$\frac{1}{3}$	分子与分母内容用"〖〗"符号间隔
Ⓢ〖SX(〗2〖〗a＋b〖SX)〗Ⓢ	$\frac{2}{a+b}$	分母为多个字符时,不用加盒子注解
Ⓢ〖SX(〗a〖〗b〖SX)〗·〖SX(〗c〖〗d〖SX)〗＝〖SX(〗ac〖〗bd〖SX)〗Ⓢ	$\frac{a}{b}\cdot\frac{c}{d}=\frac{ac}{bd}$	多个上下注解连用
Ⓢy＝1＋〖SX(C〗2〖〗3＋〖SX(〗4〖〗5＋〖SX(〗6〖〗x〖SX)〗〖SX)〗〖SX)〗Ⓢ	$y=1+\cfrac{2}{3+\cfrac{4}{5+\cfrac{6}{x}}}$	上下注解层层嵌套,C 表示加长分数线
〖SX(B－ ＊4〗〖HT6",2〗山〖〗〖HT3,2〗昆〖HT〗〖SX)〗	崑	用上下注解拼出上下结构的汉字,不画分数线(B),上下内容之间缩小 1/4 个字的距离(－＊4)

本实例最终效果请参阅本书配套素材"第 12 章"\"4"文件夹中的"小样 1.fbd"文件。

12.4.2 开方注解(KF)——排根式

功能:排开方根号。"KF"读作"开方"。

格式:

〖KF([S]〗[〈开方数〉〖〗]〈开方内容〉〖KF)〗

解释:

[S]:用来指定开方数,如无此参数就是一般的开平方;如有[S],其开方数必须在〈开方数〉项中给出。

①[S]和〈开方数〉两项参数必须同时使用或省略。

② 本注解生成的内容构成一个盒子。

③当开方内容的高度超过当前字号 4 倍时，根号变直。

实例：排根式

新建一个小样文件，在其中输入的注解及最终效果如下所示。

小样输入	大样效果	解释说明
Ⓢ〖KF(〗3〖KF)〗Ⓢ	$\sqrt{3}$	开平方
Ⓢ〖KF(〗a＋b〖KF)〗Ⓢ	$\sqrt{a+b}$	为多字符开平方
Ⓢ〖KF(〗〖SX(C〗x〖〗1＋y〖SX)〗〖KF)〗Ⓢ	$\sqrt{\frac{x}{1+y}}$	为分式开平方
Ⓢ〖KF(S〗3〖〗x〖KF)〗Ⓢ	$\sqrt[3]{x}$	开高次方，需加 S 参数，并用"〖〗"隔开根指数和开方数
Ⓢ〖KF(S〗n〖〗a＋b〖KF)〗Ⓢ	$\sqrt[n]{a+b}$	为多字符开高次方
Ⓢ〖KF(S〗4〖〗〖SX(C〗x＋y〖〗x－y〖SX)〗〖KF)〗Ⓢ	$\sqrt[4]{\frac{x+y}{x-y}}$	为分式开高次方
Ⓢ〖KF(〗〖KF(〗16〖KF)〗〖KF)〗Ⓢ	$\sqrt{\sqrt{16}}$	平方根号层层嵌套
Ⓢ〖KF(S〗3〖〗3〖KF(〗4－2〖KF)〗〖KF)〗Ⓢ	$\sqrt[3]{3\sqrt{4-2}}$	平方根号与高次方根号嵌套
Ⓢ〖KF(〗〖SX(〗x〖〗y〖SX)〗〖KF(〗〖SX(〗x〖〗y〖SX)〗〖KF)〗〖KF)〗Ⓢ	$\sqrt{\frac{x}{y}\sqrt{\frac{x}{y}}}$	为分式开平方，平方根号嵌套

本实例最终效果请参阅本书配套素材"第 12 章"\"4"文件夹中的"小样 2.fbd"文件。

12.5 界标与行列注解

12.5.1 界标注解（JB）——排界标

功能：在字符（或盒子）的左右排分界符（界标）。"JB"读作"界标"。

格式：

①定长开界标：〖JB<〈大小〉〈开界标符〉〗

②定长闭界标:〖JB>〈大小〉〈闭界标符〉〗

③变长界标:〖JB(\[〈开界标符〉\]\[Z\]〗〈界标内容〉〖JB)\[〈闭界标符〉\]〗

参数:

〈大小〉:〈字模倍数〉[*]

〈字模倍数〉:1|2|3|4|5

〈开界标符〉:(|{|[|〔|||/|-=

〈闭界标符〉:)|}|]|〕|||/|-=

解释:

〈大小〉:定长界标的高度大小。

[*]:表示 1/2。

〈开界标符〉和**〈闭界标符〉**各有 8 种符号,其中(为开圆括弧;{为开花括弧;[为开正方括弧;〔为开斜方括弧;|为竖线;/为斜杠;\为反斜杠;=为竖双线;)为闭圆括弧;}为闭花括弧;]为闭正方括弧;〕为闭斜方括弧。

[Z]:只用在变长界标的开弧注解中。使用[Z]参数可使界标高度自动对准上、下盒组中线,排系统表时常用到此参数;省略[Z]参数则界标高度为上盒组顶部到下盒组底部。

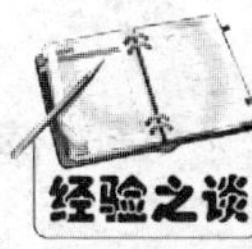

①当前字号 1 倍高度(长度)的界标符号无须使用本注解,直接输入单个字符即可。

②界标的上、下角标必须出现在界标闭弧之后才有效。

③变长界标所包括的各行内容左边对齐。

④本注解生成的内容是一个盒子。

实例 1:使用变长界标

新建一个小样文件,在其中输入的注解及最终效果如下所示。

小样输入	大样效果	解释说明
Ⓢ〖JB({〗a=1↙b=0〖JB)〗Ⓢ	$\begin{cases} a=1 \\ b=0 \end{cases}$	指定开界标符为开花括弧({)
Ⓢ〖JB(〔〗B1↙↙B2〖JB)〕〗Ⓢ	$\left[\begin{matrix} B1 \\ \\ B2 \end{matrix}\right]$	指定开界标符为开斜方括弧(〔),闭界标符为闭斜方括弧(〕)
Ⓢ〖JB((〗〖SX(〗x〖〗y〖SX)〗〖JB))〗〖JB(/〗〖JB((〗〖SX(〗y〖〗x〖SX)〗〖JB))〗〖JB)〗=1Ⓢ	$\left(\frac{x}{y}\right)\Big/\left(\frac{y}{x}\right)=1$	“〖JB((〗……〖JB))〗”注解指定开、闭界标符分别为开、闭圆括弧,“〖JB(/〗……〖JB)〗”注解指定开界标符为斜杠(/)
文=学〖JB({Z〗小=说↙诗=歌〖JB({〗古代↙现代〖JB)〗〖JB)〗	文　学{ 小　说 / 诗　歌{ 古代 / 现代	“〖JB({Z〗”注解指定开界标符为开花括弧({),界标高度自动对准上下盒组中线(Z)

本实例最终效果请参阅本书配套素材“第 12 章”\“5”文件夹中的“小样 1.fbd”文件。

实例 2:使用定长界标

新建一个小样文件,在其中输入的注解及最终效果如下所示。

小样输入	大样效果	解释说明
⑤∫f(x)dx〖JB>2|〗⇑a⇓b⑤	$\int f(x)dx\Big\|_b^a$	"〖JB>2|〗"注解指定竖线(|)为定长闭界标(>),界标高度为 2
⑤〖SX(C〗∂u〖〗∂x〖SX)〗〖JB>2|〗⇓{x=0}⑤	$\frac{\partial u}{\partial x}\Big\|_{x=0}$	以盒组作为界标的下角标
⑤〖JB<2[〗A⇓1-A⇓2C⇑T⇓1〖JB>2]〗⑤	$\Big[A_1-A_2C_1^T\Big]$	"〖JB<2[〗"注解指定开正方括弧([)为定长开界标(<),界标高度为 2;"〖JB>2]〗"注解指定闭正方括弧(])为定长闭界标(>),界标高度为 2

本实例最终效果请参阅本书配套素材"第 12 章"\"5"文件夹中的"小样 2.fbd"文件。

12.5.2 行列注解(HL)——排行列式

功能:用于排数学公式中的行列式、矩阵以及一切需行列对齐的复杂的内容。"HL"读作"行列"。

格式:

〖HL(〈总列数〉[:〈列信息〉{;〈列信息〉}(0 到 n 次)]〗〈行列内容〉〖HL)〗

参数:

〈总列数〉:〈数字〉

〈列信息〉:〈列号〉,〈〈列距〉|〈位置〉|〈列距〉〈位置〉〉

　〈列号〉:〈数字〉

　〈列距〉:〈字距〉

　〈位置〉:Z|Y

〈行列内容〉:〈行列行〉{〈⇙|↙〉〈行列行〉}$^{i}_{0}$

　〈行列行〉:〈行列项〉{〖[〈间隔类型〉]〗〈行列项〉}$^{m}_{0}$

　　〈间隔类型〉:〈数字〉|-||

　〈行列项〉:〈盒组〉

解释:

〈总列数〉:指定行列的列数。通常排行列式或矩阵时,只需指定总列数,系统自动以每列中最宽者作为相应列宽,列距为一字宽,列中各项中线对齐。

〈列信息〉:用于具体设置每列之间的距离和列中各项的对齐方式。

〈列号〉:指定为第几列指定参数。

〈列距〉:指定当前列与下列之间的距离,省略为一字宽。

〈位置〉:指定当前列中的各项的对齐方式,其中"Z"表示左对齐,"Y"表示右对齐,省略

为中线对齐。

〈行列内容〉：由多个〈行列行〉组成，用“↙”或“↙”换行。

〈行列行〉：由多个〈行列项〉组成，各行列由“〖[〈间隔类型〉]〗”隔开。

〈数字〉：指定下面内容在某一列排版，如不指定则为顺序列排在下一列。

[—]：表示在本行与下行之间加一条点线，此项选择在本行中任意一个间隔符中指定都可以。

[|]：表示在本列与下列之间加一条竖点线，此项选择在任意一行的相应间隔处指定都可以。

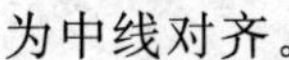

①当一个〈行列行〉以“↙”结束时，表示下个行列行为整行的点线，后面的内容从点线下的一行开始排。

②在排行列式时，当一行的列数超过总列数，或指定某列时，指定的列数在总列数之外，系统给出错误信息，并将相应内容与前面内容重叠。

实例：排行列式

新建一个小样文件，在其中输入的注解及最终效果如下所示。

小样输入	大样效果	解释说明
ⓈA=〖JB(｜〗〖HL(3〗1〖〗0〖〗0↙0〖〗1〖〗0↙0〖〗0〖〗1〖HL)〗〖JB)｜〗Ⓢ	$A=\begin{vmatrix}1&0&0\\0&1&0\\0&0&1\end{vmatrix}$	“〖HL(3〗……〖HL)〗”注解指定行列式有 3 列，每列之间用“〖〗”隔开，每行之间用“↙”隔开
ⓈA=〖JB(｜〗〖HL(4〗0〖〗1〖｜〗0〖〗1↙1〖〗0〖〗1〖—〗0↙0〖〗1〖〗0〖〗1↙1〖〗0〖〗1〖〗0〖HL)〗〖JB)｜〗Ⓢ	$A=\begin{vmatrix}0&1&0&1\\1&0&1&0\\0&1&0&1\\1&0&1&0\end{vmatrix}$	“〖｜〗”表示在本间隔符的位置上加一条竖点线，“〖—〗”表示在本行与下一行之间加一条点线
ⓈA=〖JB(｜〗〖HL(4〗a⇓1〖〗b⇓1〖〗…〖〗n⇓1↙a⇓2〖〗b⇓2〖〗…〖〗n⇓2↙a⇓m〖〗b⇓m〖〗…〖〗n⇓m〖HL)〗〖JB)｜〗Ⓢ	$A=\begin{vmatrix}a_1&b_1&\cdots&n_1\\a_2&b_2&\cdots&n_2\\\cdots&\cdots&\cdots&\cdots\\a_m&b_m&\cdots&n_m\end{vmatrix}$	“↙”表示下一个行列行为整行的点线，后面的内容从点线下一行开始
Ⓢⓩsgnⓩ(x)=〖JB({〗〖HL(2：1，3Y〗1〖〗x≥0↙—1〖〗x＜0〖HL)〗〖JB)〗Ⓢ	$\mathrm{sgn}(x)=\begin{cases}1 & x\geq 0\\-1 & x<0\end{cases}$	“〖HL(2：1，3Y〗”注解表示共有 2 列，第 1 列与第 2 列之间空 3 个字的距离，第 1 列内容右对齐(Y)

本实例最终效果请参阅本书配套素材“第 12 章”\“5”文件夹中的“小样 3.fbd”文件。

12.6 方程类注解

本节将讲解三个排方程式的注解，其中方程注解用于排方程组，方程号注解可在方程式右边加方程号，左齐注解可在方程式的左边加入方程推导文字等需要左边对齐版心的内容，如图 12－1 所示。

A.	$x^2 + y^2 = r^2$	(1)
	$x = 2y$	(2)
左齐部分	方程组	方程号

图 12－1　方程各组成部分

12.6.1 左齐注解（ZQ）——添加方程推导文字

功能：在独立数学态下排公式行左端的文字内容。“ZQ”读作“左齐”。

格式：本注解有两种格式，第 1 种用〈字数〉指定排在左边的字数，第 2 种将括弧对中的内容排在左边。

①〖ZQ〈字数〉[，〈字距〉]〗

②〖ZQ(［〈字距〉］〗〈左齐内容〉〖ZQ)〗

解释：

〈字数〉：用于指定排在左边的字符数（包括标点符号）。

〈字距〉：指定文字与版心左边空出的距离，以字数为单位。省略表示不空。

①本注解只能出现在独立数学（或化学）态中。由于在独立数学（或化学）态下所有内容全部自动居中排，若想在行首排文字可使用本注解。

②本注解只能用在行首，否则不起作用。

实例：添加方程推导文字

新建一个小样文件，在其中输入的内容及最终效果如下所示。

小样输入：

```
ⓈⓈ〖ZQ2〗因此 a+b=cⓈⓈ↙
ⓈⓈ〖ZQ2,1〗因此 a+b=cⓈⓈ↙
ⓈⓈ〖ZQ(〗因为：〖ZQ)〗a+b=c↙
〖ZQ(〗所以：〖ZQ)〗c-b=aⓈⓈΩ
```

大样效果：

因此	$a + b = c$
因此	$a + b = c$
因为：	$a + b = c$
所以：	$c - b = a$

分析：

“〖ZQ2〗”指定注解后的 2 个字符排在公式行左端。

“〖ZQ2,1〗”指定注解后的 2 个字符排在公式行左端，且距版心左边缘 1 个字的宽度。

“〖ZQ(〗……〖ZQ)〗”指定注解开闭弧中的内容排在公式行左边。

本实例最终效果请参阅本书配套素材“第 12 章”\“6”文件夹中的“小样 1. fbd”文件。

12.6.2　方程号注解（FH）——添加方程号

功能：排方程式中的方程号。“FH”读作“方号”。

格式：〖FH〗〈方程号内容〉

解释：

本注解只用于排方程式中的方程号，方程号位于方程式的右端。本注解的功能与无参数的居右注解(JY)相同。

实例：添加方程号

新建一个小样文件，在其中输入的内容及最终效果如下所示。

小样输入：

Ⓢ$a+b=12〖FH〗(1)↙a+c=15〖FH〗(2)ⓈⓈΩ

大样效果：

$$a+b=12 \tag{1}$$
$$a+c=15 \tag{2}$$

本实例最终效果请参阅本书配套素材“第 12 章”\“6”文件夹中的“小样 2. fbd”文件。

12.6.3　方程组注解（FC）——排方程组

功能：用于排方程组。“FC”读作“方程”。

格式：

〖FC([〈边括号〉][J]〗〈方程内容〉〖FC)〗

参数：

〈边括号〉：{|}|〔|〕

〈方程内容〉：〈方程行〉{↙〈方程行〉}$_0^n$

　〈方程行〉：[左齐注解]〈方程行体〉[〖FH〗〈行方程号〉]

　　〈方程行体〉：[[左部]〖〗]〈右部〉

解释：

〈边括号〉：用于将方程组括起来，其中{表示左花括弧；}表示右花括弧；〔表示左斜括弧；〕表示右斜括弧。

[J]：表示整个公式组作为一个整体，禁止拆页。

〈方程行〉：指方程组中的一行内容，包括方程式（方程行体）、方程式左齐内容和方程号。

〈方程行体〉：指方程式，它以等号为分界点，分成左右两个部分，每部分的长短不一。若想使方程组中的各方程式以等号对齐，可在等号后边加入“〖〗”符号。

①本注解只能在独立数学（化学）态中使用。
②若每个方程式全部左对齐的话，只需逐行输入公式即可，无须使用“〖〗”符号。
③本注解中左部与右部的间隔“〖〗”不能与界标注解（JB）嵌套。

实例：排方程组

新建一个小样文件，在其中输入的内容及最终效果如下所示。

小样输入：

```
ⓈⓈ〖FC(｛〗x+y=45↙6x=4y〖FC)〗ⓈⓈ
ⓈⓈ〖FC(｛〗x+y=〖〗45↙6x=〖〗4y〖FC)〗ⓈⓈ
ⓈⓈ〖FC(〗〖ZQ2〗因为 x+1=〖〗3〖FH〗(1)↙〖ZQ2〗所以 x=〖〗2〖FH〗(2)〖FC)〗ⓈⓈ
```

大样效果：

$$\begin{cases} x+y=45 \\ 6x=4y \end{cases}$$

$$\begin{cases} x+y&=45 \\ 6x&=4y \end{cases}$$

因为 $x+1=3$ (1)

所以 $x=2$ (2)

分析：

第 1 组方程中，“〖FC(｛〗……〖FC)〗”注解表示用左花括弧（｛）将方程组括起来，各方程式左对齐，方程式之间用“↙”符号换行。

第 2 组方程中，在等号后边加入“〖〗”符号，使各行方程式以等号对齐。

第 3 组方程中，在每行方程式的前后加入左齐和方程号注解，为其添加方程推导文字和方程号。

本实例最终效果请参阅本书配套素材“第 12 章”\“6”文件夹中的“小样 3. fbd”文件。

综合实例——编排复杂方程组

下面以一个实例综合练习本章所学的内容。新建一个小样文件，在其中输入的内容及最终效果如下所示。

小样输入：

```
Ⓢ$A〖JB({Z〗B=〖KF(S〗3〖〗x↑n+y↑m〖KF)〗↙
C-φ↑2s↓1ⓩsinⓩ2θ〖JB<3[〗1+〖KF(〗1+〖SX(〗a -h↓t〖〗φ↑2s↓1ⓩsinⓩ↑2θ
〖SX)〗〖KF)〗〖JB>3]〗↙
D=∑〖DD(〗i=0〖〗n=1〖DD)〗a↓kδ↓1η↓a〖JB)〗Ⓢ$Ω
```

大样效果：

$$A\begin{cases}B=\sqrt[3]{x^n+y^m}\\ C=\varphi^2 s_1\sin2\theta\left[1+\sqrt{1+\dfrac{a-h_t}{\varphi^2 s_1\sin^2\theta}}\right]\\ D=\sum\limits_{n=1}^{i=0}a_k\delta_1\eta_a\end{cases}$$

分析：

“ⓈⓈ……ⓈⓈ”是独立格式的数学态注解，表示其中的内容自动换行且左右居中排版，外文字体为白斜体。

“〖JB({Z〗……〖JB)〗”是变长界标注解，为注解开闭弧中的内容添加界标，界标符为开花括弧({)，界标高度对准上、下盒组中线(Z)。

“〖KF(S〗3〖〗……〖KF)〗”是开方注解，为注解开闭弧中的内容排开方符号，“S”表示开高次方，开方数为 3。

“↑”是上标注解，表示其后的字符排在其前字符的右上角。

“↓”是下标注解，表示其后的字符排在其前字符的右下角。

“ⓩ”是转字体注解，本例将白斜体变为白正体，或将白正体变为白斜体。

“〖JB<3[〗”是定长开(<)界标注解，为注解后的内容添加定长界标，界标符为开正方括弧([)，高度为 3 个当前字高。

“〖KF(〗……〖KF)〗”是开方注解，为注解开闭弧中的内容排开方符号。

“〖SX(〗…〖〗…〖SX)〗”是上下注解，将注解开闭弧中的内容排成上下的形式，中间用“〖〗”符号隔开。

“〖JB>3]〗”是定长闭(>)界标注解，为注解前的内容添加定长界标，界标符为闭正方括弧(])，高度为 3 个当前字高。

“〖DD(〗…〖〗…〖DD)〗”是顶底注解，在注解前的字符上下添加字符，上下内容之间用“〖〗”符号隔开。

本实例最终效果请参阅本书配套素材“第 12 章”\“综合实例”文件夹中的“小样 1. fbd”文件。

本章小结

本章主要介绍了数学公式的排版方法，下面将本章的主要内容总结如下。

➢ 数学态注解是进出数学(化学)排版状态的开关。

- 转字体注解可将外文字体做正斜之间的转换。
- 上、下标注解可将其后的盒子排成上、下角标。
- 盒子注解可将一组内容定义成一个盒子,以方便整体操作。
- 若想在字符上下添加内容可使用顶底注解,此外阿克生注解和添线注解可分别在字符上或字符上下添加指定的内容。
- 上下注解可排分式,开方注解可排根式。
- 利用方程组注解可排方程组,并可在方程式的左右分别添加推导文字和方程号。

思考与练习

一、选择题

1. 科技图书中需要使用白斜体的外文符号有______。

A. 三角函数符号　　B. 罗马数字　　C. 化学元素符号　　D. 代数中的已知数

2. ______注解用来指定数学态(化学态)的进出。

A. ⓩ　　B. ⓐ　　C. ⓢ　　D. ⇑

3. A_1^i 的注解应写为______。

A. A⇓⇑1i　　B. A⇑⇓i1　　C. A⇑i⇓1　　D. A⇓1⇑i

4. ______注解可在字符(或盒子)的上、下添加各种字符(或盒组)。

A. 顶底注解　　B. 阿克生注解　　C. 上下注解　　D. 添线注解

二、填空题

1. 若想在上下注解中加长分数线,应指定________参数。
2. 若在顶底注解中不指定〈顶底参数〉,则附加内容与基盒________对齐。
3. 在开方注解中________用来指定开方数,若无此参数就是一般的开平方。
4. 若想在方程式的左边添加推导文字,应使用__________注解。

三、操作题

新建一个小样文件,在其中输入的内容及最终效果如下所示。

小样输入:

〖SX(B－＊2〗〖SX(B＊2〗O〖DD(〗⌒〖DD)〗〖〗〖SX)〗＝〖SX(B＊2〗O〖DD(〗⌒〖DD)〗〖〗〖SX)〗〖〗～〖SX)〗Ω

大样效果:

$\overset{\frown}{O}\ \overset{\frown}{O}$
$\sim$

提示:

(1)"〖SX(B－＊2〗…〖〗…〖SX)〗"是上下注解,将注解开闭弧中的内容排成上下的形式,上下内容之间用"〖〗"符号隔开且缩小半个字的距离(－＊2),不要分数线(B)。

(2)"〖DD(〗……〖DD)〗"是顶底注解,将注解开闭弧中的内容排在前面字符的上边。

(3)"〖SX(B＊2〗…〖〗…〖SX)〗"是上下注解,上下内容之间扩大半个字的距离(＊2)。

本题最终效果请参阅本书配套素材"第 12 章"\"综合实例"文件夹中的"小样 2. fbd"文件。

第13章 化学公式注解

本章内容提要

章前导读

化学公式的排版相对数学公式来说更有难度,主要体现在化学结构式或方程式的复杂性。本章将由浅入深地讲解化学反应式、普根结构式和环根结构式的排版方法。只要用户能够熟练掌握相关注解的功能和作用范围,运用起来就会得心应手。

13.1 化学反应式

方正书版中,用于排化学反应式的注解较为简单,其中反应注解用来排化学反应号,相联注解可以排化学反应式上、下的附加线,下面分别说明。

13.1.1 反应注解(FY)——排反应号

功能:排化学反应号及在反应号上、下的字符。“FY”读作“反应”。

格式:

①〖FY[〈反应参数〉]〗

②〖FY([〈反应参数〉]〗〈反应内容〉〖FY)〗

参数:

〈反应参数〉:[〈反应号〉,][〈反应方向〉,]〈字距〉|[〈反应号〉,]〈反应方向〉|〈反应号〉

〈反应号〉:JH[＊]|KN[＊]|=

〈反应方向〉:S|X|Z|Y

解释：

〈反应号〉：用户可作如下几种选择：

参数	名称	反应号	参数	名称	反应号
JH	聚合	→⋯→	KN	可逆	⇌
JH＊	聚合	→→→	KN＊	可逆	⇄
=	等号	══	默认	箭头	⟶

〈反应方向〉：表示反应号的方向，其中“S”表示上；“X”表示下；“Z”表示左；“Y”表示右，默认为右。

〈字距〉：指定反应号的长度，取值必须大于等于当前 1 个字宽（聚合反应号大于等于 3 个字宽），省略时系统规定其值为 2 个字宽，而聚合反应号（JH、JH＊）的默认值为 3。

〈反应内容〉：附加到反应号上的内容，可以是单行，也可以是多行。反应号方向为左或右时，内容附加到反应号的上下，内容之间用“〖〗”隔开，“〖〗”之前的内容在上，“〖〗”之后的内容在下；当反应号为上下方向时，内容附加到反应号的左右，“〖〗”之前的内容在左，“〖〗”之后的内容在右。

经验之谈

①反应号中附加内容的字号视外层字号而定，当外层的字号大于五号字（含五号字），反应号中附加的内容比外层字小两号，否则比外层字小一号，当外层字为七号字时，附加内容也为小七号字。

②反应号中附加内容的字号与行距虽然都是系统自动给出的，但是用户也可以在本注解中加入相应的字号注解及行距注解指定反应号中附加内容的字号与行距，这对外层的字号与行距不产生影响。

③反应内容为横排时允许多行，但不允许空行。

④反应内容为竖排时不允许多行。

⑤反应号为横向时，反应号与行中线对齐；反应号为竖向时，反应号的纵向坐标值与行的纵向坐标值相同。

⑥设反应内容的宽（左右方向的反应号）或高（上下方向的反应号）的最大值为 m，则反应号的长度如下：

- 无指定长度，系统自动根据当前反应号的类型自动选取其长度的默认值，比较默认值与 m+1 个字高的大小，二者的较大值作为反应号的真正长度。
- 有指定长度，取该指定长度与 m+1 的较大值作为反应号的真正长度。

用户可以根据这些约定来指定自己认为合适的长度。

实例：排化学反应号

新建一个小样文件，在其中输入的内容与最终效果如下所示。

小样输入	大样效果	解释说明
2AgOH〖FY〗Ag⇓2O + H⇓2O	$2AgOH \longrightarrow Ag_2O + H_2O$	反应号为箭头,方向朝右(默认)
Zn + H⇓2SO⇓4〖FY = 〗ZnSO⇓4 + H⇓2↑	$Zn + H_2SO_4 \xlongequal{} ZnSO_4 + H_2\uparrow$	反应号为等号(=)
NaCl〖FYKN,3〗Na⇑⊕ + Cl⇑⊖	$NaCl \rightleftharpoons Na^{\oplus} + Cl^{\ominus}$	反应号为可逆(KN),长度为 3 个字宽
Fe⇓2O⇓3 + 3CO〖FY(=〗高温〖FY)〗2Fe + 3CO⇓2	$Fe_2O_3 + 3CO \xlongequal{高温} 2Fe + 3CO_2$	反应号为等号,上面添加内容
(C⇓6H⇓《10》O⇓5)n〖FY(JH〗酶〖〗水〖FY)〗C⇓6H⇓《12》O⇓6	$(C_6H_{10}O_5)n \xrightarrow[水]{酶} C_6H_{12}O_6$	反应号为聚合(JH),上下添加内容,内容之间用“〖〗”符号隔开
HIO⇓3 + 5HI〖FY〗3H⇓2O + 〖SP(〗《3I⇓2》〖FY(JH,X〗〖〗+ 淀粉〖FY)〗《蓝色》〖SP)〗	$HIO_3 + 5HI \longrightarrow 3H_2O + 3I_2$ ↓+淀粉 蓝色	反应号向下(X),左右内容竖排

本实例最终效果请参阅本书配套素材“第 13 章”\“1”文件夹中的“小样 1. fbd”文件。

13.1.2 相联注解(XL)——排附加线

功能:排化学反应式中的上、下附加线及说明文字。“XL”读作“相连”。

格式:

〖XL(〗{〈横结点〉|〈盒组〉[{〈相联始点注解〉|〈相联终点注解〉|〈相联终点括弧对注解〉}]〖XL)〗

参数:

〈相联始点注解〉:〖LS〈编号〉〈位置〉{[,〈编号〉〈位置〉]}$^{k}_{0}$〗

〈相联终点注解〉:〖LZ({〈编号〉〈位置〉[,〈线选择〉][,〈线位置〉][,〈线方向〉]}$^{k}_{0}$〗

〈相联终点括弧对注解〉:〖LZ({〈编号〉〈位置〉,[,〈线选择〉][,〈线位置〉][,〈线方向〉]}$^{n}_{0}$〗〈盒组〉{↙〈盒组〉}$^{n}_{0}$〖LZ)〗

〈编号〉:〈数字〉[〈数字〉]　　1≤编号≤20

〈位置〉:S|X|ZS|ZX|YS|YX

〈线选择〉:XJ|KH

〈线位置〉:S|X

〈线方向〉:F

解释:

〈相联始点注解〉:指定相联线的开始位置,简称联始。

〈相联终点注解〉:指定相联线的结束位置,简称联终。

〈编号〉:在相联括弧对中允许用多条线把多对盒子连接起来,因此需要对线进行编号,相同编号的联始、联终被一条线连接起来。

〈位置〉:说明从盒子的什么位置(上、下、左、右、左上、右下、右上、右下)联到另一盒子的什么位置上。

〈线选择〉:给出了联线的类型,其默认值是箭头,“XJ”表示虚箭头,“KH”表示花括号。

〈线位置〉:指出联线的位置在上或在下,“S”表示在上,“X”表示在下,省略时为上。

〈线方向〉:说明箭头方向,这仅对箭头与虚箭头起作用,省略时表示正方向,箭头落在终点上,“F”表示反方向,箭头落在始点上。

实例:排反应式的附加线

新建一个小样文件,在其中输入的内容与最终效果如下所示。

小样输入	大样效果
〖XL(〗(CH⇓3)⇓3CH+C〖LS1S〗H⇓2〖FY=〗C〖LZ1S〗(CH⇓2)⇓2〖XL)〗	$(CH_3)_3CH+CH_2=\!=\!=C(CH_2)_2$
〖XL(〗Z〖LS1X〗n + H〖LS2S〗⇓2SO⇓4〖FY=〗Z〖LZ1X,XJ,X〗nSO⇓4+H〖LZ2S,XJ,S〗⇓2↑〖XL)〗	$Zn+H_2SO_4=\!=\!=ZnSO_4+H_2\uparrow$
〖XL(〗C〖LS1S〗uO+H〖LS2X〗⇓2〖FY=〗C〖LZ(1S〗还原〖LZ)〗u+H〖LZ(2X,X〗氧化〖LZ)〗⇓2O〖XL)〗	还原 $CuO+H_2=\!=\!=Cu+H_2O$ 氧化

分析:

第 1 个公式中:

用相联注解将化学式括出,“〖LS1S〗”表示 1 号相连线的始点(LS)在其前一个字符的上方(S)。

“〖LZ1S〗”表示 1 号相连线的终点(LZ)在其前一个字符的上方(S)。

第 2 个公式中:

“〖LS1X〗”表示 1 号相连线的始点(LS)在其前一个字符的下方(X)。

“〖LZ1X,XJ,X〗”表示 1 号相连线的终点(LZ)在其前一个字符的下方(X),线型为虚箭头线(XJ),线位置为下(X)。

“〖LS2S〗”表示 2 号相连线的始点(LS)在其前一个字符的上方(S)。

“〖LZ2S,XJ,S〗”表示 2 号相连线的终点(LZ)在其前一个字符的上方(S),线型为虚箭头线(XJ),线位置为上(S)。

第 3 个公式中:

“〖LZ(1S〗……〖LZ)〗”表示 1 号相连线的终点(LZ)在其前一个字符的上方(S),线上添加注解括弧对中的内容。。

“〖LZ(2X,X〗……〖LZ)〗”表示 2 号相连线的终点(LZ)在其前一个字符的下方(X),线下(X)添加注解括弧对中的内容。

本实例最终效果请参阅本书配套素材“第 13 章”\“1”文件夹中的“小样 2. fbd”文件。

13.2　普根结构式

结构式是用元素符号和键来表示分子中各原子的价数和排列的式子，普根结构式是由根结点、字键、结点三部分组成的。三者之间的关系是：由根结点引出若干条字键，这些字键将其他结点与根结点紧紧连接在一起，从而反映了分子的结构和化学性，如图 13－1 所示。

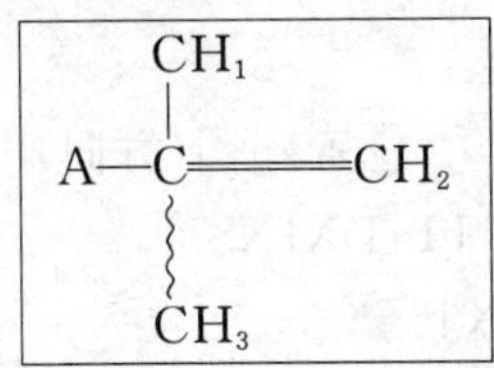

图 13－1　普根结构式

图中“A”、“C”、“CH_1”、“CH_3”和“CH_2”都是结点，表示结构式中的原子、原子团；其中“C”是根结点，以该结点为结构式的根来描述由它引出的杆（键），杆连接的枝（结点）；“A”是主根结点，是用结构注解排结构式时选取的第 1 个结点。

结点与结点之间用“键”连接，普根结构式中，由根结点引出的键称为字键。

方正书版中，用于排普根结构式的注解有结构注解、字键注解、连到注解、线始注解和线末注解。

13.2.1　结构注解（JG）1——排普根结构式

功能：排复杂的化学结构式。“JG”读作“结构”。

格式：〖JG(〗〈普根结构式〉〖JG)〗

参数：

〈普根结构式〉=〈根结点〉[〈字键注解〉{〈结构式〉}$_{1}^{n}$]

〈根结点〉:[〈连到注解〉]〈结点〉{〈结构控注〉}

〈结点〉:〈横结点〉|〈竖排注解〉|〖〗

〈横结点〉:〈结点字〉|〖{[〈结点控注〉]〈横结点〉}|{[〈结点控注〉]〖〗[〈顶底注解〉][〈角标〉]}〗

〈结点字〉:〈字符〉[〈顶底注解〉][〈角标〉]

〈结点控注〉:〈字体号注解〉|②|〖KG[—]〈字距〉〗|=

〈结构控注〉:〈线始注解〉|〈线末注解〉

①所有化学结构式的有关注解都要在结构注解中使用。

②竖排的结点用竖排注解(SP)指定，空结点用空盒子注解“〖〗”指定。

③结构注解也可用于环根结构式。

结构注解的参数中涉及了众多的其他注解。因此，我们接下来向读者介绍这些注解。

13.2.2 字键注解（ZJ）——排字键

功能：指明从本结构式的根结点引出的键的数目，以及键的形状、位置、方向、长度。“ZJ”读作“字键”。

格式：

〖ZJ〈字键〉{；〈字键〉}〗

参数：

〈字键〉：[〈键形〉，][〈字符序号〉[〈位置〉]，]〈方向〉[，〈字距〉]

〈键形〉：LX|SX|XX|QX|SJ|JT|DX|XS

〈位置〉：S|X|Z[S|X]|Y[S|X]

〈方向〉：S|X|Z[S|X]|Y[S|X]

解释：

〈键形〉：用户可以做以下几种选择：

参数及含义	键形	参数及含义	键形	参数及含义	键形
LX（两线）：	═	JT（箭头）	→	SX（三线）	≡
DX（点线）	····	XX（虚线）	----	XS（虚实）	⚌
QX（曲线）	~~~~	SJ（三角）	▬	默认（细实线）	—

〈字符序号〉：根结点为多字符的横结点或竖结点时，本参数指出由第几个字符引出字键。

〈位置〉：指出键从字符的什么位置引出。其中“S”表示上；“ZS”表示左上；“X”表示下；“ZX”表示左下；“Z”表示左；“YS”表示右上；“Y”表示右；“YX”表示右下，如图13-2所示。

〈方向〉：表示键的引出方向。其中“S”表示上；“ZS”表示左上；“X”表示下；“ZX”表示左下；“Z”表示左；“YS”表示右上；“Y”表示右；“YX”表示右下，如图13-3所示。

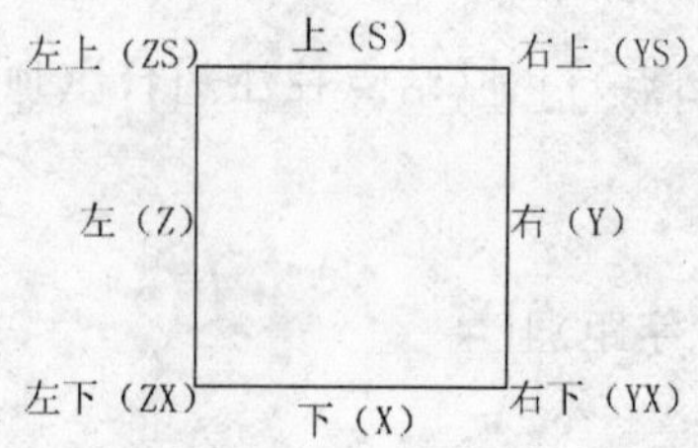

图13-2 位置示意图

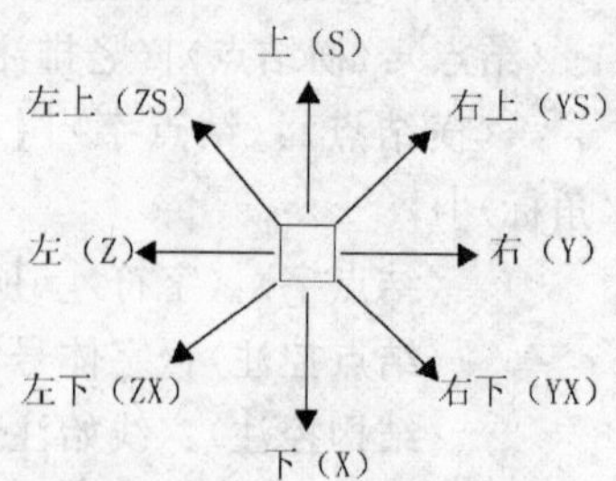

图13-3 方向示意图

〈字距〉：表示键的长度。在默认情况下，只有键形为曲线（QX）时为2个字宽，其他键形均为1个字宽。

当〈字符序号〉、〈位置〉参数省略时，系统将根据〈方向〉参数所确定的指向自动选取键的引出位置，如表13-1所示。

表 13-1 省略〈字符序号〉及〈位置〉参数时的字键安排

引出键方向（引入键方向）	省略〈字符序号〉及〈位置〉		只省略〈位置〉	
	横结点	竖结点	横结点	竖结点
上(下)	第一个字符上	第一个字符上	上	×
下(上)	第一个字符上	最后一个字符上	下	×
左(右)	第一个字符左	第一个字符左	×	右
右(左)	最后一个字符右	第一个字符右	×	右
左上(右下)	第一个字符左上	第一个字符左上	左上	左上
左下(右上)	第一个字符左下	最后一个字符左下	左下	左下
右上(左下)	最后一个字符右上	第一个字符右上	右上	右上
右下(左上)	最后一个字符右下	最后一个字符右下	右下	右下

表 13-1 中左边一栏为方向，右边 4 栏为 4 种情况下的位置选择，其中"×"表示系统不欢迎出现这种情况，但仍能继续排版，只是排出来的键与结点可能有交叉。图 13-4 所示为省略〈字符序号〉及〈位置〉时，根据〈方向〉参数自动选取键的引出位置。图 13-5 所示为省略〈字符序号〉及〈位置〉时，根据〈方向〉参数自动选取下一个结点的引入位置。

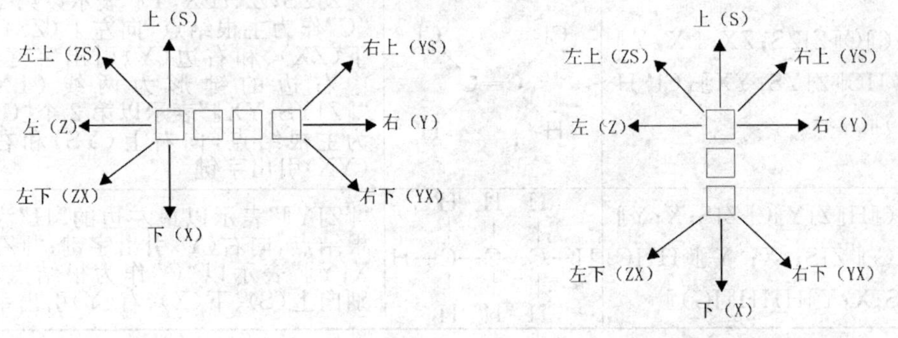

图 13-4 根据〈方向〉参数自动选取键的引出位置（方向为箭头的指向，引出位置为箭头的始点）

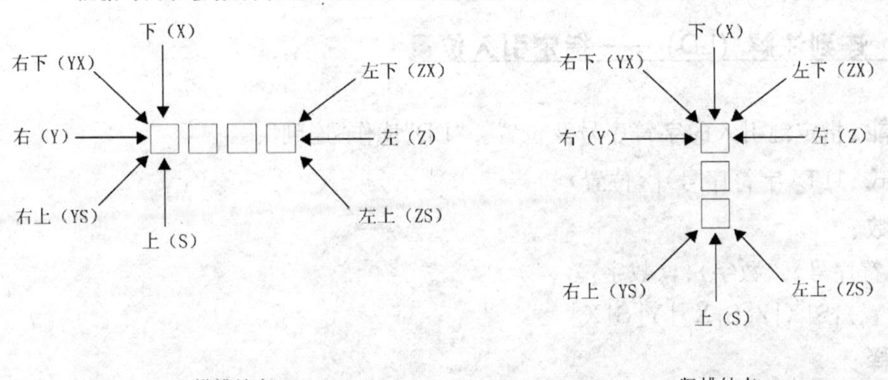

图 13-5 根据〈方向〉参数自动选取键的引入位置（方向由箭头的始点指定，引入位置为箭头的终点）

实例：排字键

新建一个小样文件，在其中输入的内容与最终效果如下所示。

小样输入	大样效果	解释说明
〖JG(〗C〖ZJY〗N〖JG)〗	C—N	“〖ZJY〗”表示字键的方向为右(Y)，键形为细实线(默认)，长度为 1 个字宽(默认)
〖JG(〗E〖ZJZ;LX,Y,3;QX,S,2;XX,2,X〗ABCD〖JG)〗	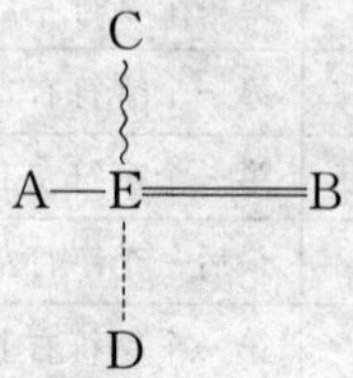 C 〰 A—E═══B ┆ D	“〖ZJZ;LX,Y,3;QX,S,2;XX,X,2〗”表示以“E”为主根结点，向左、右、上、下方向引出字键；其中“Z”表示字键的方向为左，键形为细实线；“LX,Y,3”表示键形为两线(LX)，方向为右(Y)，长度为 3 个字宽(3)；“QX,S,2”表示键形为曲线(QX)，方向为上(S)，长度为 2 个字宽；“XX,X,2”表示键形为虚线(XX)，方向为下(X)，长度为 2 个字宽(2)
〖JG(〗{RCH}〖ZJLX,2,X〗{CH↓2}〖JG)〗	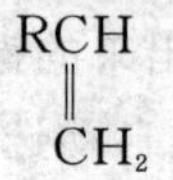 RCH ‖ CH_2	“LX,2,X”表示键形为两线(LX)，从上一个盒子的第 2 个字符(2)向下(X)引出字键，字键的终点为下一个盒子的第 1 个字符的上方(默认)
〖JG(〗C〖ZJZS;ZX;LX,Y〗{Cl}HC〖ZJYS;YX〗{Cl}H〖JG)〗	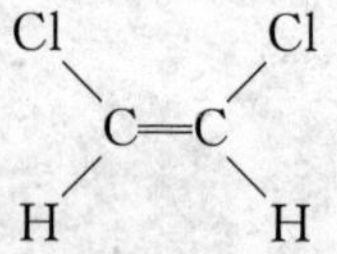 Cl Cl ╲ ╱ C═C ╱ ╲ H H	“〖ZJZS;ZX;LX,Y〗”表示以第 1 个“C”作为主根结点，向左上(ZS)、左下(ZX)、和右边(Y)引出字键，其中右边的键形为两线(LX)；“〖ZJYS;YX〗”表示以第 2 个“C”作为主根结点，向右上(YS)和右下(YX)引出字键
〖JG(〗H〖ZJY〗C〖ZJS;X;Y〗HHC〖ZJS;X;Y〗HHC〖ZJS;X;Y〗HHH〖JG)〗	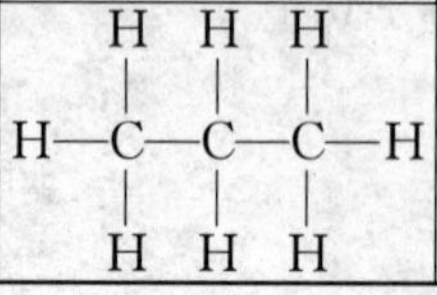 H H H │ │ │ H—C—C—C—H │ │ │ H H H	“〖ZJY〗”表示以最左边的“H”为主根结点，向右(Y)引出字键；“〖ZJS;X;Y〗”表示以“C”作为根结点，分别向上(S)、下(X)、右(Y)引出字键

本实例最终效果请参阅本书配套素材“第 13 章”\“2”文件夹中的“小样 1.fbd”文件。

13.2.3 连到注解（LD）——指定引入位置

功能：指定键引入的字符序号及位置。“LD”读作“连到”。

格式：〖LD〈字符序号〉[〈位置〉]〗

参数：

〈字符序号〉:〈数字〉{,〈数字〉}

〈位置〉:S|X|Z[S|X]|Y[S|X]

解释：

〈字符序号〉:指定字键与下一个结点的第几个字符相连。

〈位置〉:指定字键与下一个结点相连的位置，其中“S”表示上；“ZS”表示左上；“X”表示下；“ZX”表示左下；“Z”表示左；“YS”表示右上；“Y”表示右；“YX”表示右下。

实例：

新建一个小样文件，在其中输入的内容与最终效果如下所示。

小样输入	大样效果	解释说明
〖JG(〗〖CF↓2〗〖ZJS〗〖LD3〗〖C↓2H↓5O〗〖JG)〗	C_2H_5O │ CF_2	“〖LD3〗”表示由“CF_2”引出的字键与“C_2H_5O”的第3个字符相连
〖JG(〗C〖ZJZS,2＊2;Y〗S〖ZJZX〗〖LD2〗〖HC〗〖ZJ2,X〗〖LD2S〗〖HC〗〖ZJYX〗S〖JG)〗	S / \ HC C │ HC \ S	“〖LD2〗”表示由“S”引出的字键与第1个“HC”的第2个字符相连；“〖LD2S〗”表示由第1个“HC”引出的字键与第2个“HC”的第2个字符相连，相连位置为上(S)

本实例最终效果请参阅本书配套素材“第 13 章”\“2”文件夹中的“小样 2. fbd”文件。

13.2.5 线始注解（XS）——指定连线起点

功能：用线段把结构式中两结点连接起来，线段的起点由本注解指定。“XS”读作“线始”。

格式：

〖XS〈编号〉〈位置〉{,〈编号〉〈位置〉}(0到K次)〗

参数：

〈编号〉:〈数字〉{〈数字〉}1≤编号≤20

〈位置〉:S|X|Z[S|X]|Y[S|X]

解释：

〈编号〉：本注解允许画多条线，因此需对每条线进行编号，同一编号的线始点和线终点连成一条线。

〈位置〉：表示线始点在本结点的哪个位置，其中“S”表示上；“ZS”表示左上；“X”表示下；“ZX”表示左下；“Z”表示左；“YS”表示右上；“Y”表示右；“YX”表示右下。

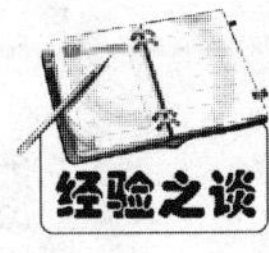

①本注解必须紧跟在被连结点之后。

②线始注解与线末注解必须成对出现，先用线始注解，后用线末注解。

③如果结构式形成回路，必须去掉回路中的一条线，而被去掉的线用线始、线末注解补上。

13.2.6 线末注解（XM）——指定连线终点

功能：用线段把结构式中两结点连接起来，线段的终点由本注解指定。“XM”读作“线末”。

格式：

〖XM〈编号〉〈位置〉{,〈编号〉〈位置〉}(0 到 K 次)〗

参数：

〈编号〉:〈数字〉{〈数字〉}1≤编号≤20

〈位置〉:S|X|Z[S|X]|Y[S|X]

解释：

〈编号〉:本注解允许画多条线,因此需对每条线进行编号,同一编号的线始点和线终点连成一条线。

〈位置〉:表示线终点在本结点的哪个位置,其中 S 表示上;ZS 表示左上;X 表示下;ZX 表示左下;Z 表示左;YS 表示右上;Y 表示右;YX 表示右下。

线末注解与线始注解的编号呈一一对应关系,当某个编号有了线始注解后,还未出现线末注解之前,此编号不能再使用。

实例:用线段连接结点

小样输入	大样效果	解释说明
〖JG(〗C〖XS1YX〗〖ZJY,2〗C〖ZJZX,1〗O〖XM1ZS〗〖JG)〗	C——C \ / O	"〖XS1YX〗"指定 1 号线的始点由第 1 个"C"的右下角(YX)引出,"〖XM1ZS〗"指定 1 号线的终点为"O"的左上角(ZS)
〖JG(〗A〖XS1ZX〗〖ZJZS,2;YX,2〗D〖XS2X〗B〖ZJZ,3 * 2〗C〖XM1YS〗〖XM2S〗〖JG)〗	D A C——B	"〖ZJZS,2;YX,2〗"以"A"为根结点,向左上角与右下角引出字键;"〖XS1ZX〗"与"〖XM1YS〗"指定 1 号线以"A"的左下角(ZX)为起点,以"C"的右上角(YS)为终点;"〖XS2X〗"与"〖XM2S〗"指定 2 号线以"D"的下边(X)为起点,以"C"的上边(S)为终点

本实例最终效果请参阅本书配套素材"第 13 章"\"2"文件夹中的"小样 3. fbd"文件。

13.3 环根结构式

与普根结构式相比,环根结构式更为复杂,它由环结点与环键构成,如图 13-6 所示。六元环为最常见的环结点,此外还有五元环和杂环等。

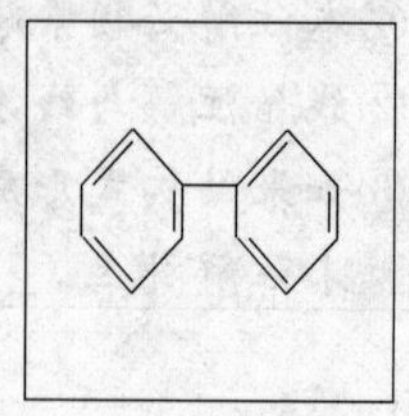

图 13-6 环根结构式

图 13-6 中,左边的六元环为主环结点,由环结点引出的键称为角键,组成六元环的边称为边键。

排环根结构式主要使用六角环注解、角键注解和邻边注解。

13.3.1 结构注解(JG)2——排环根结构式

功能:排复杂的化学结构式。“JG”读作“结构”。

格式:〖JG(〗〈环根结构式〉〖JG)〗

参数:

〈环根结构式〉:〈环结点〉[〈环键边注〉{〈结构式〉}$_1^n$]

〈环结点〉:〈六角注解〉|〈六角括弧注解〉

〈环键边注〉:〈邻边注解〉[〈角键注解〉]|〈角键注解〉[〈邻边注解〉]

结构注解的参数中涉及了众多的其他注解。因此,我们接下来向读者介绍这些注解。

13.3.2 六角环注解(LJ)——排六元环

功能:排化学公式中的六元环(六角环)和杂环等。“LJ”读作“六角”。

格式:

①〖LJ〈六角参数〉〗

②〖LJ(〈六角参数〉〗{〖〈角编号〉〗〈结点〉}〖LJ)〗

参数:

〈六角参数〉:[〈规格〉][,〈六角方向〉][,〈边情况〉][,〈连入角〉][,〈内嵌字符〉]

〈规格〉:〈字距〉[,〈字距〉]

〈六角方向〉:H|S

〈边情况〉:〈各边形式〉[〈嵌圆〉]|〈嵌圆〉

〈各边形式〉:D|W(〈边编号〉{,〈边编号〉}0 到 j 次)|S(〈边编号〉{,〈边编号〉}0 到 k 次)[W(〈边编号〉{,〈边编号〉}0 到 I 次)]

〈边编号〉:1|2|3|4|5|6

〈嵌圆〉:Y〈0|1〉

〈连入角〉:L〈角编号〉

〈角编号〉:1|2|3|4|5|6

〈内嵌字符〉:#〈字符〉

解释:

〈规格〉:指定六角环的大小,形式为〈字距〉[,〈字距〉]。第 1 个〈字距〉表示六角环的宽,第 2 个〈字距〉表示六角环的高;第 2 个〈字距〉省略时为正六角环,如图 13-7 所示。如果〈规格〉省缺,第一次出现六角注解时,系统自动规定环的大小为“1,2”(即当前字号的 1 个字宽,2 个字高),否则沿用上一个六角环的规格。例如,第一次输入注解“〖LJ〗”,生成 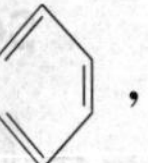,且以后想要得到同样的六角环,只要输入“〖LJ〗”即可。

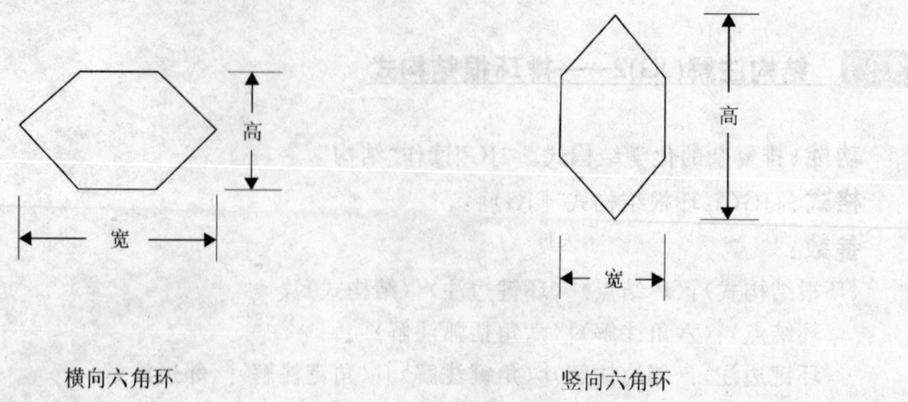

图 13-7　六角环规格

〈方向〉：六角环只有横向(H)与竖向(S)两种，当省略该参数时，如果第一次出现六角环，则系统选用竖向六角环，否则沿用以前的六角环方向。如第 1 次输入“〖LJH〗”，得到 。

〈边情况〉：为了准确描述六角环角和边的情况，系统对六角环的角和边进行了编号，如图 13-8 所示。参数省略时，如果第一次出现六角环，则系统规定第一、三、五号边为双键边，其余为单键边，否则沿用前一个六角环的边情况。

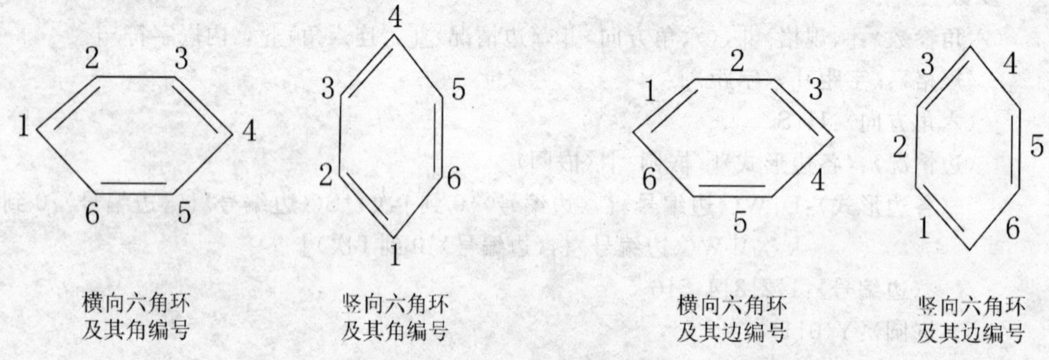

图 13-8　六角环的边、角编号

D：表示六角环的各边为单键边，如第 1 次输入“〖LJD〗”生成 。

W(〈边编号〉{，〈边编号〉}0 到 j 次)：指定六角环的哪条边为无键边，此时其他边均为单键边，如第 1 次输入“〖LJW(4)〗”生成 。

S(〈边编号〉{，〈边编号〉}$^{k}_{0}$)：指定六角环的哪条边为双键边，如第 1 次输入“〖LJS(2)〗”生成 。

注意各边形式不要产生矛盾，即不要要求一条边有两种形式，边的编号必须满足 1≤编号≤6。

〈**嵌圆**〉:在六角环内嵌圆。参数取“0”时,表示在六角环内嵌实圆;参数取“1”时表示六角环内嵌虚圆。如第 1 次输入“〖LJDY0〗”生成 ,第 1 次输入“〖LJDY1〗”产生 。

下面给出边或圆改变时注解的写法(其他参数不变):

原来六角环内无圆　现要增加实圆　当边情况不变时　只需输入“〖LJY0〗”
原来六角环内已有圆　现要把圆去掉　当各边形式不变时　必须输入“〖LJ〈各边形式〉〗”
原来六角环内已有实圆　要改变圆的性质　当各边形式不变时　只需输入“〖LJY1〗”,虚圆改实圆
原来六角环内已有实圆　要将圆保留　改变各边形式　必须输入〖LJ〈各边形式〉Y0〗

〈**连入角**〉:该参数在结构式中用于指定该六角的那一个角与上一个根结点(环结点)相连。省略此参数时,〈连入角〉由上一个根结点(环结点)的引出方向自动选取,如图 13－9 所示。

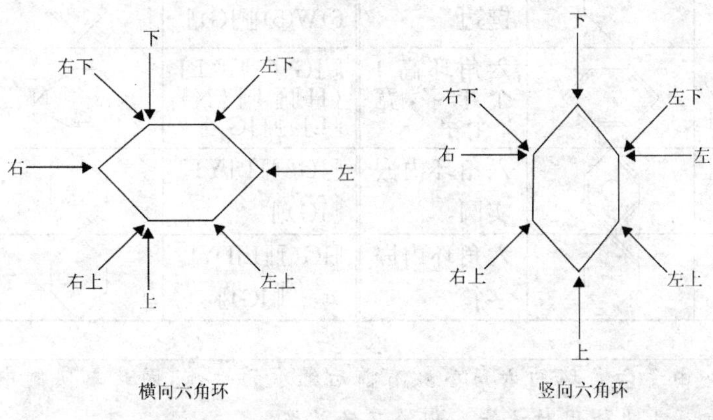

图 13－9　六角环引入方向

〈**内嵌字符**〉:与嵌圆相似,在六角环内嵌入一字符,其形式为＃〈字符〉,如第 1 次输入“〖LJ＃＋〗”生成 。

{〖〈**角编号**〉〗〈**结点**〉}:用于第 2 种格式的注解中,用来在六角环的角上嵌字,此处〈结点〉需用盒子注解括出,如第 1 次输入“〖LJ(〗〖1〗〖H〗〖LJ)〗”生成 。

①六角环的中线与所在行的中线一致(不包括在各角上嵌字的高度),如

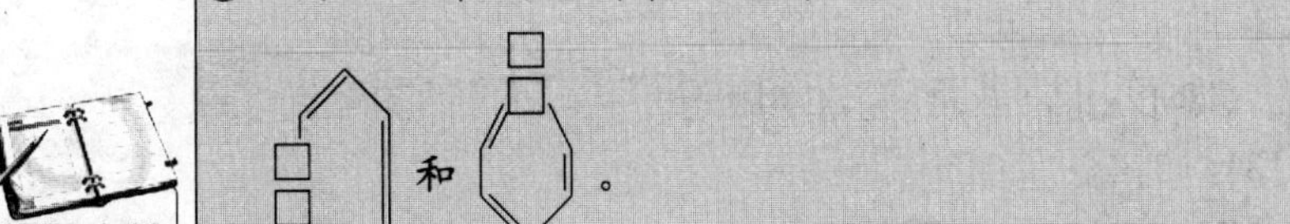

②若在六角环的各角上嵌入竖排字符,需用竖排注解指定,如“〖JG(〗〖LJ(S〗〖4〗{〖SP(〗□□〖SP)〗}〖LJ)〗〖JG)〗”。此时若在竖排注解中指定字符序号将不起作用。

实例：排六角环

新建一个小样文件，在其中输入的内容与最终效果如下所示。

小样输入	大样效果	解释说明	小样输入	大样效果	解释说明
〖JG(〗〖LJ〗〖JG)〗		默认六角环形式	〖JG(〗〖LJH〗〖JG)〗		横向六角环
〖JG(〗〖LJD〗〖JG)〗		单边六角环	〖JG(〗〖LJS(2,4)〗〖JG)〗		第2与第4条边为双边
〖JG(〗〖LJ1〗〖JG)〗		竖向正六角环	〖JG(〗〖LJ1,H〗〖JG)〗		横向正六角环
〖JG(〗〖LJW(1)〗〖JG)〗		第1边为无键边	〖JG(〗〖LJS(2,6)W(5)〗〖JG)〗		第2与第6边为双边，第5边无键
〖JG(〗〖LJ1*2,2,H〗〖JG)〗		六角环高1个半字，宽2个字	〖JG(〗〖LJ(H〗〖4〗{N}〖LJ)〗〖JG)〗	N	在4号角上嵌字
〖JG(〗〖LJY0〗〖JG)〗		六角环内嵌实圆	〖JG(〗〖LJY1〗〖JG)〗		六角环内嵌虚圆
〖JG(〗〖LJ#+〗〖JG)〗	+	六角环内嵌字符	〖JG(〗〖LJDY1,#-〗〖JG)〗	−	单边六角环内嵌字符和虚圆

由于六角环的六角参数有前后继承的性质，因此本实例中的各项参数只有在第1次使用时才能实现给定的效果。

13.3.3 角键注解（JJ）——排角键

功能：可指定从当前的环节点引出键的数目，以及键的位置、键形、方向和长度。“JJ”读作“角键”。

格式：

〖JJ〈角键〉〗{；〈角键〉}¹₉〗

参数：

〈角键〉：〈角编号〉[，〈键形〉][，〈方向〉][，〈字距〉]

〈角编号〉=1|2|3|4|5|6

〈键形〉：LX|SX|XX|QX|SJ|JT|DX|XS

〈方向〉：S|X|Z[S|X]|Y[S|X]

解释：

〈角编号〉：指定引出角键的角的编号，本参数不能省略。

〈键形〉：用户可做如下选择：

参数及含义	键形	参数及含义	键形	参数及含义	键形
LX(两线)	═	JT(箭头)	→	SX(三线)	≡
DX(点线)	····	XX(虚线)	----	XS(虚实)	⋯⋯ / —
QX(曲线)	~~~~	SJ(三角)	▬	默认(细实线)	—

〈**方向**〉:表示引出键的方向,其中"S"表示上;"ZS"表示左上;"X"表示下;"ZX"表示左下;"Z"表示左;"YS"表示右上;"Y"表示右;"YX"表示右下省略则按引出角的位置自动决定方向,如表 13-2 和图 13－10 所示。

表 13-2 环上引出键角号、方向对照表

引出角号	竖向环键引出方向	横向环键引出方向
1	下	左
2	左	上
3	左	上
4	上	右
5	右	下
6	右	下

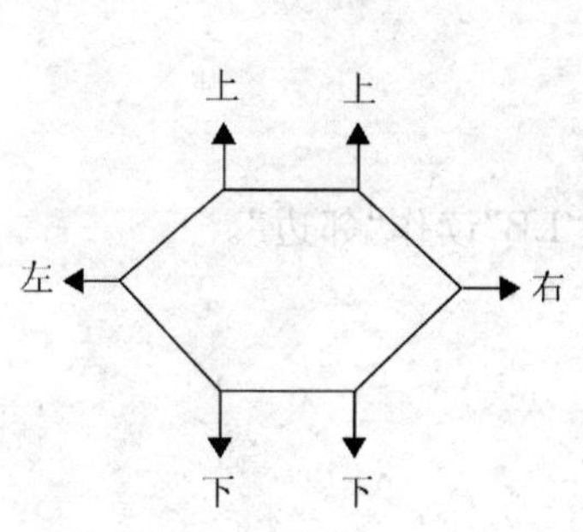

横向六角环

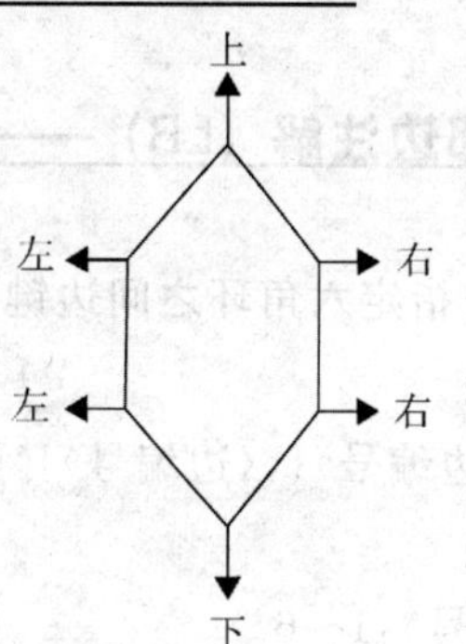

竖向六角环

图 13－10 由键的引出角号自动选取键的方向示意图

〈**字距**〉:表示键的长度。在默认状态下,只有键形是曲线(QX)时为 2 个字宽,其他的键形均为 1 个字宽。

实例:排角键

新建一个小样文件,在其中输入的内容与最终效果如下所示。

小样输入	大样效果	解释说明
〖JG(〗〖LJ〗〖JJ4〗{OH}〖JG)〗	OH	"〖JJ4〗"注解指定角键由 4 号角引出,方向为默认的向上

小样输入	大样效果	解释说明
〖JG(〗〖LJ〗〖JJ1;3,ZS;5,YS〗{NO↓2}{O↓2N}{NO↓2}〖JG)〗	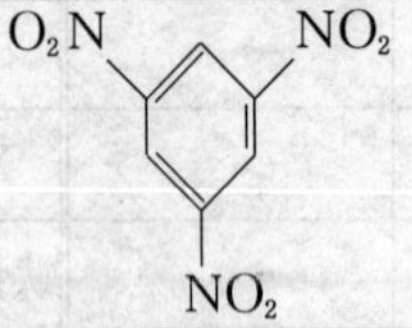 O_2N NO_2 NO_2	“〖JJ1;3,ZS;5,YS〗”注解中,“1”表示角键由1号角引出,方向为默认的向下;“3,ZS”表示角键由3号角引出,方向为左上(ZS);“5,YS”表示角键由5号角引出,方向为右上(YS)
〖JG(〗〖LJ1,D〗〖JJ5,SJ,YS;6,XX,YX〗{OH}{Cl}〖JG)〗	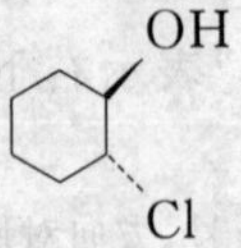 OH Cl	“〖JJ5,SJ,YS;6,XX,YX〗”注解中,“5,SJ,YS”表示角键由5号角引出,键形为三角(SJ),方向为右上(YS);“6,XX,YX”表示角键由6号角引出,键形为虚线(XX),方向为右下(YX)
〖JG(〗〖LJS(2,5)W(3,4)〗〖JJ3,Y,1*2/3〗{}〖JG)〗		在六角环注解中将第3和第4边设为无键边(W(3,4)),并用角键注解从六角环的3号角向右(Y)引出角键,长度为1 $\frac{2}{3}$个字(1*2/3),“{}”表示空结点

本实例最终效果请参阅本书配套素材“第13章”\“3”文件夹中的“小样1.fbd”文件。

13.3.4 邻边注解(LB)——排相邻六元环

功能:指定六角环之间边键相连,环环相邻。“LB”读作“邻边”。

格式:

〖LB〈边编号〉{,〈边编号〉}$^k_0$〗

参数:

〈边编号〉:1~6

解释:

〈边编号〉:指定哪条边与另一个六角环相连。

实例:排相邻六角环

新建一个小样文件,在其中输入的内容与最终效果如下所示。

小样输入	大样效果	解释说明
〖JG(〗〖LJ1〗〖LB5〗〖LJ〗〖JG)〗	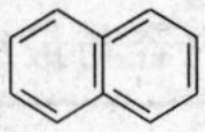	“〖LB5〗”注解表示前一个六角环的第5号边与下一个六角环相连
〖JG(〗〖LJ1,S(2,6)〗〖LB1,5〗〖LJD〗〖LJD〗〖JJ1,LX〗O〖JG)〗	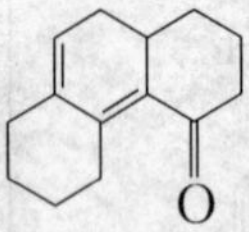 O	“〖LB1,5〗”注解表示图中第2个六角环的第1号和第5号边分别与其他六角环相连

小样输入	大样效果	解释说明
〖JG(〗〖LJDY0〗〖LB1,2,3,4,5,6〗〖LJ〗〖LJ〗〖LJ〗〖LJ〗〖LJ〗〖LJ〗〖LJ〗〖JG)〗		“〖LB1,2,3,4,5,6〗”注解表示图中中间六角环的各边(1,2,3,4,5,6)分别与其他六角环相连

本实例最终效果请参阅本书配套素材“第 13 章”\“3”文件夹中的“小样 2. fbd”文件。

综合实例——编排无色针状晶体结构式

下面以一个实例综合练习本章所学的内容。

新建一个小样文件，在其中输入的内容与最终效果如下所示。

小样输入：

```
〖JG(〗〖LJ1＊2,S〗〖LB5〗〖LJ〗〖JJ4〗｛SO↓3H｝〖JG)〗
〖FY(〗｛NaOH｝〖〗300°C〖FY)〗
〖JG(〗〖LJ〗〖LB5〗〖LJ〗〖JJ4〗｛ONa｝〖JG)〗
〖FY(〗H↑+〖〗〖FY)〗
〖JG(〗〖LJ〗〖LB5〗〖LJ〗〖JJ4〗｛OH｝〖JG)〗Ω
```

大样效果：

SO_3H　　NaOH / 300°C　　ONa　　H^+　　OH

分析：

“〖JG(〗……〖JG)〗”是结构注解，用来排复杂的化学结构式。

“〖LJ1＊2,S〗”是六角环注解，指定六角环为竖向(S)，宽和高都为一个半字(1＊2)。以下各六角环注解(〖LJ〗)都沿用此参数。

“〖LB5〗”是邻边注解，指定上一个六角环的 5 号边与下一个六角环相连。

“〖JJ4〗”是角键注解，指定从上一个六角环的 4 号角引出角键，方向为默认的上方。

“〖FY(〗…〖〗…〖FY)〗”是反应注解，反应号为默认的箭头，上下的内容用“〖〗”隔开，若没有“〖〗”则内容排在反应号之上。

本实例最终效果请参阅本书配套素材“第 13 章”/“综合实例”文件夹中的“小样 1. fbd”文件。

本章小结

本章主要介绍了化学公式的排法，下面将本章的主要内容总结如下。

- 反应注解和相连注解用于排化学反应式，其中反应注解可以排各种反应号，并能在反应号的上下添加内容；若想在反应式的上下附加字符连线和说明文字可使用相连注解。
- 普根结构式和环根结构式都需要用结构注解指定排版格式。普根结构式中的键称为字键，需用字键注解指定从根结点上引出键的个数、位置和长度等；键的引入位置用连到注解指定；而利用线始与线末注解可以把结构式中的两个结点连接起来。
- 六角环注解用于排化学式中的六元环和杂环；从环结点上引出的键称为角键，需用角键注解指定其位置和长度等；邻边注解可以将六元环的键边相连。

思考与练习

一、选择题

1. 反应号方向为左或右时，内容附加到反应号的上下，______之前的内容在上，______之后的内容在下。

   A. 〖〗　　B. ＃　　C. ！　　D. 〈〉

2. 反应号为横向时，反应号与行______对齐。

   A. 基线　　B. 中线　　C. 底边　　D. 顶边

3. 若在小样文件中第 1 次输入“〖LJS(1,5)〗”注解，则生成______。

   A. 　　B. 　　C. 　　D.

4. 若想指定字键的键形为三线，应使用______参数。

   A. SX　　B. XX　　C. QX　　D. LX

二、填空题

1. 在普根结构式中，需用__________注解指定从根结点上引出键的个数、位置和长度等。
2. 在环根结构式中，需用__________注解指定从环结点上引出键的个数、位置和长度等。
3. __________注解可在化学反应式的上下附加字符连线和说明文字。
4. 若想用线段将结构式中的两结点连接起来可使用__________与__________注解。

三、操作题

新建一个小样文件，在其中输入的内容及最终效果如下所示。

小样输入：

```
〖JG(〗〈〉〖ZJZS;ZX;LX,Y,2〗H〈H↓3C〉〈〉〖ZJYS;YX〗H〈CH↓3〉〖JG)〗Ω
```

大样效果：

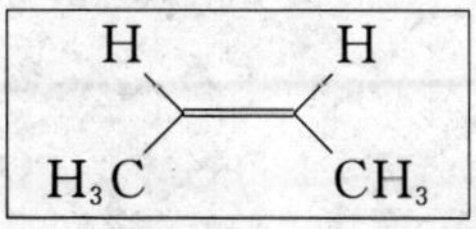

H　　　H

H_3C　　　CH_3

提示：

(1)“〖JG(〗……〖JG)〗”是结构注解，用来排复杂的化学结构式。

(2)“〖〗”表示空结点。

(3)“〖ZJZS；ZX；LX，Y，2〗”是字键注解，表示分别向根结点的左上(ZS)，左下(ZX)和右方(Y)引出字键，其中向右引出的字键为两线(LX)，长度为 2 个字宽(2)。

(4)“〖ZJYS；YX〗”是字键注解，表示分别向根结点的右上(YS)、和右下(YX)方引出字键。

本题最终效果请参阅本书配套素材“第 13 章”\“综合实例”文件夹中的“小样 2. fbd”文件。

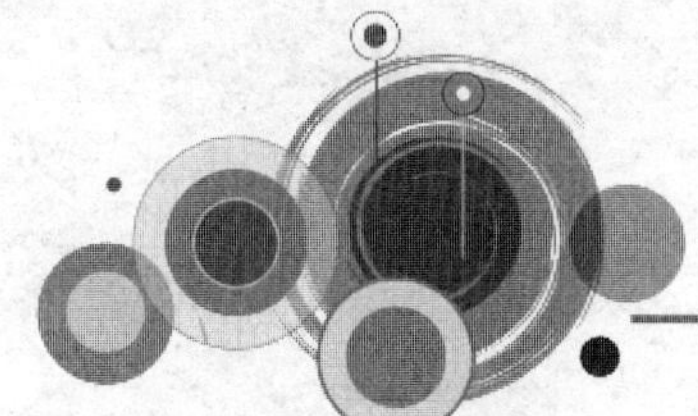

第4篇

输出、转换与导出

本篇内容提要

篇前导读

编辑好小样和版式文件后，一般需将排版结果输出成结果文件，才可打印出来。在输出之前可对页面范围、纸张大小、字体、图片和色版等进行设置。

为使书版与其他软件进行更好地互通，可将书版小样文件输出为EPS格式，或者导出为不带注解的文本文件格式，插入到其他软件中编辑；此外，利用书版的转换功能可将DOC文件和RTF文件转换为小样文件，避免重复输入。

第14章 输出、转换与导出

本章内容提要

章前导读

在方正书版中,用户可将大样文件输出为结果文件,用于打印照排;也能把DOC和RTF文件转换为小样文件,从而避免了重复录入与编辑;此外,利用导出功能,可导出小样文件中的文本,生成不带注解的文本文件。本章就来学习文件输出、转换与导出的方法。

14.1 输出

方正书版10.0小样文件经过发排生成大样文件后,一般需进一步输出为结果文件才能打印出来。输出前要设置输出的页数、纸张大小、字体和图片路径等属性。为了将输出设置保存下来,方便以后使用,可保存输出配置文件。此外,也可将PS文件输出为CEB文件,该文件能够最大限度地保留原来的排版样式,且存储空间小,多用于制作电子书和电子公文。

14.1.1 输出结果文件

方正书版10.0生成的最终排版结果文件有两种形式:一种是PS文件,可以在后端输出;另一种是EPS文件,可以插入到其他排版软件(如方正飞腾)中,也能单独输出。这两种文件分别以扩展名“PS”和“EPS”加以区别。结果文件可通过RIP在后端的打印机或照排机上输出成纸样或胶片。

1. 输出PS文件——输出诗集

PS文件是一种使用PostScript编程语言描述的文件格式,专门用于打印图形和文字。

下面以一个实例讲解输出 PS 文件的方法。

Step 01 打开本书配套素材"第 14 章"\"1"文件夹中的"小样 1. fbd"文件，在排版工具栏中单击"正文发排"按钮或按【F7】键发排正文，然后单击"正文发排结果输出"按钮，打开"输出"对话框，如图 14－1 所示。

选择"排版"＞"直接输出正文"菜单可以同时进行发排与输出操作，打开"输出"对话框。

Step 02 单击"输出文件名(N)"编辑框右侧的按钮，打开"指定 PS 文件名"对话框，用户可在"保存在"下拉列表中选择 PS 文件的存储位置，并在"文件名"编辑框中设置文件名(不做任何设置则 PS 文件与当前小样同名、同位置)，设置好后单击"保存"按钮，如图 14－2 所示。

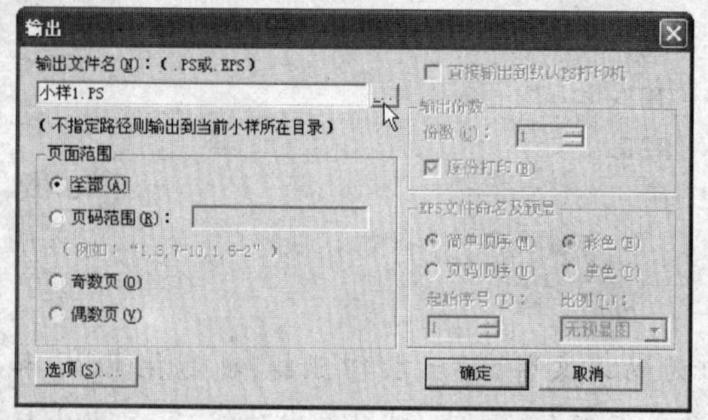

图 14－1 "输出"对话框

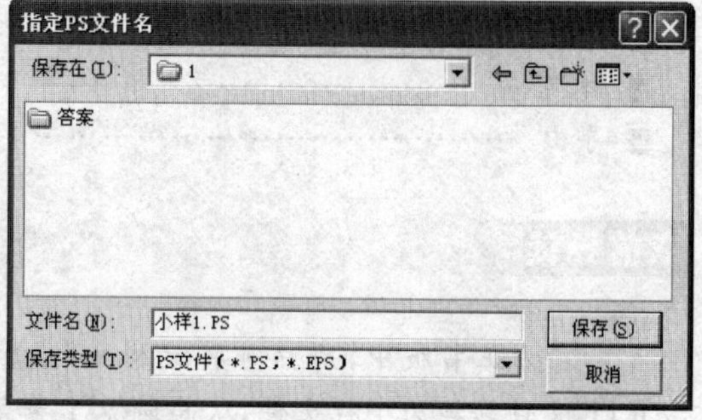

图 14－2 "指定 PS 文件名"对话框

Step 03 在"输出"对话框的"页面范围"设置区中，选择"全部"单选钮，表示输出全部页面，其他选项的意义如下。

- **页面范围**：选择该单选钮，可在其后的编辑框中输入页码，页码之间用","(外文逗号)分隔，如"1,4"表示输出第 1 页和第 4 页，如图 14－3 所示。若输出的页面为连续的几页，可在起始和终止页码之间用减号"－"相连，如"4－6"表示输出第 4 至第 6 页。重复指定同样的页码则会连续输出该页，如"7,7"表示连续输出两张第 7 页。
- **奇数页**：只输出页码为奇数的页面。
- **偶数页**：只输出页码为偶数的页面。

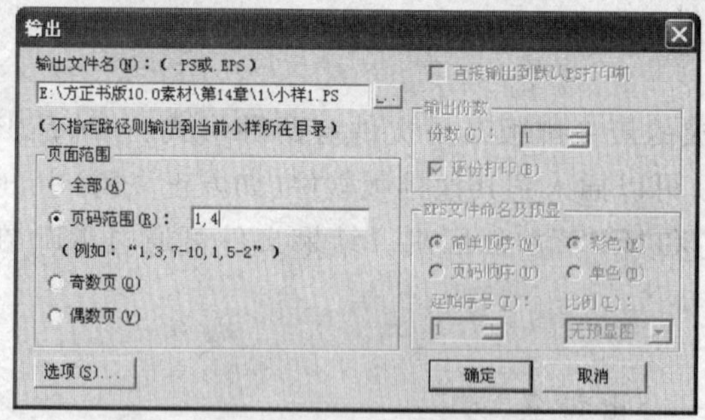

图 14－3 在"页面范围"编辑框中输入页码

Step 04　单击“确定”按钮即可输出文件。本实例最终效果可参阅本书配套素材“第 14 章”\“1”\“答案”文件夹中的“小样 1. PS”文件。

①若用户修改了小样文件或版式文件，需重新输出结果文件，否则修改无效。
②PS 文件只可用于后端打印与照排，不可预览。

当连接方正文杰系列 PS 激光打印机时，以下 3 项被激活。

- 直接输出到默认 PS 打印机：选中该复选框可直接用 PS 打印机打印输出内容，无需再输出成 PS 文件。
- 输出份数：设置打印份数，默认为 1 份。
- 逐份打印：用于选择页面输出顺序，如打印两份文件，选中本复选框后可输出完一份再输出第 2 份，无须手工配页；不选则按页的前后顺序重复输出。

2. 输出 EPS 文件——输出报头

EPS 文件是一种使用 PostScript 语言描述的 ASCII 图形文件格式，能在 PostScript 打印机上打印出高品质的图形图像。与 PS 文件不同的是，EPS 文件只能包含一个页面，即输出后原文件中的每一页都生成一个独立的 EPS 文件。

Step 01　打开本书配套素材“第 14 章”\“1”文件夹中的“小样 2. fbd”文件，选择“排版”>“直接输出正文”菜单，打开“输出”对话框，在“输出文件名(N)”编辑框中，将文件名“小样 2. PS”改成“小样 2. EPS”，此时对话框右下方的“EPS 文件命名及预显”设置区将被激活，如图 14－4 所示。

Step 02　由于 EPS 文件每页为一个独立文件，生成时有简单顺序与页码顺序两种命名方式。本例选择“简单顺序”单选钮，表示按前后输出的顺序命名文件。例如，小样文件名为“文章. fbd”，共有 3 页，输出顺序为 3－1 页，则输出的 3 个 EPS 文件名称分别为“文章 1. EPS”(第 3 页)、“文章 2. EPS”(第 2 页)和“文章 3. EPS”(第 1 页)。

若选择“页码顺序”单选钮，则按页码命名文件，每页的 EPS 文件名为指定的输出文件名附加页号。例如，若想输出“文章. fbd”文件的 2－4 页，则 EPS 文件名分别为“文章 2. EPS”(第 2 页)、“文章 3. EPS”(第 3 页)和“文章 4. EPS”(第 4 页)。第 1 页的序号可以在“起始序号”编辑框中指定，其后的各页序号相应递增，如图 14－5 所示。

Step 03　单击“比例”下拉列表框右侧的▼按钮，展开比例下拉列表，从中可以选择输出的 EPS 文件能否预览以及预览图的大小。其中“无预显图”表示文件不能预览；其他各项都可预览，数字越大显示效果越好，但文件也越大。本例选择“100％预显”，如图 14－6 所示。

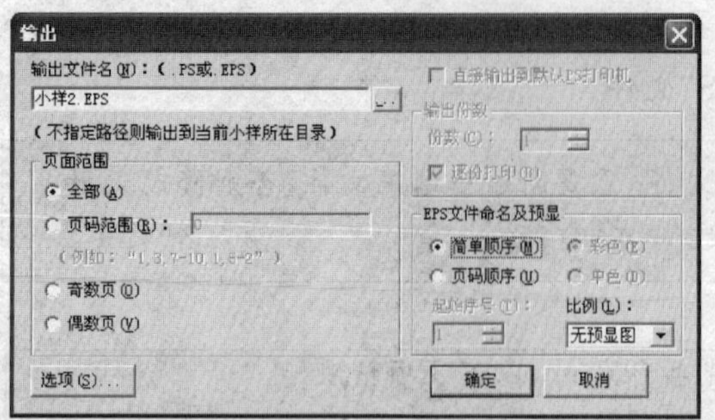

图 14-4　在“输出”对话框中修改小样文件扩展名

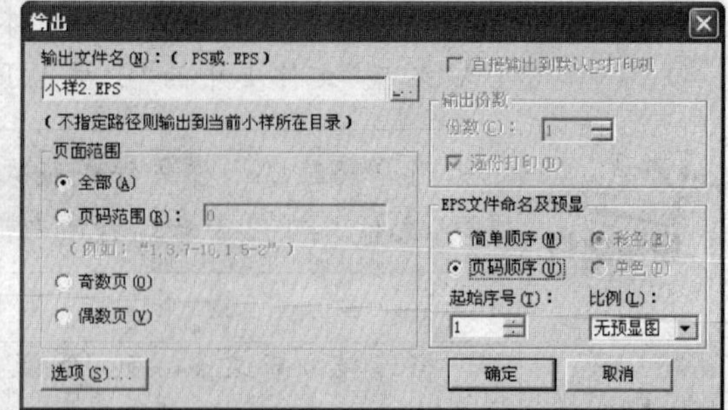

图 14-5　选择 EPS 文件命名顺序

Step 04　若在“比例”下拉列表中选择一种可预显的选项，则可激活“彩色”和“单色”单选钮，用户可在其中进行选择来指定预显图是彩色的还是黑白的，本例选择“彩色”，如图 14-7 所示。

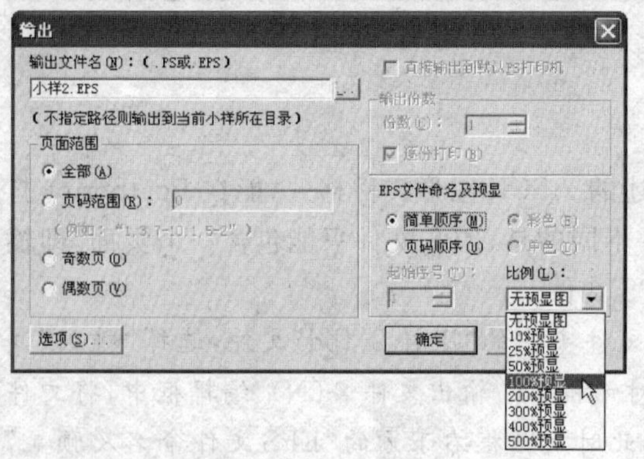

图 14-6　选择预显比例

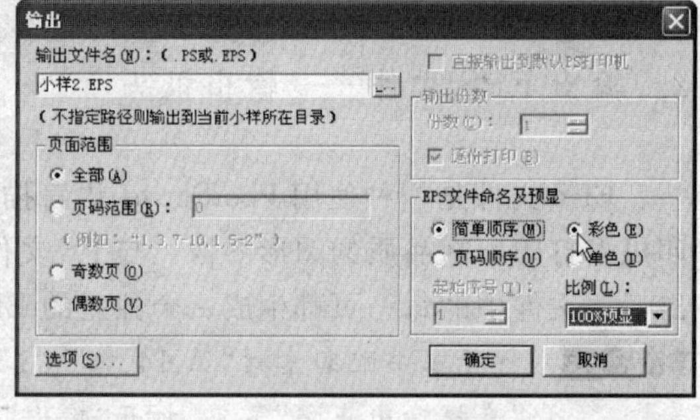

图 14-7　选择预显颜色

Step 05　单击“输出”按钮，输出 EPS 文件。本实例最终效果可参阅本书配套素材“第 14 章”\“1”\“答案”文件夹中的“小样 21. EPS”文件。

14.1.2 设置输出选项

输出时，除了设置页面范围、存储位置和文件名以外，还可以对页面的大小、字体和图片等进行设置，下面分别说明。

1. 设置页面——设置小说页面

为保证排版结果的正确输出，方正书版 10.0 提供了页面设置功能。用户可对页面尺寸、边空、版面方向等进行设置。下面以一个实例讲解设置页面的方法。

Step 01　打开本书配套素材“第 14 章”\“2”文件夹中的“小样 1. fbd”和“小样 1. pro”文件，该文件的版心高 21 行(约 130 毫米)、宽 24 个字(约 75 毫米)，大样效果如图 14-8 所示。其中红色框代表版面的大小，版心与版面边缘的距离为边空。

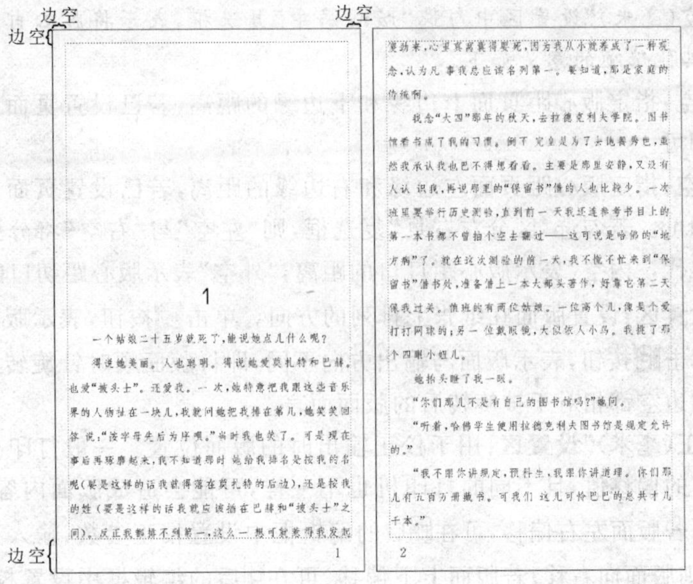

1

一个姑娘二十五岁就死了，能说她点儿什么呢？

得说她美丽，人也聪明。得说她爱莫扎特和巴赫，也爱“披头士”。还爱我。一次，她特意把我跟这些音乐界的人物扯在一块儿，我就问她把我排在第几，她笑笑回答说：“按字母先后为序呗。”当时我也笑了。可是现在事后再琢磨起来，我不知道那时她给我排名是按我的名呢（要是这样的话我就得落在莫扎特的后边），还是按我的姓（要是这样的话我就应该插在巴赫和“披头士”之间）。反正我都排不到第一，这么一想可就惹得我发起

1

火劲来，心里窝窝囊囊得要死，因为我从小就养成了一种观念，认为凡事我总应该名列第一。要知道，那是家庭的传统啊。

我念“大四”那年的秋天，去拉德克利夫学院。图书馆看书成了我的习惯。倒不完全是为了去饱餐秀色，虽然我承认我也巴不得想看看。主要是那里安静，又没有人认识我，再说那里的“保留书”借的人也比较少。一次班里要举行历史测验，直到前一天我还连参考书目上的第一本书都不曾抽个空去翻过——这可说是哈佛的“地方病”了。就在这次测验的前一天，我不慌不忙来到“保留书”借书处，准备借上一本大部头著作，好靠它第二天保我过关。值班的有两位姑娘。一位高个儿，像是个爱打打网球的；另一位戴眼镜，大似依人小鸟。我挑了那个四眼小姐儿。

她抬头瞧了我一眼。

“你们那儿不是有自己的图书馆吗？”她问。

“听着，哈佛学生使用拉德克利夫图书馆是规定允许的。”

“我不跟你讲规定，预科生，我跟你讲道理。你们那儿有五百万册藏书。可我们这儿可怜巴巴的总共才几千本。”

2

图 14－8　“小样 1.fbd”文件

Step 02　选择“排版”＞“直接输出正文”菜单，打开“输出”对话框，单击 选项(S)... 按钮，打开“输出选项”对话框，该对话框中有 5 个选项卡，分别是“页面设置”、“外挂字体”、“后端 748 字库”、“GBK 字库”和“其他”，单击选项卡的标签即可将其打开，如图 14－9 所示。

在“页面设置”选项卡中，已勾选“自动设置页面边空”复选框，表示由系统自动设置边空。此时，版面中所有内容（包括版心、书眉、页码和边文）四周距版面各边缘（大样文件中的红色框）的距离都为 3.5 毫米。

Step 03　单击“自动设置页面边空”左边的勾号☑，取消其勾选状态，然后选择“设置页面尺寸”复选框。

Step 04　单击“纸张大小”下拉列表框右侧的▼按钮，在展开的下拉列表中选择合适的纸张大小，如“B5 182×257mm”，也可在“宽度”与“高度”编辑框中设置纸张尺寸，如图 14－10 所示。

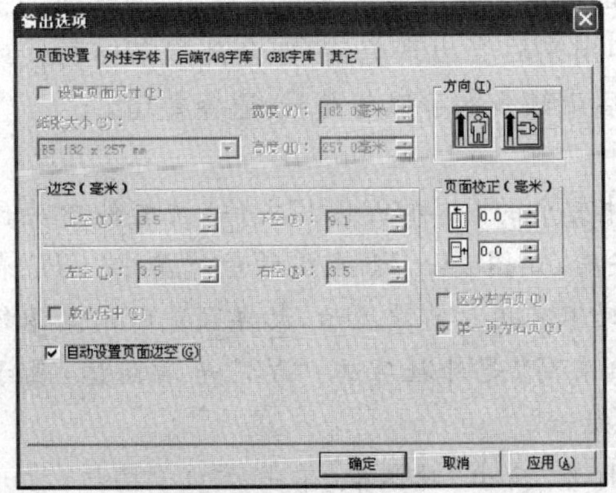

图14－9　“输出选项”对话框中的“页面设置”选项卡

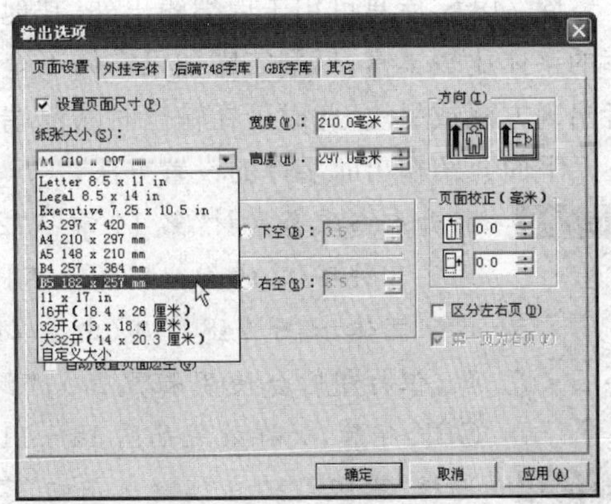

图 14－10　设置纸张大小

Step 05 在“边空(毫米)”设置区中勾选“版心居中”复选框，表示将版心自动排在页面的中部，其他选项的意义如下。

- **上空、下空**：指定版心距页面上边缘和下边缘的距离，若已设置页面尺寸则只需指定一项即可。
- **左空、右空**：指定版心距页面左边缘和右边缘的距离，若已设置页面尺寸则只需指定一项即可。若勾选“区分左右页”复选框，则“左空”与“右空”将分别被“内空”与“外空”取代，“内空”表示版心距订口的距离，“外空”表示版心距切口的距离。
- **“方向”设置区**：设置版面在纸张上排列的方向。单击按钮，表示版面与输出方向相同。单击按钮，表示版面与输出方向不同，即将版面顺时针旋转 90 度输出，此时版心的边空都相对于被旋转后的版面而言。
- **“页面校正(毫米)”设置区**：用于校正输出时的版面位置。一般打印机打印时都有一个固定的偏移值，且不同的打印机也不一样，可能会造成版面内容偏于一侧，影响美观。若版面左右偏移，可在后的编辑框中设置校正参数，输入正值版面向左移，负值则版面向右移；若版面上下偏移，可在后的编辑框中设置校正参数，输入正值版面向上移，负值则版面向下移。
- **第一页为右页**：选定该复选框时，首页为右页，不选则为左页。勾选“区分左右页”复选框后，该项才被激活。

Step 06 单击“确定”按钮，关闭“输出选项”对话框。回到“输出”对话框中，单击“确定”按钮，输出文件。本实例最终效果可参阅本书配套素材“第 14 章”\“2”\“答案”文件夹中的“小样 1. PS”文件。

2. 设置字体——设置台湾书籍字体

方正书版的字体分为 4 类。第 1 类是后端 748 字库，它是按方正内码(748 码)编码的字库；第 2 类是 GBK 字库，它是国际标准编码字库的扩充字库；第 3 类是外挂字体，指非方正字库，如汉仪字库和文鼎字库等。在前两类字库中都含有丰富的符号，用于各种符号输出。

除 748 字库只可用于后端输出外，其他字库都可用于前端显示与后端输出，通常前端字库的字体比较丰富，后端字库如果字体不全，打印出来后会出现差错，如全部以楷体替代或者出现方框或黑块，此时可在输出时从前端下载后端缺少的字体与符号，避免差错。

下面介绍输出时字体的设置方法。

Step 01 打开本书配套素材“第 14 章”\“2”文件夹中的“小样 2. fbd”文件，该文件中共使用了 3 种字体，它们分别属于不同的字库，如图 14－11 左图所示。其中“CH”表示粗黑体，属于 748 字库(由于 748 字库不可用于前端显示，大样预览时以黑体替代，但打印时会使用粗黑体)；“汉仪粗宋简”是外挂字体；“Y3”是准圆体，属于 GBK 字库，大样效果如图 14－11 右图所示。

Step 02 选择“排版”>“直接输出正文”菜单，打开“输出”对话框，单击 选项(S)... 按钮，打开“输出选项”对话框。

```
小样2.fbd
〖BJ(,,〗〖TP<1.tif>〗〖BJ〗
〖HT72CH〗臺灣風雲録
〖HT1《汉仪粗宋简》〗秀卿著〖HT〗〖KH9〗〖KG29〗
〖YY(〗〖HT4"Y3〗台湾文学出版社〖YY)〗Ω
```

图 14－11 “小样 2. fbd”文件即大样效果

Step 03 单击“外挂字体”标签，打开“外挂字体”选项卡，在左边的字体列表中列出了可供选择的外挂字体名称，名称后边打勾表示将该字体的字形数据信息下载到 PS 文件中，弥补后端输出字体的空缺，如图 14－12 所示。

Step 04 单击“全部不下载”按钮，取消全部字体的勾选状态，然后从列表中勾选“汉仪粗宋简”字体，将其下载，如图 14－13 所示。

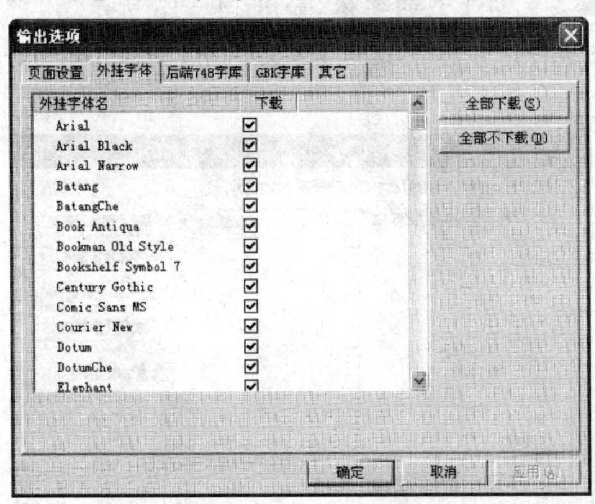

图 14－12 “外挂字体”选项卡

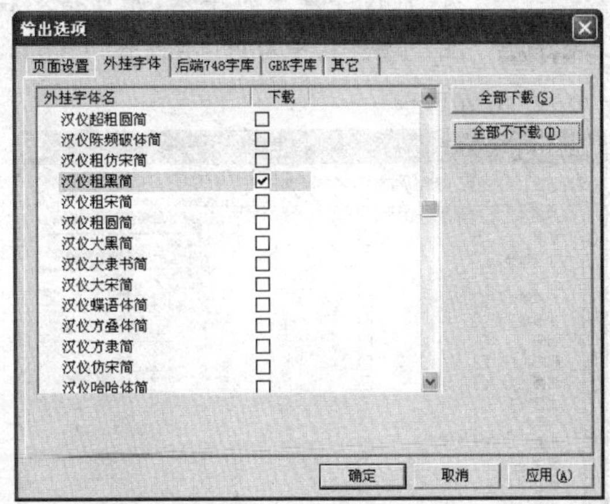

图 14－13 勾选“汉仪粗宋简”字体

①使用字体下载功能时，用户需要了解后端字库的安装情况。如果后端字库已经安装了该种字体，则无须下载即可输出。

②若在小样文件中使用的字体较多，可直接单击“全部下载”按钮，下载全部字体，但这样会增大 PS 文件的大小，影响打印效果。

Step 05 单击“应用”按钮，保存外挂字体输出设置。

Step 06 单击“后端 748 字库”标签，打开“后端 748 字库”选项卡，左边的字体列表中列出了 748 字库中的字体名。勾选“粗黑繁”体，表示该字体已在后端安装，系统无需用其他字体替代，如图 14－14 所示。

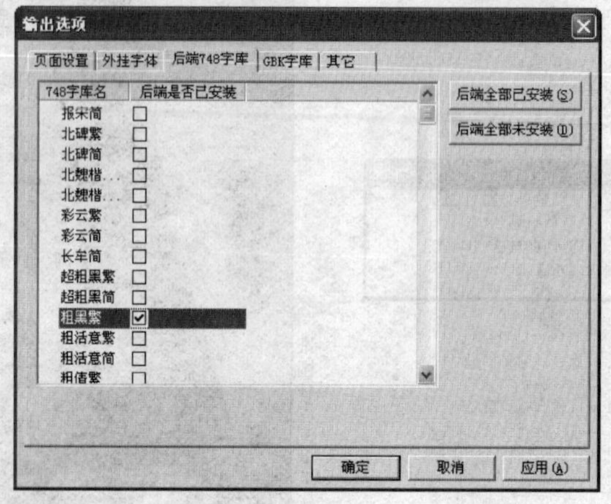

图 14－14 “后端 748 字库”选项卡

若单击“后端全部已安装”按钮，可勾选全部字体；若单击“后端全部未安装”按钮，可取消所有字体的勾选状态，表示后端没有安装 748 字库中的字体，输出后系统会用楷体替代。

Step 07 单击“应用”按钮，保存后端 748 字库的输出设置。

Step 08 单击“GBK 字库”标签，打开“GBK 字库”选项卡，在左边的字库列表中列出了所有 GBK 字库中的字体，并可指定后端安装与下载的字体，如图 14－15 所示。

Step 09 在“下载”栏中勾选“准圆体”(Y3)，表示将该字体下载到 PS 文件中，如图 14－16 所示。

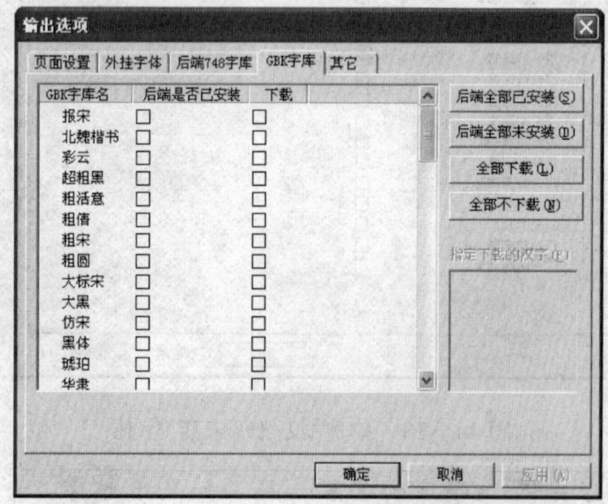

图 14－15 “GBK 字库”选项卡

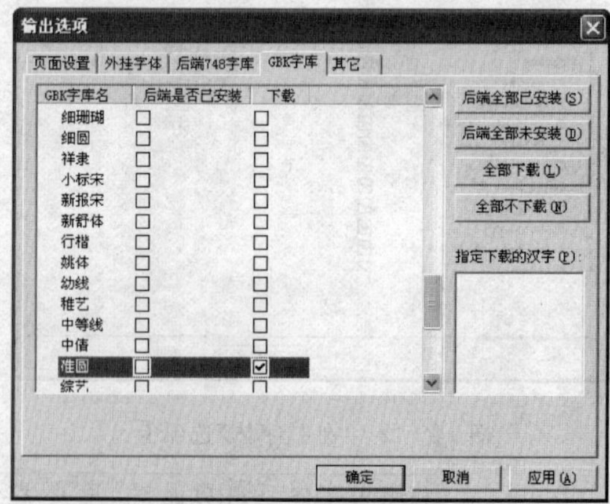

图 14－16 在“下载”栏中勾选“准圆体”

若单击"后端全部已安装"按钮，字体列表中的"后端是否已安装"栏将全部打勾，表示所有 GBK 字库中的字体已经全部安装到后端输出系统中，无需下载即可正常输出。若单击"全部未安装"按钮，表示后端未安装 GBK 字库。

若单击"全部下载"按钮，字体列表中的"下载"栏将全部打勾，表示下载全部 GBK 字库中的字体到 PS 文件中；若单击"全部不下载"按钮可取消下载全部字体。

"若后端是否已安装"栏与"下载"栏都为空，则输出后 GBK 字库中的字体将全部以楷体替代。

为确保输出正确并能节省 PS 文件大小，用户只需在"下载"栏中勾选在小样文件中使用的字体即可。

Step 10 单击"确定"按钮，关闭"输出选项"对话框。回到"输出"对话框中，单击"确定"按钮，输出文件。本实例最终效果可参阅本书配套素材"第 14 章"\"2"\"答案"文件夹中的"小样 2. PS"文件。

如果后端 RIP 上没有安装符号库，可以在"其他"选项卡的右下方勾选"下载符号字体"复选框，通过下载的方法解决。

3. 设置图片与色版——设置白描画册

若大样文件中包含图片，需在输出时设置正确的图片路径，以保证 PS 文件能够顺利地找到图片信息。此外，方正书版 10.0 还提供了设置彩色页面的功能，它可分别输出青版、品红版、黄版和黑版，下面用一个实例具体说明。

Step 01 打开本书配套素材"第 14 章"\"3"文件夹中的"小样 1. fbd"文件，该文件由两张黑白图片组成，大样效果如图 14－17 所示。

图 14－17 "小样 1. fbd"文件预览效果

Step 02 选择"排版">"直接输出正文"菜单，打开"输出"对话框，然后单击 选项(S)... 按钮，打开“输出选项”对话框，单击“其他”选项卡。

Step 03 若要重新设置图片输出路径，可选择“重新指定路径”单选钮，然后单击 按钮，打开“浏览文件夹”对话框，从中选择本书配套素材“第 14 章”\“3”\“图片”文件夹，单击“确定”按钮，如图 14－18 所示。

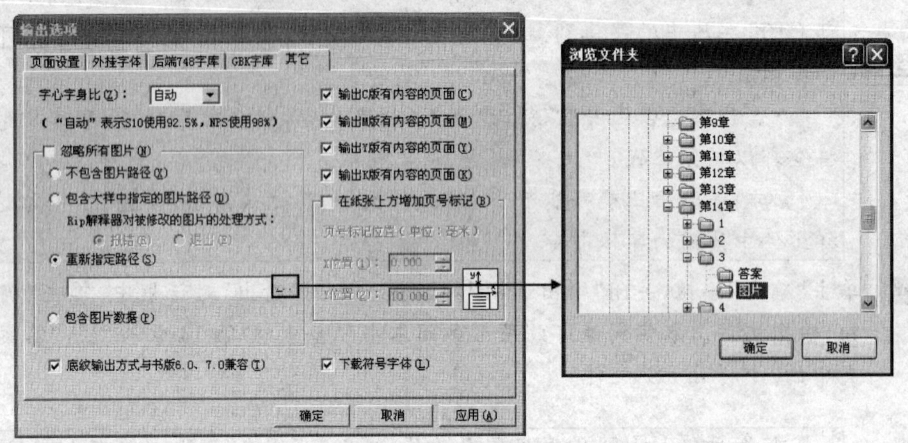

图 14－18 重新设置图片输出路径

- **忽略所有图片**：输出时忽略所有图片，只留出图片所占位置。
- **不包含图片路径**：指定 PS 文件只记录图片文件名，不记录图片路径，图片路径由后端输出时指定。
- **包含大样中指定的图片路径**：PS 文件中记录大样文件原有的图片路径名和文件名。
- **包含图片数据**：此功能也叫“图片内嵌”，即图片文件的数据信息全部记录到 PS 文件中，这样后端输出时不再需要图片文件。

①若文件插图较多，最好不要使用“包含图片数据”功能，因为这样会增加 PS 文件的大小。

②在方正 PSP3.1 版本以下的 RIP 中输出 JPG 格式的文件时，必须使用“包含图片数据”功能。

Step 04 方正书版可以分别输出青(C)版、品红(M)版、黄(Y)版和黑(H)版。本例中由于白描作品只有黑白两色，印刷时只需输出黑(K)版即可。方法是勾选“输出 K 版有内容的页面”复选框，取消“输出 C 版有内容的页面”、“输出 M 版有内容的页面”和“输出 Y 版有内容的页面”的勾选状态，如图 14－19 所示。

选择输出色版的功能可在印刷时充分节约原材料与成本，如一张四色彩色版面由四张色版套印而成，对于彩色与黑白版面混排的书，黑白版面由于没有彩色信息，输出后会产生 3 张空白胶片，造成资源浪费。此时可选择合适的输出色版分别输出彩色与黑白版面。

输出多色版面时，可勾选“在纸张上方增加页号标记”复选框，并设置好页号标记位置，这样属于同一个页面的色版上方都会出现同样的页号标记，方便将同一页的各版理顺。

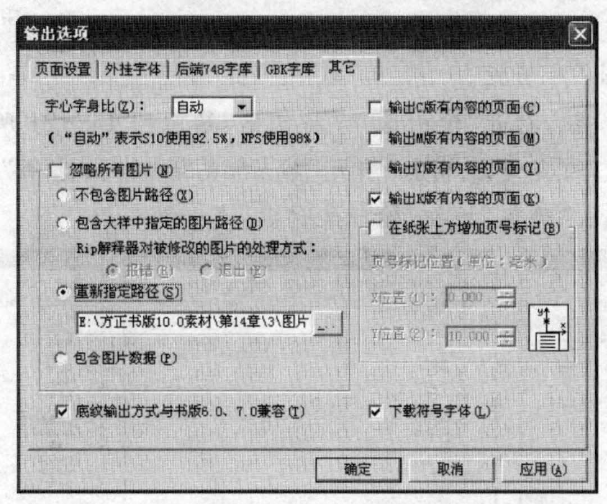

图 14－19　勾选"输出 K 版有内容的页面"复选框

Step 05　单击"确定"按钮，关闭"输出选项"对话框。回到"输出"对话框中，单击"确定"按钮，输出文件。本实例最终效果可参阅本书配套素材"第 14 章"\"3"\"答案"文件夹中的"小样 1. PS"文件。

14.1.3　配置文件——配置画册

方正书版 10.0 设有排版输出配置文件，用于记录发排与输出参数，如图片路径、大样格式、页面尺寸、边空和下载字体名等。下次输出时可直接调用，以保证每次输出的效果一致。下面就来讲解配置文件的创建与使用方法。

Step 01　打开本书配套素材"第 14 章"\"4"文件夹中的"小样 1. fbd"文件。选择"工具">"设置"菜单，打开"设置"对话框，在"发排设置"选项卡中单击"缺省图片文件路径"编辑框后的…按钮，如图 14－20 左图所示。

Step 02　打开"浏览文件夹"对话框，从中选择本书配套素材"第 14 章"\"4"\"图片"文件夹，单击"确定"按钮，如图 14－20 右图所示。

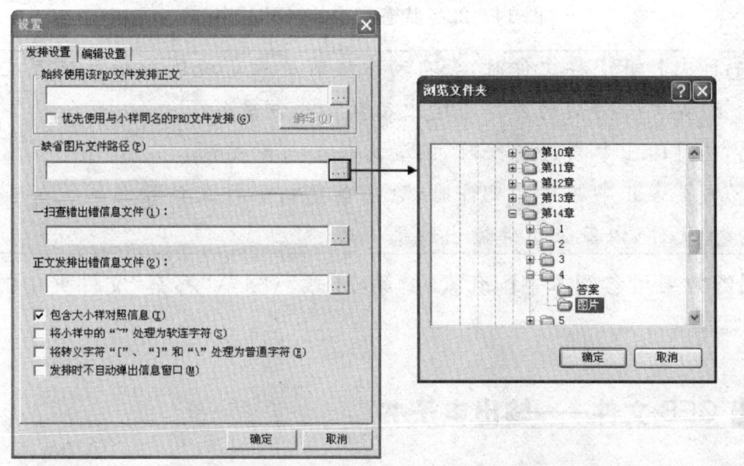

图 14－20　设置发排图片路径

Step 03 回到"设置"对话框中,单击"确定"按钮。然后选择"排版">"直接输出正文"菜单,打开"输出"对话框。

Step 04 单击 选项(S)... 按钮,打开"输出选项"对话框,按照图 14-21 所示的参数对各个选项卡进行设置。设置好后单击"确定"按钮,关闭"输出选项"对话框。回到"输出"对话框中,单击"确定"按钮,输出文件。

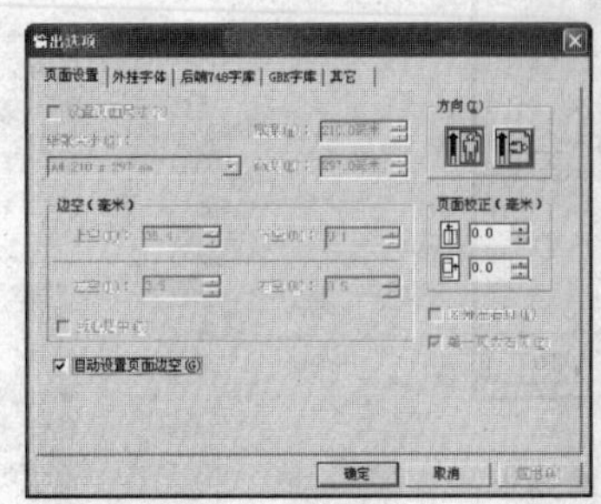
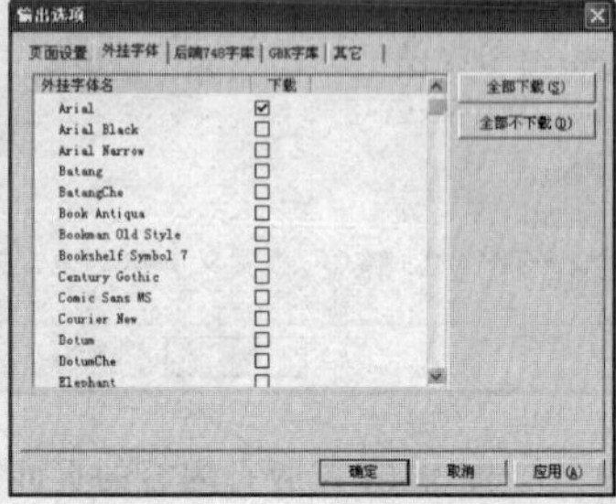
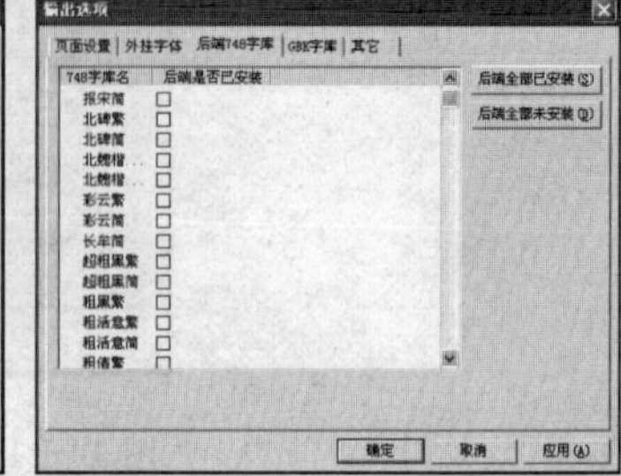
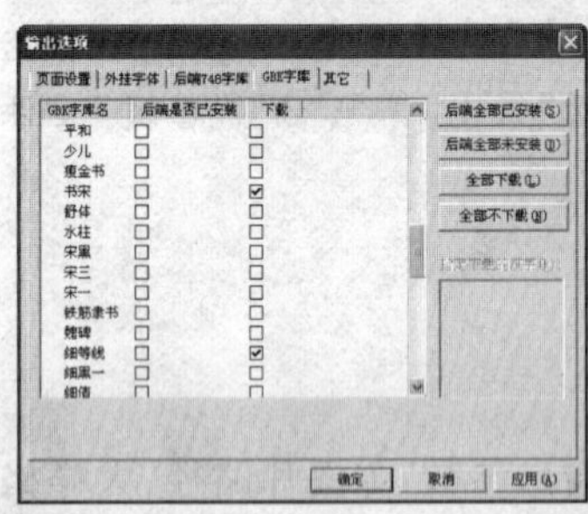
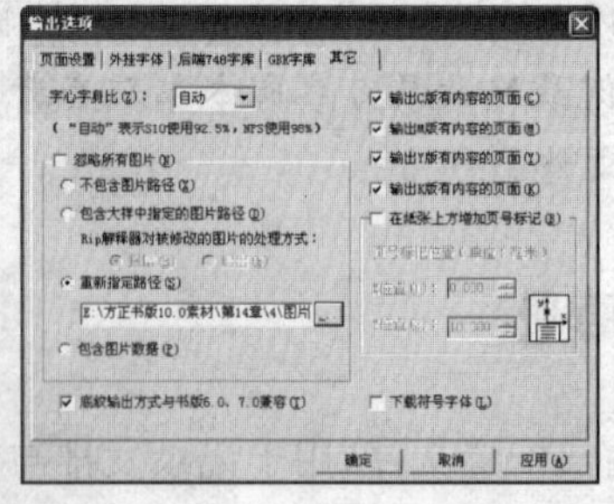

图 14-21 设置输出参数

Step 05 选择"工具">"保存配置文件"菜单,将自动生成配置文件。该配置文件与当前小样文件同名、同位置,扩展名为"cfg",此时状态栏右方将显示"CFG"字样,如图 14-22 所示。

图 14-22 状态栏中的"CFG"字样

①再次打开小样文件时,会自动在当前目录下找到对应的配置文件,并可用该配置文件存储的发排与输出参数输出该文件。

②若对输出参数进行修改,配置文件会自动更新。

③拷贝方正书版成品文件时,除应当复制小样文件和版式文件外,还要复制配置文件,以保证文件输出结果一致。

本实例最终效果可参阅本书配套素材"第 14 章"\"4"\"答案"文件夹中的"小样 1. cfg"文件。

14.1.4 输出 CEB 文件——输出电子书

CEB 格式是由北大方正公司独立开发的电子书格式,由于在文档转换过程中采用了

“高保真”技术，从而可以使 CEB 格式的电子书最大限度地保持原来的样式。正是基于这种特点，不少电子书发行机构和数字化图书馆都已经开始采用此格式，国家有关部门还把 CEB 格式作为电子公文传递的标准格式。下面以一个实例讲解 CEB 文件的输出方法。

Step 01　打开本书配套素材“第 14 章”\“5”文件夹中的“小样 1. fbd”文件，大样效果如图 14－23 所示。

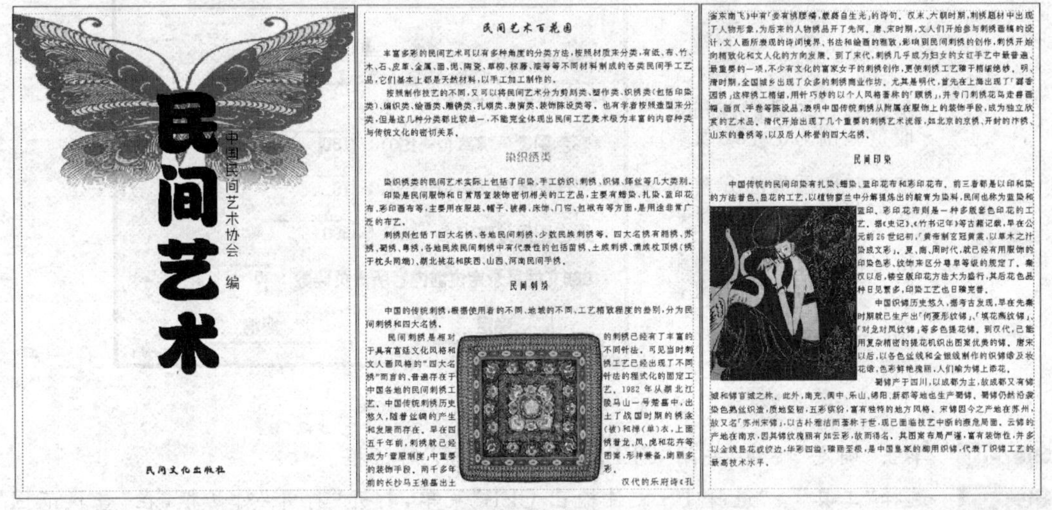

图 14－23　“小样 1. fbd”文件预览效果

Step 02　由于该文件中含有图片，因此在输出 CEB 文件之前要设置图片输出路径。选择“工具”>“输出 CEB 文件参数设置”菜单，打开“CEB 模板参数设置”对话框，单击“图片路径”编辑框后的 ... 按钮，如图 14－24 左图所示。

Step 03　打开“浏览文件夹”对话框，从中选择本书配套素材“第 14 章”\“5”\“图片”文件夹，本例“小样 1. fbd”文件中的图片即存储在该文件夹中，单击“确定”按钮，如图 14－24 右图所示。

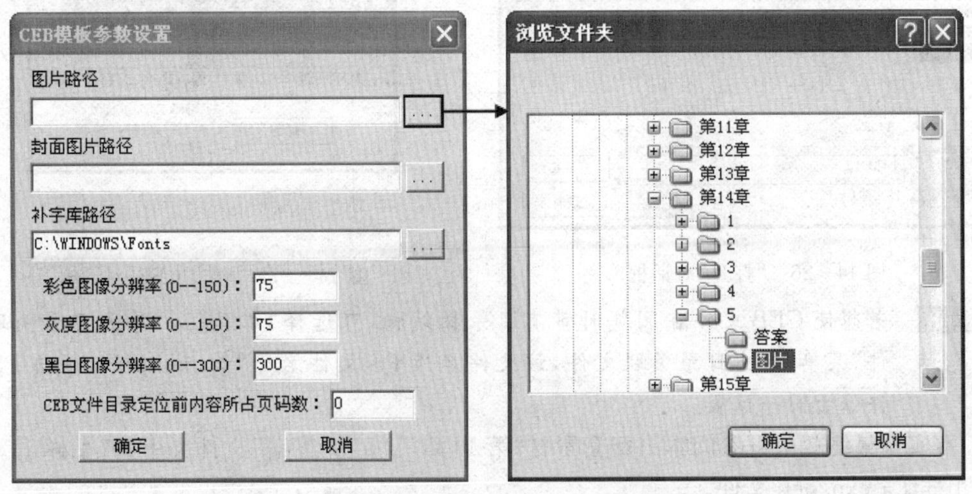

图 14－24　设置 CEB 文件的图片输出路径

Step 04　为了使 CEB 文件中的图像效果更好，可将相应图像的分辨率设置得更高。本例将"彩色图像分辨率(0～150)"设置为 150,如图 14－25 所示。

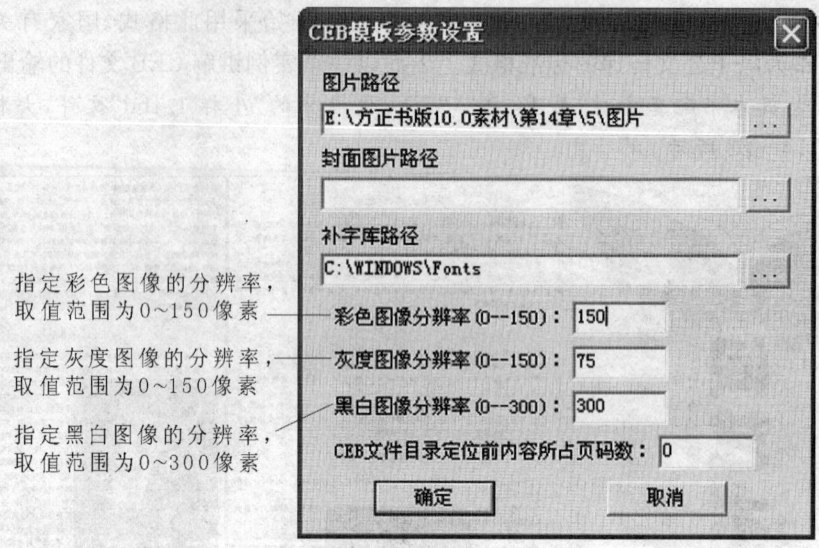

图 14－25　设置彩色图像分辨率

Step 05　单击"确定"按钮,关闭"CEB 模板参数设置"对话框。

Step 06　选择"工具">"选择 PS 文件输出 CEB"菜单,打开"打开"对话框,在"查找范围"下拉列表中选择本书配套素材"第 14 章"\"5"文件夹中的"小样 1. PS"文件,单击"打开"按钮,如图 14－26 所示。

Step 07　打开"输出 CEB"对话框,用户可在"输出文件名"编辑框中设置文件名与存储路径,默认为与当前 PS 文件同名、同位置,单击"确定"按钮即可输出 CEB 文件,如图 14－27 所示。

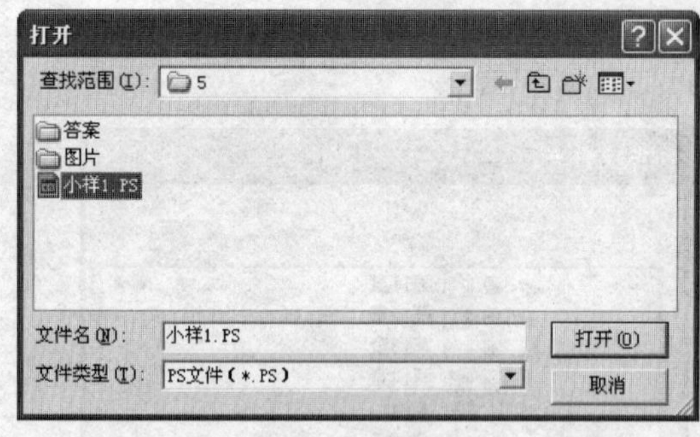

图 14－26　"打开"对话框

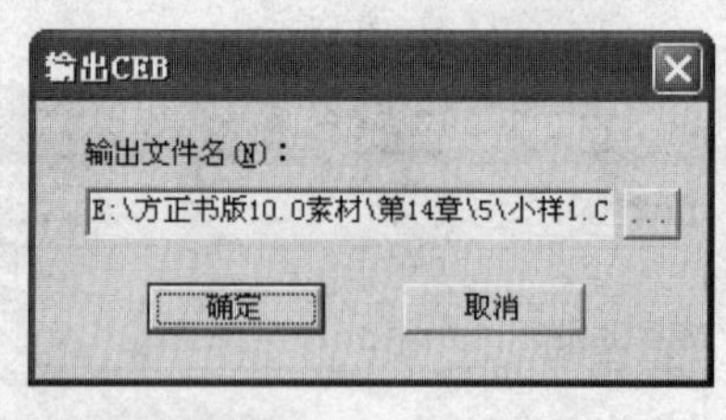

图 14－27　"输出 CEB"对话框

Step 08　若想使 CEB 文件在阅览时带有目录树结构,可选择"工具">"导出目录关联文件"菜单,输出目录关联文件,该文件名为 PS 文件名＋"－exp. pef",且与 PS 文件位于同一位置。

本实例最终效果可参阅本书配套素材"第 14 章"\"5"\"答案"文件夹中的"小样 1. ceb"和"小样 1－exp. pef"文件。

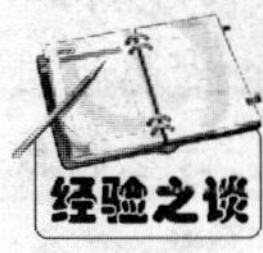

①小样文件中必须有目录定义注解和自动目录登记注解，否则无法生成目录关联文件。

②CEB 文件需用 Apabi Reader 软件阅读浏览，有关该软件的使用方法请参阅第 15 章。

14.2 转换

方正书版可以将 RTP 文件和 Word 生成的 DOC 文件转换为小样文件，避免了稿件的重新录入，并且能保持字体、字号和段落居中等属性不变。下面用两个实例分别讲解。

14.2.1 转换 DOC 文件——转换诗歌

Step 01 选择“工具”>“DOC 文件转换”菜单，打开“DOC 文件转换”对话框，如图 14－28 左图所示。

Step 02 单击“被转换的 DOC 文件名(D)”编辑框后的按钮，打开“打开”对话框，在“查找范围”下拉列表中选择本书配套素材“第 14 章”\“6”文件夹中的“1. doc”文件，然后单击“打开”按钮，如图 14－28 右图所示。

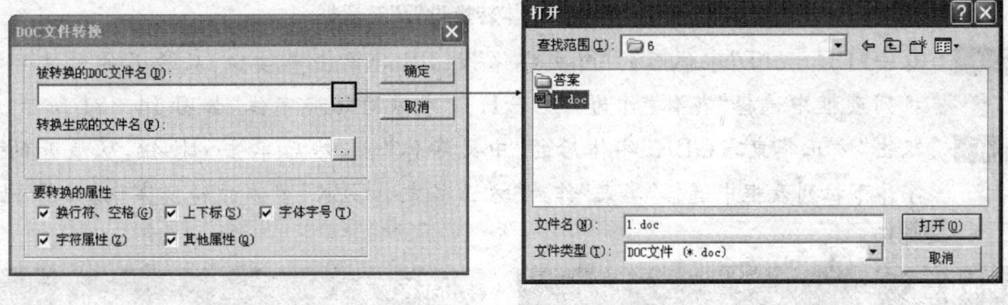

图 14－28 选择 DOC 文件

Step 03 此时系统自动在“转换生成的文件名(F)”编辑框中生成转换后的小样文件名和路径(默认为与当前 DOC 文件同名、同位置)，用户也可单击编辑框右边的按钮，从打开的“另存为”对话框中重新设置小样文件名和存储位置，如图 14－29 所示。

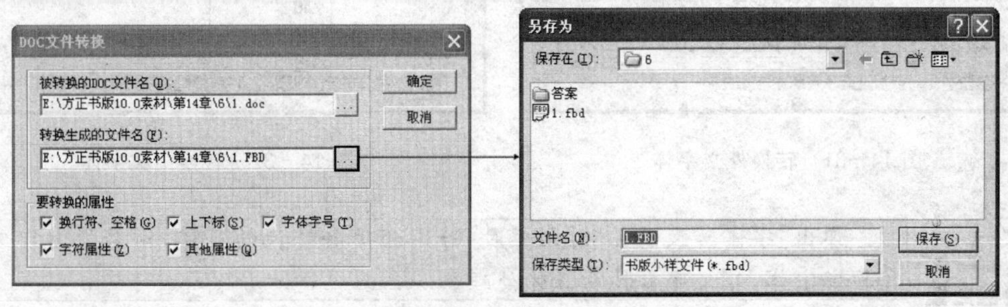

图 14－29 设置小样文件名和存储位置

知识库

在“要转换的属性”设置区中，有 5 个选项，默认时为全部勾选状态，表示可以将 DOC 文件中的换行、空格、上下标、字体字号、字符属性和其他属性进行转换。其中字符属性包括阴影、空心、加粗、倾斜和着重等，段落属性包括段落居中和缩进等。

Step 04 单击“确定”按钮，转换文件。

Step 05 文件转换过程中，如果遇到不认识的字体，会弹出图 14－30 所示的“字体转换设置”对话框，表示该 DOC 文档中的某种字体在书版字体转换表中不存在，需将其转换为一种方正字体。

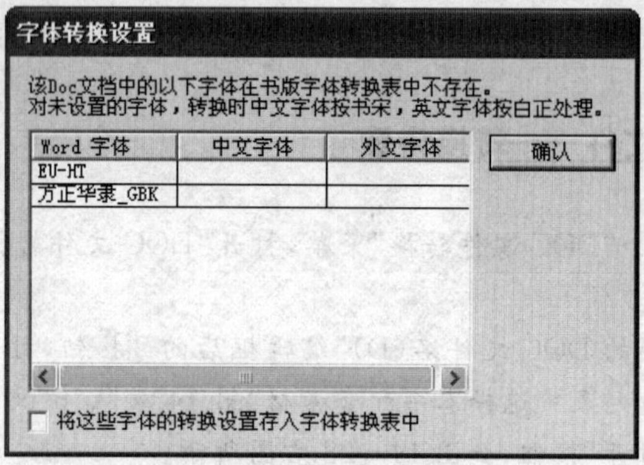

图 14－30 “字体转换设置”对话框

Step 06 双击“EU－HT”字体后的“外文字体”栏，然后单击▼按钮，从展开的外文字体下拉列表框中选择“花体”作为“EU－HT”字体的转换字体，如图 14－31 所示。

Step 07 双击“方正华隶－GBK”字体后的“中文字体”栏，然后单击▼按钮，从展开的中文字体下拉列表框中选择“华隶”作为“方正华隶－GBK”字体的转换字体，如图 14－32 所示。

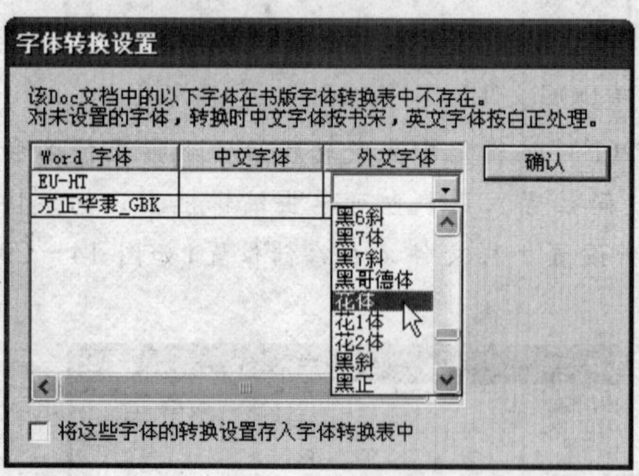

图 14－31 转换外文字体

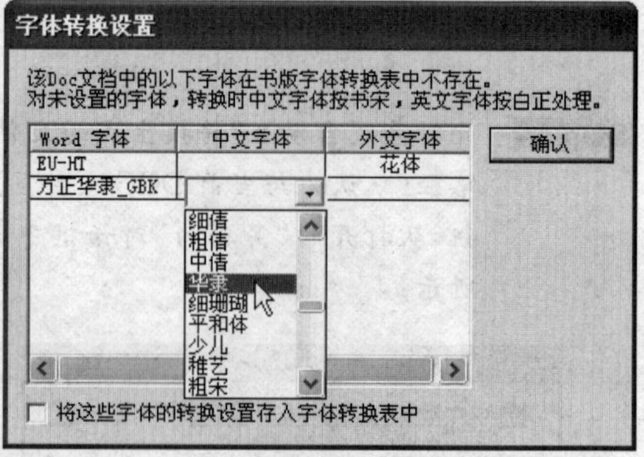

图 14－32 转换中文字体

经验之谈

弹出“字体转换设置”对话框时，若不选择要转换的字体，则转换时中文字体按书宋体，外文字体按白正体处理。

Step 08　勾选“将这些字体的转换设置存入字体转换表中”复选框，表示以后遇到相同的字体将不会弹出“字体转换设置”对话框，系统会按照当前的设置进行相应字体的转换，单击“确认”按钮，转换文件，如图 14－33 所示。

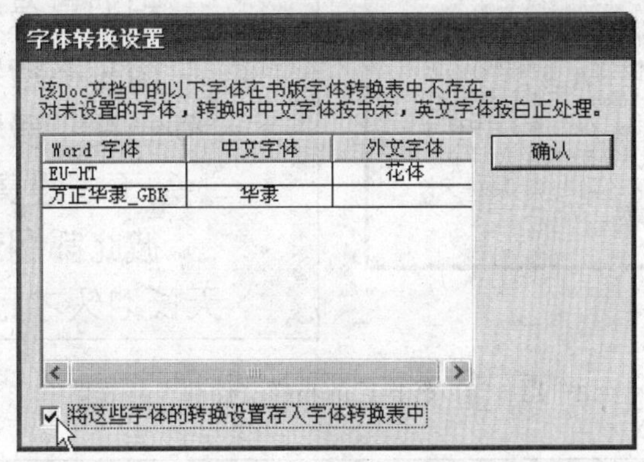

图 14－33　勾选“将这些字体的转换设置存入字体转换表中”复选框

若想修改已存储的字体转换关系，可选择“工具”＞“设置 DOC 文件字体对应”菜单，打开“修改字体转换表”对话框，对话框中列出了系统默认的和用户已存储的转换设置，如将 DOC 文件中的“Arial”字体自动转换成“方头正”体。修改的方法与“字体转换设置”对话框相同，只是在此处不能设空白，如图 14－34 所示。

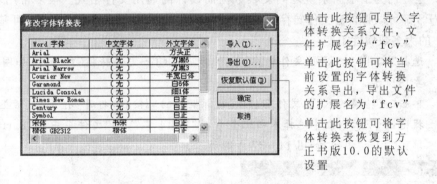

修改字体转换表

Word 字体	中文字体	外文字体
Arial	（无）	方头正
Arial Black	（无）	方黑6
Arial Narrow	（无）	方黑3
Courier New	（无）	半宽白体
Garamond	（无）	白6体
Lucida Console	（无）	细1体
Times New Roman	（无）	白正
Century	（无）	白正
Symbol	（无）	白正
宋体	书宋	白正
楷体_GB2312	楷体	白正

导入(I)...　导出(O)...　恢复默认值(D)　确定　取消

单击此按钮可导入字体转换关系文件，文件扩展名为“fcv”

单击此按钮可将当前设置的字体转换关系导出，导出文件的扩展名为“fcv”

单击此按钮可将字体转换表恢复到方正书版10.0的默认设置

图 14－34　“修改字体转换表”对话框

Step 09　转换完成后将弹出图 14－35 所示的提示对话框，单击“确定”按钮，关闭对话框。

图 14－35　提示对话框

Step 10　转换后的小样文件将自动打开，单击“直接预览正文”按钮预览大样效果，如图 14－36 所示。本实例最终效果可参阅本书配套素材“第 14 章”\“6”\“答案”文件夹中的“1. fbd”文件。

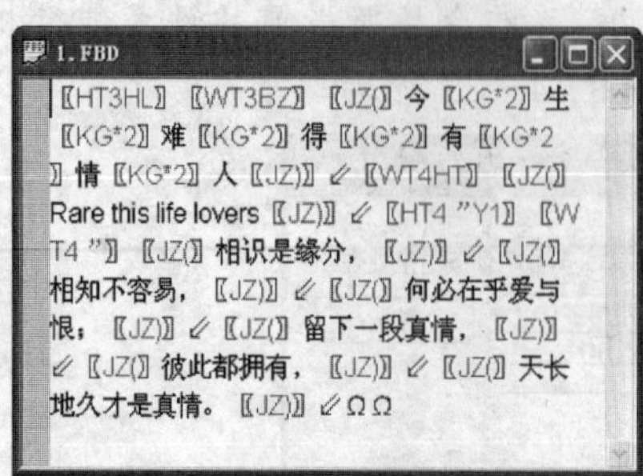

今 生 难 得 有 情 人

Rare this life lovers

相识是缘分，
相知不容易，
何必在乎爱与恨；
留下一段真情，
彼此都拥有，
天长地久才是真情。

图 14－36 转换后的小样文件和大样效果

方正书版将 DOC 文件转换成小样文件的功能还不够完善，能转换的格式也有限，有时需在转换后的小样文件中做细微的改动，方可达到满意效果。

14.2.2 转换 RTF 文件——转换历史教材

RTF 是专门为了不同系统之间交换数据而设计的通用文件格式。很多常用软件，如 Word、WPS 都可以将自有文件转存为 RTF 文件。RTF 文件转成小样文件后，可基本保持原文件中的大多数属性不变。

Step 01 选择“工具”>“RTF 文件转换”菜单，打开“RTF 文件转换”对话框，如图 14－37 左图所示。

Step 02 单击“被转换的 RTF 文件名(D)”编辑框后的 ... 按钮，打开“打开”对话框，从“查找范围”下拉列表中选择本书配套素材“第 14 章”\“6”文件夹中的“2. rtf”文件，单击“打开”按钮，如图 14－37 右图所示。

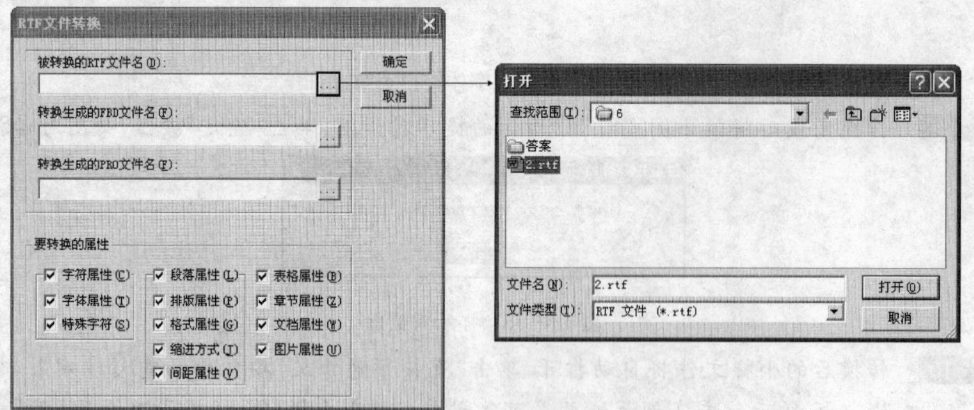

图 14－37 选择 RTF 文件

Step 03 此时系统会自动在“转换生成的 FBD 文件名(F)”和“转换生成的 PRO 文件名

(F)”编辑框中生成对应的小样文件和版式文件名及存储路径(默认为与当前RTF文件同名、同位置),单击“确定”按钮,如图14-38所示。

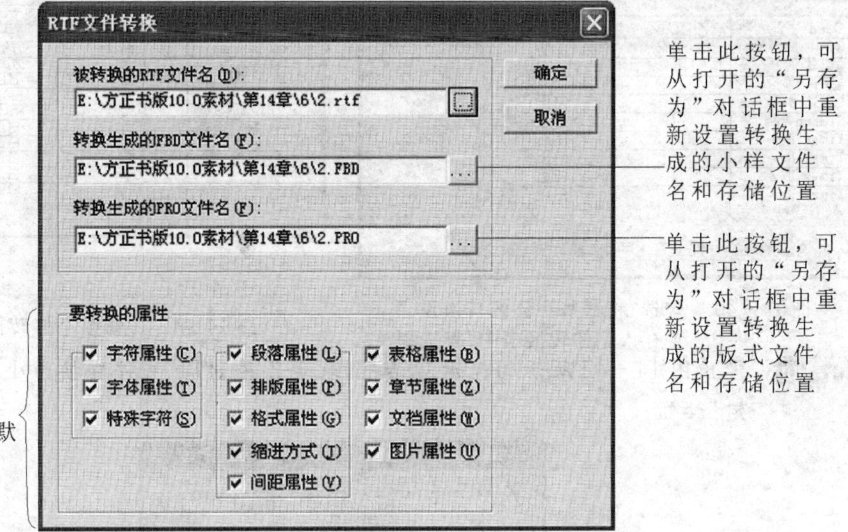

图14-38　自动生成小样文件和版式文件名及存储路径

Step 04　在转换过程中,如果RTF文件中存在系统不认识的字体,则会弹出“字体转换设置”对话框,用户可分别双击字体名称后的“中文字体”和“外文字体”栏,并从展开的字体下拉列表中选择一种方正字体作为转换字体,如图14-39所示。

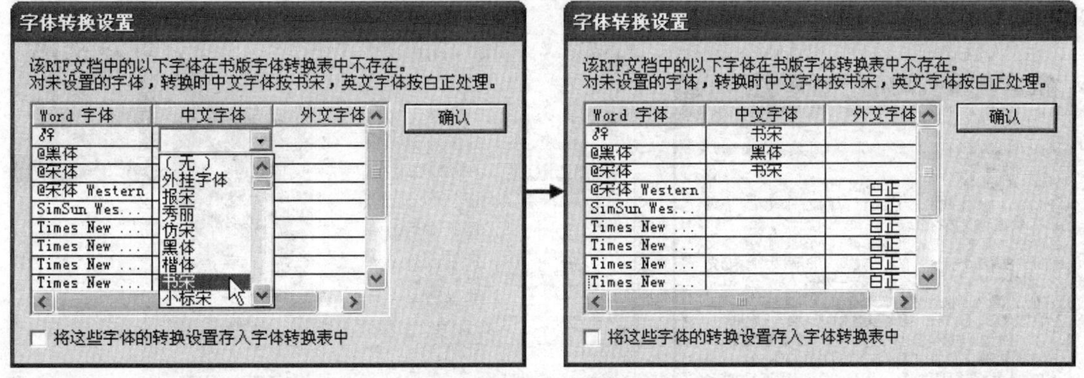

图14-39　设置转换字体

Step 05　勾选“将这些字体的转换设置存入字体转换表中”复选框,单击“确认”按钮,如图14-40所示。

若想修改已存储的字体转换关系,可选择“工具”>“设置RTF文件字体对应”菜单,打开“修改字体转换表”对话框,对话框中列出了系统默认的和用户已存储的转换设置,如将RTF文件中的“Arial”字体自动转换成“方头正”体。修改的方法与“字体转换设置”对话框相同,只是在此处不能设空白,如图14-41所示。

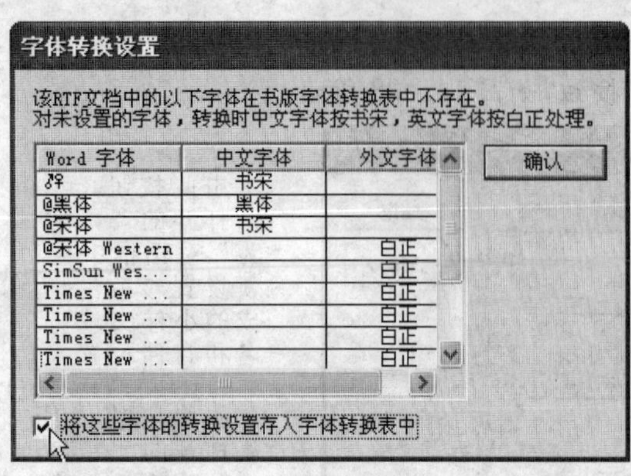

图 14－40　勾选“将这些字体的转换设置存入字体转换表中”复选框

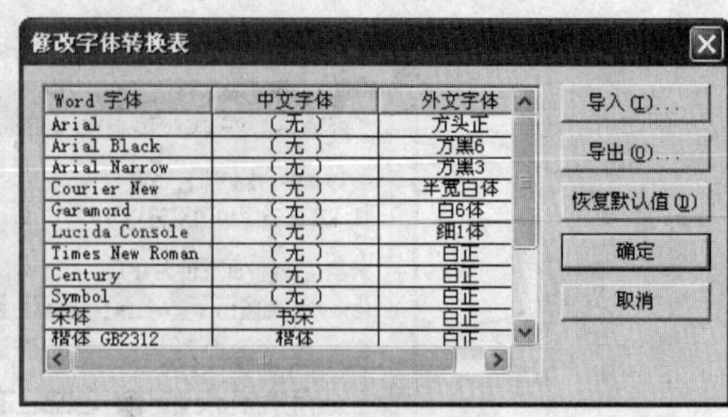

图 14－41　“修改字体转换表”对话框

Step 06　弹出图 14－42 所示的提示对话框，表示已将 RTF 文件转换为小样文件，单击“确定”按钮。

图 14－42　提示对话框

Step 07　转换后的小样文件将自动打开，单击“直接预览正文”按钮预览大样效果，如图 14－43 所示。

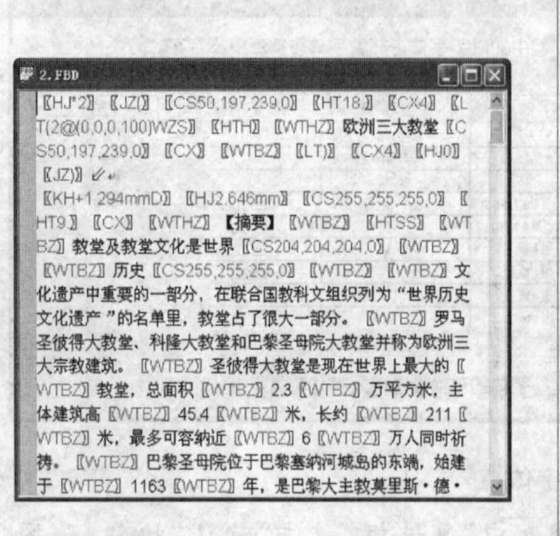

图 14－43　转换后的小样文件和大样效果

Step 08　从大样效果中可以看出 RTF 文件转换成小样文件的功能还不够完善，尤其是对表格与图片的处理上，用户可在第 1 个图片注解前加入一个换行符“↙”，在第 2 个图片注解前加入另区注解“〖LQ〗”并修改表行的宽度，则可达到基本满意的效果，如图 14－44 所示。

欧洲三大教堂

【摘要】教堂及教堂文化是世界历史文化遗产中重要的一部分，在联合国教科文组织列为"世界历史文化遗产"的名单里，教堂占了很大一部分。罗马圣彼得大教堂、科隆大教堂和巴黎圣母院大教堂并称为欧洲三大宗教建筑。圣彼得大教堂是现在世界上最大的教堂，总面积2.3万平方米，主体建筑高45.4米，长约211米，最多可容纳近6万人同时祈祷。巴黎圣母院位于巴黎塞纳河城岛的东端，始建于1163年，是巴黎大主教莫里斯·德·苏利决定兴建的，整座教堂在1345年才全部建成，历时180多年。科隆大教堂是哥特人的杰作，始建于1248年，经过632年，一直到1880年才建成，长达七个世纪。直到1880年10月15日，这座当时荣膺世界最高建筑物称号的科隆大教堂才建成，并举行了盛大的竣工典礼。

【关键词】世界文化遗产；教堂；圣彼得大教堂；巴黎圣母院；科隆大教堂

一、教堂概说

世界各国的历史文化遗产均有其鲜明特色，教堂及教堂文化是世界历史文化遗产中重要的一部分，在联合国教科文组织列为"世界历史文化遗产"的名单里，教堂占了很大一部分。教堂建筑及教堂文化以欧洲最古老、最发达、保存修复得最完善。各地游客来到欧美旅游，最主要的一项内容就是参观当地的教堂。在英、法、德、意等"老欧洲"国家里，都有着引以为傲的著名大教堂。

欧洲的教堂大致分为三种建筑风格：罗马风格、哥特风格和巴洛克风格。

11世纪前后建造的教堂受意大利影响，几乎全为罗马风格（Romanik）。其特征为圆形拱顶，从教堂的门或者窗户可以大致区别出来。圆形的拱顶表现了当时人们对宇宙的认识，宇宙是圆形的。

哥特风格（Gotik）最初出现在法国。12世纪后逐渐流传于欧洲并风靡一时。其特征为瘦高型，外表有许多像竹笋一样瘦长形的装饰物，象征着摆脱了束缚，奔向天国。拱顶也随之有了橄榄型的小尖。随着玻璃的应用，窗户被装饰得色彩斑斓，往往一个窗户就画了一个圣经故事。

17、18世纪后的教堂多为巴洛克（Barock）风格的建筑。其特点是不注重外表，但内部华丽，有的用了大理石砖和大理石柱，配有彩画和雕塑。室内一改老式教堂的黑暗、凝重和神秘，采用浅色涂料，加上彩色装饰，让人感到轻松，似有一种清香味。表1 教堂风格对照表

罗马风格	比萨主教教堂，圣彼德大教堂，
	柏林大教堂
哥特风格	科隆大教堂，乌尔姆大教堂，米
	兰大教堂，布尔日教堂，
	巴黎圣母院
巴洛克风格	耶稣会教堂，慕尔茨堡大教堂，
	圣卡罗教堂，圣地亚哥大教堂

罗马圣彼得大教堂、科隆大教堂和巴黎圣母院大教堂并称为欧洲三大宗教建筑。

二、圣彼得大教堂

圣彼得大教堂是一座长方形的教堂，整栋建筑呈现出一个希腊十字架的结构，造型是非常传统而神圣的。教堂最初是由君士坦丁大帝于公元326—333年在圣彼得墓地上修建的，称老圣彼得大教堂，于公元326年落成，为巴西利卡式建筑。16世纪，教皇朱利奥二世决定重建圣彼得大教堂，并于1506年破土动工。在长达120年的重建过程中，意大利最优秀的建筑师布拉曼特、米开朗琪罗、德拉·波尔塔和卡洛·马泰尔相继主持过设计和施工，直到1626年11月18日才正式宣告落成，称新圣彼得大教堂。1870年以来的重要宗教仪式均在此举行。为文艺复兴式和巴罗克式建筑风格，属世界最大的教堂。登教堂正中的圆穹顶部可眺望罗马全城；在圆穹内的环形平台上，可俯视教堂内部，欣赏圆穹内壁的大型镶嵌画。圣彼得教堂不仅是一座富丽堂皇值得一观的建筑圣殿，它所拥有多达百件的艺术瑰宝，更被视为无价的资产。

圣彼得大教堂正前的露天广场就是闻名世界的圣彼得广场，建于1667年，住持设计施工的是一位那不勒斯人，他的手笔赋予了广场上排成四行的284根托斯卡拉式柱子永恒的生命，柱子上方那美妙绝伦的圣者雕像四百年来一直诉说着当年这个才华横溢的建筑天才的名字：贝尔尼尼——巴洛克艺术之父。

图1 圣彼得教堂

三、巴黎圣母院

巴黎圣母院是一座哥特式风格的教堂，是法国天主教大教堂，是古老巴黎的象征。它矗立在塞纳河中西岱岛的东南端，位于整个巴黎城的中心。它的地位、历史价值无与伦比，是历史上最为辉煌的建筑之一。巴黎圣母院始建于1163年，是巴黎大主教莫里斯·德·苏利决定兴建的，整座教堂在1345年才全部建成，历时180多年。该教堂以其哥特式的建筑风格，祭坛、回廊、门窗等处的雕刻和绘画艺术，以及堂内所藏的13～17世纪的大量艺术珍品而闻名于世。圣母院的前身早在10世纪时，就已经成为巴黎，或整个法国的宗教中心。

图2 巴黎圣母院

巴黎圣母院正面有一对钟塔，主入口的上部设有巨大的玫瑰窗。在中庭的上方有一个高达百米的尖塔。所有的柱子都挺拔修长，与上部尖尖的拱券连成一气。中庭又窄又高又长。从外面仰望教堂，那高峻的形体加上顶部耸立的钟塔和尖塔，使人感到一种向苍天升腾的雄姿。进入教堂的内部，无数的垂直线条引人仰望，数十米高的拱顶在幽暗的光线下隐隐约约，闪闪烁烁，加上宗教的遐想，似乎上面就是天堂。于是，教堂就成'与上帝对话'的地方。它是欧洲建筑史上一个划时代的标志。

图 14－44 修改小样文件后的大样效果

将 RTF 文件转换为小样文件时，系统会将其中的图片自动转换为 BMP 格式，并存储在同一个文件夹中，该文件夹与小样文件同名、同位置，扩展名为"files"。

本实例最终效果可参阅本书配套素材"第 14 章"\"6"\"答案"文件夹中的"2. FBD"、"2. PRO"和"2. files"文件。

14.3 导出

用户在某些情况下需要将小样文件的排版格式与他人共享，但又不希望对方知道小样的内容，此时可以利用"导出调试小样"功能，将小样中的全部汉字替换为同一个字，而版式丝毫未变。此外，若想快速将小样文件中的正文内容提取出来，可将其导出为不带注解的文本文件，从而方便与其他软件交换排版内容。

14.3.1 导出调试用小样——编排密文

Step 01 打开本书配套素材"第 14 章"\"7"文件夹中的"小样 1. fbd"文件，如图 14－45 所示。

Step 02 选择"工具">"导出调试小样"菜单，打开"导出调试用小样"对话框，系统自动将当前小样文件和调试小样文件的名称和路径添加到相应的编辑框中，如图 14－46 所示。

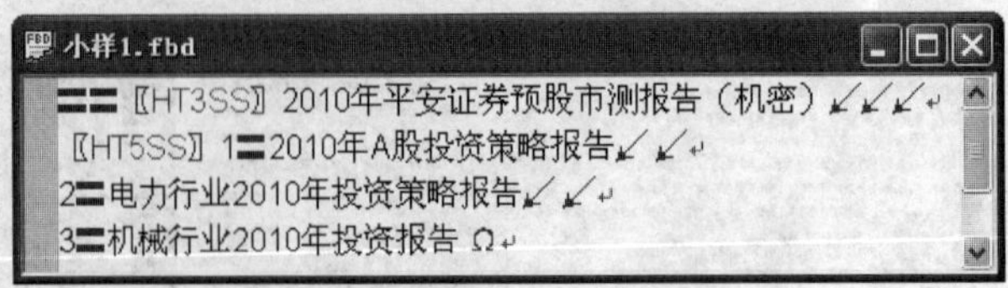

图 14－45　打开素材文件

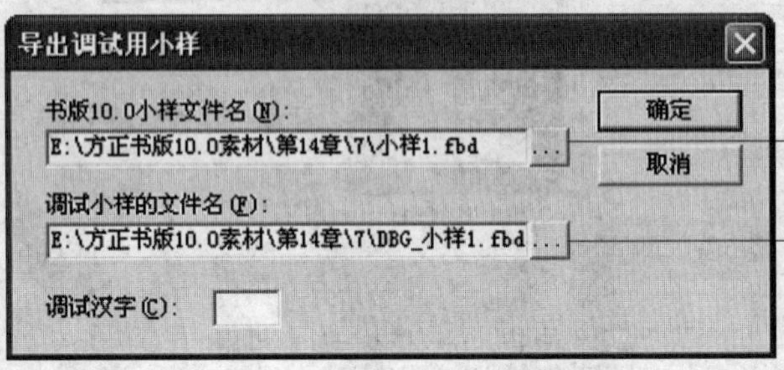

图 14－46　“导出调试用小样”对话框

Step 03　在“调试汉字”编辑框中输入一个汉字，如“密”字，表示将小样文件中的汉字全部替换为“密”字，单击“确定”按钮，导出文件，如图 14－47 所示。

Step 04　文件导出完后将弹出图 14－48 所示的提示对话框，单击“确定”按钮。

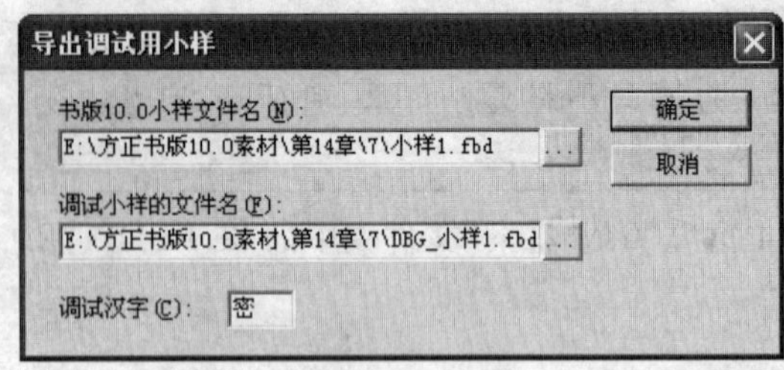

图 14－47　输入调试汉字

图 14－48　提示对话框

本实例最终效果请参阅本书配套素材“第 14 章”\“7”\“答案”文件夹中的“DBG_小样1.fbd”文件，如图 14－49 所示。

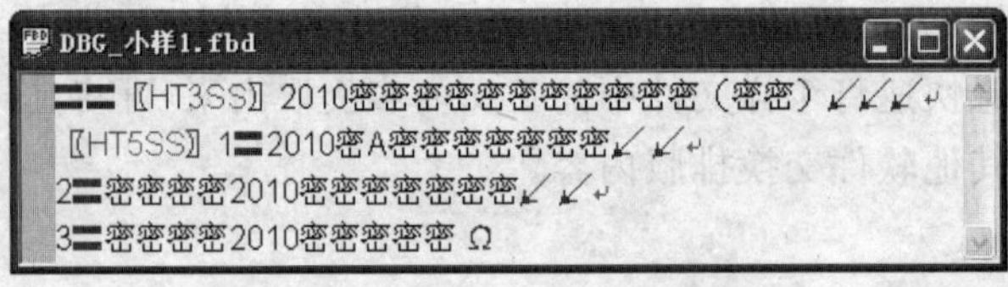

图 14－49　调试小样

14.3.2　导出文本文件——导出小故事

Step 01　打开本书配套素材“第 14 章”\“7”文件夹中的“小样 2.fbd”文件，如图 14－50 所示。

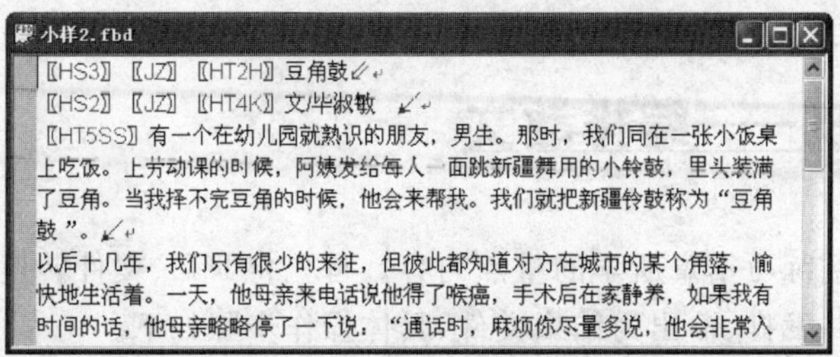

图 14－50 打开素材文件

Step 02 选择“工具”>“导出文本文件”菜单，打开“书版小样文件转换成普通文本文件”对话框，系统自动将当前小样文件和转换生成的文本文件的名称和路径添加到相应的编辑框中，如图 14－51 所示。

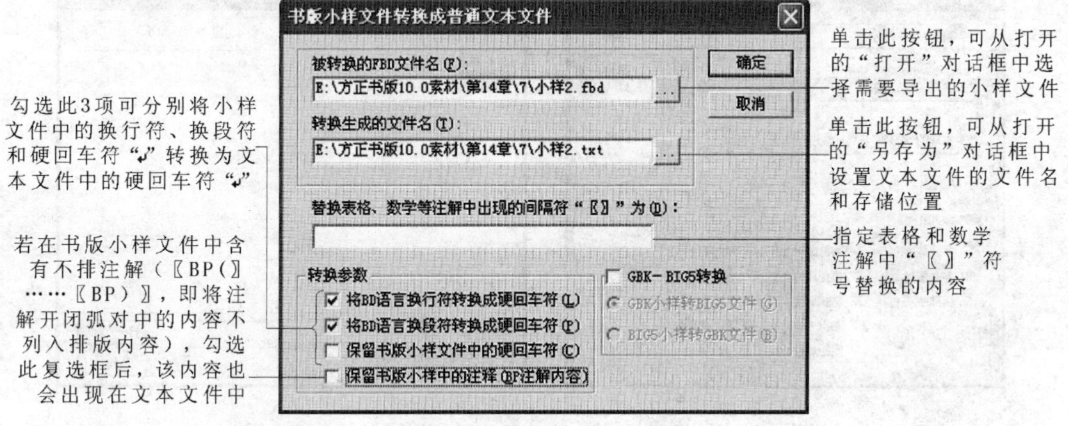

图 14－51 “书版小样文件转换成普通文本文件”对话框

Step 03 勾选“将 BD 语言换行符转换成硬回车符”和“将 BD 语言换段符转换成硬回车符”复选框，然后单击“确定”按钮，开始导出文本文件。

Step 04 导出完后会弹出图 14－52 所示的提示对话框，单击“确定”按钮。

本实例最终效果请参阅本书配套素材“第 14 章”\“7”\“答案”文件夹中的“小样 2.txt”文件，如图 14－53 所示。

图 14－52 提示对话框

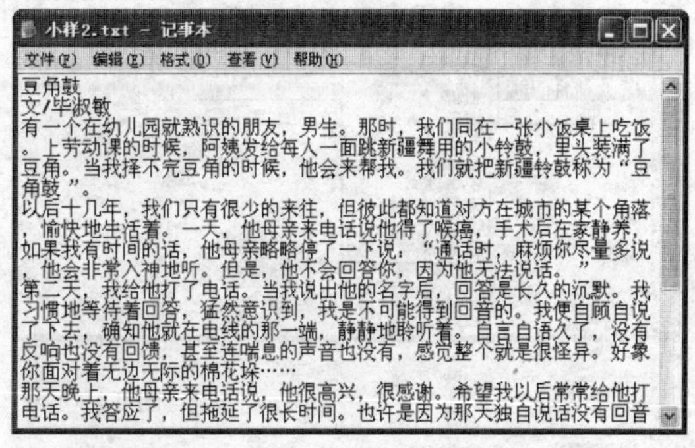

图 14－53 导出后的文本文件

综合实例——编排散文

下面以一个实例练习本章所学的重点内容。首先将 RTF 文件转换为小样文件，然后对小样文件稍作修改并发排、输出为结果文件，具体操作步骤如下。

Step 01 选择“工具”>“RTF 文件转换”菜单，打开“RTF 文件转换”对话框。

Step 02 单击“被转换的 RTF 文件名”编辑框后的 按钮，打开“打开”对话框，从“查找范围”下拉列表中选择本书配套素材“第 14 章”\“综合实例”文件夹中“1. rtf”文件，单击“打开”按钮，如图 14-54 所示。

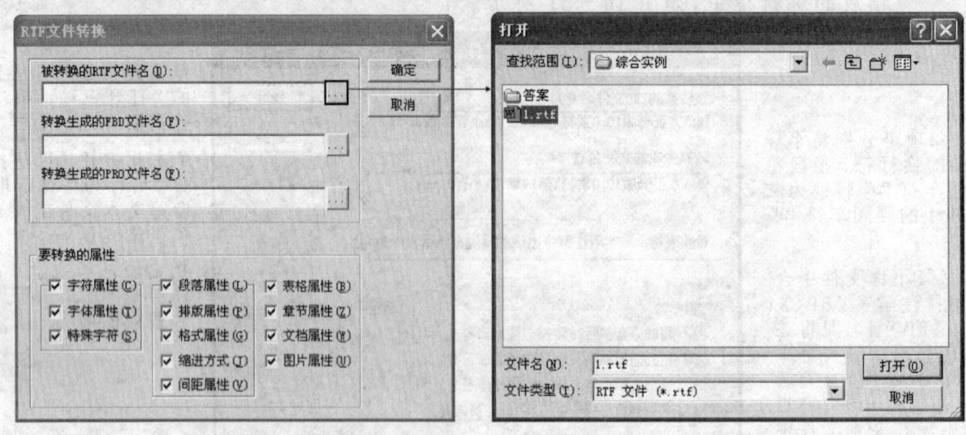

图 14-54 选择 RTF 文件

Step 03 在“RTF 文件转换”对话中，单击“确定”按钮，弹出“字体转换设置”对话框，分别单击字体名称后的“中文字体”和“外文字体”栏，并从展开的字体下拉列表中选择一种方正字体作为转换字体，设置好后单击“确认”按钮，开始转换文件，如图 14-55 所示。

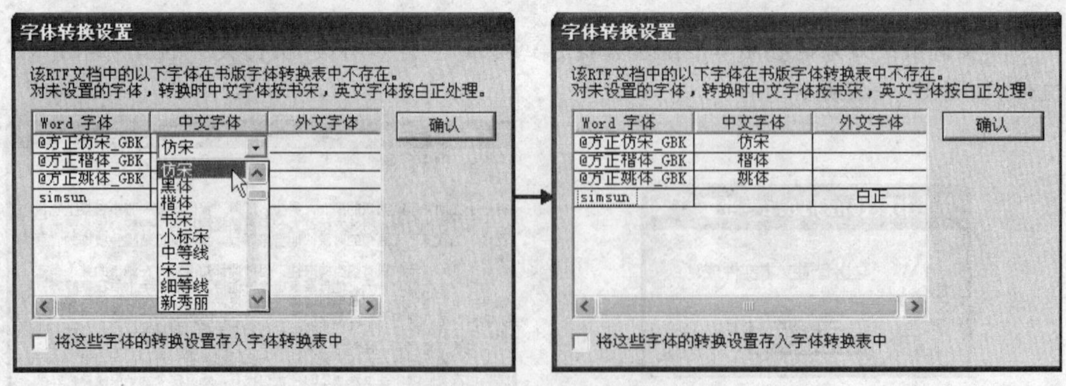

图 14-55 设置转换字体

Step 04 转换好后将弹出图 14-56 所示的提示对话框，单击“确定”按钮。

Step 05 转换后的小样文件将自动打开，单击“直接预览正文”按钮 预览大样效果，如图 14-57 所示。

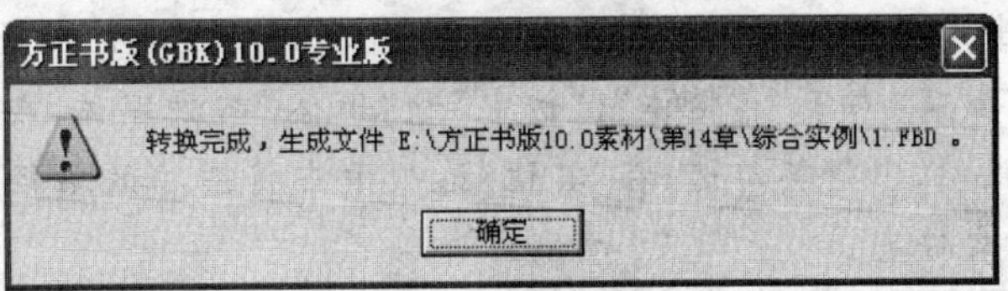

图 14－56 提示对话框

图 14－57 转换后的小样文件和大样效果

Step 06 在小样文件中的“南风编译”前加入居中注解“〖JZ〗”，在图片注解中指定不排参数“BP”，并删除正文中第 2～5 段开头的空行注解“〖KH＋3.476mmD〗”，单击“直接预览正文”按钮预览大样效果，如图 14－58 所示。

Step 07 选择“排版”＞“直接输出正文”菜单，打开“输出”对话框，选择“全部”单选钮，表示输出全部页面，然后单击 选项(S)... 按钮，如图 14－59 所示。

图 14－58 修改后的大样效果

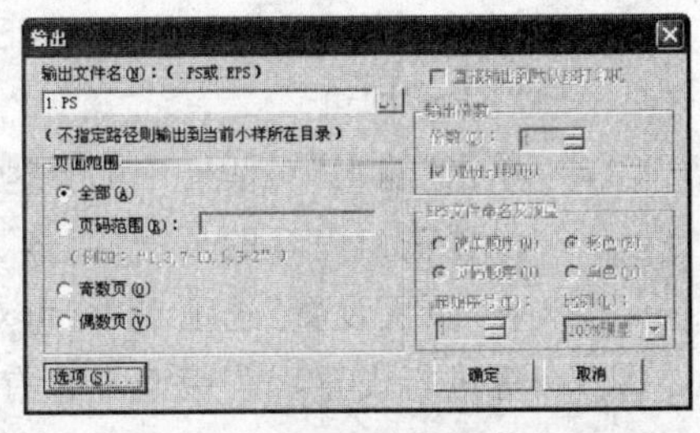

图 14－59 “输出”对话框

Step 08 打开“输出选项”对话框，按照图 14－60 所示的参数进行设置。需要注意的是，若后端没有安装“书宋”、“楷体”、“仿宋”和“姚体”四种字体，要在“GBK 字库”选项卡的“下载”栏中将其勾选；在“其他”选项卡中将图片的路径指定为存储 RTF 文件图片的文件夹。

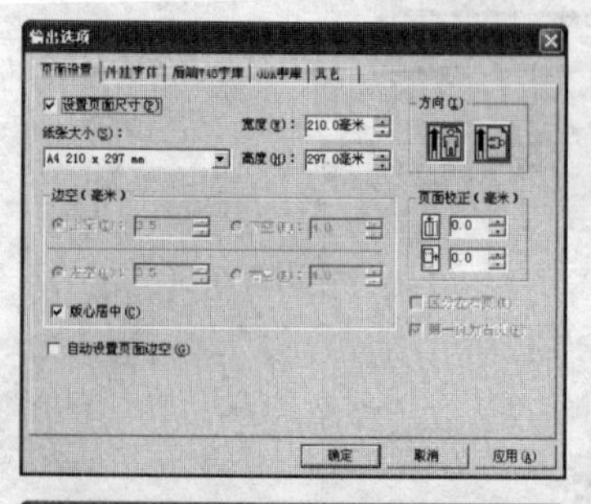
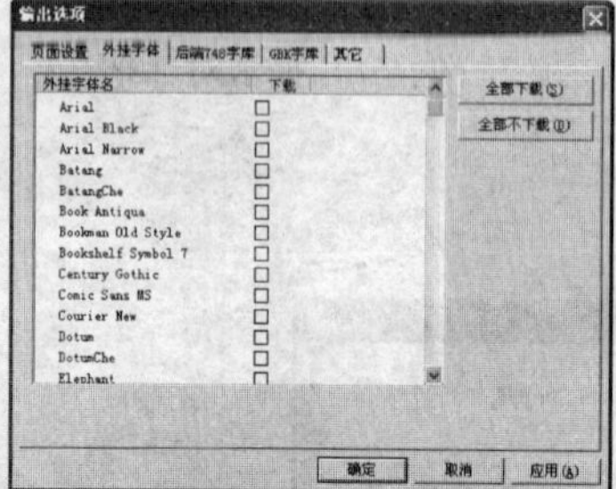
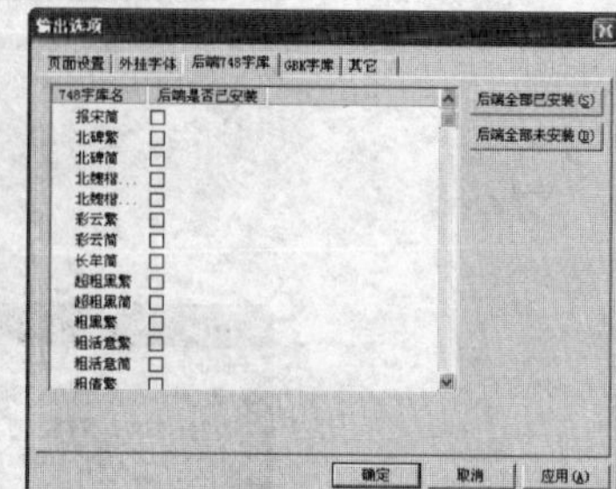
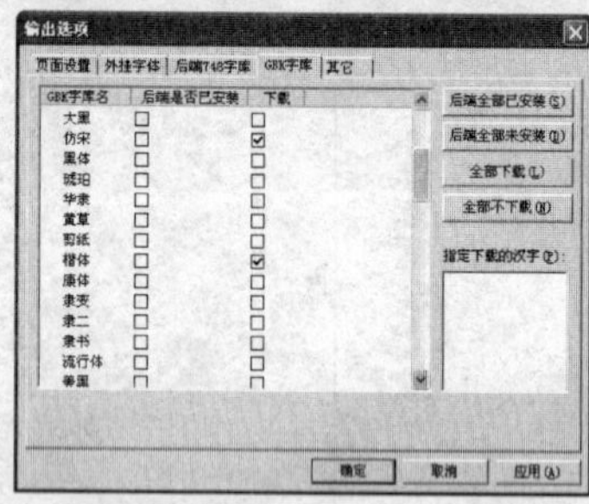
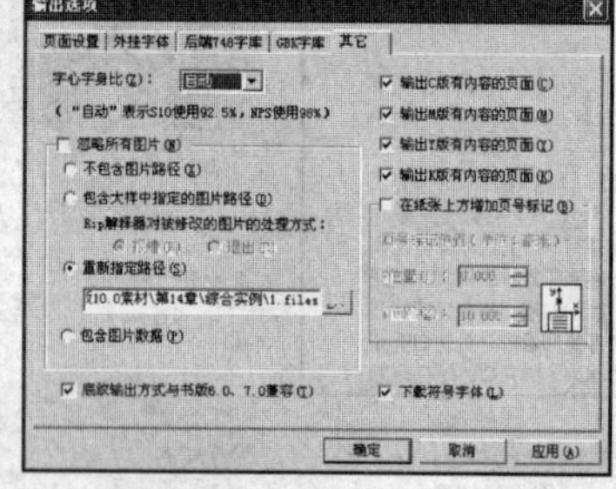

图 14－60　在“输出选项”对话框中设置输出属性

Step 09 设置好后单击“确定”按钮，关闭“输出选项”对话框。回到“输出”对话框中，单击“确定”按钮，输出文件。本实例最终效果可参阅本书配套素材“第 14 章”\“综合实例”\“结果”文件夹中的“1. FBD”、“1. PRO”和“1. PS”文件。

本章小结

本章主要学习了输出、转换与导出排版文件的方法，其中输出文件是本章的重点。

➢ 在“输出”对话框中，可以设置需要输出的页面范围、EPS 文件的命名与预显方式等属性。其中，若想输出 EPS 文件，只需在“输出文件名”编辑框中将扩展名改为“EPS”即可。

➢ 单击“输出”对话框中的 选项(S)... 按钮，可打开“输出选项”对话框，在该对话框中可以设置输出内容的页面、字体、图片和色版等属性。

➢ 在“页面设置”选项卡中，可对纸张大小、页面边空、版心位置、输出方向和校正参数等进行设置。若版面中含有页码、书眉和边文等内容，要设置合适的边空大小。

➢ 若用户在后端没有安装某种字体，可在“外挂字体”和“GBK 字库”选项卡中勾选相应的字体下载项；若后端已安装相应的字体，需在“后端是否已安装”栏勾选，否则所有的字体将用楷体替代。

➢ 在“其他”选项卡中，可以选择输出图片的路径和色版。若是单纯的黑白印刷，只需输出 K 版即可，从而节约印刷成本。

- 由于输出参数过于复杂，用户可将其存储为配置文件，方便以后调用。
- CEB 文件是方正公司独立研发的电子书格式，由 PS 文件输出而成。它在不同的软件及设备环境下显示时，均能看到相同的文件版式，多用于制作电子公文及档案。
- 方正书版可将 RTF 文件和 DOC 文件转换为小样文件，避免了重复录入；也能将小样文件导出为文本文件，插入到其他软件中进行编辑。

思考与练习

一、选择题

1. 方正书版 10.0 可以将______格式文件转换为小样文件。

A. RTF　　B. DOC　　C. WORD　　D. WPS

2. ______是由北大方正公司独立开发的电子书格式。

A. RTF　　B. CEB　　C. DOC　　D. PDF

3. ______文件用于记录发排与输出参数，如图片路径、大样格式、页面尺寸、边空和下载字体名等。

A. CEB　　B. 配置　　C. 调试　　D. 版式

4. 利用"导出调试小样"功能可将小样文件中的全部______替换为同一个字。

A. 外文　　B. 符号　　C. 汉字　　D. 注解

二、填空题

1. 方正书版 10.0 可将排版结果输出成__________与__________文件。
2. 在"输出"对话框中可对__________、__________、__________、__________等进行设置。
3. 如果在后端输出系统上没有安装符号库，可在"输出选项"对话框的"其他"选项卡中勾选__________复选框。
4. 若想只输出第 7 页至第 10 页的内容，应在"输出"对话框的"页面范围"编辑框中输入__________。

三、操作题

本题练习将 DOC 文件转换为小样文件，然后输出为 PS 文件，最后将 PS 文件输出成 CEB 文件的方法，图 14－61 所示为转换后的小样文件和大样效果。

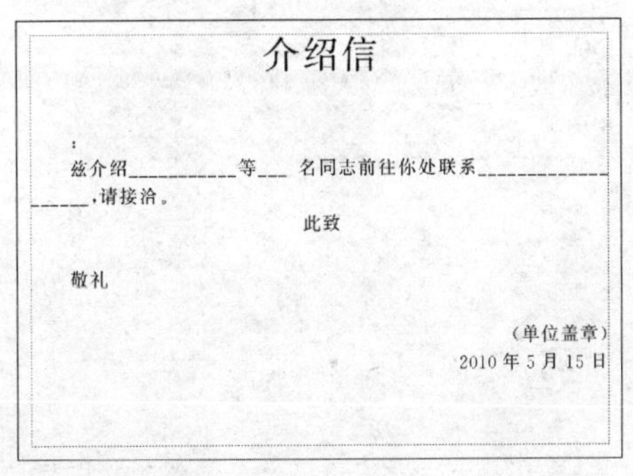

介绍信

：

兹介绍__________等___ 名同志前往你处联系______________,请接洽。

此致

敬礼

(单位盖章)

2010 年 5 月 15 日

图 14－61　转换后的小样文件和大样效果

提示：

(1)选择“工具”>“DOC 文件转换”菜单，打开“DOC 文件转换”对话框，选择本书配套素材“第 14 章”\“综合实例”文件夹中的“2. doc”文件，然后单击“确定”按钮，转换文件。

(2)转换后的小样文件自动打开，新建一个与其对应的版式文件，并将“版心高”与“版心宽”分别设置为 100mm 和 145mm。

(3)选择“排版”>“直接输出正文”菜单，打开“输出”对话框，单击 选项(S)... 按钮，打开“输出选项”对话框，在“GBK 字库”选项卡中下载书宋体。

(4)输出后，选择“工具”>“选择 PS 文件输出 CEB”菜单，从打开的“打开”对话框中选择刚才输出的 PS 文件进行输出。

本题最终效果请参阅本书配套素材“第 14 章”\“综合实例”\“答案”文件夹中的“2. fbd”、“2. PRO”、“2. PS”和“2. CEB”文件。

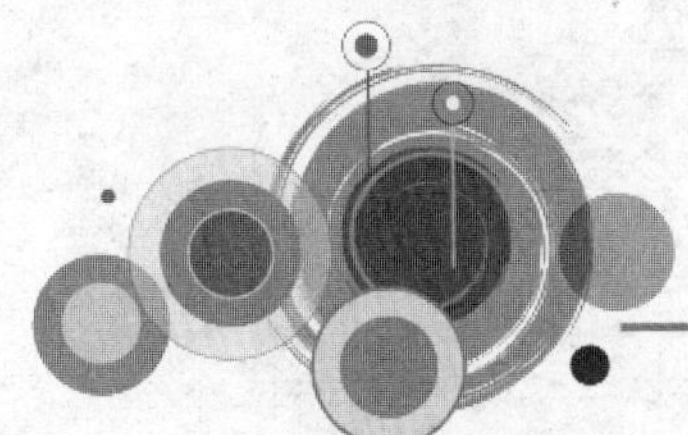

第5篇

相关软件介绍

本篇内容提要

篇前导读

本篇主要介绍3个与方正书版10.0密切相关的软件，分别是 NewNW、PSP Pro 和 Apabi Reader。

NewNW 是一款补字软件，用于将一些无法输入的生僻字通过“再造”的方法补入排版文件中。

PSP Pro 是栅格图像处理器，它可将方正书版生成的结果文件转换成高分辨率的图像并打印出来。

Apabi Reader 是电子书阅读器，可以阅读 CEB、PDF、TXT 等格式的文件，其操作简单、功能完善，已得到广泛应用。

第15章 相关软件介绍

本章内容提要

章前导读

在上一章中,我们学习了输出结果文件的方法,若想将结果文件打印出来,需要通过后端输出系统(RIP)来实现。在编排历史书和古文书时会遇到大量的生僻字无法输入,此时可以利用补字软件在字库中补入所缺字形,弥补这一缺憾。另外,方正书版生成的电子书文件(CEB)需要用方正特有的阅读器才可预览。本章就来学习这3种软件的使用方法,它们分别是PSP Pro、NewNW和Apabi Reader。

15.1 NewNW

在排版过程中如果遇到无法输入的汉字或符号,如一些生僻字等,此时可通过补字来解决。利用NewNW(方正新女娲补字)软件可以在前端GBK字库和后端748字库中补入所缺的汉字或符号。

15.1.1 认识字库

在748和GBK字库中,每一个字符都有自己的编码(区位码),还有一些空白的编码区域,可在其中补入字库中缺少的字符,下面分别介绍。

1. 前端GBK字库补字

用户可以在前端GBK字库中补字,并使用GBK码盘外符注解"〖G〈GBK字符编码〉〗"

在小样文件中输入字符编码。如此一来，在后端输出和大样预览时都可以看到所补的字形。

在 GBK 字库中为用户预留了用于补字的空白区域，可以补 846 个汉字，如表 15－1 所示。

表 15－1　GBK 字库补字区位码

区\位	A1	A2	A3	A4	A4	A6	A7	A8	A9	AA	AB	AC	AD	AE	AF	B0	B1	B2	B3	B4	B5	B6	B7	B8	B9	BA	BB	BC	BD	BE	BF
AE																															
AF																															
F8																															
F9																															
FA																															
FB																															
FC																															
FD																															
FE																															

例如，假定在书宋体字库中“AEA1”位置上补一个汉字“鸩”，则在小样文件中需输入注解“〖HT5SS〗《GAEA1》”，大样显示为“鸩”。

①在 GBK 字库中补字时，一定要针对某种 GBK 字库中的字体，因为所补的字形不能随字体变化。输出时，用户需下载 GBK 字库中补字的字体。

②若在 GBK 补字区补入符号，该符号不能设定宽度，只能使用汉字的宽度。

2. 后端 748 字库补字

用户可以在后端 748 字库中补字，并使用内码盘外符注解“《N〈内码〉》”在小样文件中输入字符编码。后端输出时可以看到所补的字形，但在大样预览时无法显示。748 字库中的补字区如表 15－2 和表 15－3 所示。

表 15－2　748 字库补字区位码(简体)

区\位	A1	A2	A3	A4	A4	A6	A7	A8	A9	AA	AB	AC	AD	AE	AF	B0	B1	B2	B3	B4	B5	B6	B7	B8	B9	BA	BB	BC	BD	BE	BF
FD																															
FE																															

表 15－3　748 字库补字区位码(繁体)

区\位	21～29	2A～2F	31～39	3A～3F	41～49	4A～4F	51～59	5A～5F	61～69	6A～6F	71～79	7A～7E
FC												
FD												
FE												

例如，假定在平黑体字库中“FC21”位置上补一个汉字“鸩”，则在小样文件中需输入注解“〖HT5PH〗《NFC21》”。小样和大样中无法显示该字，但在输出后可以看到。

15.1.2 在前端 GBK 字库中补字

下面以补一个大标宋体汉字“**弶**”为例，来介绍一下新女娲补字的基本操作步骤：首先要为补字选择一种字体以创建补字库文件；然后新建一个主字编辑窗口，主字即为要补的字；接下来要选择并编辑参考字，为主字提供必要的笔画；主字编辑好后需将其保存到补字区中并转换成补字库文件；若想使所补的字在大样文件中显示出来，还需利用补字转换程序 PfiInsTT 将其转换为前端(TrueType)字体；输出时需下载补字的字体。

Step 01 安装好新女娲补字程序后，选择“开始”>“所有程序”>“Founder”>“NewNW”菜单，启动程序，如图 15-1 所示。

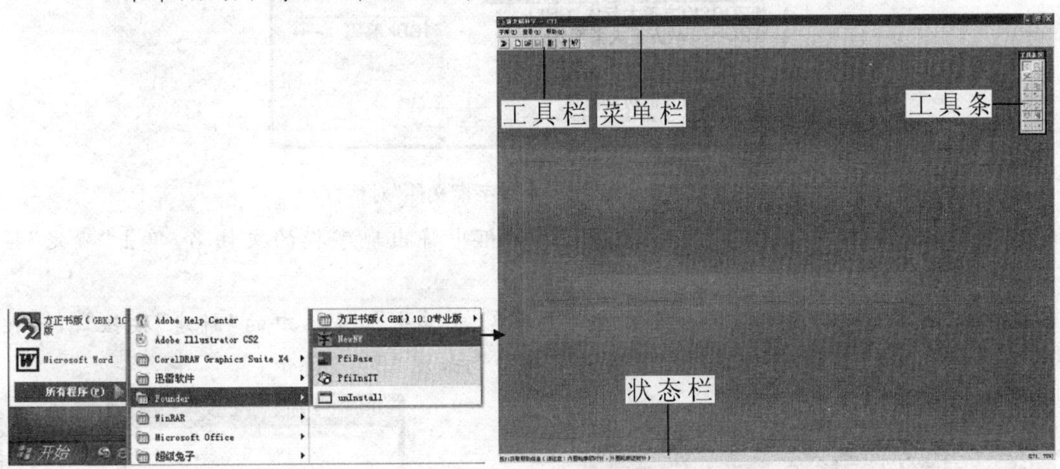

图 15-1 启动 NewNW 程序

Step 02 选择“字库”>“设置当前字库”菜单，或按【Ctrl + F】组合键，或单击工具栏(参见图 15-2)中的“当前字库”按钮打开“当前字库(字模文件)”对话框，单击“创建”按钮，如图 15-3 所示。

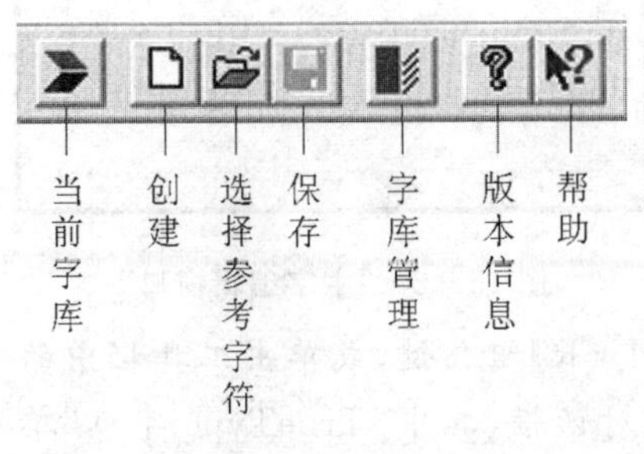

图 15-2 工具栏

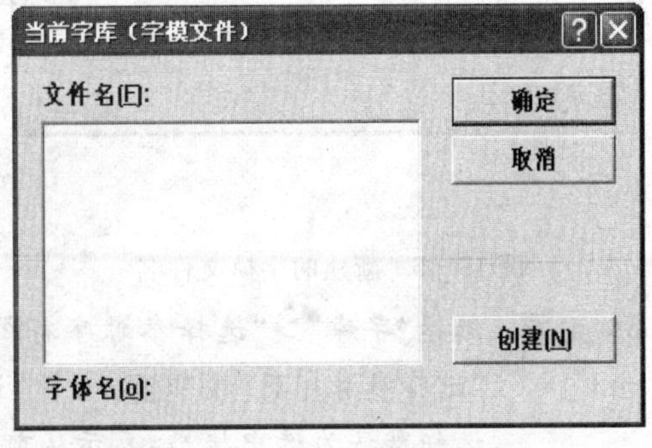

图 15-3 “当前字库(字模文件)”对话框

Step 03 打开“创建一个新字模文件”对话框，单击“编码空间”下拉列表框右侧的按钮，展开“编码空间”下拉列表，从中选择“GBK 编码”，然后在左边的字体列表中选择“FZDBSJW[方正大标宋简体]”，单击“确定”按钮，如图 15-4 所示。

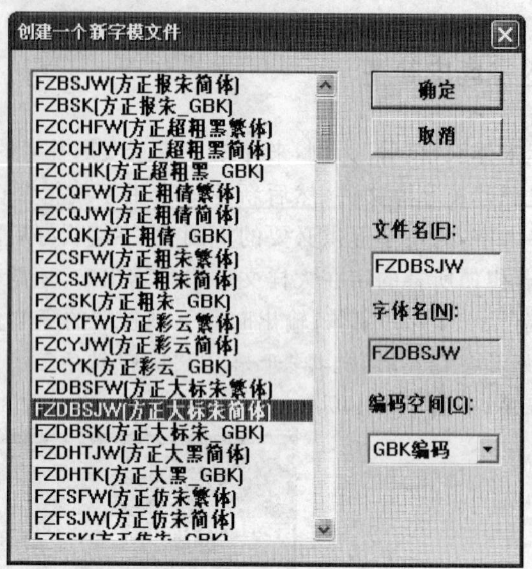

图 15－4 “创建一个新字模文件”对话框

Step 04 此时，在“当前字库(字模文件)”对话框中将出现字模的文件名，单击“确定”按钮，如图 15－5 所示。

Step 05 选择“字库”>“创建一个新主字”菜单，或单击工具栏中的“新建”按钮，或按【Ctrl＋N】组合键，打开“主字编辑窗口”，如图 15－6 所示。

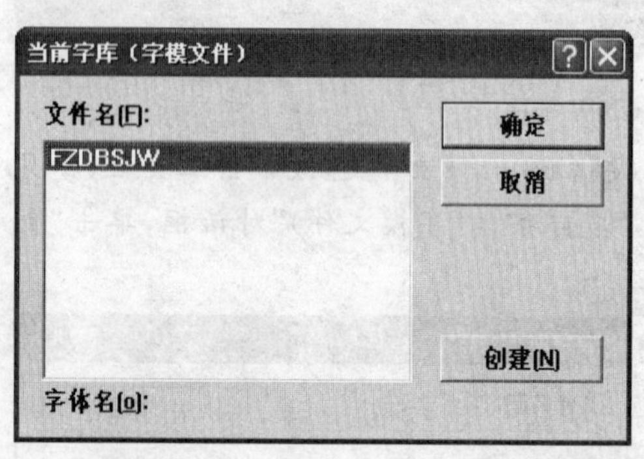

图 15－5 新建的字模文件名

图 15－6 “主字编辑窗口”

Step 06 选择“字库”>“选择参考字符”菜单，或按【Ctrl＋R】组合键，或单击工具栏中的“选择参考字符”按钮，打开“选择参考字符”对话框，其中“TrueType 字库”单选钮默认为选中状态，表示从前端(TrueType)字库中选择参考字符。

Step 07 在字体列表中选择“方正大标宋-GBK”，然后在“字符码值”编辑框中输入一个汉字，如“凉”。输入这个字符的原因是要取该字中的“京”字。按【Enter】键后，该汉字将出现在预览区内，单击“确定”按钮，如图 15－7 所示。

Step 08 此时将打开“参考字符窗口”，该窗口中显示了“凉”字的轮廓线，其由节点与节点连线组成，如图 15－8 所示。

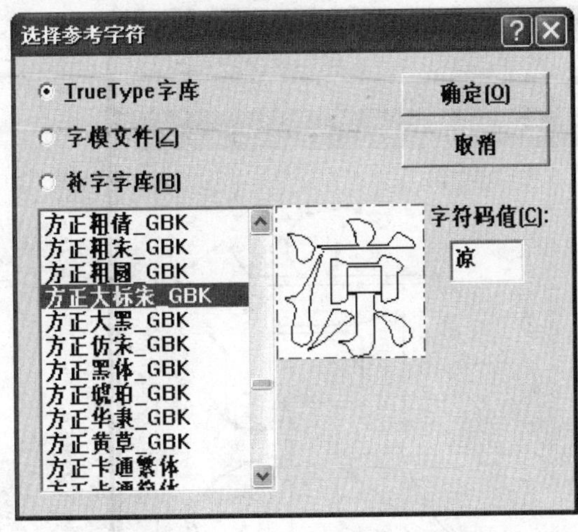

图 15-7 “选择参考字符”对话框

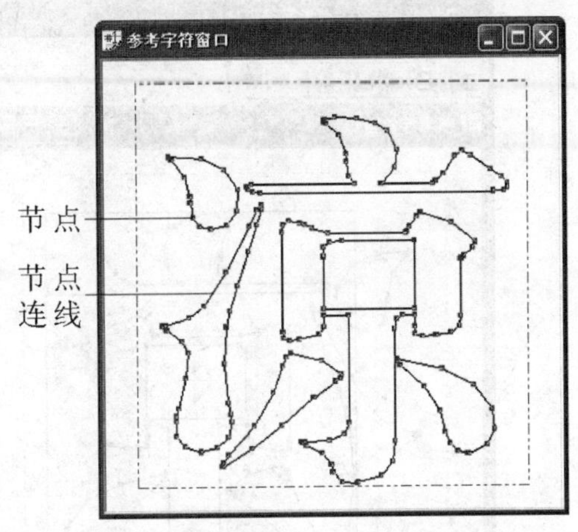

图 15-8 “参考字符窗口”

Step 09 在工具条(参见图 15-9)中选择“移动”工具，然后在“京”字的左上方按住鼠标左键并向右下方拖动鼠标，释放鼠标后，“京”字即被红色框框选，如图 15-10 所示。

图 15-9 工具条

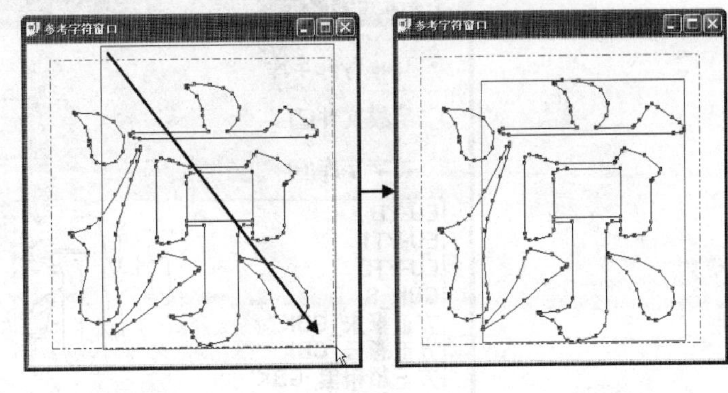

图 15-10 利用“移动”工具框选“京”字

注意要将组成字符轮廓的所有节点全部框选，才能将该字符轮廓全部复制到主字窗口中。

Step 10 将鼠标指针移动到红色框中，待其变为“✥”形状后，单击右键，“京”字便被复制到“主字编辑窗口”中，如图 15-11 所示。

Step 11 下面为主字选择另一个参考字符。单击工具栏中的“选择参考字符”按钮，打开“选择参考字符”对话框，在“字符码值”编辑框中输入一个汉字，如“弥”。输入这个字符的原因是要取该字中的“弓”字。按【Enter】键后，该汉字将出现在预览区内，单击“确定”按钮，如图 15-12 所示。

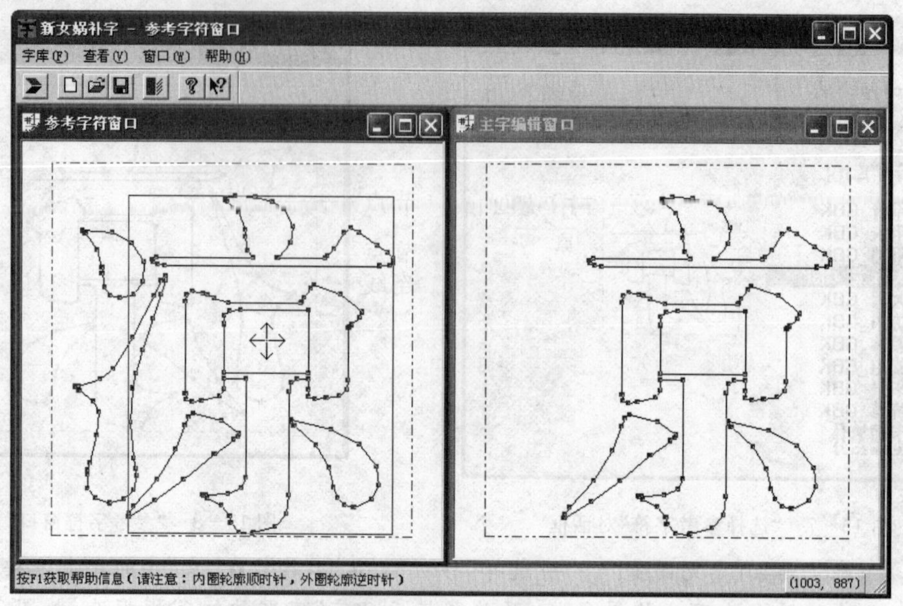

图 15－11　复制“京”字

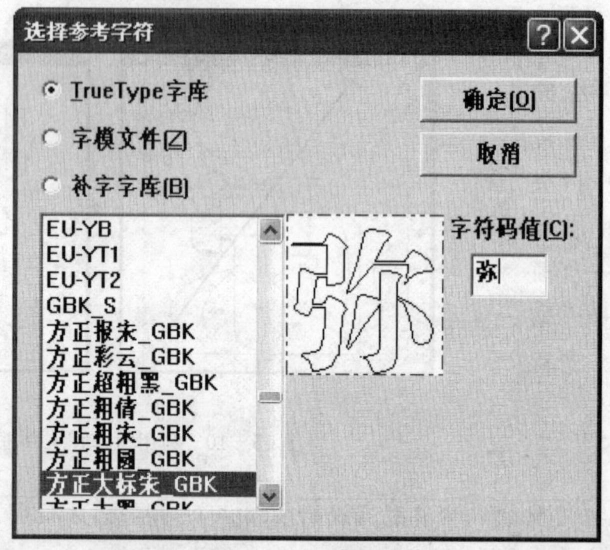

图 15－12　“选择参考字符”对话框

Step 12　利用“移动”工具框选“弓”字，然后将鼠标指针移动到红色框中，待其变为“✥”形状后，单击右键，“弓”字便被复制到“主字编辑窗口”中，如图 15－13 所示。

Step 13　此时在主字窗口中，“弓”字和“京”字重合在一起，我们可利用“移动”工具将其分离，方法是在“主字编辑窗口”中框选“京”字，然后将鼠标指针移动到红色框中，按住鼠标左键并向右方拖动（注意不要拖出虚线框的范围），如图 15－14 所示。

Step 14　用同样的方法将“弓”字框选，并向左边移动，如图 15－15 所示。

Step 15　单击工具条中的“预览”按钮，预览新字效果，如图 15－16 所示。

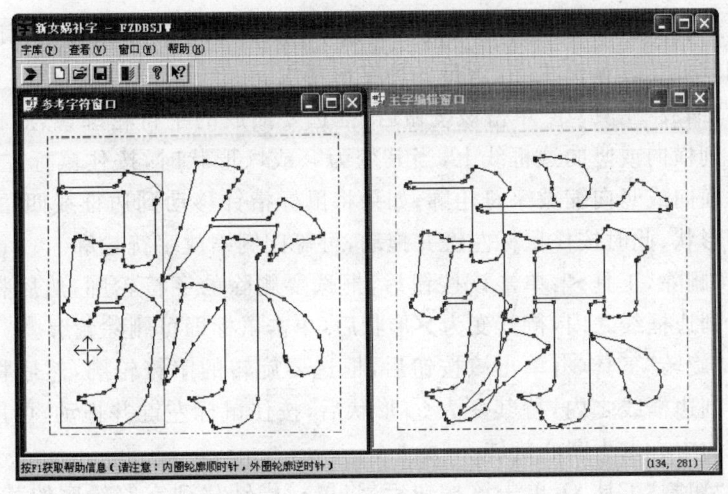

图 15－13 框选并复制“弓”字

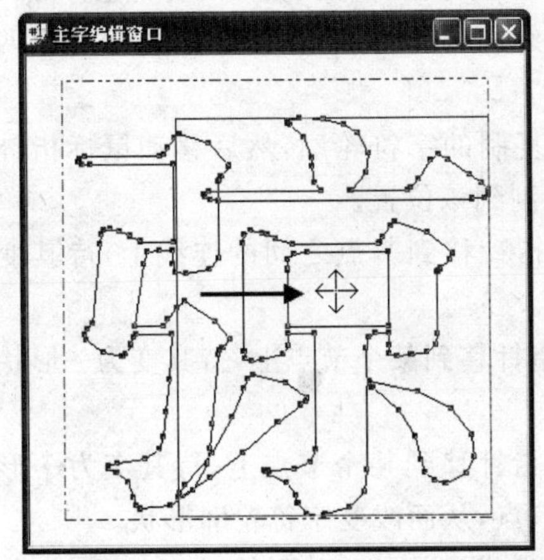

图 15－14 框选并移动“京”字

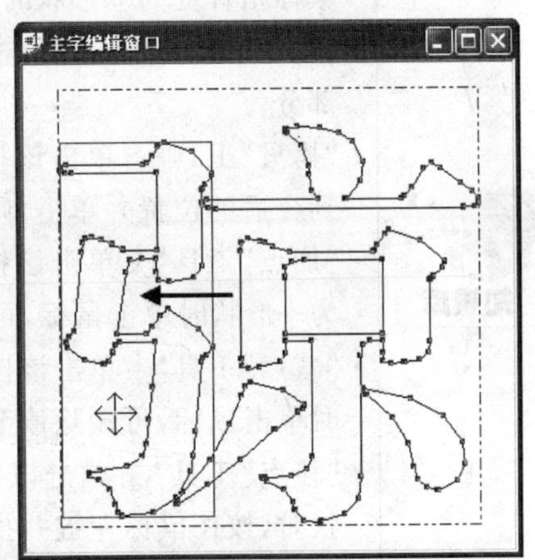

图 15－15 框选并移动“弓”字

图 15－16 预览新字效果

在 NewNW 程序窗口的工具条中，除了“移动”和“预览”工具以外，也可利用其他工具编辑主字，满足各种字形要求。

- “缩放”工具：单击该按钮后，框选要缩放的字符轮廓，然后将鼠标指针移到横向或竖向边框线上，当其变为或形状时，按住鼠标左键并拖动，可横向或竖向缩放字符轮廓；如果将鼠标指针移动到边框线四角，其将变为形状，此时按住鼠标左键并拖动，可等比例缩放字符轮廓。
- “删除”工具：单击该按钮后，框选要删除的字符轮廓，然后将鼠标指针移到边框线之内，待其变为形状后，单击鼠标即可删除轮廓。
- “旋转”工具：单击该按钮后，框选要旋转的字符轮廓，然后将鼠标指针移到边框线之内，待其变为形状后，按住鼠标左键并拖动，可以以所选轮廓的中心点为圆心旋转。
- “切割”工具：单击该按钮后，将鼠标指针移到字符轮廓的某个节点上，当鼠标指针变为◎形状时单击鼠标，然后将鼠标指针移到另一个节点上，待其再次变为◎形状时单击鼠标，则轮廓线将被两节点之间的连线分割成两部分。
- “拷贝”工具：单击该按钮后，框选要复制的字符轮廓，然后移动鼠标指针到合适的位置并单击，则所选轮廓将复制到该位置。

- “加点”工具：单击该按钮后，将鼠标指针移到节点之间的连线上，待其变为形状时单击鼠标，可加入一个节点。
- “减点”工具：单击该按钮后，将鼠标指针移到某个节点上，待其变为形状时单击鼠标，可删除该节点。
- “移点”工具：单击该按钮后，将鼠标指针移到某个节点上，待其变为形状时，按住鼠标左键并拖动，可移动该节点，从而改变字符轮廓形状。
- “自画”工具：手动绘制节点和连线以生成字符轮廓。单击该按钮后，将鼠标指针移动到“主字编辑窗口”中，待其变为形状后，单击鼠标左键，可在当前位置生成一个节点，移动光标到下一个位置单击可生成下一个节点，节点之间自动以连线相连。用同样的方法绘制所需轮廓，最后在起点位置右击鼠标封闭轮廓。
- “变向”工具：若当前有两个轮廓线相互叠加，预览时，叠加部分的轮廓线将全部用黑色填充。此时可单击该按钮，在“主字编辑窗口”中框选其中一个字符轮廓，然后将光标移到边框线中，待其变为形状后单击鼠标。再次预览字符轮廓，叠加的部分呈白色显示。
- “撤销”工具：单击该按钮可以撤销前一次或前几次操作。
- “重复”工具：单击该按钮可以恢复撤销的操作。

Step 16 选择“字库”>“保存当前正在编辑的主字”菜单，或单击工具栏中的“保存”按钮，打开“输入字符码值”对话框，在“字符码值”编辑框中输入一个 GBK 字库中的补字区位码，如“AEA1”，单击“确定”按钮，即可保存所造的字，如图 15－17 所示。

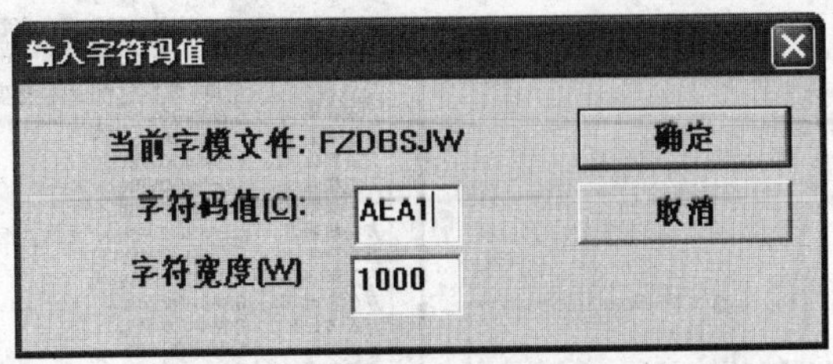

图 15－17　“输入字符码值”对话框

Step 17 选择“字库”>“字库管理”菜单，或单击工具栏中的“字库管理”按钮，打开“字库管理器”对话框，如图 15－18 所示。

Step 18 选择“字模文件”单选钮，在其下的列表框中会显示已创建的字模文件，选择“FZDBSJW”字模文件，然后在“字符码值”编辑框中输入字符码值。单击“前一个字符”按钮，则刚才所补的汉字会出现在预览框中，如图 15－19 所示。

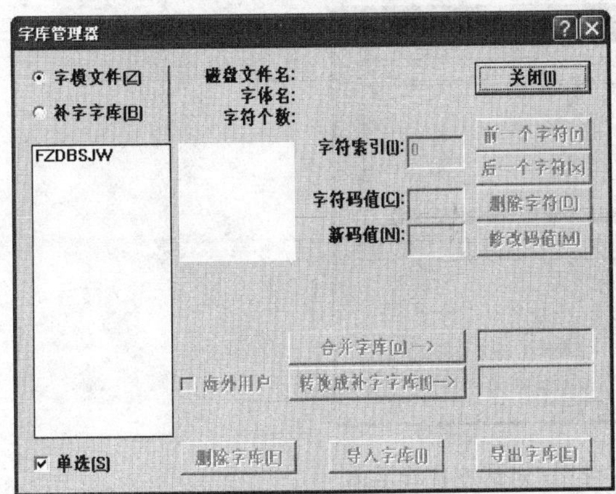

图 15－18　“字库管理器”对话框

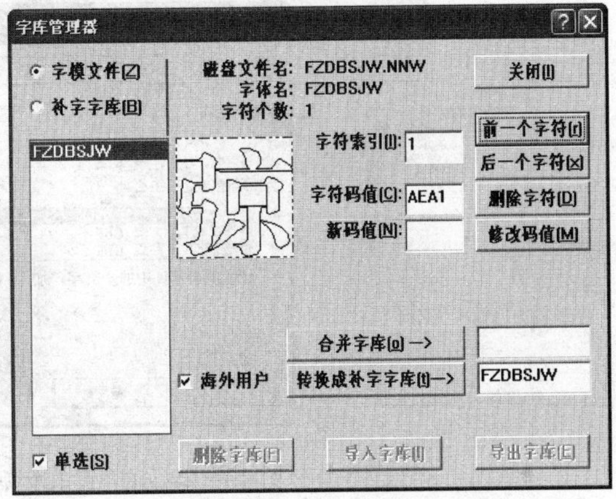

图 15－19　选择字模文件和字符

Step 19 单击“转换成补字字库”按钮，弹出“新女娲补字向你报告”对话框，提示用户是否创建补字库。单击“是”按钮，将字模文件转换成对应的补字字库文件，扩展名为“PFI”，如图 15－20 所示。

图 15－20　“新女娲补字向你报告”对话框

Step 20 选择“开始”>“所有程序”>“Founder”>“PfiInsTT”菜单，启动 PfiInsTT 程序，该程序用于将补字字库文件转换成书版能够识别的字体文件(EUDC 文件，扩展名为“TTe”)，如图 15－21 左图所示。

Step 21 启动程序后，会弹出图 15－21 右图所示的“方正字体管理表”对话框，单击“女娲补字库”按钮。

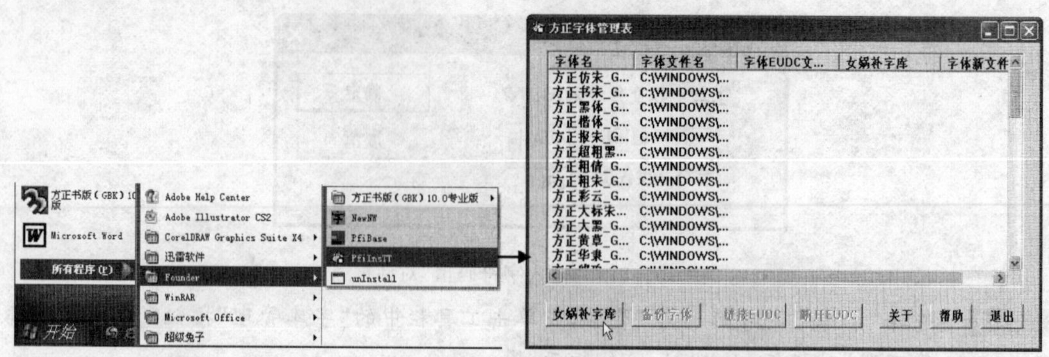

图 15－21　启动 PfiInsTT 程序并单击“女娲补字库”按钮

Step 22　打开“引入女娲补字库”对话框，单击“字体名”下拉列表框后的▼，在展开的字体下拉列表中选择“方正大标宋－GBK”，如图 15－22 所示。

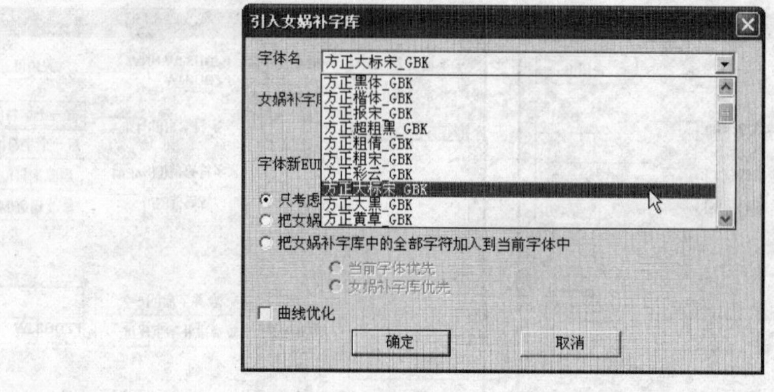

图 15－22　在“引入女娲补字库”对话框选择字体

Step 23　单击“女娲补字库文件”编辑框后的...按钮，在打开的对话框中，选择补字库文件“FZDBSJW. PFI”（通常在“C:\Program Files\Founder\PNewNW20\PFI”路径下），单击“打开”按钮，如图 15－23 所示。

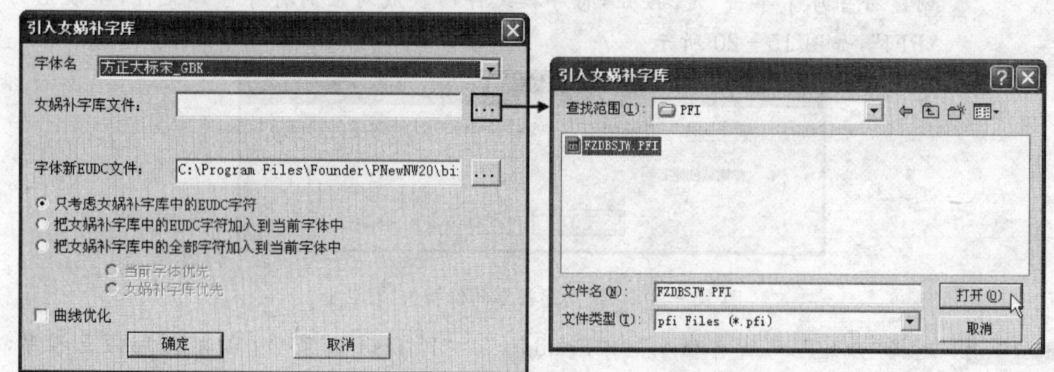

图 15－23　打开补字库文件

Step 24　回到上步操作的“引入女娲补字库”对话框中，单击“确定”按钮，引入补字库。

Step 25　引入完成后会在“方正字体管理表”中的“字体 EUDC 文件名”栏中显示字体路径，通常在“C:\Program Files\Founder\PNewNW20\Bin”路径下，扩展名为

“TTe”，单击“退出”按钮，如图 15－24 所示。

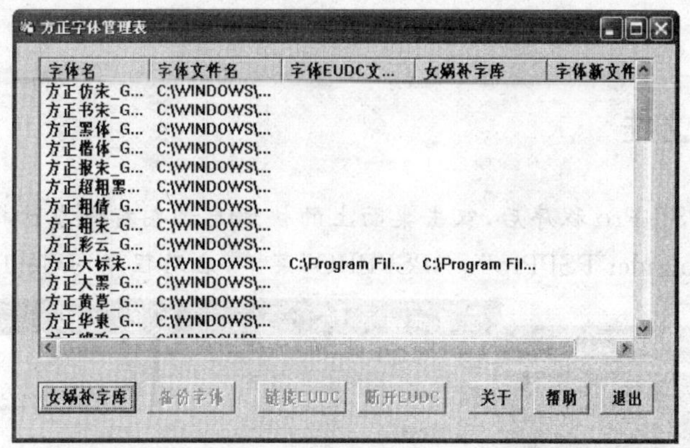

图 15－24 在“字体 EUDC 文件名”栏中显示字体路径

Step 26 启动方正书版 10.0，新建一个小样文件，在其中输入注解“〖HTDBS〗《(GAEA1)》Ω”，预览大样时即可看到补字效果“**弶**”。

Step 27 若想将补字打印出来，需在输出时，在“输出选项”对话框的“GBK 选项卡”中下载该字体。如本例中，须下载“大标宋”体，如图 15－25 所示。

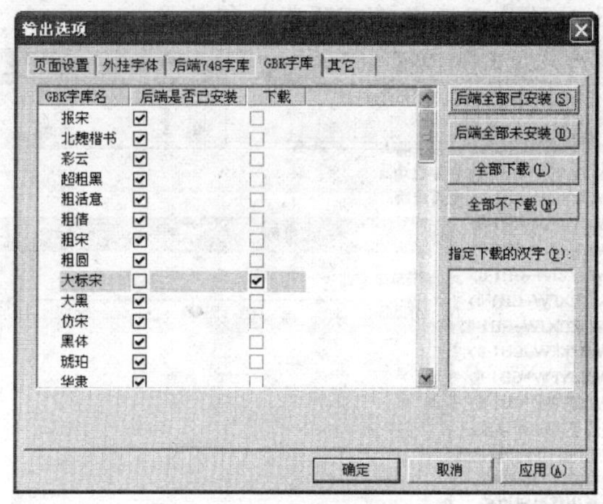

图 15－25 下载补字的字体

Step 28 若想把含有补字字符的小样文件移到另一台计算机中显示并输出，应该将相关补字文件一同拷贝。本例将“PFI”文件夹中的补字库文件“FZDBSJW.PFI”和“Bin”文件夹中的“FZDBSK.TTe”文件拷贝到另一台计算机的相应文件夹中。

Step 29 参考 step20～step25 的方法，利用 PfiInsTT 程序将两文件关联，则在另一台计算机中可显示并输出该补字。

本实例中生成的补字相关文件请参阅本书配套素材“第 15 章”\“1”文件夹中的内容。

15.2 PSP Pro

PSP Pro（全称 PostScript Processor Pro）是目前应用最为广泛的栅格化处理器（RIP），

可将方正书版制作的结果文件转化为高分辨率的图像并打印出来，适用于各种型号的打印机。

15.2.1 打印 PS 文件

Step 01 安装好 PSP Pro 程序后，双击桌面上的快速启动图标或选择“开始”>“所有程序”>“Founder PSPPro”>“PSPPRO”菜单，启动程序，如图 15－26 所示。

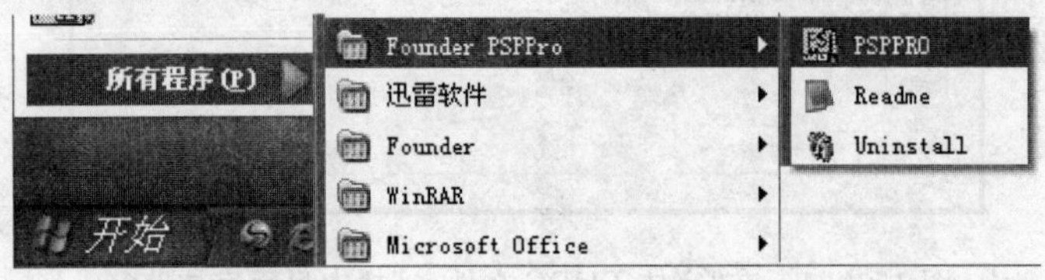

图 15－26 启动程序

Step 02 PSPPro 程序工作界面主要由菜单栏、工具条、信息窗口、作业管理器和状态条组成，如图 15－27 所示。其中，工具条上集中了系统最常用的操作命令，如图 15－28 所示；作业管理器用来显示打印输出的文件名和当前输出状态；信息窗口中则显示文件输出时的处理情况并可预览打印效果。

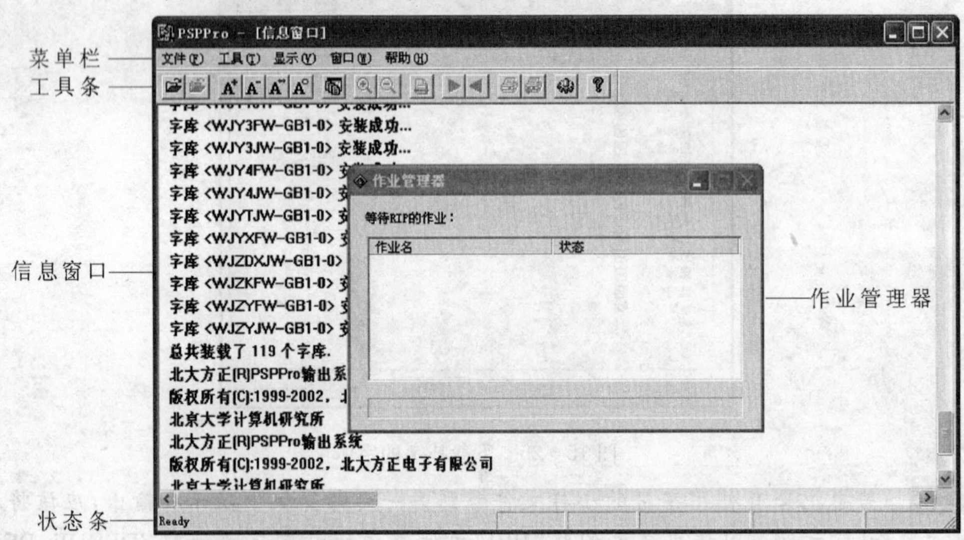

图 15－27 PSP PRO 工作界面

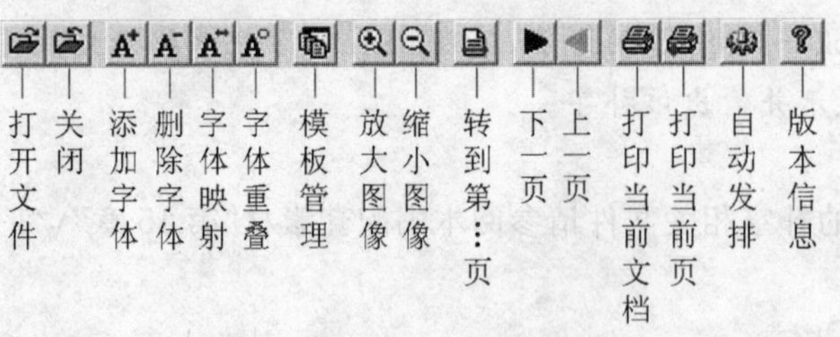

图 15－28 工具条

Step 03 选择“文件”>“打开”菜单，或单击工具条中的“打开”按钮，打开“打开”对话框，在“文件类型”下拉列表中选择“PS File(＊.ps)”，然后在“查找范围”下拉列表中选择本书配套素材“第 15 章”\“2”文件夹中的“小样 1. PS”文件，如图 15－29 所示。

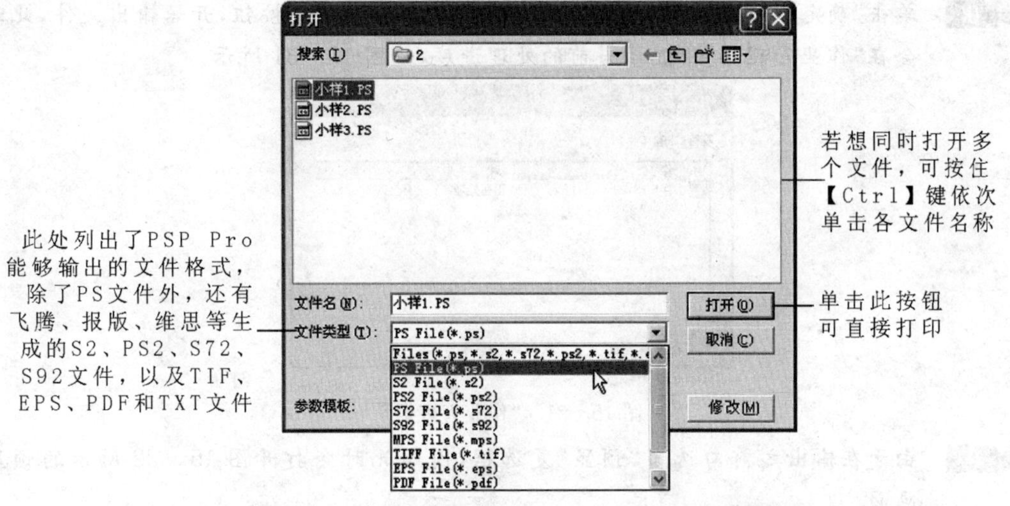

图 15－29 “打开”对话框

Step 04 单击“修改”按钮，打开“Default”对话框，在“输出设备”下拉列表中选择打印机，然后在“打印范围”设置区中，选择“全部”单选钮，表示打印全部页面。

Step 05 勾选“预显”复选框，表示在打印之前预览文件效果，如图 15－30 所示，其他常用选项的意义如下。

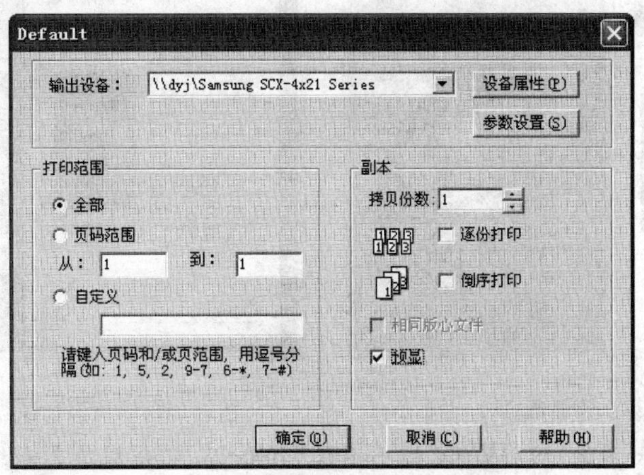

图 15－30 “Default”对话框

➢ **页码范围**：要打印连续的某些页，可在“从”编辑框中输入起始页码，在“到”编辑框中输入终止页码，页码只能按从小到大的顺序输入。

➢ **自定义**：自定义输出页面范围，其中若想输出某几页，如第 1 和第 4 页，可输入“1，4”，其中“，”为英文逗号；若想输出连续的几页，如第 3 页到第 9 页，可输入“3－9”或“9－3”，其中“－”为减号；若想从某一页开始到最后一页全部输出，如从第 6 页到最后一页，可输入“6－＊”或“6－＃”。

- **拷贝分数**：将文件打印多份，如输入“2”则打印两份。
- **逐份打印**：仅在打印多份时有效，勾选该复选框表示打印完一份后，再打另一份，避免人工分页；若不勾选则按页码顺序逐页打印。

Step 06 单击“确定”按钮，回到“打开”对话框，然后单击“打开”按钮，开始输出文件，此时会在“作业管理器”中显示当前的处理进度，如图 15－31 所示。

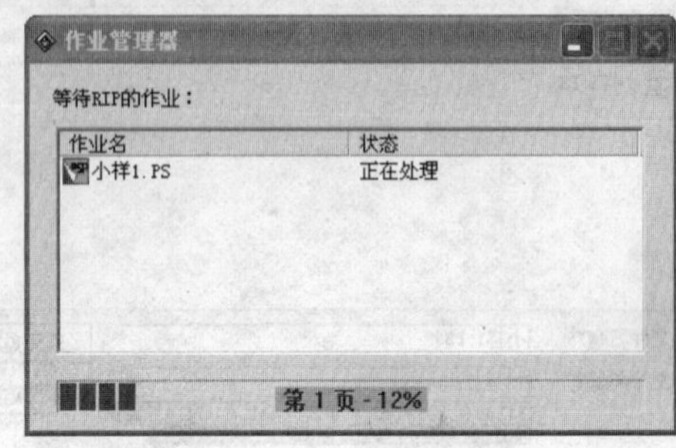

图 15－31 “作业管理器”

Step 07 由于在输出之前勾选了“预显”复选框，因此此时会打开图 15－32 所示的预显画面。

Step 08 将鼠标指针移动到页面中心单击，页面中会出现黑色的虚线方框，表示版面的范围，此时鼠标指针变为形状，按住鼠标左键并拖动可移动版面在页面中的位置，如图 15－33 所示。

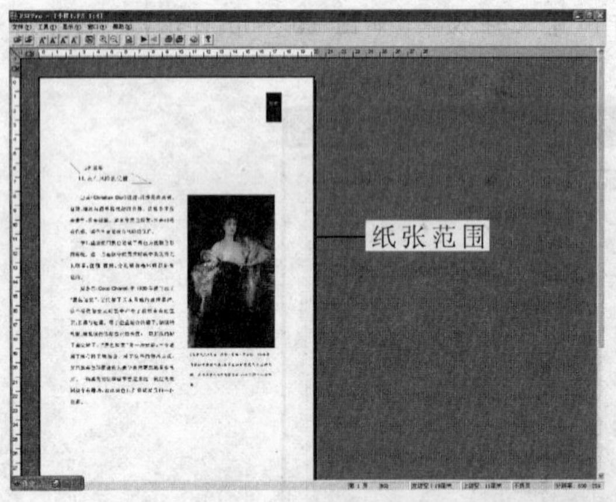

图 15－32 预显画面

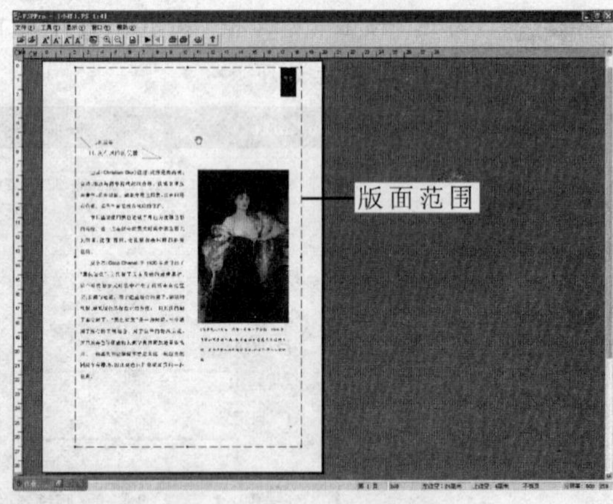

图 15－33 移动版面位置

Step 09 单击“放大图像”按钮和“缩小图像”按钮，可分别放大和缩小页面显示区域；单击“下一页”按钮或“上一页”按钮，可向后或向前翻页。

Step 10 单击“转到第…页”按钮，可在打开的“转到某页”对话框中输入页码，单击“确定”按钮后，可立刻显示该页，如图 15－34 所示。

Step 11 对文件进行检查并确认无误后，单击“打印当前文档”按钮，弹出“Default”对话框，单击“确定”按钮，即可打印全部页面。若想打印当前预览的页面，只需单击“打印当前页”按钮即可。

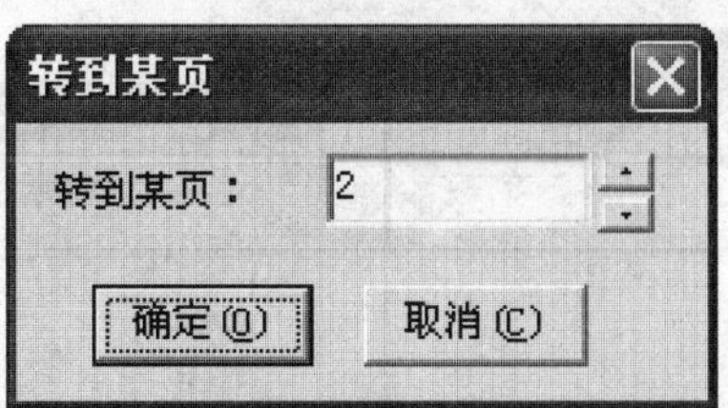

图 15－34　“转到某页”对话框

文件打印过程中，可以实现暂停、继续或退出打印控制。方法是在作业管理器中右击作业名称，从弹出的快捷菜单中选择“暂停”、“继续”或“删除”菜单项，如图 15－35 左图和中图所示。

打印完成之后，该文件名仍留在作业管理器中，处于“打印完毕”状态，此时若想重复打印该文件，可右击作业名称，从弹出的快捷菜单中选择“重新打印”菜单项，如图 15－35 右图所示。

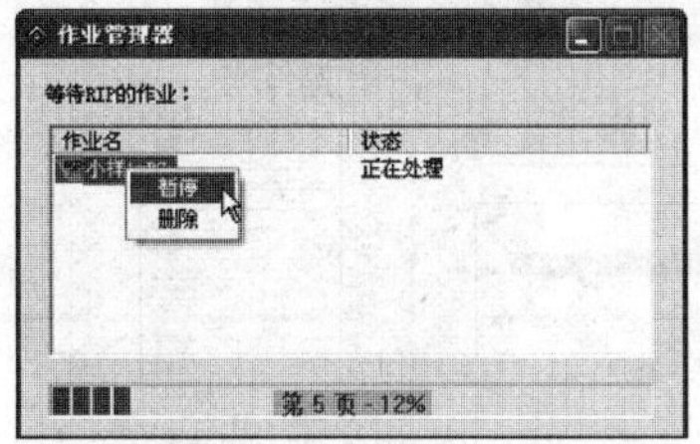

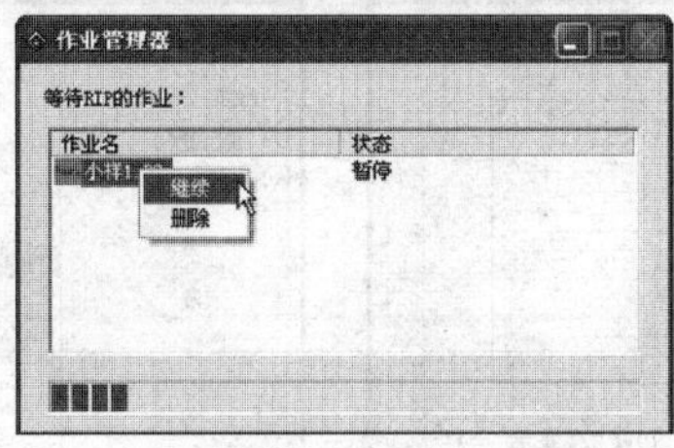

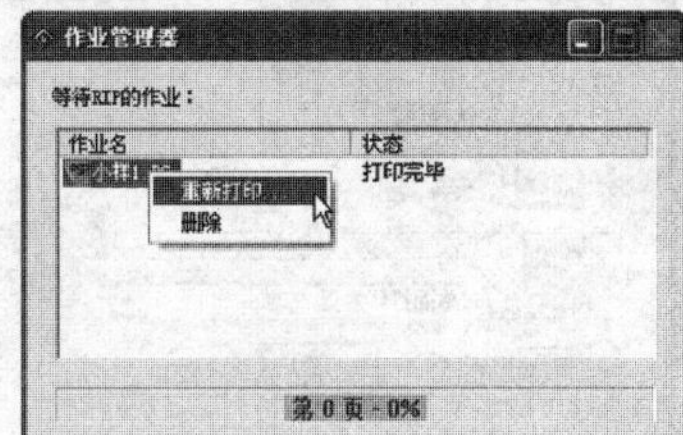

图 15－35　在“作业管理器”中暂停、继续和重新打印

15.2.2　纸张与参数设置

在 15.2.1 节中讲解了打印输出页面的基本操作方法，而在实际操作中还需对纸张和输出参数进行更为精确的设置，才可达到满意的效果。

Step 01　单击 PSP Pro 程序窗口工具条中的“打开”按钮，打开“打开”对话框，在“文件类型”下拉列表中选择“PS File(*. ps)”，然后在“查找范围”下拉列表中选择本书配套素材“第 15 章”\“2”文件夹中的“小样 2. PS”文件，单击“修改”按钮，如图 15－36 所示。

Step 02　打开“Default”对话框，单击“设备属性”按钮，如图 15－37 所示。

Step 03　打开打印机设置对话框，在“布局”选项卡的“方向”设置区中，可以设置纸张的方向，本例选择“纵向”单选钮，如图 15－38 所示。

Step 04　单击“纸张”标签，打开“纸张”选项卡，单击“尺寸”下拉列表框后的按钮，从展开的下拉列表中选择合适的纸张尺寸，如“A4”，单击“确定”按钮，如图 15－39 所示。

Step 05　回到“Default”对话框中，单击“参数设置”按钮，如图 15－40 所示。

Step 06　打开“参数设置”对话框，在“页面”选项卡的“缩放比例”设置区中勾选“锁定横纵向比例”复选框，表示等比例缩放版面，然后在“横向”编辑框中输入“80”，此时“纵向”编辑框中的参数也同时改变，如图 15－41 所示。其他选项的意义如下。

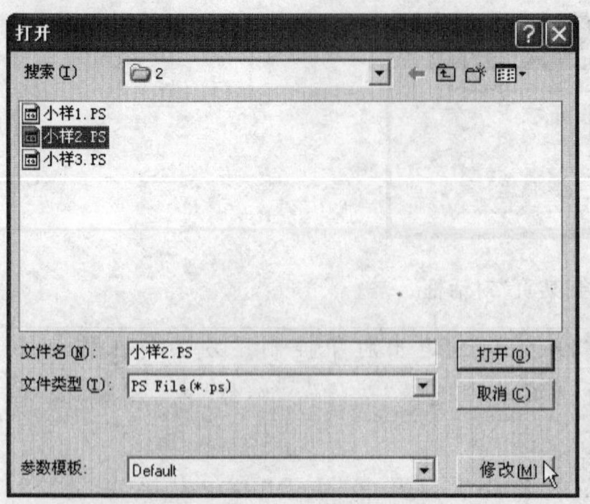

图 15－36 “打开”对话框

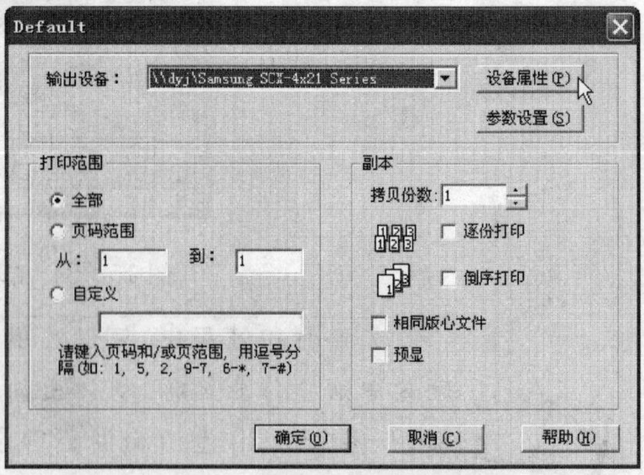

图 15－37 “Default”对话框

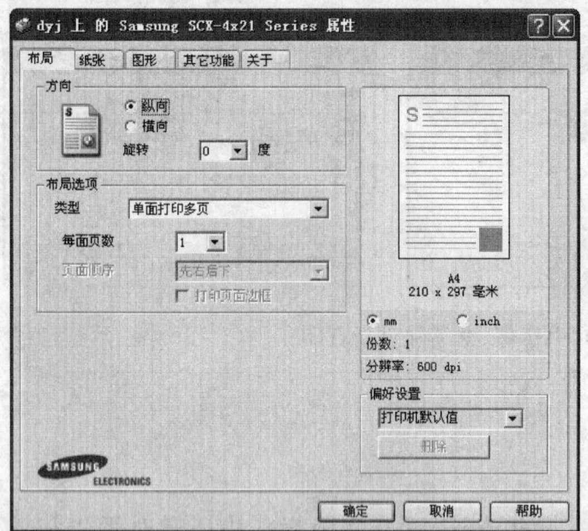

图 15－38 设置纸张方向

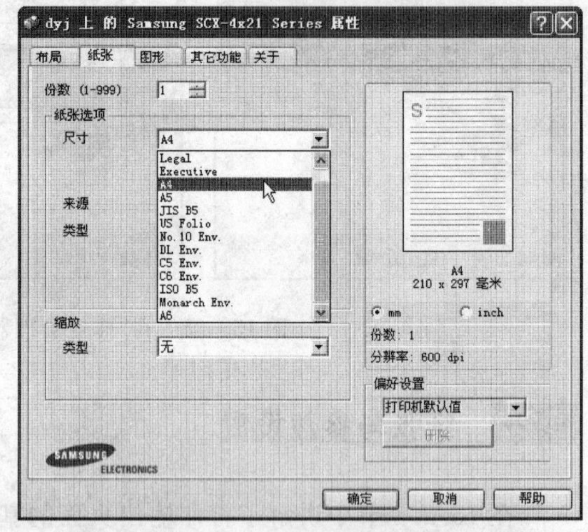

图 15－39 设置纸张大小

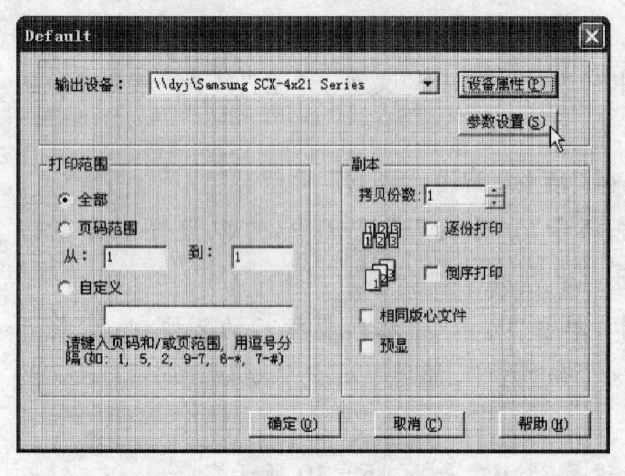

图 15－40 单击“参数设置”按钮

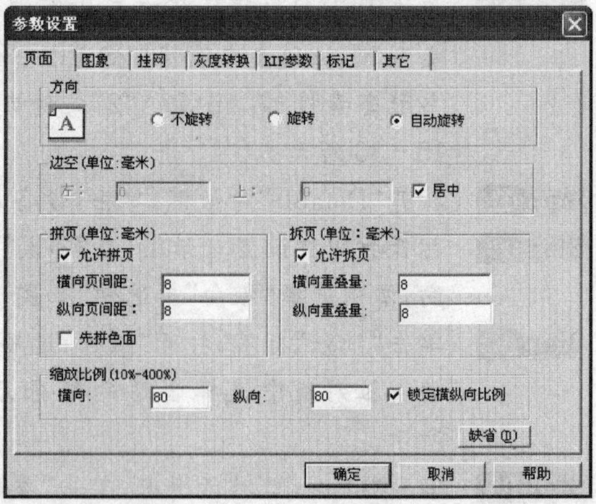

图 15－41 “参数设置”对话框中的“页面”选项卡

➢ **“方向”设置区**：在此设置区中，可以改变版面的方向。若选择“不旋转”单选钮，则版面不旋转；若选择“旋转”单选钮，则版面逆时针旋转 90 度；若选择“自动旋转”单选钮，则系统会根据纸张的走向自动旋转版面，使版面排在一页纸上。

- **“边空”设置区**：默认为“居中”状态，即版面在页面的中部，取消“居中”复选框，可以激活“左”、“上”编辑框，在其中可以分别设置版面左边和上边距页面边缘的距离。
- **“拼页”设置区**：若版面小、数量多，可勾选“允许拼页”复选框，使各版面拼在一页纸上输出，此时可在“横向页间距”和“纵向页间距”后的编辑框中设置版面之间的距离参数；若使用四色印刷，可勾选“先拼色面”复选框，这样会将版面分成相应颜色的色面分别输出。
- **“拆页”设置区**：当版面大于页面时，可勾选“允许拆页”复选框，这样一张版面会拆成两页纸输出。拆页后会有部分内容是重复打印的，以方便合页，重复内容的多少用“重叠量”表示，用户可在“横向重叠量”和“纵向重叠量”编辑框中指定横向重叠和纵向重叠内容的宽度。
- **缺省**：单击该按钮，可恢复该选项卡中各参数的默认设置。

Step 07 单击“图像”标签，打开“图像”选项卡，在“输出色面”设置区中，单击▼按钮，从展开的下拉列表中选择“CMYK”，表示输出青、品、黄、黑四版，如图 15－42 所示。其他常用选项的意义如下。

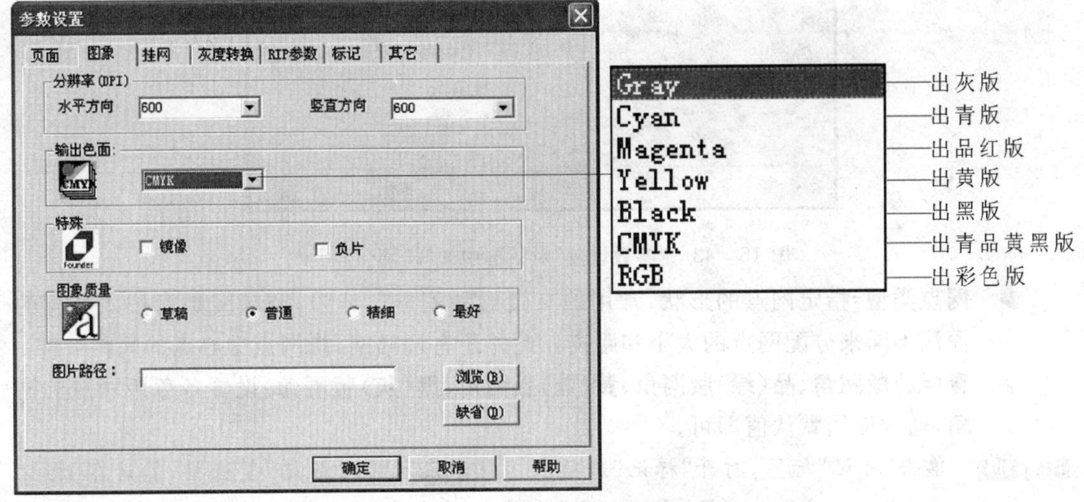

图 15－42 “参数设置”对话框中的“图像”选项卡

- **“图像质量”设置区**：控制输出后的图像质量。选择“草稿”或“普通”单选钮时，图像质量一般，但输出速度快；选择“精细”和“最好”单选钮时，图像质量好，但输出速度慢。
- **“图片路径”**：单击其后的“浏览”按钮，可从打开的“选择路径”对话框中选择图片所在的路径。可以设置多个路径，路径之间用“;”符号相隔。当图片与输出文件位于同一位置时，不需要设置路径。

Step 08 单击“挂网”标签，打开“挂网”选项卡。单击“挂网目数”下拉列表框后的▼按钮，从展开的下拉列表中选择 150，如图 15－43 所示。

挂网也叫加网，就是把图像分解成网点，用网点的大小和疏密来表现图像的明暗和色彩层次。网点的数量称为网目或网线，单位为 Lpi，目数越高，印出来的图像越精细，对印刷设备、印刷材质和油墨的要求也越高，反之图像越粗糙。在四色印刷中，每种颜色都会单独生成一张胶片（菲林片），每张胶片中以网点的形式记录了相应颜色色彩分配情况，不同颜色胶片的网点排列方向（网角）不同，这样将四种颜色套印在一起时，每种颜色的色点都不会重叠。

根据印刷材质、油墨和输出设备的差异应选择不同的挂网目数，以纸张为例，通常报纸为 80～133 目，胶版纸为 133～175 目，轻型纸为 100～150 目，铜版纸为 200～300 目。

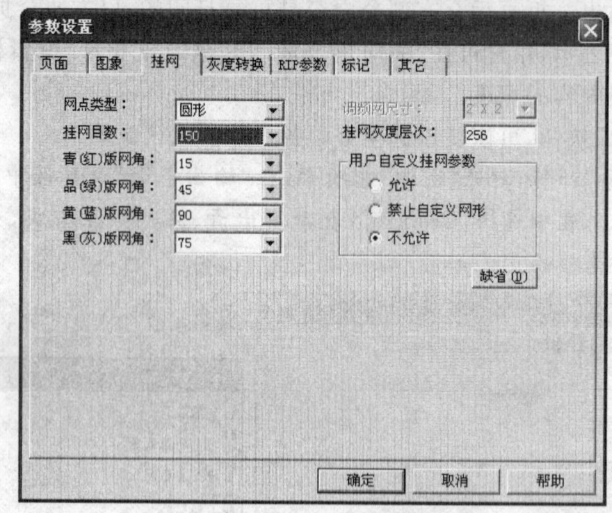

图 15－43 “参数设置”对话框中的“挂网”选项卡

- **网点类型**：指定网点的形状，常用的有圆形和菱形。其中，调频网是指按照影调的深浅不同来分配网点的大小和距离。此外还有调幅网，指网点中心点的间距一样。
- **青（红）版网角、品（绿）版网角、黄（蓝）版网角、黑（灰）版网角**：设置各色版网点的网角，通常使用默认值即可。

Step 09 单击“标记”标签，打开“标记”选项卡，勾选“装入对准标记”复选框，然后在“标记类型”下拉列表中选择“内裁口线”，此标记为最常用的裁切对准标记。

Step 10 在“标记位置”设置区中选择“页角”单选钮，然后单击“选中”按钮，则在对话框右边的页面图示中将显示标记在页面中的位置，如图 15－44 所示。若想取消标记可单击“未选中”按钮。

“参数设置”对话框的“灰度转换”选项卡用于调整各个色版的灰度值；“RIP 参数”选项卡用于设置补字路径、输出时的线宽和图形是否镂空；“其他”选项卡可以调整图片分辨率和字心字身比等。

Step 11 单击两次“确定”按钮，回到“打开”对话框中，单击“打开”按钮即可输出文件。

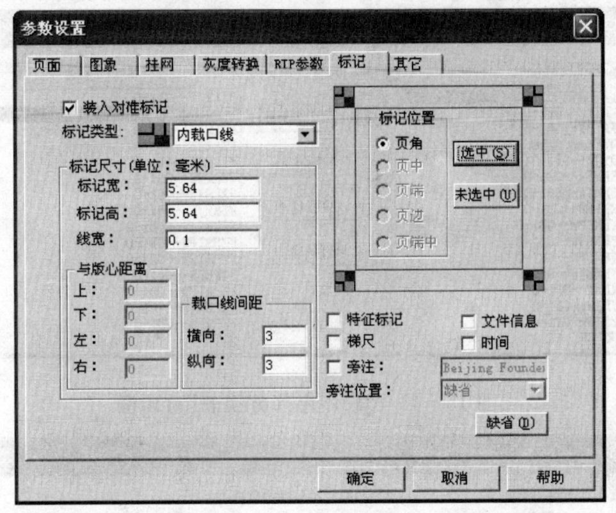

图 15－44 “参数设置”对话框中的“标记”选项卡

15.2.3 字体（字库）设置

用户可以为 PSP Pro 增加或更新字库，弥补后端字体的不足。

Step 01 若后端没有安装 PS 文件中使用的字体，可添加字体。方法是在 PSP Pro 程序窗口中选择“工具”>“添加字体”菜单，打开“增加字库”对话框，单击“字库源路径”编辑框后的“浏览”按钮，如图 15－45 左图所示。

Step 02 打开“选择路径”对话框，在“驱动器”下拉列表中选择磁盘，然后在“文件夹”列表框中选择字库文件所在的文件夹（双击相应的文件夹可以将其打开），设置好后，单击“确定”按钮，如图 15－45 右图所示。

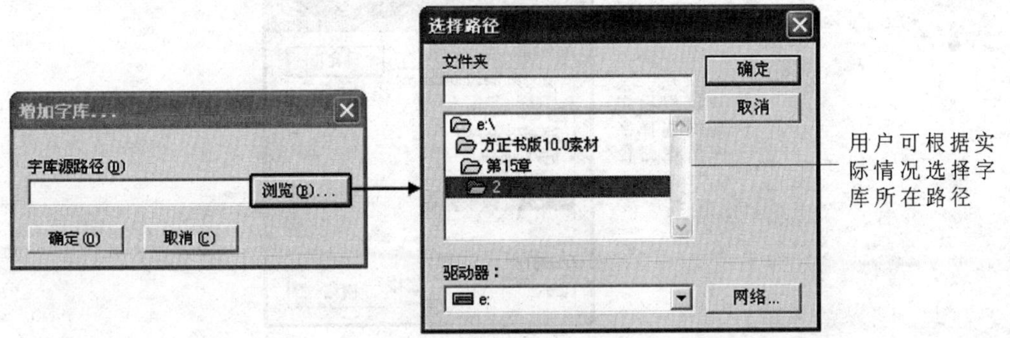

图 15－45 添加字体

Step 03 若后端没有安装 PS 文件中使用的字体，也可用其他后端字体替代。方法是选择“工具”>“字体映射”菜单，打开“缺席字库替换表”对话框，如图 15－46 所示。

Step 04 单击“缺席字库列表”列表框中的字体名，然后在“替换字库”列表框中选择一种希望用来替换的字体名，这样就建立了两字体的对应关系。

Step 05 单击“确定”按钮，完成字体替换操作，如图 15－47 所示。

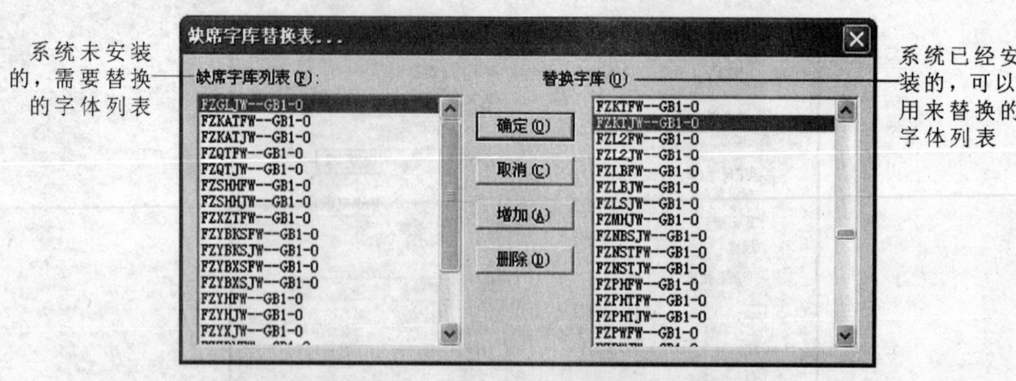

图 15－46 “缺席字库替换表”对话框

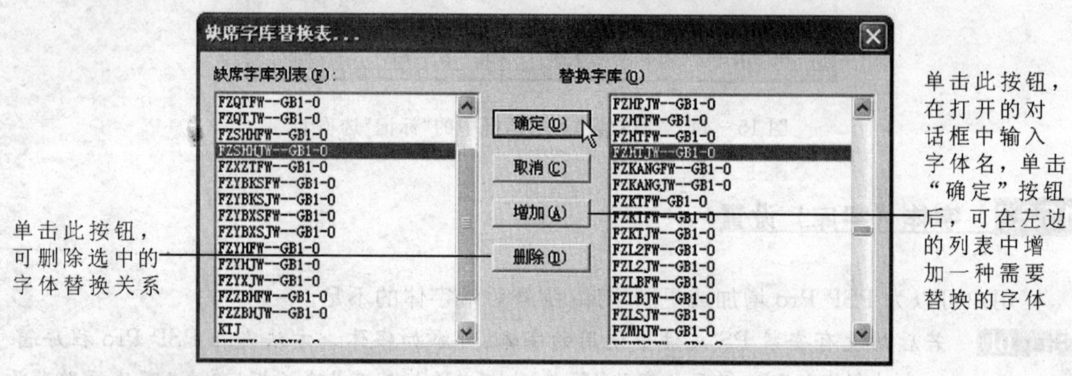

图 15－47 完成字体替换操作

Step 06 若安装了其他后端字库，如后端 CID 字库，需选择“工具”>“字体重置”菜单，打开“选择路径”对话框，在“文件夹”列表框中选择字库安装的路径，单击“确定”按钮，系统将会重新加载所有字库，如图 15－48 所示。

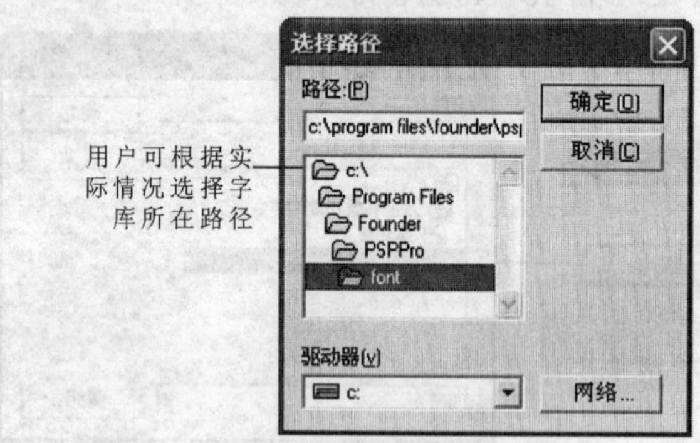

图 15－48 “选择路径”对话框

15.2.4 模板设置

对于某一类型的作业而言，它们所使用的输出参数是类似的，如输出设备、图像质量、挂网、灰度等，用户可将这些参数存储为模板，并在输出时根据不同的作业需要调用不同的模板，从而节省时间和精力，提高工作效率。

Step 01　选择“工具”>“模板管理”菜单，或单击工具条中的“模板管理”按钮，打开“模板管理”对话框，单击“添加”按钮，如图 15－49 所示。

Step 02　打开“输入模板名称”对话框，在“模板名称”编辑框中输入“公文”，单击“确定”按钮，如图 15－50 所示。

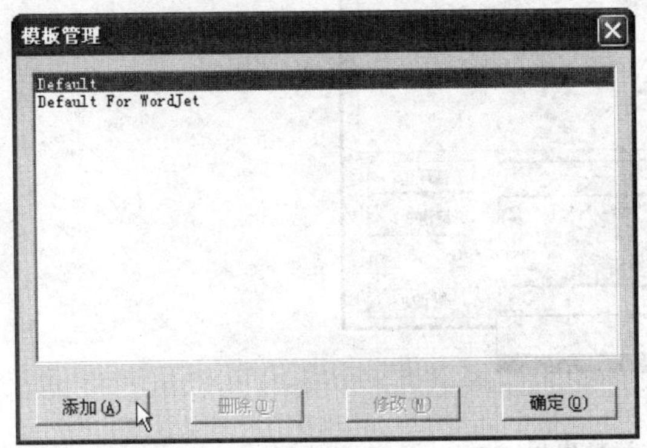

图 15－49　“模板管理”对话框

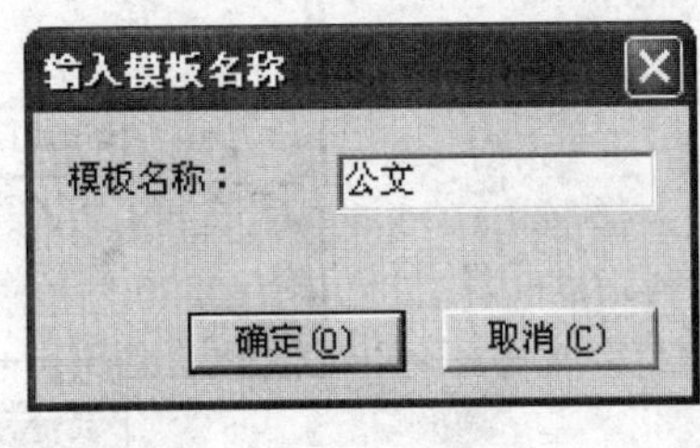

图 15－50　“输入模板名称”对话框

Step 03　打开“公文”对话框，在该对话框中设置的所有内容都将存入到模板中，如图 15－51 所示(设置方法请参考 15.2.1 和 15.2.2 节内容)。

Step 04　设置好后，单击“确定”按钮，回到“模板管理”对话框中，单击“确定”按钮，完成“公文”模板的创建操作，如图 15－52 所示。

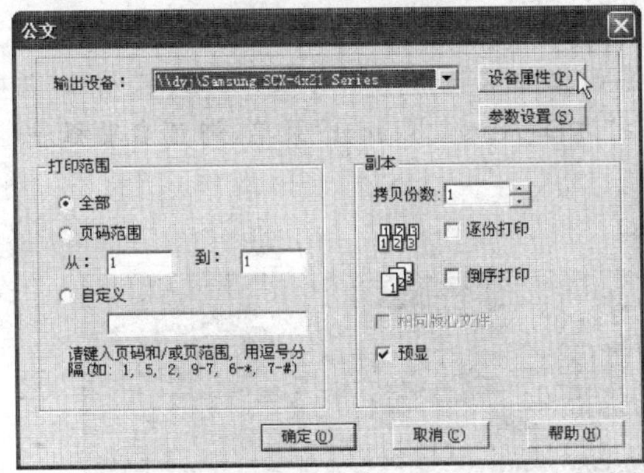

图 15－51　“公文”对话框

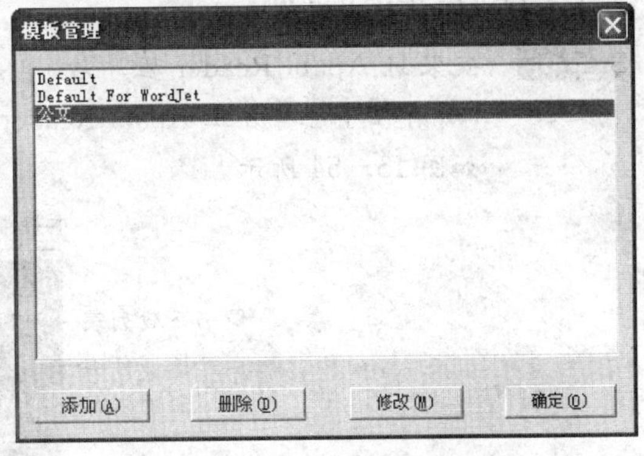

图 15－52　“模板管理”对话框

选中模板后，单击“修改”按钮，可从打开的对话框中修改各项参数；单击“删除”按钮，可删除该模板；单击“添加”按钮，可以以该模板为母板创建新模板。

“Default”与“Defaul For WordJet”是 PSP Pro 的缺省模板，不能删除。其中，后者是为提高打印速度而设置的模板，仅对文杰系列激光打印机有效。

Step 05　若想调用模板，可选择“文件”>“打开”菜单，单击“参数模板”下拉列表框后的按钮，打开模板下拉列表，从中选择需要的模板即可，如图 15－53 所示。

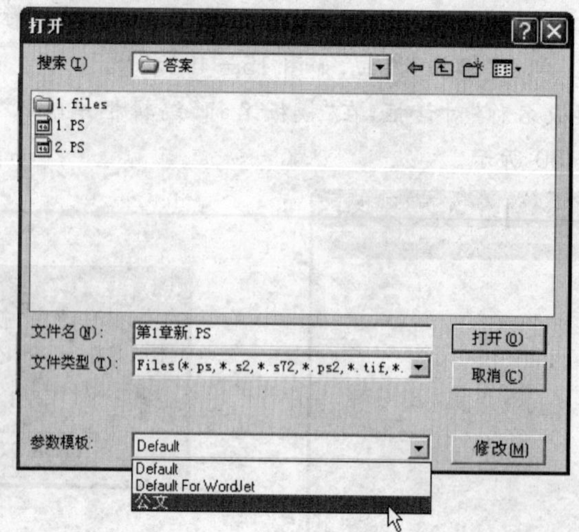

图 15－53　选择模板

15.3　Apabi Reader

Apabi Reader 是一款电子书阅读软件，可以阅读 CEB、PDF、HTML、TXT 和 XEB 格式文件。由于其具有功能完善、界面友好和操作简单等特点，因此得到广泛使用。下面通过一个实例讲解其基本操作方法。

Step 01　安装好 Apabi Reader 程序后，单击桌面上的快速启动图标，或选择“开始”>“所有程序”>“方正 Apabi Reader”>“方正 Apabi Reader”菜单，即可启动程序，如图 15－54 所示。

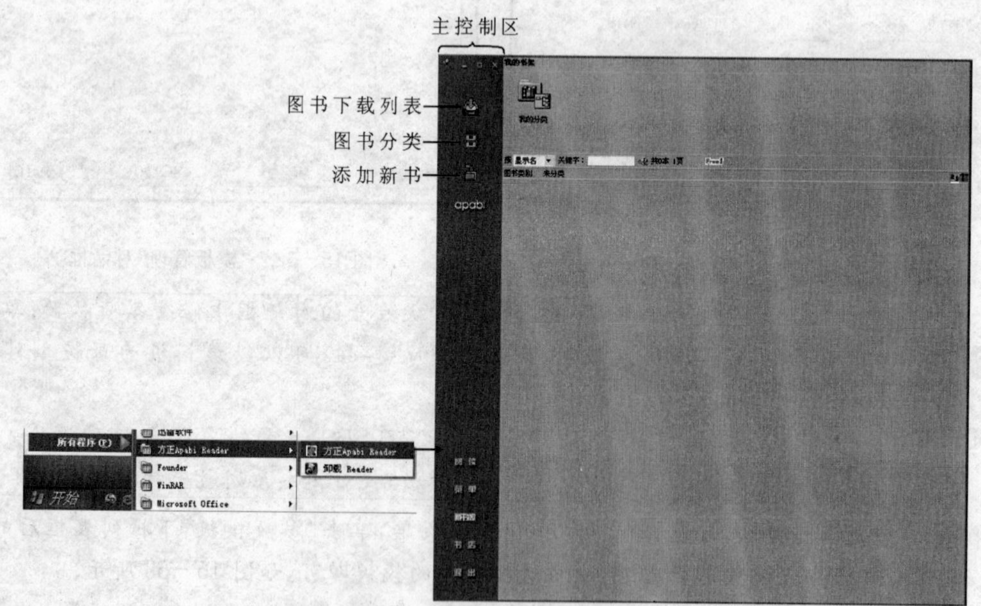

图 15－54　启动 Apabi Reader

Step 02　单击“添加新书”按钮，打开“添加新书”对话框，在“查找范围”下拉列表中选择本书配套素材“第 15 章”\“3”文件夹中的“小样 1. ceb”文件，单击“打开”按钮，如图 15－55 所示。

Step 03　此时在界面中显示出该文件的图标，如图 15－56 所示。双击该图标，即可打开此文件，如图 15－57 所示。

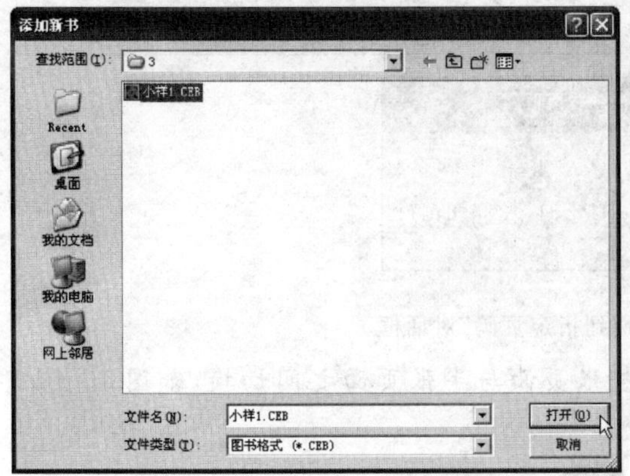

图 15－55　“添加新书”对话框

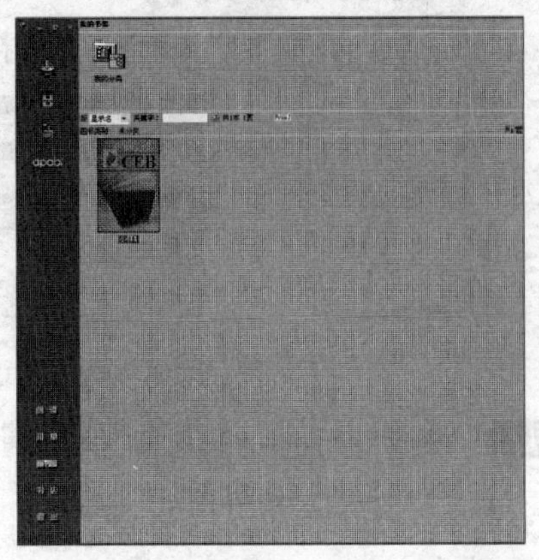

图 15－56　在界面中显示文件图标

图 15－57　阅览图书

Step 04　单击“放大”或“缩小”按钮，此时鼠标指针变为或形状，在页面中单击可放大或缩小页面显示。若鼠标指针变为形状，表示已经放大到最大或缩小到最小。

Step 05　单击“向前翻页”按钮或“向后翻页”按钮，可分别向前和向后翻页。

将鼠标指针移动到页面的左或右边缘，待其变为形状时，单击鼠标左键可向后翻页，单击鼠标右键可向左翻页。

若想快速翻到某一页可按【J】键，打开“根据描述翻到指定页码”对话框，在“页码”编辑框中输入页码，单击“翻到”按钮，即可快速跳转到该页，如图 15－58 所示。

若想快速翻到首页和末页，可分别按【Home】和【End】键。

根据描述翻到指定页码

描述(D):

页码(P): 2 (1--3) 翻到(G)

图 15－58 “根据描述翻到指定页码”对话框

Step 06 单击“全页翻/半页翻”按钮，可在整张页面与半张页面之间切换，如图 15－59 与图 15－60 所示。

图 15－59 显示整张页面

图 15－60 显示半张页面

Step 07 按【C】键，工作界面右边将显示本书的“图书目录”窗格，如图 15－61 所示。单击标题名称左边的⊞符号，可展开次级标题，如图 15－62 所示。

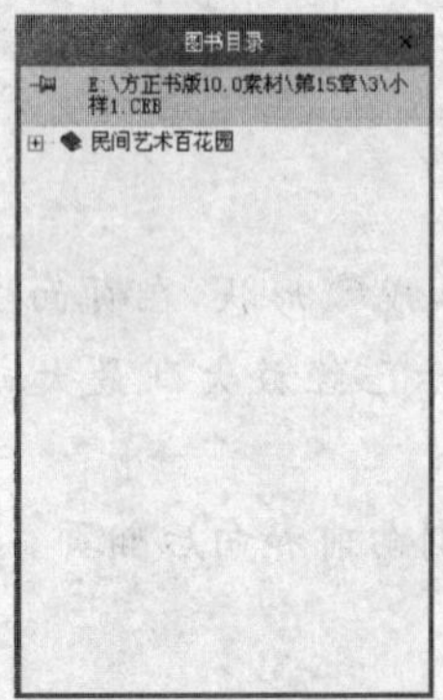

图 15－61 “图书目录”窗格

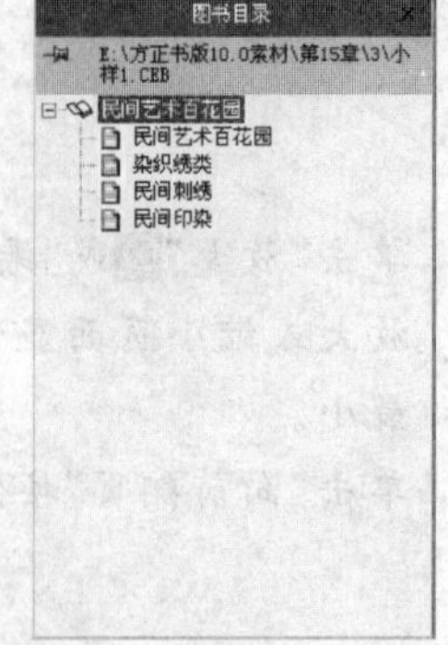

图 15－62 展开次级标题

Step 08　单击标题名称可快速跳转到该标题所在的页面内容，如图 15－63 所示。

书签目录

民间艺术百花园
民间艺术百花园
染织绣类
民间刺绣
民间印染

雀东南飞》中有「妾有绣腰襦，葳蕤自生光」的诗句。汉末、六朝时期，刺绣题材……了人物形象，为后来的人物绣品开了先河。唐、宋时期，文人们开始参与刺绣画……计，文人画所表现的诗词境界、书法和绘画的雅致，影响到民间刺绣的创作，……向精致化和文人化的方向发展。到了宋代，刺绣几乎成为妇女的女红手艺中……最重要的一项，不少有文化的富家女子的刺绣创作，更使刺绣工艺臻于精细绝……清时期，全国城乡出现了众多的刺绣商业作坊。尤其是明代，首先在上海出现……园绣」这样绣工精细，用针巧妙的以个人风格著称的「顾绣」，并专门刺绣花鸟走兽画幅、画页、手卷等陈设品，表明中国传统刺绣从附属在服饰上的装饰手段，成为独立欣赏的艺术品。清代开始出现了几个重要的刺绣艺术流派，如北京的京绣、开封的汴绣、山东的鲁绣等，以及后人称誉的四大名绣。

民间印染

中国传统的民间印染有扎染、蜡染、蓝印花布和彩印花布。前三者都是以印和染的方法着色、显花的工艺，以植物蓼兰中分解提炼出的靛青为染料，民间也称为蓝染和蓝印。彩印花布则是一种多版套色印花的工艺。据《史记》、《竹书记年》等古籍记载，早在公元前 26 世纪初，「黄帝制玄冠黄裳，以草木之汁染成文彩」。夏、商、周时代，就已经有用服饰的印染色彩、纹饰来区分尊卑等级的规定了。秦汉以后，镂空版印花方法大为盛行，其后花色品种日见繁多，印染工艺也日臻完善。

中国织锦历史悠久，据考古发现，早在先秦

图 15－63　快速显示标题所在页面

Step 09　若想给部分文本添加批注，可将鼠标指针移至要添加批注的文本之前，按住鼠标左键并拖动至文本结束位置，释放鼠标后将弹出图 15－64 所示的快捷菜单，从中选择“批注”菜单项。

Step 10　打开“批注信息”对话框，在其中输入批注内容后，单击“保存”按钮，如图 15－65 所示。

Step 11　此时，在所选文本的左上角会出现黄色批注标记，如图 15－66 所示。双击该标记可打开“批注信息”对话框，显示批注内容。

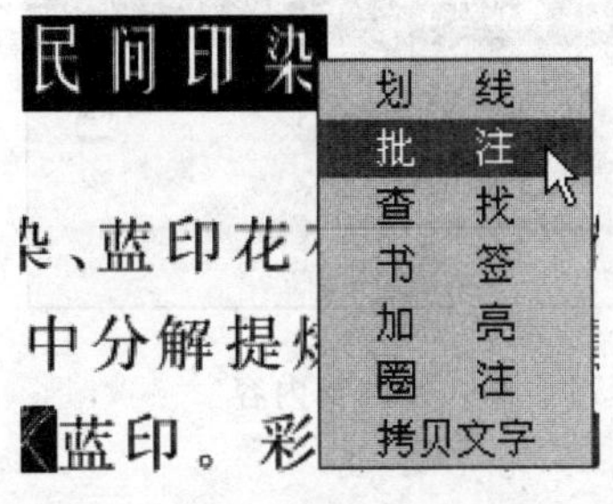

图 15－64　选择“批注”菜单项

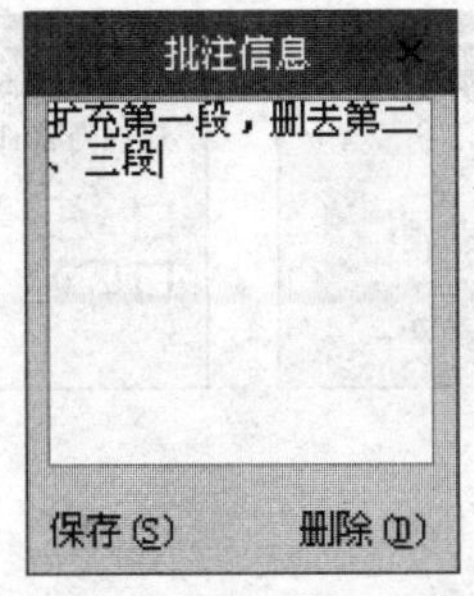

图 15－65　“批注信息”对话框

民间印染

染、蓝印花布

兰中分解提炼

蓝印。彩

图 15－66　显示批注标记

Step 12　若想着重显示部分文字，如划线、圈注、加亮等，可在选定文本后，从弹出的快捷菜单中选择相应的菜单项即可，如图 15－67 所示。

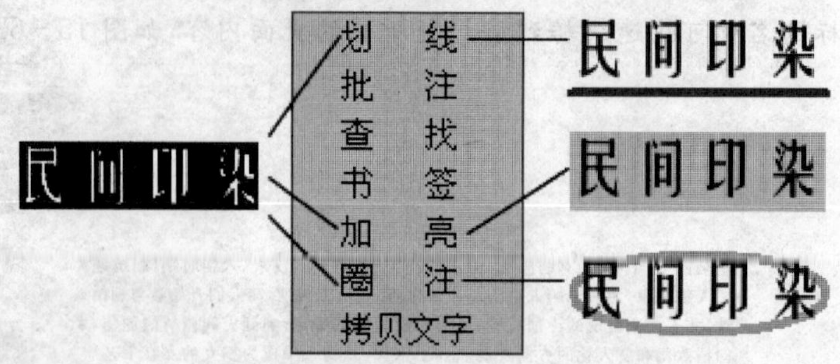

图 15－67 划线、加亮和圈注效果

Step 13 若想删除着重效果，可在选中文本后，从弹出的快捷菜单中，选择相应的菜单项，如图 15－68 所示。

Step 14 若想删除全部标记（批注、着重），可在页面区域中单击右键，并从弹出的快捷菜单中选择“删除标记”菜单项，如图 15－69 所示。

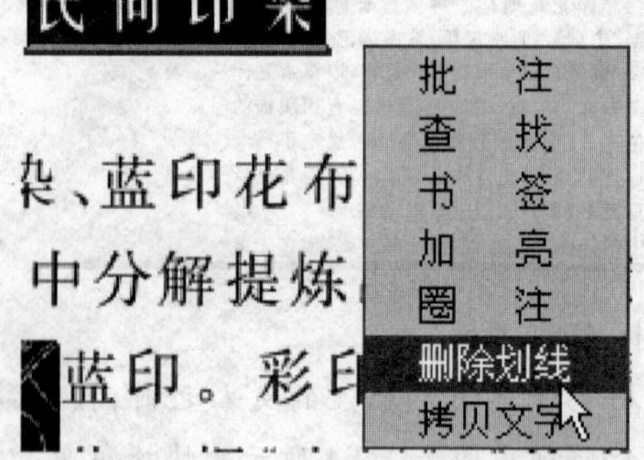

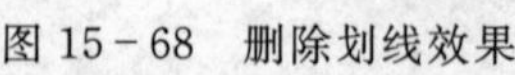

图 15－68 删除划线效果

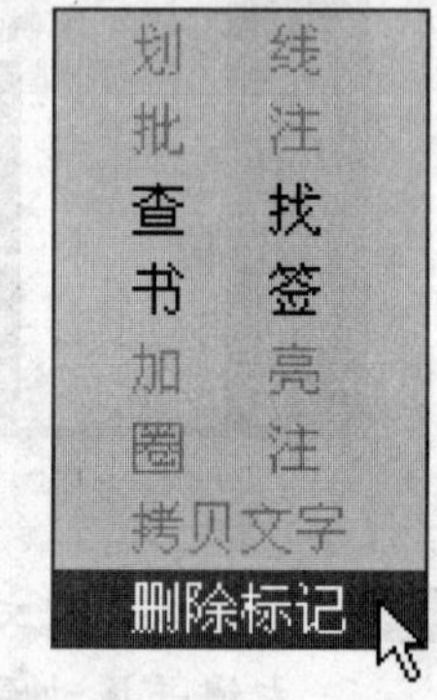

图 15－69 删除全部标记

Step 15 若想在文本中查找部分文字，可在主控制区中单击“菜单”按钮，然后在打开的菜单中，选择“查找”菜单项，打开“查找内容”对话框，如图 15－70 所示。

Step 16 在“查找内容”编辑框中输入需要查找的文字，单击“查找下一个”按钮，即可查找到指定的内容。再次单击“查找下一个”按钮，可继续查找，如图 15－71 所示。

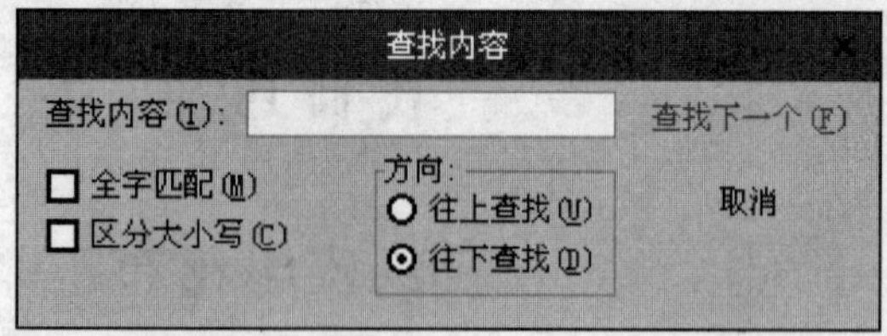

图 15－70 “查找内容”对话框

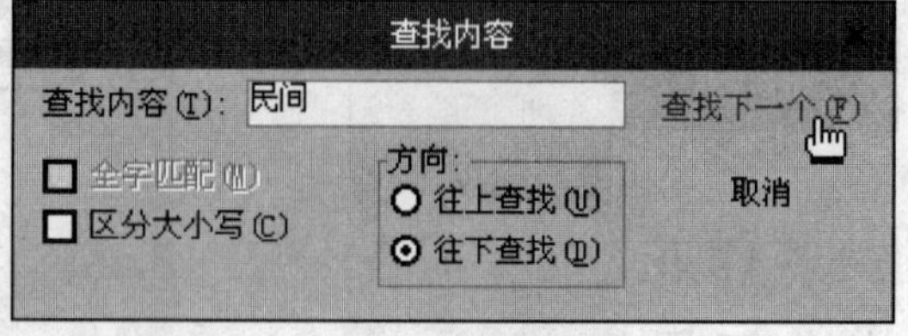

图 15－71 输入并查找内容

本章小结

本章主要介绍了与方正书版 10.0 密切相关的 3 个软件，分别用来补字、打印输出与阅览电子书。

➢ NewNW 可以在前端 GBK 字库和后端 748 字库中补入所缺的汉字或符号，并可分别通过 GBK 码盘外符注解和内码盘外符注解将字符编码输入到小样文件中。要注意的是后端输出时需下载补字的字体。

- PSP Pro 是当前应用最广泛的栅格图像处理器，它可以将结果文件转化为高分辨率的图像并打印出来。输出之前需对字体、纸张大小、版面位置、图像质量与路径等参数做准确的设置。
- Apabi Reader 是 CEB 格式文件的唯一阅读器，读者可在阅读时加入批注与着重效果。此外，该软件还提供了多种翻页方法，满足读者的各种阅读习惯。

思考与练习

一、选择题

1. 若想在小样文件中输入 GBK 字库中的补字，应使用______注解。

   A. 〘G〈字符编码〉〙　B. 〘N〈字符编码〉〙　C. 〘Y〈字符编码〉〙　D. 〘D〈字符编码〉〙

2. PSP Pro 可以输出______格式的文件。

   A. PDF　B. TIF　C. CEB　D. TXT

3. 用 Apabi Reader 阅读电子书时，按______键可展开"图书目录"对话框。

   A. C　B. J　C. F　D. E

4. 若输出介质为铜版纸，挂网目数应选为______。

   A. 133～175　B. 200～300　C. 100～150　D. 80～133

二、填空题

1. 方正书版 10.0 有__________和__________两种补字方法。
2. 若在后端安装了新字库，应在输出文件之前，选择"工具">"__________"菜单，重新加载所有字库。
3. 在 PSP Pro 中，若想修改模板参数，可在"模板管理"对话框中单击__________按钮。
4. 若想退出当前正在打印的文件，可在作业管理器中右击该文件的名称，并从弹出的快捷菜单中选择__________菜单项。

三、操作题

本题练习补字与输出的方法，要补的字形如图 15－72 所示。

图 15－72　补字

提示：

(1)在 NewNW 程序窗口中，选择"字库">"设置当前字库"菜单，在打开的"当前字库(字模文件)"对话框中，单击"创建"按钮。

(2)打开"创建一个新字模文件"对话框，选择"FZBSJW[方正报宋简体]"，单击"确定"

按钮。

(3)选择“字库”>“创建一个新主字”菜单，打开“主字编辑窗口”。

(4)选择“字库”>“选择参考字符”菜单，打开“选择参考字符”对话框，在“字符码值”编辑框中，输入“天”，单击“确定”按钮。

(5)利用“移动”工具框选“天”，在红色框中单击鼠标右键，将其复制到“主字编辑窗口”。

(6)利用“缩放”工具在“主字编辑窗口”中框选“天”，并将其缩小成扁字，放置到窗口最上边。

(7)分别选择“一”字和“口”字作为参考字，复制并移动到合适的位置。

(8)选择“字库”>“保存当前正在编辑的主字”菜单，打开“输入字符码值”对话框，输入合适的字符码值，如“FDA2”，单击“确定”按钮。

(9)选择“字库”>“字库管理”菜单，打开“字库管理器”对话框，在左边的字模列表中选择“FZBSJW”，单击“前一个字符”按钮，显示所造字符。

(10)单击“转换成补字库”按钮，打开“新女娲补字向你报告”对话框，单击“是”按钮。

(11)启动 PfiInsTT 程序，单击“女娲补字库”按钮，打开“引入女娲补字库”对话框，选择字体名和补字文件“FZBSJW. PFI”，单击“确定”按钮。

(12)新建一个小样文件，在其中输入注解“〖HTBS〗《(GFDA2)》”，发排大样后即可看到补字效果。输出时，需在“GBK 字库”选项卡中，下载“报宋”体。

本题的补字文件请参阅本书配套素材“第 15 章”\“操作题”文件夹中的内容。

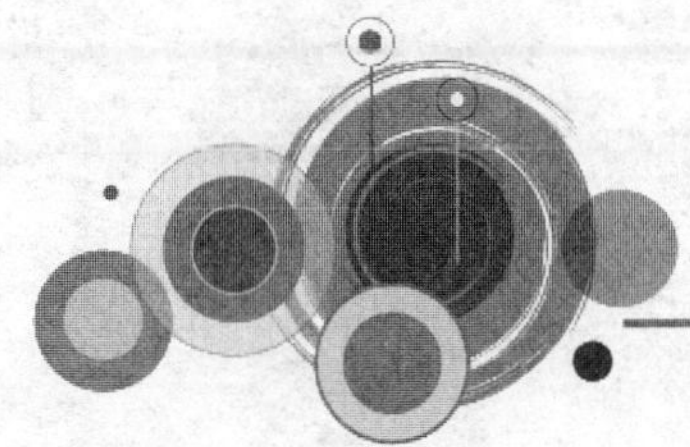

第6篇

附录

本篇内容提要

篇前导读

本篇由6个附录组成，附录A归纳了方正书版10.0常用的汉字字体，并给出这些字体的注解、中文名称及示例；附录B中列出了S10格式大样文件中的外文字体和数字字体的显示效果；附录C中是方正书版10.0所支持的所有花边；附录D中列出了前352号底纹的所有深浅度样张；附录E中是方正书版10.0的所有动态键盘页及相关符号说明。

附录A 汉字字体表

名称	注解	简体示例	繁体示例	名称	注解	简体示例	繁体示例
报宋	BS	方正书版	方正書版	书宋	SS	方正书版	方正書版
小标宋	XBS	方正书版	方正書版	仿宋	F	方正书版	方正書版
宋1	S1	方正书版	方正書版	大标宋	DBS	方正书版	方正書版
粗宋	CS	方正书版	方正書版	宋3	S3	方正书版	
粗黑	CH		方正書版	黑体	H	方正书版	方正書版
美黑	MH	方正书版		超粗黑	CCH	方正书版	方正書版
黑变	HB	方正书版		大黑	DH	方正书版	方正書版
细等线	XH	方正书版		细黑一	XH1	方正书版	方正書版
平黑	PH		方正書版	中等线	ZDX	方正书版	方正書版
隶变	LB	方正书版	方正書版	隶书	L	方正书版	方正書版
隶二	L2	方正书版	方正書版	华隶	HL	方正书版	方正書版
粗圆	Y4	方正书版	方正書版	细圆	Y1	方正书版	方正書版
幼线	YX		方正書版	准圆	Y3	方正书版	方正書版
中楷	ZK		方正書版	楷体	K	方正书版	方正書版
水柱	SZ	方正书版	方正書版	行楷	XK	方正书版	方正書版
魏碑	W	方正书版	方正書版	姚体	Y	方正书版	方正書版
细珊瑚	XSH	方正书版	方正書版	瘦金书	SJS	方正书版	方正書版
康体	KANG	方正书版	方正書版	黄草	HC	方正书版	方正书版
细倩	XQ	方正书版	方正書版	中倩	ZQ	方正书版	方正書版
粗倩	CQ	方正书版	方正書版	秀丽	XL		方正書版

名称	注解	简体示例	繁体示例	名称	注解	简体示例	繁体示例
新秀丽	XXL		方正書版	综艺	ZY	方正书版	方正書版
琥珀	HP	方正书版	方正書版	彩云	CY	方正书版	方正書版
舒体	ST	方正书版	方正書版	新舒体	NST	方正书版	方正書版
平和体	PHT	方正书版	方正書版	少儿	SE	方正书版	方正書版
稚艺	ZHY	方正书版	方正書版	胖娃	PW	方正书版	方正書版
日文黑	RWH	·	方正書版	日文明	RWM		方正書版

粗黑、平黑、幼线、中楷、秀丽、新秀丽、日文黑和日文明是 748 字库的字体，只能用于繁体字。

宋 3、美黑、黑变和细等线体只能用于简体字。

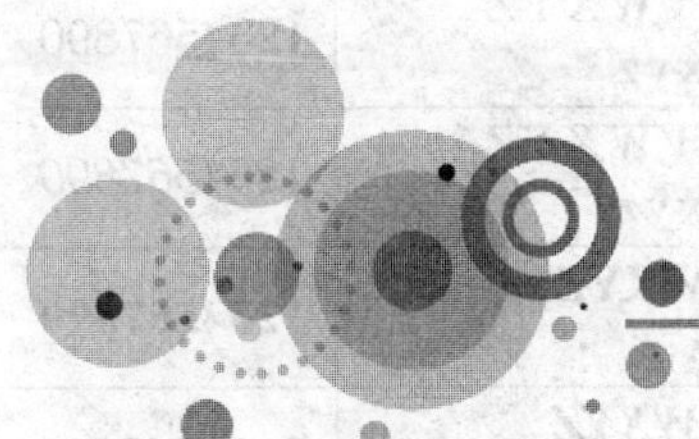

附录 B

外文与数字字体表

名称	注解	外文示例	数字示例
白正	BZ	ABCDEFGHIJKLMNOPQRSTUVWXYZ abcdefghijklmnopqrstuvwxyz	1234567890
白斜	BX	*ABCDEFGHIJKLMNOPQRSTUVWXYZ* *abcdefghijklmnopqrstuvwxyz*	*1234567890*
白 1 体	B1	ABCDEFGHIJKLMNOPQRSTUVWXYZ abcdefghijklmnopqrstuvwxyz	1234567890
白 1 斜	B1X	*ABCDEFGHIJKLMNOPQRSTUVWXYZ* *abcdefghijklmnopqrstuvwxyz*	*1234567890*
白 2 体	B2	ABCDEFGHIJKLMNOPQRSTUVWXYZ abcdefghijklmnopqrstuvwxyz	1234567890
白 2 斜	B2X	*ABCDEFGHIJKLMNOPQRSTUVWXYZ* *abcdefghijklmnopqrstuvwxyz*	*1234567890*
白 3 体	B3	ABCDEFGHIJKLMNOPQRSTUVWXYZ abcdefghijklmnopqrstuvwxyz	1234567890
白 3 斜	B3X	*ABCDEFGHIJKLMNOPQRSTUVWXYZ* *abcdefghijklmnopqrstuvwxyz*	*1234567890*
白 4 体	B4	ABCDEFGHIJKLMNOPQRSTUVWXYZ abcdefghijklmnopqrstuvwxyz	1234567890
白 4 斜	B4X	*ABCDEFGHIJKLMNOPQRSTUVWXYZ* *abcdefghijklmnopqrstuvwxyz*	*1234567890*
白 5 体	B5	ABCDEFGHIJKLMNOPQRSTUVWXYZ abcdefghijklmnopqrstuvwxyz	1234567890
白 5 斜	B5X	*ABCDEFGHIJKLMNOPQRSTUVWXYZ* *abcdefghijklmnopqrstuvwxyz*	*1234567890*
白 6 体	B6	ABCDEFGHIJKLMNOPQRSTUVWXYZ abcdefghijklmnopqrstuvwxyz	1234567890
白 6 斜	B6X	*ABCDEFGHIJKLMNOPQRSTUVWXYZ* *abcdefghijklmnopqrstuvwxyz*	*1234567890*
白 7 体	B7	**ABCDEFGHIJKLMNOPQRSTUVWXYZ** **abcdefghijklmnopqrstuvwxyz**	**1234567890**
白 7 斜	B7X	***ABCDEFGHIJKLMNOPQRSTUVWXYZ*** ***abcdefghijklmnopqrstuvwxyz***	***1234567890***

名称	注解	外文示例	数字示例
白 8 体	B8	ABCDEFGHIJKLMNOPQRSTUVWXYZ abcdefghijklmnopqrstuvwxyz	1234567890
白 8 斜	B8X	*ABCDEFGHIJKLMNOPQRSTUVWXYZ abcdefghijklmnopqrstuvwxyz*	*1234567890*
黑正	HZ	**ABCDEFGHIJKLMNOPQRSTUVWXYZ abcdefghijklmnopqrstuvwxyz**	**1234567890**
黑斜	HX	***ABCDEFGHIJKLMNOPQRSTUVWXYZ abcdefghijklmnopqrstuvwxyz***	***1234567890***
黑 1 体	H1	**ABCDEFGHIJKLMNOPQRSTUVWXYZ abcdefghijklmnopqrstuvwxyz**	**1234567890**
黑 1 斜	H1X	***ABCDEFGHIJKLMNOPQRSTUVWXYZ abcdefghijklmnopqrstuvwxyz***	***1234567890***
黑 2 体	H2	**ABCDEFGHIJKLMNOPQRSTUVWXYZ abcdefghijklmnopqrstuvwxyz**	**1234567890**
黑 2 斜	H2X	***ABCDEFGHIJKLMNOPQRSTUVWXYZ abcdefghijklmnopqrstuvwxyz***	***1234567890***
黑 3 体	H3	**ABCDEFGHIJKLMNOPQRSTUVWXYZ abcdefghijklmnopqrstuvwxyz**	**1234567890**
黑 3 斜	H3X	***ABCDEFGHIJKLMNOPQRSTUVWXYZ abcdefghijklmnopqrstuvwxyz***	***1234567890***
黑 4 体	H4	**ABCDEFGHIJKLMNOPQRSTUVWXYZ abcdefghijklmnopqrstuvwxyz**	**1234567890**
黑 4 斜	H4X	***ABCDEFGHIJKLMNOPQRSTUVWXYZ abcdefghijklmnopqrstuvwxyz***	***1234567890***
黑 5 体	H5	**ABCDEFGHIJKLMNOPQRSTUVWXYZ abcdefghijklmnopqrstuvwxyz**	**1234567890**
黑 5 斜	H5X	***ABCDEFGHIJKLMNOPQRSTUVWXYZ abcdefghijklmnopqrstuvwxyz***	***1234567890***
黑 6 体	H6	**ABCDEFGHIJKLMNOPQRSTUVWXYZ abcdefghijklmnopqrstuvwxyz**	**1234567890**
黑 6 斜	H6X	***ABCDEFGHIJKLMNOPQRSTUVWXYZ abcdefghijklmnopqrstuvwxyz***	***1234567890***
黑 7 体	H7	**ABCDEFGHIJKLMNOPQRSTUVWXYZ abcdefghijklmnopqrstuvwxyz**	**1234567890**
黑 7 斜	H7X	***ABCDEFGHIJKLMNOPQRSTUVWXYZ abcdefghijklmnopqrstuvwxyz***	***1234567890***
方头正	FZ	ABCDEFGHIJKLMNOPQRSTUVWXYZ abcdefghijklmnopqrstuvwxyz	1234567890
方头斜	FX	*ABCDEFGHIJKLMNOPQRSTUVWXYZ abcdefghijklmnopqrstuvwxyz*	*1234567890*
细方头正	XFZ	ABCDEFGHIJKLMNOPQRSTUVWXYZ abcdefghijklmnopqrstuvwxyz	1234567890
细方头斜	XFX	*ABCDEFGHIJKLMNOPQRSTUVWXYZ abcdefghijklmnopqrstuvwxyz*	*1234567890*

名称	注解	外文示例	数字示例
方黑1体	F1	ABCDEFGHIJKLMNOPQRSTUVWXYZ abcdefghijklmnopqrstuvwxyz	1234567890
方黑1斜	F1X	ABCDEFGHIJKLMNOPQRSTUVWXYZ abcdefghijklmnopqrstuvwxyz	1234567890
方黑2体	F2	ABCDEFGHIJKLMNOPQRSTUVWXYZ abcdefghijklmnopqrstuvwxyz	1234567890
方黑2斜	F2X	ABCDEFGHIJKLMNOPQRSTUVWXYZ abcdefghijklmnopqrstuvwxyz	1234567890
方黑3体	F3	ABCDEFGHIJKLMNOPQRSTUVWXYZ abcdefghijklmnopqrstuvwxyz	1234567890
方黑3斜	F3X	ABCDEFGHIJKLMNOPQRSTUVWXYZ abcdefghijklmnopqrstuvwxyz	1234567890
方黑4体	F4	ABCDEFGHIJKLMNOPQRSTUVWXYZ abcdefghijklmnopqrstuvwxyz	1234567890
方黑4斜	F4X	ABCDEFGHIJKLMNOPQRSTUVWXYZ abcdefghijklmnopqrstuvwxyz	1234567890
方黑5体	F5	ABCDEFGHIJKLMNOPQRSTUVWXYZ abcdefghijklmnopqrstuvwxyz	1234567890
方黑5斜	F5X	ABCDEFGHIJKLMNOPQRSTUVWXYZ abcdefghijklmnopqrstuvwxyz	1234567890
方黑6体	F6	ABCDEFGHIJKLMNOPQRSTUVWXYZ abcdefghijklmnopqrstuvwxyz	1234567890
方黑6斜	F6X	ABCDEFGHIJKLMNOPQRSTUVWXYZ abcdefghijklmnopqrstuvwxyz	1234567890
方黑7体	F7	ABCDEFGHIJKLMNOPQRSTUVWXYZ abcdefghijklmnopqrstuvwxyz	1234567890
方黑7斜	F7X	ABCDEFGHIJKLMNOPQRSTUVWXYZ abcdefghijklmnopqrstuvwxyz	1234567890
方黑8体	F8	ABCDEFGHIJKLMNOPQRSTUVWXYZ abcdefghijklmnopqrstuvwxyz	1234567890
方黑8斜	F8X	ABCDEFGHIJKLMNOPQRSTUVWXYZ abcdefghijklmnopqrstuvwxyz	1234567890
方黑9体	F9	ABCDEFGHIJKLMNOPQRSTUVWXYZ abcdefghijklmnopqrstuvwxyz	1234567890
方黑9斜	F9X	ABCDEFGHIJKLMNOPQRSTUVWXYZ abcdefghijklmnopqrstuvwxyz	1234567890
细方黑正	XFZ	ABCDEFGHIJKLMNOPQRSTUVWXYZ abcdefghijklmnopqrstuvwxyz	1234567890
细方黑斜	XFX	ABCDEFGHIJKLMNOPQRSTUVWXYZ abcdefghijklmnopqrstuvwxyz	1234567890
白歌德	BD	ABCDEFGHIJKLMNOPQRSTUVWXYZ abcdefghijklmnopqrstuvwxyz	1234567890
黑歌德	HD	ABCDEFGHIJKLMNOPQRSTUVWXYZ abcdefghijklmnopqrstuvwxyz	1234567890

名称	注解	外文示例	数字示例
花体	HT	ABCDEFGHIJKLMNOPQRSTUVWXYZ abcdefghijklmnopqrstuvwxyz	1234567890
花1体	HT1	ABCDEFGHIJKLMNOPQRSTUVWXYZ abcdefghijklmnopqrstuvwxyz	1234567890
花2体	HT2	ABCDEFGHIJKLMNOPQRSTUVWXYZ abcdefghijklmnopqrstuvwxyz	1234567890
细圆	XY	ABCDEFGHIJKLMNOPQRSTUVWXYZ abcdefghijklmnopqrstuvwxyz	1234567890
大圆	DY	**ABCDEFGHIJKLMNOPQRSTUVWXYZ abcdefghijklmnopqrstuvwxyz**	**1234567890**
空圆	KY	ABCDEFGHIJKLMNOPQRSTUVWXYZ abcdefghijklmnopqrstuvwxyz	1234567890
圆1体	YT1	ABCDEFGHIJKLMNOPQRSTUVWXYZ abcdefghijklmnopqrstuvwxyz	1234567890
圆2体	YT2	ABCDEFGHIJKLMNOPQRSTUVWXYZ abcdefghijklmnopqrstuvwxyz	1234567890
细体	XT	ABCDEFGHIJKLMNOPQRSTUVWXYZ abcdefghijklmnopqrstuvwxyz	1234567890
细1体	X1	ABCDEFGHIJKLMNOPQRSTUVWXYZ abcdefghijklmnopqrstuvwxyz	1234567890
细1斜	X1X	*ABCDEFGHIJKLMNOPQRSTUVWXYZ abcdefghijklmnopqrstuvwxyz*	*1234567890*
细2体	X2	ABCDEFGHIJKLMNOPQRSTUVWXYZ abcdefghijklmnopqrstuvwxyz	1234567890
细2斜	X2X	*ABCDEFGHIJKLMNOPQRSTUVWXYZ abcdefghijklmnopqrstuvwxyz*	1234567890
半宽白	BKB	ABCDEFGHIJKLMNOPQRSTUVWXYZ abcdefghijklmnopqrstuvwxyz	1234567890
半宽白斜	BKBX	*ABCDEFGHIJKLMNOPQRSTUVWXYZ abcdefghijklmnopqrstuvwxyz*	*1234567890*
半宽黑	BKH	**ABCDEFGHIJKLMNOPQRSTUVWXYZ abcdefghijklmnopqrstuvwxyz**	**1234567890**
半宽黑斜	BKHX	***ABCDEFGHIJKLMNOPQRSTUVWXYZ abcdefghijklmnopqrstuvwxyz***	***1234567890***
特体	TT	ABCDEFGHIJKLMNOPQRSTUVWXYZ abcdefghijklmnopqrstuvwxyz	1234567890
音标	YB	ABCDEFGHIJKLMNOPQRSTUVWXYZ abcdefghijklmnopqrstuvwxyz	1234567890
数学体	SX	ABCDEFGHIJKLMNOPQRSTUVWXYZ abcdefghijklmnopqrstuvwxyz	1234567890

以上列出了外文与数字字体在 S10 文件中的显示效果，与 NPS 格式文件的显示效果略有不同。

附录 C

花边样张

000 001 002 003 004 005 006 007 008 009

010 011 012 013 014 015 016 017 018 019

020 021 022 023 024 025 026 027 028 029

030 031 032 033 034 035 036 037 038 039

040 041 042 043 044 045 046 047 048 049

050 051 052 053 054 055 056 057 058 059

060 061 062 063 064 065 066 067 068 069

070 071 072 073 074 075 076 077 078 079

080 081 082 083 084 085 086 087 088 089

090 091 092 093 094 095 096 097 098 099

100 101 102 103 104 105 106 107 108 109

110 111 112 113 114 115 116 117

附录 D

底纹样张

0001	1001	2001	3001	4001	5001	6001	7001	8001	0002	1002	2002	3002	4002	5002	6002	7002	8002
0003	1003	2003	3003	4003	5003	6003	7003	8003	0004	1004	2004	3004	4004	5004	6004	7004	8004
0005	1005	2005	3005	4005	5005	6005	7005	8005	0006	1006	2006	3006	4006	5006	6006	7006	8006
0007	1007	2007	3007	4007	5007	6007	7007	8007	0008	1008	2008	3008	4008	5008	6008	7008	8008
0009	1009	2009	3009	4009	5009	6009	7009	8009	0010	1010	2010	3010	4010	5010	6010	7010	8010
0011	1011	2011	3011	4011	5011	6011	7011	8011	0012	1012	2012	3012	4012	5012	6012	7012	8012
0013	1013	2013	3013	4013	5013	6013	7013	8013	0014	1014	2014	3014	4014	5014	6014	7014	8014
0015	1015	2015	3015	4015	5015	6015	7015	8015	0016	1016	2016	3016	4016	5016	6016	7016	8016
0017	1017	2017	3017	4017	5017	6017	7017	8017	0018	1018	2018	3018	4018	5018	6018	7018	8018
0019	1019	2019	3019	4019	5019	6019	7019	8019	0020	1020	2020	3020	4020	5020	6020	7020	8020
0021	1021	2021	3021	4021	5021	6021	7021	8021	0022	1022	2022	3022	4022	5022	6022	7022	8022
0023	1023	2023	3023	4023	5023	6023	7023	8023	0024	1024	2024	3024	4024	5024	6024	7024	8024
0025	1025	2025	3025	4025	5025	6025	7025	8025	0026	1026	2026	3026	4026	5026	6026	7026	8026
0027	1027	2027	3027	4027	5027	6027	7027	8027	0028	1028	2028	3028	4028	5028	6028	7028	8028

0029	1029	2029	3029	4029	5029	6029	7029	8029	0030	1030	2030	3030	4030	5030	6030	7030	8030
0031	1031	2031	3031	4031	5031	6031	7031	8031	0032	1032	2032	3032	4032	5032	6032	7032	8032
0033	1033	2033	3033	4033	5033	6033	7033	8033	0034	1034	2034	3034	4034	5034	6034	7034	8034
0035	1035	2035	3035	4035	5035	6035	7035	8035	0036	1036	2036	3036	4036	5036	6036	7036	8036
0037	1037	2037	3037	4037	5037	6037	7037	8037	0038	1038	2038	3038	4038	5038	6038	7038	8038
0039	1039	2039	3039	4039	5039	6039	7039	8039	0040	1040	2040	3040	4040	5040	6040	7040	8040
0041	1041	2041	3041	4041	5041	6041	7041	8041	0042	1042	2042	3042	4042	5042	6042	7042	8042
0043	1043	2043	3043	4043	5043	6043	7043	8043	0044	1044	2044	3044	4044	5044	6044	7044	8044
0045	1045	2045	3045	4045	5045	6045	7045	8045	0046	1046	2046	3046	4046	5046	6046	7046	8046
0047	1047	2047	3047	4047	5047	6047	7047	8047	0048	1048	2048	3048	4048	5048	6048	7048	8048
0049	1049	2049	3049	4049	5049	6049	7049	8049	0050	1050	2050	3050	5050	5050	6050	7050	8050
0051	1051	2051	3051	4051	5051	6051	7051	8051	0052	1052	2052	3052	4052	5052	6052	7052	8052
0053	1053	2053	3053	4053	5053	6053	7053	8053	0054	1054	2054	3054	4054	5054	6054	7054	8054
0055	1055	2055	3055	4055	5055	6055	7055	8055	0056	1056	2056	3056	4056	5056	6056	7056	8056
0057	1057	2057	3057	4057	5057	6057	7057	8057	0058	1058	2058	3058	4058	5058	6058	7058	8058
0059	1059	2059	3059	4059	5059	6059	7059	8059	0060	1060	2060	3060	5060	5060	6060	7060	8060
0061	1061	2061	3061	4061	5061	6061	7061	8061	0062	1062	2062	3062	4062	5062	6062	7062	8062
0063	1063	2063	3063	4063	5063	6063	7063	8063	0064	1064	2064	3064	4064	5064	6064	7064	8064
0065	1065	2065	3065	4065	5065	6065	7065	8065	0066	1066	2066	3066	4066	5066	6066	7066	8066

0067	1067	2067	3067	4067	5067	6067	7067	8067	0068	1068	2068	3068	4068	5068	6068	7068	8068
0069	1069	2069	3069	4069	5069	6069	7069	8069	0070	1070	2070	3070	5070	5070	6070	7070	8070
0071	1071	2071	3071	4071	5071	6071	7071	8071	0072	1072	2072	3072	4072	5072	6072	7072	8072
0073	1073	2073	3073	4073	5073	6073	7073	8073	0074	1074	2074	3074	4074	5074	6074	7074	8074
0075	1075	2075	3075	4075	5075	6075	7075	8075	0076	1076	2076	3076	4076	5076	6076	7076	8076
0077	1077	2077	3077	4077	5077	6077	7077	8077	0078	1078	2078	3078	4078	5078	6078	7078	8078
0079	1079	2079	3079	4079	5079	6079	7079	8079	0080	1080	2080	3080	5080	5080	6080	7080	8080
0081	1081	2081	3081	4081	5081	6081	7081	8081	0082	1082	2082	3082	4082	5082	6082	7082	8082
0083	1083	2083	3083	4083	5083	6083	7083	8083	0084	1084	2084	3084	4084	5084	6084	7084	8084
0085	1085	2085	3085	4085	5085	6085	7085	8085	0086	1086	2086	3086	4086	5086	6086	7086	8086
0087	1087	2087	3087	4087	5087	6087	7087	8087	0088	1088	2088	3088	4088	5088	6088	7088	8088
0089	1089	2089	3089	4089	5089	6089	7089	8089	0090	1090	2090	3090	5090	5090	6090	7090	8090
0091	1091	2091	3091	4091	5091	6091	7091	8091	0092	1092	2092	3092	4092	5092	6092	7092	8092
0093	1093	2093	3093	4093	5093	6093	7093	8093	0094	1094	2094	3094	4094	5094	6094	7094	8094
0095	1095	2095	3095	4095	5095	6095	7095	8095	0096	1096	2096	3096	4096	5096	6096	7096	8096
0097	1097	2097	3097	4097	5097	6097	7097	8097	0098	1098	2098	3098	4098	5098	6098	7098	8098
0099	1099	2099	3099	4099	5099	6099	7099	8099	0100	1100	2100	3100	5100	5100	6100	7100	8100
0101	1101	2101	3101	4101	5101	6101	7101	8101	0102	1102	2102	3102	4102	5102	6102	7102	8102
0103	1103	2103	3103	4103	5103	6103	7103	8103	0104	1104	2104	3104	4104	5104	6104	7104	8104

0105	1105	2105	3105	4105	5105	6105	7105	8105	0106	1106	2106	3106	4106	5106	6106	7106	8106
0107	1107	2107	3107	4107	5107	6107	7107	8107	0108	1108	2108	3108	4108	5108	6108	7108	8108
0109	1109	2109	3109	4109	5109	6109	7109	8109	0110	1110	2110	3110	5110	5110	6110	7110	8110
0111	1111	2111	3111	4111	5111	6111	7111	8111	0112	1112	2112	3112	4112	5112	6112	7112	8112
0113	1113	2113	3113	4113	5113	6113	7113	8113	0114	1114	2114	3114	4114	5114	6114	7114	8114
0115	1115	2115	3115	4115	5115	6115	7115	8115	0116	1116	2116	3116	4116	5116	6116	7116	8116
0117	1117	2117	3117	4117	5117	6117	7117	8117	0118	1118	2118	3118	4118	5118	6118	7118	8118
0119	1119	2119	3119	4119	5119	6119	7119	8119	0120	1120	2120	3120	5120	5120	6120	7120	8120
0121	1121	2121	3121	4121	5121	6121	7121	8121	0122	1122	2122	3122	4122	5122	6122	7122	8122
0123	1123	2123	3123	4123	5123	6123	7123	8123	0124	1124	2124	3124	4124	5124	6124	7124	8124
0125	1125	2125	3125	4125	5125	6125	7125	8125	0126	1126	2126	3126	4126	5126	6126	7126	8126
0127	1127	2127	3127	4127	5127	6127	7127	8127	0128	1128	2128	3128	4128	5128	6128	7128	8128
0129	1129	2129	3129	4129	5129	6129	7129	8129	0130	1130	2130	3130	5130	5130	6130	7130	8130
0131	1131	2131	3131	4131	5131	6131	7131	8131	0132	1132	2132	3132	4132	5132	6132	7132	8132
0133	1133	2133	3133	4133	5133	6133	7133	8133	0134	1134	2134	3134	4134	5134	6134	7134	8134
0135	1135	2135	3135	4135	5135	6135	7135	8136	0136	1136	2136	3136	4136	5136	6136	7136	8136
0137	1137	2137	3137	4137	5137	6137	7137	8137	0138	1138	2138	3138	4138	5138	6138	7138	8138
0139	1139	2139	3139	4139	5139	6139	7139	8139	0140	1140	2140	3140	5140	5140	6140	7140	8140
0141	1141	2141	3141	4141	5141	6141	7141	8141	0142	1142	2142	3142	4142	5142	6142	7142	8142

0143	1143	2143	3143	4143	5143	6143	7143	8143	0144	1144	2144	3144	4144	5144	6144	7144	8144
0145	1145	2145	3145	4145	5145	6145	7145	8145	0146	1146	2146	3146	4146	5146	6146	7146	8146
0147	1147	2147	3147	4147	5147	6147	7147	8147	0148	1148	2148	3148	4148	5148	6148	7148	8148
0149	1149	2149	3149	4149	5149	6149	7149	8149	0150	1150	2150	3150	5150	5150	6150	7150	8150
0151	1151	2151	3151	4151	5151	6151	7151	8151	0152	1152	2152	3152	4152	5152	6152	7152	8152
0153	1153	2153	3153	4153	5153	6153	7153	8153	0154	1154	2154	3154	4154	5154	6154	7154	8154
0155	1155	2155	3155	4155	5155	6155	7155	8155	0156	1156	2156	3156	4156	5156	6156	7156	8156
0157	1157	2157	3157	4157	5157	6157	7157	8157	0158	1158	2158	3158	4158	5158	6158	7158	8158
0159	1159	2159	3159	4159	5159	6159	7159	8159	0160	1160	2160	3160	5160	5160	6160	7160	8160
0161	1161	2161	3161	4161	5161	6161	7161	8161	0162	1162	2162	3162	4162	5162	6162	7162	8162
0163	1163	2163	3163	4163	5163	6163	7163	8163	0164	1164	2164	3164	4164	5164	6164	7164	8164
0165	1165	2165	3165	4165	5165	6165	7165	8165	0166	1166	2166	3166	4166	5166	6166	7166	8166
0167	1167	2167	3167	4167	5167	6167	7167	8167	0168	1168	2168	3168	4168	5168	6168	7168	8168
0169	1169	2169	3169	4169	5169	6169	7169	8169	0170	1170	2170	3170	5170	5170	6170	7170	8170
0171	1171	2171	3171	4171	5171	6171	7171	8171	0172	1172	2172	3172	4172	5172	6172	7172	8172
0173	1173	2173	3173	4173	5173	6173	7173	8173	0174	1174	2174	3174	4174	5174	6174	7174	8174
0175	1175	2175	3175	4175	5175	6175	7175	8175	0176	1176	2176	3176	4176	5176	6176	7176	8176
0177	1177	2177	3177	4177	5177	6177	7177	8177	0178	1178	2178	3178	4178	5178	6178	7178	8178
0179	1179	2179	3179	4179	5179	6179	7179	8179	0180	1180	2180	3180	5180	5180	6180	7180	8180

0181	1181	2181	3181	4181	5181	6181	7181	8181	0182	1182	2182	3182	4182	5182	6182	7182	8182
0183	1183	2183	3183	4183	5183	6183	7183	8183	0184	1184	2184	3184	4184	5184	6184	7184	8184
0185	1185	2185	3185	4185	5185	6185	7185	8185	0186	1186	2186	3186	4186	5186	6186	7186	8186
0187	1187	2187	3187	4187	5187	6187	7187	8187	0188	1188	2188	3188	4188	5188	6188	7188	8188
0189	1189	2189	3189	4189	5189	6189	7189	8189	0190	1190	2190	3190	5190	5190	6190	7190	8190
0191	1191	2191	3191	4191	5191	6191	7191	8191	0192	1192	2192	3192	4192	5192	6192	7192	8192
0193	1193	2193	3193	4193	5193	6193	7193	8193	0194	1194	2194	3194	4194	5194	6194	7194	8194
0195	1195	2195	3195	4195	5195	6195	7195	8195	0196	1196	2196	3196	4196	5196	6196	7196	8196
0197	1197	2197	3197	4197	5197	6197	7197	8197	0198	1198	2198	3198	4198	5198	6198	7198	8198
0199	1199	2199	3199	4199	5199	6199	7199	8199	0200	1200	2200	3200	5200	5200	6200	7200	8200
0201	1201	2201	3201	4201	5201	6201	7201	8201	0202	1202	2202	3202	4202	5202	6202	7202	8202
0203	1203	2203	3203	4203	5203	6203	7203	8203	0204	1204	2204	3204	4204	5204	6204	7204	8204
0205	1205	2205	3205	4205	5205	6205	7205	8205	0206	1206	2206	3206	4206	5206	6206	7206	8206
0207	1207	2207	3207	4207	5207	6207	7207	8207	0208	1208	2208	3208	4208	5208	6208	7208	8208
0209	1209	2209	3209	4209	5209	6209	7209	8209	0210	1210	2210	3210	5210	5210	6210	7210	8210
0211	1211	2211	3211	4211	5211	6211	7211	8211	0212	1212	2212	3212	4212	5212	6212	7212	8212
0213	1213	2213	3213	4213	5213	6213	7213	8213	0214	1214	2214	3214	4214	5214	6214	7214	8214
0215	1215	2215	3215	4215	5215	6215	7215	8215	0216	1216	2216	3216	4216	5216	6216	7216	8216
0217	1217	2217	3217	4217	5217	6217	7217	8217	0218	1218	2218	3218	4218	5218	6218	7218	8218

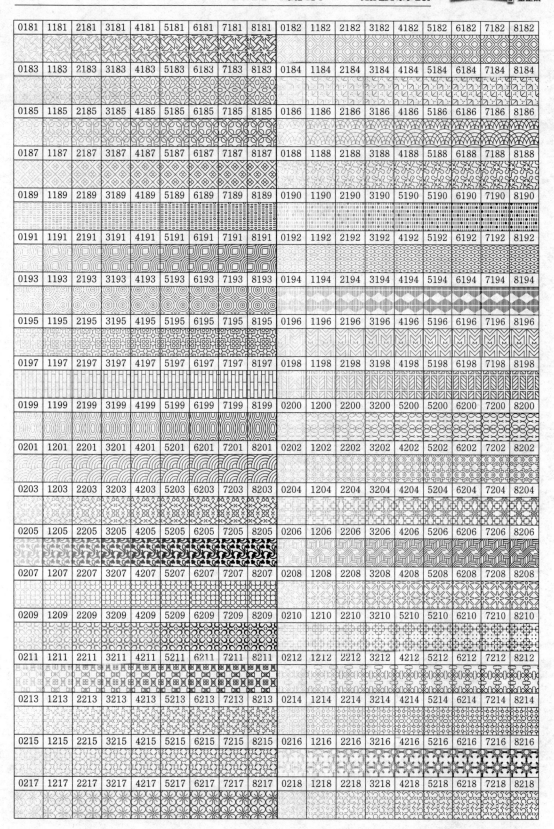

0219	1219	2219	3219	4219	5219	6219	7219	8219	0220	1220	2220	3220	5220	5220	6220	7220	8220
0221	1221	2221	3221	4221	5221	6221	7221	8221	0222	1222	2222	3222	4222	5222	6222	7222	8222
0223	1223	2223	3223	4223	5223	6223	7223	8223	0224	1224	2224	3224	4224	5224	6224	7224	8224
0225	1225	2225	3225	4225	5225	6225	7225	8225	0226	1226	2226	3226	4226	5226	6226	7226	8226
0227	1227	2227	3227	4227	5227	6227	7227	8227	0228	1228	2228	3228	4228	5228	6228	7228	8228
0229	1229	2229	3229	4229	5229	6229	7229	8229	0230	1230	2230	3230	5230	5230	6230	7230	8230
0231	1231	2231	3231	4231	5231	6231	7231	8231	0232	1232	2232	3232	4232	5232	6232	7232	8232
0233	1233	2233	3233	4233	5233	6233	7233	8233	0234	1234	2234	3234	4234	5234	6234	7234	8234
0235	1235	2235	3235	4235	5235	6235	7235	8235	0236	1236	2236	3236	4236	5236	6236	7236	8236
0237	1237	2237	3237	4237	5237	6237	7237	8237	0238	1238	2238	3238	4238	5238	6238	7238	8238
0239	1239	2239	3239	4239	5239	6239	7239	8239	0240	1240	2240	3240	5240	5240	6240	7240	8240
0241	1241	2241	3241	4241	5241	6241	7241	8241	0242	1242	2242	3242	4242	5242	6242	7242	8242
0243	1243	2243	3243	4243	5243	6243	7243	8243	0244	1244	2244	3244	4244	5244	6244	7244	8244
0245	1245	2245	3245	4245	5245	6245	7245	8245	0246	1246	2246	3246	4246	5246	6246	7246	8246
0247	1247	2247	3247	4247	5247	6247	7247	8247	0248	1248	2248	3248	4248	5248	6248	7248	8248
0249	1249	2249	3249	4249	5249	6249	7249	8249	0250	1250	2250	3250	5250	5250	6250	7250	8250
0251	1251	2251	3251	4251	5251	6251	7251	8251	0252	1252	2252	3252	4252	5252	6252	7252	8252
0253	1253	2253	3253	4253	5253	6253	7253	8253	0254	1254	2254	3254	4254	5254	6254	7254	8254
0255	1255	2255	3255	4255	5255	6255	7255	8255	0256	1256	2256	3256	4256	5256	6256	7256	8256

0257	1257	2257	3257	4257	5257	6257	7257	8257	0258	1258	2258	3258	4258	5258	6258	7258	8258
0259	1259	2259	3259	4259	5259	6259	7259	8259	0260	1260	2260	3260	5260	5260	6260	7260	8260
0261	1261	2261	3261	4261	5261	6261	7261	8261	0262	1262	2262	3262	4262	5262	6262	7262	8262
0263	1263	2263	3263	4263	5263	6263	7263	8263	0264	1264	2264	3264	4264	5264	6264	7264	8264
0265	1265	2265	3265	4265	5265	6265	7265	8265	0266	1266	2266	3266	4266	5266	6266	7266	8266
0267	1267	2267	3267	4267	5267	6267	7267	8267	0268	1268	2268	3268	4268	5268	6268	7268	8268
0269	1269	2269	3269	4269	5269	6269	7269	8269	0270	1270	2270	3270	5270	5270	6270	7270	8270
0271	1271	2271	3271	4271	5271	6271	7271	8271	0272	1272	2272	3272	4272	5272	6272	7272	8272
0273	1273	2273	3273	4273	5273	6273	7273	8273	0274	1274	2274	3274	4274	5274	6274	7274	8274
0275	1275	2275	3275	4275	5275	6275	7275	8275	0276	1276	2276	3276	4276	5276	6276	7276	8276
0277	1277	2277	3277	4277	5277	6277	7277	8277	0278	1278	2278	3278	4278	5278	6278	7278	8278
0279	1279	2279	3279	4279	5279	6279	7279	8279	0280	1280	2280	3280	5280	5280	6280	7280	8280
0281	1281	2281	3281	4281	5281	6281	7281	8281	0282	1282	2282	3282	4282	5282	6282	7282	8282
0283	1283	2283	3283	4283	5283	6283	7283	8283	0284	1284	2284	3284	4284	5284	6284	7284	8284
0285	1285	2285	3285	4285	5285	6285	7285	8285	0286	1286	2286	3286	4286	5286	6286	7286	8286
0287	1287	2287	3287	4287	5287	6287	7287	8287	0288	1288	2288	3288	4288	5288	6288	7288	8288
0289	1289	2289	3289	4289	5289	6289	7289	8289	0290	1290	2290	3290	5290	5290	6290	7290	8290
0291	1291	2291	3291	4291	5291	6291	7291	8291	0292	1292	2292	3292	4292	5292	6292	7292	8292
0293	1293	2293	3293	4293	5293	6293	7293	8293	0294	1294	2294	3294	4294	5294	6294	7294	8294

0295	1295	2295	3295	4295	5295	6295	7295	8295	0296	1296	2296	3296	4296	5296	6296	7296	8296
0297	1297	2297	3297	4297	5297	6297	7297	8297	0298	1298	2298	3298	4298	5298	6298	7298	8298
0299	1299	2299	3299	4299	5299	6299	7299	8299	0300	1300	2300	3300	5300	5300	6300	7300	8300
0301	1301	2301	3301	4301	5301	6301	7301	8301	0302	1302	2302	3302	4302	5302	6302	7302	8302
0303	1303	2303	3303	4303	5303	6303	7303	8303	0304	1304	2304	3304	4304	5304	6304	7304	8304
0305	1305	2305	3305	4305	5305	6305	7305	8305	0306	1306	2306	3306	4306	5306	6306	7306	8306
0307	1307	2307	3307	4307	5307	6307	7307	8307	0308	1308	2308	3308	4308	5308	6308	7308	8308
0309	1309	2309	3309	4309	5309	6309	7309	8309	0310	1310	2310	3310	5310	5310	6310	7310	8310
0311	1311	2311	3311	4311	5311	6311	7311	8311	0312	1312	2312	3312	4312	5312	6312	7312	8312
0313	1313	2313	3313	4313	5313	6313	7313	8313	0314	1314	2314	3314	4314	5314	6314	7314	8314
0315	1315	2315	3315	4315	5315	6315	7315	8315	0316	1316	2316	3316	4316	5316	6316	7316	8316
0317	1317	2317	3317	4317	5317	6317	7317	8317	0318	1318	2318	3318	4318	5318	6318	7318	8318
0319	1319	2319	3319	4319	5319	6319	7319	8319	0320	1320	2320	3320	5320	5320	6320	7320	8320
0321	1321	2321	3321	4321	5321	6321	7321	8321	0322	1322	2322	3322	4322	5322	6322	7322	8322
0323	1323	2323	3323	4323	5323	6323	7323	8323	0324	1324	2324	3324	4324	5324	6324	7324	8324
0325	1325	2325	3325	4325	5325	6325	7325	8325	0326	1326	2326	3326	4326	5326	6326	7326	8326
0327	1327	2327	3327	4327	5327	6327	7327	8327	0328	1328	2328	3328	4328	5328	6328	7328	8328
0329	1329	2329	3329	4329	5329	6329	7329	8329	0330	1330	2330	3330	5330	5330	6330	7330	8330
0331	1331	2331	3331	4331	5331	6331	7331	8331	0332	1332	2332	3332	4332	5332	6332	7332	8332

0333	1333	2333	3333	4333	5333	6333	7333	8333	0334	1334	2334	3334	4334	5334	6334	7334	8334
0335	1335	2335	3335	4335	5335	6335	7335	8335	0336	1336	2336	3336	4336	5336	6336	7336	8336
0337	1337	2337	3337	4337	5337	6337	7337	8337	0338	1338	2338	3338	4338	5338	6338	7338	8338
0339	1339	2339	3339	4339	5339	6339	7339	8339	0340	1340	2340	3340	5340	5340	6340	7340	8340
0341	1341	2341	3341	4341	5341	6341	7341	8341	0342	1342	2342	3342	4342	5342	6342	7342	8342
0343	1343	2343	3343	4343	5343	6343	7343	8343	0344	1344	2344	3344	4344	5344	6344	7344	8344
0345	1345	2345	3345	4345	5345	6345	7345	8345	0346	1346	2346	3346	4346	5346	6346	7346	8346
0347	1347	2347	3347	4347	5347	6347	7347	8347	0348	1348	2348	3348	4348	5348	6348	7348	8348
0349	1349	2349	3349	4349	5349	6349	7349	8349	0350	1350	2350	3350	5350	5350	6350	7350	8350
0351	1351	2351	3351	4351	5351	6351	7351	8351	0352	1352	2352	3352	4352	5352	6352	7352	8352

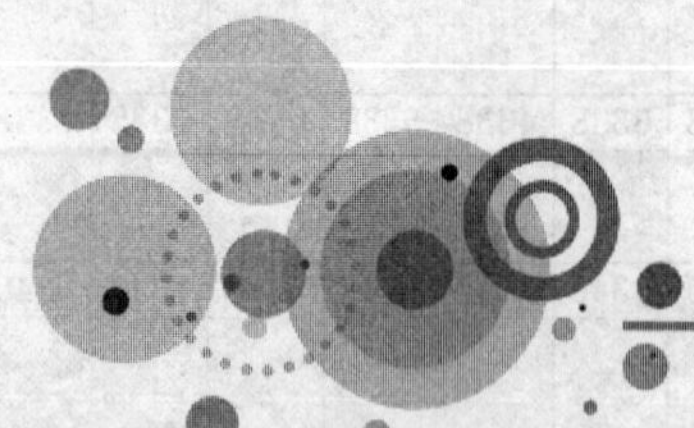

附录E

动态键盘表

控制、标点 Ctrl + Alt + A

～	¼	⅙	#	⅛	%	“	•	*	(	)	−	+	Back
½	1	2	3	4	5	6	7	8	9	0	-	=	

Tab	Q	W	E	R	T	Y	U	I	O	P	{	}	×
	《	》	“	”	‘	’	((	))	【	】	[	]	=

Caps	A	S	D	F	G	H	J	K	L	:	…	Enter
	⇑	⇓	⦗	⦘	ⓩ	Ⓢ	&	〚	〛	;	—	

Insert	Z	X	C	V	B	N	M	〈	〉	?	Dlelet
	〔	〕	|	\	。	、	!	,	.	/	

第1行　上挡　·中圆点　-减号　下挡　-外文连字符

第2行　下挡　=方正一字宽空格

第3行　下挡　—破折号

第4行　下挡　.外文句点

数学符号 Ctrl + Alt + B

～	!	∵	∴	·	∷	∝	,	*	(	)	−	+	Back
-	1	2	3	4	5	6	7	8	9	0	Σ	Π	

Tab	ø	Ø	∤	⌒	⊙	∘	\	/	/	／	{	}	|
	∈̅	∉	C	C	√	•	((	))	×	÷	[	]	=

Caps	〔	〕	〚	〛	Ⓢ	:	-	+	=	°	‴	Enter
	⇑	⇓	⦗	⦘	ⓩ	∀	∃	∈	∂	″	′	

Insert	∑	∏	△	‖	//	⊥	∠	∫	∮	∮	Dlelet
	Σ	Π	▽	∫	∬	∭	∞	∮	∯	∰	

第1行　-三分宽数字范围　!阶乘　. 小数点　, 千分撇

第2行　∘圆乘　·中圆点

第3行　: 比号　-三分宽减号　+三分宽加号　=三分宽等号　°度　′一次微分　″秒、二次微分　‴三次微分

科技符号 Ctrl+Alt+C

⫨ ⊥	∔ ⩲	∸ ⋱	⨰ ⋰	÷ ∴	÷ ∵	∓ ±	⨦ ⌿	⊗ ⧺	⊕ ⧻	ω̃ ⧺⧺	- ⋌	⋋ ⋋	Back	
Tab	⊕ ￥	⊖ ￡	⊗ $	⨸ №	(±) §	⊜ ⦵	(∸) ⌓	(∼) ♂	(≤) ♀	(≥) ＃	m/m d/m	c/m ℅	Ω ∝	
Caps	-(km	)- km²	⁅ mg	⁆ kg	-[- ℓn	-]- ℓog	]m %	)n ‰	]x ‱	]n ℃	°K ℉	Enter		
Insert	dℓ a.m.	HP p.m.	kℓ cm	PH cm²	PR cm³	mil m²	mA m³	K.K. mm	c.c. cc	kW KM	Dlelet			

逻辑符号 Ctrl+Alt+D

⪋ ⋞	⪌ ⋟	⪑ ⩾	⪒ ⩽	≲ ≋	≳ ¬	⥼ ∹	⋜ ∺	⊅∘ ⊃∘	⊻ ⊻̲	⩣ ⩣	V≃ V~	△̳ ≜	Back	
Tab	≼ ≺	≽ ≻	⋚̸ ⋚	⋛̸ ⋛	⊈ ⊆	⊉ ⊇	⊊ ⫅	⊋ ⫆	⊄ ⊂	⊅ ⊃	∩̃ ∩	∪̃ ∪	△≡ ≜	
Caps	≢ ∧	≢ ∨	≈̇ ≐	≋ ≌	≌ ∽	≁ ~	≄ ≃	≉ ≈	≇ ≅	≠ =	≢ ≡	Enter		
Insert	⋟ ⦣	⋞ ⦥	≮ <	≯ >	≤ ⩽	≥ ⩾	≦ ⪕	≧ ⪖	≦ ≪	≧ ≫	Dlelet			

增补符号 Ctrl+Alt+E

© 𝒗	© 1	© 2	® 3	® 4	∷ 5	∝ 6	∸ 7	∗ 8	(9	) 0	《 ¬	》 ≠	Back	
Tab	⋽ ℚ	∉ ∉	∤ 𝐶	⌢ ℝ	⊙ √	° •	\\ ((	/))	⁄ ×	∕ ÷	{ [	}]	| =	
Caps	〔 ⇑	〕 ⇓	⟦ ⦃	⟧ ⦄	Ⓢ ⓩ	& ∌	- ∌	+ ∋	= ∌	° ″	‴ ′	Enter		
Insert	∑ ℤ	∏ Π	C ℂ	‖ ‖̳	⫽ ⫽̳	⊥ ℕ	∠ ∞	↣ Ω	↙ =	⇙ -	Dlelet			

第4行 -软连字符

汉语拼音 Ctrl+Alt+F

ī ā	í á	ǐ ǎ	ì à	ū ē	ú é	ǔ ě	ù è	ü ê	ǖ ō	ǘ ó	ǚ ǒ	ǜ ò	Back	
Tab	Q q	W w	E e	R r	T t	Y y	U u	I i	O o	P p	ê̄ ê̌	ế ề	ḿ ɡ	
Caps	A ɑ	S s	D d	F f	G ɡ	H h	J j	K k	L l	Ŋ ŋ	- '	Enter		
Insert	Z z	X x	C c	V v	B b	N n	M m	ẑ ń	ĉ ň	ŝ ǹ	Dlelet			

第3行 ’隔音符、所有格符 -外文连字符

数字(一) Ctrl + Alt + G

， .	1 1	2 2	3 3	4 4	5 5	6 6	7 7	8 8	9 9	0 0	(((	)))	Back
Tab	ⅰ Ⅰ	ⅱ Ⅱ	ⅲ Ⅲ	ⅳ Ⅳ	ⅴ Ⅴ	ⅵ Ⅵ	ⅶ Ⅶ	ⅷ Ⅷ	ⅸ Ⅸ	ⅹ Ⅹ	ⅺ Ⅺ	ⅻ Ⅻ	－ /
Caps	1⃞ 1.	2⃞ 2.	3⃞ 3.	4⃞ 4.	5⃞ 5.	6⃞ 6.	7⃞ 7.	8⃞ 8.	9⃞ 9.	0⃞ 10.	⓪ %	Enter	
Insert	⑴ ①	⑵ ②	⑶ ③	⑷ ④	⑸ ⑤	⑹ ⑥	⑺ ⑦	⑻ ⑧	⑼ ⑨	⑽ ⑩	Dlelet		

第 1 行　　，千分撇　. 小数点

第 2 行　　－减号、负号

数字(二) Ctrl + Alt + H

· ○	㊀ 一	㊁ 二	㊂ 三	㊃ 四	㊄ 五	㊅ 六	㊆ 七	㊇ 八	㊈ 九	㊉ 十	xvi 廿	xv 卅	Back
Tab	●一 ■一	●二 ■二	●三 ■三	●四 ■四	●五 ■五	●六 ■六	●七 ■七	●八 ■八	●九 ■九	●十 ■十	●廿 ■廿	●卅 ■卅	xiv XIV
Caps	■0 ⓿	■1 ❶	■2 ❷	■3 ❸	■4 ❹	■5 ❺	■6 ❻	■7 ❼	■8 ❽	■9 ❾	xiii XIII	Enter	
Insert	㊀ ㈠	㊁ ㈡	㊂ ㈢	㊃ ㈣	㊄ ㈤	㊅ ㈥	㊆ ㈦	㊇ ㈧	㊈ ㈨	㊉ ㈩	Dlelet		

第 1 行　　. 小数点

数字(三) Ctrl + Alt + I

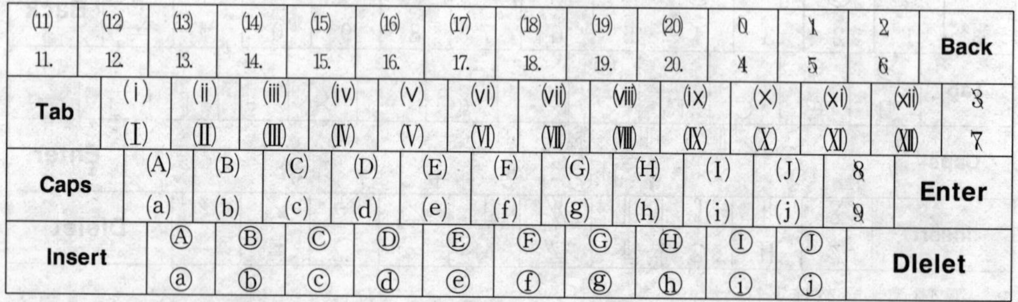

⑾ 11.	⑿ 12.	⒀ 13.	⒁ 14.	⒂ 15.	⒃ 16.	⒄ 17.	⒅ 18.	⒆ 19.	⒇ 20.	0 4	1 5	2 6	Back
Tab	(ⅰ) (Ⅰ)	(ⅱ) (Ⅱ)	(ⅲ) (Ⅲ)	(ⅳ) (Ⅳ)	(ⅴ) (Ⅴ)	(ⅵ) (Ⅵ)	(ⅶ) (Ⅶ)	(ⅷ) (Ⅷ)	(ⅸ) (Ⅸ)	(ⅹ) (Ⅹ)	(ⅺ) (Ⅺ)	(ⅻ) (Ⅻ)	3 7
Caps	(A) (a)	(B) (b)	(C) (c)	(D) (d)	(E) (e)	(F) (f)	(G) (g)	(H) (h)	(I) (i)	(J) (j)	8 9	Enter	
Insert	Ⓐ ⓐ	Ⓑ ⓑ	Ⓒ ⓒ	Ⓓ ⓓ	Ⓔ ⓔ	Ⓕ ⓕ	Ⓖ ⓖ	Ⓗ ⓗ	Ⓘ ⓘ	Ⓙ ⓙ	Dlelet		

箭头、多角形 Ctrl + Alt + J

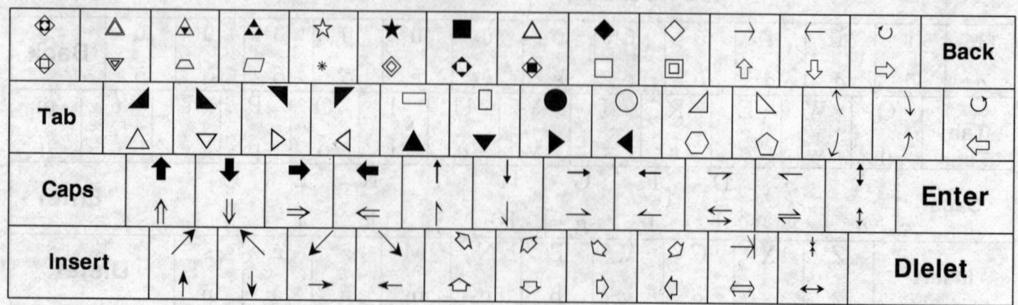

◈ ◈	△ ▽	◬ ⏢	▲ ▱	☆ *	★ ◈	■ ◆	△ ◆	◆ □	◇ ▣	→ ⇧	← ⇩	↻ ⇨	Back
Tab	◢ △	◣ ▽	◥ ▷	◤ ◁	▭ ▲	▯ ▼	● ▶	○ ◀	◿ ⬡	◺ ⬠	↖ ↙	↘ ↗	↺ ⇦
Caps	⬆ ⇑	⬇ ⇓	➡ ⇒	⬅ ⇐	↑ ↑	↓ ↓	→ →	← ←	⇄ ⇆	⇆ ⇌	↕ ↕	Enter	
Insert	↗ ↑	↖ ↓	↙ →	↘ ←	⬁ ⇧	⬀ ⇩	⬂ ⇨	⬃ ⇦	⇥ ⇔	↕ ↔	Dlelet		

希腊字母　Ctrl＋Alt＋K

˘ ←	´ 1	ˇ 2	` 3	^ 4	 5	˙ 6	˚ 7	* 8	- 9	~ 0	— -	((=	Back
Tab	Θ θ	Ω ω	Ε ε	ə ϵ	Τ τ	Ψ ψ	Π π	Ι ι	Ο ο	Ρ ρ	{ [	}]	)) →
Caps	Α α	Σ σ	Δ δ	Φ φ	Γ γ	Η η	ϑ ϕ	Κ κ	Λ λ	(〚	) 〛	Enter	
Insert	Ζ ζ	Χ χ	Ξ ξ	ϒ υ	Β β	Ν ν	Μ μ	G ῶ	′ η	 	Dlelet		

第1行　　倒数第3键上挡－减号、符号　下挡-半字线

倒数第4键-组合用发音符　　倒数第5键-阴平(声调符号)。

俄文、新蒙文　Ctrl＋Alt＋L

Ə ə	Һ һ	Җ җ	Ү ү	Ө ө	Ң ң	Ђ ђ	Ћ ћ	Ѣ ѣ	- ((	´))	ˇ ˘	` ~	Back
Tab	Щ щ	Ш ш	Е е	Я я	Т т	У у	П п	Ы ы	О о	Р р	Ч ч	Ь ь	ˆ ¨
Caps	А а	З з	Д д	Ф ф	Г г	Н н	Ъ ъ	Қ к	Л л	Б б	Ё ё	Enter	
Insert	Ж ж	Х х	С с	Ц ц	В в	И и	М м	Ю ю	Й й	Э э	Dlelet		

多国外文(一)　Ctrl＋Alt＋M

Â â	Ä ä	Á á	À à	Ā ā	Ê ê	É é	È è	Ē ẽ	Í í	Ü ü	!? ú	Ù ù	Back
Tab	Q q	W w	E e	R r	T t	Y y	U u	I i	O o	P p	Ñ ñ	Ç ç	Û û
Caps	A a	S s	D d	F f	G g	H h	J j	K k	L l	Ł ł	ʃ ß	Enter	
Insert	Z z	X x	C c	V v	B b	N n	M m	Ô ô	Ö ö	Õ õ	Dlelet		

多国外文(二)　Ctrl＋Alt＋N

Á á	É é	Й й	Ó ó	У́ у́	Ы́ ы́	Ә́ ә́	Ю́ ю́	Я́ я́	Ѓ Ӭ	Ђ́ ђ́	Ќ &	Ø ø	Back
Tab	Ë ë	Ē ē	Ě ě	Ï ï	Ī ī	Ǐ ǐ	Ì ì	Î î	Ō ō	Ó ó	Ǒ ǒ	Ò ò	¡ ¿
Caps	Å å	Ă ă	Ā ā	Ÿ ÿ	Ĝ ĝ	Ĥ ĥ	Ĵ ĵ	Š š	Ŝ ŝ	Æ æ	Œ œ	Enter	
Insert	Ž ž	Ẑ ẑ	Ĉ ĉ	Ū ū	Ǔ ǔ	Ǖ ǖ	Ǘ ǘ	Ǚ ǚ	Ǜ ǜ	@ ı	Dlelet		

多国外文(三) Ctrl＋Alt＋O

˘ ←	´ 1	ˇ 2	` 3	^ 4	¨ 5	˙ 6	˚ 7	* 8	- 9	~ 0	— -	((=	Back
Tab	Q q	W w	E e	R r	T t	Y y	U u	I i	O o	P p	, [	']	)) →
Caps	A a	S s	D d	F f	G g	H h	J j	K k	L l	ﬃ ﬁ	ﬄ ﬂ	Enter	
Insert	Z z	X x	C c	V v	B b	N n	M m	x g	y ℓ	ﬀ m	Dlelet		

第 1 行　倒数第 3 键上挡－减号、符号　下挡-软连字符　倒数第 5 键-阴平(声调符号)

第 2 行　倒数第 2 键 ' 所有格符　倒数第 3 键 , 下加符

国际音标(一) Ctrl＋Alt＋P

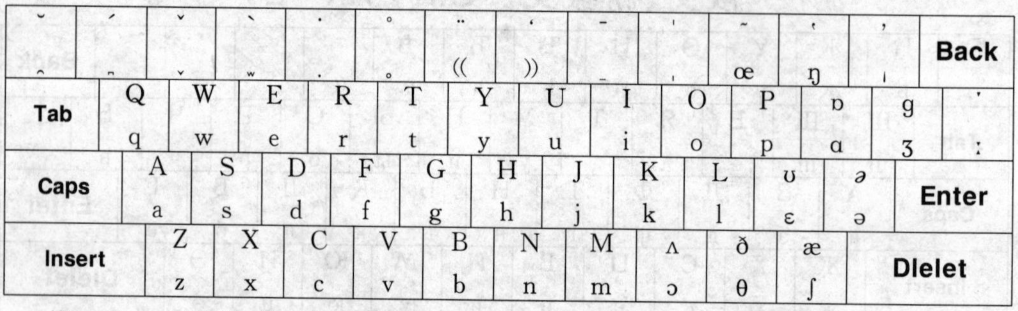

˘ ˆ	´ ̪	ˇ ˇ	` ʷ	˙ .	˚ ˚	¨ ((	ʻ))	¯ _	ˈ ˌ	~ œ	ʽ ŋ	, ˌ	Back
Tab	Q q	W w	E e	R r	T t	Y y	U u	I i	O o	P p	ɒ ɑ	g ʒ	ˈ ː
Caps	A a	S s	D d	F f	G g	H h	J j	K k	L l	ʊ ɛ	ə ə	Enter	
Insert	Z z	X x	C c	V v	B b	N n	M m	ʌ ɔ	ð θ	æ ʃ	Dlelet		

第 1 行　倒数第 2 键下挡 ˌ 次重音符

倒数第 6 键上挡-阴平(声调符号),其余上挡都为上加符,下挡除(())œŋ 以外都为下加符

国际音标(二) Ctrl＋Alt＋Q

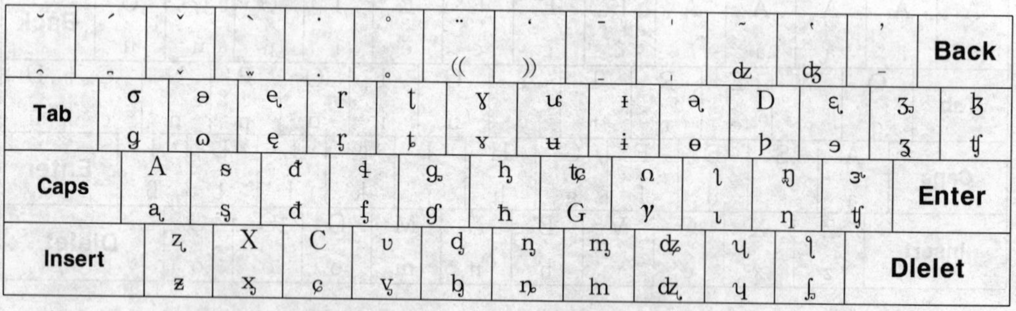

˘ ˆ	´ ̪	ˇ ˇ	` ʷ	˙ .	˚ ˚	¨ ((	ʻ))	¯ _	ˈ ˌ	~ ʣ	ʽ ʤ	, –	Back
Tab	σ ɡ	ɵ ɷ	e̜ ę	ɾ ɽ	ʈ ƫ	ɣ ɤ	ʮ ʉ	ᵻ ɨ	ə̜ ɵ	D þ	ɛ̜ ɘ	ʓ ʒ	ʫ ʧ
Caps	A ą	ᶊ ʂ	đ đ	ɟ ʄ	ᶃ ɠ	ɧ ħ	ʨ G	ʊ γ	ɩ ι	ŋ̢ η	ɝ ʧ	Enter	
Insert	ʐ ʑ	X ᶍ	C ɕ	ʋ ᶌ	ɖ ᶀ	ɳ ɲ	ɱ m	ʥ ʣ	ɥ ɥ	ʅ ʆ	Dlelet		

第 1 行　倒数第 2 键-半字线

国际音标(三) Ctrl＋Alt＋R

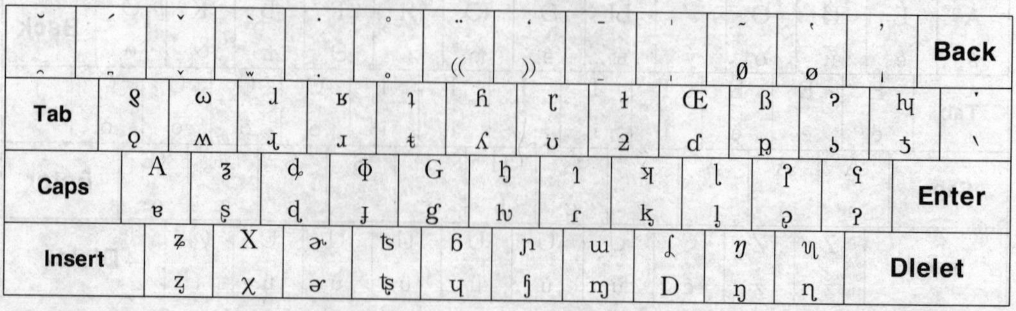

˘ ˆ	´ ̪	ˇ ˇ	` ʷ	˙ .	˚ ˚	¨ ((	ʻ))	¯ _	ˈ ˌ	~ Ø	ʽ ø	, ˌ	Back
Tab	ɡ ǫ	ω ʍ	ɺ ɻ	ʁ ɹ	ʇ ŧ	ɦ ʎ	ɼ ʊ	ł ƻ	Œ ɗ	ß ƥ	ˀ ƽ	ʮ ƾ	ˈ \
Caps	A ɐ	ʓ ʂ	ᶑ ɖ	ɸ ɟ	G ɠ	ɧ ɰ	ɿ ɾ	ʞ ƙ	ɭ ɭ	ʔ ʔ̢	ʕ ʔ	Enter	
Insert	ʑ ʐ	X χ	ɚ ɚ	ʦ ʦ̢	ɓ ɥ	ɲ ɦ	ɯ ɱ	ʆ D	ŋ ŋ	ɳ ɳ	Dlelet		

多国外文和国际音标增补 Ctrl + Alt + S

Â â	Ä ä	Á á	À à	Ã ã	Ê ê	É é	È è	Ē ē	Í í	Ü ü	!? ú	Ù ù	Back
Tab	Q q	W w	E e	R r	Ţ ţ	Y y	U u	I i	O o	P p	Ñ ñ	Ç ç	Û û
Caps	A a	Ş ş	D d	F f	G g	H h	J j	K k	L ḷ	Ł ɛ̃	ʃ ß	Enter	
Insert	Z z	X x	C c	V v	B b	N ṇ	M ṃ	Ô ɔ̃	Ö ö	Õ õ	Dlelet		

括号、注音符 Ctrl + Alt + T

ㄊ ㄋ	ㄒ ㄚ	ㄓ ㄠ	ㄔ ㄖ	ㄦ ㄤ	ㄗ ㄨ	ㄝ ㄟ	Y A	Z X	G ˉ	D ˇ	U ˋ	((ˊ	Back
Tab	丨 ㄧ	ㄉ ㄅ	ㄇ ㄈ	ㄎ ㄘ	ㄛ ㄜ	ㄌ ㄞ	ㄑ ㄍ	ㄏ ㄕ	ㄥ ㄙ	ㄡ ㄆ	ㄣ ㄢ	ㄐ ㄩ	)) ˙
Caps	¿ ¡	【 〖	】 〗	「 『	」 』	└ ╚	┐ ╗	?! !?	?! !?	?? !!	?? !!	Enter	
Insert	々 „	└ ╚	┐ ╗	「 『	」 』	ヽ 《	ヾ 》	〈 〈	〉 〉	? !	Dlelet		

第 1 行　　倒数第 5 键ˉ阴平（音调符号）

第 2 行　　倒数第 1 键˙注音符号

日文片假名 Ctrl + Alt + U

! ネ	ャ ヤ	ュ ユ	ョ ヨ	ヵ ラ	ヶ リ	ヅ ル	? レ	ヴ ロ	ヮ ワ	ー ヰ	: ヱ	ン ヲ	Back
Tab	ァ ア	ィ イ	ゥ ウ	ェ エ	ォ オ	ガ カ	ギ キ	グ ク	ゲ ケ	ゴ コ	ザ サ	ジ シ	丨 ノ
Caps	ズ ス	ゼ セ	ゾ ソ	ダ タ	ヂ チ	ヅ ッ	デ テ	ド ト	， ナ	。 ニ	； ヌ	Enter	
Insert	バ ハ	ビ ヒ	ブ フ	ベ ヘ	ボ ホ	パ マ	ピ ミ	プ ム	ペ メ	ポ モ	Dlelet		

日文平假名 Ctrl + Alt + V

! ね	ゃ や	ゅ ゆ	ょ よ	（ ら	） り	、 る	? れ	: ろ	ゎ わ	っ ゐ	丨 ゑ	ん を	Back
Tab	ぁ あ	ぃ い	ぅ う	ぇ え	ぉ お	が か	ぎ き	ぐ く	げ け	ご こ	ざ さ	じ し	ー の
Caps	ず す	ぜ せ	ぞ そ	だ た	ぢ ち	づ つ	で て	ど と	， な	。 に	； ぬ	Enter	
Insert	ば は	び ひ	ぶ ふ	べ へ	ぼ ほ	ぱ ま	ぴ み	ぷ む	ぺ め	ぽ も	Dlelet		

制表符 Ctrl + Alt + W

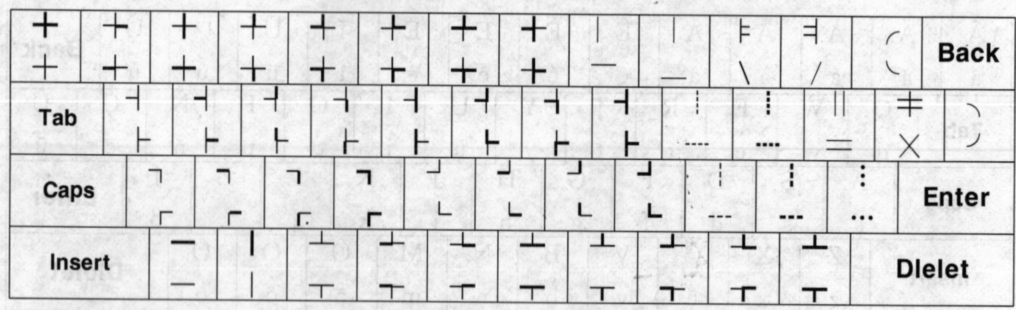

八卦符号 Ctrl + Alt + X

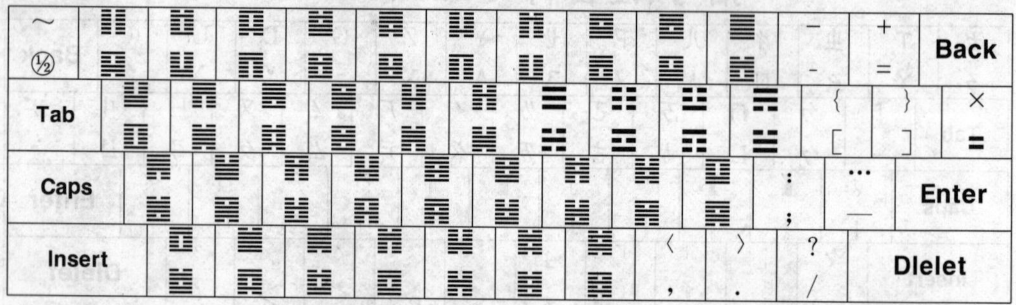

其他符号 Ctrl + Alt + Y

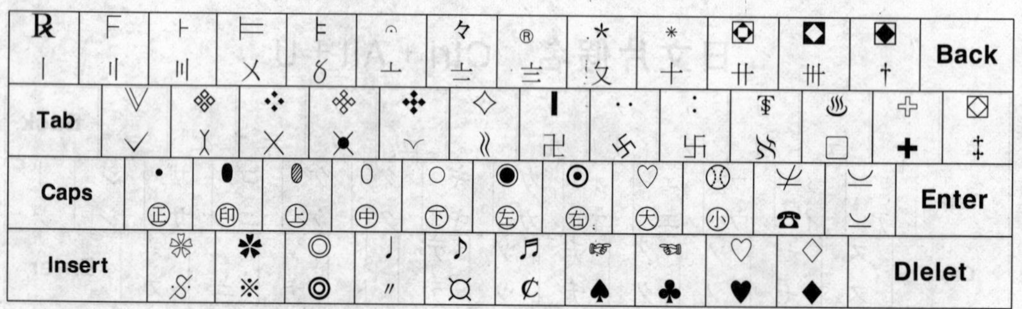

第 4 行　　第 5 键〃相同符号

书版 10.0 补充 Ctrl＋Alt＋Z

～ ½	¼ 1	⅙ 2	# 3	⅛ 4	% 5	" 6	* 7	0 8	0 9	● 0	△ N	◇ R	Back	
Tab	Q 《	W 》	E "	ẑ ƫ	T '	Y ,	U ((	I))	O 【	P 】	ɬ ɬ	ķ χ	× =	
Caps	A ⇑	S ⇓	D ⦃	F ⦄	G Ⓩ	H Ⓢ	ħ ɣ	K 〚	L 〛	ʁ G	ɦ —	Enter		
Insert	L 〔	C 〕	D |	M \	B 。	N 、	M !	〈 ⌢	⌢ .	∅ ∅	Dlelet			

第 3 行　　倒数第 2 键—破折号

第 4 行　　倒数第 3 键. 外文句点